江山

张新科 著

江苏凤凰文艺出版社
JIANGSU PHOENIX LITERATURE AND
ART PUBLISHING

图书在版编目（CIP）数据

江山 / 张新科著 . -- 南京：江苏凤凰文艺出版社，
2022.7（2024.11 重印）
ISBN 978-7-5594-6781-2

Ⅰ . ①江… Ⅱ . ①张… Ⅲ . ①长篇小说 – 中国 – 当代
Ⅳ . ① I247.5

中国版本图书馆 CIP 数据核字（2022）第 068533 号

江山

张新科　著

出 版 人	张在健
策　　划	于奎潮
责任编辑	胡晓东　孙楚楚
书名题字	孙晓云
装帧设计	嫁衣工舍
责任印制	刘　巍
出版发行	江苏凤凰文艺出版社
	南京市中央路 165 号，邮编：210009
网　　址	http://www.jswenyi.com
印　　刷	苏州市越洋印刷有限公司
开　　本	718 毫米 ×1000 毫米　1/16
印　　张	24.25
字　　数	410 千字
版　　次	2022 年 7 月第 1 版
印　　次	2024 年 11 月第 4 次印刷
书　　号	978-7-5594-6781-2
定　　价	58.00 元

江苏凤凰文艺版图书凡印刷、装订错误，可向出版社调换，联系电话025-83280257

目 录

001 门外远奸
007 佞子
014 燕别生
021 离乡
029 新魔光
035 返喜
043 降枪
051 曙关
056 惊琴
064 夺局
071 年麦
079 小牲
086 破逢夜
092 护侄书
101 牺宴
108 重袭
115 冬雄
122 贤
132 箭
139 喜
146 奇
152 双

154 港湾
161 湖战
168 酒客
175 和尚
181 毒杀
188 暗算
196 河霸
204 雪仇
211 拔寨
218 斩马
225 炮楼
229 佳人
233 鱼市
241 伏虎
248 故人
256 夜袭
261 运药
269 假戏
277 智招
283 狼穴
289 黄金
296 造炮

303	成亲	利簧
311	失利	谍水
321	双簧	反窦
327	诛谍	国利
335	反水	声
343	策反	
350	疑窦	
359	殉国	
367	胜利	
376	尾声	

远 门

乘船到浙西南买稻米，行如此远的路，看来郑春祥还是深得老东家黄培坤信任的。

得此消息，春祥欢天喜地，大老远就听到他嚷嚷："俺爸，俺妈，俺要出远门喽！"

"死滚，老子连宿迁县城都没遛过，你小子还能去到哪地儿？"父亲话里带着点儿疑问。

"上杭州！"

霎时，老夫妇俩神情诧异，屋子里三双眼睛直勾勾地盯着春祥，另一双眼便是大姐郑春雪的。春雪上前一步，对春祥一阵耳语，杭州那地方，不光东西长得好，景儿像画似的，小大姐也耐看，不当心可就回不来了。说完，春雪将身子轻巧地让到父母后面，望着弟弟嘻嘻地窃笑。

"祥子，你小爷年轻时候跑过南边，晚上弄俩菜，喊他过来坐坐，让他给你交代交代。"

"好嘞！"春祥应声，转身朝外跑去。

晚上，男女老少七八个人围着方桌坐了下来。

父亲对自己二弟说："他小爷呀，祥子过天把就要坐船上南边去了，俺这一大家子都没出过远门，你看对小子还要交代些啥？孩子嫩，没啥经历，可别走了弯路掉沟里喽。"

春祥二叔一盅酒下肚，搛过荤素两口菜，看了一眼大哥说，没啥大不了的，孩子大了，出去闯闯，见见世面是好事。说罢，把第二盅酒掀进嘴里，瞥了一下春祥，接着道，在外面只要胆大心细就管经，但要记住遇事咱不怕事，但没事咱也不能撩事。春祥又给二叔满上一杯酒，二叔端着没有喝，神情庄重地提及自己十年前的那次南行："感觉那边的人吧，心里打不开，心眼子多。"

坐在春祥身旁的邻居郑施林，一直眉头紧锁，突然想起了什么，插起嘴打探道，听说南边山多林密，藏着不少"赤匪"，专抢大户，还和政府过不去，是不是和洋河、水口那帮子能闹事的人一样啊？

"唉，不谈这个。"父亲朝郑施林摆摆手。

父亲盯着春祥，一半提醒一半交代，这次上南边，路上不管好人孬货，土匪盗贼，都不要搭腔，反正时间也不会太长，安安生生地把东西买回来就行，不该瞧的少瞧。

母亲从未出过远门，连宿迁县城都没去过，担心甚于屋内的任何人，反复叮嘱春祥，出远门要处处小心着点，事办妥了就赶忙回来，别在外面瞎晃荡，一路上多和同去的占舟哥商量着来，毕竟占舟年长几岁。

春祥听着众人的交代，颠头播脑。

夜半时分，众人纷纷散去。

春祥把客人送至小路边，抬头望着皎月，心里有着莫名的兴奋和激动，但更多的是忐忑和不安……

两天后，一向繁忙的运河码头，显得格外热闹。运河船工的号子声此起彼伏："老少爷们搭把手呀!嘿呦嘿呦!抬起来，往前走啊!嘿呦嘿呦!加油抬呀，装满船啊!嘿呦嘿呦!管船娘子饭管饱啊! 嘿呦嘿呦……"

十几条首尾相连的大排船静静地靠在岸边。每条船都有自己的临时雇主，每个人的目的地也不尽相同。春祥做工之处的东家黄培坤和他的两个儿子也来到码头，老东家把春祥和春祥的表哥张占舟拽到僻静处，低声耳语了一番。

在众人的万般叮嘱中，两人跳上了船。大排船在碧波荡漾的河水中缓缓驶离了宿迁，顺运河而下。

张占舟长春祥五岁，是春祥母亲二姐的长子，今年二十四岁，虬髯壮实，看上去比实际年龄大了许多，在东家的酒作坊做工已有六个年头。去年开春，张占舟介绍春祥到了作坊，每个月二人都会结伴回一趟家。张占舟做工不惜力，春祥则脑子活泛，两人都深得老东家的信任。此次出门远行，老东家对两人寄予了厚望。

大排船驶过淮安后，船头向南，朝扬州方向驶去。

黑漆漆的夜，没有星点光亮。二人坐在船边，听着船帮子冲挤出的哗哗的波涛声，张占舟问身边的春祥："小祥子，听说有人给你说了个小大姐，怎么样了？"

"她爹嫌我家穷，死活不同意。"

"那她爹想把她许配给谁？"

"这我哪知道啊，当时一听她爹的那个意思，我就没打算再往下处了。"

"你也不小了，别犟，要不我再托人说说呗。"

"不用，俺哥，像我这样的还能找不到老婆？"春祥乐呵起来。

"你小子是不是瞧上别家姑娘了？"

"这个倒真没有。"

"你也别大意，你瞅瞅你姐，耽误了，不是到现在还待在家里吗？"

"这个你还不知道，俺姐婆家已上过门了，没大的意外，今年年底就办喜酒了。"

"嘿哟，这么快呀，这个还真没听讲呢，那春雪的喜酒我得去喝。"

"俺姐一走，我的事家里又要开始催了，烦得很。"

"这有啥烦的，麦子熟了该割，大芦棒落穗就该掰，到啥时候就该干啥时候的事……"

闲聊到后半夜，白天的酷热渐渐消退。舟车劳顿了一天，睡意袭来，伴着氤氲着水汽的夜风，二人很快进入了梦乡。

大排船到扬州已是第二天傍晚。

船老大招呼大家停船靠岸两个时辰，并解下两艘尾船。春祥和张占舟利用这个空当上岸转了一圈。走在东关街的石板路上，路旁景色让春祥和张占舟应接不暇，只觉每一样都无比新奇。路两边的商铺招牌各式各样，铺面的杂货吃食琳琅满目，吆喝声、敲打声和讨价还价声不绝于耳，从路口一直贯穿到巷尾。

东关街是扬州手工业的集中地，前店后坊的连家店遍及全街。街面上市井繁华，商家林立，行当俱全，生意兴隆。陆陈行、油米坊、鲜鱼行、八鲜行、瓜果行、竹木行近百家之多。东关街上的"老字号"商家有四美酱园、谢馥春香粉店、潘广和五金店、夏广盛豆腐店、陈同兴鞋子店、乾大昌纸店、震泰昌香粉店、张洪兴当铺……春祥、张占舟兄弟二人目不暇接，扬州的繁华富庶给春祥留下了深刻的印象。

返回到东关渡口，更是一番热闹景象。酒肆、茶楼一应排开，进进出出的食客茶友个个昂首踱步。夹杂其间的迎春院、凤栖楼、藏香阁门前，酒后微醺的男客在浓妆艳抹的姑娘搀扶下，肆意浪笑着迈进了大门。

在临河的一家店铺里，两人胡乱吃了点东西，就匆匆上了船。

两人白天待在船舱里躲太阳，晚上在船板上睡大觉。大排船在镇江、苏州、湖州等地解下部分船只，长龙缩身，在运河上行驶，更为轻巧灵便。在停靠这些码头期间，春祥几次想下船，都被张占舟拦住了。

长着两个眼珠子不让看，和两个剥壳的鹌鹑蛋有啥区别？春祥有点生气。

眼不看，心不乱。张占舟笑着对春祥说。

"好吧！"

就这样，经过十一天的行船，排船抵达杭州。

两个苏北小伙都是第一次到浙江，一路上不知多少次聊到杭州。每次谈起"人间天堂"，春祥都怀有无限的憧憬和向往。但船一靠岸，映入眼帘的景象，让春祥大失所望。岸边的码头，破烂不堪，熙熙攘攘的人群中，鲜有几人衣着光鲜，大多是衣衫褴褛的走卒担夫，在烈日下个个暴露着黑黝黝的肌肤，穿梭在木船和码头之间。几个肥头大耳满脸凶相之人，在人群中不停地吆喝谩骂。

春祥和张占舟小心翼翼地下了船，穿过人群，一路打听，走街串巷，来到位于北城街四号的许宅。

两人对视了一眼，张占舟上前叩响了门环。

过了一会儿，里面传来了脚步声，随着"吱呀"一声，大门开了一条缝，从里面探出个满头银发的脑袋。老者消瘦而憔悴，睡眼惺忪，问道："你们是谁？有什么事？"

张占舟上前一步，鞠躬后笑答："给您回话，俺俩从宿迁来，来寻许老爷，俺东家叫黄培坤，这次来是为了买做酒用的稻米。"

"噢，是这样。"老者上下打量了二人一番，问，"往年要么你们东家亲自来，要么他儿子来，今天怎么换人了？"

"家里的稻米没了，东家在附近先找点稻米应付着，自己走不开，派俺两个……"

老者脸上这才挤出一丝笑意："明白了，随我来。"

二人紧随其后，先后进了大门，绕过影壁，来到了院子。

春祥抬眼一看，院子幽深静长，一条青石路直通到四十米开外的正厅台阶，两边的厢房相互呼应，青黛墨绿瓦、灰壁镶画墙和红漆雕花棂，无声地彰显着主人的显赫。紧邻厢房台阶的青石板路下，是一汪长长的清水池，红红白白的锦鲤在池水中欢快地畅游。每隔五六米，青石板路下就有窄窄的通道。见有人影出现，通道里的锦鲤就会倏地散去，躲闪着晃动的行人。

跨上台阶，老者回身对二人说："我是这里的管事，你们二位在客厅稍事休息，许老板外出谈事，估计这会儿该回来了。"

老者为二人各端上一杯茶水，方才退去。

两个人焦急地等待了一袋烟的工夫后，一位身材微胖，鼻梁上架副墨镜，上身穿着对襟马褂，五十开外的中年男人走了进来，手里捏着一顶竹帽贴着半个脑袋扇来扇去，一边往里走，嘴里还在不停地嘟囔着："这么辣的天，热死人了。"

管事的老者从外面靠近客厅的厢房里走了出来，迎上去，接过竹帽说："许老板，苏北黄老板那里的人到了。"

"好！好！好！"三声过后，许老板进了客厅。张占舟和春祥赶紧起身，满脸堆笑望着许老板。许老板笑呵呵地朝二人摆手让座，随后转身，从门旁盆架上抽下毛巾，浸水拧干后抓在手里，先抹脸后擦脖，片刻后舒坦地坐上太师椅，轻轻呷了一口茶水，才开始问话："两位小兄弟辛苦啦，黄老板最近怎么样？生意还红火吗？"

张占舟欠欠上身回话："俺们东家那里还好，就是没有存货了。东家交代俺俩，尽快到许老爷这里把事情办妥，早点赶回去，家里等着许老爷的稻米呢。"

"哎！"许老板摆摆手，客气地说，"以后不要叫我许老爷，现在不兴这个叫法，还是叫许老板的好。"

张占舟和春祥忙不迭地点头。

半天未开口的春祥，早已在肚子里想好了二叔交代自己的几句客套话，面向许老板笑着说："许老板真是开明之人，用我们老家话讲，就是'玻璃掉在镜子上——明打明'，我们初到贵地，后面还要仰仗许老板。"

只见许老板眼睛一亮，双眼盯着春祥，夸奖道："哟，年轻人不错，机灵会说话，黄老板手底下能人多啊。"

春祥笑着回话："多谢许老板金口一赞！"

"许老板，您看下面我们该怎么办？我们东家希望我们俩尽快将货装船，早点回去！"张占舟话入正题。

"哎呀，这件事还有点麻烦呢。"许老板话一出，两个年轻人的心顿时悬了起来，心照不宣地一齐盯向许老板。

许老板接着说，黄老板订购了一百石，他这里已备了三十石，还差七十石，就这三十石粮食他还备了十多天，不知咋回事，今年的稻米尤为紧张。但不必担心，在桐庐那里他还有一个点，东西已备齐，只需他们二人前往装船，以往也是这般操作，黄老板也清楚这个过程。

听到许老板如此解释，二人微微松了一口气。春祥问："许老板，稻米在两地，我们怎么结账？"

"和过去一样，拿一批货结一批钱。"许老板对站在身边的老者说，"刘管家，你算一下我们这里的账，让两个小兄弟心里清楚，明天装船时，验完货再付钱，今天先安排两个小兄弟住下，黄老板是我们多年的生意伙伴，我们不能怠慢啊。"

老者点点头，在一旁拨拉着算盘。春祥看了一眼张占舟，二人会意地点点头，这和出发前东家交代的并无二致。

算盘哗啦啦响过一阵后，老者抬头对二人说，按之前和黄老板说好的价格，每石是十块八毛，三十石一共是三百二十四块，现在市面上的价格已升到每石十一块四毛，但黄老板是多年的生意伙伴，故而价格不变。

许老板接了管家的话，对张占舟和春祥两个人交代，到桐庐那里尽管放心，价格一样，东西一样，明天看完货再交钱，老规矩。

张占舟面露喜色，问许老板是先将杭州的货装船然后到桐庐，还是先到桐庐装货，返回杭州时再装头一批货。

许老板想了想，告诉两人，先装杭州的货，可以省点时间；先装桐庐的货，可以省点船费。还说按黄老板的惯例，会先到桐庐，再返回到这里。

春祥瞅了一眼张占舟，对许老板说："我们东家催得急，那我们先装好这里的东西，到桐庐后返回时就不在杭州停留了，这样节约点时间，估计我们东家也不会反对的。再说，这一点距离，船费也增加不了多少。"

"也好，也好，你们一路舟车劳顿，今晚就在我这里歇歇脚，明天好赶路。从这里到桐庐也就一百多里水路，不着急。"说完，许老板对管家说，"弄个大点的房间给二位小兄弟，搞几个特色杭帮菜，再备点好酒。"

"早已安排妥当，您放心。"管家应道，然后走到春祥面前，伸出胳膊说,"两位小兄弟,随我来!"

许老板站了起来,一只手搭在春祥肩上,轻拍了两下,叮嘱他们好好休息,再三说了酒菜管饱,并抱歉地表示自己就先失陪了。

二人向许老板道谢后,随管家进了院子西边的一间厢房。管家招呼一声后,也转身离去。

听到管家的脚步声渐远,张占舟赶紧关上房门,两颗脑袋凑到了一起。

"春祥,感觉咋样?"

"还好啊,我感觉没啥问题。"

"你看人家许老板,家里这么有钱,没一点架子,啥事都安排得妥妥当当,不用咱俩操心,真不错。"一向稳重的张占舟笑着对春祥说道。

"是啊,那还不是东家的面子吗!再说,他们是多年的生意伙伴,关系肯定不一般,要不然我们还能捞到这么好的地方住?晚上的酒菜应该也不错。"春祥接话。

"你小子,就知道吃。"

"那当然了,出门不吃肉,不如在家受。咱为东家这么辛苦,又跑这么远的路,吃好喝好算啥呀。"

张占舟拍了春祥一巴掌,兄弟二人心领神会地笑了起来……

奸佞

不知过去了多长时间,管家推开了房门,看见两人正呼呼大睡,暗自摇了摇头,用手拍拍春祥,轻声叫道:"小兄弟,醒醒,醒醒,该吃晚饭了。"

春祥睡眼蒙眬间看见刘管家站在床前,一惊,赶紧下床站了起来,旁边的张占舟跟着也醒了。管家对二人说:"看样子你们是真累了,赶紧洗把脸,饭菜马上就送过来。"

三人正忙着说话时,两个用人已把酒菜摆在了外间的方桌上。管家引二人入座后,解释道:"许老板知道你们那里人喜欢喝老酒,就是你们那里说的辣酒,给你们备了两瓶,另外还备了一瓶黄酒。菜不够,尽管跟我说,等吃得差不多了,再来上一碗我们这里的片儿川,尝尝我们杭州的面食。"

二人连忙站起来，连声道谢。

管家刚一走出房门，春祥便拿起筷子，迫不及待地夹了一大块肉塞进嘴里，上下牙一咬，满嘴滋滋冒油，唇齿留香，忍不住大加赞赏："真香！"

张占舟一边添酒一边调侃："人一饿，嚼啥啥香，这时候就是给你来一盘臭狗屎，你也说香。"

春祥闻言并不恼，边吃边嘿嘿嘿傻笑着。

几杯酒下肚，春祥把头凑到张占舟面前，轻声问："占舟哥，你说许老板那么大的谱儿，按说不可能凑不齐稻米啊，还得让我们再往南跑上一大截子，这中间不会有啥问题吧？"

"不会！人家一直按照过去和我们东家商量好的路子走的，没有变。再说咱们东家也说了，他来过多次，有两次也是到桐庐那里运的粮食。东家还说，桐庐那里山多水多，大田里产的东西特别好，如果都拿那里的粮食最好。"张占舟说这话时，并没有多想。

"这样就好，我还担心到桐庐那里会有啥差错呢，来我们喝酒！"二人酒杯一碰，举杯仰脖酒下肚。

房间里顿时欢声笑语，两人一边闲聊一边挥筷不停，到最后春祥又喝了两杯黄酒。不大一会儿，酒劲便慢慢上来了。张占舟起身刚在房间里走了两步，管家就推门而入，笑问："两个小兄弟，酒菜是否合口？"

张占舟赶紧回话："刘管家，菜酒都好得很。我们俩菜没少吃，酒也喝得不少，谢谢您啦。"

"吃好喝好就行，稍等片刻，片儿川马上就到，过去黄老板每次来，都会吃上一大碗。"

"不用了吧，我们都饱了。"春祥赶紧客气地接上一句。

"尝尝，尝尝，等一会儿你们吃完会有人来收拾的，早点休息，明早吃完早饭，我们就去码头。"

刘管家前脚走，后脚片儿川就由用人端了进来。

精致的蓝花面碗里，一挑细细的面条浅浅地没于汤中，面上铺了几片火腿，再搭上嫩嫩的笋片，汤里撒上青青的葱花，煞是好看，让人不禁食欲大动。

几口下去，春祥却摆摆手，抬头对张占舟说："占舟哥，这个面条并不像刘管家说的那样好吃啊。"

张占舟连忙朝门口望了一眼，见四下无人，才回头狠狠地瞪了瞪春祥："什么最好吃？饿最好吃。你这是吃饱了喝足了！"春祥傻笑着点点头。

待用人鱼贯而入收拾妥当后，两人借着酒劲倒头就睡。

一觉睡到大天亮，直到管家来敲门，二人才从梦中惊醒。

吃过早饭，管家带领二人赶往码头，老远就看到码头上伙计在来回穿梭，麻袋已经堆满船舱。管家朝大家挥挥手，大声招呼："停一下，停一下，让主家先验验货！"

"两位小兄弟，为了节约时间，就先装货了，你们上船看看货怎么样。"管家对春祥和张占舟说道。

张占舟接过粮钎子跳上船，从上到下插了七八个麻包，每插一下，就从粮钎管中捏起几粒稻米放进嘴里，一边嚼着一边品着。很快，他眉头大展，对岸上的管家大声道："刘管家，你们这里的米就是不错，粉多糖高，可以了，继续装吧！"

张占舟跳上岸，从怀里捆得严严实实的包裹里掏出银票递给管家。管家查验一番后就揣了起来，笑呵呵地招呼伙计继续干活。

货物全部上船。

张占舟和郑春祥上船，和管家挥手告别，两空一实的三条船挂在机器轰鸣的头船后面离开了码头，徐徐向南边的桐庐方向驶去……

大排船离开杭州，开始进入富春江面，江南特有的景致渐渐映入眼帘。

春祥和张占舟站在船板上，眺望眼前的美景，心旷神怡，顿觉心胸为之一宽。

"占舟哥，这里比咱那儿漂亮多了，你看看人家这里，水透亮，山就像刚洗过似的。哎呀，咱要是生活在这里，那真是太好了。"

"你小子就是心野，俗话说金窝银窝不如自己的狗窝，你才出来蹦跶几大天哪，就开始嫌弃自己的老家了。"尽管嘴里出来的话味是责怪，但张占舟脸上同样露着满意欢喜的笑容。

春祥瞅着远处连绵的群山，惬意地说："占舟哥，这次出来我算是见了世面，不如回去之后咱们兄弟也弄点小生意做做，像这样苦兮兮地拼体力，一年下来，事一件不少，还挣不了几个屁钱，要是碰到个大病小灾的，只能干瞪眼。"

张占舟瞥了他一眼，笑着说："你小子，不光心野，脑袋瓜子还活泛。我和你不一样啊，你还小也没有家庭负担，我和你真不能比，哪儿也不敢去，只能在家守着，父母年纪大了，孩子就那么一点点大，我是不敢动弹喽。"

"占舟哥，反正我回去得想点办法，不能再干那下苦力的活啦。"

"这个你自己做主，我是和你不能比啊！噢，你不会也想着干造酒吧？"

"那个我干不了，我想倒卖点稀罕货。你还记得，我们在扬州停了一会儿时间，哎呀，那街上的东西，咱那都没有，扬州那地的女人穿的戴的，不都好看得很吗？"

"那些东西我们那里哪用得着啊，咱那里多穷啊。"

"咱那里别的地方不管，但洋河镇可以呀。我们搞点便宜好看的东西捣鼓捣鼓不就行了吗？到时再搭配点吃的，像风鹅、腌肉和双黄鸭蛋什么的。"

"那得不少本钱啊。"

"先少进点，多跑几次和扬州商户熟悉了不就可以赊点货了吗。"

"嘻，这倒是个好主意。"

"动心了吧？"

"我也只是说说而已，你先干吧，等你干好了我再和你裹到一块儿去。"

"想得美，到时候，谁还认得你啊！"

"啪"的一声，张占舟重重地在春祥肩上拍了一巴掌，疼得他捂着肩膀，二人都哈哈哈笑了起来……

半夜时分，排船停靠在了桐庐埂头埠码头。船老大在驾驶舱内休息，张占舟和春祥上了岸，在临近码头的几条小巷子兜了几圈，才找到一个落脚点。店家和春祥语言不通，春祥打哑谜一般稀里糊涂连猜带比画好一通，店家才明晓意图，弄点吃的、喝的端进了小房间。

春祥几乎是撺一筷子就埋怨上一句："这是什么东西啊，难吃死了，有点臭味，这个笋子还有点酸味，是不是坏啦？"

张占舟劝道："对付着吃点吧，这个地方的饭菜可能就是这个味儿。"

饭后，两人躺在凉爽的竹席上，又把第二天的情况捋了捋。片刻工夫，张占舟鼾声响起。

早上五点，桐庐的天已大亮。

按照许老板的交代，两人找到了袁记米行。二人正在门口对伙计说明来意，就见里面走出一个肥胖女人，皱着眉头，张口问："啥子事？"

春祥猜到这是问话，就上前回话："我们是从杭州许老板那里来的，到这里买稻米。"

女人的胖脸上露出一丝笑容："晓得，晓得，早已妥当啦，价格还按许老板的来。你们不晓得，现在米价涨得老凶喽，不过我们守信用，一分没涨。许老板说了的，我们也不会乱来。"

张占舟一听，心里踏实了，笑着道谢，让胖女人尽快安排装船，好尽快往回赶。

胖女人转头，对站在门口的几个伙计吼了一嗓子："你们几个死样活气的，夸丢夸丢（快点快点），右边那一堆儿。"

米店离码头有半里地，米行伙计两人一板车，搬家蚂蚁一样开工了。

春祥站在船边，张占舟立在米行门口，一头一尾认真地计算着数量，生怕出一点差错。快到中午时，货物全部装完。春祥来到张占舟面前，二人核对一下数量，互相点点头，春祥不放心，轻声问："占舟哥，稻米好坏你看了吗？"

张占舟摇摇头："既然和许老板的一样，应该没啥问题。"

"还是看看吧，别……"春祥还是有点放心不下。

"行，那我们看看！"

坐在店里的胖女人看到两个人在嘀嘀咕咕，发话了："两个小兄弟，进来喝口水，顺便把账结一下！"

两个人走进店里，张占舟对胖女人说："麻烦您拿个粮钎子，我们也是替东家办事，还是要验下货。"

胖女人笑着说："应该的，应该的，你先把钱给我，你们去看，等你们回来后，我把收据写好，不耽误你们事。"然后对身边的伙计说："去，把钎子拿给他们。"

张占舟把银票递给胖女人后，手拿粮钎和春祥朝码头走去。

上了船，张占舟把粮钎子随便往麻袋一插，抽出来一看，顿时皱紧了眉头，一颗心悬了起来。又验了几包，货色全部一样。看此情景，他又跨到了另一条船上，从上到下又验了七八包。春祥眼看着张占舟脸色变得煞白，不禁心中惴惴，焦急地在岸上喊问："占舟哥，咋？不好吗？"

张占舟用粮钎子狠狠敲了一下身边的麻袋，气愤地说："全都是碎米，里面还有沙子，有的米都变绿了，这样的米我们哪能要！"

听张占舟这么一说，春祥也慌了。

收到这样的稻米，回去对东家无论如何都不好交代。二人强忍怒火，朝米行跑去。

米行里，胖女人正和三个衣着光鲜的男人有说有笑地喝着黄酒。桌面上，七八个碗碟里有荤有素。桌子下，一条狼狗在舔食着众人扔下的碎骨头。看见二人朝这里走过来，胖女人招呼说："两位小兄弟，看过了吧，要么你们也来吃点东西，再赶路。"

张占舟摆摆手说："老板娘，这稻米不对呀。"

"怎么不对？都是好米的呀。"胖女人面色微沉，语气陡然一变。

"要不然我陪你回去看看。"张占舟说道。

这时，一个男人从座位上站了起来，对二人说："给你们说实话吧，今年的稻米和往年比确实差了点儿，但我们苏老板已经尽最大的努力了，要不你们俩进来看看，仓库里的比给你们的差多了。"

"我们回去交不了差，这米我们不能要，没法做酒。"张占舟坚持道。

"酒那玩意儿，喝到肚子里不都一个味儿，有什么不能做的！再说你们做酒也不光用大米，肯定还要掺些其他粮食。行了，小兄弟，你们赶紧上路吧，天这么热，时间长了，到不了家米就会坏的啦。"她若无其事地劝着二人。

春祥闻言，连忙说道："几位老板，许老板的米在船上，我们一块去看看！装船前苏老板说过，这里的米和他的一样，你们到船上看看不就清楚了吗？这米我们真不能要，带这样的米回去做酒，是要吃官司蹲大牢的！"

胖女人沉下脸，掐腰喊了起来：米装上船了，钱也付清了，大家两清，怎么一上船你们就不认了呢？要是再扯东扯西，现在就给你们点颜色瞧瞧。

看看胖女人，又瞅瞅春祥，张占舟一脸无奈。

春祥仍面带笑容，平和诚恳地请大家伙儿一块去船上看看。他说，若这里的米和许老板的是一样的,我们绝对不说二话,上船走人!关键不是啊,我们做伙计的回去哪能交差。见胖女人不吱声,无奈之下,春祥只得说:"要么你们退钱,下船费我们照付,这样总可以了吧?"

"退钱?我还没找你算账呢!你们带的银票有问题,说不定是假的。"胖女人说着从口袋里摸出银票,"喏,这银票上的字糊拉拉的。"

张占舟远远地看了一眼胖女人手里晃动的银票,大声反驳道:"不对,我带来的银票是用防水膜包起来的,不可能是这样!"

几张大小不一的银票,右上角都沾过了水,张占舟心里清楚,是胖女人做了手脚。他心里大惊,晓得遇到麻烦事了。

胖女人鼻子里哼了一声,对身边的人号叫,两个苏北侉子想用假银票讹人,看样子是和他们说不清楚了,找官府吧,到那里才能说清楚。

春祥终于明白了,胖女人一环接一环地在给他们下套,但无论如何不能收下劣质稻米。他心里清楚,接收下这批货,回去在东家那里纵然浑身是嘴也说不清楚。米已装船,许老板那里又无法联系,事情到了这一步,成了死结。春祥琢磨了一阵,仍坚持说道,不管咋说,这米没法带走!

一个四十来岁的男人此时发话,带不走就留下,还有,银票如果验不过去,人也不许走。

遇到恶人,又在别人的地盘,兄弟两人陷入了困境,只能倔强地站在那里,苦苦等着渺茫的转机。僵持之中,附近的警察被米行伙计叫来了。

年纪稍长的警察一看见两人,张口就吼了一嗓,现在都什么世道了,竟然还敢用假票骗粮。话一出口,兄弟俩就如同从雪地又掉进了冰窟窿,一下子傻了眼。

"拿来我瞧瞧!"警察瞅向胖女人。胖女人把票递给警察。警察对着光来回翻看着,最后说:"这票是真是假!先不做定论,我拿回去用家伙验验再说,你们双方都跟我到镇公所去一下!"话音一落,两个警察径直转身走了。胖女人斜睨了兄弟俩一眼,冷笑一声说,走吧,到说理的地方去。

张占舟和春祥二人只得默默紧随其后。

燕　子

　　镇公所院子里，有一间警察办公的小房间。五个警察坐在其中，房间内烟雾缭绕，蚊蝇翻飞。

　　一个年长的警察对刚进门的几个人说："你们等一会儿，我们先验票，辨别真伪之后再说。"他把银票递给一个小警察。小警察手拿着银票出去了。

　　屋内的几个警察旁若无人，照旧抽烟聊天。春祥二人听不懂他们嘴里的话，在门口傻站着。张占舟紧张地抱着头，春祥盯着每个人脸上的表情。一番端详后，春祥心里浮上一种不祥的预感。因为他从年长警察与胖女人的对视中，发现了一丝异样。

　　好大一会儿后，小警察回来了，冲着满屋子人吼叫，银票不能完全说是假的，但每张都有一处被水浸过，造成盖的章不清晰，数字无法核对，还说这一看就是专业人士干的，目的很明显，就是想让银票无法正常兑付。

　　张占舟急了，大声解释说绝对不可能，自己给苏老板时，她当场就验过了，如果有问题当时她是不会收的。旁边的春祥心里暗暗思忖，眼前的一帮子人蛇鼠一窝，闭口不谈稻米质量的问题，将话题全部转移到银票上了。稻米质量是一回事，假银票则是另外一回事。因为银票一旦被确定有诈，这次买卖便不是做成做不成的问题，而是他们两个能不能走掉的问题。

　　胖女人嘿嘿奸笑几声后，说："那按你说的，难道是我搞的不成？有钱不赚我傻呀？"话音未落，她转身对年长警察说："老童，你说怎么办？我可不能收了假钱，还要再搭上几十石的粮食。"

　　春祥冷静地想过一会儿，指着张占舟跟众人商量："我留下，张占舟走，去杭州找许老板，请许老板来这里处理，怎么样？"

　　"不行！"胖女人手一挥，怒目圆睁，对着春祥叫嚷开来，说春祥根本就不管事，让张占舟走，她的钱怎么办？她的粮食怎么办？烂到船上啊？正在春祥听到此话发愣时，胖女人上前一步，用手指着他，嗓门更高了三分，说如果春祥他们再把粮食倒卖给其他人，她就死得透透的了，还说就这给春祥他们的粮食，她还是低价出的呢，休想让她赔个底儿掉。

　　胖女人说完话，立刻又把目光投向了年长警察。

　　"两个小兄弟，你们不能走，得在我们这里委屈几天，等我们把事情调查清楚，会给你们一个交代的。"年长警察开始和稀泥。

春祥和张占舟正要开口解释，年长警察摆摆手，两个警察不由分说，上前就将两人拽到了附近的一间屋子，哐当一声关上了铁门。

院子里归于了平静。

一连几天，除了按时发放三顿稀饭外，既没人管也没人问，春祥一次次扯着嗓子大声呼喊，整个院子却像一座空宅般无人应答，特别是那个年长警察，更没再露过一次面。

半个月之后的一天，天空下着雨，小警察给二人拿了一条薄被褥，不经意地透给二人一句话："你们的船走了。"

张占舟紧张地问："我们的米呢？"

"可能带走了吧，其他的我也不清楚。"小警察模棱两可地回答。

"那我们关在这里就没人管了吗？"

"现在哪还顾得上你们哪，最近人都调到外面清剿'赤匪'去了，南边正闹得凶呢。"

"闹'赤匪'和我们有什么关系，我们的事不能就这样啊！"

"好好待着吧，这个事不是我能管得了的。"小警察看看两边，谨慎地说道，你们就安安生生地再待一段时间吧，中间千万别闹腾，一闹待的时间还得长，估计看你们没啥动静了，会放你们出去的。

外面下起了雨，小警察说完话，拍拍屁股走了出去。

二人面面相觑，不知所措，无奈地瘫坐在板床上。

日子一天天在煎熬中度过，眼看外面秋风瑟瑟，秋叶凄凄，二人欲哭无泪。

不知过了多长时间。一天，房门打开了，年长警察走了进来，小警察跟在后面，双手捧着托盘。托盘中摆着一瓶酒，两荤两素四道菜，三个空碗三双筷子。菜摆好，老警察开口道："让两位小兄弟受委屈了，最近外面比较乱，一时没顾上二位，通过这一段时间的观察，能感受到两个小兄弟是厚道本分之人，苏老板那里我也做了不少工作。现在好了，这顿饭后，两个小兄弟就可以出去了。这是我为二位准备的饯行酒，不成敬意。"

张占舟将头扭到一边，气得不搭话。春祥则笑着回话："事情拖了这么长时间，我们现在是哑巴吃黄连，有苦也说不出，让我们出去就行。毕竟我们年轻，做做苦力，还是能活下去的。顺便打听一下，怎么到现在才想起我们来？"

"不瞒二位，最近西南边有点乱，都忙剿'赤匪'的穷事情去了。还有，是老哥我才劝你们几句，过去的事就过去了，也别打听，现在是啥世道，你们也清楚，很多事不好说，对你们来说能保住性命就是大事，我说得对不对？另外，今年这里的晚稻收成不好，但军粮一粒都不能少，苏老板那里可能也实在没有办法了。"

"行！就按您说的，出去后我们就赶紧想办法回去。"表面上说着这话，春祥心里另有打算，这件事不能就这么不了了之，但眼下最紧迫的就是早点获得自由。

年长警察一听，哈哈笑了起来，拍了两下春祥的肩膀，称赞说小兄弟有远见，识时务者为俊杰，有一个好身体还害怕啥呀？！随即挥了一下手，摇头道："不说了，喝酒！"

小警察为三人各倒了一碗酒。

三个人心态各异，但酒菜很快就被消灭得一干二净。

走在码头边的兄弟二人，长长地舒了一口气。张占舟问春祥："下面咋打算？"

春祥反问："占舟哥，你还打算回去吗？"

"不回去咋办？这个地方哪是咱们待的地方。"

"回去我觉得要倒大霉，我是不打算回去了。"

"你回不回随你，那我得回去呀，老东家那边咱得去说清楚。还有，家里那么多老小，脱不开呀。"

"那行，占舟哥，你回去给俺爸俺妈说一声，等我挣到钱了就回去娶媳妇。"

"那只能这样了，我身上还有些盘缠，给你留一点。"

"给我留两天的饭钱就行，我身体好不难找到活，你还有那么远的路呢。"

小巷口，二人就此分手。看着张占舟远去的身影，春祥痛苦地蹲在地上，眼泪哗哗地向下流。他何尝不想回去，但就这样回去，别说老东家，就连自己父母那也交代不过去啊。

桐庐县城虽不大，但与杭州之间的水陆交通十分便利，无论是农作物、山野物产，还是水产，都可在此中转，销往杭州及周边城市，亦可转运海外。因此，县城南北，小码头一个挨着一个。

春祥一个人在几个码头上转了两个来回，终于在一家绍兴人开的货行停了下来。

事情说来也巧，春祥正准备回头找地儿住时，在码头石阶上看见一个十七八岁的姑娘在弯腰捡拾撒落一地的蜜饯，便赶紧上前帮忙。事毕，姑娘红着脸看了他一眼。

对情窦初开的姑娘，一眼就足够了。尽管外表邋遢，但春祥是耐看的。他比大多数当地人都高出半个脑袋，匀称健硕的身材显示出虎虎生威的青春活力。棱角分明的轮廓之上，浓密的眉毛倔强地稍稍向上扬起，下边一双大大的眼睛，乌木般的黑色瞳孔，清澈却又深不见底，英挺的鼻梁透露出青年人的桀骜和不屈。

"谢谢你！"姑娘说。

"随手的事。"

"你不是本地的吧？"

"不是。江苏的。"春祥说话的声音很低。

"那你在这里……"

"准备找个歇脚的地方。"春祥说完，准备转身走开。

"你看你这个样子，衣服那么脏，应该遇到什么不顺心的事了吧。我家就在附近，不如去我家坐坐。"姑娘手捧着罐子，一双明亮的眼睛瞅着他。

春祥挠挠头，想想眼前的窘境，最后不好意思地嘿嘿干笑了两声。

姑娘在前面走着，春祥跟在后面，心里七上八下，不知下面会出现什么尴尬之事。

很快，二人一前一后来到风庐货栈，一位六七十岁的老妇远远地喊了起来："燕子回来了，怎么去这么长时间呀？"

老妇看见姑娘后面还有一个年轻人，一脸疑惑。

姑娘笑着说："阿婆，爹呢？"

听到姑娘的声音，一个四十多岁的中年汉子走了出来，正欲开口，看见姑娘身边的年轻人，同样愣在了那里。姑娘赶紧朝二人解释："阿婆，爹，他是我在码头上碰见的，说是想找个歇脚的地方。能不能先让他在我们这里安顿下来，看看有什么活儿没有，住一段时间再说？"

中年汉子和老妇对视了一下，老妇立刻变得笑容可掬，"没得问题呀，进来呀，快进来呀。"

四个人在一张方桌前坐下，姑娘为春祥介绍了二人："这是我外婆，这是我爹。"

春祥道："外婆好，叔叔好，我姓郑，叫郑春祥，江苏宿迁人。"

老妇问道："年轻人，怎么到这个地方来了？"

燕子看着春祥，眼睛里饱含敦促之意。春祥环视了一眼三人，开始解释道，自己受酒坊东家委托，与姨哥一道前来杭州买稻米。由于杭州的稻米不够，就按照杭州老板的安排到了这里，没想到这里的商家不但以次充好，还污蔑他们的银票有假，他们受尽欺压不说，到现在还不知道稻米运回去没有。如果自己这时候回去，肯定得吃官司，所以想临时做点工，混碗饭吃，等表哥来信了，再返回老家。

"噢，是这样啊。"老妇唏嘘了一声。

"骗你们的是哪一家？"中年汉子问。

"一个女的，比较胖，别人都称呼她苏老板。"春祥回答。

三个人都面露惊讶，但很快就恢复了平静。老妇说，有什么情况后面再说，先吃饭。最后还让燕子去找两件干净的衣服给春祥换上。

燕子转身到里屋，中年汉子则抬脚出了大门。

这时，春祥才有机会看了一眼屋内的摆设。方桌两边，各有一排竹制货架，上面各式物品琳琅满目，茶叶、干笋、木耳和鱼干等一应俱全，但更多的是日常用品，大多数他以前连瞅都没瞅见过。看到这些东西，春祥心里琢磨开了，这不正是自己的梦想吗？如果自己也能开这样的铺面，小日子过得可要比在酒坊好多了。想到这里，春祥脸上禁不住流露出一丝笑意。

"年轻人，笑啥呢？"老人问。

"噢，没啥，看到你们好些东西，我都没见过，感到很稀奇，今儿算是开眼了。"春祥赶紧为自己的失态辩解。

老人顿时乐不可支：那就多看看。这里主要为南来北往的人备一些两边都需要的小货。虽然店里囤货不多，但都是本地人喜欢的东西，店开了有十多年了，日子过得马马虎虎。从老人的介绍中，春祥得知，货行还雇了两个伙计，都是绍兴老家来的。

"阿婆，来吃饭了。"燕子在隔壁的房间喊道。

这时，中年汉子手提两瓶白酒回来了，四个人围桌而坐。中年汉子对春祥说："小伙子，我知道你们那里时兴喝老酒，你自己看着喝吧，这个酒我可喝不了，就陪你喝点黄酒吧。"

春祥赶紧为中年汉子倒了一碗黄酒，也给老人斟了一点，自己则倒了一碗白酒，举起瓷碗对大家说："外婆，叔叔，还有燕子，你们都是好人，这碗酒我先干为敬。"老人刚伸手想拦，春祥已一饮而尽。

中年汉子伸出大拇指赞叹道："年轻人，好酒量！"

"人家在酒坊干活，酒量能差吗？"燕子白了父亲一眼。

老人往春祥碟子里夹了两筷子菜，劝道："能喝说明身体好，来，多吃点菜！"

有人的酒量是天生的，春祥的酒量，是练出来的。春祥不馋酒，但每缸出酒时，老东家都会让大家品尝两口。久而久之，春祥不但摸透了酒的品质，酒量也随之大长。

这顿饭，四个人吃得开心。饭后，中年汉子倒在床上睡了。

饭后，春祥狠狠地洗了一把澡。等他穿上干净衣服走到客厅时，燕子和老人都惊住了。此时站在二人面前的春祥换了模样，一头黑发自然垂落，刚好遮盖住额头的三分之一，活脱脱一舞台小生模样，煞是俊美。

燕子仅仅瞥了一眼，就羞涩地低下了头，外婆一看孙女这般模样，心里也如浪花般荡漾开来，连连说道："年轻人，刚才我老眼昏花没看出来，长得蛮俊俏的嘛。好，好。"一边说着话，一边斜眼瞧向自己的外孙女，这时的燕子则低着头，死死盯着自己的脚尖。

"外婆，您老就别笑话我了。家里人为我找媳妇都快愁死了，在我家那儿，我这个年龄的早就娶上媳妇啦，本来我这次回去就要同那对象见面的，没想到会出这一档子事，看来要抓瞎啦。"

"不急，不急，你先在我们这里安顿下来。燕子，快带他去里屋，整理好床铺，让年轻人早点歇息。"外婆叮嘱燕子说。

燕子犹如梦中惊醒："唉，好好，我马上打理好。"话没说完，就引着春祥进了里面的一间房屋。

"春祥哥，你和我说说你的家乡呗！"为了避免尴尬，燕子边铺着床铺边望向春祥。

听着燕子的问话，春祥想起了千里之外的老家，打开了话匣子。

"我的老家宿迁位于江苏北部淮水之阴。春秋时为钟吾国，是西楚霸王项羽的故乡。古时叫过下相县、宿豫县。唐代宗宝应元年，为避代宗李豫之讳,改宿豫为宿迁。"春祥一股脑地把自己肚子里关于宿迁由来的历史知识抖了个底儿掉。

燕子目不转睛地看着春祥,春祥继续说道:"我家现在住在郑楼,是从宿迁皂河镇迁过来的。"

"郑楼?肯定是村里姓郑的人多啦?"

"是的。我们村里,绝大部分家户都姓郑。"

"皂河这个名字怪怪的,是河水能当肥皂洗衣服吗?"燕子托着腮,俏皮地看着春祥。

"皂河镇位于宿迁西北部,可是个水乡古镇呢,镇子内有五条河,旧时也叫'五河镇',这也是我听老人们说的。至于'皂河',是发源于山东临沂郯城墨河的一条支流。'皂',墨也,就是黑色的意思。"春祥摇头晃脑、咬文嚼字地说。

"你的学问可真,真大!"燕子说话时,羞涩地低着头。

"我上私塾时,听学堂里的先生说,曾任河南道直隶州判的卢盛芝是我们皂河人,解甲归田在集市周围筑圩防寇,才有了'皂河镇'。现在的皂河镇,每天大大小小的船只来来往往,要多热闹有多热闹!"春祥伸着懒腰,看着听得津津有味的燕子,脸上露出困意。

等春祥迷迷糊糊地睡下,燕子心领神会地挤到了老人的卧室里。

外婆问:"燕子啊,我看这个年轻人就是不错,你感觉怎么样?"

"阿婆,您说的啥话呀……"燕子羞红了脸,不敢正眼看自己的外婆。

"别瞒我了,你喜欢的话,我们就把他留下。"

"爹他同意吗?"

"放心,你爹不会拦的。你妈走得早,你干啥事你爹没依你啊?年轻人说的那个苏老板,本来就是个恶人,在我们这儿就是一霸,仗着她哥在部队当官,不知坑了多少人。刚开始谈到留不留这个年轻人,我和你爹还有点犹豫呢,后来看到小伙子知书达理,长得又俊俏,我和你爹就改变主意了。我们这个铺面最近确实也缺人,雇的那两个人回老家干活去了,不到十天半个月估计也回不来,就让他留下帮个忙吧。"

"哦,谢谢阿婆。"燕子的声音几不可闻。

老人嘿嘿地笑了起来,燕子赶紧起身轻轻拍了两下外婆的背,偎在了老人身边。

离　别

经过一段时间的接触，春祥逐渐了解了这家人的情况。

燕子的阿爹，也就是货行老板，姓贾，叫贾方林，绍兴上虞人，其父辈开了一间杂货铺。贾老板有兄弟三个，他是长兄，后三兄弟因分家导致尺布斗粟，他便带着妻子女儿外出独自谋生。十年前，妻子因大病亡去，于是岳母开始和他们一起生活。贾老板一家都是和善之人，与邻里相处融洽，凭着诚信经营，生意也红红火火。

货行在备货时需要人干些体力活，因为售卖的都是些零零碎碎的东西，日常活计谈不上累，但也离不开人手。忙时，春祥两脚不沾灰；闲时，还要帮助往货架上添补物品。

春祥暂住在燕子家已经两个多月了。春祥心中时常起伏不定：占舟哥回去情况怎么样？父母过得如何？老东家是否会迁怒他们？燕子一家待他越是好如家人，春祥心里越是惴惴不安。思前想后，春祥萌生了离开桐庐的想法。

姑娘的心思总是很细，燕子敏锐地察觉到了春祥的心理变化，几次想和他聊一聊，但考虑到他的面子，几次欲言又止。实在憋不下去时，燕子只能悄悄和外婆说了自己的心思。正当老人准备找个合适的机会和春祥坐下来聊聊之际，桐庐县城突然呼啦啦地来了一支部队，打破了这个小县城的宁静。

春祥和往常一样，归置好货物后，便到街上转上一圈。今天的大街上，乌泱泱全是当兵的。春祥正准备转身返回，突然从一家小店铺里传来了争吵声。春祥循声望去，看到了一家售卖点心糖果的夫妻店。他侧身朝里张望，只见三个当兵的正手指着掌柜的大骂。掌柜的在斥责声中边赔着笑边往他们怀里塞着东西。那三个当兵的仍不依不饶，动手抢起东西来。

春祥实在忍不过，三五步跨进店里，张口喊道："万掌柜，给我称一斤点心，还要原来的那一种。"

三个当兵的见有外人来，急忙缩手。

万掌柜连声说："好好好。"

春祥若无其事地继续说道："万掌柜，您这里的东西就是好，附近的人都很喜欢，燕子最是喜欢了。"

　　万掌柜的老婆在里面称好东西，正准备递给他时，春祥又说道："麻烦您再给我称一斤冰糖、一斤蜜枣。"

　　万掌柜纳闷，这些东西都是他们从绍兴货行进的货，春祥怎么还从他这里买东西呢？但看到春祥的眼神后，他明白了三分，于是夫妻二人赶紧在里面忙了起来。三个当兵的傻傻地站在柜台前，不知该怎么应付这个突然冒出来的小伙子。

　　春祥笑着开口向三个士兵道："几位兵哥，来买东西的吧？万掌柜这里的东西，不但品质好，分量也足，在我们这里口碑一直不错！不信，几位也买点尝尝。"说罢，他把一包点心推到三人面前："三位大哥，尝尝，尝尝，这包算我请客。"

　　一番客气话，让三个当兵的有点尴尬，其中一个长得壮实的说："哥几个，这个小老弟说得也对，我们尝尝，行，就买点，不行，就赶快回去吧。要是被连长发现了，那可就麻烦了。"

　　三个人每人捏了一小块放进嘴里，连连点头，春祥见势，把一整包点心塞到一个当兵的手里，"这算我请客，几位多吃点。"见到春祥态度坦然而淡定，三个士兵顺水推舟，退出了店里。

　　万掌柜见人已走，便连忙走出柜台，拉着春祥的手连声道谢，说要不是你及时赶来，店铺的损失就大了。万掌柜拿起包好的冰糖和蜜枣，一把塞到春祥手里。

　　春祥连连摆手："万掌柜，我呢，既不付钱，也不要东西，刚才只当我帮你做了回推销。"

　　万掌柜夫妻俩连连致谢，目送春祥走出店门。春祥刚向绍兴货行的方向走出十几步，便听到后面有人喊道："前面那位小兄弟，请留步！"

　　春祥很纳闷，回头望去，看见距自己两丈开外处，立着一个头戴礼帽、身着中山装的年轻人，在朝着自己招手。春祥迟疑的间隙，对方已快步走近："听小兄弟的口音，是苏北人吧？"

　　春祥点点头，回答："是的，宿迁人。"

　　"那我们还是老乡呢，我是盐城人。"对方边说边伸出手，春祥也下意识地伸出右手。

　　"我叫何健飞，是第十九师——四团三营参谋。小兄弟，刚才看到你机智地化解了一场冲突，不简单！我愿意交你这个朋友，不知小兄弟有没有兴趣到我们兵营里坐坐？"

突如其来的相邀，让春祥有点措手不及。他快速转动脑筋，认为在外地能结交同乡并非坏事，便点了点头。

"随我来！"何健飞在前面带路，领着春祥朝兵营走去。来到一排房子前，何健飞推开房门，两人走了进去。这间屋子不大，但收拾得井井有条。何健飞拉着春祥坐了下来，倒了两缸子热水，一左一右放于两边，"喝点水，不用紧张。"

看着何健飞神情自若，春祥的内心方才平静下来。望着门外来来往往的士兵，春祥忍不住问："何大哥，你们怎么突然到这个地方来了？我还从来没见过这么多当兵的呢！"

何健飞笑着给春祥介绍，他所在的部队，原来常驻常德及周边地区。这几年湖南、江西、四川、贵州等地很不平静，"共匪"遍地开花，把政府折腾得焦头烂额，他们师的四个团，从湖南追击"共匪"到江西，再到贵州，最后一路到云南，士兵们筋疲力尽，"共匪"却还是没有被剿灭。根据上峰的命令，他们回到桐庐、嘉兴、建德一带休整，要不了多长时间还要开拔，到杭州、金华两地驻扎。

"何大哥，'共匪'是不是土匪啊？"

"这个怎么说呢，是也不是！说不是吧，他们和土匪一样，都是穷苦人出身，为生活所迫才拉的队伍；说是吧，这些人和土匪又很不一样，土匪只管抢东西杀人，这些人有组织有纪律，也打家劫舍，但都属杀富济贫侠义之举，因为老百姓拥护，所以，他们的队伍发展很快，我们剿都剿不及。"

"那政府收编他们不就行了吗？像过去的水泊梁山，官府不是都招安了吗，这样多省事啊。"春祥突然想起自己听过的苏北大鼓书《水浒传》中的故事情节。

何健飞笑着用手指点了点春祥的鼻子说："你这个小兄弟啊，这个我就和你解释不清楚了，慢慢来吧！我问你，你是怎么到这个地方来的？"

春祥就一五一十地把自己的经历来了个竹筒倒豆子。等他说完，何健飞叹了一口气，说道："现在恶人多啊，小兄弟，你叫什么名字？"

"郑春祥。"

"想不想到我们队伍里来？"

"当兵？"春祥一脸惊讶。

"在军队里可以锻炼锻炼嘛，军队就像个炼丹炉，只要自己有能力，是可以有一番作为的，至少不会受一些恶人的欺负，怎么样？"何健飞瞪大眼睛望着春祥。

"这个？这个？"春祥踌躇不决地抓着头发，不敢正视何健飞。

"春祥，我看你脑瓜子比较灵，适合到部队里，还是来吧，我这个级别可以推荐推荐。念过书吗？"

"念过四年私塾。"

"那应该认识不少字了，来吧！"

"何大哥，要不我回去和掌柜的商量一下？"

"行！如果有什么问题随时可以来找我。"

晚饭时，春祥把自己的想法和燕子一家三口说了。三个人听后，面面相觑，都不知道说什么，筷子举在手中半天没有落下。短短的两个月时间，春祥和他们相处融洽，彼此之间都有了依赖感。过了好一会儿，燕子的父亲贾方林才开口，声音低沉地说春祥出来时间久了，肯定念家了，况且春祥是个男人，和燕子不一样，姑娘可以承欢膝下，男人就应该志在四方，到外面拼搏一番。最后，贾方林低头表态，不管怎么说，春祥要留，欢迎，要走，他也不拦。贾方林说完看了一眼女儿，燕子的眼神里有着对父亲的埋怨。春祥看在眼里，一时接不上话。

燕子的外婆接着说，阿婆虽然年纪大了，但还没老糊涂，哪个长辈不希望孩子混出个模样来？春祥想出去闯闯，他们一大家人都喜欢，只要春祥自己愿意就行，只是希望春祥以后不管走到哪儿，都不要忘了这个地方，在这个地方还有三个亲人。

外婆说完，用手帕抹了一把眼泪，燕子也开始嘤嘤而泣。春祥的眼睛湿润了，起身说："阿婆，叔叔，燕子，我郑春祥一定不会忘了你们的大恩大德，请你们放心，我会在外面好好干的。我听说，第十九师之后会驻扎在杭州、金华一带，离这里就一百多里地，等我安顿好了我就给你们写信……"春祥的话还没说完，燕子就低着头进了自己的房间。

"春祥啊，燕子对你的感情你明白吗？"

"我知道，阿婆，燕子很好，后面还麻烦阿婆多开导开导她。"

阿婆没有说话，只是轻轻点了点头。之后，阿婆看了一眼燕子父亲。贾方林赶紧从身后拿过一个小包裹，放在春祥面前，说春祥在这里干了一段时间，这点钱算不上是工钱，出门在外确实需要一点盘缠，劝春祥留为应急。

听这么一说，春祥的眼泪夺眶而出，扑簌簌地掉落下来。他把包裹重又推回到贾方林面前，喊了一声阿婆和叔叔，说这钱自己不能留，到了军队，每月都有饷银发。说他一有空就会回桐庐，自己心里早已把这里当作自己的家了。

听完春祥的话，贾方林爽朗地说，家里随时欢迎你回来。

贾方林和春祥回屋休息，阿婆走进燕子房间。阿婆抚摸着泪水汪汪的外孙女的肩膀，细声劝慰道："这样可不好，你春祥哥是个男人，是男人就应该到外面闯一番，不能一直困在家里。"

"他真狠心，我们待他不好吗？"燕子泪眼婆婆，噘着小嘴，话中不无埋怨。

外婆笑了，摩挲着燕子的肩膀，说看来燕子是离不开春祥了，不过没事，刚才春祥说了，他把这里当成自己的家。再说他跑得又不远，你以后还可以去找他。不用担心，春祥这孩子人品不错，不会是那种忘恩负义的人。

燕子这才直起身，搂着阿婆的肩头说："阿婆，我不希望他走，如果他留下来，我会好好待他的，比以前还好。"

"我的傻囡呀，这我都明白，但你不能拴着他。男人嘛，心野才能成大器呀。"

第二天，春祥吃过早饭，刚跨出大门，看见燕子立在大门口，便走了过去。"燕子，你怎么不吃早饭？"

"你过来。"燕子拽着春祥的胳膊来到僻静处，从怀里拿出一个红绸子布包，递到春祥面前，腼腆地说："春祥哥，我想送你件东西，你一定要好好保管，可不能送给别人哟。"

"我看看是啥。"春祥正欲打开，却被燕子一把拦住，"这个你回去再看，你先把耳朵伸过来，我给你说一句话。"

春祥身体前倾，侧脸准备听燕子的悄悄话。没想到燕子在他的脸颊上轻轻地亲了一口，便红着脸慌乱地跑开了。

春祥呆在原地，望着燕子轻快的背影，脸上浮现出羞涩的红晕。

在何健飞的帮助下，春祥很快就到了三营下面的一个连队，成了一名新兵。

平时除了训练和站岗外，何健飞的办公室里他是常客。二人也因此逐渐熟络起来，成了无话不谈的朋友。

一天晚饭后，何健飞叫上春祥，闲步来到江边，顺着江岸边走边聊。

何健飞笑着问道："春祥，到部队这么长时间啦，还适应吧？"

春祥点点头："早就适应啦，何大哥，我听周边几个年纪大一点的说，咱这支部队可能还要移防，现在怎么这么乱啊？"

"你可能还不知道，今年世界上发生了很多事，德国和意大利已经签订协议，组成了轴心国，这两个国家的行为很让全世界人担心哪，他们大肆扩充军备，想干什么？不就是想往外扩张吗？他们就是想挑动战争，从而掠夺资源。"

春祥又问："那咱国内情况怎么样？听说日本已经占领了东北，这不就和德国、意大利一样吗？"

何健飞想了想，停下脚步，看着春祥娓娓道来：日本人1931年开始进犯东北，挖我们的煤，采我们的矿，短短几年时间，就侵占了整个东北。现在，他们又盯上了华北，已经把兵派到了察哈尔和热河，就连北平也开始有他们的驻军。前段时间，在北平，在西安，在上海，在很多其他城市，工人、学生都走上了街头，游行示威，纷纷抗议日本侵略中国。

春祥急切地问："那我们就一点反抗都没有吗？我们自己也有部队，我们手里也有枪！"

何健飞拍了拍春祥的肩膀，微微一笑说，有枪又能怎么样？政府一味妥协，内部又不和，怎么和日本小鬼子干？好在我也听说共产党那边的红军是积极抗日的，他们去年7月北上，今年10月在西北和红军三大方面军会师，目的就是针对华北的日军，这是一支有民族大义的军队，如果全中国都是这样的军队那就好了。

"何大哥，那我们怎么办？要不，谁抗日我们就跟着谁吧？"春祥眼怀期盼直勾勾地盯着何健飞。何健飞哈哈笑了一阵，接着悄悄跟春祥耳语起来，说春祥这段时间进步不小，但这件事情日后再仔细谈。现在国内形势变化不定，要根据大形势来决定自己的去留。

两个人接着朝前走，又谈了一些家庭、个人及生活问题，走在何健飞身边，春祥总感觉到自己的血是热的，心是激烈跳动的，有一种强烈的信赖和归属感。

春祥此时并不清楚何健飞的真实身份。

何健飞何许人也？自1928年在盐城参加淮盐特委后，何健飞受党组织派遣，两年后进入由李觉担任旅长的五十七旅。李觉担任师长后，对部下多有提携，参加过国民党军官衡阳学习班的何健飞为人谦和，很快就被其提拔为营级参谋。在国民党对红军的"围剿"中，何健飞多次巧妙设计解围，帮助红军化解了危机。尽管他多次提出归队的请求，但党组织均未批准，而是让他继续潜伏于国民党军队内，以期发挥更大的作用。

这年的12月12日，在经过长时间的悉心观察后，何健飞打算把自己的身份向春祥挑明。但没想到，当日凌晨发生了震惊中外的"西安事变"，消息很快在政府和军队中传开。到了晚上，何健飞找了个僻静之地，召集一一四团冯林生、韦富林等党小组成员，并叫来了春祥。

"早上发生的事，想必大家都知道了，张学良和杨虎城发动兵谏，把蒋介石扣在西安，准备逼他抗日。至于蒋介石到底同意不同意，还要看进一步的发展。"何健飞沉稳地说。

冯林生愤愤地骂道："他奶奶的，东北都给日本人占完了，老蒋还只当没这回事，继续搞内斗，真希望张、杨二人把他突突了。"

何健飞冲大家摆摆手，声音低了一码，让大家先不要着急，说现在延安一定在想办法，但就现实情况来看，不团结国民党也是不行的，目前的问题是蒋介石要是不同意国共合作，死磕到底就麻烦了，最好还是逼他对日宣战。

旁边的韦富林哀叹一声后，说摊上这个政府真是倒霉，软弱无能，自己真是不想在这里待了，想早点儿回到老部队，冲到前线去，还是当面和小日本干来得痛快。

还有两个人也异常气愤，小声骂着，只有春祥在认真听着大家讲话。他心里清楚，这几个都是和"赤匪"一样的人，自己内心其实早已倾向这个组织。等大家声音渐稀后，何健飞问春祥："春祥，你也谈谈你的看法，没事，这个屋子里都是自己兄弟，有什么说什么，不要顾忌。"

春祥看了大家一眼，开始谈自己的想法："何大哥，几位兄长，其实我早已清楚你们的身份。我是穷苦人出身，这次在桐庐遭受恶人欺诈，有家不敢回，父母和大姐现在是什么情况一概不知，也不敢问。有时晚上想起来自己遭的这些罪就忍不住掉眼泪。我对现在这个政府是恨透了！日本人来欺负我们，现在是东北，将来我们整个国家都得被他们占了！我平日里经常受到何大哥的教育和开导，知道自己该干啥。我不瞎，也不聋，知道你们都不是一般人，都是心甘情愿为国家、为百姓请命的人。今天我郑春祥给你们表个态，我要做和你们一样的人，甘愿为国家和组织舍弃一切。"

何健飞站了起来，对大家说："那行，我愿意作为郑春祥同志的入党介绍人，其他人看看还有谁愿意做介绍人？"大家都举起了手。

何健飞环视大家一圈后，压低声音说，他上午参加师部会议，得知西安事变一旦有重大变故，十九师可能会有动作，有可能会抽取一部分部队往北赶，他们几个或许会分开。但他要求大家，即使分开，每个人都要在部队里安心待下去，到时会有上级部门通知下一步的行动。因时间紧迫，他提出关于郑春祥入党一事，今晚就完成，虽然有点不符合规定，但特殊情况特殊对待。他介绍说，自己对郑春祥同志的考察早已开始，认为他符合党组织的要求，更相信郑春祥同志加入组织后，会严格要求自己，成为一名合格的共产主义战士。

何健飞征求春祥的意见，春祥一改往日的伶牙俐齿，嗫嚅了好一阵子，才开口说话："我做梦都想着这一天！"

冯林生从口袋里掏出一张红纸，放在桌面上，何健飞庄重地对春祥说："形式我们就简单点，下面我作为领誓人，郑春祥跟着我宣誓。"

春祥朝前一步，站在绘有镰刀锤头图案的党旗面前，跟着何健飞一句一句地宣誓：

"我志愿加入中国共产党，

"坚决执行党的决议，

"遵守党的纪律，

"不怕困难，

"不怕牺牲，

"为共产主义事业奋斗到底。"

新　生

1937年的中国，注定是风云激荡。

卢沟桥事变，抗日战争全面爆发。9月22日，国民党中央通讯社发表了《中共中央为公布国共合作宣言》。当月23日，蒋介石发表《对中国共产党宣言的谈话》，实际上承认了共产党的合法地位。至此，第二次国共合作开始，抗日民族统一战线正式形成，西北红军改编为国民革命军第八路军，南方八省的红军游击队改编为新编陆军第四军，开赴战场对日作战。

而在8月13日，日军悍然登陆上海金山卫，对上海发动攻击，妄图率先侵占中国东部国土，进而南北夹击中国军队。淞沪会战就此开打，中国军队奋起抵抗，11月上海失守。

淞沪会战失败的负面影响不久就在华东地区辐射开来。蒋介石决定断尾求生，拉长防御线，并开始谋划将部队大规模后撤。十九师闻此消息后，开始军心浮动，移防何处众说纷纭，结果是开小差者有之，私卖军用物资者有之，贪污腐败者有之，更有甚者竟在暗中倒卖起枪支弹药。

尘埃最终落定。除部分军队来回调遣外，第十九师主力部队将在杭州一带加固防御，遏制日军南进的势头。

1938年的春节刚过半个月，江南大地已然一片翠绿，气温一下子升高了许多，路人身上的棉衣也渐渐褪去。春祥自从到部队后，虽只回了燕子家四次，但每次和燕子一家在一起时，都觉得自己欢快得像过年。不过这一次春祥却一反常态，心事重重地走进了燕子家。

燕子看到春祥紧皱着眉头，便紧张地问这问那。春祥待叔叔和阿婆坐下后，讲起了大小形势的变化。他说，最近部队很不安生，伙食每况愈下，饷银也已两个月没有发放，甚至出现士兵闹事的情况。更甚的是，营长因与参谋不和，竟然诬陷春祥与当官的一起聚众滋事，还一直在找他的麻烦，看样子他在这个部队是快要待不下去了。再有，政府各个部队都畏畏缩缩的，日本人在东北为非作歹，部队里竟然一点动静都没有。就拿南方说，现在日军打到离部队所在地仅两三百公里的地方了，蒋介石却不仅不派兵与日军拼命，竟还跑到重庆去了！再这样下去，国家就完了！最后，春祥叹了一口气道："这样的部队，怕是待不下去了！"

闻罢,燕子的表情反而变得轻松:"那不正好吗,待不下去就回来呗。"

贾方林瞪了燕子一眼:"等春祥把话说完!"

"我准备往南走,可能离这里远一点,到平阳去。"春祥说出自己的打算,大家听后都吃了一惊。

阿婆问道:"我本还想着你往北走呢,怎么反而往南去了呢?"

对于阿婆的问题,春祥像是深思熟虑过,不假思索地解释道:这时候回北边不太合适。营参谋对他不错,给他介绍了一位在平阳做生意的亲戚。那里靠海近,可以帮他往内地倒腾些海产品。他打算去平阳一段时间,把当地的情况摸一摸。桐庐和苏北的情况他清楚,到时如能把平阳、桐庐、苏北三地的生意串起来做,应是条不错的路。

贾方林听完,立刻称赞春祥这个办法好,反正路程也不十分远,到时如运转的钱款不够,他可以多帮衬点。

阿婆仍有些担心,说办法好是好,就是往来通个信都不方便,中间万一遇到点什么麻烦事,大家也不好支应。

"阿婆,没多远!我和爹去过那里。春祥哥的这个想法,我赞成,再说,过一段时间春祥哥就回来了。"燕子这次倒想得开。随着和春祥的交往,她的心胸也变得宽广了许多。

大家话一说开,气氛也就好多了。

最后,贾方林问春祥:"那你什么时候动身?"

春祥回答:"明天。"

"怎么赶得这么急?"燕子又开始担心了。

春祥解释说,因为部队很快就要到杭州驻扎,还是趁着现在部队里不稳,早点离开,不然到后面可能就走不成了。

阿婆赶紧招呼贾方林说:"那你赶紧去买点菜,再拿瓶好酒,晚上我们好好聚聚。"老人又对燕子说:"你也别闲着,快去给你春祥哥多准备两件换洗的衣服。"

"大家忙,我也一起忙,我把柜台上的东西理一理,擦一擦。"说完,春祥起身拿起一块抹布出了门。

晚上,四个人和原来的两个雇工一起坐在桌前,桌上摆满了一圈儿的白酒、黄酒、茶水,大家热热闹闹地吃了一顿饭。饭后,春祥和阿婆、贾方林、燕子又聚在一起，把今后可能会遇到的问题又琢磨了一遍，才各自回到房间休息。

春祥刚躺下，就传来轻轻的敲门声。他连忙坐起身，朝门口应了一声："进来吧。"

燕子推门进来，怀里抱着一摞叠得整整齐齐的衣服，羞涩地说："喝多了吧？你早点歇息，这是阿婆让我给你准备的换洗衣服，还有一些钱，我先帮你装起来，明早走时就不会慌张了。"

春祥赶紧从床上下来，接过包裹。灯光下，燕子两手不停地忙碌着，站在一旁的春祥默默地看着她。

燕子鹅蛋脸上的鼻翼不停地颤动着，长长的睫毛忽上忽下地翻动，细长的脖颈细腻光滑。春祥那颗年轻的心，跳动得越发激烈，他从背后一把抱住燕子柔软的身体，把头深深地埋进姑娘的肩胛处，呼吸声越来越重。这突如其来却又是令燕子盼望已久的举动，让她手上的动作顿时停了下来。片刻之后，燕子猛地转过身，紧紧地抱住春祥，身体开始颤动起来。

过了一会儿，燕子抬起头，双目含泪，颤抖着声音开口道："春祥哥，你娶我吧！"

春祥看着燕子那张漂亮的脸蛋，频频点头："好，我娶你！等我下次回来，我亲自向阿婆、叔叔提亲。"

两个年轻人又紧紧地相拥，过了许久才恋恋不舍地分开。

春祥辗转反侧了一夜，直到天蒙蒙亮时，才终于睡了一会儿。

天亮时，阿婆叫醒了春祥。

春祥洗漱完毕来到客厅，贾方林和燕子已坐在桌前等他了。春祥刚一落座，两个年轻人四目交汇，瞬即又躲闪开来。春祥细心地发现，燕子的眼圈有些发暗，看样子也是彻夜未眠。

一家人送春祥到了码头。为了躲避沿路部队的盘查，贾方林建议春祥坐船向南，先到金华，再转陆路向东南。春祥跳上船，望着燕子一家人的身影渐渐模糊后，才依依不舍地坐回船舱。

一路上，春祥大船换小船，小船换汽车，遇到不通公路的地方，要么借助牛车要么步行，前后用了将近十天，才赶到平阳地界。

平阳县境，层峦叠嶂，溪流纵横。春祥看到这个情况，顿时傻了眼。此时,他正身处平阳坑镇,迷茫间不知下一步该往哪走。在镇上寻了好一会儿无果后,才向一位面善的老人试着打探:"这位大叔,我是从杭州来采购中药材的,听说这里闹'赤匪',怕他们拦路抢劫。您能告诉我他们在哪儿吗?我好绕路走。"

"年轻人,不用绕路,'赤匪'才不像你说的那样呢,不用担心。"老人笑呵呵地回答。

"那我还是怕呀,您告诉我他们在哪儿就行。"春祥表现得很急切,追问道。

"啊,我也是听说,他们驻扎在南雁、南山寺那一块儿,前一阵子他们还到我们这里买东西呢,不管是当兵的还是当官的,都和气得很。"老人朝远处指了个大致方向后就不再言语,继续埋头编织着手中的篾筐。

在小街上,春祥买了一点干粮,继续赶路。在山间丛林里穿行,迷路是常事,羊肠小道曲曲折折,春祥不知走了多少冤枉路。路越走越深,人烟越发稀少。天色将晚,春祥选了悬崖下的一处山洞,打算在此对付一宿。

夜渐渐深了,四周漆黑一片,温度也急剧下降,潮气和寒气一齐朝着春祥袭来。春祥打开燕子为他准备的包裹,把里面的衣服全都取出裹在身上,却依旧抵挡不住寒冷。从小生活在苏北平原的春祥,完全没有山区生活的经验,哪知道山里温差如此之大。他身上没有点火的东西,也没有事先去捡些干草和树枝。等到了后半夜,山风渐起,他只能缩着身子在山崖内挪来挪去,后来竟不知不觉地睡着了。

等春祥醒来时,已身处一间屋子里。

他侧脸看了一下,发现一个十五六岁的孩子正靠在床边打盹。这孩子身穿灰色粗布夹衣,外罩一件黑色短夹袄,头戴一顶灰色八角帽,帽檐上一颗五角星虽已褪去亮色,但那抹浅红仍依稀可见。

春祥试着坐起身,却感到浑身虚软乏力。这轻微的动静惊醒了熟睡的孩子。他看到春祥在望着自己,立刻惊呼道:"林连长,人醒了,人醒了。"

听到孩子的呼喊声,从外面跑进来两个人,其中一个约莫二十出头,他坐在春祥身边,按住春祥的胳膊说:"小伙子,别起来,你都烧了大半天啦,再躺会儿。"

"这是哪儿?你们是谁?"春祥看着叫"林连长"的年轻人问。

"你先别问我们是谁,你跑到这个地方来干什么?"林连长询问道。

没等春祥开口，旁边的孩子插了一句："你这人真笨，看不出来我们是谁呀？你瞅瞅我头上的五角星！"

"'红军'？"看到林连长点点头，春祥羞红着脸接着说，"我就是来找你们的。"

"你找我们？"站着的三个人都愣住了。

"是的，我叫郑春祥，第十九师何健飞介绍我到这里来的。他是我的入党介绍人，他介绍我来找一位他的同乡，叫夏宁瑜，不知道你们这里有没有这个人？"

听到"夏宁瑜"这个名字，林连长沉吟了一下，对春祥说："夏宁瑜同志牺牲了。你先休息，我马上向首长做个汇报。"并让一个战士去把炖好的鱼汤端进来，给小郑补补。

说完话，林连长就走了出去。

春祥吃完东西刚刚躺下，小屋的门就被推开了。林连长走在前面，后面跟着一位身材中等、动作干练的年轻人。春祥赶紧坐了起来。林连长向春祥介绍："小郑，这位是我们的师长粟裕同志，他亲自来看你了。"

春祥尝试着下床，粟裕一把把他按住，亲切地询问：

"感觉怎么样？好些了吧？烧退了吗？"

春祥不好意思地说："退了，就是浑身没劲儿。"

"那肯定是你烧得时间太长，多休息休息，再增加点营养，慢慢就好了。小伙子，今年多大了？"

"二十。"

粟裕扭身对林连长说道："林连长，这样，等小郑恢复得差不多时，让他到学校里参加学习吧，时间很紧，就先跟着学一些吧。"

"是！"林连长敬了个军礼。

粟裕安慰春祥："小郑，这样，组织上会安排你去抗日救亡学校学习一段时间，你要抓住这个机会，多学习一些我们党的政策，多了解国内的现实情况，并且学习一些作战技术，为今后的战斗做好准备。"

粟裕离开后，春祥激动地爬起来，连声道："林连长，我现在就想去。"

"现在身体感觉怎么样？"

春祥拍拍胸脯:"没事,没事,已经全好了。"

"再休息一天,等你完全恢复了我再送你过去。"林连长指着春祥笑了起来。

1938年元月,闽浙边省委根据中央指示,在畴溪小学创办了闽浙边抗日救亡干部学校,目的就是吸纳南方八省十四个根据地游击纵队中的优秀干部前来学习,为抗日战场输送中坚力量。而这所学校的校长,正是安排春祥入学的粟裕。

春祥赶到学校上的第一节课,就是关于敌后武装的筹建及民主政权的建立。更令春祥没有料想到的是,这节课的教员不是旁人,正是粟裕师长。第二次见师长,粟裕在讲台上侃侃而谈,五六十名学员听得全神贯注。春祥更是如此,他第一次接触如此系统的理论学习,感到新鲜、紧张、震撼,一堂课下来,他做了满满十几页的笔记。

在一个多月的时间里,七八位教员轮流授课,课程内容涵盖政策理论、战术素养、敌后斗争策略,还有单兵体格训练。几十天下来,春祥感到浑身热血沸腾,脱胎换骨,整个人精神焕发。学校里白天集体上课,晚上春祥就主动跑到其他宿舍,结交朋友,大家都喜欢上了这个性格开朗、大方热情的北方小伙子。有一次粟裕在校园内碰到春祥,问他是否适应这里的生活,春祥说,这样的生活他愿意过一辈子。粟裕听后哈哈大笑,说这可不行,在这里学习是为了赶走日本鬼子。

山花初开之时,充实紧张的培训匆匆结束了。此时,国共两党联合抗战的形势已初步形成,粟裕率领挺进师主力部队前往皖南,进入了对日作战的第一线。

部队是傍晚时分悄悄开拔的。

春祥是新学员,留了下来,一方面加强学习,一方面负责临时组建的浙江省委的安全保卫工作。浙江省委机关的领导是刘英,春祥跟随机关在闽浙地区开展游击斗争。一次,四个土匪化装成卖东西的小贩混进机关,企图实施投毒暗杀。当春祥问他们蜡烛和煤油的价格时,四个人竟然说出了四个不同的价格。春祥见状不露声色,说自己去喊会计来付钱,随后立即喊来几个战士,在机关院里将四人活擒。几个月时间,春祥轻伤三次,获三等功两次。刘英书记在大会上说:"春祥这个小伙子不仅人勇敢,脑瓜子还特别活络，有勇有谋。"

转眼到了夏天，表现出众的春祥经过选拔，被派到云岭新四军军部。在到云岭一个来月的时间内，春祥见到了叶挺、项英等军部领导。从两位领导的讲话中，春祥得知，日军正在侵犯苏北地区，并几次派飞机轰炸宿迁县城。听闻此事后，春祥变得闷闷不乐，经常独自一个人坐在河边，一坐就是个把钟头。

一天清晨，返回军部参加会议的粟裕带着警卫员在河边散步，遇到了抱头不语的春祥。

"小伙子，怎么一大早就蹲在这里啊？"

当春祥抬起头时，粟裕看到他的眼中噙着泪花。

"睡不着。"

"年纪轻轻，怎么睡不着觉啊？"

"首长，日本人轰炸了我的老家宿迁，他们很快就会侵占那里的。"

粟裕望向河对面的群山，凝眸沉思，过了许久才把目光落回到春祥身上。

"小伙子，愿不愿意回宿迁？"

"愿意。"

"那就回去吧。我们终究会打到宿迁，把那里变成我们的抗日根据地。你先回去，摸清情况，发动群众，给我们打个前站。"

"首长，您真的派我回去？"

一阵爽朗大笑后，粟裕又严肃起来，说："你这个小子，我粟裕什么时候说过谎啊！"

春祥不好意思地低下了头。

"小伙子，你看今天的太阳，滚圆鲜红，为了工作和安全，我建议你改个名字，就叫郑旭吧。宿迁的抗日斗争会像东升的旭日，势不可挡。"

眺望着群山之间喷薄而出的太阳，春祥郑重地向粟裕行了一个军礼。

返　乡

卢沟桥事变后，从北边向南推进的日军，已打通津浦铁路。南京失陷后，长江以南的日军向西北进发，占领了明光和蚌埠一带。两个方向的日军，经过徐州会战，已经侵占了华北和淮海地区，整个豫苏皖地区都被日军踏在了铁蹄之下。

8月底，春祥只身一人潜回了阔别已久的宿迁老家。

经历几天辗转奔波后，春祥终于在半夜时分回到了郑楼。他在一个下着淅淅沥沥小雨的夜晚摸黑到了自己家门前，轻声敲了几下门，里面传来了父亲慌张的问话："谁？"

"爸，我是春祥。"春祥心里紧张又兴奋。

"谁？"灯仍然没亮。

"我是春祥啊。"春祥的声音大了一点。

"啊，你真的是春祥？"

"爸，是我。"

灯亮了，父亲拉开房门，上去就抢了站在门口的春祥一记耳光，骂道："兔崽子，你还回来干啥？"

春祥侧身进了屋，捂着脸惊恐地问父亲："你打我干啥？俺妈呢？"

没想到父亲竟蹲在门口哭了起来，春祥感到事态出乎意料，也赶紧蹲下，哀求道："爸，你说话呀，俺妈咋啦？"

父亲仍在哭着，一句话也说不上来。春祥把父亲搀扶起来，让他在桌子边坐定，静静地站在父亲身边，一动不动地望着他。待心情平复后，父亲才慢慢向儿子道出了原委。原来，自从大排船走后，老东家和春祥的父母都一直在盼望着人和稻米的归来。没想到船老大回来后，告知大家，一船好米和两船劣质稻米都被那个胖女人苏老板抢走了。

张占舟回来后，前半截话虽然和船老大的对上了，剩下的却无法证实。因为老东家的两个儿子不愿意，天天到两家纠缠闹事，扬言要打断张占舟的双腿。张占舟被迫逃走，去向不明，所有的责任一下子全都落到了春祥一个人身上。老东家也因此一病不起，没两个月就撒手人寰了。但他两个儿子却以此事为要挟，告到了官府，保安队前来春祥家抓人，本来是要抓春祥父亲入狱，但母亲担心老头身体不好不堪重负，就代他去了。岂知东家的两个儿子买通狱卒，百般刁难，极尽侮辱。关进牢里不出五天，春祥母亲就被人抬回家，半夜就断了气。春祥刚结婚的姐姐也因此遭难，夫家被东家儿子带的人一抢而光，至今还没缓过劲儿来。后来大姐家新添了一个儿子，日子过得更为磕磕巴巴。

父亲哭诉完，一双可怜的泪眼瞅着面前的春祥，哆嗦着嘴唇说："祥子，回来就好，现在人只要能活着就是万幸，今后别再给家里惹事了，你这一次搞得全家人都遭了大难，咱们再也经不起折腾了。"

"我知道了。"春祥看着父亲那张满是皱纹的脸，还有那双因惊惧变得飘忽不定的眼神，心如针扎。停了一会儿，他才向父亲解释，"稻米的事可能如船老大所说，这个我会核实的。爸，我想现在去趟大姐家，你带我去吧。"

"这会儿都睡了，还是明天再说吧。"

"不行啊，很多事我还是和你还有大姐说一下为好。"春祥坚持道。

"那好吧，不远，就二三里路，今晚刚下过雨但有月亮头，路好走。"

锁上门，父子俩朝东走去。大姐的婆家在王付，很快就到了。

父亲敲门说："春雪开门，是我。"

"噢，俺爸来了。"春雪开了门，见父亲后面站了一个年轻人，定睛一看，春雪惊讶得张大了嘴巴，"啊，是小祥！"震惊之余，话还没说一句，大姐就哭了起来。

父亲给介绍大姐旁边的年轻人，让春祥叫发奎哥。

喊了一声"发奎哥"，春祥便进了屋。看到姐姐家室如悬磬，一阵酸楚袭上心头。春祥急忙转移话题，问："孩子在睡吧？"春雪点点头，怔怔地看着两年杳无音讯的弟弟。春祥打量着春雪，姐姐完全变了模样，一改原先俊俏净白的模样，黑瘦沧桑，形同老妇。

发奎搬过两把椅子，让岳父和春祥坐。

"盼星星，盼月亮，终于把你盼回来了。"姐姐整理一下头发说，"你们先坐，我给小祥打两个荷包蛋来。"

"大姐，别忙活了，咱聊一会儿。"春祥拉着大姐的衣袖一同在父亲旁边坐了下来。

没有激动，没有寒暄，春祥把他和张占舟的遭际说了一遍后，又急忙叙述起了自己后来的情况。春祥的话，一部分是事实，一部分纯属编造，他说自己这次回来，主要是想和南边联系好做点生意。这么说，是因为他不想让家里人再为自己担心。

最后，春祥又补充说："爸，大姐，发奎哥，还有一件事，我现在已经改名字了,叫郑旭,这主要还是为了做生意需要。"

父亲一听有点不高兴,埋怨说:"你这是瞎子拉琴——净瞎扯,这是你爷爷起的名字,咋说改就改?"

"爸,这个就按小祥说的,你就不用管了!"春雪执拗地维护着弟弟。

春祥叮嘱姐姐,说父亲年纪大了,日后还要请她多操心。

发奎接过话,表示自己家离郑楼近,他和春雪会隔三岔五地去看爸,让春祥放心。

"那行,明天上午给娘上个坟,我就去忙了。反正我也跑不远,就在洋河、宿迁县城这一带。"说完,春祥从口袋里拿出厚厚一沓钱票,放在桌子上,接着对大姐说,大姐结婚他没能捞到时间回来,这两年又因为他的事让大姐受了不少苦,这点钱算是他这个当弟弟的一点补偿。

春雪赶紧起身抓起钱往春祥口袋里塞。这时,父亲发话了:"春雪,钱你留着,这个兔崽子把家里折腾成这样,让他掏点钱是应该的。"

春祥推回大姐挪过来的钱,笑着说:"大姐,你就不用跟我客气了,以后家里缺什么就跟我说,现在我也存了些钱。"

"那你还不得为自己的大事考虑呀?都二十露头的人了。"春雪嘟着嘴说。

"没事。弟弟长啥样,你还不清楚吗?!"春祥回大姐的话。

屋内响起了久违的笑声。

第二天清早,春祥到坟地给母亲磕了三个头,擦干泪水,告别父姊,就离开了郑楼。

第一站,春祥先去找玩得最好的、家住龙王庙附近的伙伴马一鸣。春祥水性好,几年前,有一次在河里洗澡,马一鸣掉进河底一深窟窿,是春祥舍命将他捞了出来。

两人约见面的地点就在马一鸣家村东头的龙王庙行宫。这座龙王庙位于皂河镇南,旧称敕建安澜龙王庙,始建于清康熙二十三年,后来又经雍正、乾隆等几代皇帝的修复和扩建,占地三十多亩。时至今日,马一鸣一家及周围百姓还多以租种庙地为生。

来到龙王庙,春祥走过山门,赫然映入眼帘的就是小时候自己无数次和伙伴们玩耍的御碑亭。春祥看着六角重檐攒尖顶,十二根朱红抱柱撑起黄色的琉璃瓦屋面，像极了撑开的黄伞。因是皇家敕建，当地人都亲切地称它为"皇伞亭"。皇伞亭最顶端是十八罗汉像浮雕，栩栩如生的浮雕下方是倒置的莲花宝座。在"皇伞"里面立着的是六米高的御碑，御碑采用的石料是上等青石，表面柔滑如玉，四周镌刻乾隆皇帝颁布的圣旨和五次下榻龙王庙撰写的五首御诗。春祥入神地看着熟悉又陌生的龙王庙，等着自己的好兄弟到来。

气喘吁吁的马一鸣看清眼前之人是春祥时，惊讶得瞪大了两只眼睛，搞不清站在自己面前的究竟是人还是鬼。眨巴几下眼确认之后，马一鸣这才告诉春祥，他听说春祥在外面被坏蛋害了，尸体被投进了枯井里，后面被人发现时，只留下了一堆白骨。两个人蹲在树荫下聊了一会儿，确认马一鸣的性情一如以往后，春祥和盘托出了自己的真实身份。最后，春祥谈到了自己的打算，他告诉马一鸣日本人已经侵占了东北、华北、苏南、安徽等地，从河北、山东过来的日军，很快就会打到宿迁。不久前，日军飞机还轰炸了苏北好几座县城。现在国民党和共产党都达成了抗日共识，他不愿当怂货，要拉起一帮人一马当先和日本鬼子干，等到上级组织派人来后，就带着大家一同加入大队伍。

春祥话音一落，马一鸣唰的一下站了起来，激动地说道："春祥，我这条命是你捞上来的，我也坚决不当怂货，我跟着你干！"

春祥朝马一鸣胸口就是一拳："一鸣，好兄弟！"说完，春祥拉着马一鸣坐下说话。屁股刚沾到地，马一鸣就问怎么拉队伍。春祥不假思索地回答，先从可靠的亲戚、朋友着手，年龄不能太大，态度要坚决，脑子得活络，手脚要利索。

马一鸣回答："留宇和长万没问题，其他的我得去问问。"

停顿片刻，春祥凝视着马一鸣说："一鸣，不能直白地问，要讲究方法。说实话，干这事可能会掉脑袋，不好强迫，但只要我们干得影响面大，一定会有人跟进来的。还有，一定要告诉大家，我现在叫郑旭，千万不要忘记。"

两人一番密谈，一个多钟头过去了。春祥起身准备离开。

"你现在去哪儿？"马一鸣关切地问。

"去趟洋河镇，打听几件事。"

"要不要我陪你去？你是想问买稻米的事还是婶子的事？"

"不用。我先了解一下情况，这些事后面怎么处理，到时再说吧。"

"那行，有事你就招呼。"

"三天后龙王庙见。"

春祥朝洋河镇走去，马一鸣则着手去找几个要好的朋友。

三天后，春祥快赶到马一鸣家村东头龙王庙时，远远地就听到了一群人叽叽喳喳说话的声音。仔细辨别后，发现声音来自一个废弃的瓜棚。四下打量一番后，春祥才走进瓜棚，里面五六个年轻人正聚在一起交谈。看到春祥，几个人连忙站了起来，上前和春祥握了握手。轮到马一鸣的弟弟马玉鸣时，春祥连声惊叹，两年没见，都长这么高了。

"春祥哥，我哥给金军哥、留宇哥说这个事时我听到了，我也想参加。"马玉鸣激动地说道。

"好！大家找地方随便坐吧。"春祥坐在土堆上，扫了一圈后说，"哥儿几个有两年多没见了吧，过得都还好吧？"

好个屁！胡炳荣先骂了一句，接着说，地里收的粮食还不够交的，昨天黑狗子又到家里抢东西了。

胡炳荣起了个头，话题就如洪水漫延开来：徐庄的老张家穷得揭不开锅，沦落到卖儿卖女；洋河街上开杂货店的李老二以前可是个光鲜亮丽的人，现在可好了，被苛捐杂税逼成了老霉子，经常脱了裤头在街上耍横；还有更可恨的，众兴镇王瘸子的幺姑娘被一个有后台的黑狗子盯上了，大白天被活生生糟蹋了，硬是没一个"衙门"受理……春祥盯着大家，不动声色地认真听着。过了一会儿，他摆摆手，瓜棚里安静了下来。

"那我们就先拿黑狗子开刀，怎么样？"春祥话一说出口，就把大家镇住了，韩长万惊奇地问："咋干？"

马一鸣接过话头，说不知大家听说过没有，泗阳李口前几年闹的那场暴动，就是把保安队、警察、乡练狠狠地搞了一下子。那些坏蛋后来个个都怕得要死。大家都知道这事，七嘴八舌就讲开了。马一鸣示意大家安静，说春祥见过世面，懂得多，怎么干由他定。

瓜棚顿时鸦雀无声，众人都把目光投向了春祥。

"几个好兄弟，一鸣可能把事情说了个大概，我现在把具体的情况跟大家细说说。"接着，春祥向大家伙儿低声介绍全国抗战的大局。他想了很久，感觉还是先自发成立一个队伍，叫游击队也行，叫除恶队也可，到恶霸和大户那里去搞些枪，专门跟恶人对着干，练好手后再跟进犯我们这里的日本人干。

春祥说完，用期待的眼神望着大家。几个年轻人两两相视后，马玉鸣率先表态："还有啥犹豫的，干他的！"

张金军嘿嘿一笑，说："不是犹豫，我想现在我们手里啥家伙都没有，咋出去弄枪？总不能拎两个肉锤去吧！"

韩长万接过张金军的话："对，手里没有硬家伙可不行。"

"你们哪，咋不往我这里想想呢？"胡炳荣笑着说道。

春祥冲胡炳荣点点头，示意他说下去。胡炳荣说，他舅舅在张渡那里打铁，硬家伙的事包在他身上，只是不知打些什么东西使起来顺手。

"这个我清楚，我来陪炳荣去张渡一趟。还有，出于安全，以后大家都叫我郑旭，目的是为了避人耳目，以免惹祸上身。你们几个也可以换个称呼，或者按年龄大小排，叫老大老二老三，大家看行不行？"春祥说。

马一鸣稍一忖度，说："春祥，你就是我们的老大，你就不按年龄了。另外几个生辰我都清楚，我是老二，金军老三，留宇老四，长万老五，炳荣老六，玉鸣就排老巴子吧！"

春祥笑着说："你真是麻子不多，点子不少。行，就这样，我陪炳荣去打家伙，等东西拿到手，咱们再商议下一步的行动。"

众人散去，春祥陪胡炳荣赶往张渡。张渡街道上尽是各种生意行当铺，从北向南有打铁铺、剃头铺、澡堂子、渔具店……一般清晨，打铁的师傅就会起床，收拾好家伙就开始一天的忙碌。趁着黑夜，只用了一宿工夫，长长短短的十几把单、双刃短刀和匕首就被赶制了出来。当然，硬家伙不是胡炳荣老舅打的，是表哥把他父亲支走后，胡炳荣自己后半夜偷偷摸摸打出来的。

万事俱备，第一次行动的对象旋即选定。

第一次动手的对象，就是北边十几里地刘集大名鼎鼎的"周疤癞"。

周疤癞原名周世芝，他爹给他起这个名，就是希望这个儿子继承家业，日子世世代代过得像芝麻开花节节高。可没想到他一出生，就感染了一种皮肤病，右眼一圈留下了疤痕。周世芝不像他爹，他爹还算是一个本分的富户，靠辛劳积累了不薄的家业。

宿迁一带有句俗话，"从小不成人，到大驴驹货"。周疤瘌自成人之后，恶行乡里，先后娶了四个老婆，除了大的，后面三个全是抢来的。最可恨的是，他为了抢最后一个老婆，竟然把已与女方立下婚约的男方暴打致死，当晚就把哭得死去活来的大闺女绑在床上，破瓜成亲。不知是天意还是什么，四个老婆各给周世芝生了一个闺女，此后再无动静，渐渐断了他传宗接代的念想。之后，不想就此断了香火的"周疤瘌"开始在外到处拈花惹草，但求一子。附近十里八乡的老百姓，哪家姑娘只要一成年，就再不敢出远门了，生怕碰到这个恶棍。"周疤瘌"清楚自己不受待见，就不光买通当地官府人员，还特地养了三个壮汉，专门为自己看家护院。

这天，"周疤瘌"手下一个壮汉拉稀躺倒，另一个回家看望老婆孩子，他自己带着余下的一人到沭阳县城寻花问柳，准备快活一宿后再回刘集。

9月，苏北玉米长得正茂盛。"周疤瘌"的小马车在田间土路上嘚儿嘚儿地往回赶。行至南长庄时，突然从路边的玉米地里蹿出四个蒙面大汉。其中两人利索地跳上马车，把家丁拖下了车，搜走一把手枪，另外两个人不等掀开马车门帘，就一把拽出了"周疤瘌"。

周疤瘌心想定是遇到了劫财的主，挣着被反剪的膀子，大喊道："几位兄弟，想要啥直说！"

为首的一人轻蔑地哼哼一笑："有钱是吧，大爷今天告诉你，我这次是要命不要钱。"

此话一出，"周疤瘌"脑袋嗡的一下傻在原地。等两人将其拖向玉米地时，"周疤瘌"方才醒悟，赶紧赔着笑脸说道："几位兄弟，好说好说，感觉我与几位兄弟素不相识，过去我也没有得罪几位兄弟的地方啊。"

"别人对钱感兴趣，但我们只对你的小命感兴趣，知道为什么吗？"一位蒙面人说。

"这位爷，你说你说。""周疤瘌"强作镇定，冷汗开始急促地顺着他带疤的脸汨汨往下淌。

"我们是除恶队，不是打家劫舍的土匪！怎么瞄上你的，你自己心里应该清楚，杀死人家即将成亲的儿子，强奸别人家的黄花大闺女，往人家面缸里拉屎撒尿，还害得人家良家妇女年纪轻轻就守寡，你的种种恶行，还需要我一一数下去吗？"为首的蒙面人一把抓住"周疤瘌"的头发，沉着不乱地一阵数落。

"周疤瘌"的脖子淌着汗水,下巴滴着汗珠子,脸色由红转紫,由紫变白,忽然,他扑通一声跪地,哀号起来:"这位爷,你说你要多少钱,我都给,只要保住这条小命,什么都行。"

"天黄有雨,人狂有祸。你个狗日的,迟了!今天后悔了?你当初干坏事,狂得二五八万的时候咋不想想有今天呢?放心走吧,你爹会为你收尸的。"为首的朝站在"周疤瘌"后面的两个人一挥手,二人一左一右架着"周疤瘌"就往玉米地里拖。"周疤瘌"见大势已去,开口大叫起来:"你们是什么人?叫什么名字?老子在阴曹地府里也不会忘记你们的。"

为首的走到"周疤瘌"面前,一把扯下蒙面的黑布,头抵着头说:"老子让你看清楚,记住,我叫郑旭,你先去见阎王,要是不服,等我下去,咱们接着斗!"

"周疤瘌"顿时耷拉下脑袋,泄了气。

降　魔

春祥在路边等了两三分钟,就看到马一鸣和张金军走出玉米地,知道"周疤瘌"已经命归西天。他走到家丁面前,冷笑了一声,家丁立马跪在地上,开始痛哭流涕。春祥一把将他拎起,盯着他说:"告诉你,我叫郑旭。你叫施老四对吧,家住官庄北头第二家,姐弟四个,上面两个姐,一个哥,你哥是聋子,你自己有两个孩子,都是儿子,我说得准不准?"

施老四一个劲地点头。

"你没干过多少坏事,我们不杀你。这个时候我两个兄弟就在你家附近,今晚天黑以前你要是到不了家,后面的事我就不说了。"

"郑爷,你有什么吩咐,尽管说!"

"好!看来你是明白人。这样吧,周疤瘌家有几支枪?贵重的东西放在哪儿?"

"郑爷,他家就三支枪,都是在沭阳县城从他一个当警察的亲戚那里高价买的。他自己手里一支,这次出来没带,在他小老婆屋里,屋子就在东边第二间,还有一个手下手里有一支,他这两天闹肚子,这次就没跟来。"施老四哆哆嗦嗦一口气吐出一堆话来。

春祥听完，又说："还有，这个小马车对我们来说没用，你拿走换点钱。晚上把我们要的东西放到你家屋东头的槐树下面就行了，到时自然会有人去取。我们留你一条命，下面怎么做清楚了吧？"

"清楚，清楚，我们没见过面。"

"不，这个你要报告给警察。"

"小的不敢，小的不敢。"

"看看，叫你报你就去报嘛。"

施老四眼睛骨碌碌转了两下，说："行，就按郑爷说的，我报，但我啥也没看见，是被你们打蒙了，回去我就拿块破砖头朝自己头上夯一下子。"

"聪明！"春祥朝他摆摆手，施老四赶紧跳上马车，鞭子一扬，一溜烟地跑了。

当天夜里，春祥带着马一鸣、郑留宇就摸到了"周疤瘌"家，轻而易举地就把两把枪和两百现大洋拿到了手，临走时还告诉"周疤瘌"的小老婆，她男人回不来了。春祥觉得她也是苦命人，便让她能走多远就走多远，日后找个好汉嫁了。

几人在马一鸣家村头会合时，天空下起了小雨。

"大家都找个地方坐下吧。"待大家坐定，春祥的语气变得严肃起来，"有一个事我得跟大家说说。我的真实身份是共产党员，今年上半年在浙江红军游击队时加入的，所以……"

春祥的话还没说完，大家伙都惊得目瞪口呆。马玉鸣问："春祥哥，你说的红军游击队是咋回事？是干什么的？"

在座的只有马一鸣表现得很淡定，只听见他说："春祥，其实你第一次找我，你的身份，我就猜出个八九不离十啦。"

"那你说说看？"春祥看着马一鸣。

"你还记得当时你说国共合作、成立队伍和坏人干吗？俺爸有一个远房堂兄弟，曾跟着汤曙红闹过一阵子，当时说的就是红军游击队，不过后来就再也没听到他的音讯了，估计没什么好结果。"马一鸣说道。

春祥淡然一笑，让大家记住了，今后就是和汤曙红干一样的事儿，今儿算是第一次开张，虽然比较顺利，但世事难料，后面的路可就说不准了。

既然大家伙在一起做事，就该有一定的规矩。首先，要壮大队伍，取得更多的支持，不管是武器还是钱财，必须统一管理。这次搞到的三把枪，他自己、一鸣还有手脚利索的金军先各留一把，其他没有武器的会尽快配。钱款则由心细的炳荣统一保管。第二，待日后队伍壮大了，就不仅仅干惩治恶人的事，说到底要准备好与日本鬼子斗。现在日本人完全占领了宿迁西边的徐州、北边的山东全省还有南边的蚌埠和滁州，他们才是大家伙最大的仇人。就是死，也绝不能当汉奸。春祥最后嘱咐所有人，彼此间联系务必要小心谨慎，要保护好自己，更要保护好家里人，所有除恶队的成员一定要做到一切行动听指挥，万事切记不可鲁莽。

春祥言之有理，几人都首肯心折。等声音静下来之后，马一鸣对春祥说："春祥，有一个事我想说说。"

春祥给了马一鸣一个眼色，示意他说话。

马一鸣说，如今春祥母亲的事也该解决了。婶子硬是被欺负死的，而且春祥的事也传得变了样，不能老这么背着这口大黑锅啊！现在大家手里有了家伙，说啥也得把这个事情弄清楚，反正这事他想了好长时间，如果大家伙都不愿意干，他就自己干，绝对不能让婶子就这样背着冤屈走了。

春祥没想到马一鸣在这个时候说出这样的话，其实这也是深藏在他心中的一个结，顿时，他感到心如刀割。

韩长万接着马一鸣的话说，那两个王八蛋和他们爹不一样，恶着呢，在洋河街上成了一霸。我们组织除恶队干吗？不就是专门和这些恶霸斗的吗？

其他几个人都站了起来，把春祥围在了中间。油灯燃起的光亮，忽闪忽闪地晃动着，把几个年轻人的身影紧紧地揉在了一起。春祥抬起头，深情满满，眼眶湿润地看着大家，右手在胸口上下滑动一阵，最后平静地说，他自己又何尝不想找东家两个儿子算账？但除恶队不是江湖上毫无原则的绿林草寇，更不是报私仇家冤的草台班子。张占舟现在不知去向，里面的环节他也还没弄清楚，不能冤枉人，必须证据确凿后再说。

"冤枉？不可能。"韩长万接着说，"黄大龙和黄小龙是什么样的人，洋河镇谁人不知道？弟兄两个就是一对活生生的地痞流氓。春祥担心的不就是稻子弄回来没有，弄回来的都是些啥稻子，不就是这些问题吗？何况，春祥自己也是受害者。虽说欠债还钱天经地义，但也不能把人打死逼死吧，这口气绝对不能咽！"

屋内寂然无声一阵后，马一鸣率先表态赞成春祥的说法，先摸清情况再说，如果黄大龙和黄小龙二人作恶多端，就不是私仇了。他建议，要想摸清情况，不能直接去问那俩姓黄的，得要先找到船老大。

"春祥，船老大叫什么名字？"马一鸣接着问。

"姓徐，大家都叫他黑头，经常在我们这一带跑船。"

"这个好办，一天不行，两天，两天不行，三天，我们照一个月等他。"胡炳荣说。

春祥招呼大家重新坐下，提醒大家办事务必稳妥一些，只找船老大打听情况，其他什么事都不要做，自己当时和船老大一块跑的船，感觉他人还是挺老实本分的，大家千万不能冤枉了人家。

"行，我们明天就去找。"张金军回答。

半个月后的一天，韩长万告诉春祥，船老大在码头上等货，要停留两天时间。

晚上，在码头的一个小旅馆里，马一鸣和韩长万敲响了船老大的房门。船老大拉开门，上下打量着二人，一脸迷惑道："请问二位是？"

马一鸣手扶门框，淡淡一笑："船老大，我们就是来找你的。"

"二位，我们并不认识呀。"船老大的语气里，已开始流露出些许紧张。

"不用紧张，是你的一个老朋友想来看看你。"马一鸣说完，朝外面吹声口哨。春祥便从暗处走进门内。

船老大定眼一看，惊喜地说："哟，你不是郑、郑……"船老大"郑"了半天竟没有说出后面的两个字。春祥看到船老大这般模样，笑了起来："我是郑春祥。"

"十年河东转河西，莫笑穷人穿破衣。真是不能小瞧你们年轻人啊。"船老大说完，没等春祥搭话，接着说道，"小兄弟，你这两年吃了不少苦吧？还有人说你那个了……以前我就感到你这个小兄弟，胆子大、脑子活，是块好料。"

春祥看着船老大，没有说话，但他那双眼睛里透着亮光，亮光里满是摄人心魄的霸气。船老大话头一转，询问春祥找他，是否为去南边买货的事。

春祥仍不说话，只是点点头。

"大家坐，我来给你们倒碗水，再慢慢给你们说。"船老大倒好三碗热水后，在桌子边坐了下来，打开了话匣子。

船老大说，在桐庐装好两船稻米后，他看到春祥和张占舟在码头检验稻米时发生争执的那一幕，心里顿觉不妙。春祥和张占舟被抓当晚，他晚饭也不敢吃，就把船开走了。回来跟东家交接稻米，他又把中间发生的事一五一十说了一遍。东家倒是没讲什么，只是交代手下先下货，准备低价卖出去，尽可能减少损失。但他两个儿子死活不愿意，还纠集了一帮乡练，把春祥家和春雪婆家洗劫一空。春祥母亲替丈夫坐牢，遭尽了恐吓和毒打，最终含冤而死。张占舟回来后，听说东家要找他算死账，也不敢在村里停留，带着一家人逃走了。他临走时托人递给老东家一封信，把事情说得明明白白。老东家的两个儿子，竟然好米掺坏米做酒，结果因质量差根本卖不出去，把老东家气得没能熬到当年春节就断了气。两个儿子失去制肘，开始纠集一伙人强买强卖。再后来，一坛酒也卖不动了，就在镇子上开了一家怡春院，连哄带骗地抢了几个黄花闺女，干起了一本万利的皮肉生意。这对虎狼兄弟赶跑了街上原有的一家妓院老板，不久自家的生意逐渐红火起来。听说他们俩还与镇上几个当官的关系处得很好，每年年底都会供上一些份子钱。

听到这，春祥愤怒地手拍桌面，过了许久情绪才慢慢平复，笑着对船老大说："我知道了，你说的和我打听到的差不多，但我得给你补充强调一点，我们两个从未在此见过面。"

船老大点点头，看着春祥恨恨地说，他也指望有人能帮他出口气。当年老东家把船费全给了他，但老东家一走，那俩王八蛋带着几个人又找到他，逼他把船费全吐了出来。

春祥掏出身上所有的钱，递给了船老大。

"好了，我们不坐了。"春祥起身和船老大告别，带着另外两人消失在夜色里。

宿迁洋河古镇，康熙六下江南治理水患时必在此落脚。康熙虽然不胜酒力，但每次都会品尝洋河佳酿，还曾留下"庙堂时注黄淮事，今日安澜天下知"的佳句。有千年历史的洋河佳酿，经康熙御笔点拨，顿时声名鹊起。短短百十年间，大小酒坊百余家遍布洋河镇的东南西北。走在十几里开外的地方，人们就能闻到空气中弥漫的酒香。

对春祥来说，洋河镇再熟悉不过。毕竟当年他在洋河镇上做工一年多，对镇上的地形和住户都了如指掌。

收拾黄家两兄弟之事，马一鸣催促过几次，都被春祥制止了。不久，洋河镇发生的一件事传到了春祥耳中，他意识到动手的时机已到。

十天前，一个安徽泗州的戏班到洋河镇演出，黄家两兄弟将其邀至怡春院。戏毕客人散尽，兄弟俩和镇公所一名姓侯的队长看上了两个长相俊秀的小姑娘。当晚，三人指派与侯队长同来的一个手下在酒中下药，三人一起糟蹋了两个豆蔻少女。戏班班主是这两个十四五岁姑娘的亲爹，大闹一场后被活活打死在怡春院内。两个姑娘也十分倔强，当天夜里就身穿戏服在房间内自缢身亡。事发之初，黄家两兄弟勒令院里所有人员三缄其口，但几天后丑闻还是被一个嫖客从妓女嘴里套出传了出来。

洋河镇不大，但运河和故黄河穿插其间，10月的夜晚已有了瑟瑟寒意。街边的杨树叶随风摇曳，发出哗啦哗啦的声响。春祥一行十几人，将黄大龙的院子团团围住，准备翻墙而入。春祥透过缝隙，看到屋里被四支大白蜡烛照得如同白昼，黄家两个儿子都在，另有两人不认识，还有一个小姑娘在来来回回地端茶倒水。春祥朝张金军挥挥手，张金军一脚踹开房门，七八个人一拥而上，每人身后伫立两人。此时，春祥从外面走了进去，立在门旁。

"郑春祥，你是郑春祥！"黄小龙惊叫不止。

黄大龙毕竟年长几岁，嘿嘿笑着："噢，我当是谁呢，原来是春祥老弟呀。"

另两个人目瞪口呆地看着众人，惊恐地站了起来。

"大龙老哥，小龙老弟，两年没见了，你们是不是特不愿意见到我呀？"春祥冷冷地说。

说话间，春祥几个兄弟已从另两人身上各搜出一把手枪，黑洞洞的枪口对准了这四人，端茶倒水的小姑娘吓得缩在了一边。

"哪能啊，春祥老弟。"黄大龙挤出苦涩的笑容。

春祥问："这两位是谁？"

黄大龙赶紧回答："是镇公所的侯锡九队长，另一位是侯队长的手下陈胜，今天没啥事，玩会儿牌。春祥老弟，来两把？"

"你这桌子上粘的都是血，我哪敢玩啊！"

语惊四座。侯队长丈二和尚摸不着头脑，吃惊地问："黄大龙，这咋回事？你得罪人家啦？"

"侯队长，哪能呢，我和春祥老弟早就认识，关系一直不错的。"黄大龙苦笑着起身，一边点头哈腰，一边朝侯队长解释着。

两声冷笑后，马一鸣大声呵斥道："关系不错就害得人家破人亡，关系不错就把人家里抢得一根稻草不剩，关系不错就逼得人家四处躲逃，把人家老人抓起来，想骂就骂，想打就打，你们这还是人吗？"

马一鸣话一出口，侯队长明白了，对方是寻仇来了。他连忙赔着笑脸一通解释，说春祥和黄家有过节，跟他毫不相干，不好意思失陪了。说着就准备挪脚溜走。张金军拍了拍侯队长，将他按了下来，说瞄了好长时间，等的就是他们四个都在，想要脚底抹油开溜，没门。

"你搞回来的稻米是那个样子，我们当然要报告政府了，要不然我们不就吃大亏了吗。再说，把人关起来之后我们又进不去牢里，我咋知道后面发生的事呢？"黄小龙辩解道。

侯队长听着不对劲，怒骂黄小龙不说实话，称人是自己关起来的，但都是黄家弟兄俩指名要打的。侯队长转身面对春祥，深鞠一躬，说这些事都是黄家弟兄俩干的，整个过程他都不清楚，弟兄俩让他派人去郑楼抓人抢东西，他也都没参与。

黄大龙知道春祥已经摸清全部过程，此时再出言纯属多辩，于事无补，便改变策略，唤了一声春祥老弟后，说他们是有错，但你春祥敢说自己没有错吗？张占舟给他爹一个条子，就脱得干干净净，春祥又不照面，谁知道当时发生了什么？东西是回来了，可拖回来的啥东西大家都清楚，到最后他们只能倒进河里。这巨大的损失摊到谁身上，谁都担负不起，做事考虑自己是没错，但也应该多少为对方考虑考虑。

黄大龙说得没错，这也是春祥难以辩驳的地方。看着黄大龙得理时骄横的表情，春祥仍然没有搭话。此时，他身边的马一鸣先说话了：你们不是报告政府了吗？后面就应该是政府的事。你们弟兄俩与镇公所勾结，报复打人，抢劫家属，这是第一桩；你们怡春院抢来良家妇女，这是第二桩。还有，你们强行霸占一品香饭庄，在街头往人家身上泼粪，这些都是人家的错吗？

黄小龙立刻反驳道："你们说的这些事，都他妈是鸡毛蒜皮，说这么多，有啥用？"

春祥一听，顿时火冒三丈："那好，我们不说这些鸡毛蒜皮的事了，你们四个合伙打死安徽泗州戏班班主，糟蹋逼死人家两个唱戏的黄花姑娘，该是大事了吧？"

听到此话，侯队长第一个跳了出来："胡说，这是污蔑，这丧尽天良的事，谁干谁就是死罪。"

黄大龙和黄小龙指天发誓，自己绝对没有干过此等灭绝人性之事。

此时，一个妓女被带了进来。妓女还没有开口，胆战心惊的四个人脸上已沁满汗珠。

妓女一番陈述，四个人吓得骨软筋酥。

妓女离开时，黄小龙恶狠狠地瞪了她一眼。马一鸣看到后，上前一步，抬手就给了黄小龙一记响亮的耳光。黄小龙脸红筋暴，气势汹汹地盯住马一鸣。马一鸣笑着说："兔崽子，不服是不是？今天就明明白白地告诉你，我们是除恶队除恶来了。"

"除恶队？"侯队长惊愕失色，嘴里嘟哝着说不上话来。黄大龙目瞪口呆地看着春祥，霎时间哑口无言。

此时，春祥说话了："这下知道我们为啥来了吧？我个人的事小，乡里百姓的事大。谁欺负老百姓，就是和我们除恶队过不去。冤有头债有主，你们天天吃香喝辣，坏事做尽，让老百姓该咋过？"

遇到硬茬，黄大龙立刻换了一副嘴脸："春祥兄弟，别别，我爹在的时候对你可是很不错的。春祥兄弟，你看这样行不行，往后每年我们都给你备一份大礼，一千大洋行不行？"

春祥不接茬，转头对四个人说："跟我们走吧，找个凉快的地方再好好讨价还价。"

突然，黄小龙挣脱身后二人的控制冲向门口。刚到门口，就被一把尖刀直直地从前心插入后背，仰面朝天地倒在了地上。另外三人一看，齐刷刷跪在地上求饶："春祥兄弟，只要你不杀我，你让我干啥我就干啥。"

"这位爷，我马上把家里所有的东西都拿给你，这队长我也不干了，饶了我吧。"

除恶队开始两两一组往院子里拖人，没想到侯队长刚出门就大声号叫起来："有土匪啊，快来人哪！"

春祥毫不犹豫，抬手就是一枪。伴随着枪声，侯队长的号叫戛然而止。

黄大龙和另一人各受一刀，闷头倒地……

次日，马玉鸣借着买东西的名头，在洋河镇上兜转了一圈，并及时把镇上的情况报告给了春祥，大街上不仅全无死人的悲伤气氛，反倒是一派欢天喜地的过节景象。街边做生意的大小门面，人人喜气洋洋，甚至有人一大早就开始传杯弄斝了。

曙　光

时间没有声音，没有影子，也没有云烟，不知不觉中过得飞快。

倏忽间，宿迁周边的日军激增，头戴皇军帽的汉奸层见叠出，如蝗虫般铺天盖地扑向苏北大地。天空中不时传来嗡嗡的飞机声，人们闻声抬头瞥过一眼，便又慌张地低下头，急匆匆赶路。

梨园村外一片枯黄的玉米地里，二三十个年轻人围坐在一起，议论纷纷。

"听说没，沭阳城前几天遭到飞机轰炸，死了很多人。唉，天上的玩意儿我们咋弄？"

"宿迁城来了不少鬼子，到处杀人放火，那些王八蛋，要是让老子碰上，非得一刀一刀活剥了他们。"

"我们这样下去可不行，手里就这么点家伙，咋和鬼子拼哪，得想办法搞到更多带响的家伙。"

……

"我来说两句。"春祥出声，大家立即安静了下来。他伸手折了一根玉米秆，对大伙说，他刚才听到谁提及枪的事，说到了他心坎里，靠手里这根玉米秆肯定不行，杀猪刀也不行。怎么办？得去夺枪，从汉奸手里夺，从鬼子手里抢。顿了一下，春祥提高了嗓门，夺没错，但也不能硬夺。

大家都清楚春祥的脾气，既然他能露话引子，就一定是已经仔细琢磨好的。只听有人说道，队长别藏着掖着了，赶紧给大伙说说，下面怎么干？

"你小子就是急性子。"春祥盯了眼身旁的年轻小伙，接着说，这几天他和安奉民跑了几个地方，发现王集那里来了八九个汉奸。日本人为了打通沭阳至泗阳的交通线，派汉奸在王集抓人修路。今后一段时间，估计日本人

会继续安排人员铺路。既然这些王八蛋先到了王集这个地方，得想办法端掉他们，敲山震虎，以后这些人就再也不敢明目张胆到村里抓人了。

"什么时候动手？"有人问。

"今天夜里，凡事快字当头。"

"好！"

"好！"

"干！"

春祥朝大家摆摆手，谈了自己的计划：王集并不大，南北不到一里地，两边临街有大大小小的铺面二三十家，几个汉奸就窝在最北边的一间大瓦房内。对我们有利的是，这间瓦房没有院子，大门临街。地处如此偏僻的地方，汉奸不会放人在门口值守，这对突袭很有利。接着，春祥扒拉开一块空地，用苞芦秆在地上边画边交代行动的细节。众人点头后，春祥将六把枪分给晚上行动的六个人，安排好四人进去，两人留在屋外，其他人带刀把房子围起来，汉奸一个都不能放跑。

月黑风高的王集，仅有两三户亮着灯，所有人都蜷缩在家，路上没一个活物。

春祥带领众人悄无声息地摸到了大房子附近，清点完人数，正欲行动，街南头的两条狗突然狂吠起来，狗吠声在寂静的深夜显得异常响亮刺耳。果不出春祥所料，门口无人值守。此时，屋内传来一个声音："华子，出去看看是不是有人？你小子尿脖小，赶紧去尿一下，别老是半夜起来影响老子睡觉。"

大门"吱呀"一声开了一条缝，从里面探出来半个脑袋，左右晃动两眼后，方才从屋内走出，绕到大门外一侧的巷口内小便，然后再转身朝大门口走去。趁此人推门进屋的当口，春祥一个箭步跑到他背后，猛推一把，撞开了大门。叫华子的人摔倒在屋内的空地上，屋里人惊慌失措，齐刷刷站起来，未待缓过神儿来，春祥端着手枪就出现在门口，一声大喝："不许动！"

屋里顿时乱成一锅粥，投降的投降，找枪的找枪，还有几个偷偷往窗口溜。眼瞅着，领头的汉奸摸着了枪，枪声响起，此人捂着胸口应声倒了下去。原来春祥眼疾手快，先扣动了手里的扳机。说时迟那时快，另几名除恶队员冲进屋内，一场厮打瞬间展开。其中一靠近窗户的汉奸正翻窗欲夺路而去，恰好碰上带着两人蹲守在外边的韩长万。韩长万抬手果断扣动扳机，但未承想却死活扣不动，只得拼命追。亡命之徒趁着夜色狂奔，不料被什么东西绊了一下，摔倒在干沟边。韩长万三人立即扑了上去。

一袋烟的工夫，大房子里搏斗结束，屋内弥漫着浓烈的血腥气。春祥等人收拾妥当屋内的枪支弹药和物资后，退出房门，韩长万押着方才逃跑的汉奸走到春祥身边，问："队长，这个人咋处置？"

春祥走到伪军面前，瞥了一眼问道："哪里人？"

"郯城。"

"当兵多长时间了？"

"一年，原来是在俺们那儿干乡练，后来老日来了，没有法子才到这个地方的。"

"清楚我们是干什么的吗？"

"不知道。"

"我们是除恶队，今天饶你一条命，如果再干坏事，被我们逮到，就没有今天的运气了。"春祥说话时，有意拍了拍腰里的家伙。

"俺没干过坏事，要么俺跟你们干吧？不然俺就是回去也没有啥好果子吃。"

春祥顿了顿，说："行，你留下吧。"

春祥的这个决定立刻遭到其他人的反对。这个伪军一看，跪了下来，双手抱拳朝大家哀求道："各位大哥，不瞒你们说，俺也是种地出身，你们把俺留下来，看俺的表现，俺熟悉长短枪，枪法也不错，求求你们，行行好吧！"

看到他这么说，大家都把目光聚向春祥。春祥一摆手，示意他跟着走。

此人名叫孟小山，也该他命大，当时韩长万情急之下，忘了打开手枪保险，才让他逃过一劫。这件事在队伍里被大家调侃了半个多月。

回到苏北这几个月，春祥一手拉起的除恶队迅速成长起来。经过一段时间的磨合，不光人数上到了三十多，手里带响的家伙也越来越多。经几次大的行动后，除恶队在泗阳、沭阳地区名声大噪，身背恶事之人都闻风丧胆，行事收敛了许多，就连平时惯于小偷小摸的蟊贼也暂时断了念想，生怕碰到

这支踪影难觅的"活判官"。

但春祥明白，自己率领的除恶队终究还是势单力薄，只有找到组织，才会像鱼儿游进水里。

一天傍晚，马玉鸣跑来向春祥汇报，中午他在临河听说有一支队伍正由东北向西走，人数不多，百十人左右，都穿着制服。但这些人和国民党军又不太一样，遇到百姓和和气气，而且还把身上的粮食分给了几个讨饭的人。

一听到这句话，春祥打了个激灵，问："帽子上有帽徽吗？"

"我没有看到，也只是听说。"马玉鸣从春祥的眉宇间，似乎看出来点东西，目不转睛地盯着队长。

"玉鸣，这个事先不要声张，你一个人先去洋河方向打探一下。实在不行，雇辆小马车，跑得快，如果赶上了，打听到消息就赶快回来告诉我。"

"管！那我走了。"玉鸣正想跑出门，被春祥一把拽住胳膊，"不带钱你跑啥？"

春祥掏出几张纸币塞到他手里，小伙子赶紧攥住跑出了门。

临河是马玉鸣舅奶（外祖母）的老家，他二舅在临河集开了一个小诊所，他小时候就像长在舅奶家一样，所以认识他的人特别多。马玉鸣对集上的住户相当熟悉，刚跑到集上，就看到正在给马车卸鞍的张富林，一面快步，一面笑着喊道："小爷，先别下套，快麻烦带我跑一下！"

"哟，是玉鸣呀，这时候往哪跑啊，你也不找个好时候，这牲口都忙了一天了。"张富林皱着眉头说道。

"小爷，我真有急事，是天大的事。"说着就把钱往张富林手里塞。

"是谁家里有啥大病吗？"

"比大病重得多。"

"那行，就别愣着啦，上车。"张富林把钱扔到马车板子上，"这是干啥，钱收回去。"

马车在乡间土路上疾驶，只要逢村过店，马玉鸣都会下车打听一番。问清消息后，马车立即头朝西南陈集方向一路狂奔。两个时辰不到，马玉鸣就远远地看到几处红彤彤的篝火在燃烧。等马车快到跟前时，两个手持长枪的哨兵拦住了去路。哨兵问："干什么的？"

"老总，我们是赶夜路的。"马玉鸣机智地答话。

"别喊我们老总,我们又不是汉奸。"其中一个哨兵说了一句。

"你们是来打老日还是抓坏蛋的?"马玉鸣接着问。

"两个都有。"另一个哨兵回答。

在几个人对话时,一个军官模样的人走了过来,看了一眼马玉鸣和张富林,笑着问:"老乡,你们有什么要帮忙的?"

过去春祥经常会给大家聊共产党的部队,连他们的语气和态度都描述得详详细细,马玉鸣一听对方道出这句话,就赶紧凑近小心翼翼地问:"你们是红军吧?"

军官一愣,问:"很有意思呀,你怎么会认为我们是红军呢?"

"你说话的口气,过去我们这里也出过红军,他们说话就是你这样的。"

军官哈哈笑了起来:"哟,那你神了,给你说实话,我们不是红军,倒是你们俩,不像是赶夜路的,应该是有其他事吧?"

"啊?"马玉鸣惊得张大嘴巴,没了声音,右手开始在腮帮子上抓来挠去。

"哈!哈!哈!"军官看到马一鸣这个模样,仰脸大笑了起来,"小伙子脑瓜子不错,你猜对了,不过,过去我们叫红军,现在改叫八路军啦。"

"那你就不能走了,我不让你走。"说着,马玉鸣两个胳膊一下子箍住了对方的膀子。这个动作把军官惊住了,侧脸笑着说道:"怎么还不让走了呢?"

"反正我不让你走,我们队长就是让我来找你们的。"

"你们队长叫什么名字?"

"叫郑旭。"

"这个名字我倒听过,但我不认识这个人啊。"

"我们队长带着我们在这一带干了不少好事呢。"

"你们是除恶队的?"

"你咋知道?"

"一路走来,你们的事迹远近闻名,这我能不知道?我还知道在咱这一带有不少抗日的队伍呢。"

"那你更得跟我们回去见见我们队长喽!"马玉鸣把军官的胳膊箍得更紧了。

此时，旁边的哨兵说话了："你干什么？你知道他是谁吗，就不让走了？他是我们林政委！"

"我不管是'正委'还是'副委'，反正你走不了，你得见我们队长一面才能走。"

林政委用另一只手拍了拍马玉鸣的胳膊，说他们还有任务，明早要赶到陈集，在这里只是稍微休整一阵儿。如果马玉鸣的队长有时间，可以到陈集来一趟，在那里见上一面。

稍显稚嫩的马玉鸣，这才不好意思地对林政委说："好好，我马上就告诉我们队长去。"

告别林政委，马玉鸣爬上马车一路径直往春祥的住处赶。

夜幕之中，车还没停稳，马玉鸣就一头扎进屋里，见春祥、郑留宇和张金军都还没有休息，赶紧把打听到的情况仔仔细细复述了一遍。春祥听后眉开眼笑，一分钟也坐不住了，兴奋地对其他几个人说道，我们自己的部队来了，除恶队虽然小有名气，但终究不过是小打小闹，只有到大部队里，才能有真正的大作为。说完，他问郑留宇、张金军愿意不愿意跟他一道上部队去。

"当然愿意了，咱啥时候去？干脆现在就走，万一部队换地方就麻烦了。"张金军首先提议。

春祥摆摆手说："不，你俩明天先把人召集起来，等我回来再决定。我们休息一会儿，一大早我就和玉鸣先去找，路我清楚。"

大家不再讨论。张金军连夜赶回郑楼召集人员，剩下的三人吹灭灯便躺下睡觉。

惊 喜

鸡鸣三遍时，春祥叫醒了马玉鸣。

二人趁着薄霭，急匆匆在乡村小道上赶着路。东方欲晓，脚下之路渐渐清晰。上了大路，马玉鸣拦下一辆马车朝陈集方向飞奔。马车到盛河村时，已接近晌午，陈集已经举目可见。春祥和马玉鸣感觉马车难以通过，随即下车步行前往。

突然，一个哨兵从路边的麦秸垛后蹿出，拦住了两人的去路，并厉声喝问："站住，干什么的？"

马玉鸣一愣，后退了两步，春祥朝哨兵身上快速地扫了一眼，待看清哨兵左臂上"八路"两个字，紧张的内心顿时放松下来。他笑着答："同志，你好，我们是来寻你们林政委的。"

"你认识俺们政委？"在偏僻的乡村听到"同志"这个称呼，哨兵的态度缓和了许多，"你们是从哪里来？"

马玉鸣赶紧上前一步招呼："昨天我和林政委约好的，麻烦你告诉我们林政委在哪里，我们好去找他。"

"现在还不行，你们等等。"哨兵朝背后喊了一嗓子，"发明，你来一下。"

从不远处的深沟里冒出一个战士。

"你在这替我站岗，我去报告。"

不大一会儿，哨兵回来了，对春祥二人说："你们跟我来。"

春祥二人跟随哨兵朝村内走去。村里的嘈杂声随着二人的走近而变得清晰起来，但一切秩序井然。村中央一片空地上，一群战士正围坐一圈有说有笑地讨论着什么。一棵枝繁叶茂的槐树下，战士们站在一张桌前目不转睛地观看教官演练拆枪卸弹。一座平平无奇的瓦房前，一堵墙上挂着毫不起眼的黑板，一群战士坐在地上，正在抬头挺胸聆听教员讲课。

在哨兵的引领下，二人进了一处干净的小院。

哨兵敛容屏息，大声喊道："报告林政委，人已带到。"

一位三十岁不到的干部走了出来，一看见马玉鸣，就手指着他开怀大笑了起来："小伙子，果然没有食言，来，快请屋里坐。"

春祥上前一步和林政委握了握手，自我介绍道："林政委，我叫郑旭。"

林政委爽朗回应："你的名字我们部队一到这地方就听说了，来，进屋进屋。"

屋内，一灯如豆，春祥看见桌前站着两个人，其中一人抬眼看到春祥后，立刻惊叫起来："郑春祥！你是郑春祥吧？！"

春祥听到有人叫自己的名字，又往前迈进两步，立刻认出了对方，惊呼道："袁利剑，哎呀，是你呀！"

两人紧紧地拥抱在了一起，屋内顿时洋溢起轻松、热烈的气氛。袁利剑直愣愣地瞅着春祥："你小子，我们在抗日干部学校就是好朋友了，当时只知道你是苏北的，但不知道你具体在哪个地方。没想到你小子原来在这里猫着呢。"

春祥挠着头，乐呵呵地向屋子里的人介绍起来，袁利剑当时是他们学习小组的组长，坏得很，那时候总嫌他接受理论知识慢，还因为这事向校长告过他的状。

"你小子当时就是不努力，没有校长敲打，哪能进步那么快？"

林政委在旁边对春祥说："郑旭同志，利剑现在已是我们的支队长了。"

春祥赶紧挺了挺膀子，退后一步，半是严肃半开玩笑地朝袁利剑敬了个军礼："袁队长，郑春祥向你报到！"

"跟我就别客套了，咱们坐下说。"袁利剑拉着春祥坐了下来，林政委为每人倒了热水。

春祥屁股刚一沾上凳子，就风火火地说道："我想死你们了，上半年被组织派回来后，我就成了睁眼瞎，现在外面啥情况我一无所知，只知道我们这个地方的日军和汉奸与日俱增。现在我虽然组织了一支几十人的队伍，但只能干些小打小闹提不上台面的事儿。"

袁利剑说："春祥，你离开部队有小半年了吧？"

春祥点点头。

袁利剑起身又给春祥添了些水，接着将国内的现状和部队的情况一一道来：日军占领华北后，八路军成立了晋察冀、晋冀豫和冀南军区，并粉碎了日军对各根据地的围攻。一一五师和一二〇师又先后建立了冀南、鲁西北、冀鲁豫、山东等多个根据地。他们这支先遣部队隶属于八路军陇海支队，负责开辟苏皖边区游击根据地，并按照上级要求负责建立县级党组织。与此同时，南方八省组建的新四军下设几个支队，一部分在皖南皖中参加抗战，另一部分已陆续挺进江苏境内，老校长粟裕师长估计也已随部队进入江苏了。袁利剑还告诉春祥，他们这支先遣支队，刚从山东过来，对当地的情况不甚了解，不过他们一到苏北，就听闻此地有一支响当当的除恶队，就是没想到是自己同志，还是你春祥带领的。

"你小子要是不改名，我们就能早几天见面了。"袁利剑笑着说道。

大家哄堂大笑。

"袁队长，我们这支除恶队总算是找到组织了，我希望这支小水流能汇入到大海的怀抱中，不知道行不行？"

"当然欢迎了！上级要求我们一定要大力发展抗日队伍，俗话说得好，'众人拾柴火焰高，人心齐，泰山移'，人多才能力量大嘛！"

凝思片刻后，袁利剑告诉春祥，可以先将除恶队列入先遣部队的编制，但任务不变，因为春祥他们都是本地人，对这里的地理环境和语言习惯了如指掌。为了使两支队伍快速熟悉，并在日后作战中更好地配合，袁利剑提议由春祥派几个人进入先遣支队，尽快帮助支队熟悉当地的情况。同时，他也会拨给春祥一批枪支弹药，并派出几位技战术素养较高的战士，帮助除恶队全面提高战斗力。

"春祥，你看如何？"

春祥热血沸腾地说："太好了，还是你看得远啊，那这支队伍应该叫什么名字呢？"

"叫'锄奸队'吧，恶就是奸，奸就是恶，另外，'奸'还特指汉奸。我看全名就叫'八路军陇海先遣支队锄奸队'吧！"

"太好了！我们终于找到组织了！"

袁利剑转身对林政委说："政委，您看这样可以吗？"

"没问题！"林政委握着春祥的手说，"这样我们就成了一个整体，今后你的担子就更重了。按照上级指示，今后我们到苏北来的部队还会增多，只要咱们勠力同心，苏北全部夺回就指日可待。"

接着，几个人又研究了当地敌对势力的状况，商讨了一系列详细周密的计划，直到傍晚，才意兴犹然地各自散去。

1938年，装备精良的日军在短短一个多月的时间里，迅速践踏了皖东北及苏北大地，在沭阳、宿县、灵璧、泗县、铜山、邳州、淮阴等地实施了多起惨无人道的轰炸和屠杀。1月初，日军在盱眙县城对手无寸铁的无辜平民进行大屠杀，制造了惨绝人寰的盱城惨案，残暴地杀害2000余人后大肆纵火烧房，城内8000余间房屋被烧成灰烬。日军的杀戮并没有停止。5月中旬，日军首次对宿迁进行狂轰滥炸，在随后的屠城行动中，4000余名无辜群众惨死在日寇的刀枪下；仅双沟惨案，日寇就杀害手无寸铁的群众550多人，烧毁房屋3800多间，奸淫妇女20多人。

一时间，苏北大地哀号遍地，路有饿殍，坟茔丛丛，漫天的战火和遍地的硝烟给贫瘠的苏皖大地平添了无尽的苦难与凄凉。

岁暮天寒，风号霜舞，苏北特有的杨树仅剩下枯叶残枝，树枝在寒风中摇曳，发出单调刺耳的声响，宛如病榻之人发出的绝望哀号。遍地荒烟蔓草，植株裸露着根茎，蜷缩在地表陷入了沉睡，仿佛已放弃了复苏的希望。一整个秋季的久旱少雨，将田野扯出道道裂痕，恍若老人饱经风霜枯黄龟裂的脸庞。北风在田野里肆无忌惮地呼啸，卷起漫天的尘埃，模糊了众人的视线。田野里那仅存的稀稀落落的绿色，是奄奄一息的麦苗，瘦瘦黄黄的，让人目不忍视。

在这萧瑟肃杀的季节里，春祥带领着锄奸队穿行在宿迁的各个乡村集镇。

傍晚时分，春祥几个人经过大兴往南走，马一鸣劝春祥，既然离郑楼不远，不如就顺道去看看大叔吧，都三四个月没进家门了。

几人抄近路往郑楼方向走去。一进村口，春祥不由得加快了步子，心里琢磨着父亲这个时候应该还没有休息，到家和父亲聊上一会儿再走也不会误事儿。但当他穿过邻居房前看到自家房子时，一下子怔住了，眼前只剩下残垣断壁，房梁横七竖八地搭在土坯上。马一鸣等人走上前，个个瞠目结舌。

"咋回事？大叔呢？"

"不好，我们得马上赶到俺姐那儿。"

几人一路快跑，远远就看见春雪家的灯还亮着。春祥抬手敲起了房门："姐，姐，我是春祥，快开门，俺爸在不在这儿？"

门打开后，只见春雪一脸怒气地拦在门口："你还回来干吗！"

屋里传来父亲重重的声音："春雪，让祥子先进来。"

听到父亲的声音，春祥悬着的心终于放了下来。但一直到马一鸣几人走到跟前，春雪才闪开身子。春祥进屋顾不上坐下，急切地询问父亲家里究竟出了什么事。

老人长叹一声，猛吸几口旱烟，颤抖着诉说起发生的一切。一个月前的一天夜里，春祥父亲正在二弟家商量事情，不承想就几袋烟的工夫，几十步之外的家里便遭了殃。等他回来时，发现土坯垒的房子已经坍塌了。

"咱那个房子，你又不是不知道，几棍子还不就戳塌啦，幸亏我当时不在家。要是在，这把老骨头就完了。"

"俺叔，这么长时间，都没有打听出来一点信儿吗？前后院那里问了没有？"马一鸣急切地打听。

老人抬头无奈地说了句："可能还是原来你那老东家的事儿。"

"爸，这话是你猜的还是你听到的？"春祥心里打着鼓。

"是咱庄西头的永胜说的。"

"他咋知道的？"

春雪打了一下春祥："你别紧催着来，让咱爸把话说完。"

老人说，永胜陪人提亲喝多了，回来得晚，在路上遇到几个人有说有笑，其中一个人的话味儿里有"姓郑的活该他倒霉，他弄俺家两个人，俺也搞他一下子"的意思。

老人的一句话，让春祥如丈二和尚——摸不着头脑。老人在旁边问儿子："祥子，你是不是咋着人家了？要不然人家也不会出这么重的手，老东家那里，咱也不能说都在理，能处就处，不能处咱不和人家来往就是了，可不能动啥邪念啊！"

除掉黄家兄弟俩的事，父亲自然是不知道的，春祥更不敢和父亲说。他清楚，父亲一辈子胆小怕事，村里村外从未与人发生过争执。旁边的马一鸣两只手交叉着攥在一起，指节发出嘎巴嘎巴的声响，正欲说话就被春祥拦住了。因为一旦马一鸣话说出口，后面的日子父亲就再也没法过踏实了。

最后，春祥不紧不慢地劝慰父亲说，自己在外面只是做点生意，并未和谁结过怨。现在的问题是，父亲也不能老在大姐家住，所以等这两天他忙完就回去，一定会设法安顿好父亲的生活。

几个年轻人和大叔大姐招呼完便离开了，顺着南向的大路边走边聊。

马一鸣分析说，事情不简单，因为按春祥父亲所说，那洋河镇上的事，一定是已经有人知道了消息。如果再不把事情搞个水落石出，春祥父亲和大姐一家都过不安生。

春祥微微颔首。

"让玉鸣去趟洋河镇，他对那里熟，只要顺着黄家兄弟的亲戚摸，就一定能搞清楚里面的门道。"马一鸣接着说道。

春祥再次点了点头。

两天后，消息反馈了回来。马玉鸣设法找到了当晚端茶倒水的小姑娘，从她口中打听到了整个事情的来龙去脉。原来当晚，春祥几人把黄家兄弟堵在了堂屋内，对话正巧被在隔壁房间尚未入睡的黄大龙老婆听到了。这婆娘怕死，自始至终没敢露面，一直躲在暗处偷听。事后，她娘家弟弟马保善前来奔丧，听完姐姐一阵哭诉，二愣子性格的马保善立即暴跳如雷。马保善是靠侯队长的关系进的镇公所的保安队，因两座靠山倒塌感到大失所望，所以当即决定出手报复。马保善也非常清楚春祥已非昔日之辈，不敢乱来，就瞅准他家里无人之时，偷偷把房子给捅塌了。马保善暗自盘算，反正没伤害春祥的家人，估计春祥也不至于要他的命，这样又能在自家姐姐这里保了个面子。

马保善没想到的是，春祥不想要他的命，但想要他的枪。

不久，在洋河镇东北张圩保长张发林家的一场饭局上，春祥见到了马保善。

张发林是张圩的大户，每年用酒量大。老东家去世之前，张发林用酒都是直接从老东家那儿拿，自从老东家的两个儿子开始掌管家业，受其胁迫，张发林也会从黄家拿一些酒。春祥在老东家家做工时，认识了张发林。这场饭局，正是春祥委托张发林安排的。

日照当头，马保善走进张家大院，离老远就高声吆喝："张保长在吗？有啥喜事啊？侄子今天来给您贺喜来了。"

张发林闻声，忙不迭地迎出门外："保善来了，屋里坐，也没啥事，就是和你商量商量，今年的酒可能就不从你姐那里拿了。"

"怎么回事？我姐夫刚走，您这边就拆台子，不合适吧？"马保善勃然变色。

"先坐吧，菜已经上桌，边吃边聊。"张发林殷勤说道。

看到桌子前坐着张发林的儿子和外甥，马保善也未多想，就一屁股坐在了主座，顺眼瞅了桌子上的几个碟子，看到还有三双筷子摆在空位前，问了一句："张保长，今天还有其他客人？"

这时，从正屋门外的左厢房走出春祥、马一鸣和胡炳荣三个人，他们笑呵呵地端坐到了马保善两边。马保善没见过春祥他们，冷眼斜视着三人。三个人也不多话，齐刷刷瞅着张发林。

张发林急忙介绍道："保善，这位是我的老朋友郑旭，做买卖的，今天也来捧场。你们都是我的贵人，一块儿聚聚，今后大家也好彼此有个照应。"

"张保长的朋友，就是我的朋友！"马保善骄横成性，大大咧咧地招呼着众人。

酒斟满，张发林寒暄几句，酒席开始。谈笑声，劝酒声，一浪高过一浪。酒过三巡，春祥斜着身子靠近马保善："保善老弟，你在这一带名气响得很哪，以后你也不能光照顾张保长，我们哥儿几个你也关照关照。"

"好说，好说！不过郑哥，不瞒你说，兄弟现在也不行了，自打我姐夫和侯队长出事，我就变成了落架的凤凰。新上任的蒋队长老是找我的茬，兄弟都快混不下去了，好在身边还有几个多年的弟兄，姓蒋的才不敢拿我怎么样。虽然我没有一官半职，但在我们保安队，说话也还管点用，以后有什么事尽管说，办成办不成，兄弟一定尽力。"马保善说话的口气仍不改往日的豪横。

"那好，保善老弟，老哥向你打听个事儿？"放下筷子，春祥开始发话。

"说！"

"上个月郑楼的几间房子被人大半夜给扒了，敢问你是否知道这事？"

马保善手中的筷子冷不丁地抖动了两下，警觉地看向春祥："你问这个事干吗？"

"没啥，那一家是我没出五服的叔伯兄弟，也不知道到底是得罪了谁，竟然房子被人扒了。他家那么困难，这还咋活啊！"说话间，春祥眸子一动不动地瞅着马保善。

"郑哥，这件事我还真不知道。"马保善几声讪笑，面部表情极不自然。

"保善老弟，你在这一带路子广，刚才你不是也说兄弟的事好说吗？"

"那我也没说什么事都一定能帮成呀。"马保善狡辩道。

春祥伸出胳膊，搭在马保善的肩膀上："保善老弟，你这话说得就和刚刚应承的不一样了，拿你郑哥当外人了？"

此时，马保善心里开始敲起了鼓，原来几个人绕了半天，目的在这儿。想到自己现在无论如何绝不能承认，只好三十六计，走为上策。于是，马保善拍了拍胸脯承诺道："几位老哥，这样，回去后我让保安队的兄弟打听打听，十几杆枪在手里，我就不信问不出郑哥的事。"马保善的话里，隐含着一丝威胁。

胡炳荣接了马保善的话，说今天这事还拜托他尽快打听清楚，三天后，要么还在这里等他回话，要么就直接到保安队去找他。

马保善一听，对方竟敢明目张胆地说要到保安队去，便清楚自己今天遇到了硬茬。正在马保善心里无底、一筹莫展之际，春祥插话进来，说就是保善兄弟一时问不出来，也没关系，权当大家交个朋友。

"这肯定，这肯定。"马保善端杯起身，左手掩杯，右手举过头顶，"几位兄弟，实不相瞒，这会儿队里还有事，这杯酒我敬大家，兄弟先走一步。"寒暄完，马保善又对张发林客气道："张保长，谢谢你的招待，我先走一步，三位大哥还望你替我多照顾照顾。三天后，你们来找我，我来弄个场子，既是给大家答复，也算是回请。"

说着，马保善朝侧面迈开两步，准备撤退。此时，马一鸣站了起来，想拦住马保善，看到春祥朝他使了个眼色，随即放下双手，伫立在原地不动。春祥笑呵呵地站起，礼送马保善出了院子。

一跨出院门，马保善迈开的小短腿像鸡啄食般快了起来。刚一出张楼，他的右腿猛地一软，差点跪在地上。马保善此时还不明白自己为什么如此心惊肉跳，是脑袋里的酒劲上来了，还是刚才三个人打听的事情刺激了自己。

夺　枪

马保善暗自觉得不对劲，一面琢磨着能糊弄就糊弄，并没把酒桌上答应郑旭的事放在心上，一面也比以前多了三分心眼，平日里没事就窝在镇公所，料定对方不会真有胆子踏进保安队的大门。

但郑旭和郑春祥就是一个人，这是马保善抓破脑袋也想不到的。他更料不到的是，马玉鸣第三天一大早就到了保安队，一进门便嚷嚷着找他。

保安队总共四十来人，分成三个小队，两个小队长期在洋北和陈集驻扎，留守镇公所的正是马保善所在的小队。这天，队里几个人见来者口气轻狂，姿态张扬，问马保善，马保善又说不认识。

保安队里的人见状，心里的火气腾然蹿升，猛地撸起袖子，呼啦啦全朝马玉鸣扑了上来，岂料马玉鸣身捷力大，两三下就把两个保安队员撂倒在地。众人见状，拳打脚踢，很快就把马玉鸣捆了个结结实实，投进了禁闭室。

大半天过去了，看到禁闭室里端坐地上、嘴角淌着血的马玉鸣，马保善心里越发不踏实，几次在队长周光文面前欲言又止。

腊月的傍晚，五点刚过，天就黑了下来，大院子里两盏汽灯滋滋地冒着火光。保安队开始忙晚饭。队长旁边的房间内，七八个人围着桌子正在热火朝天地推牌九。突然，一群人气势汹汹地闯进大院，为首的马一鸣厉声道："保善兄弟在吗？"

正在周光文身边的马保善心头一颤："真的是怕啥来啥，大事不好！"

周光文诧异地瞅了马保善一眼："你个兔崽子今天是咋回事？一整天心神不宁的，你爹死了？"周光文一脚踹开房门，走到院内，刚想张口大骂，猛然瞧见院子里黑压压一群人，到嘴边的脏话立刻咽了回去，改口道："兄弟们这么大阵仗，敢问有何贵干？"

走在最前面的孟小山答："我们来找保善兄弟。"

周光文耐着性子问，是不是马保善得罪了什么人，找他做什么。

"我们老大和保善兄弟约好了，保善兄弟答应今天安排个场子，上午我们的一个兄弟来确认，到现在还没见人回去。老大一想，可能是被保善兄弟留下了，既然说好是安排在今天的，怕保善兄弟忙，这不，我们就连酒带菜一并带过来了，请他摆几张空桌子就成。"

马一鸣环顾四周，没看到马保善的身影，又提高嗓门大声喊了一句："保善兄弟，你人呢？"

见躲不过去，马保善急忙跌跌撞撞地从队长室后门跑进禁闭室，帮马玉鸣解开绳子，连声赔着不是，搀着马玉鸣一道走了出来。见院子里足足站着二十来人，马保善抖抖索索来到春祥面前，低头哈腰地赔着笑脸说道："郑哥，都是小的不是，慢待您了。"

"没啥，拖几张空桌子出来就行了，知道你最近忙，你郑哥为了不违约，就自己上门来了。"春祥和颜悦色地说道。

周光文被两边的对话搞得稀里糊涂，再看众人腰里鼓鼓囊囊都别着家伙，保安队放枪支的房间门口早给四个人堵得严严实实，大院门口还另有两人手按腰间，四只眼睛鹰隼般地左右打量，就更不敢随便插话，只能俯首听命。房间里十几个保安队员愈加摸不着头脑，个个站在窗口向外张望，心里像猫爪子在挠，又奇又怕。

愣神片刻，周光文赶紧招呼手下："来的都是客，弟兄们，把大房间的灯都点好，桌子摆上。"

几个保安队员咋咋呼呼地开始忙乎起来。这时，马玉鸣走到春祥身边，恶狠狠地瞪了一眼周光文。周光文顿时吓得双腿发软，赶紧上前拉着玉鸣的手，满脸堆笑道："小兄弟，多有得罪，多有得罪。"

马玉鸣抬起手，准备上前扇周光文耳光，被大哥一鸣一把拦住。

桌椅板凳摆齐，酒菜上桌，众人陆续落座。春祥拉着马保善的胳膊说："保善兄弟，咱们两个挨着坐，你是东家，我是客。"

满头虚汗的马保善挨着春祥坐了下来，尴尬地讪笑着。

春祥端起瓷碗，朗声说道："在家靠父母，出门靠朋友。我们是一回生两回熟，后面大家就是朋友了。还是你们这个地方好啊，宽敞！我们一群人也没有一个牢稳的地方，以后就把保安大队作为咱们交往的地点，好不好？"众人哪敢二话，捣蒜似的连连点着头。

"人在江湖走，不能没有酒！不多话了，喝！"春祥一饮而尽，众人也跟着来了个碗底朝天。

三五碗酒下肚，马保善酒劲上涌。春祥一把搂住马保善的肩膀："保善兄弟，你姓马，听说马家汉子个个放屁砸坑，一言九鼎，上次你答应我们的事，这都三天过去了，咋还没个信儿啊？"

听话听声，听锣听音。春祥说完，马保善打了个寒战。其实在春祥带人走进院内时，他就心底透亮，是福不是祸，是祸躲不过，自己最好还是老老实实地交代，说清楚了或许还能留条活命。

放下酒碗，马保善的声音有点发颤："几位老哥，都是小的该死，这事确实是小的带头干的，小的存有私心，就是想为俺姐出口气。其实小的胆子也不大，不想害人性命，就是想教训一下郑春祥那小子。"

"看样子郑春祥和你有过节？"马玉鸣问。

"也没有，我就是担心他继续找俺姐的麻烦，所以就想着警告一下他。"

"看来保善兄弟也是实诚人，话说得敞亮，但我春祥兄弟那里不好交代啊，人家现在没地方住，眼看都冬天了，你看看你这一下子把人家弄的，连个窝都没有，那还不得把人冻死啊。"春祥说着话，把一碗酒掀进了嘴里，哐当一声将空碗撂到桌子上。

空碗打了几个回旋后,才回复平静。

"这个不会,我知道,郑春祥他爹住到他姐家里,应该没事的。"马保善回答。

"你把人家情况摸得这么清楚,看样子还准备把人家大姐的房子也扒喽?"马一鸣的脸色变得有点难看,猛地拍了拍腰间,发出邦邦的声响。

马保善挪开屁股,扑通一声跪在春祥腿边,哭丧着脸说:"郑哥,我要是知道郑春祥是您叔伯兄弟,打死我也不敢啊。郑哥,我真的只是单纯想吓唬一下您那位同族兄弟,其他的我什么也不敢干呀。"

春祥起身,双手搀扶起马保善坐回原位,笑着端起一碗酒:"保善兄弟,常言道,不知者不为过嘛。话既然都说开了,事也就算过去了。来,我们兄弟俩干了这碗酒,过去的事就算过去了!"

二人仰脖喝光了碗里的酒,马保善心里知道这事还没完,借着酒胆,贴近春祥耳边问:"郑哥,您大人有大量,错是我犯的,说啥也得补偿一下您那位同门兄弟,您说下面咱该咋弄?"

春祥朝前一挥手,说:"保善兄弟就是明事理,你这个兄弟哥交定了,让你补偿吧,哥还真有点难为情;不补偿吧,我堂哥家里老人没地住,你看看,这事还真把我给难住了,你说该咋整呢?"

"郑哥,您说咋办就咋办。"马保善咚咚拍着胸脯。

春祥赶快接住话把:"那行,我就替我堂哥做个主,上次你说你这里有十几条枪,我想借用一下,这不是老日来了嘛,你放心,这枪俺们打老日用,绝不会用在咱们兄弟之间。"

春祥轻巧巧的一句话,犹如一声晴天霹雳。马保善、周光文和在座的保安队员顿时全都呆若木鸡。

周光文毕竟老练三分,笑脸问道:"敢问郑兄姓国还是姓共?"

"都不是,就是不服老日管,想和他们干!"春祥的话说得看似轻松,但给周光文、马保善的感觉,枪他是借定了。

周光文知道,胳膊拧不过大腿。如果强拧,就不仅仅是借枪的事儿了。愣神三五秒后,周光文爽快地说道:"没问题,这枪我们借,谁让大家是兄弟呢,自家兄弟这点儿小事算个熊!"

"豪爽!那我们大家举杯!"春祥率先端起酒碗,用眼光扫了一下两边。

"干!"春祥一饮而尽。

所有人都齐刷刷地端起了碗。

一个钟头后,周光文、马保善两人合眼趴在了桌子上,嘴里流着哈喇子呼呼大睡。

三天后,春祥得到消息,马保善被保安队开除,周光文等人被调到外围。

又过了五天,日本人占据了洋河镇。

洋河镇智取枪支后,在马一鸣和张金军等人劝说下,为了安心带领日渐壮大的锄奸队,春祥把父亲和大姐一家安顿在了陈集东南二十里瓦庙的姑姑家。

春祥父亲有三个妹妹,一个小时候夭折,一个外嫁后杳无音讯,唯有大妹经村里跑船的介绍,嫁给了瓦庙一个世代以打鱼为生的船工的儿子。春祥选此地,既是担心家人遭到马保善和周光文一帮子人的报复袭扰,更是躲日本人。此时,日伪军尚未深入到苏北的边角地带,瓦庙位置又偏远,临近洪泽湖,相对安全一些。

两个月前,日军围攻宿迁县城,国民党军第五十七军抵抗了一阵后,全部撤离宿迁。日军进城后,在宿迁境内实施了疯狂的烧杀淫掠,三天内就杀害了四千多人。一个月之后,日军又在宿迁城南埠子镇大开杀戒,六十九人惨遭屠戮。

血雨腥风笼罩着整个宿迁。

更令人感到窒息的是,苏北大地早期建立的党的地方组织和政权,犹如进入严冬时节的杨树枝,瞬间变得枯黄凋敝,绝大部分蛰居隐退,小部分人甚至卖国投敌,充当起了日伪的帮凶。

为应对战局,袁利剑率领的先遣支队,此时已经进入津浦铁路以西、徐州以南的灵璧地区,配合国民党部队牵制进犯徐州地区的日军,与春祥的锄奸队暂时脱离了联系。眼看着春节将至,但形势依旧严峻,春祥决定化整为零,将锄奸队分成了三个小分队,自己和马一鸣兄弟俩所率的一支藏匿于洋河附近;张金军、郑留宇带领一支靠近沭阳;韩长万、胡炳荣率领一支靠近沭阳和泗阳交接之地,形成了相互呼应、彼此增援的掎角之势。

寒夜之城,却有一处地方热闹异常。

紧挨宿迁县政府的方家大院张灯结彩,热闹非凡,进进出出的日伪军官、政府要员、商贾市侩络绎不绝。县城的百姓都知道，今天是宿迁伪商会成立的日子。

成立宿迁商会，是日本人酝酿已久的计划，以期垄断宿迁市场，为日军收购筹措粮油以及钢铁等军用物资。在日本人授意下，伪县政府在县城开设了南北市场，强征并重建了五百多间临街商铺，表面风光热闹，实际全部交给商会管理。商会心领神会，利用日商开办的洋行暗中助力，操纵着宿迁的经济命脉。

伪商会的成立，宿迁老百姓都明白其中的弯弯绕，春祥更是心知肚明。春祥告诉锄奸队员，伪商会就像一台吸血机，一旦启动，那些本就箪瓢屡空的乡亲父老将更加无法活下去。队员们问春祥怎么办，春祥目光如炬，说势必要捣毁这台吸血机。

春祥留了一个心眼，提前和一家本地商户打通关系，把家住县城的原地下党组织成员赵友谊安插进了伪商会，并让他从事得心应手的老本行，负责物资储运。

伪商会成立的第四天，宿迁下了一场大雪。纷纷扬扬的雪花整整飘了一天一夜，白雪笼罩着惨白的宿迁城，刺骨寒意也没有浇灭秸秆垛里锄奸队员们的热情。一大早，天色阴沉，从县城西门一溜儿出来七辆胶轮马车，沿海郑公路浩浩荡荡地行进着。骡马鼻孔喷出的热气，团聚在一起向上升腾，距离很远就能看到。每辆马车上坐着一两个伪军，寒风让他们都抱枪蜷缩成一团，任凭身体随马车摇晃着。

刚过高作，领头马车上坐着的队长黄喜标，突然在公路两边的雪地上瞅见一些凌乱的脚印，顿时警觉起来。

"弟兄们，都给我打起精神来呀，这是我们第一次运粮，绝不能出啥岔子啊。"听了黄喜标的喊话，后面马车上的伪军开始骚动起来，把怀里的步枪晃了晃，眼睛扫视着四周。

黄喜标的吆喝声不但伪军队员听到了，春祥也听得清清楚楚。黄喜标话音刚落，伪军的枪还没端正，春祥带着七八个人"咻"的一下从路边秸秆垛后面蹿了出来，三两步冲到马路中央，挡在了领头马车的前面。

黄喜标掏出手枪，大喝一声："什么人？！"

"半道上的朋友，想借点粮食。"春祥大声回话。

"半道上的朋友！哼，是半道上的劫匪吧，你们胆子也太大了，皇军可是离这不远啊。"黄喜标回头朝后面吼了一声，"兄弟们，抄家伙！"就是这回头一瞥，黄喜标发现后面的马车都被手持长枪的人围了起来，整个人顿时感到汗毛直竖。

"下来吧，我们谈谈！"春祥笑着拍去身上的积雪。

黄喜标两条腿顺着麻袋滑到地面上，春祥走上前去，问道："敢问大名？"

"黄喜标。"

"黄队长，我们第一次见面就以这种方式，实在不好意思。"

"没的事，没的事，幸会啊，请问你们是？"

"我们是八路军锄奸队。"马玉鸣上前撂下一句话。

黄喜标"啊"了一声，慌忙抬手朝春祥来了个敬礼："郑队长好，小的名叫黄喜标，今天总算是见到您了，郑队长的大名在我们整个宿迁县城都是响当当的，下面有事您发话。"

"我的名气有这么大吗？"春祥呵呵笑了起来，"黄队长真会拿我们开心，我们哪有你那个条件，兄弟我天天东一榔头西一棒子地找食吃啊。"

"别，别。"黄喜标一脸灿烂，"郑队长，您看有什么盼咐？尽管说！"

"那我就不好意思了，既然黄队长这么爽快，我也不藏着掖着啦，粮和枪我们都要。"

春祥说完，黄喜标愁得脸拧成了麻花："郑队长，给您说实话，粮和子弹、手榴弹都可以拿走，但枪不行啊。枪一拿走，那不是断了我们这帮子兄弟的活路了吗？"

春祥仍面带笑容："那你们整天拿着枪，老百姓就有活路了吗？！这么多粮食，不都是你们拿枪抢来的吗？"

"绝对不是！绝对不是！我敢拿性命担保，这些粮食是皇军……不不，是日本人掏钱买的。"纵使大冬天冷飕飕的寒风刀子似的吹，黄喜标额头上仍热汗直冒。

马一鸣冷笑一声，大声吆喝道："中国人为鬼子做事，应该属于狗汉奸，老百姓最恨的就是汉奸。八路军替老百姓撑腰出气，对待狗汉奸绝不会手软！"说话间，马一鸣手提快慢机，顶在了黄喜标胸前。

黄喜标盯盯马一鸣手里的手枪，又瞅瞅镇定自若的春祥，没了主意。

"黄队长，二选一，是要命，还是要枪？"

六神无主的黄喜标耷拉下了脑袋。

春祥大手一挥，锄奸队员立刻行动起来，缴了所有伪军的枪械。

等黄喜标回过神，春祥一群人已经赶着七辆马车向北而去……

"队长，咱们怎么办？"雪地里，站了很久的一个伪军壮起胆子问道。

惊魂甫定，黄喜标气急败坏地跺了两下脚，"还能怎么办，回去报告！"

黄喜标带领伪军队伍，逃也似的往宿迁县城方向跑去。

逃回县城，黄喜标硬着头皮走进了日军司令部，向少佐报告。坂塚少佐扇了黄喜标两个大嘴巴子，立即率领四五十人的骑兵队伍由黄喜标带路，顺着车痕一路追击。

一众人马追到了骆马湖边的皂河，只见七辆马车停在湖边，马车上空空如也。

坂塚愤然朝静静的骆马湖水面放了两枪，惊得远处几只尖嘴长脖的白鹭瞬间飞腾而起，很快就消失在白茫茫的天水之间。

年　关

无独有偶，锄奸队小分队在宿迁三地，也是花开三朵。

当夜，距县城东南四十多里的洋河镇，就闹出了一场大动静。

洋河镇镇公所东边的一条小路上，急匆匆走来一支三十人左右的队伍，在快到镇公所时，队伍立刻左右分散开来。窝在一新建房子门前墙根打盹的两个伪军被马一鸣叫醒："快，快醒醒，八路来了！"

两个伪军吓得伸手去摸身边的枪，胡乱捞了几下，枪不在。马一鸣笑着说："声音都给我小点，我们就是八路。"

惊慌失措的伪军连忙求饶："长官，求求你们，我们到这里时间不长，没干过啥坏事啊。"

马一鸣晃了晃枪，厉声呵斥："哼，你们衣服都能从黑的换成黄的了，还敢说没干啥坏事？"

"你们是？"其中一个伪军问道。

"保善兄弟的朋友，应该认识吧？"春祥说。

"认识，认识，马保善被开掉后，自己跑到沭阳城投靠亲戚去了。周队长和我们被抽调到这边来了，怎么，你们是除恶队？"伪军战战兢兢地问。

"我们现在是八路军锄奸队。"

"小的明白，小的明白。"

"大门钥匙呢？"

"在里面的人手里，怎么，你们要进去？"

"来了肯定要拜访一下你们的新队长嘛！"

"那我帮你叫一下门。"

"想动歪脑筋？"春祥一把抓住伪军的衣领。

"不敢，不敢，如果想进去，可以从墙拐角上去，那里有一个木墩，爬上去就行。"

春祥又问："里面有多少人？都在哪个房间？"

"二十多人，两个房间，左边第一间是大通铺，第二间是我们排长的房间，还有，还有……右边第一间还有昨晚喝多了没走的三个保长。"

春祥朝马一鸣使了个眼色，马一鸣绕过木屋就到了墙角，一个鱼跃翻上墙头，纵身跳了下去，大门很快就从里面悄悄打开，众人鱼贯而入。

三个房门几乎同时被踹开，刹那间整个院子嘈杂一片。一枪未响，所有人都被集合在了院子里。春祥一顿训话，等队员们清理干净各个房间，取出所有枪械，才悄无声息地离开了洋河镇。

锄奸队两次突袭伪军，驻扎在宿迁的坂塚极为震怒。但由于大雪封路，他无法派出部队围剿，只得一面命令日伪军严加防范，一面把自己关在房间里三天三夜，苦思冥想，憋着一肚子坏水制定了一套针对锄奸队的剿灭计划，盘算着等开春，再一举剿灭锄奸队。

沭阳县位于宿迁东北，是连接海州及山东临沂的交通要道，因此最早被日军占领。

转眼又到了年关，按照古历，宿迁地区腊月二十三过小年，乡下尚处于一片平静中，沭阳城内则是另一番景象，充满年味的童谣从三五成群的孩童口中传来：

小孩儿，小孩儿，你别馋，
过了腊八就是年，
腊八粥，喝几天，
哩哩啦啦，二十三，
二十三，糖瓜粘，
二十四，扫房子，
二十五，冻豆腐，
二十六，去买肉，
二十七，宰公鸡，
二十八，把面发，
二十九，蒸馒头，
三十晚上熬一宿，
初一初二满街扭……

童谣和鞭炮声中，县城内过年的味道渐渐浓了起来。

阴冷的沂河在沭阳城分成两支——内沭河和外沭河。内沭河东南斜向穿过城区，岸两边大小商店、诊所、旅馆一家挨着一家，酒肉飘香。喝酒划拳者扯着嗓子大喊大叫：

宝一对啊！
一心敬啊！
哥俩好啊！
三星照啊！
四季财啊！
五魁首啊！
六六顺啊！
七个巧啊！
八匹马啊！
九连环啊！
满堂彩啊！
……

猜拳酒令声，此起彼伏。位于南岸几百米四老巷的程家大院内，人声鼎沸。程家大院的主人程秀奎，祖辈在清同治年间，就干着土匪这个行当，经过两辈人的家业积累，家族里开始有了明白人，琢磨金盆洗手，子孙后代读书走仕途。自程秀奎这一辈起，读书人渐渐多了起来，最为出色的是程家二公子程克元，两年前从日本京都大学毕业。程克元脑瓜相当灵便，读书时期，对外界信息的敏感度就非常人所能比，他多次在给父亲的信中表示日中必有一战，希望父亲早作思量。待"七七"事变爆发，日军还未侵入山东，程秀奎就开始大放厥词。徐州会战刚结束，程秀奎第一个在沭阳举起了太阳旗。而此时，程克元已在武汉国民政府内谋了个不错的职位。

这日，程家大院的正屋和左右两个偏房，各置一桌上等酒席，城东一群有头有脸的伪军队长、保安队长、水警队长，加上几个日军少尉及曹长，还有家族近亲，欢聚一堂。众人推杯换盏，觥筹交错，其乐融融。

程秀奎十分高兴，席间为大家念了二公子程克元的一封家书。

叩禀

父母亲大人，膝下万福：

年节将近，跪问金安！儿近得任新职，现供职政务部对外联络部，任秘书长一职；妻已诞下一子，母子平安。

然眼下时局动荡，政事频仍，虽思亲心切，奈何不能返乡，承欢膝下。方今之时，时势不靖，政府力主与日亲善，此势难违！望父母大人审时度势，以免生变。

见字勿劳挂念。如有要事，望电报训示。

专此呈送，再请金安。

男克元叩上

腊月十八

家里有人在"政府"里任职，这在偏僻的沭阳县里再没有第二家。再加上喜得麟儿，双喜临门。家信念毕，包括日军军官在内，所有人起身举杯，连连道贺。程秀奎满面笑容，频频擎杯回敬。程夫人也是频频致意，点头应承着众人的溢美之词。

突然，门外传来了一阵"噼里啪啦"的鞭炮声，只见一壮实的小伙子熟练挥舞着手中的长杆，挑着一挂如蛟龙缠柱般的鞭炮进了院门。滚滚烟雾在空中升腾翻转，好不威武。烟雾后面则是几个衣着光鲜、气宇轩昂的年轻人，走在最后的两个人，手里拎着红布包裹着的礼盒。

程秀奎一看这阵势，喜上眉头，赶紧招呼夫人："快快，一定是克元那里来人了。"话音未落，程秀奎双手抱拳迎出了门。

"想必您就是程老爷子吧，我们是'省政府'派来的，受'国民政府'委托，今日特地前来为程老爷子贺喜！"

正屋酒席上的族亲赶紧撤席，来人中有两人在程秀奎的礼让下坐了下来，另几人分别坐进了偏房。

一直未挪动屁股的四个日军军官诧异地看着来人，默然不言。

为首之人站起发话，说他们受程秘书长委托，代表"省政府"，前来恭贺新禧。程秘书长年轻有为，乃国家之栋梁，还望程老爷子作出表率，对家乡、对政府倾力相助。

客人大老远为攀附关系而来，程秀奎心里自然是乐开了花，连忙谦虚道："应该的，应该的，大家来得早不如来得巧，今天正好把附近的老朋友都请了来，好好好，来，满上，我先敬远道而来的省府客人。"

坐在程秀奎旁边的年轻人并没附和端杯，两眼盯着同桌的几个日军军官，问："程老爷子，今天是咱传统节日小年，应该是中国人在一起过，怎么还有日本人，这算哪门子事？"

一个日军军官略懂中国话，一听火了，指着年轻人："你的什么的干活？我们是程老爷的朋友，你的太嚣张了。"

年轻人不依不饶："我们是省府派来的人，你们在这小小的县城窝着，竟敢在我们面前不知厚薄。"

另一个日军军官伸手就要掏枪，被程秀奎按住。

"都是朋友嘛！来，大家喝一杯算是认识了。"程秀奎赔笑道。

"我们中国人的节，凭啥日本人在，程老爷子，这酒可不好喝啊。"

年轻人一句话，引得几个日本人一咬耳朵，都站了起来，有的怒目圆睁，有的开始把手摸向了枪套。正在这时，从西厢房门口传来"啪啪啪"几声枪响，几个日军军官应声倒下。

突如其来的变化，一下子把程秀奎从火山口扔进了冰窟窿，他大张着嘴巴呆在原地。

为首的年轻人笑着搀扶程秀奎坐了下来："程老爷子，坐坐，这个小年还是我们自己人过最好，中国人的节，哪能随便让外人掺和呀。"

程秀奎惊恐地指着地上几具日军尸体，上下嘴唇哆嗦着："这个，这个咋弄？"

年轻人哈哈大笑："这有啥，程秘书长那里我们来给他汇报，来，不管这事，咱们喝酒！"

这时，从门口走进来几个年轻人，把几具尸体拖了出去，随手扔到院门外，然后重又回到正屋坐了下来。

这顿饭，吃得程秀奎战战兢兢，头上热汗淌个不停，不敢失礼，更不敢打听，混混沌沌也没塞进几口饭菜。几个年轻人吃饱喝足，便抬腿告辞。

刚出大门，一阵北风刮过，卷起地上的白雪，掩盖了众人远去的身影。

惊恐中的程家人慌忙打开四个礼盒，一看愣住了，每个礼盒里各装一个土坯外加一沓纸钱，一个铜子也没有。

风雪路上，张金军手里挥舞着两把手枪对春祥说道："队长，这顿饭还真没白来，从来都没吃过这么好的饭，还弄了四把王八盒子，六把快慢机，后面还得让程老爷子再多张罗几次。"

风雪交加的天空中，飘过一阵阵笑声。

两天后，郑留宇从沭阳赶回来，汇报说，一小队日军闯进程家，抓走了一家老小，还一把火烧了程家积攒了几代的家业。

除夕，本该是中国人一年中阖家团圆、共享欢乐的日子，但因为日军的到来，泗阳城家家户户掩窗闭门，大家都足不出户，就连说话声都低了三分。

泗阳城西，一行人顺着运河岸边的小路往南行进，走到五里村左拐进入了一家旅馆。为首的拿起门上的铜环三轻两重之后，门开了，几个人闪身踏进大门，大门随即关上。

在一小大姐的引领下，几人来到最里间的一个房间。房间内，一个约莫四十岁左右的中年人站了起来。这人面容消瘦，中等个儿，身穿长棉袍，伸出双手握住站在最前面的年轻人的手："郑队长，今天终于见到你了，我叫徐严同，泗阳县委的组织委员。"

开门的小大姐在旁边介绍，泗阳县委前年遭到破坏后，现在县委委员只剩下老徐一人。其他人要么断了联系，要么不露面，要么叛变，就连支部书记也下落不明，具体在哪他们也都不知道，现在可以说几乎没有什么组织可言了。

春祥沉吟片刻，轻声说道，情况他听说了一些，前几年国民党对中共地方组织的破坏比较严重，现在日本人又来了，一时难以恢复。但旋即又说，这些都是暂时的，骆马湖再大，小船再小，只要坚持，总有划到对岸的那一天。关于重建支部的问题，春祥话语诚恳，说自己对组建当地党组织没有经验，且锄奸队里就他一个人是党员，附近几个县的组织情况他也不了解，因此建议徐严同到汤沟去学习一下，那里汤曙红领导的队伍就干得很不错。

"是啊，困难再大，党的各级组织还是要逐步建立起来。只有地方广泛地建立党组织，打好地基，对敌斗争的根基才算牢固。"

"老徐，你要把人再好好团团，要严格保密。待时机成熟后，泗阳的党组织可以先一步建立。我得到的消息是，日军在苏北比较猖獗，八路军和新四军都在往苏皖地区加派力量，相信要不了多长时间，上级就会派人来这里。"春祥说道。

"那我们可以先在城内建个联络点，方便以后联系。"

"我也有这个想法，你看哪个位置比较合适？"

徐严同介绍，泗阳城里的泗塘河边有一家仁心诊所，开诊所的是他二姐婆婆的兄弟，叫葛间关，为人忠厚，医术精湛，深得附近百姓的信赖。之前他一直没有和葛间关谈及自己的身份，这样也好，反而更安全。

"好的，我来安排一个人，隔个五天和你联系一下，你这里也尽快把工作开展起来，在县城，你把情况摸清，遇到什么问题我们到时再商议。"春祥交代完，还向徐严同说明了一个情况，今晚他们来有任务，旅馆北边有一个水警小队，七八个人整日吃拿卡要，把来往的盐商和老百姓害得苦不堪言，锄奸队准备教训他们一下。

春祥和徐严同等人握手告别，赶紧带人疾步朝北走去。

走在运河河堤，向泗阳县城俯瞰，稀稀疏疏的红灯笼在风雪中发出淡淡的红光。灯，是富贵人家的灯，是官府的灯，虽然离新年还有几个钟头，贫苦的百姓都早早钻进了被窝。

春祥几人赶至水警岗亭，胡炳荣带着一拨人已经在房间里等着他们。三个房间也都搜索干净，两个穿制服的水警缩在角落里瑟瑟发抖。

"怎么提前动手了？"春祥问。

胡炳荣指着两个水警说："就他们两个人，其他人都回去过大年了。"

"收获怎么样？"

"枪都在，还收缴了一袋钱，另外还有十几袋粗盐。"

"不错，都带走。"

在两人一来一回说话时，一个水警在旁边怯生生地问："敢情干你们这一行的，过年也不歇着啊？"

春祥看着对方反问："你说我们是干哪一行的？"

一个小个子水警挠挠脑门，嘟哝着：不就是趁着月黑风高……话音未落，春祥笑了起来："哈哈哈，我们不干你说的那个行当。告诉你小子，我们是八路军锄奸队。"

水警并没有感到惊讶，这让春祥几个人有点纳闷，都把目光投向小个子水警。水警轻松一笑，解释说："刚刚就是故意引你们讲话，其实你们几人的身份我已经猜出了七八分。"

一句话把大家说愣住了，马玉鸣瞅着他："为啥？"

小个子水警回答，日本人就不说了，汉奸那个熊味儿他也很清楚，春祥他们二者都不像，再说土匪这类人，大家都知道，泗阳的土匪多如蝗虫，他自己和兄弟们虽然干稽查这一块，但跟社会上接触也不少，对他们身上的那股匪味儿闻多啦！那些人不但说话脏，做事也辣，来这儿恨不得把他们这个房子都搬走，上次马大脑袋来，就差点把巡逻艇拖走，还说什么这船快，找小大姐方便。

大家哈哈笑了起来，在众人准备离开时，小个子水警拉住了春祥，说如果春祥不嫌弃的话，他俩想跟着锄奸队干，水警队真是待够了，受欺负不说，分东西还搞个三六九等。他俩又不是本地的，敢怒不敢言。说完话，两个水警还用手晃动了几下枪，摆弄了几个开枪射击的动作。

"你们两个叫什么？"

"我叫冯垫英，他叫石宝元。"小个子水警回话。

春祥看着二人，点点头。二人就跟在大家后面离开了城北。

淮宿地区处于艰难的对敌斗争之时，延安开启了一个总揽全局的战略规划。自1938年5月日军占领徐州后，中央军委立刻提出了豫鄂苏皖四省敌后发展方针，指示河南、江苏省委动员大批党员干部及广大工人、学生赶赴豫皖和苏皖边区敌后，开展游击斗争，建立敌后根据地。当年秋天的中共六届六中全会进一步提出了坚持抗日民族统一战线，坚持独立自主，巩固华北，发展华中的战略，决定成立中共中央中原局，刘少奇为书记，统一领导华中地区党的工作。

刘少奇、李先念等人先后从延安陆续来到河南确山竹沟，组建中原局，举办培训班。一大批党政干部在这里学习，其间，彭雪枫、徐海东、张爱萍、张震、朱瑞、朱理治、郑位三等一批军事干部参加了中原局的建设。中原局的管辖范围划定为长江以北的豫鄂苏皖四省，开始对该地区党领导下的军队和游击队进行统一指挥，加大对日作战的力度。

而上一年的10月，袁利剑率领的八路军先遣队，就是最早一批响应中央号召，部署到达苏皖地区的八路军队伍。当月，中共中央、毛泽东主席电令朱德、叶挺等人，派遣彭雪枫率领四支队一部开始向河南东部挺进。

小 芩

千里之外的重大消息，春祥难以及时知晓，但另一个消息，倒是传到了他的耳朵里——日军的一辆运输车要从宿迁出发赶往泗阳南边的李口。李口位于宿迁与淮阴之间，因地处运河和几条交通要道交会地，集镇的市面算是附近比较大的。镇上驻扎着一支日军小队，负责运河上的物资转运。为防止意外，日军还在洪泽湖上组建了一支巡逻队，配置了六艘巡逻艇，用来严密监视国民党军队，还有神出鬼没的抗日武装。运输车装载的就是巡逻队的给养物资，先要从船上卸下来，然后送至洪泽湖北边的卢集。

大年初五清晨，气温回升，年前的积雪已经融化大半，道路变得泥泞不堪。太阳跃出地表，阳光穿透浓雾斜射在大地上，饱含水汽的白雾渐渐消散，露出村道两旁光秃秃的树杈和灌木。新年期间，尽管年景不好，走亲访友的老乡脸上仍然挂着喜色，特别是孩子，围在大人身边，左蹦右跳，欢呼

雀跃，憧憬着中午主人家饭桌上难得一见的白米和荤菜。

李口东西长，南北短，东侧的黄河故道和运河南北向并行而过。从运河码头卸下的物资必然要经过黄河故道。这要道上只有一座破旧不堪的石板桥，勉强可以通过汽车。春祥看中了这座桥。春祥原计划在卢集的湖边伏击这批物资，没想到今年湖边的冰盖很薄不利于行动，才改在李口这个地方。

雾气完全散尽之时，传来了汽车的轰鸣声。渐渐地，一辆草黄色汽车晃晃悠悠上了石板桥，桥面忽高忽低，汽车只能把速度放慢，但车轮碾压出的泥水向两边飞溅，稀稀拉拉的人群在慌乱闪躲中，还是被溅得满身泥浆。车轮过后，留下一溜烟儿的咒骂声。

突然，"啪"的一声枪响，划破长空。人群纷纷作鸟兽散，但见一小群年轻人反倒拥向了汽车。车上驾驶室里有三个日军，开车的已被击毙，中间的一个正手忙脚乱扶方向盘，最外侧的军官则端枪还击。车厢挡板后，一个日军刚跳下车，就被奔跑至车旁的韩长万一枪击毙，仰身倒在泥地里。其他押车的日军则全躲在车厢里，胡乱朝外放枪。

汽车突然开始加速，左前方的春祥见势连开两枪，一枪打在车门上，一枪穿玻璃而过击在座位靠背上。他连跑带滑，一个纵身跨上汽车驾驶室，对准开车日军，一枪毙命，枪口转向唯一剩下的那个军官，没想到两人几乎同时开了枪，日军军官脑浆迸裂，春祥也猝然摔倒在泥水里。汽车前轮顿时失控，一头栽进了路边松软的麦地里。

为了夺回物资，锄奸队没有甩土制手雷，短枪攻击十几分钟后，才把车厢里的日军消灭干净。

春祥被马玉鸣抱起，只见他面色苍白，浑身发凉，打战不止，身上的泥浆顺着马玉鸣的胸前往下淌，两人全然都成了泥人。春祥勉强打了个手势，示意其他人立即搬运物资，张金军、韩长万围了上来，马一鸣当机立断："到陶圩，那里有我一个亲戚，玉鸣知道那地方，你们和玉鸣搭把手。我去找个郎中，陶圩会合！"

众人一路接力，轮番背着春祥一路小跑，到陶圩时已近中午。

屋内，柴火已烧得通红，大伙把春祥抬到床上，马玉鸣连脱带扒，赤条条的春祥又立马被裹上一层棉被。春祥的左肩胛处仍在往外渗血，伤口边沿及流淌至腋窝处的血颜色已变得乌紫。春祥已经知觉全无，任凭众人呼唤，仍一动不动，双目紧闭，嘴唇苍白，面色蜡黄。

几位锄奸队员站在春祥身旁，眼含泪水，手足无措。

六十来岁的郎中，快速从药箱里拿出刀剪镊叉和药品，一番检查后，对焦虑的众人说，伤者失血过多，子弹斜着从肩胛骨穿过，骨头断没断难以判断，赶快把热水端上来，先清理一下伤口再说。

一盆热水迅速端到床前，郎中用纱布轻柔地来回擦洗伤口，检查过伤势后说，春祥伤得不轻，骨头很可能被子弹划伤，但伤口里没东西，生命没有太大危险，之所以一直处于昏迷状态，是因为前面失血太多。现在主要给他补充营养，增加些体力，这样恢复得会快一点。听完这话，马一鸣松了一口气。郎中却眉头紧蹙，板着脸说自己不问伤者是干什么的，但提个醒，如果他和别人有什么过节，趁着现在骨头还没开始合缝，趁早换个地方，不然中途再挪地，伤口就难愈合了。

郎中说完，留下一些药品和纱布就匆匆离开了。

下午几个人仔细商量了一番，分别出门。傍晚回来后又合计了一番，等天黑下来后，他们用门板把春祥转到了吴集，那是郑留宇远房姨老太住的地方。吴集靠近运河的一条汊河，每家都有一条小船，闲时捕鱼，忙时运粮，万一遇到特殊情况也好及时转移春祥。

春祥是在第二天半夜时分苏醒的。他睁开眼，眼珠子左右转了转，看见旁边的地上铺了一层麦秸，上面裹着一床棉被，睡着一个人。他动了动，左肩立马传来一阵剧痛，这时，他才知道自己受伤了，为了不打扰旁人，他闭上双眼，又进入了梦乡。

第二天早晨，屋外传来了咣当咣当的锅碗碰撞声，还有男女老少的说话声。春祥睁开眼看向窗户时，站在另一侧的马玉鸣说话了："春祥哥，你终于醒了，当时你那个样子可把大家吓坏了，整个棉衣左半边都被血浸透了。"

"这是哪儿？"

"吴集，你放心，是在留宇哥的亲戚家。"

"你哥他们呢？"

"在临河附近，东西都已藏好了。我哥让我在这里守着你，如果你有什么事，我就立马跑过去给他们说。"

"唉，当时我也没留意，挨了小日本那个龟孙儿一枪。"春祥叹了一口气。

"还有其他伤亡吗?"

"我们这边伤了好几个,有一个走了,就是那个去年10月份加入我们的孟小山,被子弹直接打进了肚子,回来的路上就不行了。"

"过两天要派人去他家里看看,好好安抚一下他的家人。"

马玉鸣应声。

"其他受伤的人呢?"

"都还好,不重。"

"收获咋样?"

"主要是吃的穿的,没枪,有一些子弹,但子弹个儿大,我们的枪用不上,我哥都让埋起来了,说不定后面会有用。"

春祥心中一块石头终于落了地。

听到屋内有说话声,外面的人陆续掀开布帘进了屋,为首的是一位瘦削的老太太。她看见正在说话的春祥,惊喜地说:"小大哥终于醒了啊,我们还担心你会这么一直睡下去呢。"说完,如释重负地笑了起来,没有门牙的老太太一看就是个爽朗的人。

老人转身对身后的一个姑娘安排道:"小芩,你赶快再把老母鸡汤热热,给他喝下去,再摊两个鸡蛋饼,千万不要放葱姜,葱姜对伤口不好。"

叫小芩的姑娘跑出去了,还有一高一矮两个半大孩子站在老人旁边。老人自报家门:"你这个小大哥,就安心在这里养伤。我们一家六口人,大姑娘出嫁了,刚才我二姑娘,这俩是小的,需要啥尽管说。这里比较偏,不大有人来,靠着湖我们很方便,想吃鱼就逮点,自家养的有鸡有鸭,肉不敢说,蛋还是能管够的,留宇是我娘家外甥,他一再给我交代,还留下不少钱和粮食,临走又送了我一袋盐,盐可是紧俏东西啊。"

春祥吃力地想仰起身,立马被老人按住:"你给我躺下,这样来回动是想啥时候好啊,在我这里老好不了,以后你不就怪我这个老婆子了吗?"语气里伴装着生气,但句句流露着温情。

"谢谢婶子,让你们费心了。"春祥重新躺了下去。

老人转身对两个儿子说:"你俩在河边下丝网逮点鱼去,要黑鱼,不要鲤鱼拐儿。"两个半大小子听令跑出去了。

这时,小芩端着一个托盘进了屋,轻轻地放在床边,看着母亲。只见老人把春祥的棉衣窝在一起垫在他脑后,端起碗,用调羹慢慢将鸡汤喂到春祥嘴边,每喂几口就撕下一块鸡蛋饼放到春祥嘴里。看着老人慈祥的笑容,春祥的眼眶渐渐湿润起来。

老人翻过手掌,用掌根轻轻擦去春祥的泪水,笑着说:"你看你这孩子,咋还掉泪了呢?也太不经事了。"

旁边的马玉鸣对老人说:"俺婶,我来喂他吧。"

老人头也不回地说:"我也不能顿顿都喂他,你们看我怎么喂,下面就照我的样儿。小芩,以后这个活就交给你啦。"

"唉。"小芩嘴上应着,俊俏的鹅蛋脸却不知不觉红了起来。

经过几天的调养,春祥脸色变得红润了不少。为了照顾好春祥,马玉鸣时刻不离他左右。元宵节,吃过晚饭,房间里没有其他人,春祥把马玉鸣叫到床边,示意他坐下,说道:"玉鸣,现在大家都各回各家过节了,这天气马上就要暖和起来,我们这支队伍后面咋弄,我心里有点不踏实。"

"春祥哥,那等你伤养好了再说呗。"

春祥右手指指自己的左肩,叹了一口气:"你也看到了,我的伤一时半会儿好不了,天气一暖和,小日本和汉奸就要开始出动,我们这支队伍力量本来就小,现在我们又见不到大部队,这点人真经不起折腾啊。"

"你的意思是?"

"我琢磨了几个晚上,你还是把你哥他们几个叫来,商量一下。"

"那没问题,你看我什么时候去合适?"

"现在就去吧,要不然我躺在这里心里也踏实不了。"

"那行,我现在就走。"

"记住,早去早回!"

"管!"

玉鸣刚出门,小芩就进了屋。

"小芩,来,坐坐。"春祥挪动着上身想坐起来,小芩立马上前把枕头垫在他背后,叮嘱说:"春祥哥,你稍微靠起来一点就可以了。左边千万别使劲,俺妈再三交代的。"

稍后,小芩挪过来一个凳子,坐在床边:"春祥哥,您到底是干什么的?我能问问吗?"

"这有啥不能问的,你们一家这么热心,实在太麻烦了。"春祥嘿嘿一笑，洁白的牙齿齐齐整整，经过小芩一家的精心照顾，他天生的英俊模样又展现了出来。

屋子里突然静了下来。

春祥没有回答小芩的问题，而是岔开了话题："小芩，俺婶俺叔真是农家的好把式，样样拿得起放得下，特别是俺婶，性格开朗大方，喜欢逗人说笑，我可喜欢她啦。你俩弟弟，都不错，以后都会成你家顶梁柱的，我昨晚还琢磨着呢，这俩小子，以后我得带走一个。"

"春祥哥，你看你这人，把俺家里的都夸了一个遍，咋还漏下人了呢？"话一出口，小芩的脸猛的一下红了，娇羞地低下了头。

春祥用手轻轻打了一下自己的嘴巴："你看我这张嘴，就是不会说话，总是呆头呆脑的。小芩，我最要感谢的还是你啊，我住你们家里，你这么细心地照顾我，我哪敢说一句不好呢？我要敢说句不好，后面你就别理我了。"

小芩咯咯咯地笑了起来："我就说嘛，春祥哥的心肯定不是一块秤砣。"

春祥也跟着笑了两声，随即严肃起来，一板一眼地低声说道："小芩，刚才你问我是干什么的，我还没回答呢，今天我就全盘托出，我们是共产党的部队，就是过去常说的红军，现在叫八路军，我们要跟小日本和汉奸斗到底，把日本鬼子赶出咱们国家，让老百姓过上太平日子。你别看现在我们在这里的力量还很弱，要不了多长时间，我们的大部队就要到了。到时你再看，小日本的日子肯定不会好过，那时你要是愿意，可以加入我们的队伍。"

小芩想了想说："春祥哥，不瞒你说，你来时一听说你的伤口是枪打的，我就猜你应该是当兵打仗的。你们那里我就不去了，家里没人，俺爸俺妈年纪也大了，我得在家里照顾他们两个。我看俺大弟大林可以跟你去，只是他年纪还小，不知道今年能不能把个子蹿上去。可以的话，我来跟俺爸俺妈说。"

春祥微笑点头，说等伤养得差不多了，他就会离开这个地方，不能再给小芩家里添麻烦了。

"哼，你这话说得不是伤人家心吗？是俺爸俺妈对你不好，还是我对你不好？"

"不不，小芩，你误解我的意思了，我得去做事啊，日本人不走，你说咱能安稳吗？"

"你一走，要是我想和你说说话，该到哪找你去？"姑娘的语气有点激动，语速也开始加快，像放连珠炮似的。

春祥笑了起来，指指小芩的脑门说："你啊，我能到哪儿去，我不就在咱这一块吗？等把日本鬼子打跑了，我就娶媳妇进门，到时我来热情地招待俺叔俺婶和你啊。"

"不稀罕。"小芩白了他一眼，起身跑出了门，身后传来"别，别走啊，我话还没说完呢……"

姑娘"扑哧"一声笑了起来。

窗外月色皎洁，清风相伴，小河也哼起了轻快的歌谣……

第二天清晨，春祥还在床上吃着小芩做的早饭，一鸣、留宇、长万等人就来了。几天后再见到春祥，大家看到队长气色已大为好转，都跟着轻松了许多。春祥想展示一下自己恢复得不错，便抬起左胳膊，登时龇牙咧嘴地"哎哟"了一声，立刻被小芩按住，姑娘低声嗔怪道："你还想让我再伺候你多长时间啊？！"

一阵哄堂大笑后，一鸣夸奖小芩照顾得好。被大伙关注起来，小芩变得不好意思，起身拨开人群娇羞地跑开了。

几个人挨着床边坐了下来，春祥看了看几个好兄弟，对大家说，他现在的伤，估计短时间难以完全恢复。环视一圈后，他接着说道，趁大伙都在，有件事和大家商量一下，锄奸队成立的时间比较短，战斗力还不强，周围又没有相关的队伍和组织，眼前光靠自己单打独斗还是不行。在沭阳东汤沟有一个叫汤曙红的，去年上半年就组织了民众抗日自卫队，在他的带领下，那支队伍发展势头迅猛，听说已达到了两三千人的规模，估计上级党组织会和他有联系。春祥继续解释，如果锄奸队能和他们取得联系，共同作战，打击日本人，不但回旋的空间大，力量也会有所增强。

"春祥的这个想法我支持，我看可以。"马一鸣率先表示赞同。

"我赞成是赞成，只是我们比较熟悉这里的环境，到那个地方人生地不熟的，去了该咋弄？"郑留宇蹙着眉头。

韩长万直截了当地表示不赞成，并说，汤曙红那边人多，锄奸队人少，共同作战一阵后，我们就会被人家吃掉。再者，春祥不是讲了大部队很快就会来的吗？锄奸队在一处打小日本，汤曙红在另一处，多一个点打鬼子，鬼子不就更是忙不开吗？

胡炳荣赞同春祥的观点。

张金军最后一个说话："长万说得在理，但眼前春祥这个状况也是个事，毕竟只有春祥懂打仗，我们几个都不懂。要么按春祥说的，先联系再说，过一段时间等春祥好了，八路军的大部队也该来了，到时候再按上面的要求办，让我们到哪儿我们就到哪儿，这不是两全其美吗？"

马一鸣看看这个，又瞅瞅那个，没有说话，陷入了沉思。

破　局

队员意见不一，春祥早有预料。

锄奸队成立时间不长，对队伍的管理还没有进入正轨，队伍里又没有上级组织派来的党代表，就连几十号人的服装也是五花八门。一下子要求意见高度统一，肯定办不到。想到自己此时既要考虑大家的面子和意见，又必须让队伍尽快变得正规和壮大，春祥心里还是有点忐忑不安。但他心里清楚，自己是这支队伍的主心骨，必须做通大家的工作，解开大家心中的疙瘩。

想到这儿，春祥笑着说："哥儿几个说得都有道理，但大家想过没有，现在日本人在琢磨什么？"

众人摇头。

"日本人一定在琢磨怎么剿灭我们！"

一句话出口众人皆惊。

"我们这支队伍组建的时间还不长，有点像农村里临时搭的草台班子，想到哪儿就唱到哪儿，这样很危险！我担心在我养伤的这段时间，队伍中出现任何一点差错，戏班子就会散架。对锄奸队来说，生存是当前的首要任务，我还是建议和汤曙红那里取得联系，把队伍拉过去，跟日本鬼子干，绝对不能单打独斗乱逞英雄，要有大局观，要有团结意识，等以后我们的大部队开到这里，部队首长会有一个全盘的考虑，到时我们可以提议在我们熟悉的环境里跟老日干。兄弟们都仔细想想，我这样提议管不管？"

众人心中释然，一致表示没有异议。马一鸣问："那我们怎么和那里联系呢？总不能几十号人都过去找他们吧！"

"这当然不现实。"春祥摆了摆手，说，"我看还是找到老徐，他不是在组建泗阳的党组织吗？应该和周边地区的上级党组织有联系。炳荣见过老徐，联系老徐就由炳荣去吧。"

胡炳荣点点头。

"一鸣，锄奸队暂由你带领，眼下最当紧的是要把这支队伍稳定下来，千万不能做冒险的事，遇到什么特殊情况，一定要三思而后行。"春祥最后仍不忘叮嘱马一鸣。

"知道了，你放心，现在最打紧的就是你要尽快养好伤，大家都等着你早点康复。中间有什么事就让玉鸣多跑跑腿，他身体棒，能跑路。"大哥看看小弟，兄弟二人会心地笑了笑。

由于没有来得及提前与老徐约定时间，第二天清晨，胡炳荣和石宝元二人直接摸进了泗阳县城。

两人穿过泗塘河，远远地就看到了仁心诊所的招牌。刚过完大年，泗阳农村有个老规矩，身体没有特殊情况，二月二之前不去看病，为求得来年没病没灾。

诊所里空无一人。二人在房间里踱着步，一时没了主意，最后决定坐下来等。胡炳荣百无聊赖，在诊所门口兜着圈子晃悠。

冬日的天空，挂在东方的太阳像煎锅上的鸡蛋，随着慢慢升高，颜色由红变黄，树枝上的麻雀叽叽喳喳地上下翻飞，寻觅着地上的吃食。附近百姓家的屋顶上升起袅袅炊烟，偶尔会传来几声咳嗽，还有锅碗碰撞的响动。虽然县城里尚未驻扎日军，但能听到附近一个大院里汉奸二狗子正在洗漱，嘈杂声中夹杂着当官的训骂。当然，听得最清的还是厨子的吆喝声。

胡炳荣边走边侧耳倾听附近的动静，一双眼睛警觉地环视着四周。石宝元则没事人一样，坐在诊所内的椅子上，看着墙上布满医学图形的白布，那认真劲儿仿佛真能看透人体内五脏六腑的机能和经络的万千走向。

随着树枝上麻雀"嗡"的一下四散惊飞，一个老人肩上挎着箱子从南边朝诊所这边走来。

几十米外，胡炳荣认出了来者是葛间关。他笑呵呵地迎上前去："葛大夫，出诊去了？"

葛间关停下脚步，上下瞅了胡炳荣一眼，从他迷惑的表情可以看出他并没有认出胡炳荣。

"你是来瞧病的吗？"

"不是，来找你的。"胡炳荣侧身，跟随葛间关进了诊所。

葛间关放下药箱，转身问："找我有什么事吗？"

"我们想找老徐，葛大夫，年前我们来过的，你忘了吗？"

葛间关又看了胡炳荣一眼，一拍脑袋猛然说道："哎呀，对对对，你看看我这脑袋，年纪大了，记性也变差了。"他停顿了一下，接着说，"你问的老徐我也有段时间没见到了，找他有事吗？"

"是有事，我们想通过他买点吃的榨油，急着用，不知上哪里能找到他。"胡炳荣显出一副焦急的样子。

"噢！"葛大夫皱起了眉头，"我跟他联系也少，不过他那里有个叫小蕙的小大姐，过去会时常来这里拿点药啊什么的，这一阵子不知咋回事，也见不着人了。"

"那怎么能找到他呢？"

"要么你到他二姐家问问？"

"他二姐家住哪儿？"

"城东头，喏，你随我出来一下。"葛间关在门外手指向东，边比画边对他们二人说，"你们顺着这条路往东走一里多地，在一棵老槐树那儿左拐，再走半里地，她家门前有四棵柿子树。"

石宝元点点头，瞅着胡炳荣说："那个地方我知道，能找到。"

两人很快就来到一拉趟四间房屋前。门前坐着一白发老汉，眯着双眼在打盹。胡炳荣上前问："大爷，徐严同的二姐家在这里吗？"

老人抬头瞅了好一会儿："是啊，你们是谁？找她有啥事？"

胡炳荣赶紧弯下腰，笑着回答："大爷，我们是老徐生意上的朋友，一时找不到老徐，是葛大夫介绍我们来这里找的。"

"嗨，是这么回事，他二姐日头没出就下地给麦苗补肥去了，要把年前撒在地里的粪拨拉拨拉，这会儿也该回来了，要么你们就等会儿？"

"好嘞。"

老人指指房门："我这双老寒腿不好走路，就靠墙根晒晒，家里有热水，你们自己拿碗倒去吧。"

二人连声说不渴，跟老人聊着家常，静等着下地人回来。

大约晌午时分，两个中年男女回来了。老人向他们介绍，二人是来找严同的。

走在前面的妇女快言快语："噢，俺就是严同二姐。去年的粮食紧拉拉的，今年再不多出点粮，都没法过了。你们先坐，俺给你俩倒碗水，暖和暖和。"

老徐二姐端碗出来，接着说："严同春节都没回来，节后倒是来过一次，好像说过要去渔沟，不知他还在不在那里。"

"那麻烦大了，那个地方不是远不远的问题，而是我们去了也不知到哪儿找他的问题。"胡炳荣"啧"了一声，一脸无奈，"这咋弄？要不然这笔榨油生意就黄了。"

二姐像猛然想到什么："噢，对，听他说过有个叫'二郎腿'的什么人，估计是个外号。"

得到一点线索的二人也不多客套了，谢过徐严同二姐便匆匆告辞。

"找到严同让他回个信啊。"

"好咧。"

二人沿着往淮阴的大路走，半道上搭上了一辆马车，过了中午就来到了泗阳和淮阴之间的千年古镇渔沟集。二人在路边铺子对付吃了点东西，通过铺子老板打听到了"二郎腿"的具体位置。

没费多大工夫，胡炳荣、石宝元就来到了一家小院前。小院没门，二人径直朝里去，边走边打听："老徐在吗？老徐在吗？"

只见一个个子不高，走路一拐一拐的人挑开门帘来到院中，打量了二人一番，问："你们找老徐？吗事？"

"我们是老徐生意上的朋友，想找他买东西。"胡炳荣回答。

"生意上的朋友，没听说过呀，他做哪门子生意？""二郎腿"疑惑地瞅着二人，又回头朝屋里瞟了一眼。

这时从里屋传来一声："让他们进来吧！"

三人刚进屋，徐严同就站了起来，看了一眼胡炳荣和石宝元，一脸惊奇："你们是郑队长的人吧，怎么找到这个地方的？"

胡炳荣笑着答："你可让我俩好找啊，费了吃奶的劲，找了几个地方才打听到。"

"老董你去外面转转，我和他们说点事儿。"待外号叫"二郎腿"的老董出了门，三个人就靠在了一起。

"有什么事，说吧。"徐严同望着二人道。

"郑队长受伤了，眼下我们这支队伍不知咋弄。大家讨论了一下，想把队伍和汤沟的汤曙红的自卫队暂且合并在一起，就是不知道该咋去联系。郑队长让我们找你，听听你的意见。"胡炳荣直接说明来意。

"郑队长伤得很重吗？现在在哪里养伤？我去看看他，顺便给他带点药。"

"蛮重的，他在陶圩，我们还没见到他人呢。"为防生变，胡炳荣没有讲出实话。

"我和汤曙红没有联系，但早前听说咱这里的一个党小组成员去了那里，我可以找这个人，听说他那里自卫队活动范围比较广，东灌沭那个地方大着呢，找到他们可能需要一定的时间，那咱这支队伍现在在哪儿？"徐严同也没有掩藏，直截了当。

胡炳荣回答说，现在才过完春节，队伍还没有集合起来。

徐严同挠了挠后脑勺，长长地"噢"了一声。胡炳荣看着他，接着问以后怎么联系他，原来他身边的那个小大姐能不能固定下来做中间联络人？

徐严同叹了一口气，摇摇头后才开口说话，他那边进展得比较慢，到现在也没有把原来剩余的党组织成员召集好，更没有稳定的生活来源，小蕙那个姑娘人是不错，但年龄也大了，年前亲戚给她说了个婆家，就不好再跟着他了。

"老徐，这我能理解，但形势会好转的，如果你这里有生活上的困难，可以和我们说，但眼前这件事还需要你去联系啊。"胡炳荣笑着说。

徐严同一只手扶在胡炳荣的肩膀上："我一个人生活没啥问题，如果我联系上那边，怎么才能找到你们呢？"

"还在老葛的诊所碰头比较合适，每隔十来天我们会去一次，一旦有消息，我就回头向郑队长汇报，我们都抓紧吧。"

"管，你们放心吧。"

"那我们就不坐了。"

说完他们就分头行动起来了。

天气渐渐变暖，房子四周间或传来几声鸟鸣，草木回春，郁郁葱葱。春祥的伤口也在慢慢愈合，但左胳膊仍不能动，就是下地走上几步，也得夹紧膀子，肩膀稍微往下一沉，就会引来钻心的疼痛。

每天除了照顾春祥疗伤，小芩和母亲还要到地里忙点农活，顺便在河汊里打点鱼，给春祥增加营养。

春祥对外界的了解，仅限于从马玉鸣那里得来的消息。夜深人静的时候，他时常想到自己的父亲和大姐一家，想到袁利剑率领的队伍，但更多的是考虑锄奸队的前途。

中午时，气温一下子升高了不少，院外暖洋洋的。小芩收拾好碗筷，来到站在房门外的春祥身边："春祥哥，等一会儿我烧锅热水，趁暖和我给你擦擦身子。"

一听这话，春祥羞红了脸，连连摆手："不不，算了，还是等天气更暖和点吧。"

"你看你身上都有味了，再不洗一把，都招虫子了。"小芩噘着嘴，一脸的不高兴。

"行行行，那我洗，你把热水弄好，让玉鸣来帮我吧。"春祥后退了两步。

"他粗手笨脚的，你看你平时多动一下身子，就会龇牙咧嘴的。"

"我感觉不合适吧，你一个姑娘家，我哪好意思啊？"

"哼，你的伤口不都是我洗的啊！多脱一点衣服能咋？"小芩说着就烧水去了。

春祥没话可说，朝旁边的玉鸣使了个眼色。玉鸣走上前，两人耳语一番。

等澡盆和热水准备妥当后，小芩刚转身出门拿擦身子的干布，就听到身后传来"哐当"一声响，门被反顶上了。小芩扭头一看，鼻子里哼了一声。

春祥自己能擦洗的地方自己做，半拉身子只能靠玉鸣帮忙。二人慌里慌张地赶快应付完，穿衣服时，春祥抬了一下左胳膊，一阵钻心的疼痛袭来，忍不住又"哎哟"一声。已拿到干布的小芩赶紧跑到门前，急切地问："怎么了？怎么了？"

玉鸣在屋里回答:"穿衣服动了一下膀子。"

从门框上递进来一块干布,随后从外面追进来一句话:"活该!还嫌弃我呢!把里面的衣服统统换掉,给我扔出来,我才懒得进去拿呢。"

话虽这样说,等玉鸣打开门,小芩还是红着脸跑了进来,把春祥换下来的衣服一股脑儿地扔进盆里,端起来偷笑着跑出门外。

前几天大姐来家里,姊妹俩窃窃私语了很长时间。大姐走后,小芩的心思变得更加活泛起来,大姐走时交代的几句话不时在她耳畔萦绕——姓郑的模样长得不孬,有爷们儿样,俺妹子长得也这么耐看,不相信他看不进眼里。还有,估计这小子一时半会儿走不掉,话不需要明说,多做点事就行,要清楚,自己年龄也不小了,得赶快把自己嫁出去。当时,姐姐说完一堆话,小芩立马把大姐推出门外,让姐姐赶快走,再说下去她都羞死了,心中却甜甜的很是受用。大姐咯咯咯笑了起来,拽了一下妹妹的大辫子,抬腿往小路上走,回头还朝妹妹挤眉弄眼了几下。

春祥的心里无比感激这一家人对自己的照顾,同时也在细心观察着这个善良勤劳、模样又俊俏的姑娘。自和燕子在浙江桐庐一别之后,千山万水慢慢地在割裂着自己最初的记忆。他给燕子写过两封信,不知燕子是否收到,或者是否有了其他什么变故,有关燕子的一切他都不得而知。小芩的倾心爱慕,春祥心里明白,但他克制着自己的情感,一切必须等燕子来信后再说。

当天夜里,春祥又给燕子写了一封长信……

护 麦

次日一早,马一鸣和张金军来到吴集。

见到越来越精神的春祥,马一鸣上下打量一番,调侃说:"春祥,这段日子只见你这身膘呼呼地往上长,真是懒猪不动、肥肉上身啊!这天眼瞧着就要暖和了,可不能再不动哦。"

张金军窃笑着附和:"是啊,再不动动窝,我看你咋出门,小芩家的房门可得要被拆了啊。"

玉鸣在一旁为春祥打抱不平:"你们两个站着说话不腰疼,春祥哥可是受大罪了。"

一鸣听言伸手捣了玉鸣一拳，瞪眼骂道："小兔崽子，我是你亲哥还是他是你亲哥呀，还护上了，干脆你嫁给他得了。"

小芹正准备进屋，听到这话，急忙退到门外。马一鸣刚好看到这一幕，"小芹，进来就进来呗，咋还又回头了呢。我的话你是不是听到了？我是说给玉鸣听的，你可千万别多心啊。"小芹羞赧地跑开了，听到身后传来马一鸣的几声坏笑。

春祥摇了摇头，靠在床帮上，对二人说："别扯有的没的啦，最近怎么样？你们也跟我说说啊，我出不了门，眼前一抹黑，外面啥情况我全不知道。"

马一鸣低声介绍，为了以防万一，他把人分散在几个地方，但由于人多，吃喝成了问题。前几天他们的几次行动，都是与伪军有牵连的，可以给大家缓上一阵子。可他心里还是有点不踏实，因为当下形势越来越糟糕。大家又不敢随便行动，还是希望春祥快点好起来，领着大家一起干。

"炳荣那里联系得怎么样了？都有十来天了，也没个动静。他现在人在哪？"春祥着急地问。

张金军急忙解释，前天他和胡炳荣刚碰过头，估计暂时没有什么结果。听说炳荣见过老徐一次，老徐也找了汤曙红的自卫队两次，都没能见到。听那边老乡说，汤曙红的队伍活动在方圆一百多里的范围内，汤沟一带根本就没有他们的人，所以找到他们的确有难度。老徐还说，没有组织内部的人介绍，人家也不一定肯见他，现在封锁得紧，谁都不敢大意。

春祥稍加思索，说："这个我理解。袁利剑带领的八路军又到津浦铁路以西去了，具体所在地我也不清楚。我的意见，汤曙红那里我们能联系上最好，袁利剑那里我们也得想办法去找。问题就是眼前怎么才能联系上他们，真是愁死我了。"

马一鸣劝春祥别愁，说汤沟那里还是由炳荣联系，津浦铁路西那里，他再找个利索的人专门跑一趟，听说往西敌人封锁得更厉害，即使去也只能是碰碰运气。

"唉！你们看我这伤弄的，真不是时候。"

马一鸣轻轻拍了拍春祥的肩膀，故作轻松地宽慰道："心急喝不了热粥，洪泽湖、骆马湖也不能一年四季都下网捕鱼啊！我们先压住阵脚，上级的队伍很快就能到，等他们来了也不迟。"

"说起来是快,但我们现在等于与世隔绝,一点外面的音信都没有,心里哪能踏实啊,他们明天就来才好呢。"

张金军突然想起了什么,急忙说道:"我们来的时候,在陶圩碰到不少二狗子,不知道他们到那里干啥。"

"这些人还不是到处瞎转悠,能干啥好事。"马一鸣轻蔑地搭话。

春祥捏着下巴沉吟了一会儿,才开口说道:"这样吧,我们还是分两头去找,找到联系上了最好,联系不上,我们还是得自己干。不能让鬼子过得太舒坦,这马蜂窝我们一天捅不下来,就天天去捅。既然他们让我们不安生,我们就让他们难受。但要注意策略,千万不能没捅掉马蜂窝,自己还被蜇得满脸血包。"

马一鸣、张金军郑重地点头称是。

"你们谁要是碰到炳荣,跟他说让他来一趟。还有,玉鸣也跟你们走吧,现在我已经好多了,再过一阵子,等我的这个膀子能动弹了,我也过去。"春祥交代道。

"千万先养好伤,还有,你这里安不安全?"马一鸣问道。

"还好,这个地方偏,人又少,我来了这么长时间,还没遇到过生人,二狗子也不会到这么偏的地方来。"

"还是注意点好,我和金军这次来,带了一点粮食和钱。你还是先安心把伤养好,以后我们要干的事多了。"

几个人又聊了一会儿,随后玉鸣跟着两人离开了吴集。

转眼间,5月到了。

想到当初分别时的约定,春祥先后向浙江寄去了六封信,诉说分别以后的情况。春祥在无数个夜晚时常想起阿婆、叔叔,还有燕子他们一家对他的好。写信不仅是对浙江"家人"的思念和挂牵,对于春祥来说,他心里更焦急地期盼着燕子的消息。但事与愿违,先后六封信,封封石沉大海。

无奈之下,春祥想起了桐庐街上的万掌柜,便给他去了两封信,打探燕子一家的下落。春祥终于等到了万掌柜的回信,信中说1939年初,日军一路向南,沿路百姓纷纷四处躲难,燕子父亲把剩余的货物兑给了万掌柜,匆匆南迁。当天燕子是含着泪随父亲和阿婆动身的,能看出当时姑娘满心的不情愿。燕子一家人最终落脚何处,万掌柜说,他也不知道。

燕子一家至此杳无音讯，这让春祥感到万分沮丧失落，但眼前的形势下自己更是难以脱身，他对燕子的这份情愫只能深深埋在心底。

这一埋，就是一辈子。

苏北的夜晚尚有些许寒意，白天太阳一照，就变得热夯夯的。一晃眼，春祥已在小芩家休养了两个多月，虽然膀子不能活动自如，但干些轻体力活儿已经不在话下。尽管马一鸣等人中间来过几次，但春祥的心早已不在吴集。小芩家人也察觉到了春祥情绪的变化，尤其是小芩，日见焦躁起来。

临走的前一晚，春祥、马一鸣、马玉鸣、张金军几人和小芩一家围坐一堂，方方正正的桌子上摆满了鱼虾，八个瓷碗中氤氲着浓烈的酒香，但气氛却有些凝固。

春祥首先端起瓷碗，打破了沉寂："我不多话，首先感谢这段时间大叔、婶子、小芩，还有大林、二林的照顾。来，先碰一下，我再来说第二句。"

大家各自端起碗抿了一口。

春祥端着碗，继续说道："第二呢，时间虽然不长，但我和大叔婶子一家变得更亲密了。这么说吧，以后这里就是我的第二个家，不管以后到哪，就是再远，我都会回家来看看。"说着话，春祥特意瞄了小芩一眼，正好和小芩投过来的目光相撞。小芩面色绯红，随后低头不语。

大家跟着春祥抿了第二口酒。

春祥仍没有放下瓷碗："第三呢，一鸣、金军，以后这里可以作为我们的后方，如果有谁不幸受了伤，可以到这里来养伤。"

听到这句话，小芩妈嘴巴一撇："别，你一个人就把俺姑娘累得不轻，你还想把整个队伍拉过来？"

"俺妈，你说的这是啥话，春祥哥是这样的人吗？"小芩瞪了母亲一眼。

老妇哈哈笑了起来，指着小芩笑骂道："我的傻小大姐呀，你这个脑子，你妈是这么笨的人吗？"

屋子里传出阵阵爽朗的笑声，此时的大林和二林却傻傻地看着大家，一脸懵懂。

老妇转过身对春祥说："你小子要是有恩有义，就要念俺姑娘的好。"

"俺婶唉，你看你这话说的，行，我到底好不好，都在这碗酒里了。"春祥说着，一碗酒咕咚咕咚就进了肚，小芩拦都没能拦得住。见此状，小芩对母亲埋怨道："俺妈，人家伤还没好利索，不能这么喝啊。"

母亲没有看小芩，而是满意地点了点头："你小子在我家窝了这么长时间，没想到酒量一点没减。大林二林，等两年你们再长高一点，说啥也得灌死你们这个，这个姐夫哥。"

这句话一下子把小芩和春祥都说蒙了，二人涨红了脸。聪明的农村老太太，三两句粗糙话就算把这门亲事定下了，甚至还打破了屋内的拘谨，使气氛变得更加热烈起来。

当夜，春祥就带着几个年轻人离开了小芩家。

郑楼集东西长三百米，南北长两百多米，路虽然不宽，却供应着周边十几个村庄的生活用品。集上原来有六家饭馆，但自日本人来后，能维持下来的就只剩两家，且皆与日伪有些关联。

朝北的迎客来饭庄位于集市路口，近期生意骤然好转，每天都有形形色色的食客前来，但多数是日本兵和伪军二狗子。饭庄里最大的包房不对外，专门为日军队长宫崎和伪军队长张福成所用。饭庄对面的一座老仓库，也被改造成了日伪军的临时住所。这帮人是一个月前刚来到郑楼的。看到哗啦啦来了一帮操家伙的人，眼瞅着到了麦子泛黄的时节，郑楼的百姓个个心里着急忙慌，料定日伪没安什么好心，早早就开始为抢收地里的庄稼做着准备。

消息传到春祥耳中后，他当机立断要在迎客来饭庄打下自己康复以来的第一仗。连续几日，乔装打扮后他都到集上转悠，打探虚实。

头两天他都没见到宫崎和张福成的身影，这日下午，却看到二人从宿迁方向回到郑楼，直接进了路北的老仓库大院。经过一番侦察，春祥最后将动手的时间定在了当天晚上。

傍晚时分，七八个穿着日伪军服的人陆续进入饭庄，坐在大厅的几桌人接二连三地开始动筷。宫崎和张福成气势汹汹、趾高气扬地径直穿过过道，走进包间，看都没看坐在过道旁的春祥等人。

过了半个小时，厅堂里的几桌食客因为挪动椅子吵了起来。年轻人火气大，紧挨着的两桌人开始动起手脚，胆小的食客纷纷趁机溜出饭庄。老板知道都是得罪不起的主儿，左拦右劝，实在压不下去双方的火气，干脆走到里面包房:"张队长,麻烦您来一下,外面不知从哪里来的人在闹事,您赏个脸,出来管管。"

酒劲刚上头的张福成桌子一拍,"妈的,什么人敢在老子这里放肆。"说完几步就跨到厅堂,两手叉着腰大喝一声:"你们这些龟孙,都他妈的给老子掏钱滚蛋!"

对面一个高大的年轻人反骂道:"你个龟孙算啥玩意儿,关你屁事?"

张福成一听火冒三丈,一步蹿到此人跟前,抬手就要打,刚扬起的手却被年轻人一把抓住,随即他被年轻人身边的两个人摁倒在地,手枪也被掏了去。张福成躺在地上继续骂着:"你们找死啊,竟敢对我动手。"

大个子年轻人用脚踩在张福成的脑袋上,弯下腰笑着说:"动的就是你,你他妈的也不看看我们是谁。"

张福成胖脸贴在地上,嘴里仍在骂骂咧咧:"管你们是哪门子孬熊,等会儿让你咋死的都不知道。"

"哼,老子就是你们要找的锄奸队,那你说我们该咋死呢?"马玉鸣的脚使劲碾了一下,疼得张福成嗷嗷狂叫。

顿时,张福成大张着嘴巴,吓得不敢再说话。春祥朝另几个人挥挥手,马一鸣迅疾带几个人掏枪就朝过道里面奔去。冲在第一个的马一鸣正好和跨出包房房门的一个日军军曹撞了个满怀,还没等军曹反应过来,马一鸣一枪就把他撂倒在地。随即里面传来一连串枪声。

地上的张福成吓得面色蜡黄,肌肉扭曲。这时,一阵激烈的枪声从饭庄对面传来,张福成试着抬起头朝外张望,脸上掠过一丝狡黠的微笑。

"还指望啥呢!他们出不来的。"没待张金军说完,又听到几声剧烈的爆炸声,张福成面色又重新恢复了原状,再也不敢动弹一下。

"起来!"春祥走到张福成身边大声吼道。张金军照着张福成的大腿就是一脚。

张福成战战兢兢地站了起来,看了一眼春祥,哭丧着脸说道:"你就是郑队长吧,我可没干过啥坏事啊,最多就是跟在日本人后面混吃混喝。我是中国人,哪能对咱自己的同胞下手?"

春祥冷笑两声,指着他说:"如果不是你带着一帮子手下助纣为虐,十来个日本人敢到郑楼这里横行霸道?我问你,你们从哪里来?你是怎么知道我的?"

张福成缩着脖子，抖抖索索地回话，说他们从洋河镇那里接到命令，不来不行。来郑楼前，黄喜标曾悄悄告诉他千万不要太张扬，本想着锄奸队不在这一带，没想到刚到这里就碰上了。张福成说完，扑通一下跪在地上，磕头如捣蒜，哭爹叫娘地求饶说，只要放他一条活命，后面让他干啥就干啥。

"你们到这里来干什么？"

"赶在麦子熟透前搞粮食，日本人先找好了存粮食的地方，再和地方上的保长联合弄粮食，最后把粮食归总到一起，很多粮仓已经准备好了。"

"知道自己该做些啥吗？"

"这个我清楚，到时我提前给你们通个信怎么样？你们干你们的，我活我的命。郑队长，你可能不知道，我下面还有三个孩子要养活啊。"张福成带着哭腔答道。

尽管另外几个人坚决不同意留张福成，但春祥思索一番后还是发话说："行，我们暂且饶你一次，希望你好自为之。"

"一定，一定，那我……"一听自己小命保住了，张福成这才敢抬起头。

"快滚吧。"

见春祥手一挥，张福成猫着腰，三步并作两步溜之大吉。

玉鸣走到老板面前，笑呵呵地调侃："喏，你搬的救兵跑了，下面你看咋弄？"

五十出头的干巴老板嘴唇哆嗦了半天，也没有吐出半句话。春祥碰了一下玉鸣的胳膊："行了，别难为他了，做个生意也不容易。"

这时，韩长万带着十几个人走了进来，在春祥耳边轻声说："全部送上西天了！仓库里面一点值钱的玩意儿都没有，就搞了点枪和子弹。"

"行了，我们把饭吃完再走。"春祥说完，众人重新坐了下来，吃完东西，付过账，出门右拐，消失在了夜色里。

此次突袭，轰动整个苏北。第二天，日军一个完整编制的小队就开进了郑楼，重新布防。

麦苗蹿至膝盖高时，日军和伪军开始频繁地进村入户，大范围地强制实施联保制度，每五到十个村为一保，设一保长和十几人的治安队。为安抚民众，让百姓把地里的粮食踏踏实实收割回家，治安队到处宣讲粮食"统购"

政策，并安排各个地方的保长走村串户做工作。

菜花渐渐稀落，麦穗点点发黄。就在此时，鬼子准备抢收麦子的说法悄无声息地在村民中蔓延开来。

5月下旬，因为风调雨顺，沟沟坎坎的麦子长势喜人，大地尽披黄金甲。饱含水分的麦粒，在阳光的照射下渐渐变得干燥，预示着麦收季节近在眼前了。

聪明的村民开始趁着夜色收割，并把割下的麦子扎成捆，立在田野里，当天晚上就把麦穗全部剪走。白天不留意看，根本不知道里面的名堂。随着麦田收割面积的不断扩大，村民们的小心思还是被敌人安插在村庄里的眼线发现了。大批日伪持枪闯进村庄，一边阻挠夜间抢收，一边四处搜寻村民剪割下的麦穗。

春祥见状，心急如焚。地域大，敌人分布又广，相较之下自己的锄奸队力量弱小。他们虽已帮老百姓抢得一点庄稼，但仍是杯水车薪。与队员商量后，春祥决定采取声东击西的策略，给敌人来个出其不意。

在宿淮公路以南十里的中扬，麦收已进入到最后关键阶段。日本人派出保长挨家挨户地做工作。保长一再保证，皇军征粮，给的钱一分不少。在保长的监督下，家家户户只得卖力收割庄稼。

傍晚时分，在中扬往西的乡间小路上，几个人松松垮垮地有说有笑，为首一个四十来岁的汉子说："哥儿几个，等把这季麦子收好，咱都可以在家躺着吃了。"

有人问："周哥，日本人说的话真的能兑现吗？"

又有人说："周哥，我们也别把事做得太过分了！我们上交一部分，自己少留些，老百姓也得留一些，要不然我们这些人后面也难做啊。"

叫周哥的人是个保长，扭头瞅了身边的人一眼，满脸痞笑："屁话，我们不多交粮，下半年你们吃屎去啊。老百姓吃那么多好面干吗呀，再说秋里不是还有一季吗，到时玉米面、山芋面、高粱面糊到一块儿对付一下得了。"

其他人不说话，继续往前走，拐过一片坟地，看到从对面新路庄方向走过来一群有说有笑的农民，有的手拿镰刀，有的肩扛木叉。两拨人擦肩而过时，迎着周保长的一个汉子突然低声叫了一声："周保长！"

走在头一个的周保长下意识地答应了一声。还没等周保长反应过来，对面的十几个人呼啦一下蹿了上来，两两一对，把周保长和他身边的五六个治安队员全部扑倒在地，并夺走了他们的两把长枪。周保长明白他们是遇到了硬茬，蹲在地上不敢出声。

"硬茬"为首的就是张金军。他用脚踢了踢周保长："周保长，咱们又见面了。"

周保长微微抬起头眯着眼望了一下，摇摇头："没，没见过面吧？"

"我是新路庄的，咋没见过？你真是贵人多忘事呀！看来需要我帮你回忆回忆，前天早上天蒙蒙亮，在傅庙前的庄稼地里，当时我还说了句，做人做事得给自己留条后路，当时你还骂了我几句。想想，是不是有这个事？"

周保长恍然大悟，想站起身，但看到眼前的几个人，又蹲了下去："好像是，小兄弟，可能当时没看清楚人，有些话对不住了，你们该不会特意来找我的吧？"

张金军笑了起来："哪能！择日不如撞日，这不是赶上了吗。"

"你们该不会就为那几句话，前来报复我们几个吧？"周保长苦着脸，抬头看着张金军。

"哪能！要是那样我们就显得过于小心眼了，这不是有缘分吗，今天算是交个朋友，咋样？"

周保长点着头，嗫嗫嚅嚅地说："好，好，你们是……我们能做点什么？"

"那我告诉你我们是干什么的，我们就是锄奸队。"张金军看着几个人惊愕的表情，接着说，"也别紧张，我们锄奸队也不会不分青红皂白，锄奸队锄奸队，锄的是奸，没干坏事，就不用害怕。"

地上的几个人连连点头。

"现在我们锄奸队就在田间地头，对各地的情况清楚得很，一旦知道哪个敢干坏事，配合日本人和二狗子动歪心思，我们一定会找上门来。"

"明白，明白。"地上的人又是一番点头如捣蒜。

张金军接着说，锄奸队也知道你们做事有自己的难处，但有一点，别祸害老百姓太甚，给百姓留条路，就是为自己留活路。

"我懂，我懂，爷几个放心，我知道下面该咋做。"周保长这才慢腾腾地站起身，目送着张金军他们朝东走去。

"周哥,那下面咋弄?"有人问话。

周保长不耐烦地手一挥:"散伙!"

"那散伙了,我们咋弄?"

"该咋弄咋弄,要么我不干了你来接这个活儿?"

"周哥你要是不干了,他们来了咋交差啊?"

"我反正要到淮阴那里瞧病去了,这病再不看,我一家都得死绝了,这事你们自己看吧。"周保长说完只顾自己朝前走,留下的几个人呆呆地望着他的背影,不知所措。

过后没几天,听说周保长"大病一场",在淮阴养了一阵子,直到立秋树叶黄了才回到中扬的家。

牺 牲

位于洋河和郑楼北边的大兴集,更靠近宿迁,因距离黄河故道有段距离,得以免遭洪涝蹂躏侵扰,土壤肥沃,旱涝保收。再加上今年年成好,大兴庄稼长势喜人,春祥不得不多关注几眼,提前好些天便悄悄来到这里摸排情况。

前高圩和高圩子是大兴下面紧挨着的两个村庄,村民按往年习惯,临时用石磙碾出了几块大一点的打麦场,用来晾晒脱粒的小麦,碾压新入场的麦子。天气炎热,也热不过打麦场上的繁忙热闹。这正是春祥最担忧的地方,麦场存放的麦子多,加之百姓做事又不谨慎,尽管锄奸队做了不少预防警告,但很多家户仍然听不进去,一心只想着把粮食晒好后,收到家里万事大吉。

殊不知,一场灾难正悄无声息地逼近。

夕阳洒下最后一缕余晖时,一支日伪小队从大兴集出发,拉着七辆两轮大马车,快马加鞭地向麦场赶来。消息不胫而走,得到消息的村民们,个个挥汗如雨,全力以赴抢收脱粒。

抢收粮食是个慢活儿,等十几个日伪军哗啦啦跑到麦场时,村民才搬走不到一半的粮食。百十号村民被团团围在麦场里,面对荷枪实弹的日伪,不知如何是好。

春祥此时就在人群里。

一个胖乎乎的汉奸站在麦场中间的石磙上，手里举着厚厚的一沓钞票，朝村民喊话："老乡们，这是咋的嘛，我们是来收购麦子，又不是来抢麦子的。收购麦子是给钱的啊，前一阵子不是都给大家说清楚了，我们是按四成收的，还给钱，你们咋就不相信我的话呢？看看这，明显被你们偷偷摸摸弄走了不少，那我们还怎么按标准收呢？我也知道，乡亲们种庄稼不容易，自己也要吃饭，咱们都是中国人，哪能让自己人吃亏呢？你们这样做，不是信不过皇军吗！"

身后不远处传来一句："听其他地方的人说，你们收粮食的钱不值钱。"

"是哪个胡七道八的，给我出来！"汉奸头子转过身，恶狠狠地扫视了一圈，见没人应声，就接着说话，"既然老少爷们拿我不当回事，那我也就对不住大家伙了，场上的麦子我们都要拉走。"

一个胆大的年轻人说："那不行，你们都拉走了我们吃啥，喝西北风啊！"

汉奸头子掏出手枪朝天开了一枪，大声吼道："谁想死，尽管拦！"

另一个年轻人想接着说话，被春祥悄悄拉住。春祥在他耳边说了几句，年轻人平静下来。

几个雇来的青壮汉子开始搬运已装好的麦袋，还有一人用自己带来的布袋装地上的散麦。一圈人气愤地看着这帮坏蛋抢粮食，个个敢怒不敢言。一袋烟的工夫，七辆大马车就装得满满当当，在众目睽睽下吱吱扭扭地上了朝西的小路。三个日本兵耀武扬威地坐在粮袋上，目空一切地扫视四周。

行近前高圩时，只听到村东头传来两声枪响。最前面一辆车上的日本兵应声从布袋上跌落，另两个日本兵旋即跳车，伪军和赶马车的汉子见势不妙，匆匆弃车往沟里跳。密集的枪声紧接着从路两边的墙根和杨树林传来，黑暗中逃窜的人有几个被击中，猝然倒下，剩余的大多趴在原地不敢再动弹。

西边的枪声还没有停息，东边又传来几声枪响，正欲还击的日伪军腹背受敌，慌乱地举着枪，不知该往哪个方向射击。

"你们听着，放下枪还能活命，如果再动一下，小心狗命不保！"远处传来一句劝降声。

伪军稀稀拉拉停止抵抗。两个日本兵，一人受伤伏地；一人负隅顽抗，撑地爬起举枪欲朝喊话方向开枪。春祥点了一下头，身边的一个中年人举起长枪，一招击穿日军头盔，日本兵如死猪般轰然倒地，倒在水沟里砸出的泥水飞溅出四五米远。受伤伏地的日军见状不甘罢休，还想绝地反击，但半个脑袋刚刚抬起，就被早已瞄准好目标的春祥一枪毙命。

"剩下的人听好了，再给你们两口烟的时间，不投降统统送你们去见阎王爷！"春祥将手枪高高扬起，厉声喊道。

活着的伪军见状，纷纷将长枪举过头顶。

收缴完武器，马一鸣上前对着汉奸头子就是一脚，骂道："你这个倒死相，把刚才的话再说一遍！你娘生下你，难道是吃猪屎长大的？你把老百姓的东西拉走，他们咋活？！"

汉奸头子一张二皮脸，耷拉着脑袋诉苦："几位大爷唉，你们可不知道，我也难唉，日本人用枪顶着我的脊梁骨，不动不行啊。"

马玉鸣上去又来了一脚："说啥？小日本逼你们，你们就去逼老百姓啊？你这个龟孙，是不见棺材不落泪！"说着，就按下了手枪的机头，枪口猛地对准了汉奸头子的前额。

汉奸头子头顶着枪口，扑通一声跪在地上："别别别，大爷，我马上把粮食还回去，还回去！"

春祥站在汉奸头子面前，一脸淡笑："你小子滑着呢，刚才你趴在沟里动都没动，子弹没找到你，算你小子命大。往后你，还有你们这些王八爪子，再干坏事让我们遇到，就等着下塘喂王八吧！"

几个伪军闻言纷纷跪地求饶。

春祥指派五个人把马车赶回麦场，自己带领众人朝东北方向的王集赶去。锄奸队之前已经商量好，由胡炳荣领一部分队员在那里设伏，也是打击敌人的抢粮行动。春祥寻思，现在赶过去说不定还可以帮他们一把。

王集距大兴三十多里路，二十来个人赶路赶得大汗淋漓，半路上借着一农户家的井水，吃点干粮对付了一下。等春祥他们赶到张圩时，已经是半夜时分，仅有几家农户还点着灯。在月光的朦胧映衬下，春祥看到前方一些影影绰绰的人影在路上晃动。

不对！这个点，劳累一天的百姓应该睡觉了，怎么还有这么多人？难道

敌人在此设立了哨卡？警觉的春祥对身旁的马玉鸣交代一番。马玉鸣把手枪交给一个战士，抖了抖身上的粗布褂子，顺着小路朝灯光处疾步走去。

马玉鸣的身影刚融入远处晃动的人影中，就传来他的喊叫声："快来呀，快来呀，坏事了！"

春祥等人一听，呼啦啦朝前面奔去。大家到近处一看，犹如晴天霹雳：地上整整齐齐地躺着五个人，第一个人就是胡炳荣。旁边站着七八个锄奸队的战士，其中一个叫李长连的队员看见春祥，一下子大哭起来，边哭边说，下午在张圩东边，他们堵住了前来抢粮的二狗子。这些二狗子只带了三支长枪，所以他们没费功夫就把人打了回去。谁知眨眼的工夫，乌压压又来了一群鬼子和二狗子，由于敌人的火力太强，他们和敌人交战一会儿后，胡炳荣便提出自己带着四个人掩护其他人撤退，可是没想到五个人都没能活着出来。一直到天完全黑了，他们才敢过去，这才把五个兄弟抬到了路边。

火光下，胡炳荣等五个队员浑身全是弹孔，衣服早已被血水浸透。

所有人无不泪如雨下。

人群中的徐严同走到春祥面前，眼噙泪水，哽咽着说道："郑队长，炳荣昨天还和我一起的，原本我计划今明两天去汤沟，炳荣的意思是等教训完敌人后再一起去，怎么也没想到……"

春祥痛苦地摇了摇头，自责道："都怪我太大意了，王集这里本就住着一群鬼子和汉奸，是我没交代清楚啊。老徐，看样子我们还是要联系上汤曙红他们，我们一旦这样分散开来，实力太弱，敌不过日本人和二狗子。"

"好，今天把炳荣兄弟他们安葬了，明天我就去。这次说啥我也得找到他们。"

春祥用手抹去脸上的泪水，点了点头，接着说，还是先让炳荣他们兄弟几个入土为安吧。

徐严同招呼几个老乡，借着月光头，用铁锹在沟边挖了几个墓穴，把五个人安葬了。

春祥带领锄奸队员三鞠躬，众人默然。

待一切结束后，春祥强打精神，哽咽着对大家布置说："炳荣兄弟他们走了，改天我们再来看他们，这个仇我们一定得报。这个时候那些王八蛋应该已经睡着了，我们现在就开始行动。"

徐严同急忙劝说："郑队长，白天发生这件事，这时候敌人应该会防着我们，还是慎重点为好。"

春祥放下铁锹，叮嘱徐严同："老徐，这样，你对这里的地形熟，还是抓紧去联系，我们去就行。"他转身动员大伙，检查一下武器，马上出发，并交代不能恋战，打赢打不赢，都要尽快撤离。说完，春祥带领队伍朝王集奔去。在大路口与徐严同分别，徐往东，锄奸队继续往北。

由于上次袭击过王集的一个伪军小队，路线熟悉，所以春祥带人很快就来到了大路边的几间大瓦房附近。瓦房墙上挂着一盏汽灯，两个戴大檐帽的伪军靠在墙角闲聊，完全没有察觉自己已被包围。此时，张金军已带领三个战士绕到窗户后，静候第一声枪响。

锄奸队分成四组，两组正面，两组侧面。春祥看到大家都已到达战斗位置，先一枪干掉执勤的伪军，随即，三面枪声大作。韩长万三人从三个后窗扔进几颗手榴弹，顿时，枪声、爆炸声、号叫声响成一片。几个光着身子的日伪军一股脑儿地从三个前门冲出，正面的春祥他们一排子弹打过去，伪军呼呼啦啦地应声倒地。见无人继续拥出，春祥一声大喊："上！"

四面的队员向三个门冲去，站在门口朝里一阵扫射。等屋内安静下来，马玉鸣摘下汽灯，端着手枪走了进去，只见眼前尸体横七竖八，余下几个受伤的躺在地上呻吟不止。队员们将枪弹收拾一通后，春祥领着大家朝北而去。

第二天中午，日军开着两辆军用卡车从北边驶来，车后跟着两百人的日伪队伍。一拨人把尸体分拣装上车后又向沭阳县城疾驰而去，一拨人则顺着几条小路，分别沿着张圩、刘集、庄圩一路搜寻，半天时间，他们除了在张圩捡到锄奸队扔掉的几个破草帽，其他一无所获。

而此时，锄奸队已赶到王集东南方向的胡集，静候徐严同的信息。但是仅仅一天时间，从沭阳出来的日伪军人数骤然倍增。迫于形势，春祥只得再次带领队伍，从东绕过王集，连夜急行军，来到李口附近的吴集。

吴集河汊纵横交错，便于队员隐藏和转移。

天色破晓时，一行人赶到了吴集。

距小芩家的房子还有百十步远，春祥就看到了小芩一家人忙碌的身影。最先发现春祥的是小芩母亲，离老远就喊上了："姓郑的那小子又来了，不会又是来养伤的吧？"话虽不顺耳，但笑容里已是掩不住的欢喜。

"啊，是春祥哥！"小芩听到母亲喊话，扔下手里的衣服，起身朝外面望去。这一望，吓了小芩一跳，只见一溜排三十多人的队伍，个个腰插短枪，肩扛长枪，甚是雄壮威武。小芩赶紧跑上前去，堵住了春祥前行的脚步，笑着说："还真是你啊，这时候你咋来了呢？"

背后的马玉鸣嬉笑着说："芩姐，不欢迎啊，如果不欢迎那我们回去喽。"

小芩上前一步，狠狠地打了玉鸣胸口一下："你这个人，真没良心，吃了我做的那么多饭菜，还说这话！"

小芩两个弟弟听到动静也一骨碌从床上爬了起来，冲出门外，迷迷糊糊地望着大家。这时，母亲冲着姐弟仨说话了："还愣着干啥，快做饭去啊，看样子他们都没吃饭，身上也湿漉漉的，该是走了一夜的路吧。"

等把大家迎进屋，小芩走到春祥面前，轻轻地捏了一下春祥的左肩膀，没想却看到春祥皱紧眉头并"哎哟"叫了一声。小芩赶紧松开手，心疼地问："怎么，还没好啊？"

春祥做了个鬼脸，哈哈哈坏笑起来，又猛地举起胳膊，用力甩了一下："开玩笑呢，早就好了。"

小芩用小手接连摇了春祥几下，噘着嘴说："你真坏，有些日子没见，你倒学会骗人了。"

等大家吃完早饭，太阳已变得热辣辣的。正屋里坐着小芩父母等七八个人，春祥对大家说："俺婶，俺叔，我们这次来，可能要住一段时间，考虑到咱这地方可走路，可坐船，方便。"

"行哎，没问题，平时饭我来做。"小芩的态度异常积极。

春祥笑着摇摇头，望着小芩的父母说："住到家里肯定是不行，这么多人，站都站不下。我们想住附近，现在的问题是附近还有没有空的房子，吃饭问题我们自己来解决。"

不善言辞的小芩父亲，突然放下烟袋，提出一个办法：往南没多远靠近白水那里，早年有一排房子，是附近一个大户临时放东西用的，后来那里闹土匪，日本人又来了，这家就搬走了。他在故黄河里打鱼时，经常进去躲雨，里面空得很，而且四周芦苇和荒草长得又密实，左边是废黄河，右边就是运河，房子夹在中间，一般人根本发现不了，是个藏身的好地方。

春祥眼前一亮，当即拍板，说自己就需要这种人少且难以被发现的地方。现在他们打鬼子和二狗子，整日东躲西藏，总不是个事，一定得找个安全隐蔽的地方。春祥还说，在南方，红军就是依托一个固定的根据地才逐步发展壮大起来的。

站在门口的大林举手说："那个地方我知道，我也去过。"

最后，春祥安排道："吃饭和睡觉的家伙由留宇负责筹集，这方面他熟人多。"

"那粮食呢？你们这么多人，得需要不少粮食啊。"小芩母亲隐隐担忧起来。

春祥笑着解释："粮食我们自己有，俺婶，这个不用你担心。"

等一切安排好，春祥站起身，对小芩说："小芩，你出来一下，我有个事和你说说。"

二人走到房前菜地，春祥对小芩说："小芩，这里离瓦庙远不远？"

小芩想了想说："从地上走，要绕一圈，距离还可以；划船过去虽然近一些，但这么远的水路，还蛮耗体力的。"

"我大姐一家在那里，俺爸也在那里，不知道他们现在怎么样了，过年都没捞到过去。"

"那去呗，这还有啥可考虑的，就划船过去呗。"小芩想了一下，跑到自己父亲那里嘀咕了几句，又跑回春祥面前，"没事，现在是东南风，划过去正好不费劲。"

"我感觉还是有点远，万一……"

"我帮你，我撑船好着呢。"小芩急忙接话。

"你稍等一下。"

与马一鸣商量一番后，春祥叫来了两名水性好又会划船的队员，四个人上了船。小木船先从故黄河里顺水而下，进入成子湖，然后掉头转向西北，借着东南风向瓦庙方向划去。

小船路过成子湖畔的小渔村，春祥手指着远处对两名队员说道，这里是山头村，旧属淮安府桃源县，辛亥革命后为避免与湖南桃源重名，桃源县更名为泗阳县，山头村由其管辖。山头村民以韩、王、孙姓居多。据孙姓家谱记载，其远祖为东吴孙权第六子，先民在元末明初时由湖北监利县迁于此，生息繁衍六百余年之久了。春祥知道得这么多，小芩心里暗暗佩服，手上的船桨上下翻飞得更快了。

湖面上波光粼粼，凉风习习。

迎面而来的多是捕鱼的渔船，黑黝黝的渔民紧绷着肌肉，为了生计在船上挥汗如雨。他们个个目不转睛地盯着渔网，有好的渔获，才会看到他们咧嘴大笑。

小芩家的渔船不大，划起来十分轻快。太阳渐渐西斜，红霞漫天的时候，小船靠了岸。

重　逢

春祥来到春雪家，大姐一脸惊讶，连忙喊着："俺爸，俺爸，小祥来了，小祥来了！"

春祥来到父亲面前，笑着说："爸，身体咋样？"

"好着咧。"父亲上上下下打量着儿子，"你现在都忙些啥呢，也见不到你人影，是不是在外边惹了事不敢回来了？"

后面的一个队员抢着答道："大叔，他现在是我们的头儿。"

"哎呀，你看看我，春雪，赶紧烧茶，不能让大家都干站着呀。"老人只顾瞅着儿子，竟忘了还有其他人在。

春雪也因为久不见弟弟，愣在了那里，听到父亲的喊声方才回过神来，刚才她的视线一刻也没有离开小芩，一边"噢噢"答应着，一边招呼着大家进屋。

进屋坐下后，春祥问："大姐，俺姑呢？"

"你发奎哥带他们到镇上瞧病去了，估计这会儿该回来了。"

大家正说着话时，一个小男孩刺溜一下窜进了屋，那是春雪的儿子小满。看到屋里有这么多人，小满忽地愣住了，迟疑片刻，才怯生生地叫了声"舅舅"。春祥招呼外甥走到自己面前，上下瞅了一番。

一个队员赶紧从身边拎过来一个大包裹递给春祥。春祥打开包裹，摊开一张油皮，里面整整齐齐地摆放着油酥饼。看到油酥饼，小满两眼放光，伸手拿起一块就往嘴里塞，引得大家笑了起来。

春祥和两个年轻人进屋时，父亲就看到了他们都带着枪，心中疑窦顿起："祥子，你说你们现在都干些啥？要是干些打家劫舍的勾当，你现在就给我滚。我们家从祖上就没有出过这样的渣滓！"

春雪瞪了父亲一眼："你看看你都说的啥话，俺弟咋能干那事？"说完，春雪又转过头来望着弟弟，"小祥，说说你现在都干些啥，别让咱爸担心，平时他一天到晚念叨你，生怕你走歪路。"

刚才那名战士朝大家摆摆手，笑着说："大叔，大姐，让你们担心了，他现在是我们锄奸队的队长，就是八路军的锄奸队，专门对付鬼子和汉奸的。在洋河、张圩、王集、李口这些地方，郑队长领着我们打了好几场漂亮仗，搞死了不少鬼子和汉奸呢。"

听到这话，父亲的情绪舒坦了许多，笑容赶走了愤怒。"听说了，听说了！原来我以为洋河黄家兄弟俩被杀是遭人报复，后来才知道他俩作恶多端，该死！"

春雪问："就你们几个能干出这么大的动静？"

战士"嗨"了一声："大姐，我们的人多着呢，大几十号人呢，个个手里都有硬家伙，有的身上还别着两把盒子炮呢！"

春雪和小芩的目光同时亮了起来，两人对视一眼，春雪拉着小芩的手问弟弟："你们队伍也要女的啊？"

"大姐，我不是，春祥哥曾在我们那里养过伤……"小芩马上意识到自己口误，赶紧改口，"在我们吴集住过一段时间。"

春雪紧张地望着春祥："怎么，伤到哪里了？要紧不？"

春祥笑着说："大姐，一点小伤，你看我现在不是好好的吗？"

春雪板下脸，对春祥说："你以后得处处小心点，到现在还没媳妇呢，咱爸都在我旁边念叨好多次了。"说着话，她把目光投向了小芩。这一眼，看得小芩红着脸低下了头。

外面传来的说话声打破了尴尬，春祥等人起身出迎，姐夫发奎搀着小姑缓缓向屋子走来，春祥赶紧上前打招呼："俺小姑，我是春祥呐。"

小姑眯缝着眼端详着，看了好一会儿，才感叹道："你这孩子，都长这么大了，还这么俊秀，好好，家里坐，家里坐。"

春雪拉着发奎说："赶紧准备点啥，杀只鹅，再到旁边去借点鱼，我马上到地里挖点菜，家里有酒吗？"

"家里有酒，我这就去忙。"发奎一边应承着，一边张罗起来。

看见小姑拉着春祥进了屋，小芩站在那里微笑着看着她，也打起招呼:"小姑,您老人家好,我叫小芩。"

小姑抬头看看侄子,又看看小芩,转头埋怨春祥说:"你看看你这孩子,连媳妇都带来了,也不跟我早说,哎哟,这小大姐,长得真俊俏。"

没有春雪打圆场,春祥和小芩的脸同时红到了脖子根,父亲瞪了一眼自己的妹妹:"别瞎说,快坐下吧。"

小姑似乎意识到了自己的唐突,连连道歉:"不好意思啊,还别说,这小大姐能当俺春祥的媳妇,我看就不错。"

气氛虽然有点尴尬,小芩赶紧扶着小姑坐了下来,并依偎在老人身旁。

屋子里,大家有说有笑,回忆着过去的点点滴滴。春祥像个孩子似的,享受着这难得一聚的温暖时光。小姑一直疼爱这个唯一的侄子,目光一刻不离春祥左右。

屋外天色慢慢暗了下来,由于临湖,气温变得格外凉爽,带着点腥味的习习凉风穿堂而过,两盏玻璃罩马灯挂在屋子两边,摇曳的灯光将屋内照得通明透亮。忙了好一会儿的春雪两口子,陆续端上了热气腾腾的盆菜,九个人围坐一圈,谈笑碰杯,十分温馨。

小芩不时给两位老人夹菜、倒酒,甜美的面容在灯光映衬下,更加柔情妩媚。小姑也不时地拉着她的手,边看边赞,话题也慢慢地转向了另一个方向。

嘴唇沾了点辣酒的小姑,放下酒碗说:"小祥啊,我记得今年你也二十多了吧,不是小姑说你,年龄不小了,该成个家了。这年头稍不经意,再晃荡两年,好姑娘就没有了。"说着话,眼睛瞄了一眼身边的小芩,小芩赶紧躲闪开小姑投来的目光,低头不语。

春雪也在一旁推波助澜,跟着夹带一句:"是啊,小祥,是得考虑自己的事了,我看小芩就蛮不错的,如果没啥问题,我就和咱爸上门提亲去。"

"姐,姐!"春祥差点没把嘴里的酒喷出来,"我的老天,你们这是算咋嘛,这事不需要这么急嘛,再说,小芩同意不同意我还不清楚呢。"

"小芩,你同意吗?"春雪追问。

小芩的头低得更低了,不好意思地点了两下头。

"你看,你看,人姑娘家都同意了。"春雪点点这个又指指那个,"今天还非得要我把话点破了,其实你们来时我就看出来了。"

"这个让你姐帮忙张罗,趁我身子骨还行,帮你们小两口分担分担。"

父亲慈祥地看着春祥随声附和着。

"儿孙自有儿孙福，莫给儿孙做马牛。您也别操心我们的事了。"春祥这话算是心里认了小芩，立刻引得屋子里欢笑一片。

春祥一行离开父亲和大姐一家时，已临近午夜。深夜航船上，他和小芩心里都像夜晚的湖面泛起微微涟漪，二人都没有说话，侧脸看着月光映射下波光粼粼的湖面，憧憬着人世间最纯真最美好的幸福。

在白水设立一个临时营地，既是为了安顿好锄奸队员，也是为今后在此建立根据地做前期铺垫，为此春祥带领锄奸队忙活了个把月，临时营地才设好。而正当他们为此兴奋不已时，一个噩耗却从天而降，给了春祥和锄奸队一个当头棒喝。

老徐传来情报，三天前，汤曙红牺牲了。

今年4月，汤曙红率领的自卫队在苏皖特委的支持下成立了八路军陇海南进支队第三团，担任团长的汤曙红带领队伍在东灌沭地区异军突起，给当地的日伪以沉重打击。那时，党的抗日政权尚未建立，一些国民党顽固派对待联合抗日消极懈怠，形势十分严峻。但南进支队三团凭借群众和地形等有利条件，在东灌沭地区左突右冲，巧妙地与日伪周旋，给敌人以沉重打击。这之后，日伪及国民党顽固派开始采用收买手段，沭阳常备大队大队长王绪五便派人送信给汤曙红，约其见面会谈，汤曙红收到信后决定一见。怎知双方没有谈拢，王绪五的手下周法乾竟动了杀心，趁汤曙红准备离开时，从其背后打黑枪，击中了汤曙红的后脑。年仅三十七岁的汤曙红倒在一片血泊之中。

这对于春祥，犹如晴天霹雳。

"我们的组织在哪儿呢？我们的部队又在哪儿呢？"春祥迷茫困惑。

坐在堤岸上，凝视随风摇曳的芦苇和河道里来来回回晃动着的小船，春祥多么期望自己也能像这些小船一样，有着方向，有着目标，有着前进的动力。

闷头静坐两个钟头后，春祥回到了营地。

当晚，他和大家商议，队伍还要继续朝前走，与敌人的斗争不能停止，要充分利用好有利的地形和熟悉的环境，分散行动，加强新力量的补充，坚持和敌人周旋下去。

很快，从宿迁伪商会那里，赵友谊递过来一个重大消息：日军开始调动徐州周边的兵力，准备围堵已进入宿县境内的八路军，大量物资将随军而动。宿迁方面主要提供粮油和日用品，而徐州方面则提供弹药。在洋河镇，还有六七辆军用卡车正在等待装货。

在洋河、宿迁通往宿县的公路上，沙集和高作两处是敌人必经之地。这两个地方，沟多林密，种在地里的秋季庄稼还未出苗，但路边、沟壑、田头的杂草长得十分茂盛。此外，杨树林一片连着一片布满在田间村头，这对春祥他们来说，是最好的掩护。

当天夜里，他就带领全体锄奸队员悄悄埋伏在这片靠近沙集的杨树林里，准备截击敌军运输队。

时间一分一秒地过去，四围寂静，众人的呼吸声清晰可闻。

天色渐渐亮起，天空阴沉沉的，团团浓雾在草丛上悬着、树林边挂着。埋伏在这里的队员们，衣服早已变得湿漉漉的。

太阳跃出地平线，雾气仍然没有散去，人群变得焦躁不安。一个队员有点着急，低声问春祥："队长，鬼子不会不从这儿走吧？"

春祥压低声音："别着急，情报应该是准的，再等等。"

临近中午，匍匐了十几个小时的队员们终于听到了远处传来的汽车轰鸣声。马玉鸣贴近春祥，问："队长，咱看不清楚敌人，咋弄啊？"

春祥笑着说道，咱看不见，鬼子也看不清楚，那就瞎子对摸，谁先摸到谁占便宜。而且鬼子在汽车上，很难看清前面，我们则至少可以根据声音来判断方位。随后，春祥交代韩长万带几个人到对面去，等这边枪响后再开枪，来个两面夹击，让鬼子顾得了左顾不了右。

远方白雾中慢慢显现出两个昏黄的灯柱。春祥压低声音提醒大家："注意，敌人到了。"

汽车车头在雾中刚一闪现，春祥投出了第一个手榴弹。随着"轰隆"一声巨响，火光在车头底下冲天而起。伴随着几枚手榴弹的爆炸声，道路上立刻传来鬼子叽里呱啦的喊叫声。春祥随即发出命令，指挥队员轻重武器一齐开火射向火光处。同时，公路对面也传来了噼里啪啦的枪声，韩长万那边也开了火。

半个钟头后，浓雾消失殆尽，阳光直射大地，双方火力霎时一览无余地暴露于对方面前。春祥倒吸了一口冷气，万万没想到今天竟然来了这么多的日军，几挺歪把子重机枪已占据高处，朝树林里喷着火舌，子弹打在树干上噼啪作响，折断的树枝也应声纷纷掉落，不时地砸在队员们身上。见己方火力明显弱于敌方，春祥当机立断，指挥大家迅速散开并准备后撤。这一意图被敌人猜到，日军除留下部分兵力合围道路另一侧的韩长万外，还成群结队端着三八大盖向春祥这边凶猛扑来。

十万火急之下，春祥连忙指挥队员退到树林后面的水沟里继续阻击，但由于敌人攻势凶猛，火力压得锄奸队员们根本抬不起头。水沟后面就是一马平川的麦地，一旦后退半步必死无疑。心急如焚的春祥飞快地思索着对策。但眼前的敌人一刻也没有止步，匍匐着向水沟爬来。突然几颗手榴弹在敌人中间炸响，敌人闻声伏地暂停了下来。春祥乘势赶紧布置火力重新瞄准射击，但进攻的敌人已经把重机枪架到了树林边，眼看着马上就要开始他们新一轮的进攻。

春祥看到身边已经牺牲了几名队员，还有几个身负重伤，有的双腿被机枪打断，有的肚子和胸口汩汩地向外喷射着血柱。此刻的春祥出奇地镇定，他深知，一旦自己乱了阵脚，整个锄奸队就很有可能全军覆没。他叮嘱几名壮实的队员救护伤员，自己带领其他队员拼命死守，以便掩护大家顺利后撤。

这时，敌人火力全开，新一轮进攻开始了。

被压制在水沟中的锄奸队员毫无还击之力，敌人却匍匐着步步逼近，距离水沟仅有四十米……

"嘀嘀嗒嘀嘀嘀，嘀嘀嗒嘀嘀嘀！"

生死关头，一连串嘹亮的军号声从远处传来，喊杀声震耳欲聋。公路南侧，一面红旗在空中摇曳，呼呼地向阵地飘来。

"同志们，我们的部队来了！"春祥激动地喊道，探出身子朝前面望去，敌我双方局势瞬间逆转，敌人难以兼顾前后，已经乱作一团。一日军队长正挥舞着指挥刀朝来时的路撤退，锄奸队员岂肯失去良机，春祥第一个跃出水沟，带领队员们奋力向敌群冲去。

军号声中，溃败的敌人已难以组织有效防守，有的靠着土埂回头放个一枪两弹，有的躲在树木后面躲避飞弹。在两股力量的合力追击下，落在后面的二狗子就像秋收后的高粱秆，一个个倒地不起。

两支队伍足足追了二里地，才停下脚步。

枪声渐熄，春祥这才有机会打量前来增援的部队。等他看到战士们臂膀上的"八路"二字，就急忙询问离自己最近的一名战士："你们是哪支部队？"

还没等战士回答，附近就传来一个洪亮的声音："郑旭，郑旭，是你小子吧？"循着声音，一个高大的身影出现在春祥面前，让他眼前一亮，是袁利剑！他冲上前去，袁利剑也紧赶两步，二人拥抱在一起。

"我们找你们找得好苦啊，几次都是你们前脚刚走，我们后脚赶到。"郑春祥激动地说道。

"我不是和你说了吗，我们还会回来的，这不，我们不是又见面了吗？"袁利剑晃动着春祥的胳膊说，"此地不宜久留，附近的日军得到消息很快就会赶过来。马上扫战场，撤退！"

"好的，跟我们走，我们有一个好地方。"等大家把战场打扫完毕，掩埋了牺牲的战士，春祥便和袁利剑带着队伍一路往南。沿着成子湖边的打鱼小道，路过小芩家，傍晚时分，两支队伍终于来到了锄奸队位于白水的营地。

秋天的湖畔，原野一片金黄，远处的湖面在夕阳的映衬下泛着粼粼波光。近处，成片的芦苇在风中摇曳，偶有野鸭在芦苇荡里出现，纵横交错的河道里，部分河床凸出水面。

袁利剑和春祥并肩走在小道上，脸上满是胜利的喜悦。袁利剑笑着说："你找的这个地方确实不错啊，可藏可走可打，是一个打游击的好地方。"

春祥点头后岔开话题，不解地问："你们怎么回来了啊？"

袁利剑指着他的鼻子笑了起来："我就知道你小子沉不住气。"二人停下脚步，袁利剑接着说，"是不是想我们了啊？"

春祥拍了袁利剑一下："你们一跑就没有影了，你不知道，见不到大部队，我心里多慌呀，天天过着没着没落的日子，早就盼着你们了，上次你不是说我们的部队要来了吗？"

袁利剑眼睛里透出坚毅和镇定，大声告诉春祥：没错，是要来了！现在八路军抽调了很多部队，驻扎在宿迁周边。最近，根据党中央指示，中原局刘少奇书记已经抵达安徽涡阳新兴集，下一步就是要扩大苏皖地区特别是苏北地区的对敌斗争。新四军游击支队司令员彭雪枫已经在前往苏北地区的路上，很快就要建立苏北抗日根据地。宿迁地区即将在党的领导下，全面开展对敌斗争。

春祥激动地说："太好了，终于盼来了我们的部队，我这棵小树苗终于有厚实的土壤了，以后我就跟着你们了。"

袁利剑摆摆手，哈哈一笑："郑旭啊郑旭，这个我说了可不算，等我们的根据地建立起来后，要按照上级首长的要求进行分工。今后的行动可不会再像以前那样只是小打小敲了！但有一点，日本鬼子和汉奸还是我们的首要敌人。我们先遣队不会在这里长时间停留，明天就要前往淮阴和东灌沭地区，把这一带的日伪驻防以及各地党组织建设的情况摸一下，并依此制定一个切实有效的对敌计划。你放心，很快我们就会战斗在一起的。"

"对了，袁队长，你上次急匆匆地离开这里，到底有什么事？"春祥问。

"上次我们走得急，没来得及和你告别。因为受上级领导派遣，我们要去打通交通线，也算是打前站。另外还有一个原因，当时豫皖苏省委书记兼八路军、新四军驻皖东北办事处主任身边的一名我党地下组织干部遭到了国民党反动武装枪杀，我们接到组织派我们联系当地游击武装，查明事情原委的指令。"袁利剑说。

"后来结果怎么样？"

"国民党在当地的驻军那里没人承认，只说是一些地方上的散兵游勇干的，到现在还没查清情况呢。"

"这样的坏蛋一个也不能让他们漏网。"

"是啊，但后来接到任务要转到这里，我们就过来了。"

两个人继续朝前走，芦苇荡边，晚风吹来，掀起衣角，虽有阵阵寒意，但他们的心里，早已燃起了熊熊烈火。

冬 夜

1939年的第一场雪，对于宿淮地区的农户来说，来得正是时候。

自麦子种下后，已有数月没有下过一滴雨，露出芽尖的麦苗再无生长的迹象。路边的河沟也早已干枯见底。

春祥和小芩早早动身,朝大姐春雪家里奔去。离大姐家还有百把步远,大姐家院子里看门的黄狗就叫了起来。春雪抬眼望去,发现雪地里有两个人朝这里走来。看清走路的姿势后,春雪就朝屋里喊了起来:"俺爸,俺爸,小祥来了,是小祥来了。"

看到一家人都走出门外,站在雪地里迎他们,春祥老远就喊道:"都进屋吧,外面雪大。"

待春祥和小芩走到跟前,春雪埋怨道:"你真会挑日子,下这么大的雪你来啥呀,不会挑个好天吗?你看看,小芩身上都潮透了。"春雪一边埋怨,一边用手拍打着弟弟身上的积雪,接着又帮小芩掸净,回头对丈夫说:"别愣着,把东西拎屋里去,再抱点芦苇秆,烧火给他俩暖和暖和。"

小满接过小芩手里的一提白酒,随大人进了屋,然后怔怔地看着小芩,看得小芩脸不由自主地红了起来。小芩又从袋子里拿出一盒糕点,放在桌子上。刚一打开油纸,小满的手就伸了过来。

"祥子,咋这时候来了?有事吗?"父亲问。

春祥看着父亲,笑着说:"好长一段时间没来了,过来看看你们,正好我那边这两天也没什么事。"

春雪看着小芩,问弟弟:"该不会有什么喜事吧?"

小芩脸一红,不好意思地说:"大姐,哪有什么喜事啊,你别瞎说。"春雪看着弟弟笑而不语,小芩的脸涨得更红了。春祥继续说:"爸,发奎哥,大姐,这次来也算是有事吧。"

大家安静了下来,大家都清楚,春祥平时并不多言,一开口,定有重大的事情。

春祥朝大家摆摆手,笑着说明来由:今天来,只是给大家说说,后面回来的次数可能不多了。现在外面的情况大家也都有所了解,日本人和汉奸横行,国民政府的人像是丢了魂,大都萎靡不振。但局面即将改变,对老百姓来说,眼前就有一个大喜讯,共产党领导的新四军正在从西、南两面进入苏南地区,八路军从北进入山东和沭灌交界地区。虽然现在跟鬼子汉奸斗争很苦,但大家都要有信心,只有把日本鬼子撵走了,才会有好日子。春祥还告诉大家,共产党的一支部队已到宿县和灵璧,今后他也会加入他们,纳入上级组织的统一领导,所以他今后回来看大家的次数肯定更少了,希望父亲和大姐能够理解。

春祥说完，大家表情各异，气氛稍感凝重。见房间内有点清冷，春雪说话了："小祥，小芩也跟你去吗？"

"她不去，但有可能会帮助我们做一些简单的工作。"春祥瞅了一眼身边的小芩。

小芩点了点头。

踌躇片刻，父亲开口说话，希望春祥注意安全，万不可鲁莽做事。最后，父亲放低嗓门，说他现在也不知道春祥和小芩的情况，如果他们两个没啥意见，最好尽早把事办了。

春祥向小芩投去了求救的目光。小芩沉吟片刻，说："俺叔、大姐、发奎哥，春祥哥最近的事比较多，我平时也难得见到他，我心里是没啥意见，但这事不着急，等等再说吧，我相信他。"

"不说这事了，我去做饭，春祥以后来得少了，这没啥，今天中午我们好好聚聚。"春雪说完话，准备起身。小芩赶紧拉住了她，说："大姐，不要太麻烦，随便炒两个素菜就行，我们带了些羊肉和猪肉，都是熟菜，热一下就行。"

春雪到厨房去了，小芩陪小满做着游戏。见外面的雪下得小了些，春祥站起身，朝父亲说了一句："爸，俺俩出去走走。"

父子二人顺着小道朝湖边走去，新鲜的积雪在脚底下咯吱咯吱作响。

"凉月牙，砍豆茬，大兵小兵谁我拿。拿大滴，拿小滴，拿你中间会跑滴！"身后传来小芩教小满唱童谣的声音。

路越来越难走，二人停下了脚步。

"爸，身体怎么样？"

"还行，没病没灾的。"

"老家那里去过吗？"

"春雪两口子去过两次，他们回他们家看看，我们的房子也没有了，我也就没啥念想了。"

"俺妈坟上我去过一次，又培了新土，给俺妈磕了三个头，您老就放心吧。"

"唉，这世道难哪，我理解你的意思，没事，我顶得住。"

"爸，您看小芩怎么样？"

父亲脸上一下子露出笑容："孩子不错，脑瓜活，嘴又甜，我看这姑娘心眼不坏，蛮好的，我看，管。"

"爸，本来我也想着给人家一个答复，但俺妈去世没多久，眼前抗日形势这么严峻，还不是谈儿女情长的时候，我想着再等等吧，时间不会太久的，您看行吗？"

"你们的事你们做主，爹不干涉，只要爹不成你们的负担就行。"

春祥赶紧说："爸，您说的这叫啥话呀，我也想着自己早点成个家，您跟着我们过。小芩在我面前念叨您多次，怕您在大姐这里生活，心里有啥想法，毕竟我是儿子。"

父亲面带微笑，摇摇头说："你能想着这儿，我心里就感觉很舒服了。这没啥，一来呢，你姐两口子对我确实不错。二来呢，你这日子过得没着没落的，又没成家，咋跟你嘛。其实跟谁都一样，现在就是希望你早点成家，早点抱上孙子，我心里就踏实了。"

父亲舒展了一下身体："祥子，你爹也不懂现在啥形势，问你个事。"

"您尽管问。"

"你说老日来到我们中国这么多年了，我们国家又这么大，我们的人又这么多，咋就打不过他们呢？我们就是十个人打他们一个，也不至于像今天这般呐。"

"没想到您能问出这句话，但解释您的这个问题还真比较复杂。简单说吧，主要有三个原因：一是我们的人不团结，政府不干事，汉奸就会多；第二呢，日本的军力还是比较强的，他们为了侵占我们国家，做的准备还是足足的；最后一个原因，我们国家人口虽多，但老百姓还没有意识到日本鬼子这么猖狂的原因，这个需要花很长的时间去和老百姓说清楚。一句话，只有我们全民族都行动起来才行。"

父亲一脸愁容："那按你这么说，这要到啥时候啊，你爹还能看到这一天吗？"

"一定能，不会太久的！"

父亲用手帮儿子把肩膀上的积雪轻轻拍去。这一举动让春祥感到非常意外，因为自打自己成长为一个男子汉以来，父亲从没有过如此亲密的举动。

父亲一边轻拍一边说："祥子，爹没啥想法，对你就一个要求，希望你能一辈子平平安安地活着。特别是你上次来，爹知道你干的是大事，是好事，我不拦你，你放开手去干。只是爹有时夜里会做噩梦，老是梦见你出这事出那事，爹心里担心呀。"

春祥鼻子一酸，拉着父亲的胳膊，强忍情绪，笑着劝慰父亲："爸，您想多了，过去经常听俺爷俺奶说，我们老百姓做的梦都是反梦，凡是梦里不好的，白天里都是好的，别担心，再说，我现在大了，也会事事注意的。"

"那就好，那就好。"父亲还是忍不住抹了把眼泪。

"外爹，舅舅，回来吃饭了。"传来了小满的声音。

父子二人这才转过身，顺着来时的路往回走。

"一九不出手，二九冰上走。三九四九中心腊，河里冻死连毛鸭。"

1939年的冬天，天气出奇地寒冷，连下了几场雪。

瑞雪兆丰年。一进入2月份，吸足水分的麦苗呼呼地疯长，大地变得一片翠绿。虽然百姓的日子没多大改观，但每一个人的脸上都洋溢着对来年丰收的憧憬。

2月19日是春节。节日的气氛还是或多或少地铺满苏北大地，家境好一点的，会给家里的小丫头小男娃做一身新衣服。喜鞭炸响后的火药味弥漫在空中，给寻常人家增添了浓浓的年味。

泗阳县城内，年味要比乡村浓烈得多。

北门大沟靠近运河南侧的一锅香饭庄，今天最是热闹。不需要打听就知道，这是伪军驻泗阳保安队队长陈长生的大喜日子。

陈长生，河北保定人，1937年卢沟桥事变后，跟随关系一向密切的日军大佐吉野正雄南下，企图依靠这层关系步步高升。不承想第二年4月在徐州会战台儿庄一役中，吉野正雄被中国军队击毙，陈长生没了靠山。河北是没法回了，陈长生只得投靠早先熟识的吉野手下、现驻宿迁的日军坂家少佐。陈长生的老爹三年前生病去世，按当地的规矩，父亡子女三年不得婚娶。三年守孝期满，陈长生终于熬到了头。新娘是泗阳一布商的闺女，说来也巧，新娘的爷爷眼看着只剩下最后一口气，为了冲喜，陈长生备以厚礼提亲。女方本不愿意，但慑于陈长生的压力，昨天才总算是答应了这门婚事。刚应下这门婚事，女方的老子就迫不及待地催促陈长生，赶紧把婚宴张罗了。

陈长生不是个善茬，恶行在泗阳一带尽人皆知。去年12月，刚过三年之

忌，他就强行把城北周庄一家的姑娘周翠巧拖至县城，准备霸王硬上弓，可没想到刚烈的女子以剪割腕，以死抗争。陈长生连丧葬费都没掏一分，把女子尸首扔到周家院子里，就在骂声连天中拍拍屁股走人了。

人逢喜事精神爽，陈长生红光满面，下巴左侧瘊子上的几根黑毛随着面部肌肉夸张地抖动着。新娘二八芳龄，长得楚楚动人。陈长生简单讲了几句开场白，几桌来客就开始挥舞着筷子大吃起来。

酒过三巡，其中一桌上几个年轻人不知为什么事吵闹起来，其中一个身材壮硕的年轻人把酒杯猛然砸向地面。

陈长生朝那一桌望去，感到眼生，心想今天是自己大喜的日子，息事宁人为上策，便端起酒杯走了过去。

"几位兄弟，吃得如何？兄弟我来敬杯酒，酒桌上有什么怠慢之处还望大家海涵啊。"陈长生笑盈盈地压住气说道。

年龄稍小的一位，端起面前的酒杯站了起来，愤愤地说道："我们哥儿几个来参加陈队长的婚礼，是备了厚礼的，没想到陈队长就拿这个酒糊弄我们。"

陈长生心里"咯噔"一下，在婚礼上但凡有人说这句刺头话，一定是准备好来找碴的。陈长生心里的火腾的一下上来了，但还是压住火气，面带笑容劝道："哥儿几个，今天是兄弟我的大喜日子，要么这样，哥儿几个今天先对付着，三天后回门，我再张罗一桌，到时保大家满意。"

壮实的年轻人不屑地说了一句："陈队长，你是趴我们脸上望呆啊，你拿我们当什么人啦，当我们都是傻子吗？"

话粗到这个份上，陈长生再也忍不住，拉下脸喝问："那哥儿几个今天是啥意思？"

"给我们喝这种酒，这不是糟践我们吗？别废话，把我们随的礼金退回来。"

附近一穿军装的伪军指着几位年轻人骂道："龟孙儿子，你们狂个屁啊狂，想闹事，你们也不看看这是啥地方。老子今天撂这儿一句话，今儿个谁敢搅黄陈队长的好事，谁就别想出这个门！"

"老子不是吓大的，比这场面大的，老子见多了，今天不退礼金，还真就是不行！"年轻人不依不饶指着那个发火的伪军骂道。

伪军摸了摸身上，空空如也，队长结婚的大喜日子没想到要带枪。愣了一下神，他朝大门外吼了一嗓子："外面的弟兄们都给我进来！"

过了两分钟，没有动静，伪军无奈地看着陈长生，没了主意。参加喜宴的众人都放下筷子，齐刷刷瞅向陈长生。此时，陈长生心里也是暗暗叫苦，不知该如何应对。正在他犹豫不决时，稳坐在桌子对面的一个精干的年轻人发话了："陈队长家祖坟上的青烟直蹿，这才多长时间就娶了两个媳妇，运气冒得很凶啊！"

"请问这位兄弟，你说这话什么意思？"陈长生心中没底地接了话茬。

精干的年轻人低头淡淡地笑了两声，抬眼说道："去年年底，这才过去两个月不到的时间你就忘了，城北周庄的周翠巧不是被你迎娶进门了吗？怎么，这么快就忘没影啦？"

陈长生听到这话，大吃一惊，声音赶快低了下来："兄弟，这事我哪能忘啊，不过这事不能怨我，彩礼我也送了，他爹也收了，我可以娶回家的呀。"

"然后呢？"年轻人眼睛一直没有移开，死死地盯着陈长生。

陈长生顿感惊悚，浑身发毛，颤抖着说道："你说不愿意就不愿意吧，何必自寻短见呢，这个我确实没想到，如果她实在不愿意，第二天我送她回去也没啥呀。"

年轻人冷笑一声："人你是送回去了，但你咋不给人家家里说清楚呀？"

陈长生呆立在原地，不知所措。

年轻人朝同伴晃了一下头，此人从口袋里掏出一张纸，"啪"的一声拍在桌上，白纸右下角是两个血红的指印。

陈长生朝桌前走近两步，放下酒杯，拿起纸，只见纸上写了七个字：陈长生，还我闺女。

"陈队长，你心里应该明白这两个手指头印是谁的吧？"年轻人不动声色地盯着陈长生。

事态发展至此，陈长生终于明白了这帮人的来意。他"扑通"一下跪在桌前，左右开弓，连抽自己几记耳光，一脸懊恼道："几位好汉，兄弟这件事考虑不周，这样，容我把今天的事情了掉，明天我就上门赔礼道歉。"

起头的壮实年轻人哼了一声，拍着陈长生的肩膀说："我说让你退份子钱吧，你还不信，这会儿明白了？！"

陈长生也是机灵人,他朝自己的手下说:"赶紧把今天收的份子全拿过来,先给几位好汉。"

不一会儿,一个鼓鼓囊囊的红绸布包裹放在桌子上,年纪稍小的那位一把抓过包裹拎在手里。精干的年轻人这才起身,走到主桌对新娘说:"你还是早点回自己家吧,这人你是嫁错了。"说完就朝大门走去。

壮实的年轻人和一个年纪稍小的年轻人,同时掏出了手枪。"啪啪"两声枪响,陈长生和刚才发火的伪军中弹,应声倒地。

年纪稍小的年轻人朝大家抱拳:"我们是八路军锄奸队,今天在场的人都记着,别做恶事,不然小心我也会找你们。"

没走多远,六七个人跳上了岸边的一条小船,顺水而下。

第二天,十几个保安队的人赶到周庄,周翠巧家已人去屋空。

贤 侄

春天,转瞬即至。

田野里的油菜花和路边的蒲公英、紫云英、荠菜花竞相绽放,各自摇曳生香地美丽着。杨树、榆树、柳树的枝头挂满青葱的嫩叶。春风吹又生,小路边,沟渠里,野草比着赛似的疯长。百姓们个个褪去臃肿的冬装,换上轻薄的春衣,显出一身的轻松。

好时节并不意味着时局也顺风顺水。进入1940年,国际形势发生深刻变化。德军以"闪电战"打败英法两国军队后,迅速占领丹麦、卢森堡、荷兰、比利时、挪威诸国。意大利军队也横扫北非。9月,德、意、日正式结成三国同盟,法西斯势力猖獗一时。受德、意在欧洲战场胜利和英美在东方出台妥协政策的刺激,为打通欧亚形成德日意轴心会合,掠夺资源,日本疯狂侵占东南亚国家,同时在中国战场叫嚣要迅速解决中国问题,以便抽出兵力南进扩张,并发动了枣宜会战等战役,对国民党政府加以军事威逼。

关外,东北完全被日军占领;关内,国民党军队四处遭到日军围堵,大小战役接连不断,炮火连天,硝烟弥漫;中国战局陷入危急状态。为应对这一严峻局面,9月18日,中共中央发出《关于敌后大城市工作的通知》,指出开展敌后城市工作的重要意义,对沦陷区城市工作进行了全面部署,成立了由周恩来负总责的中央敌后城市工作委员会,领导与推动整个敌后城市工作。

日本侵略者进一步把中国共产党领导的人民军队和抗日根据地作为进攻的主要目标,加强对各根据地的"扫荡"与封锁,妄图不断"蚕食"和消灭敌后抗日力量。

中国共产党领导的八路军和新四军不断进行整编及分合,分兵华北、华东和西北三处,在三个幅员辽阔的区域与日伪军进行着殊死搏斗。

偏居苏北一隅的春祥对外界情况的了解,多是道听途说。但他仍然坚定地追逐着自己的信仰,在宿迁率领锄奸队,走河道,穿树林,闯城镇,四处行动,给日伪以重创,日伪更是以数倍的兵力反扑。

一天傍晚,徐严同传来消息,日军集结两百多人马,准备在渔沟附近截击一支从灌云过来的抗日小分队。情报中没有说明是哪支抗日队伍,这让春祥左右为难,不知情报来源准确不准确,更不知自己的力量足不足以保护这支抗日队伍。在苏北境内,国民党部队和日军犬牙交错,如果是国民党的队伍,应有国民党当地的驻军护送,如果是共产党的部队,倘若自己不出面相救,无论如何也是说不过去的。

经过两个昼夜详细的思考盘算,春祥最终决定前去保护这支队伍。

郑留宇率领十几个队员天不亮就开拔。留下五个人守在营地后,春祥带领其余的四十多人悄悄出发了。春祥一行人见村避村,见人让人,顺着一条干枯的河沟,静悄悄行进,沿途经过渡口、张束、徐赵、汪庄,最后来到程圩。春祥举目眺望道路四周,路边的杨树已被砍伐殆尽,地里的麦苗仅有一尺多高,实难藏身。眼前的境况让他不由得倒吸了一口凉气。

正在这时,郑留宇等十几人赶了过来,个个满头汗水。春祥忙问:"情况摸清楚了吗?"

"我们早就撒开把这边几里地的情况摸遍了,没看到一个带枪和穿鬼子衣服的,是不是消息不准啊?"郑留宇气喘吁吁地说道。

春祥想了想,最后还是决定,宁可信其有,不可信其无。春祥随即作出部署,先在方圆几里地内安排暗哨,让他们扮作农民在附近寻觅,又把队伍分成三股,散在三条小路附近隐蔽、静等。

直到夕阳的余晖即将消失的那一刻,附近仍然没有传来任何消息。这个时候再派人前往泗阳县城寻找老徐已不现实,于是,春祥和张金军、马一鸣商量后,决定即刻返回白水营地。夜间日伪军也不敢留在乡野,这支队伍在没有敌人围堵的情况下,应该可以顺利通过。

夜色苍茫,一队人悄无声息地穿行在寒气包裹的乡间小道上。薄雾中凝聚的水珠飘在队员们的衣服上,白天被汗水浸透的衣服刚被体温焐干,复又被露水打湿,对一整天粒米未进的队员们来说,这更多了一份煎熬。

返回营地,春祥等人傻眼了,眼前的几间房屋变成了一堆废墟,空气中仍弥漫着火烧过的烟熏味儿。春祥手一挥,队员们迅速散开,春祥自己则顺着河道往南走了一小段路,突然看到一个身披苇叶蓑衣的黑影从附近的沟里站了起来。没等春祥反应过来,黑影就轻声问了一句:"是春祥吗?"

"是我。"春祥从声音里听出是小芩父亲,立刻走上前去问,"大叔,你怎么在这儿?"

"白天来了不少鬼子和二狗子,都穿黄色的衣服,不知道他们怎么摸到这里来了。我也是听到枪响才料到这里出事了,那些人一走我就跑过来了。"老人气喘吁吁地说。

"我们留在这里的五个人呢?"春祥急切地询问。

"都在南边,三个受伤了,一个伤得还蛮严重,他们跳进河里躲在芦苇丛中才保住了命。"

"那我们现在就过去。"春祥说完,就带着一行人跟在老人身后急匆匆朝南奔去。

穿过弯弯曲曲的小路,众人来到渔民临时搭建的草房前,屋内灯光微弱。春祥一进屋,就看见厚厚一层芦苇垫上躺着一名队员,小芩蹲在那里一言不发。另两个队员一看见春祥,就大哭起来。春祥心里一紧,弯下腰靠近一名躺在地上的队员,用手轻抚着他的脸颊,所能触及之处,竟是一片冰凉。

春祥也陷入了沉默。一名队员抹了抹眼泪,叙述起事情的经过。

早上队伍走后,留守的五人分头藏在两个地方,把守通往营地的两个路口。中午,五个人吃了点东西,刚回到营地,就看见两个陌生人远远地走来。五人决定,佯装过路人上前打了招呼。陌生人并没有搭话,往营地方向瞅了几眼后,就顺着原路回去了。当时他们也没在意,刚想隐蔽起来,就听到后面传来一阵枪响,乌泱泱地冲上来一群日伪联军。五个人边还击边设法撤退，刘宝山腰部中了弹，不能走路，其余四人只好拖着他走，最后，几个人无奈跳进了苇子丛里。另一边，敌人放过一排枪，点火烧了他们营地的房子……

说完话，年轻的队员又开始啜泣起来。

平时，锄奸队员分散各处，进出营地都是反复确认四下无人，极为小心谨慎。是哪个环节有漏洞呢？是锄奸队内部有问题？谁是告密者？是刚加入队伍的两个新人？是小芩父亲、小芩，还是徐严同？种种疑问压在春祥的心里，但此时的他没有时间一一捋清这些问题，便起身走出屋外，对马玉鸣说："赶快安葬牺牲的队员，这个地方不能久留，明天一大早就要换个地方，敌人可能还会来这里杀个回马枪。"

马玉鸣"嗯"一声进了屋，这时小芩和父亲走到春祥身边，小芩担心地问："春祥哥，这往后咋弄呀？"

"换地方，但能到哪儿呢？"春祥自言自语。

小芩父亲想了一会儿，急忙说道："那就去高集，那里有很多闲置的破房子，拾掇拾掇就能住人，能住不少人呢，那里又挨着湖，弄几条木船进进出出倒也方便，只是……"老人欲言又止。

春祥不禁问道："大叔，你只管说，不要有什么顾虑。"

老人接着说："那个地方好是好，但一般老百姓都不愿意去，因为土匪湖霸多!经常听老百姓传，那个地儿就是政府的人也要绕道走。一般的小老百姓，别说招惹，连看都不敢看他们一眼。"

老人说的这些事情，春祥确实没有听过，只是听说运河里有盐霸、有船帮，没想到这么偏远的地方还有土匪湖霸。对锄奸队来说，小股日伪还能勉强应对，现在又加上这些人夹杂在中间，春祥的内心一下子变得阴沉起来。

待大家吃完小芩带来的晚饭，夜色越发朦胧，雾气也渐渐弥散开来。经过一整天的奔波，队员们困顿至极。小芩父亲见状，赶紧招呼大家裹紧衣服躺在干草堆里休息。春祥和马玉鸣、韩长万三人离开废墟营房，摸索着来到一块空地。就自己的疑虑和老人说的情况，春祥向两人作了通报，空地上陷入了短暂的沉默。

马玉鸣是个急性子，过了一会儿，首先发了声，建议到高集去。理由是，他过去到过那里，地理位置比较偏，位于成子湖边，庄稼人不多，对于锄奸队来说，进出方便，便于隐蔽。至于百姓口口相传的湖霸，讲白了，也是穷苦人出身，抱团取暖罢了。锄奸队去了那里，与湖霸井水不犯河水，应该可以相安无事。更何况，锄奸队手里有硬家伙，对方自然也会避让三分。

春祥表示同意，但他又提出，在高集大伙儿要跑很远的路才能到大路和集镇，这也是个烦心事。

"土匪湖霸咋出来啊？他们也不可能一直在水上漂着呀，我们可以向他们学习嘛。"马玉鸣笑着补充道。

"说不定啥时候能认识那些人，交个朋友，以后岂不更方便？"韩长顺了一句。

听到大家的意见，春祥总算把心放了下来："那你俩的意思是去那地方？"

"咋不能去？！再说，咱们现在还有其他的办法吗？说不定去了还会有意想不到的好处呢。"马一鸣补充说。

"我感觉能去。"韩长万也态度明确。

三人很快达成了一致意见。春祥最后拍板，明早就出发，让大叔给大家带路。

晚风徐徐，周围是芦苇沙沙的摩擦声，三个年轻人回身朝营地走去……

"谁？站住！"随即就是拉动枪栓的声音。

睡梦中的队员们开始伸手抓枪，每个人都窸窸窣窣地做好了战斗准备。

此时天已蒙蒙亮，远处一个人影一动不动地朝这边喊着话："我是路过的，今天雾大，迷路了。"

几个队员上前把此人团团围住，开始盘问。

"我是从东灌区来的，来找亲戚。"

"那么远，就一个人？"

"我已经出来两三天了，昨天路还走着特别顺，不知咋绕到这里了。"

"我看你蛮像鬼子的探子！"

最后这句话刚出口，对方就反问了一句："你们这里有没有一个叫郑旭的人？他就是我要找的亲戚。"

听闻此人报出队长姓名，一个队员转身来到春祥身边，反映了情况。春祥上前打量了一下，笑着说："我就是郑旭，我怎么没见过你这个亲戚。"

"袁利剑你总该认识吧？"对方反问了一句。

春祥没有立刻回话，而是举头望天，喃喃自语："登车宿迁北，万顷铺琼田。"春祥口中吟出宋代陆文圭的诗句，是早先从袁利剑那里学来的。

对方没有犹豫，立马说出宋代陈蒙称赞宿迁的另一句诗："禾黍秋风陇，牛羊落日原。"

暗号对上了，春祥一下子激动起来："啊，你真是袁队长派来的人？"

"我叫周铭先，是袁队长的通讯员，袁队长还在灌南，可我们现在遇到一突发情况。"

春祥拉着周铭先的手，热情地说道："走，到小屋子里再说！"

进到屋内，几个人坐在草堆里，周铭先接着叙述起来。原来鲁南支队先遣队接到上级任务，接送三个人到安徽涡阳，由他们灌云小队负责。为了安全起见，小队兵分两路，穿过沭灌地区，途经宿迁，再继续往西南方向走。可没想到在裴庄，人被当地保安队抓住了。出发前，袁队长曾交代他们小队，遇到紧急事情，可以找锄奸队。

"你们一共多少人？"春祥问。

"总共十四个人，被抓住三个，最关键的是三人中有一位是八路军山东挺进纵队派来的作战参谋。"

"现在他们人在哪儿？"

"昨天上半夜被抓住的，现在应该还在裴庄附近。不过一旦他的身份暴露，麻烦就大了。"

春祥喊了一声："马玉鸣、韩长万，你们来一下！"

二人穿过薄雾跑进小屋，春祥说："赶快召集二十来个人，配上短枪，马上就出发，路上再商量对策。郑留宇先随大叔换地方，等我们找到人，再过来找大家会合。"

春祥率领一支小分队朝渔沟方向奔去。

借着漫天大雾，一行人顺着大路行进。三四十里路，只用不到三个小时就赶到了。在路上，春祥与周铭先进一步交流后了解到，根据中央军委关于协同新四军发展与巩固华中抗日根据地的指示，八路军第二纵队政治委员黄克诚率领第三四四旅和新编第二旅共五个团从冀鲁豫边区南下豫皖苏边区，准备到安徽涡阳与彭雪枫率领的第六支队会师，合兵一处，共同抗击津浦路西、陇海路南的日军，下一步便会指向有日伪重兵占领的苏北地区。为增强该地区的军事斗争能力，中央军委从各地抽调部分有作战经验的年轻干部

赶赴这片区域，这次护送的就是这些干部。上级可能还不知道出现了突发情况，当务之急就是尽快救出被抓的作战参谋。

渔沟是位于宿迁和淮阴之间的一个集镇，人口不多，农舍星星点点地散落在宿淮公路两边。此时，小商贩尚未出摊，集镇上也少有人走动。怎么才能顺利找到这个人？时间紧迫，不容迟疑，春祥将队员们分成两个小组，顺着道路两侧，从西往东挨家挨户地搜寻。

半个小时后，另外一个小组的成员找到春祥，报告说集镇十字路口南头王姓保长家门口有两个伪军站岗，是不是人被关在了那里？

马玉鸣在旁边插了一句："春祥哥，不管人在不在，我们都得去。"

"去，弄他一下。"马一鸣有点激动。

几个人简单合计后，朝保长家悄悄围拢而去。两个伪军看见从东西两头走来几个年轻人，原本没当回事，直到距离越来越近，才警惕地抓了抓背上的长枪带子，怔怔地看着凑上来的几个人。

"两个老哥，忙着呢？"春祥边搭讪边递上香烟。

年龄大一点的伪军伸手接香烟，没想到，后面围上来的两个人把他夹在中间，春祥身边的马一鸣、马玉鸣弟兄俩扑向另一个伪军。被解除武装的两个伪军身子骨软了下来，哀求道："几位小爷，我们并不认识，更没有啥冤仇啊。"

"别嚎嚎，打听个事儿，里面有没有昨晚上刚抓的三个人？"春祥问道。

"没有，你们说的三个人关在南边的一间牲口房里，王保长昨晚还和我们队长商量着是要把这三个人送到皇军那里，还是送到淮阴我们团长那里。这个事应该还没定下来，如果定下来的话昨晚就送走了。王保长想把人送到皇军那里，而我们队长想送到淮阴城里去领赏。"

马玉鸣问："王保长是不是孬熊？"

年长的伪军没有说话，年轻的伪军搭了一句："孬熊一个，他跟鬼子走得近得很，其他的不说，这狗日的，竟然把自己的小姨子骗去给鬼子玩，到现在他老婆还在跟他闹呢。"

"你叫啥？"春祥问。

"徐福顺。"年轻的伪军回答。

春祥对身边的马一鸣说："你把队伍带上来，跟着徐福顺去救人，然后回来在这里会合。"

徐福顺正准备跟马一鸣走，突然又回头对春祥说："王保长昨晚可能叫人去喊小鬼子了，你们当点心。"

马一鸣离开后，春祥又向年长的伪军询问了一番，然后留下两人把守门口，自己带着两人进了院子，离老远就喊上了："二姑爷在吗？二姑爷在吗？"

话音未落，就从屋子里走出来一个四五十岁的女人，她上前打量着眼前的三个年轻人，一脸疑惑地问道："你们是？"

"我是刘老庄的小狗子啊。俺二姑唉，您不认识我了啊？"春祥佯装一脸诧异。

女人又打量了一阵子，似是而非地摇摇头，甩头朝屋里大吼一声："王德林，出来，俺娘家侄子来喽！"

"你有个鬼的侄子啊！"王保长穿着粗布褂子走出大门，上下打量着眼前三个人，瞪着猩红的睡眼，"让我瞅瞅，你家侄子在哪儿？"

春祥上前作揖，笑着介绍："二姑爷，我是二姑大堂哥家的老三，小狗子啊！"

"胡扯，前天她大堂哥才来，没说他还有一个小三子啊。"王保长有点不悦。

春祥上前拉着王保长的胳膊说："二姑爷，咱先进屋，再慢慢给你解释。"

王保长顿时感受到来自春祥手臂的巨大力量，心想事情没那么简单，只能乖乖地跟着进了屋。刚坐下，王保长便着急忙慌地问道："你真是俺大哥的小三子？我咋一点印象都没有啊！"

春祥倾身上前，声音变得低沉："俺二姑爷，不瞒你说，俺参现在都不认我，嫌我瞎闹腾，对外不提我这个儿子。"

"咋回事？"王保长惊奇地问。

"我现在在锄奸队，这次来，我是大麦去皮儿——只要仁（人）儿。"春祥俏皮地说道。

春祥这句话刚出口，王保长便惊恐地站了起来，双眼圆溜溜地瞅着这个"侄子"，半张着嘴，不知说什么是好。王保长的老婆进门看到这一情景，急切地问："咋啦？姑父和侄子俩咋还闹起来了？"

定了定神，王保长才抖抖索索地说："贤侄啊，人我交给你，但你不能为难我和你二姑啊，这事我是真不知道啊。"

站在原地的女人更不解，继续问："到底咋回事啊？"

"废什么话，滚一边去，人家是来要人的！"

"要什么人？"

"滚！"王保长冲老婆吼了一嗓子。

"俺二姑，不急，坐！"春祥把女人扶到椅子上坐下，又对王保长说，"二姑爷，听说你和皇军的关系不错嘛……"

还没等春祥说完，王保长连摇头带摆手："没，没，一点都没有，你别听外面人瞎胡说。"

"二姑爷，别着急否认，你听我说完嘛。"春祥瞥了二人一眼，接着说，"现在这个世道，我也看清楚了，政府指望不上，自己拉队伍，力量又不行，看这个形势啊，日本人最终还得当道，就连汪精卫不也赞成日本人管事吗？这不，听说二姑爷有这层关系，我也想高攀一下，也为自己留条后路。"

"你早说嘛，俺当家的和小木队长关系好着呢。"女人一听，心宽了一半，开始滔滔不绝地讲述，根本没注意到王保长挤眉弄眼地阻拦她。女人的话匣子一打开就像一挂鞭炮点了火，想掐也掐不掉。女人眉飞色舞地介绍说，自打皇军到这里，二姑爷就攀上人家了，附近的几个保长，哪个也没有他混得好，就是门口站岗当兵的头目黄老邪，也得屁颠屁颠地和你二姑爷套近乎。日本人要什么就给人家什么。现在东西还不好弄吗？谁家难伺候，你二姑爷说一下，来两个皇军不就成啦！前几天，集上打铁的两口子，仗着自己儿子多，不好说话，还不是被皇军逮走了一个……

王保长起身走到女人面前，"啪"的一记响亮耳光："滚！闭着眼睛和面——瞎掺和个啥！"

女人登时恼羞成怒，起身还击，伸手就去挠王保长的脸，撒泼打滚不依不饶："你个焦尾巴的王德林，你敢打我！你孬好有点屁用，去把俺妹子从小鬼子那弄回来啊。你就敢在老娘裤裆里逞能，你个挨千刀的，跟了你，算我倒了八辈子血霉了……"

见屋内乱了起来，春祥把二人拉开，心平气和地说："二姑爷，俺二姑，都是自家人，说清楚不就行了吗？这样，你们帮我引见一下皇军，其他事情我来！"

王保长哭丧着脸，用哀求的眼光看着春祥："贤侄啊，家务事我们自己来处理，你要的人不在我这里，我带你去领人行吗？"

"不用了，我们的人已经过去了。"春祥神情淡定。

"那就好，那就好。"王保长弯着腰坐回了原座位，回头恶狠狠地瞪了自己老婆一眼，女人好像明白了什么，不再哭号。

"我猜你就是大名鼎鼎的郑队长吧，早已久仰您的大名，我王德林对天发誓，我从没干过啥坏事啊。当今这个世道，有时说错话也是难免的，我也要生存啊。"混迹于这个地界，王保长自然知道锄奸队。春祥自我介绍之后，王保长内心就一直在翻江倒海，绞尽脑汁思索着合适的说辞。

春祥哈哈一笑，劝慰道："二姑爷，俺二姑，你们就把心放肚子里吧，咱毕竟是亲戚嘛，侄儿我今儿个也没什么其他目的，一呢，就是二姑爷说的，我们要找那三个人；二呢，你们看看能否借点盘缠，这兄弟一大帮，也得吃饭不是？多少随你们二老心意，不勉强！"

王保长听出春祥的话味儿，瞧见了生存的机会，赶紧冲自己老婆发号施令道："快去，快去，把里面黑箱子里的东西都拿出来，贤侄有困难，当姑父的理应帮忙。"

听到这话，女人用宿迁话嘀咕："鼻子上抹黄连——苦在眼前。"她虽然心里不情愿，但眼前这架势容不得她想太多，只得扭动着腰肢挪步进了里屋。

"啪！啪！啪！"远处传来几声枪响。

闻声，女人急忙从里屋跑了出来，边跑边喊："小木队长来了，小木队长来了，钱，钱不用拿了！"

春祥稳坐在茶几旁边，端起茶碗，抿着茶水，泰然自若。王保长紧张地瞥了一眼，又七窍冒火似的朝老婆骂道："你他妈的猪脑子啊，你管他哪个孬熊来，快拿去！"

女人重又回到里屋。堂屋内，春祥一言不发，王保长也唻指咬舌，二人仿佛极度耐心地等着女人拿出金银细软来。

这时，马一鸣跑了进来："队长，人找到了。"

"刚才打枪是咋回事？"春祥反问道。

"里面有两个二狗子挡事，说不清楚，我们就开了几枪了事，枪都被我们下掉了。"

马一鸣的一字一句,里面的女人都听得清清楚楚。她抱着一只盒子回到了堂屋。春祥对王保长夫妻一拱手:"二姑爷,俺二姑,谢了。"

王保长强打精神送到门口,还不忘招呼道:"招待不周,下次再来,下次再来。"

离开大门十几步远,春祥看见徐福顺屁颠屁颠远远地跟在队伍后面,便大声质问:"不要命了,咋还跟着我们?"

韩长万说:"他想跟着你吃香的喝辣的。"

"锄奸队走的是正道,我想跟你们干!"徐福顺紧赶几步,对春祥说道。

"吃香的喝辣的,我们这里真没有,还愿意干吗?"春祥严肃地质问。

"只要干正事,其他事我都不在乎。"

"那就走吧!"

身后,院子里又是另一番场景,女人和王保长厮打在了一起。

跟周铭先会合后,春祥又派了两名队员护送周铭先和作战参谋往西,自己则带领队员返回营地。

箭　书

经过短暂的收拾整顿,新营地焕然一新。

天气渐渐变热,雨水不知不觉多了起来。道路泥泞,日伪的袭扰变得少了。这对锄奸队来说,也是难得过上的安稳日子。但好景不长,刚安稳十来天,新问题又随之而来。

在洪泽湖北边的高集、高渡、西顺河一带生活着一支半抗日半打劫的湖匪。匪首金漫良,因两颗门牙镶的是闪光的金牙,得诨名"金大牙"。其人早年跟着父亲以打鱼为生,后他爹因一场痨疾撒手人寰,伶仃孤苦的他深感一人身单力薄,便和众堂亲结成了一个帮会,投靠在当地最大帮会组织冯汗波门下。六七年之后,其势力不断壮大,便脱离了冯汗波,自立门户。金大牙虽谈不上为人仗义,但也不是歹毒之人,只是性子倔,不服管。见日本人在湖里放了汽艇,他敢偷袭;遇到大户人家,他也不放过。他们六个堂兄弟，各有各的性格，其中也不乏好事者。

锄奸队迁至高集后，春祥命令明显有人居住的房子不能动，因此，大多简易房屋都是靠队员们一草一木盖起来的。不承想，生性豪横的老四金四爷，最近与锄奸队杠上了。双方近期发生过大大小小四次冲突，各有损失，金四爷一方损伤更甚。金四爷心里迈不过这个坎，就将此事汇报给了老大金大牙。

金大牙听闻自家兄弟受气，心里十分不悦，但一经打听，知道对方竟是家喻户晓的锄奸队。经过一番思量，金大牙决定以宴会友，杀杀锄奸队的锐气。

一天傍晚，春祥接到一封飞箭来书，打开一看，歪歪扭扭写着一行字——特请郑队长至裴圩迎湖饭庄一聚，望赏个薄面。金漫良。

对这封箭书，大家议论纷纷，各执己见。

"我看可以去，听附近的人说，金大牙这个人并没有想象的那样坏，也是苦命出身，拉杆子也是生活所迫，咱这个地方本来土匪就多，湖霸、河霸、漕会、枪会多得很，有专门干坏事的，也有专与恶人作对的。现在日本人来了，我们也应该多接触些这样的人，就是走不到一起，多个朋友也多条路。"郑留宇说。

对郑留宇的观点，马一鸣也表示赞同："我同意留宇说的，现在外面的情况我们还不是很清楚，不能干等我们的大部队来。现在团结一些人还是很有必要的，最好去，再说人家都下邀书了，若不去，岂不让人家看扁了咱们锄奸队？"

"去！咋不去呢？！怕啥，到时我们多去些人，他们那一帮子也就吓唬吓唬老百姓，看看他们手里的家伙，都是些啥呀，打一枪还要装半天火药呢。"郑留宇说。

张金军最后说："去，我也赞成，但人家不可能请我们所有人啊，去那么多人，人家还以为我们是去砸场子的呢！我的意思是，一定要保证去的人的安全，那些天天在湖上漂的人，来回都不定锚，人心能定吗？这点我有些顾虑。"

又和大家商讨了一番细节后，春祥决定应约赴宴。

金帮主的宴席定在端午节晚上。

在宿迁，农历五月初五的端午节被称为"五月端"。这一天，家家户户吃粽子、洗艾澡、扣绒、挂香囊。

端午节说到就到。迎湖饭庄位于裴圩集的最南端，虽距洪泽湖稍有路程，但白天仍能一览湖面风光。当空一轮圆月，远处的芦苇丛在微风吹拂下，齐刷刷有节奏地晃动着。饭庄大门朝南，入口两扇朱红木门，两侧各挂四盏大红灯笼。进入大门，青砖铺就的小路伸向院内，辗转的走廊上人声喧闹，来来往往的客人被迎进不同的雅间。

春祥、张金军、马一鸣三人循着路往前，径直走到面朝走廊的大厅，只见门口立着两个身穿短衫的壮汉。

马一鸣上前打探："这里是金帮主订的地方吗？"

其中一个壮汉问："你可是郑队长？"

春祥笑答："我就是郑旭。"

两壮汉同时撩帘应声："有请郑队长！"

屋内随即传来吆喝声："郑老弟，欢迎欢迎啊！"

吆喝之人正是金大牙。春祥双手抱拳，"久仰金帮主大名，幸会幸会！"金大牙拱手还礼。

双方寒暄落座后，春祥扫了一眼桌上，嚯，八仙桌上摆得满满当当：鸡鸭鱼肉压四角，两青两绿摆对边，中间一盆鱼圆汤，插空四碟小锅贴，标准的湖边美食。

紧邻金大牙坐着的是一个六十岁开外的瘦削老者，稀疏的山羊胡垂落胸前，颇有道骨仙风之态。此人瞅了一眼金大牙，得到点头应许，便开始了席前仪式："郑队长，还有两位英雄好汉，我是金家班的主事，请允许我先介绍一下在座的几位帮主。我右边的这位是金二爷，后面依次是金四爷、金五爷、金三爷和金六爷。郑队长一表人才，人中豪杰，能赏脸赴约，我等万分敬佩！而金帮主在洪泽湖早已威名远扬，相信金帮主邀请的人定非俗辈。今天是端午佳节，金帮主略备薄酒招待大家，咱这里有个说辞，一轮明月当头照，就看大家倒不倒，喝酒！"

主事的打了开场锣之后，金帮主端起瓷碗，望了一圈，吼了一嗓："来，我大老粗一个，屁话不说，先喝干这碗。"说完一饮而尽，众人随即端碗豪饮。

金帮主对坐在自己左边的春祥说："郑队长，年纪不大，年轻有为啊！"

"金帮主笑话我了，我早就听说金帮主大名，一直未有机会前来拜会，今日得见，真是三生有幸呐！"春祥回应道。

另一边的金四爷接茬道："我们大哥在方圆百十里内哪个不知道，想在这一带混，都得给我大哥面子。"

春祥连连点头："金四爷说的是，小弟我今天略备了点薄礼。"

金四爷哈哈大笑："郑队长，我明明看着你们三人拎着六个肉锤来的，我大哥可不是谁都能糊弄的。"

金大牙脸故意一拉，责骂道："老四，你说的这是啥话，郑队长是我们请来的朋友，哪能说这么直白的话，不像话！"

马一鸣笑着接了一句："我们队长安排的绝对是厚礼，而且大家绝对猜不到，话不多说，咱先喝酒。"说着起身敬了大家一满碗酒。

金四爷正准备起身发话，见金大牙朝他摆摆手，只得又坐了回去。金大牙往前伸了伸脑袋，问春祥："听说老弟最近又搂了几个大买卖，怎么样？给哥儿几个亮亮！"

春祥淡淡一笑，挺直上身说道："金帮主说笑了，我郑旭和帮主一样，都是穷苦人出身，前两年组织队伍也只是抱团取暖，为了免受恶人欺负。大家伙都清楚，现在形势完全变了，日本人入侵，汉奸当道，早已不是我们自己人的世道喽。日本鬼子来后，估计金帮主的日子也好过不到哪里去。不瞒各位，我们这支队伍，从来不糟践老百姓，就是一门心思和鬼子汉奸过不去，其他不敢说，单讲打鬼子杀汉奸，我们这支队伍从来不含糊！"

金大牙沉思了一下，说："这也是我最敬佩郑队长的地方。现在的日子确实不如以往，二狗子先不说，这小鬼子和咱不是一个根儿，哪会拿咱当人哪。这天暖和之后，我们已经吃了好几次小鬼子的闷亏。哎，手里的家伙不行，船也没有人家的快，枪没有人家的打得远，老子也只能是干瞪眼，瞎生气。"

春祥刚欲接话，就被金四爷抢先了："大哥，现在咱不光受小鬼子的气，难道其他人的气就不受了吗？"

"金四爷说的是我们吧？"春祥笑了两声，"今天兄弟我正是来道歉的，事情我了解一些，关于金四爷手下和我们发生不愉快的事……"

"何止是不愉快！"金四爷的脸拉得很长并重重哼了一声，一只脚踩到凳子上面。

金大牙朝金四爷皱了皱眉头："哎，老四，让人家把话说清楚，急个啥！"

春祥露出淡淡的笑容："那我接着说，今天我就把我的老底揭给大家看。从去年开始，我们队伍就加入了八路军。今天我不是来给大家讲八路军政策的，但我想问一下在座的各位帮主，你们应该都听说过八路军这支队伍，但你们可曾听说过八路军与老百姓闹矛盾、欺压老百姓、抢老百姓东西之事？想必没有吧！过去你们可能听说过红军，他们就是现在的八路军，这支队伍到底是干啥的，你们可以去老百姓那里打听打听，过去专打土豪恶霸，现在一门心思打鬼子。如果我郑旭所言有半句假话，你们可以直接把我扔到湖里喂王八。至于金四爷所说之事，那完全是个误会，我相信金四爷也知道这里面的缘由。金四爷明天再回到高集瞧瞧，房子我们早已为你们修好，该是你们的一个不落都空着。你们天天在湖上漂，总得有个落脚的地方，我们作为八路军的部队，这一点不会不考虑的。"

一席话，惊得在座的几个帮主都把目光聚向春祥，好一会儿都没发出一点声响。气氛稍显尴尬，金四爷的脚也悄悄地放到了地面上。

金大牙端起酒碗，对自己的几个兄弟说："老二、老四、老五，郑队长的话你们也听到了，我金大牙这辈子最佩服啥，你们也都清楚，先不说八路，就郑队长过去干的那些事，我就佩服，这个朋友我交定了！来，再次欢迎郑队长，哈哈哈。"说完脖子一仰，碗底朝天。

春祥三人端起酒碗也喝得干干净净。

金大牙身边的主事没有坐下，细细的胳膊在空中一划拉："郑队长，还有两位兄弟，酒喝到这个份上，也是缘分呐。方才我在喝酒的时候，心里突然有个想法，说出来大家看看怎样。我们金帮主这几年实力发展得很快，但身边多为草莽之人，今天见到郑队长你们，个个精练能干，相信我们帮主也有爱才之心。如果郑队长不嫌弃我们庙小，我们今后就合在一处一起行动，这话事先我没有和帮主说，也是自己有感而发，不知几位意下如何？"

主事的话，让春祥三人始料未及。金大牙趁机打起了圆场："郑队长，不要介意，我们主事没有其他意思，大家裹到一块儿，那不光是嗓门大，干的事也大。当然，这还要看郑队长你的意思，不强求，不强求！"

金大牙皱眉瞟了金四爷一眼，金四爷赶紧接了一句："如果你们嫌我们庙小，那就各走各的道儿。如果看得起我们大哥，那我们就一起在大哥的带领下行动,吃香喝辣,大家都有份,如何?"

春祥没有接金四爷的话,而是端起酒碗,对几位帮主说:"承蒙几位帮主厚爱,这样,我们三个敬几位帮主一碗,干完这碗酒再说。"

"爽快!干!"金大牙也端碗起身。

待大家坐定,春祥酒意微醺,面颊绯红,不紧不慢地开口说话:"几位帮主,暂不谈此事,我先把我了解到的情况给大家介绍一下。现在国内是什么形势,几位帮主可能还不清楚,但应该也道听途说了一些。实际上,日军已完全占领我国东北,华北、华东和华中也都有大量的日军部队。目前,日军在我国驻军已有一百多万。现在国共合作,已在全线抗击日军。但在我们苏北,从徐州、宿迁到淮阴,再到沭灌地区,到处都是日军和汉奸,我们该怎样活下去?老百姓的日子该怎么弄?我今天不是来跟大家讲大道理的,作为中国人,我们是不是应该想一想这些问题?就我们现在这样东一拨儿西一块儿,怎么和鬼子汉奸斗?如果以后还像今天这样,逮着机会就咬一下子,逮不着机会就躲起来,猴年马月才能把鬼子赶跑?"

"那郑队长的意思是让我们跟着你跑了?"金四爷显得极不耐烦。

"金四爷,你让我把话讲完,好不好?"金四爷不再插话,春祥接着说道,"现在国民政府都在团结一切力量,那我们还能不团结吗?这不是谁吃谁的问题,如果都各顾各,那就是一盘散沙。就拿你们帮会来说,该不会靠金帮主一人做事吧?还不是要主事和几个兄弟在一起才行?众所周知,当下苏北的形势越来越严峻,共产党领导的新四军正大举开进这里,八路军的一个主力部队也从华北和河南出发,已挺进到离我们二三百里的涡阳和灵璧一带,相信很快也会来到这里。当下我们只有举全国之力才行,大家说说,我们应该何去何从?"

金大牙不作声,在心里琢磨着春祥的这番话。其实他心里也清楚,自己带的这个帮会还不到一百人,只有四五十条长短枪,且大部分是火铳,别说日军,就连面对伪政府治安队的围剿,他们也是以躲为主、以攻为辅,因此他肚子里自然有着众多的委屈和愤懑。春祥一席话,说到了他的心坎里。金大牙瞅了一眼自己的几个兄弟,他心里清楚他们对自己的忠心,但更清楚很多时候他们也只不过是在虚张声势,逞一时嘴上威风。

春祥此时打量着金大牙,对他的痛处心知肚明,但看破不说破,只等着对方表露心思。

春祥和金大牙彼此打量着对方，缄口不语。

一阵睁眼闭眼冥想后，金大牙一跺脚，洪声一嗓："郑队长，那你说我们该咋办？给个痛快话嘛！"

"话说出来也简单，一点都不复杂，不存在谁吃掉谁的问题，我们今后就团结一致，互相照应，遇到问题一起想办法！现在我们最大的目标就是鬼子和二狗子，平时我们可以各干各的，但只要有鬼子来，我们就合到一块儿，怎么样？"春祥见金大牙松了口，就坡下驴爽言爽语道。

金大牙手拍桌面，大声吼道："我看管，就这么干！郑队长是见过世面的人，说话就是中听。"

紧张的气氛瞬间活络了起来。

又饮干一碗烧酒，春祥接着说话："刚才不是说有厚礼吗？估计他们也差不多快到了，我们一起出去看看到了没有。"

金大爷和几个帮主面面相觑，随着郑春祥走出包间，穿过走廊来到院门外，这时，正好看到马玉鸣带人抵达。春祥给金大牙稍作介绍后，大声说："金帮主，为了一起打鬼子，我们送给你五把二十响的盒子炮，十杆三八大盖，还有子弹一千两百发，你看如何？"

金大牙原地踉跄了一下，不敢相信眼前的一切，另外三个帮主也都瞪大眼睛看着春祥。

锄奸队几名队员抬出几捆用苇叶包裹的枪支，春祥从中拿出一把短枪，递给金大牙，笑着说："金帮主，这算不算厚礼啊？"

金大牙右手拿枪，左手来回摸索着，泪花婆婆："好东西啊，这真是好东西啊，我那些破烂玩意儿和这个相比，也就捅捅婆娘屁股行！"

出乎所有人意料的是，性子火暴的金四爷"扑通"一声单膝跪地，双手抱拳说道："郑队长，刚才小的多有得罪，啥也别说了，今后咱们就是生死之交的兄弟。"

金大牙更是激动，叮嘱主事说："别愣着了，赶快再安排几桌，让所有弟兄们都坐下来！刚才摆的是鸿门宴，现在吃的可是订交宴哪，请，都请！"

喜　宴

一个重大消息以迅雷不及掩耳之势从皖东南传到了宿迁。

在涡阳新兴集，黄克诚和彭雪枫的两支部队会合。根据叶挺的建议，将新四军游击支队改为新四军第六支队，彭雪枫为司令员兼政委。旬月之后，中央军委决定，将彭黄二部合编为第四支队，目的有且只有一个，那就是，抗击日寇，巩固豫皖苏根据地。7月初，彭黄二部再次合编为八路军第四纵队，彭雪枫为司令员，黄克诚为政治委员。自此，豫皖苏边区的抗日力量快速壮大。

春祥听到这个消息，激动得辗转反侧、彻夜难眠。八路军第四纵队成立没多久，应中原局书记刘少奇的要求，黄克诚随即开始组织建立八路军第五纵队并担任司令员，不久便东进直入苏北东部沭灌地区。

我动，敌亦动。日伪军同样开始移动，调整部署，一方面阻拦第五纵队东进，另一方面挤压第四纵队的活动空间，严防两支队伍东西衔接，企图将淮北和苏北徐宿地区牢牢地控制在自己手中。

面对瞬息万变的战斗局势，春祥心知肚明，他明白在此局势下，他们不能等，更等不得。虽然锄奸队现在仍是孤立无援、单打独斗，但和去年相比，与组织上的联系已经日渐密切了。春祥坚信，大部队和后方组织距自己已越来越近，今后锄奸队必将得到更大的支持。现在，到了锄奸队大展拳脚的时候，他们应投袂而起，把宿迁地区这一锅水烧得再滚烫一些，以沸腾的全新面貌，迎接抗日高潮的到来。

机会说来就来。

驻扎在宿迁陆集的伪连长秦相诚进入了春祥的视线。

秦相诚，山东菏泽人，七七卢沟桥事变时，高小毕业的他为了躲避战乱，先是参加警察预备役，又投靠本家二叔加入第二督察区警备部队，后因日军进军过快，没来得及安顿好父母和怀孕的妻子，便加入日军下辖的第三十二团治安军。秦相诚因读过几年私塾，头脑又灵活，很快就升任连长。日军向南进攻，他便随队来到了徐州，现驻扎在宿豫陆集，负责外围警戒。

秦相诚此人本心倒是不坏，但随着日本部队大举入侵，伪军、恶匪得势横行，他的心态也逐渐发生变化，开始兴妖作乱。他在老家菏泽时，本有一个媳妇，娇俏可爱，再加上身边有父母管着，还算知规懂矩。离开老家后，人就像野马卸下嚼子，变得桀骜不驯，贼心色胆也与日俱增。前一段时间，秦相诚在集镇上碰到一个长相水灵、约莫十八九岁的小大姐，便动了邪念，托人三番五次上门提亲。小大姐嫌他年龄大，一直躲着上门来提亲的人。可没想到小大姐越是回避，秦相诚越发急不可耐，每到夜晚，满脑子都是小大姐的影子。于时，他直接给姑娘家父母下了最后通牒，声称厚礼已备，八月十五当天必须入洞房。这一下，姑娘的父母也方寸大乱、不知所措起来，开始四处托人说情，最后找到的说情人是亲戚赵友谊。

此事传到了春祥耳朵里。春祥通过赵友谊把秦相诚的个人情况、连队编制及当天的提亲安排过程摸得清清楚楚、明明白白。

二人精心合计了一番，静等着秦相诚娶亲这一天的到来。

农历八月十五，天气出奇地好。瓦蓝瓦蓝的天空中，没有一丝云彩。秦相诚两天前得到"岳丈"家的准信后，便忙碌起酒席来。酒席设在乡公所，秦相诚早已安排好厨子和打杂之人天色微明之际就集合到乡公所，并特意差人到宿迁请来了三个平日里经常明来暗去的"皇军"军官，前来装点门面。

人快马蹄疾，娶亲队伍一行二十几个人，带着一顶红轿，抬着酒肉急匆匆地赶到了官庄姑娘家。还有十几米远，秦相诚就跳下枣红色高头大马，一撩红绸马褂，三步并作两步，刚跨进大门就神哗鬼叫起来："玲子，我来啦！"再抬眼一看，整个院子有一二十人，虽然大门、院墙和枣树上都贴着红纸，但整个院子的人感觉都像没事人一样，玲子爹双手捧着头蹲坐在枣树下。

"岳丈，您这是咋了？"秦相诚有点摸不着头脑，急忙蹲下身子问。

"岳丈"狠狠地瞪了秦相诚一眼，并没有上前搭理，而是朝旁边的年轻人说："她小舅，你来说，这样办事像什么话，我是嫁闺女，又不是卖闺女。"

一句话把秦相诚搞蒙了，看着玲子"小舅"，竟不知该怎么接"岳丈"这句话。

玲子"小舅"春祥也佯装一脸不悦，睥睨着秦相诚，嘴里淡淡地吐了一句："秦大连长，今天是我外甥女出阁，怎么能干这样偷偷摸摸的事？"

秦相诚一听，瞪大一双迷迷糊糊的小眼睛，脖子往前一伸，问道："哎，小舅，这话是从哪儿说起啊？"

春祥斜了一眼秦相诚，愤愤地说道："今天不是我这个当舅的说你，你是不懂你们那里的规矩啊，还是不懂我们这里的规矩？娶亲，一路上只要是遇到水井、庙门、石桥、坟圈子都得放炮。你倒好，就这么轻飘飘地来了。再怎么说，我家外甥女也在我们这里长了十七八年了，平时出个门我们做家长的都得看着，咋？她这一辈子就不能光明正大地嫁人啊，我家外甥女有哪一点对不住你啦？"

秦相诚心里一惊，今天怎么又冒出来个"小舅"，自己过去没有听说过啊！不但如此，"小舅"讲话毫无遮拦，口气能冲人十米远。仔细打量"小舅"几眼，秦相诚发现对方面部轮廓棱角分明，身材修长且健硕灵敏，一双大眼傲视天地，不像一般庄稼人。圆滑世故的秦相诚强忍心中怒火，琢磨着眼前自己还是捏着鼻子，先把婚事顺顺当当地办完再说。于是，他堆起笑脸，语气变得温和："小舅，我们都是一家人了，前面确实怪我不懂。你看，我们的人和彩礼也都到了，岳丈和玲子对我也没啥意见，这事还请你抬抬手，放我过去得了。"

春祥对秦相诚侧目而视，冷笑一声后，抬高嗓门喊道："秦大连长，你可是见过世面的人，俺家外甥女虽是乡下姑娘，但我们也是正儿八经的人家呀！像你这样随便，这样没诚意，那要真嫁过去了，岂不是还不如一个衙门里的丫鬟吗？！我这个当舅的，倒要替姐姐问清楚，到底是你不懂事呢，还是打心眼里就看不上咱们家玲子？"

秦相诚清楚自己今天碰到了难缠之主，瞧眼前说话者的口气，婚事下面的环节肯定顺畅不了。秦相诚真是有火发不出，又不敢像往常般造次，憋得满脸通红。此时，站在他旁边的一个小个子伪军倏地站了出来，想替连长打抱不平。伪军右手捂枪，指着众人说："今天我们连长出来有点仓促，没想到还有这个规矩。这样吧，三天回门时我们按双倍的补上，行不行？"

比小个子伪军高出半拉脑袋的马玉鸣上前一步，走到他身边，脸一拉，嚷了起来："唉哟，你们破坏规矩还这么理直气壮啊！你们这么办就是不行，不然的话，我家的人今后还怎么出门，还怎么见村里的老少爷们！你们今天带着枪来也没用，这事弄不明白，人不可能跟你们走！"

另一个年长的伪军白了小个子伪军一眼，满脸堆笑："今天是大喜的日子，和和气气地把事办完美了才是我们两边的意思，现在这是干吗呀？别伤了和气啊！"

马玉鸣不容置疑地喊道："重来一遍！"

年长的伪军愣住了："新郎都来了，还怎么重来？"

"你们连长可以留下，你们派几个人回去，沿路重走一遍，我们要听到响才行，到这里后，鞭炮也得再来一次！我们这里有句老话，嫁人不风风光光，日后很多事都不顺当，说句难听话，就是晦气！"

年长伪军嗓门突然大了起来，趾高气扬地吼道："兔崽子，你说这话是什么意思？"

对方口气强硬，但马玉鸣的口气更加强硬，指着年长伪军的鼻子破口大骂道："你算什么玩意儿，活腻歪了？"

剑拔弩张间，气氛一下子紧张起来。这时，春祥打起了圆场，笑着对秦相诚说："今天是我们两家大喜的日子，要把喜事办得圆圆满满。刚才新娘娘家这边商议了一下，提出的建议还望秦大连长好生考虑考虑。"

秦相诚扫了一眼四周，看到院子里乌压压站满了人，其中绝大部分是年轻力壮的小伙子，个个双手掐腰，直愣愣地盯着自己。秦相诚顿时心虚，赶紧对手下喊道："别争了，你们去三四个人，赶快去买，按照这里的规矩认认真真办，但要快，时间已经很紧了。"

几个伪军很快就消失得无影无踪，屋子里的氛围像一锅沸腾的水逐渐冷却了下来。这时，玲子爹端出热茶，玲子娘也把点心、花生摆上了桌，房间里立马弥漫起点心的甜腻和花生的焦香，气氛逐渐变得热络起来。

几个伪军按照当地的规矩一路"噼里啪啦"，到了新娘家，时间已近中午。新娘刚要踏出闺门，又被马一鸣拦住了，秦连长急得满头大汗，问："不是都好了吗？还有什么事呀？"

马一鸣慢条斯理地说："我这边午饭怎么弄啊？你们回去倒是就吃上了，可是这边为了等你们把事情补救妥帖，饭也不敢做，你说这咋弄？"

按照苏北的规矩，姑娘出门子，男方送鸡鱼肉米面到女方抬亲，女方抬嫁妆到男方家，新人两边各办各的酒席，都在正午十二点开席，互不牵扯。

眼看到了这个点，女方家再怎么忙乎恐怕也赶不及了。此时的秦连长就像伸出头的王八被钳住了脑袋，心一狠，脚一跺，豪言壮语般冒出两个字："都去！"

撂下狠话后，秦相诚赶紧打发一个手下，先行到陆集找饭馆定桌子。

娶亲队伍浩浩荡荡地出发了，春祥等人也帮着抬箱子、柜子，人人面露喜色。

陆集虽不小，但像样的饭店屈指可数。秦相诚安排的两个饭店就在道路两侧，虽门门相对，但气氛却迥然不同。新郎这边欢声笑语，划拳声一片；新娘家这里却都默不作声，只顾埋头吃饭。

在新娘的坚持下，新郎新娘穿过大街，来到娘家人这边敬酒。一番客套话后，新娘又陪着新郎回到了街对过。酒过三巡，春祥对玲子父母说："你们在这坐着，我这当舅的也不能失礼，得过去敬敬酒。"五六个人随即端着酒壶和酒杯来到对面。新郎一看玲子娘家人来了，赶紧起身相迎："小舅，你们就不用来了，这样可受不起啊，咱换个时间，到时我好好陪你喝上几杯。"

"怎么？俺娘家人放下身段来敬酒，倒还说我们这边不懂事了呀？"马一鸣有点不高兴。

这时，屋子里有人劝道："来都来了，哪有撵人家娘家人的道理。"

无奈，秦相诚端起了酒杯。

马一鸣拿着酒杯酒壶来到秦相诚面前，说当地新人结婚的规矩就是给新郎端酒，并朗声说起了祝酒词：

酒逢知己千杯少，
话不投机半句多。
今天不说话，
只把酒壶抓。
一两二两漱漱口。
三两四两润润喉，
五两六两开个头，
七两八两还在吼……

马一鸣给秦相诚连端了十杯酒，秦相诚已经喝到告饶了。

给秦相诚端完酒一回身，马一鸣看到坐在主桌正面的是三个日本军官，立即不爽起来，厉声问道："咱们中国人办喜事，怎么还喊小鬼子来呀？"

日军队长虽然没有听明白马一鸣的话，但从他的表情可以看出，其话不友善。日军队长指着马一鸣高声骂道："坏坏的，死啦死啦的！"

见"皇军"盛怒，其他人都纷纷劝解。马一鸣则不以为意，冷笑一声，顺手就把手中的酒壶砸了过去。日军队长一闪身，酒壶"砰"的一声砸在后面的条几上，碎片和酒水四处飞溅。日军队长将手伸向腰间，另外两个日军军官见状，忙伸手摸枪。

"啪啪啪"几声枪响，三个日军军官瞬间倒在了酒桌前。春祥身边的马一鸣晃了晃手里的二十响，一跃跳到了酒桌上，手指三个日军的尸体，大声说道："日本小鬼子不是烧杀劫掠，就是残害无辜，这样的人能参加我们中国人的婚礼吗？退一万步讲，参加就参加吧，还这么张狂，这算哪门子的事！"

秦相诚早已面色苍白，不过短短两口烟的工夫，事情就发生了天翻地覆的变化，令他始料未及，刚喝下去的酒也被吓醒了。只见他直愣愣地呆在原地，痴痴地望着躺在地上奄奄一息的三个日本人，不停地抹着额头上的虚汗。外面正在喝酒的伪军听闻枪声，匆忙扔下酒杯。两个反应快的家伙已起身冲到墙角放枪的地方，但没想到外面冲进来七八个人，人人手里握着一把二十响，他们只得乖乖重回原位。

事情发展到这个地步，秦相诚终于明白，一切都是有预谋的。玲子原本死活不同意这门亲事，这才过了两天就一反常态爽快地答应；今天，这帮人故意以礼节不到位来拖延时间，将本应分开的酒宴合在一起；在酒席上故意找碴，激怒日本人，然后借机开枪，一切安排得严丝合缝，滴水不漏。想到这些，秦相诚清楚对方不是瓢苴，心里不由得倒吸了一口凉气。

春祥走到秦相诚面前，拍了拍他的肩膀，笑着说："秦连长，看明白了吗？"

秦相诚浑身猛地一哆嗦，连连点头："明白，明白！"

"明白个啥？"春祥紧追一句。

"你是郑旭！"秦相诚终于反应过来。

"哟，我们见过面吗？"

"听说过，听说过。"

"那下面该咋弄？县城日本人那里你怎么去交代啊？"春祥看着满头大汗的秦相诚，满脸堆笑。

秦相诚眉头紧皱，挨了好大一会儿才说："到这个地步了，我也不知道该怎么办。日本人那里我是交不了差了，这个地方我也没法待下去了。"

"那我给你指两条路如何？"春祥把枪塞回腰间，说，"这个地方你们是待不下去了，我看也就这两条路可走：一是加入我们，保证你们的安全，和我们的部队一起共同抗日；另外一条路呢，就地解散，各回各家，但武器必须留下。你们选择。"

"那我和我的兄弟们商量一下。"秦相诚低声回答。

春祥点点头。

秦相诚刚和自己的手下谈了没几句，几个年龄大点的伪军就闹起来了，春祥三步并作两步走上前，大声喝问："怎么回事？"

一个站在前面的伪军大声嚷嚷道："这可不行，我们一家老小还靠我养活呢，让我们跟着泥腿子跑，我们拿啥养活家里人？不干！"

春祥冷笑一声："我已经说过了，这事我不勉强，但你们要跟着日本人干，绝对不行！噢，你们拿枪能养活一家老小，那手里啥都没有的老百姓怎么活？你们想过没有，你们的钱从哪里来，是不是鬼子给你们的？那鬼子的钱呢，不还得从咱中国人手里抢吗？"

几句话，震慑住了几个领头的伪军。秦相诚愁眉苦脸地看着春祥，不知如何是好。春祥一只手搭在桌边，另一只手在空中猛然划过，朗声说道："话我已经跟你们连长说了，枪就归我们了，等你们商量出结果再说！"

后面一个高个子伪军大声喊道："凭啥收我们的枪？收了枪我们还能干啥？"

马一鸣一个箭步冲上前，两眼喷火地怒吼道："怎么？你们还想拿枪跟着鬼子屁股后面欺负老百姓啊？"

大部分伪军不敢言语，都把目光投向秦相诚。秦相诚知道自己现在不表态肯定过不了关，他吐了一口痰后，大声说道："其实我们跟在日本人后面，也不落什么好。鬼子那里，苦活累活都是让我们干，老百姓这里还要骂我们，要不是想着那一点钱，我真他娘的不想干这个差事。现在，反正我是决定不再当让人戳脊梁骨的'二狗子'了，要跟着部队打老日，你们就各自决定吧。"

"我愿意留下来！"

"我也愿意留下！"

大多数人表态"愿意"后，刚才那几个嚷嚷吵吵的伪军也不敢再多言语。

"不愿意跟着我们干，也无所谓，回家好好种地！"春祥望着几个伪军说道。

于是，那几个伪军脱下军装，匆匆逃散。

"丑话说在前面，如果你们以后还敢跟鬼子干，锄奸队就不会像现在这样再让你们轻轻松松地走了！"

听到春祥的话，几个伪军立马转身，点头鞠躬……

就这样，一场喜宴，活脱脱地变成了投诚宴。

第二天，在春祥的联系安排下，秦相诚带人加入了沭阳县委领导下的自卫武装。玲子也跟着父母回到自己家，一切又重归平静。

奇 袭

1940年2月底，随着国民党皖六区专员盛子瑾出走，共产党在皖东北建立了抗日民主政权。当年8月16日，中共中央政治局召开会议，讨论国际国内政治形势及其对策。周恩来针对目前国内存在中日妥协的可能性指出，同国民党谈判时可在小问题上让步，而在大的问题上求得有利的解决，以缓和反苏反共的危险。毛泽东同意周恩来的意见，并指出日本企图截断中国西南交通迫使中国言和，而蒋介石没有外援将不能继续抗战，所以中国抗战有和平妥协的可能。毛泽东还要求要提前准备，这一年多是国际国内局势发生大的转变的重要关头，中国处在大事变的前夜，在思想上要有各种准备，政策的制定要非常谨慎……

年内，新四军在苏中取得了黄桥决战的胜利，国共之间的矛盾也日益加剧。日军嗅出其中不寻常的味道，开始大肆压缩新四军的生存空间。黄克诚领导的第五纵队被迫向沭灌东部后撤，进行战略转移。

春祥带领锄奸队游走于宿迁、泗阳地区，在日军和伪军扫荡的夹缝中生存和战斗。

一天傍晚，小芩突然来到高集营地，带来了一个不好的消息：春祥的父亲生了重病，高烧不退，且一进食就呕吐不止。本地土郎中诊断后，都摇头表示无药可医。春祥闻讯，立刻带着马一鸣、石宝元两人连夜赶到瓦庙。看到一头虚汗、满床打滚的父亲后，春祥决定连夜带父亲去泗阳县城看病。

于是，三个人拖着借来的板车，趁着夜色疾行。天蒙蒙亮时赶到县城，先到了徐严同二姐夫家的仁心诊所。诊所一名工作人员与医院的熟人联系过后，几个人即刻转进医院。住进病房检查后才得知，春祥父亲罹患了急性肠胃炎。由于之前拖了两天时间，高烧造成身体严重脱水。经过医生一番忙碌，父亲的状态开始稳定下来。

第二天，老人的状况有所好转。午饭后，春祥坐在父亲床边打着瞌睡，马一鸣走到他身边，轻轻地拍了拍他的肩膀，示意他出来一下。二人走到窗边，马一鸣指着窗外，春祥透过玻璃朝外望去，只见院子里有两辆崭新的自行车并排支在墙边，不远处，有两个身穿深色外褂的人在朝这边举目张望。

"一鸣，那两个人是什么时候到的？"春祥轻声问道。

"到了有一会儿了。"

春祥贴近马一鸣耳边，交代了几句就转身朝医务室走去。很快，春祥穿着一件白大褂，戴着口罩，手里拿着本病历来到院子里。他先从二人身边走过，又后退了两步，盯着二人问道："你们是来看病的，还是病人家属？"

二人争着回答："来看病人的。"

春祥自我介绍："我是这里的大夫，你们要看哪号床的病人？"

其中一人道："哪号床的我们倒是不清楚，只知道这老爷子昨天刚转院过来……"

"姓赵？"

先前答话的人连连朝身边同伴点头："是，是，就是姓赵，那我们进去看看老爷子。"

"现在医院里有太君病号，管理很严，你们要做好登记后才能进去，进去后千万不要到处乱串，不然的话……"春祥低声交代。

"放心！"说完，二人朝里面走，春祥则直接出了大门。

很快，马一鸣就背着老人从小门出来，与早早等在那里的春祥会合。按照春祥安排，马一鸣拖着板车带老人先回营地。春祥把白大褂脱下后，与石宝元一起绕到南门，在一杂货铺找了个闲地坐下，眼睛时不时瞅着医院大门。

天色渐渐暗了下来，街上行人稀少。这时，那两个便衣推着自行车从医院大门走出，春祥和石宝元起身朝二人车头方向走去。

两个便衣看到前面两人中的一个似曾相识，心生疑惑，其中一人大声喊道："前面两个人，站住！"

春祥和石宝元停下脚步，回身等两个便衣。待靠近后，一便衣喝问道：

"干什么的？我怎么没见过你们两个？"

就在两个便衣把自行车支撑起来的当口，春祥和石宝元风驰电掣般冲上前去。两人来不及反应，就被踹倒在地。刚挣扎着要爬起，每个人头上都被黑洞洞的枪口顶住了。石宝元从二人身上拔出手枪，插在了自己腰间。

"你们到底是干什么的？我看能不能和我知道的对上号。"春祥低声喝问。

一便衣赶紧举起双手，老实回答："眼前好、好汉，我说，我们接到上头命令来医院，说今天医院来了三个人，其中一个大个子我们的人见过他，说他是共产党游击队的，跟着那个姓郑的到处找碴，今天要是逮到他，就交到保安队领赏钱，没想到大个子不在，连老头儿也被弄走了。"

春祥呵呵笑出声来，问："十三号床姓赵的找到了吗？"

"啊！"便衣大吃一惊，"你，你，你就是那个医生？"两个便衣赶紧双膝跪地，"这位爷，饶小的一命吧，我们知道你是谁了，我们发誓，我们今天绝没有见到你！"

"聪明！那这样，枪还给你们，但车子我们要借用一下。"春祥让石宝元卸下弹匣，把枪还给便衣，随口问道，"你们叫什么名字？"

"赵致、黄大彪。车子就送给你们了，我们回去就说车子被偷了。"

春祥和石宝元笑了起来，石宝元冲着便衣说："滚吧，我记住你们的名字了，再干坏事，运气可就没今天好了。"

转眼又是冬天。

第一场大雪经过三天乌云压境的酝酿后，终于纷纷扬扬从天而降，把苏北大地铺得满满当当。这场雪把春祥和小芩拦在了春雪家里。前一天，附近的队员都遵照安排回家探亲了，春祥和小芩商量，趁着大雪未至去大姐家。自父亲病情好转后，春祥已有将近二十多天没有回家探望了。

回到大姐家，看到父亲精神尚好，春祥也倍感心安。

1月17日，春祥得到了"皖南事变"爆发的消息，三天后，通讯员给春祥带来了确切的消息。20日，毛泽东发布中共中央革命军事委员会命令，任命陈毅为新四军代理军长，赖传珠为参谋长，邓子恢为政治部主任，军部设在盐城。身处重庆的周恩来，代表中共中央向国民党当局提出强烈抗议，并在《新华日报》上发表了为皖南事变死难者致哀的悼词："千古奇冤，江南一叶；同室操戈，相煎何急！？"

过了五天，春祥又得到了新消息。以华中新四军、八路军总指挥部为基础，重新在盐城成立新四军军部，下辖七个师一个独立旅，全军共计九万余人。黄克诚的三师现已对日军展开反围剿，彭雪枫的四师也已移师东进，做好开辟皖东北根据地的准备。通讯员还告诉春祥，中央指示，抗击日寇仍然是摆在全国人民面前的首要任务，要倡议国内一切可团结的抗日力量，结合地区的实际情况，全面展开对日作战。

听闻这些消息，悲愤之中的春祥马上振作起来。经过与大家讨论，春祥决定，遵照中央指示，加大对敌斗争的力度。春祥将当下形势向锄奸队详细讲述后，队员们立刻变得像一只只急待出笼的豹子，个个双眼闪着彪悍之光。经过前后两次侦察，在春节到来之际，春祥将目光瞄向了新到金锁镇的一个日军小队。

这个日军小队刚从徐州方向移防而来，目的是扼守洪泽湖往北水陆衔接的据点。小队有二十来个日本兵，外加五十人的伪军，营房基本建好，一左一右两个炮楼地基已露出地面。

除夕之夜，在噼里啪啦的爆竹声中，春祥和金大牙的人马悄悄摸到了金锁镇外围，先行前去侦察的队员跑回来报告——日军住在东侧，都已睡觉，二狗子住在西侧，还在闹腾着过大年。据点院墙才垒至半人高，东西两侧各有一个日军和二狗子站岗，外面有一条沟，沟中干枯无水。

敌情报告令春祥欣喜，但第一次与日军面对面较量的金大牙，心里却有点发怵，不停地问："郑队长，你看这么干合适吗？他娘的黑灯瞎火，啥也看不见啊！"

马玉鸣冲金大牙嘟囔了一句："那你们现在回去吧，我们郑队长喊你们来，说实在话，是想着给你们弄点硬货，你看看你们，哎！"

金大牙一听，不敢对面前小自己将近两轮的半大小子再支吾，只得听春祥交代：兵分两路，由马玉鸣带着金大牙袭击伪军；春祥带人突袭日军，要双方同时开枪。如遇突发情况，绝不恋战，开始攻击时，火力一定要猛，争取尽快取得压倒性优势。

夜深了，远处的爆竹声渐渐平息，两支队伍分两路悄悄向两个方向摸去。突然，哐啷一声，不知是谁踢到了一个铁皮盒子，听到声响的巡逻日军和伪军同时警觉起来,向发出声响的地方走来。众人赶紧趴在地上,等伪军越来越靠近时,金大牙猛地扣动了扳机,伪军应声倒地。春祥知道此时后退已来不及,果断举枪射向日军,带领队伍开始往前冲。伪军们纷纷拿起武器,准备还击。春祥大喊一声:"手榴弹!"

伴随着几声巨大的爆炸声,伪军被炸倒一片,他们不断后撤。东侧被惊醒的日军试图往外冲,锄奸队这边举枪齐射。刚探出半截身子的一名日军应声倒地,其他日军立即缩回头去。这时,已悄悄接近的张金军、马一鸣二人,就势从日军营房窗口投入两颗手榴弹。两声沉闷的轰隆声后,滚滚浓烟从窗户蒸腾而出,屋里安静了下来。

春祥带着部分人朝伪军方向冲击,长短枪不断喷出火舌,不大一会儿,伪军还击的枪声渐渐稀落,直到最后彻底消失。

在春祥的命令下,队员们开始打扫战场。马玉鸣从远处跑过来,报告说可能跑了几个二狗子,但大部分都在这儿了。

大金牙气喘吁吁地跟上前,脸上乐开了花:"真他娘的过瘾,郑队长,以后要还有这样的好事不要忘了我呀。"春祥打了他一下,戏谑道:"帮主是看到好处了吧,前面你可不是这个态度啊。"

"都是郑队长指挥得好,我这都是黄鼠狼趴在磨道上——死充大尾巴驴。"金大牙拍拍后脑勺,嘿嘿地笑着。

说话间,突然从日军营房里传来两声枪响。春祥他们几人大吃一惊,拔出手枪就朝东边跑去。快到门口时,见张金军一瘸一拐地走了出来,一边走还一边骂:"敢暗地里使刀子,找死!"

"怎么回事?"春祥等人急切地问,并上前架住了张金军。

"刚才我们在里面收拾东西,没想到还有一个小鬼子没死,居然趁我不注意暗中放刀,正好扎在我小腿上,我就不客气地给了他两枪。"

借助汽灯灯光,春祥挽起张金军的裤腿,看到被刺刀贯穿的小腿肚,鲜血汩汩往外冒,左右两个刀口处肌肉外翻。见张金军的小腿已开始发抖,旁边的马玉鸣赶紧拉过一块大木头,扶张金军坐下。春祥从自己内衣上撕下几根布条,用力裹紧伤口,着急地问周边的人:"谁知道附近哪里有郎中?这个得赶快治疗。"

金大牙赶紧喊来两个自己的人:"你们两个,背上,到咱那个寨去,我叫人喊半瞎子。"

春祥对马玉鸣说："你也赶快陪着金帮主去，我带一部分人在这留守。"

"你还留下来干啥，这里不是结束了吗？"马玉鸣有点不解。

"还有几个二狗子不是跑了吗？他们不会跑远，这时候这些人是不敢跑远的，否则他们没法交差，天亮前一定会回来。这几个人不能再让他们跑了，留着说不定今后是个祸害。"

听春祥这么一说，马玉鸣不再迟疑，赶紧随金大牙走了。春祥把汽灯挂到一个树杈上，率领剩下的十几个人埋伏在据点南边的一处秸秆垛后面。后半夜，北风呼啸，寒风刺骨。附近没有一个人影，春祥全神贯注地紧盯着光亮处。

四更天时，从据点北边隐隐约约走来七八个人，确定这些人是伪军无疑后，春祥招呼队员兵分两路向前摸去。伪军正在房门前蹑手蹑脚查看情况，突然听到身后一声大喝："不许动，举起手来！"几个人立即腿软，跪在地上并把枪举过头顶，哀求道："好汉爷，别开枪，别开枪！"

郑留宇和马一鸣上前，逐个缴了械。

"我就问你们，下面是解散回家，还是跟着鬼子继续干坏事？"春祥问话的声音并不大，但对几个瑟瑟发抖的伪军来说，却如五雷轰顶。

见伪军们你看看我，我看看你，过了好一会儿，也无一人开口，马一鸣急了："跟他们废什么话，毙了算熊！"

"别别别！"一个胆大一点的伪军慌忙摆着手说，"我们回去肯定交不了差，我们还是走吧，各找各的门路。"

"行，可以放你们走，但今后你们不能再穿这身衣服了，老百姓不喜欢，我们也不待见。"

"一定，一定！"

"滚吧！"

几个伪军连滚带爬，作鸟兽散。

待这些人消失得无影无踪，锄奸队才沿原路返回。

春祥见到张金军时，张金军的小腿已包扎好。听郎中说伤口愈合至少需要半个月，但好在冬天汗少，不容易感染。春祥这才稍稍放下心，准备返回营地时，被金四爷拦住："郑队长，你今天不能走，大年初一，一定要在这吃顿饭，一起庆贺庆贺。"

"谢谢金四爷，不过我得回去，我那里还有不少人等着呢，金军就麻烦你多照顾啦。"

双　雄

初春三月，阳光温和不燥，清风和煦爽心。金子般的油菜花点缀在田间地头，墨绿色的麦苗长得郁郁葱葱，好似一柄柄玉剑直指苍穹。褪去冬衣的庄稼人三五成群，在无垠的田野里反复着弯腰、蹲下、站立的动作，忙碌不停。路边的杨树晃动着细枝嫩叶，安静伫立，悄无声息。片片杨絮在风中回旋，像冬日里飘落的洁白的雪花。

日伪的扫荡清剿越发疯狂，但新四军在苏皖地区的行动不仅没有压缩，反而不断扩大。新四军三师在黄克诚的领导下站稳脚跟后，战斗半径也逐步拉长。近日，中共中央中原局在盐城召开会议，刘少奇宣布中央决定，由东南局和中原局合并成立华中局。接到华中局的命令后，彭雪枫率领新四军第四师越过津浦线，抵达皖东北，派遣先头部队进入泗县东。

对于在此地与日伪单打独斗、迂回周旋将近两年的锄奸队来说，新四军四师的到来，无疑是天大的喜事。同时，驻扎在徐宿淮地区的日军第十三师团，为阻绝四师和三师在苏北会合，开始加大力度清剿这一带的各种抵抗武装。宿迁一带国民党政权大厦将倾，各级官僚树倒猢狲散，军队也因无有效组织，失去了对苏北大地的管控，大小官员投靠日伪者不在少数。

5月，中共中央华中局成立，刘少奇任书记，朱瑞、朱理治、彭雪枫、郑位三等任委员。接到中央指示后，驻扎在河南及山东的部队开始向苏皖边界转移，打击歼灭周边日伪势力。改编后的第四师按照新成立的华中局的部署，开始从皖中的涡阳、宿州经灵璧转移至泗宿地区，准备在靠近洪泽湖畔的半城，建立一个方圆数十公里的根据地。在此期间，皖东北党委成立，刘子久任书记，刘瑞龙任副书记。在华中局领导下，淮海区党委也随即成立，书记为金明，副书记是李一氓。至5月份，淮北抗日民主根据地建成，涵盖豫皖苏、邳睢铜和皖东北三大块。

这一天，春祥接到了袁利剑派人送来的通知：近期将召开苏皖边东北区党委联席会议，望有志于抗日的游击队及一切民间武装的主要负责人，前往泗东县党委所在地张塘参加会议。

手握通知，春祥激动不已。

不久，春祥怀着欣喜与忐忑来到了张塘。

到处红旗飘扬，新四军战士有说有笑地跑前跑后，地方民兵腰束皮带，斗志昂扬，妇女们埋头忙着针线活，就连十来岁的儿童都手拿红缨枪，表情稚嫩又不失严肃……春祥顿时豁然开朗，这正是他三年前在闽南时看到过的景象。他尽情呼吸着自由芬芳的空气，脚下的步子也变得更加轻快了。

春祥钻进聚集的人群中，突然看到一个熟悉的身影，激动地冲上去在此人后背上擂了一拳。袁利剑转过头，看到春祥，张开双臂紧紧地抱住了他，嘴里还不停地骂着："啊，郑旭！是你个兔崽子，我还想是不是见不到你了。去年听说你受伤，还以为你去见马克思了呢！"

"我和你们湖北人一样，九头鸟九个脑袋，人灵命大！"二人相扶着走出人群，来到一间小土屋。

"袁队长，你这个人神龙见头不见尾，中间得到你递过来的几次情报，但一直见不到你人。"

袁利剑点头笑了笑，开始向春祥介绍情况。从去年8月起，党中央对豫苏皖地区的机构进行过几次调整，特别是对新四军进行了三次战略部署，在河南中南部、安徽东南部及苏北地区，全面开创了抗日斗争的新局面。今年年初皖南事变后，新四军再次做了调整。最近，四师东移，和三师连成一片，接中央军委指示，以三师、四师为中心，建立苏北根据地，逐步建立从区委到地委再到县委的各级政权，马上还要建立县委以下的各级党组织，以此竖起以点带面的一道铜墙铁壁，让日伪寸步难行。

"那这次叫我来，有什么任务？"

"这次召集大家，主要是想充实各级民主政权的武装力量。当然，我们彭师长率领的四师，刚到这里，也需要补充人员，特别是像你这样的对本地比较熟悉的精兵强将。你具体干什么，我没有权力发表意见，到时再说吧！对了，到时你会见到熟人的哟。"

"熟人？"春祥一脸惊讶。

"你猜不到，到时再说。还有，今天彭雪枫师长也会来。"

"太好了！"

港　湾

下午一点，正是烈日灼灼之际，主席台上，陆续走上了九个人。

走在最前面的是一位身高足有五尺七的军人，坐在主席台中央位置，其他人分别落座。皖东北党委副书记刘瑞龙主持会议，并介绍与会的首长和领导彭雪枫、张震、肖望东、刘子久、张彦、刘玉柱、吴芝圃等人。春祥猜测，坐在主席台正中央的一定就是彭师长。由于距离较远，春祥看不清彭师长的脸，但那比其他人高出一截的身量却给春祥留下了很深的印象。

经刘瑞龙介绍，春祥第一次知道了彭雪枫的传奇经历。出生于河南镇平的彭雪枫，南开中学毕业后，加入中国共产党，参加过工农红军的三次反围剿，经历过两万五千里长征。长征中，两次攻占娄山关，直取遵义城，横渡金沙江，飞越大渡河，是红军中的一员骁将。

"作为知识分子，他既有文人的儒雅，也有战斗员的勇猛，更有指挥员的睿智。"刘瑞龙话音一落，全场便爆发出一阵热烈的掌声。

春祥还在回味刘瑞龙的介绍，彭雪枫就开口讲话了。

"同志们，七七卢沟桥事变以来，中国半壁江山沦丧于日寇的铁蹄之下，在中国共产党的领导下，抗日民族统一战线不断焕发生机。毛泽东主席今年5月份发表讲话说，中国人民和日本人民是一致的，都只有一个敌人，那就是日本帝国主义与中国的民族败类。为了打击日本侵略者和汉奸，在华北，八路军和日军展开了艰苦卓绝的斗争；在华中，新四军逐渐壮大，也已全面展开对敌斗争。根据华中局的指示，我们第四师来到这里开辟新的斗争区域。在这里，我们将建立各级民主政权，建立广大的抗日根据地……"

彭雪枫铿锵有力的话语，深深地震撼了春祥。尤其是当彭雪枫讲到新四军四师来到半城，开辟新的斗争区域，建立各级民主政权时，春祥更是激动得难以自制，自己日盼夜等的大部队终于来了。

"现阶段，日军的力量仍然十分强大，中央指示我们要开展游击工作，提倡各级政府的领导机关武装起来打游击，加强和群众之间的联系，照顾群众利益，认真彻底地执行党的政策。在任何时候、任何情况下，都要坚守自己的工作，坚守自己的岗位。在这里，我强调，一切主力部队与地方武装，均应加紧战斗准备，研究华北各地的反扫荡经验。同时，一定要严格遵守群众纪律，进一步改善军民关系，应尽可能休整主力部队，加强战略和战术侦察，及时摸清敌人的行动及意图，随时保持坚强的战斗力和旺盛的士气……"

春祥目不转睛地盯着主席台上的彭雪枫，希望自己将他讲的每一个字都记在心上、刻在脑海里，回去后好原原本本地向锄奸队员转达。但彭雪枫讲得太快，又讲得太多，春祥绞尽脑汁也只能记住大意。此时的春祥，不禁在心里责怪起自己的笨拙。

"地方武装则应大胆地向边区活动，向边区发展，作为主力的外围，在敌人扫荡时期，要以最积极的行动，对敌人实施袭击，以牵制、迷惑敌人，分散敌人的兵力，迟滞敌人的前进，与主力部队在战略战术上做好配合，保证主力部队全力作战，粉碎敌人的进攻。如今在华北、华中及其他各个战场，数百万的军民都已经参与到了抗击侵略的斗争中来，特别是到了现在，日军的攻势已明显不如以前，开始出现疲惫状态。我们只要再在釜底抽点薪，把敌人的嚣张气焰压下去，相信过不了两年，日军就能被我们打败……"

讲到了，彭雪枫终于讲到了与锄奸队相关的部分。春祥听得心潮澎湃。锄奸队今后应该做什么事，怎么做事，彭雪枫讲得有条有理，入木三分。凝视着主席台，春祥此时不但责怪自己笨拙，记不下彭师长的全部讲话，更责怪自己没有水平想到这些字字珠玑的话。

"太好了，讲得太好了！"春祥感叹不已。

掌声一阵接着一阵，台上慷慨激昂，台下精神抖擞。春祥头一次经历这样的大会。从始至终，春祥血管里的血液，都仿佛被烈火点燃，滚烫炽热。

会议结束时，夕阳已经变得红彤彤的。

春祥不知该等待还是离开，与熟人相见的时间和地点，袁利剑并没有提前告知。春祥见参会的人均在慢慢散去，显得更加六神无主。恰在这时，身后传来一声："郑旭，你来一下！"春祥转身一看，是袁利剑。此时他身边还站着两个人。春祥走上前去，定睛一看，顿时怔住了，这两人竟然是自己三年前在浙江国民党部队时的同伴——一四团的冯林生和韦富林。看着越发成熟的两个人，春祥激动得流下了眼泪。

三个人激动地拥抱在一起。冯林生手指春祥，笑着说："小郑还是我印

象中的样子，没有大变化，就是眼泪比原来不值钱了。"一句话逗得几个人笑了起来。

袁利剑拍拍春祥，调侃道："走，别愣着了，我们去见彭师长。"

"啊！"春祥张大嘴巴，一脸的诧异。

"走吧，彭师长点名要见你，你小子面子可不小啊。"袁利剑一把拽过春祥，疾步离开了会场。四个人拐过两个路口，朝一扇古色古香的大门走去，穿过走廊，进入一个大院，在右侧第二间房门前站住。

"报告，彭师长，人已带到。"袁利剑跨进房门喊道。

"请进！"里面传出洪亮的声音。

四个人随即进了屋。屋里就一个人，正背朝门口看墙上的地图。

彭雪枫转过身，微笑着招呼大家坐下，自己也挨着春祥坐了下来。

春祥忽的一下站了起来，敬礼："报告彭师长，我是郑旭，原名郑春祥。"

彭雪枫捏了一下春祥的肩膀头，问："会骑马吗？"

"会，不会！"春祥没想到师长会问这个话，紧张得语无伦次，"过去骑过牛，骑过驴，马还没……"

"这说明你还是有基础的嘛。"彭雪枫哈哈笑起来，"那行，马上给你骑。"

春祥脑袋蒙蒙的，不清楚师长说这话的意思。袁利剑在旁边解释说："我们和彭师长马上到半城师部去。彭师长还要交代你任务呢，几里路，不骑马咋去？"春祥这才恍然大悟。

彭雪枫与几个人交谈半个钟头后，便带人骑马出发赶往半城。

春祥头一回骑马，他晃晃悠悠，几次差点跌落马下。到了半城，春祥被人搀扶下马，待脚沾地，才感觉两胯生疼，两条腿也好像不属于自己了。

半城正是新四军第四师司令部所在地。

袁利剑陪着春祥、林生和富林三人吃完晚饭，马不停蹄赶到司令部。四人一进门，看见彭雪枫正在吃晚饭，袁利剑不好意思地说道："彭师长，您先吃，我们在外面等。"

彭雪枫把碗一推："来，坐吧，我吃好了。"随后，他对身边的警卫员说，"你去把周部长和徐部长叫来。"

没过多久，周部长和徐部长便来到了司令部。彭雪枫对春祥他们介绍说:"戴眼镜的是锄奸部部长周新宇同志,不戴眼镜的是敌工部部长徐严亮同志,这是根据军部要求新成立的两个部门。袁队长,你也给大家介绍介绍新到的三位同志。"

"是!"袁利剑起身介绍,"坐在我身边的这位是郑旭同志,宿迁本地人,是我闽南干部学习班时的同学,当时我们的校长是粟裕同志。这两位是冯林生同志和韦富林同志,都有五年的党龄,和郑旭一起在国民党部队里当过兵。哦,还忘了一点,郑旭同志三年前就在本地组织了锄奸队,在宿迁这一带十分活跃,名气很响,令日伪和恶霸闻风丧胆。介绍完毕。"

彭雪枫看着春祥三人说,设置锄奸部和敌工部,是眼下对敌斗争的迫切需要。在徐宿淮地区,日伪势力猖獗,四师虽然有正面战场,但也应该有隐蔽战线。锄奸部和敌工部由于刚成立,人手少,现在只能起到一个协调的作用,因此亟须加强力量。袁利剑给他介绍春祥三人的情况后,他认为当务之急是成立一个特务营,人数不能多,但要精。特务营主要负责和锄奸部、敌工部之间的任务对接,做好敌后工作,灵活机动地保护好司令部及新生政权,维护好根据地的安全和当地群众的切身利益……

彭雪枫的话说到这里,春祥一下子明白了首长叫自己前来的用意。

"特务营编制两三百人,营长由郑旭同志担任,教导员由冯林生同志担任,韦富林同志担任副营长。特务营在郑旭原来的锄奸队基础上组建,师部再增派一些有经验的老同志和身体条件较好的年轻战士。具体工作我已向两个部长作了交代,大家看看还有什么补充意见?特别是郑旭同志,肩上的担子很重,一定要继续发挥自己的优势,也要增强组织性和纪律性,不能辜负组织对你们的期待!"

春祥、冯林生、韦富林三人起身,朝彭雪枫敬了个军礼,回应声铿锵有力:"是!"

"你们几个再具体研究研究,我还有个会要参加。"彭雪枫说完大步跨出了房门。

几个人来到另外一间办公室,围坐一圈,分别把自己掌握的情况作了介绍,又一起探讨了苏北的实际情况和经验教训。尽管夜已经很深了,他们仍不知疲倦,在昏暗的油灯下你一言我一语地反复商量着,直到鸡鸣三遍……

回到营地,春祥把这个消息告诉了队员们,营地里立刻沸腾起来。

马玉鸣兴奋地问春祥："队长，那我们什么时间去啊？这样我们也能穿正规军的衣裳啦，都说人靠衣服马靠鞍，那衣服一上身，乖乖，还得了啊！"

张金军打了马玉鸣一巴掌，调侃道："你小子的脑袋瓜子谁还不明白，军装一穿，那小媳妇还不哇哇地偎上来啊。"

"金军哥，你说的是不是你自己的想法啊，你这是拿我当挡箭牌，你比我坏多了。"马玉鸣的这张嘴快如机枪，和别人顶起牛来不依不饶。

这时候，春祥最想见的是父亲、大姐和小芩他们，想尽快把这个消息告诉他们，但是心里也更加复杂起来，一方面对于亲人们来说，自己加入组织的大家庭就有了更强大的力量，大家将更有安全感；但另一方面，今后自己就是组织上的人了，一切都将按上级要求行事，难免要舍小家顾大家。

趁着队伍还未正式加入部队的几天空档，春祥先赶到吴集，叫上小芩便往瓦庙赶。到了瓦庙，只见房门紧闭。没有看到父亲和大姐，春祥变得不安起来。看到春祥心神不安，小芩不停地劝，让他再等等看。

日照当头，二人靠在门前的柳树旁，静静地看着远处的湖面。湖面平静，没有船只来往，只有白鹭在水面上下翻飞。这个季节是白鹭的繁殖时节，湖水里蕴藏着滋养它们的丰富食物。水面上寻食的成年白鹭，来回奔波在湖水和芦苇间，虽不见幼鸟，但无数新生命正在隐蔽的草丛里茁壮成长。

二人越发焦急，这时，听到远处传来两声咳嗽声，春祥立刻起身，准备隐藏的一刹那，看清了来人是姐夫发奎。春祥直起腰杆，喊道："发奎哥，咋就你一个人回来了。"

"我刚从诊所回来，小满舅爹（外公）生病了。"

"怎么回事？"春祥急切地问。

"咳嗽，可能病得比较厉害。"

"那现在在哪？"

"草庙，现在哪敢往城里拉呀，到处都是鬼子。"

"大姐和小满呢？"

"你大姐在那守着呢，小满在小姑家。"

"那行，我们去看看。"

"你等一下，我拿点小米和鸡蛋。"

发奎简单收拾完毕，三人就急匆匆地往草庙赶。

诊所里，父亲正在睡觉。春雪把弟弟拉到门外空地上，问："小祥，你咋这个时候来了？外面的形势紧，咱爸这里我能照顾得过来，你赶紧走吧。"

这时父亲在里面咳了一声，问："谁在外面说话啊？"

姐弟俩赶紧进屋，父亲看见是儿子，眼前一亮，问："你咋来了？"

小芩在旁边回话："春祥哥特意过来看您和大姐，没想到您病了。"

"不要紧，老毛病了。在这里观察观察，诊所里差一样药，他们去买了，等药拿回来我们就回家。"父亲说道。

看到四周没人，春祥对大家说："爸，大姐，发奎哥，我们的大部队已经来了，我现在属于新四军，就是过去我们常说的红军。现在鬼子很害怕，开始到处派兵围剿我们的部队，所以我后面回来的次数肯定更少了，但小芩会经常回来看看你们的，缺什么尽管跟她说。"

"那你们？"春雪看看弟弟，又瞧瞧小芩。

春祥赶紧摆摆手："大姐，现在不说这个，今天见到你们我就放心了。我马上要回部队，部队位置你们就不要打听了。"

父亲直起腰问："你马上要走？"

"是的，我得赶紧回去，只能让大姐和发奎哥多辛苦了。"

小芩拽拽春祥的袖口："我在这里待几天吧，照顾照顾大叔。"

春祥点点头，和父亲打声招呼，走出门外。春雪跟在后面，春祥对大姐说："大姐，俺爸后面多靠你了。今后咱们这里的形势一定会慢慢变好的，现在鬼子有点慌了，具体情况一时半会儿我也说不全。小芩在这里待几天也好，但等俺爸身体好些了，就让她回去，别让人家老人担心。"

"这里不需要人，你让她跟你一起走吧。"

"我是回部队，让她待两天吧。"

春祥迎着夕阳，大踏步地走了。春雪看着弟弟的背影，一股酸楚涌上心头，禁不住抹了把眼泪。

春祥回到半城，径直来到锄奸部，正好遇到敌工部部长徐严亮，几人沟通后，徐严亮让春祥去自己办公室。刚进门，就喊道："哥，你看谁来了？"

办公室内背对众人的男子闻言转身，春祥一看，竟是徐严同，忍不住上前两步和老徐紧紧地拥抱在了一起。徐严亮笑着对春祥说:"严同是我的叔伯大哥,昨天刚到的。听说你也来了,坚持要等你回来。现在他是洪泽湖工委委员,你们也是老相识了,等你还有一个事,哥,你说吧!"

几人坐下后,徐严同说:"郑旭同志,我们有很长时间没见面了。这次来,主要是因为我们遇到了一个棘手的难题,刚才也简单把情况向两位部长作了汇报,还是请周部长做部署吧。"

周新宇说,自从四师驻扎到半城,附近各个民主政权相继建立,问题也随之而来。日军加大了在洪泽湖周围的巡逻力度,由原来每日一次汽艇巡逻,增加到了现在的每日三次,汽艇也由一艘增加到了四艘。这些船不光是巡逻,还抓人抢粮。附近的群众多为半庄稼户半渔民,粮食本就紧张,现在连打鱼也更难了。一部分渔船还被收走甚至烧毁,估计是敌人怕这些渔船为我们所用。更有甚者,一些渔霸现在竟也和日伪勾结,沆瀣一气,祸害百姓。以现有条件,我们很难对付日军的巡逻船,但可以设法打击那些为虎作伥的渔霸。现在我们的民主政权才刚建立,老百姓的高涨情绪不能就这么被消磨下去。

"郑旭同志,你地头熟,看看这个事情该怎么处理,谈谈你的想法!"周新宇看着春祥问道。

春祥沉思了一会儿,说:"我原来也结交过一些渔把头,先前个个都是刺头,但后来这些人态度转变很大,我可以通过他们和渔霸先接触,再看看能不能从中找到机会。我也听说过不少情况,这些人不除,后患无穷。"

徐严亮问:"你有多大把握?这些人都精滑得很!"

徐严同笑着搭上一句:"这个你们大可放心,郑旭在我们这一带厉害着呢,人鬼精得很,他有的是办法。"

周新宇最后交代说:"组织上根据你们的情况,配备了一些新武器和新人员,有什么困难只管和我说。总之,这些问题一定得解决!"

回到营地,春祥召集冯林生、韦富林和马一鸣、张金军等人开了一场简短的讨论会。计划确定后,大家立即分头行动了起来。

湖　战

大门外，来了两个穿汗褟子的年轻人。

此时，金大牙正在睡午觉，手下火急火燎地入门禀报。金大牙问来人长啥样，手下仅说了一句——你兄弟。金大牙一骨碌就下了地，大声嚷叫："我亲弟弟来了。"

春祥走上前来，稍一拱手，笑道："大哥好，小弟前来拜访。"

金大牙肥手一甩，咧嘴说道："啥拜访，想来就来，这里就是你的家。这位是……"金大牙看着春祥身边的冯林生，感觉有点面生。

"我朋友。"

几人进屋，甫一坐定，春祥便直截了当说明来意，但没有公开自己现在的真实身份。听完春祥的话，金大牙二话不说让手下把几个兄弟叫来。几人到达后，金大牙拉下脸，对满屋子的弟兄们说，郑队长今天来是有要事商量，大家都给我打起精神，竖起耳朵听好了。

春祥又把二人的来意慢条斯理地说了一遍。金四爷接过话茬，说春祥讲的他也知道一些，自打姓彭的带领新四军到来后，在泗宿地区搞得轰轰烈烈，庄稼户也开始行动起来。他清楚，姓彭的就是要大张旗鼓地和小鬼子干，这样的人称得上汉子。在南边，像疤癞脸、黄铁锤这帮家伙，也不晓得是谁牵的线，竟和小日本勾搭上了。这些人现在日子过得比过去强多了，有日本人撑腰，谁都不敢招惹他们。

金二爷看了一眼大哥，然后瞅向春祥："老弟，我猜你应该与那新四军姓彭的有扯头吧？"

没等春祥回话，冯林生和颜悦色地开始解释：诸位帮主，先不管我们和姓彭的有没有来往，郑队长的为人你们最清楚，他就看不得恶人肆意欺负百姓。像刚才四帮主说的疤癞脸、黄铁锤，都是些作恶多端、祸害乡邻的恶霸。这些人不除，不光百姓倒霉，等他们做大了，最终大家都会深受其害。这一点，几位帮主应该都了解吧？

冯林生话音未落，金大牙就气急败坏地骂上了："搞，这些人必须得搞！就是不冲着郑队长的面子也得搞。两年前，这些人就跟我们结下了梁子，他们曾经为了地盘搞过我们，整得我们今天只能窝在这仅能卧两头牛的屁大点的地盘上睡大觉。"

金四爷心潮澎湃地应和着:"干是一定要干,但咋干?这些王八羔子现在火头旺得很。"

春祥坦然一笑,胸有成竹地望着大家说道:"只要大家愿意干,办法自然是有的。"

两天后,金大牙通过在黄铁锤手下干的一个本家兄弟,联系上了疤癞脸和黄铁锤,并在双沟镇十里香酒楼二楼最大的雅间设下酒宴。

春祥、金大牙、金四爷逐一踏进房门,看见对门的主座上已坐着四个人,为首的两人是疤癞脸和黄铁锤。疤癞脸本姓马,一见金大牙,立马就寒暄上了:"大金牙,两年没见,如今一定发大财了吧?来,来,坐!"话喊得好听,但几个人傲慢无礼,压根不把金大牙他们放在眼里,屁股从始至终都没抬起过,只是朝春祥他们三人摆摆手,示意他们坐下。

疤癞脸斜着眼睛瞥了一下金大牙,漫不经心地问:"大金牙,今天咋想起我们老哥儿几个了,该不会有什么歪心眼子吧?"

金大牙堆着笑脸说:"看你说的,我是那种人吗?我不和爷几个侃空,今儿个还真有事麻烦几位大哥,让我先来介绍一下,坐在我旁边的是我的一个朋友,姓郑,在洋河做酒生意,家里开了一酒坊,还是很有实力的,这次来是想结交你们几位道上的大哥。"

听完金大牙一番话,四双眼睛齐刷刷地投向春祥。春祥二话不说,赶紧起身抱拳,欠身致礼之后,便稳稳坐下,将自己的来意娓娓道来。

"几位大哥,承蒙金帮主引荐,今日有幸结识,倍感荣幸!"说着话,春祥从身边的布袋子里取出四根亮闪闪的"小黄鱼",放在饭桌上,接着说道,"这天气不是马上要变凉了吗,前段时间天热,我们停窑了三个月,马上要准备开窑了,但没有吃食啊!最近我们那里粮食根本采购不到,皇军又把持得很严,只能另寻出路了。我从南方联系了两船稻米,经运河而上,估计三两天就会到洪泽湖。现在整个洪泽湖上都是几位大哥的地盘,今天来是找几位大哥行个方便,求个顺畅安全,还望几位大哥多多帮衬。"

黄铁锤被金条晃得心里直发慌,赶紧说:"这个好说,好说。"

"话讲得离眼钻天的,好说啥!"疤癞脸恶狠狠地瞪了一眼,熊起黄铁锤来一点不留情面,"奶奶的,事情有这么简单吗?现在皇军的汽艇天天在湖面上漂,查得那么紧,连只苍蝇都没法轻易飞过去,更别说是粮食了!

万一这粮食是送给那个姓彭的怎么办？"

黄铁锤被熊得脸上青一块紫一块。

"这位大哥说得在理。我的想法是这样的，我们的船进入洪泽湖后，不走西边，走东边。走西边，我们也担心被姓彭的抢走。走东边不进运河河道，就担心被皇军查到。到时，船就在高渡靠岸，麻烦你们多派些人押船，船一靠岸，你们的事就算结束了。事成之后，小弟定会当面再奉送四根金条，此后大家可以再不相见，也可以接着做朋友，如何？"春祥说话条理清晰，干净利落。

"我有点想不明白，"疤癞脸直愣愣地看着春祥，"你两条船才装多少东西，花这么大的代价，值吗？该不会有其他想法吧？"

疤癞脸果然老奸巨猾，贼溜溜的双眼紧盯春祥。春祥爽朗一笑，接着摇摇脑袋打趣道："早就听说过咱这一带的几个高门大姓！双沟马朱赵，青阳许石江，鲍管杜戚汪，界集一群杨，赶不上城头半碗汤。可见在双沟地界上，果然什么都逃不过马兄法眼，小弟佩服佩服！不瞒你说，我家共有八眼窖池，其中一个藏有四五百年以上的窖泥和酵坯，其他的七眼窑是为了撑门面，挣点辛苦钱，而想要为自己置点家业，就只能指望那一眼窑了。那个窖里出的酒自然纯正，清甜甘冽，能品尝到此酒的自然也不是一般人。过去都是送往南京的，现在武汉和重庆变成最主要的销路了。"

"哈哈哈！"疤癞脸大笑起来，"郑老板，见笑了，是话有因，我们双沟这里虽然也是酒糟遍地，但与洋河比起来还是小巫见大巫。我十几年前就听说你们那儿有做陈酿这一块生意的，今天才知道原来是你在做这个买卖。行，行规我懂，不问不说不打听，这单我接了。"

"但马兄怎么能保证粮食的安全呢？我的身家性命可都指望着这两船货呢。"春祥连忙追问。

"老要随时少要乖。"疤癞脸说，"郑老板也是年轻有为，我们就各巴各好，都把心搁在肚子里。这事全包在我身上，你们在船头插杆膏药旗，船尾插黄旗，到时我这里去四条船，插黑旗，作为我们接头的信号。到岸你负责装车，我走人，'小黄鱼'当面两清如何？"

见疤癞脸水响刀快，春祥接着说："一夜上十八吊，不知哪吊能吊死，我干脆也不和各位啰唆了，就一言为定。"事情就这样定了下来。

两天后，两条机帆船从蒋坝进入洪泽湖，突突突的马达声打破了水面的平静。船头开始调向西北方向，每个船头都挂有一个膏药旗，船尾都有黄旗，船后卷起的浪花犹如两条白龙，惊得鲢鳙不时跃出水面。

马玉鸣站在船头，观察着周围的动静。两条船刚绕过金圩，就看见前方四条挂着黑旗的小船在水中晃悠，此时，只听见一人站在船头大喊："是郑老板的船吧，快靠过来！"

两条机帆船和四条小船合为一处，带队的黄铁锤让人把小船用缆绳挂在机帆船船尾。四十个人上了机帆船，每人都怀抱长枪，严阵以待。马玉鸣和黄铁锤耳语了几句，黄铁锤在马玉鸣的引导下，来到拐角处，黄铁锤用匕首在麻袋上刺开一个小口，用手捏了几粒大米放进嘴里，细细咀嚼了几下，赞不绝口："你们郑老板是能人啊，这大米就是好，没嚼两下都能感觉出甜味来。"

机帆船拖着小船向北火速疾驰。大船上的人谈笑风生，很快就看到不远处的芦苇丛，黄铁锤嘿嘿笑了起来："这位小兄弟，马上就到高渡的圩子里了，你们的人来了没有，别耽误我们的时间啊。"

马玉鸣眺望着远处，随即转头对黄铁锤说："应该到了，我们准备靠岸吧。"

船只开始顺着水道朝岸边缓缓靠去，突然，不远处的芦苇丛里响起了刺耳的马达声，一条日军巡逻艇从隐秘处急速冲了出来，船头挂着膏药旗，快速靠近运粮船。

马玉鸣吃惊地看着黄铁锤，义愤填膺地质问道："你们不是和郑老板说好的吗？小鬼子怎么来了？"

黄铁锤也一脸难以置信，不解地看着逼近的巡逻艇，命令手下不要拿武器出来，自己来和日军交涉。马玉鸣很快就从站在黄铁锤身边的他的两个手下的脸上看出了端倪，只见这两人双臂交叉端放在胸前，一副事不关己高高挂起的样子。

"黄首领，是不是你们把日本人引过来的？这样做对你们有什么好处？"

"放你妈的狗屁，你竟敢污蔑老子。"说着话，黄铁锤就准备伸手掏枪。说时迟那时快，马玉鸣一个箭步冲上去，对着黄铁锤就是一拳。黄铁锤摔倒在甲板上，身后的两个手下还没反应过来，马玉鸣手里的枪便响了，两人应声中弹倒下，其中一人坠入湖中。其他人开始手忙脚乱地找枪，马玉鸣借机跳进水里。等众人做好准备时，两条船上早已空无一人，但船只仍在向岸边靠去。黄铁锤猛地起身，环顾四周，破口大骂道："这些兔崽子手脚蛮麻利的嘛！不过倒好，东西都是我们的了。"然后一脸谄媚地引日军上了船。

日军小队长小岛阴狠地用刺刀连连捅开几个麻袋，除了上面几袋装的是好米外，下面装的全都是稻壳和碎土。一层稻壳一层碎土，层层叠放，上下压得严严实实。日军小队长指着黄铁锤怒骂道："你的良心大大地坏了，竟敢和土匪合伙蒙蔽皇军。"

黄铁锤一脸苦相，委屈地说："小岛队长，我们真是和那个姓郑的商量好的，现在这情况我们也不知道啊！是你让我们把这两船粮食先弄到手，然后再顺藤摸瓜，找到他老窝的呀！"

小岛队长气得火冒三丈，抡手就给了黄铁锤两记响亮的耳光，打得黄铁锤头晕眼花，在船上晃来晃去。就在小岛回身准备跳进巡逻艇时，不远处传来了激烈的枪声，紧接着就飞过来几颗手榴弹。大船开始燃起熊熊大火，船上的人乱了阵脚，开始四处逃窜。有的中弹身亡，有的跳水逃生，有的试图解开拴在大船上的缆绳……火光之中，只见巡逻艇里也飞进一颗手榴弹，响声震天，随后，巡逻艇在滚滚浓烟里沉了下去。

在机帆船的东北边，慢慢划过来几条小船。春祥举着手枪，站在船头紧盯水面，只要见身穿黄衣服的露头，就一枪将其毙命。其他落水的人均被拉上了小船。见黄铁锤在水里喊着救命，春祥顺手把他也拉上了小船。

在高渡一处偏僻的草房内，黄铁锤和十八九个疤瘌脸的手下蹲在中间，春祥、韦富林、马一鸣等人端坐在椅子上。黄铁锤抬眼瞅瞅春祥，嘴里嘟哝道："郑老板，你这人做事不地道啊，竟然暗地里耍脑子。"

春祥鼻子里冷哼了两声，马玉鸣上去就给了黄铁锤一脚。黄铁锤倒地又爬起，春祥朝马玉鸣摆摆手，一本正经地反问道："那小鬼子来是咋回事？这个你先解释解释！"

黄铁锤惊慌失措地解释："这个我真不知道，皇军天天在湖面上跑，我哪里清楚啊，皇军那里我们也不敢问啊。"

"你们不是经常和鬼子搅和在一起吗？他们的事，你会不知道？"

"那都是姓马的和皇军走得近，我也就跟着喝点汤，拣点剩骨头而已！"黄铁锤哭丧着脸说。

马玉鸣又要抬脚去踹，见春祥瞪了自己一下，这才放下脚，指着黄铁锤骂道："这个王八蛋在船上讲的话我都听到了，他们和日军勾结，企图又得银子又得粮，还想要我们郑老板的好酒，好事想全部占完。"

黄铁锤倒没想到自己和皇军说的话竟然被马玉鸣听到了，顿时汗如雨下。

春祥缓和一下脸色，心平气和地对黄铁锤说："这样吧，我们放你回去，主要还是我们谈事的时候，看你表现还不错。但你要跟疤癞脸说，别为难我的朋友金帮主他们。这事是咱们之间的事，上次送的那四根黄金算是我的赔偿，你看怎么样？"

黄铁锤连连点头，乖乖留下枪支，带人连滚带爬地跳上了两条小船，迅速划向湖中。

一天都没进食的黄铁锤，第二天才赶回双沟。一到寨子，疤癞脸就迎了出来。问过两句，疤癞脸疑惑地看着黄铁锤："大哥，你该不会是和兄弟我有二心吧？"

黄铁锤的脸瞬间黑了下来，满脸不悦道："我都这个熊样了，咋有二心？如果老弟对我不信任，那就掰，我把我的人都带走。"

这次派去的，基本上都是疤癞脸的人。看到眼前像落汤鸡似的手下，疤癞脸心里虽然不痛快，但他也清楚，要弄清这次劫粮的来龙去脉还需时间。想到这，他赶紧面带微笑地谄媚着："别别，大哥别生气，刚才小弟是和你开玩笑呢，今后我还需要大哥多多点拨呢。"

黄铁锤也顺坡下驴，语气缓和了许多："那赶紧给我们搞点吃的，一天一夜没吃东西了，肠子都快要粘在一块儿了。"

一番狼吞虎咽后，黄铁锤向疤癞脸低声嘀咕了几句。

疤癞脸听后恼羞成怒地一拍桌子，道："这个事一开头，大金牙就在做托。姓郑的表面是个小老板，但他不光搞我们的人，还把小岛给弄死了，这可不是手里没家伙的人能干的事。还有，大金牙近年来手里的家伙已经换了两茬，这绝对不是靠他自己能办成的事，他哪有这个本事。这档子事，一定是大金牙在里面使坏，姓郑的出脑子，大金牙出人，两人狼狈为奸，合伙算计我们的。"

黄铁锤点点头，最后问："这事咋办？"

疤癫脸最后说了一句："咱们几个好好琢磨琢磨，得让大金牙付点代价，长点记性。"

一天后，一个消息传到了疤癫脸耳朵里。几天前，在运河边的宝应湖里，两条为日军运送物资的机帆船被劫，船上的物资被洗掠一空。疤癫脸赶紧把这个情况报告给日军的湖上巡逻队，话语中还添油加醋，夹带了不少"私货"。日军少佐当机立断，决定铲除金大牙这颗"定时炸弹"，并派了自己的爪牙到洋河镇去调查这位"郑老板"，疤癫脸心中的大石头一下子落了地。

三天后，雾气氤氲的大清早，岸上和湖面上各有一支队伍偷偷摸向了紧靠湖边的高集。寨门内，鸦雀无声，一派寂静，大多数人尚在睡梦中。而此时，疤癫脸带着百十号日伪军，在寨门南边悄无声息地候着。黄铁锤带人坐船来到寨门北边，一人悄悄推开寨门后，众人蜂拥而入，围住金大牙他们常住的几座大房子猛烈开火。

一阵响动后，几座大房子里丝毫没有动静。疤癫脸一挥手，一人上前推开房门朝里张望。只见屋内除了一些被子弹打坏的家具外，一个人影都没有。疤癫脸见状，心里暗暗叫苦，人不在，定是金大牙事先已有准备。他赶紧叫人往寨门外撤退，一帮人马刚到寨门外，就望见远处的几条船淹没在大火中。

就在疤癫脸迟疑的当口，雨点般的子弹呼啸着扑面而来。行进在队伍最前面的人，齐刷刷被击倒。后面的人闻声就近趴了下来，惊慌失措。

枪声渐稀。

苇荡里传来金大牙的喊声："疤癫脸，还有那个打铁的，你们是真不够意思啊。老子拿你们当兄弟，你们竟然耍老子，现在还要端老子的老窝。你不仁，那就休怪我不义。我把话说在前面，现在你们放下武器，留下小鬼子，兴许还能有一条活路。我给你们喝碗稀饭的时间，想活命的赶紧把枪都放在地上，全部给我滚蛋！"

疤癫脸和黄铁锤互相对视了一眼，都没有说话，但日军小队长不愿意，抬手就朝苇荡里开了一枪。苇荡里随即射来一串子弹，日军小队长头部中弹，猝然倒地。

"大金牙，不不，金帮主，别开枪，我们有话好好说，我们都被那个姓郑的耍了。你放心，皇军已派人抓他去了，等把姓郑的兔崽子逮到，我们弟兄就当面锣，对面鼓，把事情说个明白，你看行不行？"疤癞脸趴在地上吼叫着。

见队长毙命，日军开始变得张皇失措，见有人准备发动冲击，疤癞脸急得大喊："都别动，都别动！"可日军不听，慌乱中一通乱射，这下子又引来了苇荡里更加猛烈的还击。霎时间，枪林弹雨，硝烟如云。疤癞脸和黄大锤商量决定，带着自己的人悄悄后撤，留下日军在前面拦击，为他们的撤退拖延时间。

二三十个小鬼子抵抗一阵后，很快就被全部歼灭。等金大牙从苇荡里冲出来时，看到躺在地上的全是日军，疤癞脸和黄铁锤等人早已跑得无影无踪。

金大牙顿时喜笑颜开，兴高采烈道："还是郑队长神算啊，这下子疤癞脸再不敢张狂了。"

旁边的韦富林也说了一句："这些人，挂羊头，卖狗肉，看起来是一回事，真干起来又是一回事。皮太薄，容易露馅。"

酒　客

又到了一年酿酒季。洋河镇上，经过三个月晒窖后，大大小小的酒坊相继开窖。方圆十几里，处处弥漫着沁人心脾的酒糟芳香。

整个洋河镇过去有一百多家酒坊。日军占领徐州后，很大一部分酒坊审时度势或东移或南迁，现在镇上仅剩二十余家。

三天来，几个人一直在镇上转悠，既不多话，也不驻留。最后，他们将目光投向了一家陈姓酒坊。陈家酒坊世代以做酒为生，生意在镇上数一数二。现在的掌柜一如既往坚守着酿酒人的本心，将生意做得红红火火。四年前，镇上黄家酒坊两个恶贯满盈的少东家被人索命，少了欺行霸市之人，陈家的生意越发门庭若市。也正是从那一年开始，连镇上驻扎的日军和乡公所也再不敢轻易招惹做酒人了。原因并不复杂，他们一来想保住这世代传承的行业，为自己留点口福；二来也是忌惮神出鬼没的锄奸队，毕竟引火烧身事小，脑袋搬家事大。

春祥在黄老板家做小工时，就与陈家来往不断。陈家共有四子一女，一女远嫁灵璧，老二老三外出上学后已在外地谋职生子，和家中少有书信往来。如今只有老大老幺两个儿子在酒坊帮衬父母。小儿子陈银华为人机敏，虽不善言辞，但和春祥相处甚好，平时都是他守店。大哥人高马大，就将送酒的重活揽了过去。

三天前的一个早晨，春祥来过陈家一次，与陈银华稍聊片刻后就离开了。

隔一天后，两个商人装扮的外地客商走进了酒坊。

其中年龄稍长者一面迈着步子，一面跟陈银华打起了招呼："小大哥，忙着呢？"

陈银华正忙着往外翻酒糟，回身一看，发现是生人，赶紧热情地招呼对方坐下，给每人倒上一碗温开水后，恭敬地问道："二位客官是……"

年长者笑呵呵地说道："我们在这条街上转了几天，也尝了不少酒，但总感觉差点味儿。我们要的酒可不是给一般人喝的，非是上乘的好酒不可，钱不是问题。"

陈银华一听生意来了，更是兴致盎然，站在二人面前，侃侃而谈起来："您二位可以打听打听，我家在洋河镇上开酒坊几十年了，打老太爷那一辈以来口碑就没坏过。附近街坊邻居且不说，就是在徐州、淮阴，客户也是不可胜数。"

此时，另一个人插话道："小兄弟，我们的客户可不是一般人，你不能糊弄我们啊。"

"看您这话说的！这样，我先给二位介绍一下我们这儿出的白酒。我家的酒分五个等级，一级是原浆泡药用的；二级是市面上给普通人喝的；三级供红白喜事所用；四级是专供固定买主享用；最后一级是为官府还有做大生意的人备的。能看出您二位懂行，这样，我每种给二位舀一点，品尝一下如何？"

"那当然好了。"

陈银华一阵忙乎，在柜台上摆出两溜小酒杯，逐个斟至八分满，对二人说："二位客官，这个酒不是按等级摆放的。请随意尝，然后按口感给排个序。"

二人遂各自端杯，逐一咂了一小口。虽对其中两杯意见相左，但大部分评价基本一致。陈银华看了二人一眼，笑道："二位客官果然厉害，能看出都是懂酒的行家，只是在三、四两级上稍有出入。我先介绍一下，三级和四级的确差别不是很大，都是为重要事情准备的。二位再细细品一品，看看两者有什么差别。"

二人又抿了一小口，其中年长的客人对陈银华赞叹道："两者在回味上还是有点差异的。第三杯更为绵软，喝后在舌根处回甘，酒香持久且不刺激喉咙。小大哥果然厉害，能看出你家酒坊做事规矩，怪不得能在此立脚几十年呢。"

听到客人夸赞，陈银华脸上挂着笑容："说得对！搞歪门邪道那哪行啊。洋河镇是啥地方？酒乡啊！遇上来我们这里买酒的，特别是像你们这样懂酒的人，我们宁愿少赚点，也绝不敢糊弄，你们说是不是？"得知对方是识酒之人，陈银华的嘴皮子变得比平常利索了许多。

年长客人轻声问："小大哥，不知咱这个地方哪家有四五百年的酒坯子？想必那个酒应该是相当好的。"

陈银华听后哈哈大笑，自豪地介绍说，宿迁洋河镇的洋河酒，可考证的历史有四百多年，明末清初更是名闻遐迩。据《泗阳县志》记载，明朝诗人邹辑在《咏白洋河》中写道："白洋河下春水碧，白洋河中多沽客。春风二月柳条新，却念行人千里隔。行客年年任往来，居人自在洋河曲。"

"说得这么好，该不会就是你家吧？"年轻人追问道。

"我倒是想呢！"陈银华话锋一转，拍着胸脯信誓旦旦地表示，对方这个玩笑开得着实有些离谱，他敢保证洋河镇哪一家都没有四五百年的酒坯子。原因有两个：首先，洋河虽然是酿酒之乡，但每家出酒的量并不大，要是四五百年的酒坯子，需要的地方可不是一般的大；第二，当今世道不稳，今天不知明天的事，酿酒这活又实属不好干，街上有好几家酒坊就是因为弄不到粮食，已经关门歇业了。为了更直观地说明，陈银华还拿自家举例，说他家虽有大几十年的酒坯子，但并没有超过一百年。因为从他太爷开酒坊到现在，还不到一百年呢。

"那不对呀，我们听不止一个人说过有，咋到你这里就没有了呢？该不会是有好东西不想亮出来吧？"说话人看着陈银华，狡黠地笑了一声。

受到挤兑的陈银华有点气愤："有好东西我不知道拿出来赚钱啊？如果

要说有的话，也就街中心的黄老板那里了。他们家在这个镇上不知多少年头了，但前几年不知出了啥事，黄老板突然病故，两个儿子没出两年又被人杀了，黄家酒坊就是在他那两个儿子手里败落的。说实话，黄老板手里出的酒那是绝对地好。他们家的酒要说第二，我们家的还真不敢说第一。不过黄家酒坊现在是不行了。但这些年，我们家的酒也改良了不少。不信，你们可以到附近的乡邻那里打听打听。"

年长的又追问："姓黄的两个儿子为啥被杀，是和什么人结下了仇吗？"

"我也只是听说，你们不要外传。黄老板死后，他那两个儿子欺负一家老人，把老太太搞得七死八活的，人家儿子回来报仇，就出了这档子事。要说具体啥原因，我也不清楚。"

"我们听说是一个姓郑的干的，这个人野蛮得很，心狠手辣。"

陈银华警惕起来："二位客官，你们到底是买酒，还是来打听别个的呀？"

"小大哥，别误会，我们生意人就怕这些事，了解了解也好，免得把事弄到自己身上。那个姓郑的你认识吗？"年长的笑道。

"认识。他早先就在黄老板那里做工，看上去还不错的一个人，我们有时还在一块聊天呢。黄老板死后，他就再也没有出现过。噢，他是离这里十来里地郑楼的，听说杀了人后，全家人都搬走了，房子也早塌了。"

"乖乖，这个人真是凶啊。谢谢小兄弟！我们回去再商量一下，明后天就带钱来买。"

"行，没问题，反正我天天在店里。"

当夜，洋河镇南头一香阁客栈里，四个人悄悄潜入了两个客商的客房。床上两个满嘴酒气的人被响动惊醒，伸手就朝枕头下摸。四人猛地冲上前去，夺走手枪，把二人死死按在床上。马玉鸣随即开始检查二人随身携带的包裹。

春祥随手拽把椅子，坐在二人面前，问："听说你们在镇上打听好几天了，来找一个姓郑的。今天我不请自来，说吧，找我什么事？"

年龄小一点的赶紧解释："我们是来买酒的，没有其他事，是那些酒坊老板伙计随便说说的。"

"带枪买酒,来抢酒的吧?"春祥追了一句。

年长的说:"这位好汉,我们无冤无仇,我们拿枪也是为了防身,没有恶意。"

马玉鸣把一个证件交到春祥手里。春祥拿着看了看,向年长的问道:"看样子这张证件是你的了,还是侦缉队长呢!"

马玉鸣一把揪住年龄小一点的那人的头发,猛然一提:"你叫什么名字?干什么的?"

"我,我们两个都是侦缉队的。"年龄小的颤抖着身子回复。

"侯金铭侯队长,我们也算是有缘分啊,你和侯锡九应该是亲戚吧?1938年秋天是我杀的侯锡九,这事儿你不会不知道。他都干了什么事,你也应该心知肚明,看样子你是准备走他的老路啊。"

"郑队长,我都明白,但我也没得办法啊。"侯队长斜眼看看身边的同伙,"我们也只是来问问,哪敢找你的麻烦啊。"

春祥淡淡一笑:"这个人是日本人,你当我不清楚啊。日本人喜欢穿分叉的布袜,大脚拇指和挨着的脚指头分得很开,我一进来就看到了。我清楚你干这事的目的,今天就不挑明了,但你要仔细想想,为日本人干事最后都是啥下场。你就是不为自己,也该为你老母亲和三个孩子考虑考虑吧?"

"是,是,郑队长大恩大德,若能放兄弟一马,日后定当做牛做马报答。你放心,今后我再也不会为日本人做事了。"侯金铭连声哀求。

"你走吧。"春祥对侯金铭说。

"那这个人呢,我回去怎么交代?"侯金铭问。

"你还准备为日本人干活啊?这个人你就不用管了,他是回不去了。"

侯金铭刚走出客栈大门,就听到房间里传来一声惨叫。侯金铭浑身一哆嗦,摇摇脑袋,趁着夜色消失在街道尽头。

鲍集,南临淮河,西与安徽明光为邻,北临洪泽湖,西北隔下草湾引河与双沟相望。相传春秋时期管仲和鲍叔牙来此经商,此地因人得名。清道光十三年,洪水泛滥,鲍集被淹没,后迁至高处。小日本进犯淮阴后,为了控制洪泽湖水道,在鲍集设立日军洪泽湖巡逻联动指挥中心。

话说回来,刚在洪泽湖吃了闷亏,仅剩的两个日军伤兵垂头丧气地站在织田队长身边。织田恶狠狠地盯着疤癞脸和黄铁锤,看得二人心虚腿颤,脸上虚汗直冒。织田通过翻译问道:"马队长、黄队长,整个事情都是你们安排的,你们不是说计划很周密吗?我派了那么多人配合你们,你们竟敢戏弄皇军!粮食一粒也没有拿到不说,还造成我们大日本皇军大大的伤亡,你们作何解释?"

疤癞脸愁眉苦脸没了主意,只能想到哪儿说到哪儿:"织田队长,计划是我和黄队长一起商量的,但那个姓郑的实在太狡猾了,我们也没想到会被他给耍了,好在黄金我们是拿到了。"说着,疤癞脸赶紧把黄金恭恭敬敬地交给织田。没想到织田狠狠地把四根金条砸到他面前,大骂:"八嘎牙路,这四根金条能买到我们那么多大日本皇军士兵的性命吗?你们的去偷袭那个金大牙,只顾自己跑,把我们的人留下不管,死啦死啦地!"

黄铁锤非常清楚织田发怒的后果,赶紧上前打圆场:"织田队长,当时形势很危急,我也不敢私自做主,听到马队长一声令下后,大家都撤退了,可能是皇军当时没有听懂马队长的话吧。"他早就想顶替疤癞脸当老大,一直揣摩着怎么干掉这个老对手。趁着这次机会,三天前,他就私下找过织田,把自己从上次的事里撇得干干净净。

一个日军伤兵又在织田耳边窃窃私语了几句,火上浇油一般,织田队长更加气愤,怒从心来,命令道:"来人,拉出去枪毙!"

尽管疤癞脸跪地苦苦哀求,但还是被两个日本兵拖了出去。这时的黄铁锤心中窃喜,轻松地直起了上身。

此时,在另一个地方,金大牙正和春祥坐在一起。

金大牙说:"郑队长,现在你该给大哥交个实底了吧!"

春祥一愣,没明白金大牙的意思,反问道:"啥意思?我听不明白。"

"老弟呀,虽然我金大牙自己拉杆子起事,但我算不上什么十恶不赦的大恶人,从和疤癞脸斗,到你偷船假运粮,再到我们一起和鬼子暗中较劲,一直到最后截击偷袭他们,你都安排得妥妥当当。你这脑瓜,当大哥的自然佩服。还记得当时我问你是否和姓彭的有瓜葛,你没有正面回答,可我发现你这做事的风格,与我打听到的那姓彭的差不多。说句实话,你觉得我这人如何?只要你看得起我这个大哥,不管你和谁在一起,大哥都相信你是干正经事的。我也是中国人,绝不会干对不起祖宗的事,能相信我这个大哥不?"

春祥哈哈大笑了起来："金大哥，我知道你是个有心人。今天就算你不问我，我也准备和你说道说道。不瞒大哥，我现在是新四军……"

听到春祥的这句话，金大牙反而愣住了，一脸吃惊地看着春祥，过了许久才蹦出三个字："真的呀？"

"这能有什么假啊！金大哥，不瞒你说，我几年前去南方买米受冤，后加入政府军，和军官发生矛盾，就离开了那里。又经人介绍，加入了闽浙边共产党领导的红军游击队。当时的师长是粟裕，也就是今天的新四军第一师师长，驻扎在镇江、泰兴、高邮一带。自打皖南事变，南方几个省的游击队和华北、鲁南的部分八路军改编成了七个师一个旅，近十万将士全部集中到皖中、苏南、苏北、皖东北的广大地区，开展大规模的对日作战。这以外，在河南、河北、山西、陕西、察哈尔、河北等地，还有二十多万八路军和不可胜数的游击队、义勇军，当然还有大量的国民党抗日军队。我相信，小日本在我们疆域庞大的国土上待不了多久。"

金大牙听完春祥的话，连连点头称是，说特别是今年一开年，他就感觉小鬼子没有原来"能"了，不像过去，几个小鬼子都敢到处耍横。

"你说的这些的确是事实。随着我们全民族抗日浪潮的掀起，日军作战已明显吃紧。他们现在主要采取盘兵据点、建碉堡壕沟的策略，再以大规模扫荡、小规模袭击的方法，集中兵力对付我们的某一个点。针对这种形势，我们也能以不变应万变，集中兵力打他们七寸，就似蚕食桑叶那样，一点一点地啃，我就不信啃不光他们。"

"说得好！"金大牙连连点头。

"另外，今年6月以来，和小日本穿一条裤子的德国进攻苏联，这很可能对战局产生重大影响。日军会有什么动作目前还看不出来，但相信未来战事肯定不可能如德国和日本所愿的。只要我们和日本鬼子一直斗下去，他们那么小的国家那么少的人，肯定经不起长时间折腾。"

随着春祥说话节奏加快，金大牙也显得越发激动。

最后，看到春祥讲完，金大牙紧握着他的手说："老弟，其实我早就看出来了。我有几个亲戚，其中就有姓彭的那边的人，他们传话给我说，新四军那里和我们这里不一样，热闹得很，当兵的每个人都整天嗷嗷叫，跟小老虎似的，特别有精神。前几天，我一个老表还去过那里，看了他们剧团演的戏，哎呀，全场巴掌都拍红了。老弟，我也想加入，你给牵个线呗。"

"又不是给你说媳妇，牵啥线啊！还有，以后不准再说"姓彭的""姓彭的"了，那是我们这里的最高首长，是我们新四军第四师师长。"

金大牙扑哧一声笑了起来，顺势补了一句："我也想加入你们的队伍，哪怕是让我跑跑腿也行。"

听到春祥咳了两声，金大牙赶紧把水送到他手里。春祥笑笑说："组织上已经有过考虑，基本答应你们成立湖上小队，但我得先给你提几点要求：首先，你和你的那些手下得改掉过去的坏习惯，像耍横、抢老百姓东西之类的，一律得杜绝；第二，要自食其力，自己要种庄稼，也可以捕鱼卖钱，但绝不允许欺行霸市；第三，得有纪律性，要一切行动听指挥。最后呢，我个人对你提个建议，把你的名字改一改。金大牙，疤癞脸叫你大金牙，多难听，外面的人一听这名字就像个土匪，你说呢？"

"老弟，你说咋改就咋改。"

"叫金责成咋样？就是担责任才能成大事的意思。"春祥说完，仔细观察金大牙的反应。

金大牙激动得一拍大腿，嚷嚷说："好，就叫这个名字，还是你们识文断字的人有能耐，会起好名好字。"

经过这番谈话，春祥在金大牙心中基本上可以摆上神龛了，特别是春祥的睿智和行事风格，赢得了金大牙他们发自内心的佩服和尊崇。

和　尚

随着四师管辖范围逐渐扩大，根据地也在遍地开花，从地区到县再到乡村，各级政权都得到很大完善，相互间的联系也更加紧密起来。

但令人意想不到的是，在这形势大好之际，淮北苏皖边区却传来了坏消息。当地出现了多起人员伤亡及失踪事件，其中有些是日伪人员直接参与，但更多的还是当地一些湖霸、恶匪与日伪沆瀣一气，袭扰边区军民，抢夺物资。就此，边区党委副书记刘瑞龙几次找到四师师部，与锄奸部部长周新宇和春祥沟通，还提供了几个核心恶匪的名字，有东双沟的周镇龙、老子山的冯之才以及临淮的高铸九。这几个人分别盘踞在洪泽湖东西南三面，彼此勾结，以鲍集日军湖上联动中心为据点，在洪泽湖西南一带横行霸道。

新四军决定对他们采取行动，但让人头疼的是，日军有快艇，来去迅猛，所以极难进行袭击。

春祥接到任务后，几番侦察，最后决定从远及近，由陆路逐个击破。

一天后，春祥带着十几个人分散来到东双沟，在新堡会合。经过明察暗访，春祥获悉周镇龙手下有二三十号人，占据着东双沟集上的鱼市和布市，仅仅用了三四年时间，他就聚拢了万贯家产，娶了三房媳妇，最近又和集上一个做衣服的杨姓寡妇勾搭上了。这个杨姓寡妇刚过门三个月，年轻俊俏，更是做得一手漂亮的裁缝活。她丈夫原来在周镇龙手下干活，不知什么原因，竟然意外落水身亡。集上的百姓都知道寡妇丈夫水性很好，便怀疑蹊跷之事与周镇龙脱不了干系，但因没有证据，只能心里嘀咕，不敢多言。寡妇的大伯小叔也曾上门讨要说法，结果不但没见着周镇龙的面，还被暴打一顿，最后被人抬回了家，才没落个曝尸街头的下场。

傍晚时分，杨姓寡妇家大门虚掩，屋内的油灯下，一个婀娜的倩影映衬在窗户纸上来回晃动，能看出女人一边做着针线活，一边还不时朝院子里张望，像是在等候什么人。

屋外黑黢黢的，又下起了毛毛细雨。等了不知多长时间，寡妇走到屋门口，摇摇头后插上了门闩。

突然，院门被一把推开，嗓子洪门大腔传来："小骚货，还为我留着门呢！"

周镇龙大步流星地走进院子，对随行的两个手下吩咐道："你们俩还睡偏房，今晚不走了。"

话毕，周镇龙径直朝正房走去，双手一推，但因门从里面拴着，大门仅晃动了一下并没有打开，周镇龙见状赶紧笑嘻嘻地央求："快开门啊，是我！"

门里传来一句："人家都等你半天了，干吗去了？该不会从别的骚娘们被窝里刚出来吧！"

"放屁！刚和皇军队长吃完饭，还小赚了一点。"周镇龙急不可待地扒拉着房门。

屋内再次传来寡妇的声音："我跟你说，这次你得多给我点，俺娘家兄弟马上要相亲了，你得多出点血，平日里那仨瓜俩枣哪济事呀。"

"好说，好说，你把门打开。"

门"吱呀"一声开了,周镇龙壮实的身体便扑了上去,把寡妇熊抱到怀里,开始上下其手,惹得寡妇一阵嘤咛。寡妇闻到周镇龙一身酒气,嫌弃道:"都臭死了,洗把脸去。"周镇龙哪顾得上这个,吹灭灯就抱着寡妇上了床。

偏房里,两个土匪没聊几句就呼呼大睡。

恰在这时,几个黑影翻墙而入。

春祥、张金军、韩长万几个人推开偏房屋门,三两步冲到床前,把两个酣睡的土匪结结实实绑好,又从鞋窝里掏出两双臭气熏天的袜子,堵上了他们的嘴。

此时,正房内传出一阵阵男女忘我的交欢浪叫。

黑漆漆的房间里,忽现一丝亮光——油灯竟然被人点上了。周镇龙随口骂了一句:"他奶奶的,这事还要看,给老子滚蛋!"

见没有动静,周镇龙斜脸一看,发现油灯前站着两个大汉,吓得立刻从女人身上翻下,眼睛瞄向自己的衣服和枪套,寡妇则裹紧薄被躲到最里面。

张金军拿起衣服扔了过去:"耽误周队长好事了,穿上吧!"

周镇龙慌里慌张穿好裤子,随张金军、韩长万来到堂屋。见自己两个手下也被押着,周镇龙一脸惊恐地打量着几人,问:"请问几位,你们这是?"

春祥看着周镇龙,问道:"你叫周镇龙吧?"

周镇龙点点头。

"认识我们吗?"周镇龙先点头,接着又摇摇头。

春祥接着问:"知道我们为什么找你?"周镇龙摇头,瞪着一双大眼看着春祥。

"先说说你的事吧。你在这一带欺行霸市,祸害了多少人?里面那位的男人死得不清不楚,应该是你干的吧?"

周镇龙做贼心虚,吞吐半天,没冒出一句话。

"秃子头上的虱子——明摆着的事!你不说,就算了!那就说说我们的事吧,前几天有人抢了几箱西药,还杀了三个人,都是你干的吧?"

"那,那药,是新四军的,我们当然得没收,这是皇军给兄弟们下的命令。"周镇龙说完这话,感到形势不对,急忙接着辩解,"但不是我干的,是我手下干的。"

春祥向前探了探身子，把脸凑到周镇龙面前：“看好了，我就是新四军，我们的东西是打小日本用的，你们劫了去，是在害我们战士的生命啊！你自己不干好事，还带小鬼子跑那么欢，知道会有啥结果吗？”

听到这话，周镇龙虽然惊恐万分，但还是不服软，撂了话："事我也干了，你们该咋的咋的吧，就是别伤害我的家人。"

"你个坏熊还蛮顾家的嘛，但你考虑过别人的家庭该怎么办吗？"春祥说完，朝里屋喊了一句，"里面的那位出来吧！"

杨姓寡妇哆哆嗦嗦地从里屋走了出来，"扑通"一声跪在周镇龙旁边。

"你起来，没让你跪着。你马上离开这里，不要再回来了，出去好好做人吧。"春祥说。

寡妇赶紧走进里屋，简单收拾后，急匆匆地向院门方向跑去。就在大家看着寡妇往外跑的当口，周镇龙猛然起身，撞倒韩长万，向院子冲去。可他没想到，院子里的两个人早已把他的去路封死。看了一下四周，他又朝东南角的矮墙窜了过去，但人刚到墙根，就听到院子里响起了枪声。周镇龙两只胳膊扒在墙头，身子软了下去。

屋子里的两个土匪吓得磕头求饶，春祥看了他们一眼，挥挥手："你们也走吧，回家好好种地去。如果再做坏熊，下场和姓周的一样！"

两个人赶紧磕头谢恩，跟跟跄跄跑出了院子。

老子山位于洪泽湖南岸，是淮河与洪泽湖的交汇口，三面环水，以秀丽的湖光山色闻名遐迩。老子山自古商业兴盛，文化发达，南北商贾常云集于此。老子山原本寺庙众多，后因年久失修，加上日军侵占洪泽湖，上香的人日渐稀少，和尚无奈出走，一时变得破败不堪。水母井、凤凰墩、大王庙四周杂草丛生，只有安淮寺还偶有人进香，但也只剩三个和尚维持。随着黄淮水患日重，康熙年间龟山寺、洪泽镇、泗州城皆遭沉陷，寺院佛坛无一幸免。直至道光年间，寺庙才得以重建。时值淮水安澜，便将新落成的寺院命名为安淮寺。当地百姓盛传，现在当家的老和尚为人和善，且有点石成金、化险为夷的法术。

冯之才就住在老子山七八里外的霍山村，是家中独苗，读了几年私塾，据说十二岁才断奶。此人身瘦如柴，手无缚鸡之力，但喜怒不流于表面，凭着殷实家境和权谋诡计，硬是把附近庄子上的人玩得团团转。

看到日军在湖上有了巡逻艇，冯之才开始削尖脑袋往日本人身上贴。对织田更是变着法子讨好，今天送个明朝瓦罐，后天送个清朝金簪，家里一有大事，必禀报织田。湖圩几个有头有脸的人里面，属他和织田关系最近。

冯之才虽然心阴手毒，但对喂了他十二年奶的老母亲却是百般孝顺。无论多晚，每天都会回家看一下老母亲。最近几年，老母亲身体越发孱弱，遇风就感冒。于是，他就差人请安淮寺和尚下山为母亲祈福。但没想到老和尚持经多年，立誓至死不下山。为了治病，他只好派人抬轿送母亲上山。按老和尚要求，需每隔十天上山祈福一次，现已去了两次。看到母亲的心情明显好转，饭量也开始变大，他心中大喜。明天又是上山的日子。

天刚蒙蒙亮，十几个人簇拥着一顶轿子向山上行进。老子山并不高，一群人很快就到了安淮寺。寺门口立有一碑，碑上刻着清代进士阮元所撰《移建安淮寺碑记》："佛法无边入水百年还出水，钟声依旧临淮千里更安淮。"

进入寺内，众人把轿子落在大门外空地上，老和尚端坐于佛像前，身边的小和尚手拿一方块粗布仔细抹着佛龛。冯之才搀扶着母亲走进大殿，随母亲在神位前虔诚地拜了三拜。

按惯例，母亲到老和尚跟前听其讲经，冯之才在门外打发时间。

这一天，一年轻和尚从大殿侧门径直来到冯之才等人面前，双手合十，开口道："冯施主，家师感谢您乐善好施，诚邀您到后堂休息，待老夫人听读完经书，会在后堂会面，再替老夫人调和心境。万事皆以愉悦为先，烦请您随我来，其他人可在此等候。"

冯之才让随从留在此地，便随和尚穿过大堂，经过后庭，右拐走过一长廊，再转过一道弯，最后推开一扇木门，进入屋内。

年轻和尚在方桌前落座，面对冯之才轻声说道："冯施主，请坐，面前是刚沏的新茶，请慢用！"

冯之才端起茶碗，慢慢地品尝了两口，对茶赞不绝口。

"向大师请教，我老母亲来过这里两次，精神好了很多，只是不知为何头疼病未见好转。在山下我也求了不少郎中，都不管用，不知大师这里可有良方？"放下茶碗，冯之才问道。

年轻和尚淡淡一笑，说："冯施主，老夫人身体不适乃是痼疾，需寻其病之根源，有的是冷热不均所致，有的是因心情烦闷所积，有的则是处事不善逼迫而就。老夫人为哪般，恐怕只有冯施主自己能知其中大概吧？"

冯之才知道安淮寺是佛门圣地，听年轻和尚这般说完，心想不如借此机会请他分析一下母亲的病因，道道心中疑虑也是无妨。脑袋转过三圈，冯之才慢悠悠地说道，按照大师所言，一年四季阴晴变幻，温度肯定有起伏，但凭他对母亲的细心照料，自觉母亲应该不受这一因素影响；大师所说的心情，以前可能因自己身体瘦弱，母亲的确曾忧虑过度，而时至今日，自己虽没有长得壮硕，但也无大灾小病，生活方面亦能给予母亲优渥的条件，使她吃穿无忧，花钱无虑，非一般人能比；至于大师口中所言最后一种情况，自己本就一介草民，与世无争，只不过为了活路，的确得罪了一些人，但现下的世道谁能说得清、活得透呢？就算对别人偶有伤害，那也是民间之争，自己并无大错，不至于殃及老人。

"那冯施主能坦诚透露自己心中所想吗？在禅寺里六根清净，但说无妨！"年轻和尚看着他，引导冯之才继续说下去。

冯之才面露尴尬之色，但他心里十分清楚，佛门清静之地，难留世俗之人。面对与世无争的佛门之人，他决定把胸中积郁良久之事一吐为快，希望换取这份脱俗心境。

呷过一口茶，冯之才娓娓道来。原来他自幼身体孱弱，常受他人欺负，自卑至极。但他转念一想，人活一辈子，长短不过几十年，不能如此窝窝囊囊地在世上走一遭，既然自己身体柔弱无法处事，那就用脑子。他脑子灵光，加上家里不缺钱财，便使些金银笼络关系，又找些健壮之人专门护卫自己。但日本人来了之后，他身边的人渐渐变少，大家都去另谋他途。这日本人有枪有炮，要想生存，就得攀上他们。而他费尽心思和日本人搭上关系后，为他们做事，确实伤害了不少无辜。而现在为了母亲身体，他愿意在此赎罪，一年少则三次，多则五次前来进香。只是现在他虽然娶了两房家眷，但金枪如蚯蚓般软绵，行房一直难以为之，至今仍膝下无子。

年轻和尚面带微笑，不是点头，就是哀叹。等冯之才述说完毕，方才起身说道："冯施主是位坦荡之人，乐善好施，虽有罪孽但不该至此，请随我来。在大殿后方的石山上，有一赎罪之地，劳您前往，在那里虔诚祈福，既可保老夫人益寿延年，洪福齐天，也可佑您筋骨强健，儿女双全。"

冯之才没想到这里还有如此妙门，高兴得猛喝几大口茶水后，随和尚前往后山。

三十几级台阶，拾级而上，二人来到一空旷地。空旷场地背后是一座天然石山，在这石山上放置着九个牌位，上有墨书挥就的人名。在和尚劝说下，冯之才走到牌位前，逐一察看牌位上的名字。看后，冯之才霎时面色土黄，瘫坐在了地上，好半天才回过神来，扭头看向和尚。和尚面色沉重，不急不慢地说："冯之才，牌位上的人你认识吧？"冯之才当然清楚，牌位上的九个人，他至少能识别出五个，都是命丧其手的锄奸队员和地方组织的交通员。

冯之才如一摊烂泥，无精打采地低下了脑袋，没想到念叨半天，竟是给自己亲手挖了一座墓穴。

站立一旁的年轻和尚见状，拿出一张盖上红印的纸：

冯之才，卖国求荣，与日本人狼狈为奸，残害百姓，杀害我边区革命群众多名，今天予以正法。淮北边区党委委员会

此时，已悄悄逼近冯之才身后的两名锄奸队员，手拿麻绳套住他的脖子。其中一名队员压住他的双腿，另一名队员抓住绳头，用力向上提起……不到一袋烟的工夫，冯之才那双细腿前后蹬踏了十几下，就再也没有了动静。

举头环视了一眼安淮寺，"和尚"春祥脱下袈裟，向九个牌位三鞠躬后，领着两名队员悄然离去。

毒　杀

临淮，因濒临淮水而得名，位于泗洪县东南，北距青阳城三十公里，东与半城为邻，西与双沟隔河相望，北与石集接壤，南濒洪泽湖，地理优势非常显著。

周镇龙和冯之才之死，大煞湖上恶霸的嚣张气焰。刁民恶匪抱头鼠窜，纷纷藏匿了起来，就连盘踞临淮的高铸九也惴惴不安，处处谨慎、临深履薄。蜗居在临淮寨内，喝闲酒，哼小曲，大门不出，二门不迈，独享清闲。

高铸九既不像周镇龙仅靠一身蛮力立足，也不像冯之才那样脑子活泛、

灵光，他自幼家中贫寒，先前不仅帮地主扛过活，也替大户人家打过鱼，一直不咸不淡地过活着，到了二十五六岁仍孑然一身。

一年凛冬将至，高铸九在湖边偶遇一姑娘被一头凶残的野猪疯狂追撵，惊慌之下，那姑娘失足掉进了冰冷刺骨的湖水里。他当机立断，不假思索地跳进水中英雄救美。事后得知，此女是一猎户家的女儿。姑娘见高铸九模样尚可，且对自己有救命之恩，便心生嫁他之意。猎户身边有三女，本意招一女婿入门，就托人找到高铸九。不久之后，高铸九便自然而然地入赘进了猎户家。滑头滑脑的高铸九在跟着猎户的两年时间里，练得了一手好枪法，从他面前溜过的猎物，无一幸存。

去年春上，高铸九在芦苇荡里开枪射雁，发现有一小队鬼子，这些鬼子正准备伏击几个专门与鬼子作对的渔民。躲在暗处的高铸九将他们的一举一动看在眼里，瞄准时机，当机立断，一枪就击毙了一个刚探出头的鬼子。结果，那声枪响引得鬼子们一路狂追。尽管他拼命逃跑，但最终还是寡不敌众，临近家门时被鬼子按倒在地。小鬼子一阵拳打脚踢，加之织田的威逼利诱，高铸九念及自己两个年幼的孩子，身子骨变软，答应为日本人做事。在织田的要求下，他展示了自己的枪法。先拎长枪，后使短枪，得心应手，弹无虚发。尽管织田派出最出色的士兵和他比武，但次次皆是高铸九占上风。

织田喜形于色、拍手称赞，心里盘算以后只要有外出行动，都让高铸九在最关键的时刻出马，为此他还特意派了两个日本兵护其左右，名为护卫，实则贴身监视高铸久的一举一动。身怀绝技且铁了心做汉奸走狗的高铸九让游击队和新四军吃尽了苦头，几名连级指挥员都命丧其枪下。织田的诱掖奖劝，甘言厚礼，让高铸九变得更加肆无忌惮。

恶人怀技，祸害无尽。春祥率领的特务营得到锄奸部指示，要求尽快摸清高铸九行踪，伺机将其铲除。两次失手后，春祥受到了组织的严厉批评。

春祥、冯林生、韦富林为此也伤透了脑筋。

机会终于来了。

高铸九接到丈人外甥将于近日完婚的消息，丈人通知他务必前去参加。高铸九刚开始有些许犹豫，结果被老丈人劈头盖脸地臭骂了一顿，说他这把老骨头能活到现在，得亏自己这个大姐如母亲般的照料，眼下还轮不到高铸九当家，去也得去，不去也得去。这也怪不到老丈人生气骂娘，在宿县境内，有"天上雷公，地下舅公（外公）"的说法，天大地大，亲娘舅最大。按照当地风俗，外甥结婚，亲娘舅必到场。婚宴上排席，舅舅须坐正席大位，以示尊崇。丈人还再三叮嘱，要高铸九准备一份大礼，要不然休想再见他的两个儿子，直接给他捆着扔到湖里喂鱼算了。加之自己老婆也天天在枕边昼吟宵哭，高铸九也就服软了。

老丈人大姐家住龙集，高铸九感觉走陆路不太合适，决定赶水路。为安全起见，他将此事告诉了织田。经过一番缜密商议，织田决定派汽艇送他到龙集湖边，然后高铸九带几个随从一同前往集上饭庄，完事后再乘坐汽艇返回临淮。

老丈人一家则感觉坐汽艇太扎眼了，担心乡邻说闲话，便带着一家老小提前一天赶到了龙集。

婚礼当天上午，高铸九坐在两艘汽艇的后一艘上，向着龙集疾驰。

汽艇转眼间就到了龙集，高铸九带着四个手下直奔龙集最大的饭庄。来到饭庄，献上厚礼，高铸九便被一对新人引入主桌就座。都说人逢喜事精神爽，洋洋得意的高铸九跷起二郎腿，眼睛眯成了一条线，脸上挂着沾沾自喜的笑容，享受着宴席上食客们的溢美逢迎之词。

午时，婚宴在喜庆的鞭炮声中拉开了序幕，欢声笑语拉扯至下午日头西斜，高铸九才和四个护卫摇头晃脑地离开饭庄。从龙集到湖边总共三多里地，因地处湖滩，人烟稀少，且越靠近湖边，杂草和芦苇就越发茂密。高铸九的酒量虽非一般人能比，但也抵不住轮番敬酒，只见他走起路来摇头晃脑，头重脚轻。尽管如此，凭借残存的一丝清醒，他路上一言不发，闷头快速往湖边行进，并不时地观察着周边的风吹草动。

离湖边还有里把路时，几颗子弹冷不丁地从北边的芦苇丛中倏地射来。高铸九和一个手下应声倒地。高铸九右腿中弹，趴在地上，抬手朝枪响处连放了两枪，见对方毫无动静，便猫着腰瘸着腿朝东边跑。没几步远，芦苇荡里又响起了密集的枪声，两个卫兵接连中弹，高铸九左腿被击中，只能往前爬，边爬边持枪顽抗。

春祥和张金军带着十来个人从芦苇荡里钻出，边开枪边朝高铸九飞奔而来。倏地，从远处传来密密麻麻的枪声，直直地射向春祥他们，两三个战士瞬间倒下。大伙被逼无奈，只能再次躲回芦苇荡中。一队日军跑到高铸九身边，抬起他就朝湖边跑去，仓皇跨上了汽艇。

春祥退回到原处,两个战士正在为韩长万小心地包扎伤口。看着韩长万面如土色、苍白无力的样子,春祥顿感大事不妙,随即指挥大家向着高集狂奔。等赶到诊所,韩长万已停止了呼吸。这次行动,除韩长万牺牲外,还有三名战士也献出了年轻的生命,另有两名战士受了重伤。

高铸九有惊无险地捡回了一条命。汽艇将他带到湖对面的高渡,那里有日军新建的一个岗楼。日军军医诊断了一番,对负责护送的日军小队长摇了摇头。从双方对话时的神情中,高铸九察觉到大事不妙,清楚自己后半生再难下地走路,锥心的痛苦让他再次昏迷了过去。

高铸九在日军医院救治一个月后,日军见其已是废人一个,再无大用,便将其撵出了医院。

高铸九回到家中的次日清晨,一个担夫挑着豆腐担在高家门前大声吆喝:"豆腐,豆腐,刚出锅的卤水豆腐!"

高铸九酷爱卤水热豆腐,便让老婆买来一碗解馋。热气腾腾的豆腐盛在碗里散发着鲜香。卖豆腐的怕烫着女人,便亲自将豆腐端到了高铸九床边。

高铸九双手刚接过碗,卖豆腐的汉子便一手扯下头上的草帽,一手从腰间拔出了手枪。

高铸九惊恐万分,双手颤抖。

"高铸九,知道我是谁吗?"

"不,不知道……"

"新四军特务营营长郑旭。"

"啊……"

"喂他,让他再吃一口喜欢的卤水老豆腐!"春祥对高铸九老婆喊道。

女人喂一口,高铸九吃一口。半碗豆腐,高铸九整整吃了一袋烟的工夫。

高铸九磨磨蹭蹭地咽下了最后一口豆腐。

"高铸九,断头饭吃过了,该上路了!"

女人刚转过身,枪声便在耳边响起。

在洪泽湖和大运河的交汇处,有一个名叫西顺河的镇子,坐陆环水,自然风光独特。这里驻扎了一个日军中队和一个伪军团部,运河出入口两岸设置了四个岗楼,配备了三艘汽艇,目的就是为了搜查经运河运送至泗沭及鲁南地区的药品、粮食、衣物等物资。

运河从西顺河、高家堰、五墩、马头流经双闸、新堡，再流至李口，河两岸大小码头数不胜数，酒肆、旅馆更是比比皆是。商铺邻里为了一己私利，先是组建属于自己的势力范围，而后考虑到整个运河的通商需要，相继建立了各种商会。新四军三师和四师驻扎到泗宿淮地区后，早期的地下组织成员陆续找到了党组织，其中不乏一些早期潜伏在商会里的人员。

日军中队长玉置浩二，1937年到达山东青岛后，第二年便被派驻到了这里。几年时间下来，渐渐喜欢上了这里的环境和美食。玉置浩二老家在日本南部奈良，那里也是鱼米之乡。和玉置浩二仅一墙之隔的是伪军三十三团团长马骞，淮阴本地人，行伍出身，长于计谋，经过多年钻营，爬上了团长的位置。二人臭味相投，玉置浩二喜欢美食，而马骞最好女色，附近的大小酒肆和春楼，二人摸得清清楚楚。

转眼间到了阴历八月十五夜，月白风清，星辰千里。为庆祝"中日亲善"和玉置浩二"亲赴"中国五周年，日伪在五墩晋家会馆敲锣打鼓、张灯结彩地举办了一场盛大的中秋赏月宴会。运河宿淮段的各个商会皆出钱出力，三天前就开始着手布置会场。马骞事先和会馆打过招呼，要求他们特地从上海购置日本清酒、青团、鱼板、海苔等食材，还特意交代他们请来淮剧名角红菱助演。

春祥是作为李口的商会代表应邀前来赴宴的。

晋家会馆位于五墩的西侧，紧靠运河，大门正对河道。

大院内，四排十六张方桌摆得整整齐齐。北侧的中堂内一张大桌，八把黑漆靠背椅两两放一边。仆佣在席间匆忙地来回穿梭，手脚不停地摆放着酒水碗筷。晌午将至，不远处的河道里传来了汽艇马达的轰鸣声，玉置浩二和马骞姗姗赶到，身后还跟随着数十名日伪军，手持长短武器，分别把守进出会馆的各个通道，连周边的制高点都有长枪把控。

玉置浩二和马骞在众人的欢呼雀跃中，现身会馆大门，随后便得意扬扬地迈入中堂，在会馆刘掌柜的引领下，落座主桌主位。两人目视前方，惬意地俯瞰院内的人群。刘掌柜朝主事使了个眼色，主事站在门口，兼顾屋内屋外，大声吼道："为了庆祝中日亲善和玉置队长到此理政五周年，商会成立八周年，在各商会同仁的鼎力支持下，在此设宴款待玉置队长、马团长。有缘千里来相会，今日相聚一堂，希望大家不拘乡礼，开怀畅饮！"

一阵掌声后，酒宴开始。众人高举酒杯，顿时觥筹交错，劝酒声此起彼伏。主桌上，刘掌柜向玉置浩二和马謇介绍着席间各位："坐在我旁边的是南陈集商会会长谈西林，坐在玉置队长旁边的是李口新任会长成奉民……"

李口新任会长成奉民，因生意官司赶往扬州处理事务去了，假借其名坐在那里的是春祥。

刘掌柜点头哈腰向玉置浩二介绍桌上每道菜的菜名，有红汤炖鲖鱼、蛋白银鱼、黄集羊肉、酸汤鱼圆、蒲菜炖仔排、淮扬软兜、荷叶包鸡、韭叶河蚬……逐一报完菜名后，刘掌柜稍作停顿，补充说，菜虽档次不高，但贵在新鲜，鱼虾都是早上才出湖的。另外，还特意为玉置队长备了一点他们国家的美味。然后，他抬手朝门口拍了两下巴掌，随即，一个女佣便手端托盘进了屋，在玉置浩二身边半蹲下来。玉置浩二一看，眼睛立刻大放异彩。

春祥和马謇一左一右，轮番上阵，玉置浩二激情迸发，一杯接着一杯，加上各个商会代表接连不断地来主桌敬酒，玉置浩二很快便酒精上头，面红耳赤，说起话来舌头打卷。

春祥借机把玉置浩二面前的空杯倒满，并递到他手里："玉置队长，请您再尝尝我们洋河镇的三十年陈酿。这次来我特意备了一坛，如果感觉不错，待您走时给您捎上。"

玉置浩二把酒杯放到鼻子下面闻了闻，又抿了一小口，然后仰头一饮而尽。

"好酒，再来一杯！"玉置浩二大赞，旁边的春祥赶紧给他倒满。紧接着，春祥端起酒杯，和玉置浩二轻碰了一下，二人都爽快地把酒倒进了嘴里。不大一会儿，玉置浩二眯上了眼睛，杯子也掉落在了地上，整个人软绵绵地左右摇晃。见此情景，春祥和刘掌柜商量，决定扶玉置浩二去南房休息。

酒至七成的马謇，此时早已心不在焉，思绪全在姘头的床上。一口气将杯中酒灌下肚后，马謇带着一个跟班匆匆忙忙地离开了。酒过三巡，菜过五味，客人纷纷识趣地自行离去，春祥也随众人落杯告辞。

此时，马謇的酒劲开始上头，在跟班的搀扶下，跟跟跄跄地穿过两条小路拐进了熟悉的小院。马謇刚跨进大门，就被一双有力的大手拽进了堂屋，接着被一脚踹跪在地。跟班站在门外愣神之际，也被人从腰间拔去了手枪。

"马团长到了吗？"话音刚落，春祥从门外走了进来，一脸坦然地在马謇面前坐下。

"马团长好酒量啊，怎么不喝完就下了桌？我还想再陪你喝几杯呢！"

酒醒三分的马謇定了定神，惊愕之余摇头晃脑道："原来是成会长啊，你这意思是？"

闲话间，马謇企图站起身来，不料却被人从后面一把摁住，动弹不得。

"成会长，我们之间难道有什么误会吗？"马謇见机行事。

"你说呢？可能我们之间的误会不是一小点吧。"春祥面不改色地说道。

"我们之前好像并未见过面，今天大家话谈得也很投机，不知我马某哪儿得罪你了？"

"我是新四军特务营营长郑旭，现在你该知道在什么地方得罪我了吧？"

"啊！"马謇顿时呆若木鸡，酒醒过半，赶紧跪行到春祥跟前。

"郑营长，小的也是混碗饭吃啊，家里上有老下有小，都靠我一个人养活着，我实在是走投无路啊。"

"你这个人，就是狗掀门帘子——全凭一张嘴。前面我们几次给你捎信，哪一次你收敛了？噢，你死心塌地跟着日本人，认他们当爹当祖宗，我们被你扣押的药品和物资有多少，我们又有多少打小日本的战士因为缺药而牺牲！"

马謇开始痛哭流涕："郑营长，求你留我一命，我保证，明天就把枪和药品送到你指定的地方，你看行吗？"

"饿了才知道找奶吃！晚了，阎王难劝该死的鬼！估计你那个日本主子玉置老日这时候还睡得糊里糊涂，不过，能不能醒过来就难说了。"站在马謇背后的马玉鸣没好气地说。

听到这番话，马謇吓得瑟瑟发抖，抱着春祥的大腿死活不放，一把鼻涕一把眼泪地道："郑营长，求求你给小的留条狗命吧。只要你留我一命，今后你让我干啥我就干啥。"

春祥默不作声，只是冷冷地看着他。马玉鸣从后面用枪将马謇打昏，顺势把他扛在了肩上。几个人风风火火地出了大门，附近有人嘀咕道：这不是马团长吗，这是咋啦？

187

春祥叹了口气:"唉,又喝多了!"

随后,春祥几人乘上一条小船,驶离了五墩码头。待小船划到一处芦苇丛,马玉鸣抓起马鞯扔进了河里。

一天后,回来的暗哨带来消息,那天傍晚,玉置浩二没有醒过来,刘掌柜喊了几次才敢进门查看,发现玉置浩二直挺挺地躺在床上,七窍出血,没了气息。

暗　算

天气渐渐开始转凉,不知不觉到了秋天。

苏北的秋天秋味是很浓郁的。秋日早晨的乡间,雾淡得似薄纱,渐渐散去时,那像小大姐羞红的脸似的日头,渐渐升起,让秋天的早晨多了几分温柔和妩媚。

四师向东穿过津浦线后,当地国民党驻军如临大敌,不由慌乱了起来,与新四军及淮北边区武装冲突不断。虽然双方之间没有发生大的战斗,但频繁的摩擦造成的矛盾却在不断激化。国民党还成立了反共的"特别委员会",开展所谓"停止阶级斗争""共产党投降"等的反动宣传,妄图通过摩擦,限缩新四军的活动范围。此时,一个"摩擦"专家跳了出来。

韩德勤,江苏省主席及苏鲁战区副总司令,先后在河北陆军学堂、保定军官学校学习。此人虽履历显赫,但个性并不张扬,对部下和家属要求严苛,对蒋介石尊崇、忠诚有加,深得蒋介石赏识。在自己辖区内,韩德勤一直秉承蒋介石旨意,时时处处与新四军作对,制造"摩擦"。

去年8月,新四军在陈毅、粟裕指挥下,进入黄桥地区。与此同时,八路军第五纵队向东挺进淮阴和海州,两军形成南北配合之势。得知这番布局,韩德勤坐立不安,先是指挥部队进攻营溪,结果反被新四军歼灭一千余人;后又围攻姜堰,电令新四军退兵,却遭到严词拒绝。韩德勤自恃兵强弹足,遂派三万部队分两翼夹击驻扎在黄桥的新四军。新四军被迫应战,连战数月,直至10月初,战斗方才结束。黄桥一战新四军共歼灭国民党部队一万一千余人,俘虏四千余人,可谓大胜。在往北一点的宿淮地区,日伪军8月下旬又开始全面扫荡,宿淮大地处处响起枪声,村村燃起熊熊大火。新四军三师、四师所属部队奋起抵抗,淮北苏皖边区党委领导各支游击队和各个县委的武装,也全面参与抵抗。就在新四军率领广大军民同仇敌忾时,韩德勤又动起了歪脑筋。

其手下王光夏是共产党的老对手,时任江苏省常备第七旅旅长、江苏省保安第三纵队司令,是泗阳穿城人。去年7月,中共中央中原局书记刘少奇在洛岗遭日伪三面包围之时,他非但不出手相救,竟然带领部队在洪泽湖东北阻断了刘少奇的后路。幸好新四军主力黄克诚率领八路军三四四团出击,将其击溃。战败的王光夏狼狈不堪地西逃,悄无声息休养了好长一阵子,一直在寻找着报复新四军的"良机"。

王光夏得到韩德勤密令后蠢蠢欲动。韩德勤要求他率领三个团两千人,驻扎到运河两岸程道口、史集、仰化集一带,构筑据点和工事,强征当地劳工一千多人,摊派粮食三十余万斤,砍伐当地树木做围寨,以图扼守运河运输线,切断皖东北和淮海抗日根据地之间的联系。与此同时,韩德勤又派国民党一一七师下属的两个团,侵占淮阴、涟水的新渡口、张官荡、大兴庄一带,以程道口为中心,与王光夏驻地形成一条贯穿淮北、淮海的东西走廊。

韩德勤的部署,让新四军倍感压力。于是,代军长陈毅决定亲自指挥,铲除这个毒瘤。

程道口是位于六塘河和运河之间的一个道口,是个"咽喉"要道。王光夏命令部队和劳工日夜施工近两个月,修成了六个围寨。围寨分为内外两层,高约六米。围寨外面挖有壕沟,深宽各六米,还设有四道铁丝网。在如此严密的工事里,王光夏准备以逸待劳。

"我这地方,别说新四军那些破烂玩意儿了,就连小鬼子也别想打开一道口子!"王光夏口出狂言。

陈毅从战士口中听到王光夏此话,只觉气愤万分:"我倒要看看姓王的有什么本事!"

作战前,陈毅交代彭雪枫说:马上制定战场纪律,做好计划安排,先把这个王光夏围起来。

新四军从靠得最近的二师、三师、四师中抽调六个团,先完成了对程道口的包围。10月20日下午五点,总攻开始,各部队从程道口四周同时发起攻击,迫击炮和掷弹筒齐发,一时间,天崩地裂,硝烟滚滚,程道口外围被炮弹轰炸得七零八落。

春祥的特务营也投入了这场战斗。

春祥带领一支小分队从西面抢先跨进壕沟，端掉围寨上的几个火力点后，迅速埋伏到里道围寨下面。小分队中的一名战士抱着用三根毛竹捆成的长竿冲了上去，紧随其后的两人顺势推着长竿往寨墙上顶。春祥手拎两把枪，接连击毙了好几个从寨墙探出脑袋的国民党兵。战士们找准时机攀上了寨顶，最终撕开了一个缺口。正当大家急着往上冲时，突然一颗手榴弹从寨顶上扔了下来，在壕沟里发出剧烈的爆炸声。弹片将春祥肩部划开了一个五指宽的血口，副营长韦富林、马一鸣及两名战士倒在了血泊中……

夜幕降临，程道口内外仍然天摇地动，火光冲天。

新四军一波接一波攻击，丝毫没有停息的迹象，王光夏心里发了慌。他开始四处求援，但东边的援军被阻隔在了丁集和淮高一带，根本无法到达程道口。

双方的搏杀一直持续到第二天下午，程道口两道寨墙有多处被攻破。王光夏带领最后几百人躲在西边的指挥部里，负隅顽抗，垂死挣扎。

王光夏的这招后路，早就被特务营识破。春祥简单包扎伤口后，率领三十多人隐蔽在西侧的洼地里，伺机而动。

终于，从北边和南边同时传来一阵阵冲锋号声。顿时，喊杀声此起彼伏，冲天火光中，新四军战士们发起了最后的冲锋。王光夏见人势已去，匆忙领着剩下的二百多号人，从西边地道里爬了出来。

王光夏怎么也没有料想到，自己刚冲出圩子，就遭到埋伏在沟底的特务营战士的伏击。王光夏命令一部分人留下阻击，自己则向西仓皇逃跑。待枪声停息，王光夏已不见踪影。

此时，从军部传来部队回撤休整的命令。接到命令的春祥顾不得包扎伤口，很快回到了半城。

在锄奸部办公室，周部长一看见春祥，就关切地询问他的伤情。春祥摇摇头："这点伤算啥，抓一把土往上一捂就完事。"

"那可不行，你马上到师部医疗室里去处理伤口，别不当回事，感染了，你的膀子就废了。"周部长正色道。

稍停片刻后，周部长脸色阴沉地继续说道："郑营长，告诉你一个不好的消息，副营长韦富林同志受了重伤，你的老战友马一鸣同志牺牲了……"

听到这个消息，春祥先是大吃一惊，后又慢慢低下头，不禁泣不成声。

陈毅要来程道口一带视察，周部长安排春祥负责保卫工作。

在部队的护送下，陈毅经运河、唐莫圩子、龙集顺利到达半城。此时，在半城潜伏的国民党特务纷纷出笼，打探陈毅的行踪。敌工部抓了几个人，经过一番审讯，却没有得到任何有价值的情报。

在半城召开的庆祝大会结束后，陈毅提出要到附近村庄看看。城北小林园有一户军烈属，司令部联络处和敌工部沟通后，安排陈毅前往那里。

距半城仅有三四里地的小林园，这天异常热闹。陈毅一走进侯易斌老人家，老人就热情上前握住陈毅的手，激动地说："陈军长，您好啊，终于见到您了。"

陈毅拉着老夫妻二人坐了下来，问候道："老大哥，老嫂子，你们可好啊？我陈毅对不住你们哪，没有把孩子给你们带回来！"

老太握着陈军长的手，老泪横流，双唇张合了好大一会儿，还是没有说出话来。老汉倒很爽朗："没啥，没啥，我四个儿子，三个跟着你打鬼子，两个死了，一个没有音讯，应该还活着。家里本还守着一个小的，可这个小的也闹着去参加新四军，俺们老两口也不拦着，他就也到部队上去了。"

陈毅关切地问道："小的到哪个部队了？"

"彭大个子那里，具体在哪个部队我也不清楚，走了一个月，一次也没回来过。他娘天天在家掉泪，想得很，我老是劝她，都不去打鬼子，都把孩子放到家里，谁来守国土，谁为咱老百姓打江山？"

"要不要我去找彭大个子说说，动员小的回来？老大哥老嫂子身边不能不留一个男娃呀。"

老人手一摆，装作生气的样子："陈军长，您这是笑话我啊，我能是那不懂事的人？孩子大了，在家守着这几亩地有啥意思，他即便不去咱们的部队，想守着这几亩地，说不定啥时候这地就不是咱们的喽。"

老人的话，触动了陈毅。陈毅拉着老人的手，上下摇动着："老大哥啊，你们太伟大了，我陈毅代表共产党、毛主席和朱总司令感谢你们。没有你们，我们的队伍将寸步难行，没有你们，我们无法和小日本斗争下去啊！这江山我们一起来打！"

一时之间，屋内气氛异常热烈，屋外也渐渐变得热闹起来。

附近的乡民看到有军人站岗，知道有大人物在这里。很快，小房子四周围上来更多的人。到最后，房门前已是围了几圈村民，他们都在等着陈毅出来，想一睹新四军最高领导的英姿。

身穿便衣的春祥等人此时在人群里分散开来，警惕地注视着四周。

欢声笑语中，有的人手舞足蹈地与同伴大声说话，有的人绘声绘色地讲述着新四军打仗的故事。春祥留意到三个年龄相仿的年轻人不停地左顾右盼，像是在寻找着什么。突然，其中一人开始慢慢地朝前移动。春祥朝其他人使了个眼色，战士们行动起来，向那三人围拢。现场情况骤然紧张起来，如果敌人趁乱制造出响动，群众马上就会乱作一团，这不仅会对陈毅军长的安全造成直接威胁，也会为现场抓获特务增加极大的难度。

按照事先制定的计划，春祥高声喊道："这天要下雨了，回家喽！"听到这一嗓子，大家纷纷抬头望天。

正当众人抬头之际，春祥几人突然出手，扭住那三个年轻人，将他们迅速拉出了人群。

傍晚，敌工部部长徐严亮和春祥坐在一起。

"徐部长，陈军长外出的事都有谁知道？我感到很纳闷，我是提前两个小时得到的通知，那敌人是如何知道的呢？"春祥问。

徐严亮想了想问："你们抓回来的那三个人审问了没有？"

"先晾一晾，准备晚上审！"春祥回答。

徐严亮接着说："庆祝大会一结束，本来是要安排陈军长回司令部休息的，但陈军长感觉还有点时间，想出去走走。行程是在很短时间里决定的，这个事只有我和参谋长知道。"

说完，徐严亮又思索了半晌，突然想到了什么，连忙说："噢，徐严同同志今天到过我这里，他是洪泽湖工委委员，上面要求他和当地县委做好联系，他来主要是谈这个事的。陈军长提出想到九旅去看看时，他正好在这儿。"

春祥面部表情轻松了许多："严同同志我打交道好几年了，他那里我放心。只是今天发生的事，让我感觉我们内部可能有问题，具体问题出在哪里，我也说不清楚。陈军长临时作出的决定，敌人都能摸到情况，这很让人担心。"

徐严亮眉头紧锁，面色稍有不悦，但并没有说话。春祥赶紧笑着说："徐部长，我只是猜测，我马上就来审讯这三个人。"

徐严亮笑着摇摇头说："郑营长,我也很担心。这样,我陪你一起去审,看看能不能套点儿什么出来。"

二人一同来到审讯室,提出三个年轻人一一过堂。前两人面对提问,回答得比较利索,第三个一坐进审讯室,就神色张皇,因为之前从这个人身上搜出了一枚日式手雷。

徐严亮轻咳一声后,春祥才开始审讯:

"名字?"

"石智才。"

"哪里人?"

"小林园人。"

"为什么到北头园。"

"看俺小姑。"

"你小姑叫什么名字?家里几口人?"

"夏林娥,四口人。"

北头园村紧挨着小林园,陈毅军长去的是小林园,这一问,就说明石智才不是本地人。春祥有意把两个村名说颠倒,让对方吃不准自己到底身在何村,撕开了审讯的第一道裂口。

"手脚蛮快的嘛,手雷差点就从裤裆里滑跑了!说,天天腰上别这个干什么用?"春祥把手雷放在桌面上。

"我捡的。"

春祥眼中冒着咄咄逼人的亮光,短暂对视后,石智才方把目光移到旁边。

"看着我!"春祥大吼一声,石智才这才又把眼睛转向春祥。

冷冷一笑后,春祥淡淡地对徐严亮说了:"我看别问了,这个人是日本特务,拿着日式的家伙,说话没有一句超过十个字的,这种日本特务我见得多了,从不多说一句话,怕露馅。就这样吧,拉出去毙了。"

徐严亮站了起来,看都没看石智才一眼,就朝门外叫了一声:"来人!"

两名手持步枪的战士推门进屋,徐严亮说:"拉出去毙了!"

两名战士走到石智才身后,二话没有,架起人就要朝门口拖。石智才明白自己大难临头,急忙喊道:"别杀我,我说!"

春祥这才示意战士退出门外，语气冷冷地说："说吧！"

"我确实是看俺小姑的，刚才我说的是实话，我……"

春祥一拍桌子，大声骂道："你这个兔崽子，真是不见棺材不落泪啊！告诉你，我就是北头园的，村里一共二十七户，八十七口人，我一天跑去八趟，啥不清楚，你当我是块石头啊？！"

石智才扑通一声跪在地上，连抽了自己两个耳光："我该死，我坦白，我是军统派来的外围人员，那两个人是配合我来暗杀你们这里最大的官的。"

春祥和徐严亮对视了一眼，脸色猛然一变，笑盈盈地对石智才说道："我就等着你这句话，你那两个朋友都交代了，并且说得还很详细，就看你老实不老实了。你也不想想，今天我前后就问了你四句话，为啥不多问？还需要多问吗！"

"我说，我说，我们得到情报，说你们军长陈毅到了半城，我们一行五人昨天就从高邮赶来，我们队长张发新就住在城南的船老大旅社。我们任务完成了就去找他，坐船进湖；完不成，我们就到龙集集合，再坐船进湖……"

审讯一结束，春祥赶紧出门，带着七个战士骑马直奔船老大旅社。

到了旅社，几个人下马上前询问，店主很热情地回话："那二人刚出门，东西还在房间内，说等一会儿回来取。"店主又指了指二人离去的方向。

春祥简单道谢后便带人顺着小路狂追，快到芦苇荡时才看见那二人正在拼命奔跑。春祥连开两枪，撂倒了落在后面的一人。跑在前面的人回身还击，一枪击中了春祥胯下的战马。春祥被军马掀翻在地，随即一个鱼跃爬起，连开数枪，将那人击倒。众人上前查看，发现此人与石智才描述的张发新特征不符，经过一番盘问，得知张发新已先行一步离开旅馆，到龙集等候。看到此人右腿和右手中弹血流不止，春祥留下两名战士在此看守，自己先行赶回了司令部。

路过旅馆时，春祥发现旅馆火光冲天，店主一家人正坐在门前号啕大哭。眼前这一幕，让他大吃一惊。于是，他赶紧指挥战士们上前帮忙扑火，而后得知，是特务住的房间发生爆炸，接着房子就烧起来了。

回到敌工部，春祥立即向徐严亮汇报情况，并商量抓捕张发新的计划。

计策商定后，春祥立即动身，带人身着便装悄悄赶往龙集，并将石智才也带上了。

龙集不大，东西南北也就四条踩实的土路，各有两百步长短，街上路人稀少，并没有异样。春祥把张发新的身高、长相等细节向战士们一一交代，悄无声息地撒开了一张大网。

临近傍晚，一名战士向春祥汇报了一个可疑情况：一户人家这几天人员进出频繁。不久前，还有两个动作利落的年轻人，拎着两提牛皮纸包装的食物和八瓶白酒进了小院。目前的局势下，八瓶白酒绝非一般家庭所能买得起的。

听到这个情况，春祥让人带着石智才赶到农户家附近。石智才悄悄贴着窗户待了一会儿，赶紧跑回来汇报：张发新就在里面，其他几个人声音听不出来，但从对话判断，张发新与此户人家很熟，应该是亲戚关系。

春祥严肃地对石智才说："现在的情况你也清楚，我们务必要消灭这帮子特务，但为了统战需要，张发新不能打死，要想办法活捉。你和他比较熟，我们先做思想工作。放心，我们一定会保护好你的安全的。"

石智才说："郑营长，你放心，但我想提个要求，如果这个任务完成了，我想加入你们。"

春祥递给石智才一把手枪，说："没问题！"

紧接着，外面响起阵阵枪声，石智才跑在最前面，后面几人一路追赶。逼近小院门口时，房门从里打开，几个人拎着手枪从里面窜出。石智才趁机窜到对面，加入对新四军的枪战中。屋子里的张发新又气又急，一边还击，一边骂石智才："王八蛋，怎么把新四军惹过来了！"

石智才回答："我们三个人，两个被逮住了，就我一个跑出来了。我上午就到了这里，找了一上午都没找到你们，本来我想朝湖边跑的，可没想到我们的人在这里，你们不该出来呀！"

"不出来不就变成活王八啦？"张发新此时也变得无可奈何，只能先反击，再想办法脱身，他小心地从后窗往外张望，发现已有几个人堵在那里。

枪声渐渐稀落，敌人的子弹已所剩不多，张发新身边只有石智才和另一个特务。张金军对小院内喊话道："里面的人听着，只要你们投降，我们就不开枪！"

万万没想到,张发新此时左手抱着一个孩子,右手握着手枪从里面走了出来,大声喊道:"你们不要开枪,我手里有孩子,你们只要放过我们,这个孩子就可以不死,我知道你们新四军的政策。现在我命令你们让开一条道!"

张发新身后传来一声哭号:"发新,这可是你亲外甥呀。"

张发新头也不回:"二姐,你放心,只要我活着,我外甥就能活。"

石智才两人紧紧跟在张发新后面。张发新在前面挥舞着手枪,一步步向东面撤。面对眼前的局面,春祥一时没了主意。他命令战士们原地不动,不准开枪。众人只能眼睁睁地看着对面。

张发新的步子开始加快。他一边舞动着手枪,一边回头命令两人赶快往湖边跑,解绳待命。石智才动作慢了几拍,张发新回头骂了一句:"他妈的,是你把人招惹过来的,还不赶快去!"

话音刚落,石智才手里的枪响了。张发新丢掉孩子,痛苦地捂着中枪的右手,恶狠狠地撞向石智才。石智才喊道:"张队长,我们跑不掉了,还是投降吧!"

"你个王八蛋,竟敢出卖老子。"张发新大声骂着,和石智才扭打在了一起。

春祥等人很快赶到,战士将张发新从地上拽了起来。张发新看着春祥问:"你是谁?"

春祥笑着说:"我是谁不重要,但你们的计划是不可能完成了。"转头命令道:"带回司令部,回去让这个兔崽子自己交代。"

张发新被连夜带回了司令部。

一周后,苏北、淮北的大小报纸上刊登了军统队长的悔过书。一时间,国内舆论风起云涌,迫于形势,国民党只得一级一级问责,最终,徐宿淮特务站站长谭鸿银被免职。

河 霸

"万艘龙舸绿丝间,载到扬州尽不还。应是天教开汴水,一千余里地无山。"这是唐代诗人皮日休眼中的大运河。泗阳有一处老人口中常说的渡口——烟墩上渡口，是京杭大运河的重要码头，加之七八里外的洋河酒香千里，众多行商坐贾聚集于此，一派"日过桅帆千杆，夜泊舟船十里"的繁华景象。

时间到了1941年年尾，新四军在日伪和国民党军队的两面夹击中求生，虽然根据地比以前扩大了很多，但各处地理环境复杂，又面临双重封锁围剿，因此给养物资极为匮乏，就连食盐也成了金贵的稀缺品。

在这种形势下，夺得运河控制权就显得尤为重要，因为大批物资必须经运河才能传送到各个抗日根据地。运河沿途，泗阳段尤其特别。

泗阳段漕帮众多，烟墩上渡口尤甚。此地连接骆马湖，水深流激，常年跑船的漕帮为求安全，往往去三圣庙点烛焚香，祈祷三圣护佑。漕帮帮派色彩浓厚，规矩多，制度严，各自控制着属于自己的水域。若其他漕帮过往，不留钱买路，要么回头，要么流血。

强龙压不过地头蛇。有时，漕帮连日伪的船也不放过。

在众多漕帮中，"安清帮""封林帮""兴武帮"势力范围最大，名头也最响亮。他们有的与政府或日伪保持着千丝万缕的关联，有的则通过相互帮衬来扩大彼此的影响，无不牵涉着或明或暗的利益。去年年初，泗阳北的小刀会头目张小霸与保安队司令王光夏暗通款曲，占据运河，阻止新四军运送给养，不但在光天化日之下抢夺物资，甚至还残忍杀害前来谈判的新四军代表，气焰十分嚣张。和谈不成，新四军只得组织精干部队对其势力进行打击，最后，用柴火把张小霸烧死在了碉堡里。

张小霸的拜把兄弟"白刀子"侥幸逃出，不到一年时间，东山再起，又重操旧业在运河边兴风作浪。"白刀子"没有张小霸狠，但比他阴。经过大半年的招兵买马，外加收拢一部分王光夏旧部，"白刀子"的队伍已壮大至四百多人，有长短枪三百支，盘踞在仰化至建南段的运河边。"白刀子"仗着麾下人众枪多，肆意妄为，搅得这一带鸡犬不宁，新四军几船物资被掳去。

敌工部将打击"白刀子"的任务交给了特务营。

领到任务后，春祥想起了一个人——马大脑袋。

春祥找来在泗阳城当过水警的石宝元，他对运河里各大帮会的情况谙熟于心，和马大脑袋还有点儿私交。春祥一番交代后，石宝元领命前往泗阳县城。

马大脑袋原来住在县城西边，可石宝元找了两天都没见其踪影。一筹莫展的石宝元突然想到了仁心诊所，便跑去找仁心诊所的葛间关打听情况。因为仁心诊所与马大脑袋原来的住处相隔不远，二人之间常有来往，甚为熟悉。葛间关热心地向石宝元介绍起了马大脑袋的情况：此人脑袋大，但没脑子，管不住手下一帮人，帮会逐渐萎缩了，现在基本上不沾运河里的"生意"了。兵弱马瘦的马大脑袋先是被张小霸撵着跑，现在又碰上了"白刀子"。听说"白刀子"找他谈过一笔交易，随手扔下十个大洋，让其交出运河边的一处杂货铺，然后立即滚蛋。马大脑袋没有办法，只得搬到城北桃园，另开了间杂货铺。现在杂货铺生意大不如前，马大脑袋身边的兄弟仅剩不到十人，且个个是残兵弱卒。

石宝元大喜，直奔城北而去，没费多大工夫就找到了马大脑袋的铺子。马大脑袋见到石宝元，大吃一惊。而在石宝元眼里，现在的马大脑袋已全然没有了往日的雄风霸气。

"哎呀，宝元兄弟，多久没见，大哥想你啊。"马大脑袋笑嘻嘻地迎上前。石宝元放下手中的四瓶好酒和两包熟食，一屁股坐在马大脑袋身边，关切地问："老马大哥，我在运河边找你好多天了，四处打听才摸来这儿的。你这里人咋这么少，出啥事了？"石宝元掏出香烟，为马大脑袋点上。

"唉，兄弟我是一言难尽哪，世道不行，人心散了！现在你马大哥不是以前的马大哥喽。"马大脑袋右手夹着香烟，在光溜溜的脑袋上挠了挠，一脸无奈。

石宝元不紧不慢地撕开油纸，又打开一瓶白酒，倒满了两茶碗。

"老马大哥，我们有三年没见了吧，来，先喝点，暖暖身子。"

马大脑袋摇着头，端起碗一饮而尽。石宝元跟着干完，又续满两碗，扯下一只鸡腿递到马大脑袋手里。

"老马大哥，看样子这些年你不是很顺心啊！"

马大脑袋瞅了一眼手里的鸡腿，又放回桌上，长叹一声道："宝元兄弟，这几年你马大哥过得难，都是'白刀子'那个坏熊搞的。王八蛋一点儿活路都不给我留，抢走我的铺子，扔个仨瓜俩枣就把老子给打发了。还说以后我都不得再在运河里出现。他奶奶的，这个人太狠，可无奈他手里家伙多，我不认怂又能咋办？"

石宝元也跟着搭腔："是啊，现下这世道谁人多谁狠，谁枪多谁狂。我就纳闷了，原先河上有那么多帮会，就没有一个能治他的？"

"哼，我相信恶有恶报，只是时候未到，但以我现在这个烂摊子，是肯定没有办法的。"马大脑袋拿起鸡腿，连啃两口，咂巴几下嘴后，转过脸问道，"宝元老弟，说了半天，你现在干啥呢？发大财了吧？"

石宝元笑了起来："发啥财啊，我是那能发财的人吗？不瞒老马大哥，我在部队里当差，混个粮饷，糊口嘴。"

"哪个部队？"

"新四军！"

"啊！"马大脑袋手里剩下的半拉鸡腿"吧嗒"一下掉在了地上，吃惊地看着石宝元。

石宝元一阵大笑，接着拍了拍马大脑袋的大手："老马大哥，别怕。我们新四军是专门对付鬼子汉奸恶霸的，还有像'白刀子'这样的坏熊货的，你现在都成这样了，哪是我们要找的人哪。"

马大脑袋方才软下的身子，突然又直起来，瞪大眼睛问石宝元："你该不会是要找'白刀子'吧？"

"是！"石宝元点点头。

"说说咋回事。"马大脑袋顿时来了精神。

"'白刀子'不但不抗日，还净欺负普通老百姓。更可恨的是，他竟敢把歪心眼动到我们新四军头上。很多我们采购的粮食和药品都被他拦在河道里，抢了个精光。"

"今年年初，我听说新四军治了他们一下，烧死了张小霸。张小霸是'白刀子'的把兄弟，你们把他烧死了，他能不记恨吗……"

马大脑袋停下话，挠挠脑袋，目光一转，明白了什么，禁不住哈哈笑了起来："说吧，今天来找我，肯定是为这事儿。有什么尽管招呼，看看你马大哥能帮上你啥。"

石宝元招招手，二人的脑袋碰到了一起。

马大脑袋找到了"安清帮""兴武帮"的帮主，几人都被"白刀子"欺压已久，同病相怜。所以谈起来非常顺利。

泗阳城西边的姜桥，紧挨着运河。"白刀子"在这里有一个临时码头，旁边有一个仓库，抢来的物资大多存放于此。为了保证货物的安全，"白刀子"安排了二十个人把守仓库。

后半夜,寒气逼人,人马俱寂。

运河里,几条木船悄无声息地向前行驶,河中的薄冰发出"咔嚓咔嚓"的响声。木船很快驶近姜桥仓库。马大脑袋发现情况不太对头,原本此处应有一盏汽灯照明,但现在却黑漆漆一片。其他两个帮会的人也同样纳闷。最后几个领头的商议后决定,不管仓库里面有没有东西,来了就得搞点事,教训教训"白刀子"。木船靠岸,马大脑袋摸到门口,贴门听了一会儿,里面鼾声如雷。

房门很快就被一个随船而来的锁匠悄悄撬开。

仓库内漆黑一片,伸手不见五指。马大脑袋一声号叫:"死人了!"

屋里立刻炸开了锅,小船上的人拎着长刀冲了进去。待一切平静下来,马大脑袋点亮汽灯,发现仓库一角堆满了粮食、食盐和日用百货。

众人一阵忙活,很快就把物资搬上了几条木船。一排木船驶离临时码头时,仓库里燃起了熊熊烈火。火苗顺着窗户蹿出,把运河水面照得通红。

一天后,在运河里巡检的快船把情况报告给了"白刀子",并交给他一块"安清帮"的腰牌。"白刀子"气得七窍生烟,在屋里骂了整整一上午。吃过午饭,他带上众多手下,乘上机器船向李口驶去。"安清帮"的主要活动地点就在泗阳南的陈祠堂。

"白刀子"刚离开程道口,张金军就带人摸到了他在程道口南边的老窝。一计调虎离山,张金军他们没费多大工夫就抢占了据点。"白刀子"手下除了十几个人逃跑外,其余大部被歼。

当然,这一切,"白刀子"还一概不知。

"白刀子"正坐在船头,他恨不得快船腾飞,一下子就赶到李口,杀进"安清帮"祠堂。"白刀子"此人颇有心计,命令手下在船头和船尾各架两挺机枪,以防不测。他估计参与劫货的"安清帮"这会儿并不在陈祠堂,但他还是坚持要去,目的就是要抄了"安清帮"的老窝,以泄心中愤懑。对他来说,此行具体会有多大收获另当别论,但无论如何得先出了这口恶气,要不然自己今后就无法在运河混下去了。

船离李口越近,"白刀子"就越谨慎,不再待在船头,而是躲进了船舱。在船舱内,"白刀子"听着机器发出的轰隆声,心中暗暗盘算着该如何应对接下来的局面。狡诈的"白刀子"此时还想到了另一种可能,那就是有人陷害"安清帮",毕竟"安清帮"的实力也不可小觑。

而此时的春祥,正带着一个连埋伏在建南运河段的河沿旁,眼睛紧盯着从北边驶来的船只。此时距春节还有段时间,运河里船只稀少,即使有也大多是人力船,装得少跑得慢。

听到机器的轰鸣声,特务营战士们瞬间进入战斗状态。依稀看到机器船的模样时,马大脑袋兴奋地喊道:"是这个船,错不了。"

等船靠近埋伏点,春祥率先甩出一颗手榴弹发出信号。手榴弹的弧线刚划过空中,特务营战士们的子弹就如蝗虫般扫射过去。只见大船在河道里打转,这时,有人开始拨正船头,企图往前冲破防线,更多的手榴弹和子弹一齐汇集到船上……枪弹声稍稍平息后,只见一人顺着船帮滑下了水。

马大脑袋目不转睛地瞪圆他布满血丝的眼珠子,大声喊道:"那个人就是'白刀子'!"

冰冷刺骨的河水里,"白刀子"游了十几米远就没了力气。春祥命令战士从沟里拖了条事先准备好的木船下了水。马大脑袋跳上木船,木船猛地一晃,他自己也掉入了水中。"白刀子"和马大脑袋被战士们捞上岸后,"白刀子"看清旁边之人是马大脑袋,气得青筋暴起,正要开口骂人,但一开口就双唇打战。马大脑袋哆哆嗦嗦地站了起来,冲向了"白刀子"。

春祥大喊:"站住,你给我站住!"但为时已晚,马大脑袋手里的短刀已插进"白刀子"的胸口,他嘴里骂道:"王八蛋,什么'白刀子',老子这才是白刀子。"

从此,"白刀子"的人马消失了踪迹。

白雪皑皑的大地,如熟睡的孩童,空气都变得静谧安恬。而在以洪泽湖边半城为中心的方圆几十公里范围内,却是一派热闹景象。新四军战士们正在毫不松懈地进行武器的日常保养,强化技战术训练,并集中力量重点提高民兵武装的思想、文化水平。有的群众负责染布制衣,有的负责舂米,还有儿童团员主动承担起巡逻警戒的任务。

司令部旁搭建了一座戏台。拂晓剧团是彭雪枫手里的三件宝之一,剧团几乎每天都在此进行一场演出。官兵群众欢聚一堂,其乐融融。

特务营分到了二十匹战马,春祥高兴得手舞足蹈。之后,他带领战士们主动加入骑兵团的训练。虽几次跌落马背,但春祥仍天天坚持训练。作为骑兵,上马要如蚂蚱般轻快,骑坐要似磐石般稳固,奔驰更要像风雷般迅疾。通过短短一个月的训练,春祥带领的特务营骑兵队就已个个驾轻就熟。

在根据地,部队中经常流传着这样一句话——新四军七个师各有一多:一师的枪多,二师的药多,三师的人多,四师的马多,五师的地多,六师的钱多,七师的粮多。四师拥有五六百匹战马,训练时,战马嘶鸣,刀光闪闪,扬起的沙尘遮天蔽日。

离1942年只剩最后三天,按照要求,各级作战部队需进行年终总结。春祥在营地召开连排级干部会议。大家正在热烈讨论时,马玉鸣红肿着眼睛跑了进来。一进门,连声报告都没有喊,拉起春祥就走。春祥很是纳闷,训斥他道:"你干什么?怎么这么没有组织纪律性。"

走出营部百十米远,马玉鸣哭了起来。春祥着急地问道:"你倒是说话啊。"

"小芩姐被人害了。"

"你说啥?"

"小芩姐,没啦!"

春祥顿时脑子嗡嗡作响,问道:"她是怎么被害的?被谁害的?"

马玉鸣呜咽着,开始讲述:早上在洋沟,新四军外围警戒人员在徐洪河边巡逻时,发现河边躺着一个人,身上有四处刀伤。据回来的战士报告,在河滩上有搏斗的痕迹,河滩上有很多脚印,可见杀害小芩姐的肯定不止一个人。小芩姐被抬回来时,他正好出门,看见后就赶紧跑到特务营报告来了。

"现在人在哪?"

"在司令部院子外面的警戒室。"

春祥转身就朝营地跑去,拽出一匹战马,让玉鸣在这儿等着,便扬鞭而去。

在警戒室,徐严亮也在,看见春祥突然进来,甚是纳闷。但他注意到春祥眼圈通红,知道其中定有问题,便让出位置。春祥慢慢靠近躺在木板上的小芩,看见她嘴唇苍白,头发和右侧脸上都是黑泥,一身碎花衣服沾满了泥沙,胸口、肩膀和腹部的伤口血迹早已凝固,脚上仅剩一只鞋子,身旁还放着一个和衣服同花色的包裹。春祥打开包裹,里面是一件男式贴身棉褂,还有两双精致的手织棉袜。春祥明白，这些都是小芩原本准备亲手交给自己的。

面对眼前的一切，春祥再也控制不住情绪。他呆呆伫立，浑身颤抖，泪水从眼眶中汹涌而出。

过了许久，徐严亮才拉着春祥进了自己的办公室。听完春祥的述说，他才明白了其中的缘由，急忙端来一杯开水递给春祥，静静地看着他，过了好久才开口："郑旭同志，你要振作起来，我们也才知道这件事，虽然目前还不知是谁干的，但我们马上会展开调查，绝不会让小芩枉死的。"

"徐部长，我没事，只是我不清楚，小芩来这里干什么，她为啥不走旱路，却一个人划船过来。我本来想着过几天回去一趟，可没想到会发生这样的事。我该怎么向她父母交代啊……"春祥深深地埋下了头。

"是啊，最近一二十天在泗县的墩集、山头和我们附近的魏营、石集，相继发生了多起类似事件，而且都是用刀。我认为敌人是有预谋的，目的就是要扰乱根据地的秩序，分散我们的注意力。目前看来这不太像一般的土匪和湖霸所为。之前几起事件，我们均已上报司令部。这件事情，我们也准备调查后尽快上报。就目前的形势来看，我们千万不能掉以轻心，要加强防备，保护好群众和我们的干部、战士，一定要严格排查，揪出我们根据地里隐藏的坏分子，千万不能让他们再得逞。"

二人正在屋里交谈时，马玉鸣突然闯了进来，开口就说："徐部长，春祥哥，我不想待在联络部了，我要回特务营。请你们批准我，我一定要回去。"

"为什么？"徐严亮脸色严肃地问道。

马玉鸣指着春祥说："我小芩姐本来马上就要嫁给他了，可现在却死了，我要为她报仇。此仇不报，我就不配再穿这身军装！"此时的马玉鸣眼中恨意迸发，似有火焰在燃烧。

"什么？还有这事！"徐严亮沉默了下来，但马玉鸣继续嚷道："反正我说也说了，你们不让我回特务营，我就脱下这身衣服走人，自己去找杀害我小芩姐的人。"

"你给我出去！我正在和徐部长谈这件事！"春祥指着马玉鸣吼道。

徐严亮赶紧起身，手扶着马玉鸣的肩膀，安慰道："小马，我们不是正在商量这件事吗？你先出去，等一会儿再和你说。"马玉鸣倔强地扭了一下上身，把徐严亮的手晃了下来，气呼呼地出了门。

门外传来呜呜的哭声，徐严亮和春祥对视一眼，坐了下来。徐严亮指指外面，连连点头："这小子脾气硬，你还别说，我蛮喜欢他的，是个好苗子。郑营长，我看你还是让他回去吧。"

"徐部长，不瞒你说，我和他们兄弟俩感情很深。他哥马一鸣牺牲了，虽然我也想让他跟着我，但我心里还是有顾虑。哎，我也不知咋弄。"春祥摇摇头，甚是无奈。

"你平时对这小伙子多留意点就行了。我看就是强留他在这里，他也干不顺当，还是让他回你那里吧。工作我来做，你看这样行不行？"

"徐部长，您是领导，不用征求我的意见，您定就行。"

徐严亮朝门外喊了一声："进来！"

马玉鸣一进门就注意到屋内二人的表情，立马明白了。徐严亮严肃地交代说，同意是同意你回去，但你这个脾气得改，你现在是一名新四军战士，一切行动都得听从指挥，部队里不允许个人耍脾气，使性子。

"是！"马玉鸣破涕为笑，朝二人鞠了一躬后，转身就跑走了。

徐严亮和春祥继续对接下来的侦破工作做详细的分析和部署。

雪　仇

小芩遇害的地方洋沟，距高集仅五里地远。

春祥托人带信给大姐春雪，告知了小芩遇害的消息，并拜托春雪抽时间去小芩家看看二老。随后便与马玉鸣一行五人骑马赶至高集，正巧金大牙金责成刚从湖里打鱼回来，正在招呼手下从船上卸鱼，他看见春祥等人，立刻招呼道："老弟啊，哪股风把你吹来了？"

"赶紧找个僻静地方，商量点事儿！"看着春祥严肃的表情，金大牙明白一定是发生了什么事，心里顿时变得忐忑起来。

坐定后，春祥把事情原委说了一遍。听春祥说完，金大牙劝慰了几句后，随即又报告了一些自己这里的新情况——这个月初，他这里也死了两个弟兄，四弟现在还在养伤，伤人的手段、方式都和春祥那里遇到的差不多。

金大牙还说，这段时间他派了不少人出去打听情况，一直在打听幕后黑手是谁。

春祥闻言，顿时明白这可能是一伙人干的，于是向金大牙交代道："我马上要回去，你这里一有消息就尽快告诉我。"

"刚下的鱼，弄一顿活鱼贴死面饼再走吧？"

"不了，回去还有任务。"

春祥回到营地的第二天傍晚，就收到了金大牙的回话。

金大牙从早年一起起事的朋友口中得知，日军织田队长向上级汇报了新四军和淮北边区根据地的发展状况，他的上司坂家少佐命令他在自己的管辖范围内，加大收买笼络恶匪和汉奸袭扰新生政权的力度，从物资到人员，尽可能地破坏抗日根据地的稳定形势，扰乱民心，为明年春季的大扫荡做铺垫。

消息很快就到了敌工部徐严亮那里。徐严亮与春祥一道把宿淮一带的恶匪汉奸挨个捋了一遍，最后将怀疑对象锁定在了黄铁锤身上。

结果不出二人所料，小芩被杀确是黄铁锤所为。

疤癞脸倒台后，黄铁锤很快就坐上了头把交椅，不到半个月时间，他就取代了疤癞脸的位置，颇有后来者居上的势头。黄铁锤对日本人俯首帖耳，所以织田对其信任有加。接到织田命令后，他立刻差遣众多手下，将魔爪伸向根据地军民，并给手下制定了具体的指标，按月核查，一个月内没有任何成绩者，"风干"（坐在晒鱼干的苇席上不吃不喝）三天；杀一人，不但赏三十块银圆，还放假三天。虽然奖惩都是三天，但其中滋味自然不可同日而语。不过黄铁锤这些手下，都是社会闲杂人等，大多好吃喝嫖赌，胆大点的能偶尔到根据地走一趟，胆小的也能欺负欺负根据地外的老弱和女人，小芩就是无意中撞上了这些欺软怕硬的恶人。

自从疤癞脸因多次袭击锄奸队未果而被织田枪决，黄铁锤就变得格外谨慎。每次外出，他身边都会带上二十来人，如需要进湖，还要另外带上几个装备精良的日本兵。

大年初一，黄铁锤大清早就起了床，带上两天来在双沟集上半买半抢的礼品，前往溧河洼对面的马楼看望父母，一行人风风火火地坐上两艘小船。小船靠岸后，众人脚一上岸，就开始咋咋呼呼地高声说笑，生怕别人不知道他黄铁锤衣锦还乡。村口的百姓一看是黄铁锤，吓得远远地躲了起来。马楼人个个心里清楚，这黄家老三现在可不是个善茬。

黄铁锤走近家门口时，指使几个人到远处把守，又命令其余四个人守好大门，自己则笑呵呵地进了门。看到儿子回来，黄铁锤的爹和娘完全是两副模样。他爹完全没有好脸色，气呼呼地与黄铁锤擦着身子出了门，他娘则起身上下打量着自己的小儿子，一脸喜色。

"老娘哎，三子来看您喽。"黄铁锤把礼品放到母亲面前，喊了一声。

老人虽然脸上有笑容，但还是长叹了一口气，拉着儿子坐下来说："我说三子啊，你知道娘现在咋想的吗？娘不担心吃喝，就是害怕庄子上的人说咱闲话。娘不出门，不清楚你在外面干些啥，但总感觉庄子里有些人老躲着咱。我和你爹这辈子不琢磨别人，但也怕别人说咱闲话，你以后来看我和你爹，就别这样吃五喝六地来这么多人了。"

"娘，谁要是说咱闲话，您言语一声，看我不弄死他。"黄铁锤骂道。

"啪"的一声，老娘打了黄铁锤一巴掌："你这个熊孩子，说的是什么话！现在这世道，可得千万收敛点啊！昨天不知谁递过来一张红纸，咱家没人识字，说是给你的，你看看吧。"

"我也不识字啊。帮我念念，看看信上说的都是些啥玩意儿。"黄铁锤喊来一个手下。

"铁锤兄弟，别来无恙？知你近日回乡探母，提前给你发个请帖，邀你明日到半城一叙，共商抗日大计！金大牙。"

原本坐着的黄铁锤"啊"的一声站了起来，边走边慌张地对老人说："娘，我马上得回去，这些东西您留着吃吧，过阵子三儿再来看您。"话毕，黄铁锤从口袋里掏出几块银圆扔到桌子上，匆匆出了家门，对站在不远处的父亲喊了一嗓子："俺爹，我走喽！"

父亲没有回话，黄铁锤身后只传来母亲的一句交代："记住，下次自己一个人回来！"

黄铁锤带着自己的手下慌手慌脚地朝湖边跑去。刚到湖边，他们发现两艘小船已不见踪影。众人在湖边来回走了一圈，仍没看到小船。黄铁锤知道自己定是遇到了麻烦，随即命令手下抄家伙。

"铁锤兄弟，我是老金啊，今天郑营长也来了，听说你回乡探亲，我们在这里等你多时了，想邀你到师部说说话。"金大牙的声音从北边的芦苇丛中传了出来。

一个手下正要从腰里拔枪，被黄铁锤一把按住。

"金老弟，我还有事，后面再会吧。"

"你看看，我们来都来了，你还推辞啥，走吧！"

"不行啊，金老弟，我今天确实有事急着回去，这样吧，改天我请你到双沟咋样？"黄铁锤边回话边用余光搜寻着周边可藏身之地。

"这样就不合适了吧，难道你要光着身子游回去？这个季节的水凉，有点戳脊梁骨啊。"金大牙笑了起来。笑声里有七分嘲讽三分得意，着实让黄铁锤气得咬牙切齿。但他心里清楚，此时还是要以逃命为上。

黄铁锤决定，重回村子，伺机逃脱。但他刚迈出两步，北边又传来了一句话："铁锤兄弟，就你十来个人，我们还是请得起的，别胡乱琢磨了。"

"呼呼啦啦！"三面都传来了拉枪栓的声响。从声音来判断，黄铁锤估摸着人数足有百人。黄铁锤此时慌了，口气变得软和起来："金老弟，恭敬不如从命，只好叨扰兄弟你了。"

"命令手下都放下枪，我们手里的家伙都是老套筒，不太听使唤，别走火了！"

金大牙的话，既是命令，又是最后通牒。黄铁锤赶紧让手下放下枪。金大牙从北边、春祥从南边钻出芦苇丛，西边则站着马玉鸣率领的一排人，几十个枪口对着黄铁锤和他的手下。黄铁锤看到这阵势，头顶上冷汗直冒，庆幸刚才没有鲁莽行事，不然早被打成筛子，血溅家门口了。

金大牙笑呵呵地走上前来，摇晃着黄铁锤的手说："还是铁锤兄弟日子过得滋润啊，人都胖多了。"春祥也和黄铁锤握了握手，马玉鸣指挥战士们收拾好地上的枪支，簇拥着黄铁锤朝半城走去。

经过审讯，黄铁锤交代了杀害小芩的事实经过，并全盘供出了日伪收买当地土匪和国民党残部袭扰根据地的计划。

两天后，黄铁锤被淮北抗日根据地政府处决于泗县张塘东侧的乱坟岗。

经过几年的艰苦抗战，中国国内兵力和物资消耗巨大。国际战局方面，1941年12月，日军偷袭珍珠港，彻底惹怒了美国。1942年，人民抗日武装迎来了至为艰苦的岁月。

春节刚过，大多数百姓断了口粮，有的人家甚至连玉米和黄豆种子都拿出来充饥。更让人震惊的是，新四军军队里竟有个别战士开小差。部队口粮难以为继，战斗力急剧下滑。

为此，军部集思广益，想方设法筹粮。根据地各级党政机关开始精简机构，开展增产节约、反贪污浪费运动，在军队也推广精兵政策，部分营级单位由三个连压缩成两个连，很多连级单位更是将兵力压缩至不到两个排。

粮食是解决问题的关键所在。

特务营虽然人员编制没有受到影响，但春祥心里明白，自己的压力更大了，因为既要对付日伪，又要想办法为部队筹集物资。而更让新四军官兵夙夜难安的是，日军的大扫荡就要开始了。

"白刀子"被除掉后，他的手下树倒猢狲散，马大脑袋趁机夺回了位于泗阳城南边运南的杂货铺。石宝元和春祥二人身着便装，来到了杂货铺。马大脑袋看见他们甚是兴奋，此时离中午尚有一段时间，仍吆喝着把酒菜摆上了桌。饭菜虽然略显粗陋，但马大脑袋的热情劲儿非同往日，还没等春祥他们说上一句话，烈酒已下肚两碗。

石宝元看着马大脑袋，面露不悦："马兄啊，不能光喝酒，得先说事啊，你看这事咋弄？"从话味里能听出，石宝元已经事先给马大脑袋招呼过了。

马大脑袋挠挠头，吞吞吐吐地说，事情好说，但也有点难度。春祥帮他出了一口恶气，这个忙说啥也得帮。但他的庙小，家里的东西估计还不够新四军塞牙缝。接着，马大脑袋神秘兮兮地低声说，"兴武帮"蔡明远那里应该有东西，估计少不了。因他一直把持着米行的生意，和很多酒坊都有往来，按过去的行情，不管是灾年还是顺年，他都会囤些货，看形势定米价，要不然他也养不了那么多人。

"问题是我们和兴武帮没有联系，不好谈啊！"石宝元说。

马大脑袋拍拍胸脯道："你们今天来找我干吗的？这事我来呀！"

春祥听到这话，心里踏实了一些，但能否办成，还是没谱。

"兴武帮"是个老漕运帮会，原来就家大业大，虽然近两年时运略不济，但在运河两岸仍然名气响亮。马大脑袋带着两人直接找到了新帮主蔡明远。蔡明远也很爽快，答应一手交钱一手交货，但提出不要纸币，只要硬货，并且只负责出船，不负责运送。他说之所以如此，是因为现在运货风险大，到处都是日军巡逻队和伪军侦缉队，特别是西顺河那里的岗楼，货船一般很难通过。

筹粮办得很是顺利，但运送物资的难题又摆在了春祥面前。他必须设法找到合适人选帮忙通关，可这个人在哪儿呢？

这时，驻扎在泗阳城的保安团团长贾秀峰进入了春祥的视线。

春祥依稀记得，徐严同在泗阳城建立地下组织时，和贾秀峰有过交往。日军第十七师团从青岛烟台登陆，贾秀峰就随着日军南下，从山东来到苏北。起初，此人曾为日本人卖命，但自去年年底开始，他发现日军将船只大量南调东南亚，心里便打起了小鼓，做事也变得异常谨慎。春节后，他更是把家眷送回了烟台老家。

春祥决定登门拜访，一探究竟。

保安团位于泗阳城中心，原泗阳县政府大院内。

春祥和石宝元两人身穿长袍，脚蹬皮鞋，一副商人打扮。春祥走在前面，石宝元手拎礼盒跟在后面。走到大门口，春祥仍旧戴着墨镜，铿锵饱满地对站岗士兵喊道："进去通报一下贾团长，说老家来人了。"

站岗的士兵一看两人气度不凡，不敢怠慢，赶紧小跑进去汇报。一会儿后，士兵跑出来对二人说："你们进去吧！"

这时，贾秀峰站在门口，一脸疑惑地看着对面走来的两个人。春祥双手抱拳："敝人郑方良从山东来到此地，听说贾团长是烟台人，借此来拜望老乡，还望贾团长帮衬。"

"请进！"贾秀峰见来者衣着讲究，气宇轩昂，且还带着礼物，心里虽有疑惑，但还是将两人迎进了办公室。

二人落座，士兵倒好茶水后退至室外。春祥扫了一眼古色古香的办公室，竖起大拇指："贾团长坐在县太爷的座椅上，可谓是众心归附啊！"

贾秀峰急忙回话："郑老板看起来定是人中龙凤，不知找在下有何贵干？"

春祥哈哈一笑，直接切入话题："我原来做海货生意，眼下时局动荡，为了生存，被迫改行做起了米面。今天来找贾团长，一是叙叙乡情，二来呢，还想仰仗贾团长鼎力助。最近筹得两船货物，经过宝地，需进湖继而南运，不知贾团长能否许以方便？"

"不行，这可不行，这事我弄不来。"贾秀峰瞥了一眼门口，连连摇头。

"贾团长别一口回绝啊，您有什么想法，可以商量嘛！"

"这么大的事，我真做不了主，再说，我也不清楚你把这批货送到哪里，卖给谁。"

"半城，卖给打鬼子的人！"

"啊，你说啥？"贾秀峰屁股下滑，差点跌落于地。回过神来后，他瞪大眼睛说道，"那可是新四军的地盘呀，这事是要掉脑袋的。"说完，贾秀峰赶紧走到门口，掩上了大门。

"这位郑老板，这事我可做不来呀，你还是找别人吧！"贾秀峰额头上满是汗水。

春祥笑了起来，摆摆手说："贾团长，你的家眷不是已经回家了吗？就你一个人，担心啥？再说，我已经去信告知你亲属，另寻住处，并寄去了一百大洋作为安家之用。"

话音还未落下，贾秀峰已经惊得目瞪口呆，嘴唇哆嗦着发出一连串的"啊啊"声。

"郑老板，您该不会是那边的人吧？"

"是又怎么样？"春祥紧盯满头汗珠子的贾团长，一脸严肃。

贾秀峰惊得嘴巴大张。

"贾团长，现在山东是啥情况，你自己心里透亮。日本占领全境，百姓日子啥滋味，我想你自己也尝过。你可以跟着鬼子跑，家里没啥事，但普通百姓呢？现在日本国内开始出现兵荒，欧洲战场苏联和德国陷入胶着状态，国际战局上美国也加入了对日、德的作战。我们国内，国共合作掀起全面抗战的热潮。日军已经没有原来猖狂了吧？鬼子在咱们这里能待多长时间，你自己得想想啊！"

"话虽如此，但您说的事我办不了啊，那么多的东西无论如何也躲不过皇军的——哦，日本人的检查啊！这东西又不是小猫小狗，随便一藏就能糊弄过去了。"贾秀峰哭丧着脸回话。

"贾团长放心，我有个好主意。"春祥道。

春祥压低声音连说带比画一阵后，贾秀峰抹了一把头上的虚汗，点了点头。

拔 寨

  元宵节这天,一艘机动船拖着五六艘驳船驶出运南的运河码头。

  机动船船首插着一面太阳旗,春祥陪着贾秀峰坐在船头。每艘船上,都站着七八个保安团队员,他们大都是乔装成保安团的新四军战士。船行至新堡,春祥命令拔下太阳旗,随即转弯进入淮泗河。

  贾秀峰问:"怎么不走运河?运河水面宽,船跑得快呀。"

  春祥淡然一笑,指着西岸说:"贾团长,这个地方我熟悉,喏,那里原来有几座房子,我当时带队伍在那里住了将近一年,后来因坏熊告密,房子被鬼子烧掉了,之后我们就换了个地方。这里的河道我走过多次,水位没有问题。"

  贾秀峰说:"这个河道不安全,经常有土匪。"

  "别人怕土匪,但土匪怕我。"

  "原来如此!真是一物降一物啊!"

  淮泗河里结了一层薄冰,一般的帆船没法通过,显得十分清净。拖船由于有机器带动,很轻松就能打破冰层的封锁。两个小时后,拖船进入了洪泽湖,太阳旗重新出现在了船头。

  约莫一个小时后,船头开始向西。经过高嘴时,不知从哪里突然冒出一艘日军的汽艇,直直地冲拖船而来。两船靠近后,十几个鼻子冻得通红的日军起身拿枪对着春祥他们。

  站汽艇最前面的翻译大声质问:"哪部分的?到这来干吗?"

  春祥向贾秀峰微微点头示意,贾秀峰大声回应:"泗阳城保安团的,我是保安团团长贾秀峰,带一些粮食、羊肉、萝卜啥的到鲍集,送给织田队长。"

  翻译和日军队长嘀咕了一下,然后问:"我们怎么没有接到织田队长的命令,我们就是从鲍集出来的。把船靠过来,我们要上船检查!"

  说完,五个日军上了船。马玉鸣静静地看着春祥,只见春祥神情坦然。那五个日本兵绕了一圈,冲汽艇上哇啦哇啦说了几句,然后翻译冲着贾团长喊道:"那行,你们跟着我们的汽艇,一块到鲍集,省得你们不识路。"

  五个日本兵转身返回汽艇,由于风大,汽艇晃动得厉害,汽艇上的日本兵放下枪,起身搀扶准备上艇的同伴。这是个绝佳的机会,春祥趁机双枪齐发，小船上的新四军战士也迅速端起了枪，未等对方反应过来，一下撂倒了大部分鬼子。还有几个试图跳湖逃跑的，春祥又补上几枪，十几个鬼子就这样全部丧命。随后打扫战场，两名战士上艇把枪支弹药扛回到了拖船上。

短短几分钟，贾秀峰惊得目瞪口呆，望着春祥一句话也说不出来。

"贾团长，看样子这次你是真的回不去了。你要么趁早回老家，要么和我们一起到半城，你自己定。"春祥说。

事已至此，贾秀峰琢磨片刻，最终决定去半城。

拖船继续向西行驶，不一会儿，从南边又驶来两艘汽艇。汽艇向着拖船的船头直插过来，拖船并没有因此停下。春祥命令战士架上机枪，并用衣服蒙上。

日军汽艇上同样架着机枪，一场生死恶战不可避免。贾秀峰紧张地看着春祥，见春祥没有半点紧张，心里方才稳了些许。

五百米，三百米，两百米……汽艇越来越近，就在汽艇和拖船相距仅有一百米时，岸上突然传来一阵阵激烈的枪声。伴随着枪响，一艘汽艇瞬间倒翻，艇上的日军全被倒扣在水里。见有埋伏，另一艘汽艇急忙掉头，仓皇逃跑。春祥挥手下令开火，汽艇上掉落两个日本兵后，很快消失得无影无踪。

岸上设伏的不是别人，正是按照计划，司令部直属团派来接应的人。

天气逐渐转暖，田边的青草露出了淡黄色的芽尖，树枝却仍然光秃秃的，细细的枝条在早春的寒风中摇动，藏了一冬的麻雀在麦苗地里寻觅着吃食。

在淮泗地区的蒋集、大新集等地，伪军和汉奸陆续搭建了十几个新据点，位置均在运河沿线及交通要道旁。不仅如此，据点人数经常变换，甚至不时还有日本兵出现。据点间的距离不等，多则七八里，少则两三里。且这些据点周围，大小十几条河道如蜘蛛网纵横交错，一线部队难以展开大规模作战，对付这些据点并非易事。新四军领导研究后，把拔掉据点的任务交给熟悉当地情况且善于夜战的特务营。

伪军汉奸的这些据点，不像日军岗楼那样建得深壁固垒。有的仅仅是在高坡或河道拐弯处盖上一两间屋子，住进十个八个人，借此控制运河物资运输线，但最主要的作用还是监视周边的动静，防范新四军小分队在此活动，加强日军在乡村地区的控制能力。

接到上级命令后,春祥决定从北往南挨个地走上一遭。

太阳落山后,丁家沟西北的小路上走来两个人,正是乔装打扮的春祥和石宝元。春祥走在前面探路,石宝元跟在后面,肩挑一副担子,一头是一坛白酒,一头是四样卤肉。两人这样走到驻扎在丁家沟南侧的据点时,春祥紧赶两步上前,热络地打起招呼:"老总啊,你们歇着呢?"

"干什么的?"一个穿黄衣服的人大声喝问。

"老总,给你们说个事呗,我们是附近刘集的,明天家中小妹结婚,需要从你们这里过,今天来打个招呼,把路子顺一顺。"春祥隔着土墙说。

"这时候结哪门子的婚啊,年前干吗去了?"

两人说话间,从屋里又走出几个人来。运河边风大,酒肉的香味顺着河风乱飘,里面的人闻到了香味,便出来看看情况。

春祥扭头对跟在后面的石宝元说:"你等一下,我先说说,说不通我们再走。"

石宝元把担子放在地上,嘟囔了一句:"你别磨磨蹭蹭的,我们还要赶路呢。"

春祥隔着土墙又絮叨起来:"不怕你们笑话,我那个妹子肚子里有了,这天一暖和,脱掉棉袄棉裤,可就遮不住了。好在和她相好的那个小子也不错,就想着赶快把事办了。你们也知道,咱农村的姑娘不就爱个面子吗。"

话说得几个伪军笑了起来,其中一个人说:"你妹子结她的婚,碍不着我们哪,你总不能让我们陪着敲锣打鼓吧?"

傻笑几声后,春祥连连摆手:"老总,不是这个意思,我们嫁人的船要走运河,夫家在蒋集,路比较远,路上也不知道会有啥情况,就顺着河边走一下,和沿路的人打个招呼,希望你们高抬贵手,能让我们顺顺当当地把人嫁出去。"

"哟,是这事啊,好说好说,我们不管这事,你们只管过,但后面的我们可不敢保证啊。听说我们这里来了一些什么武汉的和平军,那些人可就没有我们这么好说话喽。"又一个伪军搭话。

"哎呀,那敢情好!要不这样,这些吃的喝的我们给你们留点,就按刚才说的,麻烦你们明天高抬贵手,让我们顺当点。新娘子正午前必须到夫家,这是咱这里的老规矩了。"春祥回身朝石宝元招招手,"哎呀,这里的老总好说话，我们就留点酒肉吧！"石宝元佯装无奈地摇摇头，挑着担子进了院门。刚进屋，酒肉的香味就在密不透风的屋子里散发开来，春祥弯腰打开酒坛和木制方盒，引得众伪军纷纷围了上来。

"不准动！举起手来！"正在这时，房屋的门突然被打开，闯进了一群手持短枪的人。伪军们还没有反应过来就被缴了枪，春祥赶紧把酒和肉重新装好，又开始了下一家。

在下一处据点，春祥如法炮制，顺利地进了屋。

这个据点的看守，都没穿军装，个个身着黑色便衣。简单交流几句后，春祥发现他们都不是本地人，听口音像是苏南来的。便衣们警惕性很高，既不吃也不喝。春祥自然明白个中原因，从桌上端起碗，倒了一碗酒，一饮而尽，又扯下木盒里一块牛肉，大口吃了起来，算是把《水浒传》"智取生辰纲"里的那场老戏重演了一遍。见酒肉没有问题，便衣们放下戒心，端碗准备接酒。正在此时，一队人持枪冲了进来。

一个便衣迅速丢掉手中的酒和肉，伸手要从腰间拔枪，被站在跟前的春祥一刀刺中前胸，倒在地上。见此情景，其他便衣没有一个再敢轻举妄动。春祥边收拾东西边感叹道："哎呀，这回浪费了一碗酒一块肉，损失有点大啊，这样下去酒和肉怕是不够了！"便衣不知春祥所云，但特务营的战士们却笑了起来。

就这样，春祥演一场换个地方，顺利地拿下了几个据点。

夜深人静时，春祥和石宝元满头大汗地赶到蒋集的一个据点，准备续演一场大戏。

月黑风高，正当春祥和执勤的伪军攀谈时，从屋内走出了两个日本人和一个翻译。两个日本人穿着军服，翻译手提马灯站在前面。日军扫了一眼春祥，又看看石宝元担着的酒坛和木盒，不仅不许两人进屋，还命令身边的人加强警戒，让一个伪军出来把东西挑了进去。春祥感到事情不妙，此时一旦特务营接应的人贸然出现，遇到早有防备的敌人必然会遭危险，而他自己的手枪还在木盒下面用绳子捆着，取回已无可能，只能大声说："太君，我们还要赶回去，这样，我把肉取出来给你们，酒坛子也留下。"

"不行，你们两人必须留下一个。如果没问题，明天中午就放人。"对方态度异常坚决。

石宝元不满意地吼叫起来："明天结婚，我们两个不能不去，今天我们大老远挑这么重的东西,就是来打个招呼,没想到你们会这样,早知道不来了。"日军掏出手枪,对准石宝元:"你的死啦死啦的!"

赤手空拳的春祥二人与日军陷入对峙,形势万分危急。

进退维谷之际,附近传来一声枪响,一名日军被击中额头,仰面倒地。春祥和石宝元迅速蹲下身,将木盒和酒坛拖到一边,紧接着枪声就密集地响了起来。另一名日军见状带着翻译和伪军匆忙退入屋内。春祥趁势从木盒底部取到手枪,在豁口处朝院内连开数枪,堵住了屋内向外冲的伪军。

这时,马玉鸣带人闯了进来,迅速把几颗手榴弹扔进屋内,接着就是地动山摇的轰鸣……

此役之后,春祥又带人强袭了最后几个据点。随后,带队从三岔过了淮泗河赶到白水,在原来驻扎过的几间破房子里稍作休整。春祥心里清楚,要想将这么多人从一处转移出来极其困难。按照事先的计划,此时他们应该已经通过黄河故道转到淮泗的裴圩,那里有三师十旅的一个营接应。但现在的时间已比原计划迟了,不可能准时赶到那里。春祥边喘气边琢磨,天亮后,日军定会派兵前往蒋集附近区域进行大规模搜捕,因此必须当机立断改变计划。

春祥带上两名战士一路奔跑赶到白水附近,见到小芩父母后,向他们说明了来意。小芩父亲急忙领着春祥回到白水。部队避开淮泗河,从西南斜插,拣熟悉的小道,贴着黄马河在芦苇边一路疾走,前往裴圩最南面的湖边,那里是计划好的第二个会合点。

一队人马赶到湖边时,附近却没有一个人。

春祥对小芩父亲说:"大叔,您回去吧,小芩的事……我托俺姐春雪给您说了,您老别太难过。等我们把鬼子打跑了,到时我来接您和婶子,咱们一块过。"

老汉点了点头,回了一句话:"你只有狠狠揍那些狗日的,咱才能过安生日子。"送走小芩父亲,春祥查看了一圈地形,安排两名战士在湖边隐蔽下来,然后带领七十多号人又往北赶了二里地,埋伏于一块沙土堆附近。

快到晌午,仍没有动静。战士们赶了一夜的路,早已饥肠辘辘,所幸的是,当空的暖阳让大家得以免受春日寒潮的侵袭。战士们没有说话,在蒿草丛中静待时机。忽然,埋伏在高处的战士小声对春祥说:"郑营长,东边来了一支队伍,穿黄衣服。"

"有没有鬼子的膏药旗？"

"没有，但有一条狗。"

春祥警觉起来，命令大家四散开来，匍匐爬行到路边的蒿草丛中，等待命令。前面的队伍越来越近，负责警戒的战士惊诧地汇报："郑营长，里面有鬼子，里面有鬼子，牵狗的那个人就是鬼子，有二十多个呢！"

气温上升，湖面上的风打着旋儿，日军的狼狗嗅到了气味，突然开始狂叫起来。

春祥摆手让大家不要出声，示意等敌人再靠近一些。

领头的伪军军官手搭凉棚，向西望了一阵，接着带领队伍继续前行。还有十米距离时，春祥命令枪法好的战士用长枪对准了牵狗的鬼子。春祥一声令下，只听"砰"的一声枪响，鬼子被一枪毙命。领头的日军被击毙后，其余的日伪军顿时伏倒在地。由于距离不近，对方看不清楚草丛里是什么情况，伪军队长就喊起话来："对面是什么人？"

石宝元趴在草丛里大声回答："我们是保安三团一连的，你们是哪部分的？"

"他妈的，你们是保安团的还开什么枪。"说着话，伪军队长站了起来。接着草丛中又响了一枪，但这枪是朝天放的。石宝元接着说："大家都是中国人，反正我们说话鬼子也听不懂，你们把里面几个鬼子捆起来，我们就放你们过去。不照做，你们就死路一条！"

对方接着骂道："你算个屁，才几个毛人就想劫我们的道儿。活得不耐烦了吧！"说完，就朝草丛胡乱放了一枪。

马玉鸣看到春祥的手势后，直接一梭子扫了过去。

战斗瞬间开始。敌明我暗，一袋烟工夫后，日伪招架不住，慌忙后撤。草丛里的战士起身边射击边追赶。还没跑出一里地，有人想缴械投降，但由于日本人在场，没有人敢带这个头。

春祥猜出了对方的心思，大声喊道："是中国人的，赶快趴下！"伪军们听得懂春祥的话，但几个日军听不懂，一下子就暴露在原地。特务营战士一阵扫射后，几个日军被打成了筛子。春祥提枪走到十几个趴在地上的伪军跟前，问："你们怎么到了这个地方，附近还有鬼子吗？"

"没有鬼子，我们也是临时被派到这里的，昨晚我们有十几个据点被新四军拔了，损失了百十号人。"伪军队长抬头说道。

石宝元没有正面接话："只要替日本人卖命，就都没有好果子吃。"

看到伪军队长进退维谷，既不敢说走，又不敢说留，春祥劝道："我们是新四军四师特务营的，你们要是回去，就把枪留下，日后你们多做点善事。要是想跟我们走，枪支弹药就全还给你们。但我得说明一点，我们没有军饷，只管饭。"

伪军队长看着自己的十来个手下说："其实都差不多，我们这里也几个月没有发饷了，饭都不一定能吃得饱。算熊，跟着你们吧，至少你们能拿我们当人看。"

春祥问："你叫什么名字？"

"罗俊。"

知道此地不能久留，春祥整顿好队伍，迅速向湖边转移。

春祥带人刚到湖边，北边就来了一批日军。由于日军是直线朝这边冲来的，所以看不出他们到底有多少人，但队伍中的太阳旗却格外扎眼。罗俊走上前说："这可能是日本人的巡逻队，早上我们和他们擦着边走过去的，他们有足足一个小队的兵力。"

马玉鸣眼一瞪，训斥道："屁怎么不早放！"一句话吓得罗俊急忙缩回了头。

春祥没有慌乱，转头沉着冷静地向大家布置任务，说敌人可能是听到枪声赶来的。说完，他果断做出决定，自己和石宝元带一部分人埋伏在东边，马玉鸣带另一部分人埋伏在西边，等鬼子靠近再打。罗俊等人惊魂未定，春祥就安排他们跟在马玉鸣后面。

发现目标后，训练有素的日军迅速散开队形，也做好了进攻的准备。

鬼子逼近到二十来米时，春祥开了第一枪，双方随即交上了火。

鬼子一挺重机枪火力凶猛，弹雨所到之处，战士们连头都抬不起来。敌人边扫射，边向战士们逼近。特务营战士们手里没有重武器，渐渐落了下风。正在这时，春祥身边的战士报告，东边也出现了一队日伪军。春祥便自己带着一小部分人开始迎击东边的敌人，形势变得越来越危急。

正在这火烧眉毛之际，从湖边传来隐蔽在那里的战士的喊声："郑营长，湖上来船了，来船了！"

两边的敌人在慢慢靠近春祥他们，而湖上的五艘木船也正在靠近湖边。

春祥命令罗俊:"你们的人先撤!"得到命令,罗俊带着一排人向岸边跑去。春祥对马玉鸣喊道:"玉鸣,你带一半人上船!"

马玉鸣不同意。春祥骂道:"快撤,再不执行命令我就下你的枪!"马玉鸣无奈只得带人开始撤退。这时,趴在最前面负责射击掩护的石宝元腹部和腿部中弹,嘴里向外喷着血。

"营长,跟着你我值了,这几年我过得很舒心,晚上也睡得踏实,你带人撤退吧!"石宝元大声喊道。

春祥命令战士上前拖他,石宝元摇摇头:"营长,我是走不掉了,你们给我留下两杆枪,几颗手榴弹,快撤!"在石宝元的带动下,另两名受伤战士也坚持留下来断后。石宝元张着血口,大声吼道:"营长,别再耽误了,快撤!"说完,带着另外两人转身继续射击。

春祥带人上船刚驶出一百多米远,就看到日军已冲上石宝元三人战斗的位置。几个日军端起刺刀扑了上去,接着就是几声剧烈的爆炸声。

黑烟升起,遮住了阵地,也模糊了春祥的视线……

五条船是洪泽湖大队的,联系人是徐严同。

洪泽湖大队是早期党组织领导的一支武装力量,后来又加入抗日斗争中。四师进入半城地区后,逐渐被纳入新四军的管辖之下,直属淮北行政公署。洪泽湖大队刚在洪泽三河截击了伪军的运粮船,就接到上级前来接应的指示。

春祥带领特务营返回驻地,徐严同则去了敌工部。

分别前,两位老战友紧紧拥抱。

斩 马

春祥刚到营地,就被喊到了敌工部。

"这次任务完成得不错,效果很好,听说你一招鲜吃遍天啊,后来不灵了吧?"徐严亮部长话中带着调侃之意。

"本来我也不指望灵,我采取的是一个思路多个办法,不是徐部长你说的那样。"春祥笑着回答。

徐严亮指着春祥笑了起来:"你这样子还委屈啦?后面你不是遇到危险

了吗？做事还是要再谨慎些，要记住这里面的经验和教训啊。"

春祥尴尬地低下头，接着又抬起头："看来老徐和你汇报过了。徐部长，有什么任务，请指示！"

徐严亮给春祥倒了一杯水，不紧不慢地道出此次叫春祥来的目的：敌人现在越猖狂，说明他们心里越没底。目前华中局范围内的新四军和各抗日武装，已经稳固了淮北、苏中、苏南、皖南等几个区域，基本上建立了以洪泽湖为中心的抗日根据地。日伪军此次也绝不会甘心，甚至可能会改变策略，收缩兵力，将兵力集中到对我根据地的进攻上来。根据中央指示，接下来要着重开展游击战、运动战，避其锋芒，打其弱项。再往后，九旅、十一旅、萧县独立旅三个旅和淮北三个地委及所属军分区，要准备进行机动调整，把淮北及洪泽湖地区连成一片，和三师、二师、一师遥相呼应。为了打乱敌人的集中进攻，特务营作为四师的机动部队，要体现出灵活机动性，把精力集中到袭击敌人的运输线上。如果能切断运输线，敌人主力就难以调动，作战效率必然会大大降低。

"这件事，我已经报告给师部肖望东主任，他批准了。"徐严亮最后说道。

"没有问题，保证完成任务。"春祥站直身体大声说道。

"先别说大话，还是从你熟悉的地方开始动手吧！我们已和淮北第一军分区交代过了，那里的独立团将会和你们一起，先把洋河这锅水烧开！"

"是！"

洋河，是春祥再熟悉不过的地方了。

米市街在洋河南北街。过去，洋河镇以"三步两座桥，两步三座庙"闻名，市面之繁华绝非苏北其他集镇可比。自春祥到南方买米后，洋河镇的繁华景象江河日下，不复从前，但洋河镇的声名和基业在苏北地区仍然无可撼动。从去年下半年开始，日伪陆续在洋河镇四周修建了二十多个碉堡。规定青壮年出入镇子，必须持有"良民证"或保长的连坐卡；三人以上的壮劳力进镇子，则只允许进两人。

尽管封锁严密，但对春祥来说，进出洋河镇还是小事一桩。他和马玉鸣半夜顺着镇东的一条干沟，摸着原来老东家黄姓老板家的墙根，转弯就到了洋河的街面。两人贴着东侧的树林，一路向北，没走多远就到了陈家酒坊。

春祥轻轻敲了敲窗户木棱，里面传出陈银华的声音："这么晚了，哪个？"

"春祥！"

屋内没有开灯，陈银华穿衣下床，轻轻拉开房门，春祥两人闪身进屋。

陈银华问："春祥，你这时候来干啥？"

马玉鸣抢着回答："银华哥，春祥哥现在是新四军的营长，这次来主要是打听洋河镇及周边情况的。现在鬼子和二狗子活动比较频繁，我们想着找机会截些东西，顺带敲死几个王八羔子。"

"春祥，最近一段时间，的确老是看到鬼子的汽车马车进进出出，有时候把一大袋一大袋的东西拖进来，有时又把一小包一小包的东西拖走，不过是啥东西我不清楚，也不敢问。"

"银华，你明天想办法帮我找到赵友谊。他在镇公所旁边的米行商会里做事，戴一副眼镜，斯斯文文的，人比较瘦，四十岁左右。我有一年多没见他了，他应该还在的。你找到他就说我来了，让他约个地方见面。"

"春祥，你胆子也太大了，这个人我们没接触过，靠得住吗？我看这事算了吧，别把你再弄毁喽……"

"银华，你别的甭管，只管找到他。"

"那管，今晚我们挤一挤，对付一宿，明早我去看看。"

第二天，春祥和马玉鸣在陈银华家守着，陈银华出去一个多钟头了仍没有回来。十分钟的路，用了如此长的时间，马玉鸣有点担心，提出换个地方避一下风险。可春祥摇摇头，坚持在屋里等。

五分钟后，听到门外传来脚步声。是陈银华回来了。

春祥问："银华，见到人了吗？"

"见到了。他忙得很，本来想和我一起来的，但马上又要调拨货物，只能接着忙。我等了好长时间，等他忙完，他又让我先回来，说他回家一趟再抽空过来。"陈银华说完，看着春祥问道，"不会有什么事吧？"

春祥笑着摇摇头："不会，我们就在这儿等，他会来的。"

春祥的猜测果然没错，几个人正吃午饭，赵友谊来了。看见春祥，赵友谊一脸惊喜："郑队长，你咋来了？有什么事吗？我本来想跟着这个小伙子一起来的。但仔细一想，这样不安全，就拖了一点时间，自己摸过来了。"

春祥向赵友谊介绍完马玉鸣和陈银华后，就把这次来洋河的目的详细说了一番，最后交代："老赵，为了保证你的安全，你把情报交给银华就行。

银华是我多年的好朋友，是条真正的汉子，请你放心。银华你这里也要多准备点酒给老赵带着，这也是一种掩护。"

赵友谊眉头紧锁，道出了自己的疑虑："这不行，我提前不知道事情啊，小日本不会跟我说的，商会头头也不见得清楚。如果是马车，装车时我还能搭句话，可如果是汽车，我就不好直接打听了。"

"老赵，你琢磨琢磨，鬼子转运东西有没有规律，不可能东南西北每个方向都运一次吧？汽车运到哪里，就说明哪里的鬼子多，路途远；马车运的肯定是近地方嘛，供应的东西有限，那里的人肯定多不了。"春祥提醒说。

赵友谊一拍大腿，恍然大悟，责怪自己没有想到个中联系，说他回去就按这个思路去打探。此外，他还告诉春祥一件事，说马保善回来了，现在当上了保安队长。当初，黄大龙一死，马保善他姐就和商会会长热乎上了，为马保善东山再起运作。马保善这次回来日子明显比过去好多了，他感到自己羽翼已丰，嘴上虽然没提过春祥的事，但大家都知道，他带人到郑集跑了几趟，那个事他还没放下。其实倒也不是他在意，而是他姐放不下，一直在他面前叨咕。一来二去，马保善信誓旦旦地在他姐面前拍了胸脯。

"这件事过去也就过去了，我这次来也不是为了这件事，主要还是……"没等春祥说完，赵友谊插话："我刚才说的只是个头，新到咱这个地方的日军中队长谷村新司，指挥马保善在罗圩和中扬好几次劫了咱们人的道儿，春节前还逮住了一个受伤的半大孩子。当时这个孩子穿着我们的军服，硬是被这兔崽子给活活地开膛破肚了。"

春祥和马玉鸣被赵友谊的话惊住了。

赵友谊回身指指屋外，低声说道："喏，那个孩子就埋在我们东边不远，还是让镇上人给偷偷埋的，要是一直扔在那儿，还不早被野狗拖走啃干净了。"

"早知道这样，两年前我就崩了这个龟孙东西。"春祥气得青筋暴起，但他很快平复了情绪，低声对赵友谊说："老赵，我们还是回到正题，你和银华虽然靠得很近，除了买酒递交情报，我认为还要想个办法。"

思索片刻，春祥忽然眼前一亮："有了！银华不是每天都在店里吗？你桌上摆四个坛子，哪个方向的坛子不在，就说明敌人朝哪个方向去了。"

"对呀，这个方法简单又方便。"陈银华连声称妙。

临了，大家又商定了一阵交换情报的时间、方法和预备方案。天色暗淡下来后，春祥二人顺着原路离开了洋河镇。

九旅在泗县和睢宁之间的邱集刚和日伪打了一仗，双方各有伤亡。日伪扔下一百多具尸体东撤到凌城，驻扎了下来。

这一消息被赵友谊听到了，他赶紧通过陈银华把消息告知了春祥。

此时，春祥正带领一个小分队驻扎在洋河镇北边的黄桥。军分区的交通员找到他，告知在凌城有大量敌人且损耗很大，必定需要补充大量物资。这个消息和赵友谊传出的情报一致。

紧接着，陈银华又递来一份新情报，日军的四辆军车昨晚紧急装上粮食，现已处于待命状态。

得知此事的当晚，春祥就派出交通员赶到附近的区小队，两路人马合兵一处，做好了截获这批物资的准备。

天色放亮后，日军车队浩浩荡荡地从洋河镇开拔了。行经徐洪河时，发现沿河小路被挖得坑坑洼洼，日军只得下车填坑。正当几十个日军在徐洪河东岸埋头干得起劲时，车队后面突然响起了枪声。河沟里负责警戒的日军急忙持枪还击，谁知刚放完一排枪，就听到河西岸传来震耳欲聋的喊杀声。河沟里的日军顾左不顾右，处于两面夹击之中。春祥在东边，命令战士只打不攻，西边的军分区支队则边打边攻。见大事不妙，日军的汽车兵也连忙下车加入抵抗。

半个小时后，双方交战结束。随着日军的两个伤兵开枪自杀，战场恢复了平静。

附近的九旅二十七团闻讯赶至，和军分区一大队一起把车上的物资卸下来。春祥和二十七团以及军分区的同志打过招呼，便先往南再往北迂回到西张圩附近的废黄河边，在一片树林中停下来。

洋河镇公所，正接电话的谷村新司哈腰不止。挂完电话，他强压怒气叫来马保善，一阵低声交代。马保善带人乘坐两辆军车，往西南转了一圈，回来就向谷村汇报说，没见到新四军的影子，附近的据点和岗楼也安然无恙。

谷村听后松了一口气。

但他没有料到，当晚洋河镇南边胡桥的一个据点就被端了，十几个日伪军全部毙命。谷村大为慌张，下令加强戒备。第二天晚上，前张圩炮楼也出了事，虽说没遭受到大规模的围攻，但一名日军哨兵被一个飘然而至的黑影一招割喉……

一连十几天，洋河镇和周边动静不断。炮楼附近，每当夜幕降临，总会时不时响起冷枪。那是因为炮楼中的日军不敢越雷池半步，只能胡乱朝外放枪。

炮楼中的日伪成了惊弓之鸟，笼中困兽。

渐渐地，各处粮草见底，谷村的电话也多了起来。马保善自从挨过谷村左右两个耳光后，便开始亲自带人拖着装有粮草的板车穿梭在集镇和炮楼之间。

按照原定计划，春祥命令特务营暂停袭扰两天，让马保善放松警惕。果不其然，马保善的板车跑得越来越远。但马保善也非等闲之辈，每次早饭后出发，天黑前一定回到镇公所。

在洋河与东边赵圩之间有一个大据点，里面驻扎着三十几个日伪军，他们昨天已经断了烟火，粒米未进。据点位于河滩边，附近除了稀稀落落几户人家，满眼尽是冷漠肃杀的荒滩。据点除留一人站岗执勤外，其他人足不出户，躲在里面睡觉打牌。马保善一大早就赶了两辆驴车，带着十几个人随行，朝赵圩方向出发。驴车经过故黄河上的一座小桥，然后进入河滩。由于河滩种不了庄稼，也没有杂草，已经被附近村民稀稀拉拉地栽上了杨树、榆树和柳树。马保善边走边不经意地看着四周，偶尔听到树梢上传来几声鸟叫，地上完全看不到活物的影子。

走过河滩，来到一条小河沟，再往前走里把地就到炮楼了。马保善一行晃悠着刚上河堤，突然眼前冒出几个人来。那几人站在高处，居高临下，其中两人端着机枪瞄准了马保善。马保善心里一惊，两腿发软，差点一个趔趄歪倒在地。可他还是强作镇定地站在原地，等着对方问话。

对面传来一个声音："保善兄弟，几年不见，过得不错吧？"

声音听起来十分熟悉，马保善抬眼望去，一时竟没有认出说话者是谁。

"郑春祥，两年没见就忘了？"

马保善没想到春祥会在此处等着他，心中盘算着逃脱之计。回话前，他又回头看了一眼。这一看不当紧，马保善的心彻底凉了，只见身后密密麻麻地站着手持长短枪的人。

"郑队长，我们俩也算是朋友吧，再说我们过去没啥恩怨，我还帮过你呢，你今天可要放我一马呀！"硬来不行，跪下的马保善想用缓兵之计。

"你紧张啥,我也没说要咋样!老朋友又见面了,想拜托你再帮我一个忙。"春祥往前走了几步。

马保善站了起来,满脸堆笑:"好说,好说!"

十几名战士换上保安队的衣服后,春祥继续说道:"保善兄弟,陪我们走一趟吧!"

"好!好!好!"春祥和张金军将马保善夹在中间,朝炮楼方向走去。离炮楼二十米远,马保善对站岗的伪军说:"把门开开,你们天天叫唤,这不,吃的给你们带来了。"

越过挪开的栏杆,一行人朝炮楼走去。快到入口时,里面走出来一个日军,大声吼叫:"死啦死啦的,怎么这么晚才来?"马保善把驴车上的席子一掀,大饼和肉、咸菜全露了出来。那日军第一个冲了上来,随后炮楼里二三十个日伪军一窝蜂围住了驴车,开始哄抢吃食。

正当他们哄抢之时,春祥朝身边的两名战士使了个眼神。两人心领神会,悄悄摸进据点,把里面所有的枪支全部拢在了一起。

等日伪人员抬起头时,十几个枪口早已瞄准了他们。几个日军吼叫着夺枪,马玉鸣手里的枪响了,日军相继倒地。伪军见状赶紧扔下手里的大饼,全都跪在了地上。

"该我们吃了!"春祥招呼战士们吃东西。

"保善兄弟,你想吃点啥?随便吃,反正这是最后一顿饭了,吃饱点好上路!"

一句话吓得马保善扑通一下跪在春祥面前:"郑队长,求求你饶过我吧,你放心,以后你说东我不敢说西,你说一我绝不说二。"

春祥脸色阴沉下来,指着跪在地上的马保善说:"我不要求你干好事,但你也不能认鬼子当爹啊。你干了多少缺德事,难道你自己心里没数吗?才十几岁的孩子你都不放过,还是人吗?你要光给鬼子跑跑腿,也就算了,但你居然帮鬼子杀人!"

"我……我都是被逼的呀,郑,郑队长。"马保善捂脸大哭。

"你姐夫要不是作恶,会有那样的下场?我郑春祥不是心胸狭窄之人,不会挟私报复,你姐夫弟兄两个的死,是不是罪有应得?!而你呢,瞎子坐上席——目中无人,不但不长记性,还比他们更坏,放了你,晚上我都得做噩梦。"春祥朝两个战士示意了一下,他们将马保善架到了炮楼门口。马保善感到自己死到临头了,突然撕心裂肺地号叫起来:"郑春祥,我做鬼都不会放过你。"

春祥一把抓住马保善的头发,笑着说道:"吃的是盐和米,讲的是情和理。苍天有眼,绝不会让我和你这样的坏熊在一起做鬼的!退一万步说,我就是今后做鬼,你也斗不过我!"

马保善想开口说话,但怎么也想不出一个词来。

春祥指着远处地上横七竖八的日军尸体,大声说道:"马保善,你看清楚了,那些都是死鬼,你跟他们一道去吧!"

说完,春祥松开了手。

"砰"的一声枪响,马保善向前栽倒在地。伪军们一看,全都跪在地上求饶。春祥一招手:"解散吧,打鬼子的活你们也干不了!要是谁胆敢硬着头皮再跟着小鬼子干,马保善就是'榜样'!"

"咣咣咣!"跪地的伪军响头一片。

"起来,快滚!"春祥大声吼道。

伪军慌忙站起,溃散而去。

炮　楼

山头镇位于泗县、睢宁、泗宿三县的交界处。日军在潼河西岸建了一个炮楼,足有十米高,四周拉起一圈土墙,土墙仅有一个对外的出口。要想靠近这座炮楼,只有两个办法,要么从土墙入口进入,要么就得从河里游到对岸去。炮楼可容纳一百多人,一圈有三十四个射击口,其中机枪口就有六个,另外还有八个投弹口。不仅如此,紧靠炮楼还有一条人工挖凿的三米宽的壕沟,与潼河水相连。日伪口出狂言,如果新四军攻打碉堡,增援部队可以一个钟头内从三个方向迅速赶来,给进犯之敌来一个"瓮中捉鳖"。这座炮楼对新四军来说,可谓如鲠在喉。方圆二三十里的敌人,随时都可以退到里面,里面的敌人也可随时支援周边。

自炮楼矗立在山头镇,九旅旅长张爱萍寝食难安,曾在各种场合多次强调,部队换防必要考虑到一个因素——能不能拔掉日军炮楼这根刺。在日伪交错的地带,新四军因没有可以直接摧毁坚固炮楼的重炮,只能调动大兵力围攻，但调动大兵力就容易暴露，而且敌人也能很快从四处赶来增援。渐渐地，这座碉堡成了新四军两个主力团的心头大患。

经过多次讨论和研究，方案仍迟迟未能确定。获悉情况后，春祥和副营长韦富林决定乔装到山头镇走一遭，察看地形，观察敌人火力部署和生活规律。

山头镇不大，只有东西两条街，各种小店小馆一家接着一家。春祥二人走在早集市上，买了一些咸菜和一个柳条筐，暗中打听着炮楼的情况。经过半天打探，二人对碉堡的情况有了大致了解：炮楼里安装有电话，里面的人可多可少，人数不定。普通百姓不允许靠近炮楼，就算是给里面送吃送喝，也只是过了木板桥，东西放下就走。白天炮楼前有人站岗，晚上炮楼关门，顶楼设有一盏探照灯，但不一定每晚都开。前年，一支身份不明的队伍试图强攻炮楼，但人还没有抵近就被打死了十几个，剩下的在墙上留了几个小窟窿后匆匆撤退了。胆子大一点的群众与春祥二人聊天时开玩笑说，要想拿下炮楼，得从底下掏个大洞，灌进潼河水，泡塌炮楼，才能把人逼出来。

中午时分，春祥和韦富林摸清基本情况后，按原路返回。经过炮楼时，两人走到壕沟外侧的土墙朝里张望，被一个站岗的日本小鬼子察觉，端起三八大盖就是一通吼叫。春祥立即鞠躬打招呼，后匆匆走开。

回来的路上，春祥和韦富林一直在嘀咕对付炮楼的办法。

挖地道？炮楼根基全部由砖砌。

水淹？工程量巨大。

火烧？难以接近炮楼。

烟熏？风向变幻莫测。

偷袭？就是摸掉哨兵，也难以进入炮楼内……

所有的主意都被否定。

"要是咱们新四军有飞机大炮就好了，哗哗扔下两颗炸弹，送这群王八蛋上西天！"韦富林抬头望天，摇头感慨。

"飞机一时半会儿搞不到，就是搞到了，咱们也不会开呀！上次想帮九旅三营搞一点六〇炮炮弹，也没有成功，真是急死人了！"春祥懊恼地说道。

两人边赶路边低声交谈，快出山头镇集市时，春祥看到路边丢着一只死老鼠，已经腐烂不堪，蛆虫在上面乱爬，绿头苍蝇上下翻飞。

春祥突然停下脚步,紧盯着死老鼠望个不休。韦富林见春祥停在那里一动不动,回头拉着他的袖子,不耐烦地说道:"走啊,死耗子有啥好看的!"

春祥回过神,继续朝前走,边走边对韦富林说:"富林,咱俩摸了大半天,什么好法子也没有找到,是不是两只瞎猫?"

"是,是!"韦富林苦笑着说。

"一句老话你知道吗?"春祥问。

"什么老话?"

"瞎猫碰到了死耗子!"

"什么意思?"

"两只瞎猫刚才不是碰到了一只死耗子吗?!真是踏破铁鞋无觅处,得来全不费功夫啊!"

"难道你想到了对付炮楼的法子了?"韦富林迫不及待地问道。

"应该差不多。"

"啥办法?说说看?"

"回去再说,我再琢磨琢磨。"

"还卖关子哪!我们都想半天了,也没有啥好办法,你啊,我看难……"韦富林急得跺脚,奈何春祥并不透露半分。

回到集合点,春祥和韦富林满头大汗,二人来不及洗脸擦汗,就着急忙慌地招呼两个连长开会。

春祥将自己的想法告知大家后,所有人都感到头皮发麻。几个人议论了很长时间,也没有做出最后决定。对自己想出的法子,春祥毫不动摇,最后他要求干部回去和连队的战士再沟通一下,同时派人前往二十六团及军分区进行汇报。

当夜,在春祥的解释劝说下,最终形成了一套攻坚方案。

天色微明,碉堡与外界联系的电话线被掐断了。

第二天早晨,炮楼东西北三面地上、水沟里都扔满了死猪、死鸡、死狗及一些动物内脏,臭气熏天,令人作呕。7月中旬的天气,大地被太阳炙烤,酷热难耐。都说臭肉来蝇,嗡嗡的苍蝇越聚越多。值岗的日军刚一出现,迎面便扑来黑压压一片蝇群。无奈之下,他们只得捂住鼻子,缩紧脖子，匆匆躲进了碉堡。

经过一天的暴晒，各种尸体急剧腐烂，尸水横流，地面上、壕沟里出现了不计其数的蛆虫，阵阵恶臭弥漫在碉堡周围。碉堡里的日伪军惊慌失措起来，外面的人进不去，里面的人又没办法出来。

看到这种情况，春祥心里乐开了花："再耗他两天，看他们还能不能熬下来。我们只需要节省子弹，以守代攻，这些小东西就能为我们做大事了。"

春祥说完，手指了指远处沟里的蛆虫和苍蝇。喉咙浅一点的战士直伸脖子，更有甚者直接干呕起来。

又过了一天，沟中的蛆虫开始四处乱爬。蛆虫天生怕晒喜阴，所以爬至岸上的蛆虫接着涌向阴凉的炮楼，然后顺着门洞疯狂朝里钻。很快，炮楼变成了一座充斥恶臭的"蛆楼"。日军几次打开门，试图查探外面的情况。炮楼外面不但同样漫天腥臭，还不时打来黑枪流弹，日军只得呕吐着又关上了门。

第五天，炮楼内的日军实在忍无可忍，只能一层层往上躲。但无奈腐臭之气直冲楼顶，加之楼顶温度更高，几个时辰过后，日军个个头昏目眩，失去了意识，躺在地板上动弹不得。

新四军围而不攻，炮楼里已断了水粮。

经过几天的折腾消耗，炮楼内所有的日伪军都呕吐不止，有人皮肤开始瘙痒溃烂，有人感染了痢疾，几分钟就要上一次茅房……

炮楼瞬间成了人间炼狱。

午后的温度最高，恶臭加剧扩散，就连靠近炮楼的集市上的住户都被迫关上门窗。炮楼内的日军队长精神几近崩溃，最后决定拼死冲出去，求得最后一线生机。

洞门打开后，日军端着枪从里面拼命往外冲，春祥当机立断，命令部队奋起阻击。顿时，爆炸声、枪弹声响彻山头镇上空。敌人拼命冲，战士们就死命打，一批又一批日伪军被击毙在炮楼前……

碉堡上敌人的机枪占据着高度优势，春祥命令战士们继续阻击，死守我方阵地。直到军分区派人前来通知春祥他们撤兵。原来，睢宁和泗县的敌人正前来增援。

春祥率领特务营撤出了山头镇。

从此之后，日军山头镇的炮楼再未启用过。

佳　人

天气日渐转凉，宿淮大地的形势也变得越来越严峻。

从宿迁城出来的坂冢少佐，亲率两百多名日军和四五百名伪军一路向南，途经金锁、朱湖，直逼孙园。按照军部的统一部署，此时新四军主力部队全都在外围，淮北行署身边留下的武装力量极少。孙园距离张塘仅有六七里，距离半城也就十五里。淮北行署主任刘瑞龙在和师部联系后，决定西撤，但一路上的安全保障是个大问题。此时留守行署的办公人员众多，其中又以女同志居多，他担心如果作战将很难顾及所有人的安危。

春祥接到通知，没有迟疑，带上一连和洪泽湖大队，穿过半城西的穆庄，和赶来的二连会合，后加速向北行军，在孙园北边的孙楼正面迎敌。春祥得到的命令是坚守半天时间，争取为淮北行署留下充足的撤退时间。

战士们利用田间的沟沟堑堑和郁郁葱葱的树林，与敌人展开激战。

敌人用迫击炮轰炸我方阵地，发动一波又一波强攻，但次次都被二连的战士们击退，战斗随之进入胶着状态。时间一分一秒地过去，新四军两三百人的队伍对抗日伪六七百人，敌强我弱，伤亡渐渐增多。春祥迅速判断战情，不能硬战，随即命令一连连长带十几个人从西边绕到敌人右侧，发起进攻，分散敌人的火力。这一招迅速奏效，一部分敌人开始转向西侧阻击一连。春祥趁机下令发起冲锋，敌人被逼后退了几百米。稳住阵脚后，春祥命令战士们占据有利位置，做好再次迎接敌人反扑的准备。

敌人渐渐缓过神来，发现并没有大量新四军增援后，便再次加大了进攻的力度。躲在沟壕里的战士们，被子弹压得抬不起头，一发接一发的炮弹在身边炸响，伤亡急剧增加，春祥左臂中弹，血流不止。天色逐渐暗淡下来，春祥强忍剧疼，命令战士们再坚持一会儿，务必等天黑再撤退。

战斗仍在进行，弹药也即将消耗殆尽。春祥指挥战士们不停地变换阵地，一步不退。经过大半天的恶战，日军也进入疲劳状态，坂冢决定发动最后一次进攻。

就在这时，敌方背面传来了激烈的枪声。原来泗东县大队护送淮北行署转移后，正好碰到日军与我方激战，便从日军阵地后方发动了袭击。敌人顿时慌乱起来，胡乱扔出一批手雷后迅速四散撤退。

见有增援部队赶到，春祥起身喊道："冲啊！"这时，刚好有一颗日军手雷在他前方炸响。春祥腹部一热，跑出十几米后，一头栽倒在田埂上……

阵地上，日伪丢下一片尸体，仓皇逃遁。泗东县大队奔上前来打扫战场，救助伤员，这才发现了陷入昏迷状态的春祥。

直到第二天下午，春祥才醒过来。一睁眼，春祥看着眼前的马玉鸣，急忙问道："这是哪儿？我们的伤亡怎么样？"

"在临淮洪胜老乡家里，昨天我们伤亡很大，一连连长阵亡，还有三十多名战士也牺牲了。"

"淮北行署的人安全吗？"

"你放心，安全，他们回到了张塘。"

"噢，那就好，玉鸣，你扶我起来！"春祥挣扎着要坐起来，却明显感受到胳膊和小腹传来的剧烈的疼痛感。马玉鸣立马按住他，"快躺下，你都不知道自己啥情况，胳膊还好，肚子里进了一块弹片。昨晚两个军医忙了大半夜才取出来，彭师长派人送来了药品，还有一些鸡蛋和红糖。"

春祥动了动毫无血丝的嘴唇："谢谢师长，我这一躺，啥时候能好啊，哎！"

"你伤得太重了，再不好好休息，要出人命的。"马玉鸣边把春祥的胳膊放回被窝边说。

二人说话时，从门外走进来一个老人和两个壮汉。老人一进来就问："醒了吗？"马玉鸣点点头。老人拍着春祥胸口的棉被说："哎呀，你吓死我了，一直担心着你呢，昨晚你淌的血比女人生孩子时还多，吓人哪。还好你自个儿命硬，算是挺过来了。"

马玉鸣站在老人身旁，介绍说："郑营长，这是郭大娘，这是她的两个儿子，我们都叫清风、清林大哥。"站在床边的两个壮汉朴实地嘿嘿笑着，没有说话。

老人慈眉善目，指指两个儿子对春祥说："你安心在大娘这里养伤，咱靠湖，不用担心吃不上东西。今天一大早我就把他俩赶到湖里去了，都说老鳖补，但这个季节不好弄，只打上来一些鱼和虾。但这些东西也不错，回来我就给你煨上了。你先躺着，我去做几个红糖荷包蛋，你现在身子弱，可得好好补补啊。"

又过了一天，春祥感觉身上的疼痛感减轻了不少。于是，他试着靠在枕头上，打量着这个陌生的房间。木梁顶起的房顶，铺满了芦苇编成的席子，墙壁由水稻秸秆和成的泥坯搭建而成。一张桌子，一张床，地上齐刷刷摆放着大小不一的罐子。门后放着农具和渔网，北墙没有窗户，只有自己躺着的木床边开了一个三尺见方的窗户。窗户下还有一个草甸，应该是阴雨天堵漏所用。

刚过中午，外面忽然有点嘈杂。只见马玉鸣跑进屋里，匆忙喊道："春祥哥，刘主任带着几个人来了。"

"是淮北行署的刘瑞龙主任！他正向郭大娘打听你的情况呢。"看到春祥要坐起来，马玉鸣赶紧把枕头竖在他背后。春祥慢慢地靠了上去。

春祥刚坐稳，刘瑞龙主任就走了进来，另还有几个人跟在他后面。刘瑞龙关切地问道："郑营长，恢复得怎么样啊？"

看到春祥伸出手，刘瑞龙赶紧上前一步握住他的手，另一只手扶着他的肩膀劝道："别挣着伤口了，快靠那儿！我是代表淮北行署全体成员来对你表示感谢的。若不是你们拼尽全力阻击敌人，掩护我们撤退，行署的处境就危险了。本来彭师长也准备一起来的，但现在根据地南边的五河那里，形势比较紧张，他正在与司令部的同志商议作战方案，所以派我作为代表来看看你。"

春祥不好意思地笑着说道："刘主任，您那么忙还来看我，这太不合适了。我在床上躺了三天实在是憋得难受，一线指挥员真不应该在这里偷懒的。"

刘瑞龙身高比彭雪枫矮了一点点，但看上去却更壮实。他坐了下来，望着春祥打趣道："等你好了，我向彭师长请示，让你天天歇不下来！我看你啊，就是跑腿打鬼子的命。你的故事我从政治部肖主任那儿听了一些，你小子脑子跑得比腿还快，干了不少让人吃惊的事。等你好了干脆调到我们那里去，就是不知彭师长愿意不愿意放人呀。"

说完话，刘瑞龙笑了起来，转身对靠近门口的一个姑娘说："小李呀，你往前来，你不是要看看心目中的英雄吗？来，来，看看，这位就是郑旭郑营长。"

春祥抬头一看，大吃一惊，站在面前的姑娘不正是自己过去在浙江桐庐认识的"燕子"吗？

"你怎么会在这里？"春祥简直不敢相信自己的眼睛。

小李大方地介绍自己道："郑营长，我叫李丽霞，我们区委办公室里的人都知道你这次为了掩护我们受了重伤，大家一致推举我作为代表前来看看你。我还是跟刘主任哼叽了半天才获批准的。是吧，刘主任？"

刘瑞龙看看小李，又瞧瞧春祥，脸上露出一丝微笑。刚才春祥吃惊的表情虽然稍纵即逝，但他还是敏锐地感觉到了什么，便不经意地问春祥："你们认识？"

李丽霞并不是燕子，只是两人长得有几分相似，特别是眼睛和嘴唇，简直一模一样，这才让春祥产生了错觉。

定睛细看后，春祥清楚自己是认错了人。李丽霞比燕子稍微丰满一点，尤其是说话时的语气，明显有着南北方的差异。

春祥赶紧摇摇头，对刘瑞龙解释道："第一次见，小李和我朋友的妹妹长得特别像，我认错人了，真不好意思。"

刘瑞龙心里"咯噔"一下，开心地对二人说："那说明你们有缘啊，以后多联系联系！"

一句话说得一圈明白人笑了起来，春祥和李丽霞两人都害羞地低下了头。

一番问候后，刘瑞龙起身对春祥说："我还有事不能久留，马上要赶回去。郑营长，好好养伤，早点好起来。我们行署特意买了几只老母鸡还有鸽子，拿来给你补补！"说完，他又对李丽霞开起玩笑："小李，你既然像郑营长朋友的妹妹，那就做个妹妹吧！多写写信，关心关心人家，这样当哥的伤就会好得更快。"

李丽霞点着头，红着脸躲到了后面。

刘瑞龙一行人离开后，春祥呆呆地靠在床头好一阵子，脑子里乱糟糟的。

这二十多天，在郭大娘一家的悉心照料下，春祥的伤完全好了。郭大娘摸摸他的胳膊，又掐掐他的腰，啧啧称赞："还是老母鸡管事啊，人也胖了，脸也白了。你早就闹着要走，我看现在啊，你真的可以走了。我给你煮上几个荷包蛋，多放点红糖，吃了再走。"

春祥握着郭大娘的手说："大娘，谢谢你，要不是你的照顾，说不定现在我还在床上躺着呢。"

郭大娘同样依依不舍，泪水在眼眶里打转："郑营长，你们在外面这么奔波，一定要注意身子啊，千万不能再出啥差错，有时间回来看看大娘。"

"哎，谢谢大娘。"春祥转身踏上小路时，眼眶湿润了。

鱼　市

临淮也称临淮头，因濒临淮水而得名，东与半城为邻，西与双沟隔河相望，北与石集接壤，南濒洪泽湖，内有老汴河在东部过境，溧河洼在西部过境。临淮水域广阔，是古汴河入湖之处。乾隆皇帝南巡曾到过临淮，登上临淮水寨观日出，御赐"水乡泽国，人间仙境"八个字，以表嘉誉。

临淮集毗邻湖边河堤，南北长不过里把地。河堤也仅有七八步宽，两边被附近的渔民占据，几个鱼贩穿梭其间，寻觅着价格满意的鲜鱼。当然，河堤上除了渔民鱼贩以外，还有贩卖渔网和修补渔网的大姐大妈们。

这个鱼市是当地渔民约定俗成的交易之地。到这里卖鱼的渔民期待的主顾并不是附近的村民，而是离湖边比较远的鱼贩子。他们清楚，鱼贩子一出手都是成筐成袋地拿，运气好的话，鱼贩子能一下子包圆，他们就可以早早回家了。

据周部长提供的消息，最近两天师部附近出现了几个形迹可疑的陌生人，都讲本地话，说自己是打鱼的，在此歇息。而村民黑狗说，他们村附近也出现了几个打鱼的生人。

这天，化装后的春祥跟在黑狗后面来到了鱼市，把鱼翻倒于地，一屁股坐在麻袋上。黑狗眼光四处打量后，低声对春祥说："刚才我看了一圈，没有瞧见那几个人。"

"没事，再等等。"春祥说着，伸手拨弄着两条大鱼，把它们划拉到一边。

半个时辰不到，从岔路口走过来三个人。其中两人抬着一袋鱼，另一人拿着竹筐，在黑狗斜对面停下来，支上了鱼摊。一个壮实的汉子看到是黑狗，笑着问："黑狗兄弟，今天的渔获不错嘛，那两条大的肯定有人要。"

黑狗回答："哎，我一个人不比你们仨呀，你看你们那一堆，能比上我们两堆啦。"

对方说："黑狗兄弟，我给你介绍个地方，就昨天我们打鱼的地方，再往南一点有一个湾口，那里水深，芦苇密密匝匝的，这个天也只有那个地方的鱼才行。"

"行，明儿个我去试试。"

"嗳，黑狗兄弟，你旁边的这位兄弟看样子不像打鱼的啊，长得白白净净的，怕是在政府里谋差的吧？"此人又问。

黑狗哈哈一笑，对几个人介绍说："嗐，这是我舅跟前的，今天没事过来给我搭把手，鱼卖不完我们就自己炖着吃。"

春祥一听这话，心里很清楚这些人绝不是一般的渔民，普通老百姓很难说出"谋差"这样的字眼。春祥冲对方笑笑，顺着话说："几位大哥，我在青阳教书。"

"这不年不节的，咋不在城里待着呀？"

"现在城里乱得很，前几天也不知是些什么人，在青阳城里打起来了。学校也不敢再上课，就让我们回家休息一阵子，啥时间开学还不一定呢。"

这时，一个鱼贩拖着板车走上前来，问了价格，又继续朝前走去。鱼市上的买卖也是有学问的，不仅是同行之间，买家和卖家之间也都在暗暗较劲。时间越早，鱼越新鲜，价格自然就贵。靠近中午，鱼价就跌得厉害。一般而言，急着办大事的人都会赶早集，图便宜的则在集市收摊时才来，挑拣点剩下的"漏网之鱼"。

过了一会儿，又来了几个鱼贩，买走了一些活鱼。这时，黑狗有点沉不住气，春祥只得没话找话，和他拉起了家长里短。

忽然，在鱼市中间的路口，一队新四军战士急匆匆地向北跑去，引起了渔民鱼贩的一阵骚动。

众人望着战士们远去的身影，议论纷纷。

"这不会仗打到咱这儿了吧？那后面还咋卖鱼？"

"我也感到奇怪，我们这里很少有拿枪的人哪。"

"我的天哪，怕不是小日本要来吧……"

春祥佯装害怕，不解地问道："黑狗哥，这些部队你能看出来是老蒋的还是老汪的吗？皇军不是这个样子的。"

黑狗看着春祥说："临淮集来来往往的人马多得很，有的穿黑灰色，有的穿灰色，还有的穿黄色，我也搞不清谁跟谁。反正仗打到咱这儿，咱就不出来呗。哎，这年月，一点儿都不安生。"

　　"在青阳，我就见过同他们穿一样颜色的人和穿黄色的人打起来了，哎呀，太吓人啦。"春祥说话时，身体还不禁颤了一下。

　　两个人的对话，引来了对面的笑声。

　　说话的当口，又有一队新四军战士跑了过去。黑狗故意压低声音对春祥说："最近咱这地方没有啥人哪，今天咋来这么多人，该不会北边……"黑狗话没说完，瞅了对面一眼，"不说了，卖鱼！"

　　黑狗的话还是被对面的人听到了，其中一个人说："你们先在这卖着，我去买点吃的。"

　　另一人说："早点回来，别就地扎根，挪不动步子啊。"

　　现场又安静了下来。

　　过了好长时间，对面的人坐不住了。其中一人骂道："妈的，这个憨熊，死哪里去了？"两个人商议后决定早点回去，就叫来一个鱼贩："来来来，老板，你看我们这么多鱼，你包圆吧，给个半价就行。"鱼贩子开心得很，开始把地上的鱼往板车上挪。

　　黑狗惊讶地望着两人："哎呀，你们就这么卖了，那后面我们咋卖？"

　　"黑狗兄弟，不着急，你们慢慢卖，日头才到树梢高呢。"两个人收拾一番后，抬腿离开。

　　黑狗嘟囔了一句："哎，这鱼咋卖呀？"

　　"黑狗哥，再等会儿吧，你至少得卖掉一部分吧，不然回家要遭二姑骂了。"春祥说道。

　　黑狗骂了一句脏话后，又无奈地蹲了下来。

　　很快，穿着便衣的郑留宇跑了过来，在春祥耳边轻声说道："逮到两个。"

　　"不是三个人吗？"

　　"一个人跑了。"

　　"坏了，我们得赶紧走，去他们的老窝看看。"春祥和郑留宇快速离开，朝北边跑去。

　　两人往骈台附近一处茅草房追去，远远地就发现茅屋附近升起了一股黑烟,接着传来了几声枪响。春祥和郑留宇赶到那儿时,看到马玉鸣等人已经把五个人捆得结结实实,其中三个就是早晨卖鱼的家伙。三人见到春祥,呆若木鸡。其中一人壮着胆子问:"你不是教书的吗?"

马玉鸣笑笑,骂了起来:"我看你们几个不是少叶肺就是生六叶子,简直是死猪脑子,瞎了狗眼,这是我们新四军特务营营长。几个坏熊,一个个能得不得了,用湿芦苇盖在火上,是想用冒出的烟雾当信号吧?"

三个人低下了脑袋,不敢再言语。

春祥命令道:"押着他们,继续往北走!"

刚走出一段距离,几个人就听到湖面上传来了密集的枪声。大伙儿迅速埋伏起来,伺机寻找反击的机会。附近的二连听到响动,悄悄赶来增援。春祥有援军,日军同样也有。只见日军的两艘汽艇飞驰而来,边行驶边向岸上猛烈射击,火力压制得战士们抬不起头来。眼见如此巨大的火力差距,春祥并没有慌乱,而是要求大家等日军上岸后再打。

靠岸后,日军跳下汽艇,气势汹汹地朝春祥他们冲来。战士们则听从春祥指挥,朝着敌人密集的地方扔出一批手榴弹,敌人在爆炸声中倒下一片。此时,芦苇荡也开始燃烧。这时,被抓的五个人趁机朝芦苇丛逃窜。马玉鸣看到后举枪打死了三个,见此形势,另外两个只得乖乖地退了回来。

春祥指挥大家又一次发动进攻。敌人边撤退边还击,冲在最前面的春祥和几名战士被流弹击中倒地。倒在地上的春祥继续指挥战士们顽强追击,直至敌人消失了踪影。

好在春祥这次受的是皮外伤,不是很重,他右腿膝盖上方被子弹划了一个血口。他和二连回到营地时,师部留下的通信兵告诉他,敌人先是从青阳、马公店、金锁镇撤退,西边的敌人又从墩集、草庙向泗县县城撤退,在泗淮公路一线的敌人则开始回撤至宿迁及睢宁一带。

第三天,全师通报战果。在战斗中,全师及淮北军区共歼敌七百多人,拔掉敌人据点三十多处,恢复了淮北根据地。春祥的特务营也和九旅二十六团、骑兵团、淮北军区第二中心县委及其所属县大队、武工队一起,受到了上级的特别表彰。

历经一个多月紧张而激烈的战斗,春祥带领特务营回到了半城驻地。安静的营地仿佛温暖的家。春祥兴奋地和个把月没见到的同志们畅谈着自己的作战经历，热烈的气氛仿佛能把整个屋顶掀开。大伙正兴致勃勃说话间，门口传来几下敲门声。屋内的人都朝门口望去，只见李丽霞正站在门口，怀里抱着一个布包。

众人知趣地退出门外，留下了春祥和李丽霞两个人。李丽霞走到春祥身边，边打开布包边埋怨说："我们没有随行署转移到临淮，人家给你写了三封信，你一封都没回。刘主任说你腿受伤了，让我过来看看你。要不是他逼着人家来，人家才不愿意来你这里呢！"

春祥一听，正欲起身下地道歉，被李丽霞按住了，她责怪道："你都这样了，就别下来了。"

"我真没有收到你的信，也是真的没办法收到，我们哪有可能在一个地方停留上一天啊。"春祥红着脸忙不迭地解释。

李丽霞瞪了春祥一眼，从布包里拿出药品和纱布："你往里面坐坐，把裤子撩起来，我来给你换换药！"春祥赶紧把裤腿卷起来，右腿放在床边，纱布上透着血迹。李丽霞把纱布剪开，给伤口敷上药，又换上新纱布，动作娴熟。

"你还会换药啊？真不简单！"春祥望着李丽霞感慨道。

李丽霞知道春祥是没话找话，就应了一句："我们根据地的女同志，哪个不会这个呀。"

李丽霞轻手轻脚地帮春祥放下裤腿，春祥静静地看着她。见乌黑的短辫扎在两边，秀气的脸庞白里透着红，低垂的睫毛微微颤动，连宽大的军服都遮不住她婀娜的身姿。

春祥怦然心动。

当李丽霞轻轻掩上被角时，春祥一把抓住了李丽霞的手。李丽霞的小手在春祥的大手里挣扎了几下，就不动了。李丽霞微微抬起头，撞上了春祥炽热的眼神。她赶紧垂下眼帘，小脸瞬时红了起来。两个人谁也没有开口说话，就这样默默地坐着。两颗年轻的心都剧烈地跳动着。

过了好久，春祥才放开李丽霞的手，低声问道："丽霞，喜欢我吗？"李丽霞轻轻点头，身子往后挪了挪，问："上次见你，你说我长得和一个人很像，是谁呀？你们之间肯定有故事！"

春祥抬头望望房顶，开始了他一幕幕的回忆。

"我原来在洋河做了几年工，1936年夏天为东家到浙江买米时被骗，坐了大半月的黑班房，吃了几十顿牢饭，后来又当了一段时间的兵，和桐庐当地的一家人熟悉起来，人家是开杂货行的。他家有一个姑娘叫燕子，长得和你特别像。后来我在那边的部队里待不下去了，就继续往南，参加了南方的游击队。在游击队待了一年多时间，受组织派遣回到咱这地方。上次刘主任来，见到你时真把我吓一跳，我真把你当成燕子了。"

李丽霞接着问："怪不得呢，当时看你的眼神就不对劲，后来你们还有联系吗？"

"从那里离开后，我给她写过好多封信，但一直没有回音。实在没有办法，我就给桐庐的一个熟人写信，请他帮助打听。熟人回信说，日本人杀到桐庐后，燕子一家向南逃难去了，后来再也没有回来过。不知他们一家现在过得怎么样。这家人都很好，希望他们都平安。"春祥看着李丽霞说。

"看得出来，你还是很喜欢燕子的，那你都没想过去找她吗？"

李丽霞将春祥的心思说了出来，春祥没有接她的话，只是淡淡地说："我也想去，但回来后，就没有自己的时间了。或许等把鬼子打跑了，人家都已经嫁人啦，我和她这辈子怕是都不可能了。"

看着春祥的情绪有点低落，李丽霞安慰道："这事等以后再说吧，我也希望好人一生平安。今天我给你带来了大枣，你多吃点，补补身体。"说着，她从布包里抓出一把干枣放在春祥面前的被子上。

敌人持续三十三天的大扫荡失败后，开始以仅存的一些老据点为依托，重新组织汉奸武装。此时，距春节还有一个多月的时间，新四军也根据形势做了战术调整，根据地的主力部队外移，与日军及国民党军互成掎角之势。九旅、十一旅和骑兵团拉开驻地距离，各县委武装和武工队留在根据地，保卫群众的生产生活。

根据上级命令，春祥带领特务营神不知鬼不觉地向北转移至淮泗之间。据可靠情报，驻扎在宿迁和沭阳之间的王光夏有向南移动的迹象。于是，春祥带领部队来到此地，首要目的便是监视王光夏，其次是要狠狠打击气焰越来越嚣张的伪军。与此同时，新四军三师也派出一个营到了丁集。

昼伏夜行，经过几天的行军，春祥带队来到程圩准备向渔沟镇进发。

刚安顿下来，春祥就发现当地百姓怨声载道——渔沟镇上不知从哪里冒出来那么多二狗子，三天两头巧取豪夺，有的农户家里准备过年的东西也被洗劫一空。

春祥立刻派人化装后前往渔沟侦察。

一天后,侦察回来的战士报告,渔沟镇上有好几股伪军,有从徐州来的,有从山东来的,还有从涟水一带来的,统一归淮阴保安团管辖。可渔沟是个巴掌大的地方,一下子来这么多人,物资供给完全跟不上,而且军饷迟迟不到位,这些伪军就起了贼心,跑去老百姓家里抢牲口和粮食。

渔沟镇,春祥和张金军去过几次,对那边的地形和街道了如指掌。但鉴于目前形势瞬息万变,春祥决定还是再去摸一摸情况。出发前,春祥想起一年前打击当地恶霸时,自己曾在渔沟镇西头的一户曹姓百姓家停留过。这家人住址靠近镇边,有自己的地,也做些小买卖,两个闺女早已嫁人,另有两个儿子留在家中,大儿子已结婚,生有一对儿女。

几里地的路程,对常年奔袭的春祥和张金军来说,只是抬脚之事。两人身上还没有出汗,就赶到了曹家。两人进门,曹大爷一时想不起来,惊奇地问:"你姓、姓……"大儿子给他爹说:"人家姓郑。"

"大叔大婶,不记得啦?两年前我来过这里,当时你小孙子才一岁多点。"春祥帮着老人回忆。

"哦,对对对!当时你们是来打黄喜标的。哎呀,你咋来了,现在这里紧得很,二狗子满街跑,到处欺负人,日子没法过了。"老人气愤地说道。老妇抱着孙子在旁边看着春祥。春祥接过张金军手里的礼盒,拉着小孩的手说:"叫牛牛吧?来,叔叔给你好东西吃。"说完,春祥从盒里拿出点心,一块递给孩子,一块递给了老妇:"婶子,你也吃。"老妇接过点心,拿在手里没有动,脸上满是愁容。

春祥坐了下来,对屋子里的人说:"我现在是新四军的一员,大家不要担心,我们昨天刚到西边的程圩,就听说了这里的情况。大叔,你把你知道的情况说说,我们可是来给你们报仇的。"

听了春祥的话,老人兴奋不已:"你说的是南边彭师长的部队呀?听说啦!最近不知咋回事,这才十几天,镇上一下子来了不少穿黄衣服的二狗子……"

大儿子在旁边插话:"有两百多人呢。"

老人瞪了儿子一眼,接着说:"我每天早晨挑着担子卖豆腐,知道的比你清楚。"说完,老人转头面对春祥,继续介绍说,伪军主要驻扎在渔沟一条东西大路上,东边一个据点,西边一个据点。南北的一条小路上虽然也有两个据点,但驻扎在那里的人不多。前两天,他去过街东头,那个据点的头头是个山东人,喜欢吃豆腐。那家伙坏熊一个,端走一板豆腐,一个子儿也不给。"

春祥边听边思考着对策,问过一些细节后,便告辞离去了。

摸清情况,春祥和张金军进了集镇。

两个人从西头转到东头,又沿着南北走了一段路程,总算心里有了底。正当两人回头朝西去,离曹大爷家还有一段距离时,看见不远处三个伪军正在殴打一个十六七岁的孩子。一个伪军手里抓着个布袋口,孩子哭闹着死死拉着布袋角不放。二人赶紧跑过去,对伪军呵斥道:"你们是干什么的?怎么抢孩子的东西!"

孩子在旁边哭诉:"这半袋子面是俺姐给俺家过年用的,他们抢走了俺们吃啥呀!"

旁边一个满脸疙瘩的伪军松开手,冲春祥吼道:"滚驴熊的,你他妈的算老几,别狗拿耗子多管闲事!"

"你们是不是中国人?还嫌鬼子祸害老百姓祸害得不够吗?"张金军义正词严。

满脸疙瘩的伪军举枪就朝张金军夯去,春祥一把抓住枪头,反手拧了一圈,就把长枪攥到了手里。看到此人出手不凡,另外两个伪军也准备架枪还击。但春祥双手一抡,枪托不偏不倚地砸在一个伪军头上。伪军猝然倒地,头上血流不止。张金军上前两拳打在旁边的伪军脸上,伪军也倒了下去,长枪甩出一丈多远。同伙的枪都被夺走,满脸疙瘩的伪军一看,转身就跑。

春祥大喝一声:"站住,你跑得过子弹吗?"满脸疙瘩的伪军立刻停下,乖乖地走了回来。

春祥对孩子说:"拿上面粉赶快回去吧!"

等孩子走远,春祥捡起地上的枪支,对三人说:"以后再见到你们这样,当心你们的脑袋,还不快滚!"

三个伪军面面相觑,脚下没有挪步,直直地瞅着春祥攥在手中的枪支。春祥清楚对方的意思,没有犹豫,卸下子弹后把枪还给了他们。三个伪军连连点头哈腰,感谢不杀之恩,向东跑去。春祥对张金军说:"今晚我们就把这镇上的伪军赶跑。你赶快赶到丁集,给三师的人通报一下,这些人就是些散兵游勇，不是正规军。"

二人分道而行，春祥回到程圩，命令大家做好战斗准备。

夜里十点，镇上东西两头同时响起了枪声。东边的伪军们被打得往西撤，西边的伪军向东撤。南北两个点的伪军不明就里，也同样惊慌失措地往中间挤。不到半个时辰，两百多名伪军全部挤在了渔沟镇的中心地段，乱成一锅粥。战士们在外围抓住时机，两面夹击朝中间围攻。群龙无首的伪军抵抗一阵后，很快就败下阵来。伪军营长大喊："别打了，我们投降，我们投降！"

枪声停了下来。伪军被两边冲上来的新四军包围于街心，个个跪地缴枪投降。

春祥和三师十旅二十八团张营长走到了一起。两人热情地握手，庆祝战斗胜利。就在双方战士们收缴伪军枪支的空档，春祥从张营长处得知了上级的最新安排，即刘少奇同志在返回延安途中致黄克诚等人的电文，是关于对韩德勤部予以援助并加强警戒的事宜。电文中谈到，日寇"扫荡"韩德勤部，韩部窜入新四军根据地，新四军一方面应给韩部以照应，见机援助，另一方面，新四军绝不能放松警戒，应派有力部队监视他们，以便敦促他们在"扫荡"后退回原防区。

谈话中，张营长还向春祥透露，地处宿淮西北部的王光夏第三旅，一边躲避日军的围剿，一边以撤防为由向南向东侵占三师根据地。现在黄克诚师长要求做好两手准备，一边帮助王光夏打鬼子，一边控制其部队向东南方向的移防。

"这小子现在主要的心思在我们身上。如果没有韩德勤的怂恿，他也不敢这么造次，你们四师在这一线的同志们也要注意防备。"最后，张营长特别嘱咐春祥。

伏 虎

三师张营长担忧的问题还没动静，意想不到的事情就降临了。泗阳城南"安清帮"袭击了运送物资的泗宿县武工队，造成十几名武工队员死伤。

消息传来，春祥既气愤又纳闷。不久前，他刚刚替"安清帮"出了口恶气，帮他们把为非作歹的"白刀子"一伙除掉，没想到这些人这么快就转脸不认人，竟然干出亲痛仇快之事。

接到上级命令，春祥立即去找马大脑袋。

见到马大脑袋，春祥简单交代了几句。随后，马大脑袋就出了门，没有直接去找"安清帮"，而是到"封林帮"胡彦风那里旁敲侧击地打听情况。半晌工夫，他满头大汗地回来向春祥报告情况。

"安清帮"脱胎于漕运中的水手行帮，起初只是失业水手为谋生自救、联合互助聚集而成，后来逐渐发展为一股不可小觑的民间力量。"安清帮"帮规森严，素有侠义之风，帮内辈分按大、通、悟、觉等排序。抗战爆发后，在国民政府和日军、伪军的多重挤压下，帮内出现了严重分化。泗阳"安清帮"现任帮主为河南人蔡中庸，是大字辈的长老，如今年老体弱，且膝下无子，以一己之力已难以支撑帮会，帮会也因此渐渐变得松散，分化成了大大小小七八个分支。面子上大家都还在老帮主门下，其实"安清帮"早已名存实亡。特别是"觉"字辈徒弟石虎，虽然辈分不高，但仗着自己年轻力壮，称王称霸，犯上作乱的野心早已表露无遗。老帮主对此无能为力，只得暗中把家眷偷偷送回河南周口。最近不知怎么回事，石虎和泗阳城几个匪痞暗通款曲，通过他们还和保安团搭上了关系。石虎不知从哪里得到消息，说是有人经运河拖了一船东西在城南下货，找了四五辆驴车经小圩往西送。于是，他趁机下手，劫走了这批货。

"石虎这个人，平时都喜欢干啥？"春祥问道。

"问了，这个人就好酒、色两样东西。还有，他在城中靠运河边有一处宅子，和几个手下弟兄隔三岔五在里面练把式。这家伙长得像头牛，那张脸，一般人看一眼，都要心生三分怯。"

马玉鸣有点不服气："你说的是神仙还是李逵？我不相信。"

马大脑袋瞥了马玉鸣一眼："小兄弟，别看你人高马大，但和石虎比，小巫见大巫！不是我代人家吹，就你这身板，两个也弄不过他。知道他早先干啥的吗？码头扛包的，一顿饭能吃八斤牛肉，六碗干饭，外加一斤老白干。你说说你能吃多少喝多少？"

马玉鸣正想辩驳，被春祥拦住："别争这些没用的。马兄，能不能帮我再找一个像他这样的人，但和石虎要相互不认识，能吗？"

马大脑袋脱口而出："这不难，我认识运河南岸的一家弟兄仨，老大打铁，老二捞尸，老三打鱼。老大就和石虎差不多，要力气有力气，要身板有身板。你找这样的人干啥？"

春祥盯着马大脑袋，笑而不语。

春祥低声交代了几句后，马玉鸣随马大脑袋一同去找那个打铁的老大。

石虎今年四十出头，性情暴烈，身材魁梧，四肢粗壮，走路时脚下咚咚有声。此人斗大的字识不了三五个，就信这个社会谁膀子粗谁说话管用，觉得其他一切都靠不住。有此歪念，石虎隔三岔五便与人争强斗狠，凭着一股狠劲在运河泗阳段攒了些名气。

大清早，石虎在院子里练了一通把式后，大汗淋漓，满脸通红。正端起茶壶朝嘴里灌，突然，身后传来一阵"三四轮敲"（先三后四敲门声）。"什么人？"外面的春祥朗声回话："今日香堂我来赶，安清不分远与近。"听到来人报出"自己人"身份，石虎命令手下开门。门开后，走进一位身穿棉袍，头戴礼帽，脚蹬皮鞋的年轻人，后面跟着一高一矮两个壮汉。年轻人看到院子里的石虎，开口问道："这是石掌柜的家吗？"

"哪个找我？"石虎身子没转，大声喝问。

年轻人回答说："敝人姓郑，来找石掌柜谈笔买卖。"

石虎慢悠悠站起，转过身上下打量了一番化了装的春祥，又看看他身后的两个壮汉，问道："你们是安清帮的？怎么认识我？"

马大脑袋从两个壮汉身后闪了出来，笑嘻嘻地说："石虎兄弟，难道你不认识我啦？"

石虎淡淡一笑："哦，原来是马大脑袋啊，说，啥事？"

春祥没有直接回答，而是环顾四周，瞧了瞧院子，赞叹道："石掌柜原来是个练家子呀，果然名不虚传，厉害厉害！"说完，转身对打铁的姜老大说："姜老大，你没玩过这些东西吧？"

姜老大一声不吭，往前走了十几步，两手拎起石锤，双臂放平，回身对众人说："这石锤也太轻了！"

一句话刺激到了石虎。他瞥了姜老大一眼，没想到面前之人壮如铁塔，心里的酸味顿时向上翻腾，装作不经意地问道："你练过这个？"

姜老大淡淡地说："我铁都能打，这石锤能咋的！"

石虎嘿嘿嘿地笑起来："哎呀，这口气不得了，要不甩几个看看。"

姜老大回了一句："我又不干这个，不会甩。"

石虎："那掰一个？"

姜老大笑："这个嘛，倒可以试试！"

石虎开始转动手腕，姜老大脱去棉衣，两人走到一石桌前，下腰伸手，石虎吼了一句："谁来喊一句？"

"我来！"马玉鸣跑到跟前，看到两只手攥到一起时，开始喊："一、二、三，开始！"

两个人铆足了劲儿，脖子上青筋瞬间鼓胀，脸色由青变绿，再由绿变红，一时之间难分胜负。但时间一长，石虎开始气短，姜老大瞅准时机，猛然一压，哐当一声，石虎的手砸在了桌面上。

望了一阵姜老大后，石虎气色也逐渐恢复了些，摇着头对姜老大说："再掰一把咋样？"

姜老大欣然应允，不紧不慢地说道："来就来呗，但不管这次谁输谁赢，都不再来了。我们这一行有个规矩，不能使快劲儿，容易伤了气穴，伤到之后，打铁这个行当就没法再干了。"

两人开始第二次较量，僵持一阵后，石虎获胜。外人不解，姜老大这次怎么这么快就无力落败，但石虎心里清楚，自己这次能赢，是姜老大主动卸了劲，私下里给自己留了面儿。

正在众人不知如何是好之时，只见石虎朝姜老大一抱拳，信誓旦旦说道："这位大哥，以后我们这个关系就走定了！说，你在哪里，过两天我带上厚礼前去拜访。"

姜老大摇摇头说："不用。你还是和我们郑老板谈谈生意上的事吧。"说完，姜老大退后几步，把春祥让到了前面。

石虎这才想起还有这档子事，赶紧把春祥他们引到客厅，备上茶水，问："郑老板，这年头，你不是要干开条子（贩女人）、搬石头（贩小孩）和劈党（杀人）的买卖吧？"石虎满嘴黑话往外冒。

"石掌柜言重了，我是另有其他生意相求。石掌柜，来，蹦个火（吸支烟）。"春祥边说边递过纸烟。

"这个烟不够劲，你先说说看，是什么生意这样看得起我？"

春祥坦然一笑，呷了一口茶水，轻轻放下茶碗："石掌柜也是豪爽之人，我也就开门见山了。兄弟我在兵荒马乱的年头走沙子（贩私盐），前一段时间,我有五六辆车在小圩被劫,那可是我所有的家底,不知石掌柜可知道这档子事?"

茶碗在石虎手里晃荡了两下后,滑落在了地上。石虎瞪大双眼愕然地盯着春祥,好大一阵说不上话来。定了定神后,石虎朝门外张望,发现院子里几个手下竟然一个也看不见了。

春祥并没有正眼看石虎,只是端起茶碗,轻轻抿着茶水。屋内静得瘆人,马玉鸣几个人都把目光聚向了石虎。好一会儿,石虎才说:"郑老板,我知道你是啥人了,那你说咋办吧。"

春祥侧脸看着他,说了一句:"我的东西总得还给我吧?"

石虎表情慢慢恢复了平静,眼珠一转,说道:"东西我都交到帮会了,我们帮会帮规很严。要么你随我去,我当面请示帮主,我相信帮主会把东西归还给你的。毕竟我们帮会又不是靠打家劫舍吃饭的,是你的东西我们也不能要。"

春祥紧盯石虎,一言不发。马大脑袋急忙走上前来,在旁边劝了起来:"大家一回生两回熟。好讲好说,你看这样行不行,那个地方我们也去不了,石掌柜看看还有没有其他办法?"马大脑袋的话助长了石虎的底气,石虎目光游走,看似回马大脑袋的话,其实是自言自语:"这个我哪有办法,你们要东西我答应还你们东西,但现在又想得寸进尺,我就一个跑腿的,家里能有什么东西!"说着话,石虎的腰板直了起来。

看不过石虎的态度,马玉鸣提了个醒:"石掌柜,听说你备了点硬头货要到保安团那里买家伙?"

一句话点到了石虎的要害。

石虎心头一紧,诧异地看着春祥。春祥若无其事地瞧着眼前的地面,仍是没有半句言语,这更让石虎心里一阵发虚,没了底儿。沉默一阵后,石虎说道:"没有的事,这事我咋不知道,你们都听谁说的?"

马玉鸣哼了一声:"石掌柜,今天城里保安团都出城了,至少今天你是买不到东西的。我看这样,这批东西我们帮你买,两家分如何?"

屋子里的火药味越来越浓。石虎站起来大声说:"没有就是没有,你们逼我有什么用,你们说的我都答应,要是你们害怕不敢去,那可就怪不了我了。"

"别给脸不要脸,你杀了我们十几个人你怎么不提?"马玉鸣顿时火冒三丈。

　　没想到石虎起身就朝春祥扑来，嘴里吼道："老子跟你们拼了！"

　　春祥没有防备，被石虎重重地摔倒在地。姜老大赶紧冲上前去，用胳膊箍紧石虎的脖子，马玉鸣掏出手枪，用枪柄接连朝石虎脑袋上猛砸几下，石虎这才松开双手，马玉鸣、姜老大用绳子麻溜地把石虎捆了个结实。

　　春祥站起来后，苦笑一声："这兔崽子劲儿是真大。"说完，朝马玉鸣使了个眼神。

　　"搜！"马玉鸣朝大门口喊了一声，几名穿着便衣的战士走了进来。

　　一袋烟工夫不到，战士们陆续来到春祥面前报告，竟然一无所获。

　　春祥不信石虎家中没有东西。他在客厅里转了一圈，又看了两个里间，发现整个房屋上下四周都是新翻修过的，只有地面还是老砖铺设。两个战士挪开里间大床时，春祥回头不经意看了一眼躺在地上的石虎。仅仅一眼，春祥就察觉到了石虎脸上细微的变化。春祥心里有了底，走近墙角，用脚尖在地面上来回点着青砖。点过一阵后，春祥在靠近拐角和床头的位置突然停下，指着地面说："把这几块砖扒掉！"

　　地上的石虎，长长地叹了一口气。

　　一名战士弯腰用匕首挖出砖块之间的土，抠出砖块，发现下面铺了块铁板。战士移开铁板，一个三尺见方的洞口映入众人眼帘。两名战士入洞，从里面抬出了一个大木箱，放到客厅中央。马玉鸣掀开一看，惊得连退两步。木箱内整整齐齐地摆放着十几根金条和成捆的银圆，另外还有两个小布袋，里面装着手镯、珠宝、金簪等物件。

　　春祥一把抓起石虎的头发，猛然一提，高声喝道："石掌柜，你看要不要到你们帮主那里走一遭啊？告诉你，我找过你们帮主，谈了一个晚上。你们帮主没有你说得那样坏，但也没有你想得那么傻。坏事你干，黑锅他背，他为啥没有动你，就是想要给你机会，希望你能改邪归正，希望大敌当前大家能一致对外。当了几十年帮主，难道脑子会比你笨？你还自作聪明，抱着葫芦摇得开心得很哪！"

　　春祥接着说道："你半路劫道，东西都抢了，为什么还要杀人？那些粮食、布匹和食盐，你知道是我们新四军花了多大代价才筹集到的吗？那些战士们都是打日本鬼子的好手，竟然都让你杀了！你不但不抗日，还勾结鬼子和二鬼子，明面上劫财，私底下当汉奸。你当你们老帮主不清楚，你当我们新四军不清楚？！"

到了这个时候，石虎紧绷的肌肉和神经突然松弛了下来，低下头想了一会儿，最后抬头对春祥说："我有个请求。"

"说！"

"我想见老帮主最后一面，我跟随老帮主二十多年，知道老人家对我恩重如山。都怪我财迷心窍，走到今天这个地步，我是罪该万死。你们打鬼子，我也佩服，在院墙的西南墙根下面，我还埋了几条枪，你们拿去吧！"

"你这个请求实现不了了，老帮主今天早晨已经离开泗阳，回河南老家去了。我们为他送的行，还替你为他准备了一些盘缠，这个你就放心吧！"

屋子里的人没有想到，石虎闻此消息，突然大哭起来："我不是人哪，我愧对老帮主啊。"

"到了阴间地府，做个好鬼吧！"

石虎耷拉下了脑袋。

春祥等人收拾好金银珠宝，取走枪支离开了大院，上了院门外的一条小船。

两声枪响后，马玉鸣几个人从院里出来，上了船，小船慢慢驶离岸边。

春节过后半个月，淮北日军仍在四处扫荡新四军所属部队，同时加强了对国民党军队的围攻。

日伪军四五百人驻扎在洋河镇，受到新四军二十五团、二十六团几次袭击后，开始加强防守，占据有利位置，牢牢控制着洋河镇两条主要街道。

24日凌晨，新四军发动新一轮进攻。战斗开始时还比较顺利，到了相持阶段，敌人利用一座坚固的大院做掩护拼命还击，给新四军造成了重大伤亡。战士们急中生智，决定采取火攻。他们从洋河镇找来了一桶煤油，在黍秆、麦秸、破棉花上浇上煤油，点上火，一团团火球随即投掷到大院门窗前，在北风中熊熊燃烧。被火势逼得几近窒息的敌人几次突围均被战士们打了回去。火越烧越旺，烟雾越来越大，直到大院被点燃，漫天大火映红了天际。天亮后，战斗才渐渐平息下来。这一仗，新四军摧毁了二十座敌伪碉堡，歼灭敌军四百余人，仅仅被烧死的日伪就有七十多人，其中还有一个伪军团长。

此役，轰动了整个苏北大地。此后，日伪军将主要兵力转而对准了新四军盐阜区和淮安以东地区的国民党韩德勤部。在敌人开始"扫荡"前，韩德勤就派人前往新四军三师谈判。陈毅指示黄克诚按统战政策给予接待和支持，并要求三师积极配合韩部，加强对敌作战，还强调韩部在紧急状态下可转移到抗日根据地。

在日军的猛烈攻击下，韩德勤部开始退缩，转入淮海区休整。危难关头，黄克诚派人送去了大批粮食和一些经费。

江苏流传着一首民谣："天上有个扫帚星，苏北有个韩德勤。手下白养几万兵，只会欺侮老百姓。"危急中得到雪中送炭的援助，韩德勤本该与新四军通力合作，坚定抗战，但事实并非如此。3月中旬，韩部竟然反客为主，向西渡过运河，占领了泗阳山子头，力图在洪泽湖北岸建立反共基地。

此外，他还派八十九军西进接应一直处于反共一线的王仲廉部。两天后，王仲廉部就越过津浦路，闯进了华中根据地的西大门。华中局几次交涉，均无功而返。新四军按照中央要求，决定给国民党部队一次教训。

新四军四师积极组织谋划，经过激烈战斗，最终将韩德勤生擒。为抗日大局考虑，最后又将其释放。

韩德勤离开根据地后，很快就把自己的副司令部和江苏省府搬到了安徽阜阳，韩在苏北经营多年的势力土崩瓦解，国民党军未敢再东进一步。当然，这是后话。

故　人

在春祥率领特务营把韩德勤及其部下安全送到指定地点准备寻找驻地时，春祥接到师部通讯员的电报，命令他们向西赶往泗阳仓集附近。原来，那里最近发生过一场极其激烈的战斗，泗东区区小队被日伪伏击，多人牺牲。其中一个副队长被敌人俘虏后，当地地下组织成员接连被捕，情势极其危急。

春祥率部下急行军赶到仓集，找到了区小队。看到大家都闷在屋子里，个个情绪低落、精神萎靡。队长李二毛把近期的情况向春祥作了简单介绍——在日本鬼子三十三天的大扫荡期间，区小队人数锐减。经过两个多月的休整，刚补充了四十多人，没想到在仓集再次遭到鬼子围追堵截，造成二十多人牺牲，副队长张洪奎也被鬼子抓走了。张洪奎被俘后，敌人立即着手大肆抓捕，很多地方干部都惨遭不幸。区小队无奈，只能向南转移，到屠园的李楼暂避。张洪奎是否会叛变？春祥和大家都无法作出回答。春祥又问了一些具体细节，耐心地安抚区小队队员的情绪，随后，便紧锣密鼓地着手制定一系列反击计划。

仓集位于临河、洋河之间，村子很小，是郑淮公路上一个不起眼的地方。如此小的地方，怎么会聚集这么多日本人和伪军，且长期驻扎不走？这个问题萦绕在春祥的脑海里，令他百思不得其解。郑留宇的舅奶就住在仓集，春祥和他沟通后，决定先前往仓集侦察一番，待摸清情况后再做下一步打算。

郑留宇舅奶家位于仓集北边，紧挨仓集至郑楼的土路。郑留宇带着春祥来到房子前，高声喊了一句："舅爹、舅奶，我是留宇！"

不一会儿，就见两位老人从屋里走了出来，望了一眼郑留宇和春祥，立刻笑容满面。

舅奶问："你妈现在咋样？"

"蛮好的！"郑留宇回头看了一眼春祥，向老人们介绍道，"这是我朋友郑旭，咱先别只顾着说话，得让人家先坐下来呀！"

春祥放下手里的礼盒，接过凳子坐在靠近门口的地方。郑留宇的舅爹没有闲着，赶紧到厨房燃柴烧水，热情得让春祥感到几分拘谨。

"留宇呀，这些年你都干啥去了？也不来看看舅奶，连你妈都不知道你在干些啥。"

"舅奶，我这几年就是和郑旭做了点小买卖，帮忙打理生意上的事儿。"郑留宇转身瞥了一眼春祥，春祥点头微笑。郑留宇又回头问舅奶："哎，舅奶，我想跟您打听个事，听说最近咱仓集这里鬼子和二狗子平白无故多了起来，前阵子还和人打了一仗，这是咋回事呀？"

老人拍了拍腿，慢条斯理地说自己年纪大了，跑不动路，每天只能在家待着，但听说鬼子最近忙乎得很，天天绕着小铁轨跑，感觉小火车也比以前跑得勤多了。老人说完，像是突然想到了什么，急忙低声问外孙为什么打听这事，还告诫外孙千万别招惹他们，说村子里昨天刚被抓走一个，那人到现在都不知是死是活。

"我知道，舅奶，我随便问问，您老就放心吧！因为我们做的小生意，和这个火车有点关系。您不用担心，咱和这一带的保安队都认识。"舅爹这时端着两碗水进来，说："留宇啊，要听舅奶的话，在家把庄稼种好，这年头饿不死就是福。"

"俺舅在家吗？"郑留宇问道。

"在在在，一袋烟工夫前还过来的。"

郑留宇站起来说："舅爹、舅奶，那我俩先到小舅那里去一趟，回头再过来吃晌午饭，东西你们不用准备了，就吃现成的吧！"

留宇小舅就住在不远处，两人很快就来到他家。进了家门，两人抬头便看到他正拿着锄头翻来覆去地看。见外甥来，小舅赶忙放下锄头，招呼二人坐下。

"小舅，你这是？"郑留宇不解地问。

"锄头年前就坏了，地里的草再不锄，今年的麦子就完了。"小舅上下打量了一番春祥，郑留宇赶忙介绍。

郑留宇从小就喜欢跟在小舅屁股后面玩，关系十分亲密。按照春祥的叮嘱，郑留宇对小舅也不隐瞒，直接说明了这次来的目的。

再三犹豫后，小舅边想边说，仓集东边的火车道向东通往海州的海边，往南通到哪儿，到现在他也还没搞清楚。四五年前，日本鬼子就把这个铁路看得比较紧，但仓集除了前几年打过一次大仗，之后一直还算平静。最近，不知道什么原因，火车突然间跑得勤了，事儿也就多了起来。仓集一圈有临河、洋河、中扬、仰化和屠园几个大镇，火车来回在这些集镇间穿梭，什么地方下货，什么地方上货，都形成了规律。火车到仓集附近，速度会慢下来，经常有人带枪爬车卸东西。几次下来，鬼子瞄上了这些人。前阵子，鬼子埋伏好堵他们。但这些人手脚还算快，都跑了。有人说是土匪，也有不少人说是游击队。前几天，日本人不知和谁又在仓集南边干了一仗，一下子死了不少人。

春祥接着问："你说前几天日本人在仓集和偷东西的人打了一仗，那他们为什么不再往南或再往北边去，偏偏要在这里呢？还有，你知不知道附近的鬼子晚上一般去哪儿睡觉？"

小舅如实说："仓集位于几个大集镇中间。大集上鬼子多，偷东西的不可能靠近大集，他们又不是傻子，那样根本没法跑！至于鬼子在哪儿睡觉，我想应该在临河附近一带，因为临河离这儿近，几里地的路程，来回也就两袋烟的工夫。"

春祥对仓集附近本就比较熟悉,听完留宇小舅的话,心里对事情立刻有了一个大概的判断。看到春祥的眼神,郑留宇便顺势问小舅,能不能带他们二人到仓集街上转转,买点中午吃的东西。小舅欣然应允。

三人出门向南,然后左拐就进了仓集街。仓集街沿着东西向的公路绵延约百余米,街南北分别坐落着几间破房子,里面卖些日常用品。上午,时常有附近的村民拿些自己田里种的菜或腌的干菜来卖,有时候也兜售从河道里抓来的鱼。

仓集的东边就是铁路,两个伪军正端着长枪在路边闲聊,看见春祥三人走来,便立即挺直身板,警惕起来。春祥手里提着一条鱼,郑留宇拎着一捆白菜,还在寻着东西,小舅和伪军打起了招呼:"二位老总,忙着呢?"

伪军认识小舅,于是放松下来,回应道:"咋这时候来逛集啊?"

小舅指着春祥二人,笑嘻嘻地介绍:"我郑楼大姐家的两个外甥来走亲戚,家里啥也没有,就赶紧来街上了,看来还是迟了,已经没啥东西卖了。"

一个伪军指着铁路东边说:"刚才一个卖肉的才过去,我看板子上还有一点,你们赶快去。"

春祥赶紧对伪军盛情邀请:"如果能买到,中午请老总一块儿坐坐,顺便小酌几杯。"

伪军急忙摆摆手:"不了,你们自己吃吧,我们哪敢离开呀。"

春祥又笑问:"要么晚上?"

一番邀请下,二人动了心,互相瞄了一眼,几乎异口同声道:"那太客气了,行吧,酒我们来……"话音未落,小舅就摆了摆手,"我两个外甥做点小生意,不缺这两瓶酒。"郑留宇在旁边打哈哈:"认识二位也是我们的荣幸,在仓集还指望两位老总对我舅多加照应呢。"

伪军讪笑几声,说道:"你这两外甥肯定见过不少世面,很会说话啊,那行,晚上咱约在哪?"

"就西边路口大扁头那里。"大扁头是小舅打小就一起玩的朋友,因为头扁,长相难看,做任何事情都洋不斜靠(不靠谱)的,一直说不上媳妇,快四十岁的人了,仍是寡汉条子一个,没有其他爱好,就馋个酒,动不动就一头栽到酒缸里——成了醉人。

事出突然，三人赶紧买些东西，就匆匆回家了。吃过晌午饭，郑留宇、春祥和舅爹舅奶告别，悄悄去了小舅家。

下午太阳西斜之时，三人带着东西进了大扁头家里。都是熟人，彼此没过多客气就忙乎开了。等一切准备就绪后，两个伪军正巧进了屋门，手里还拎着一包带壳的熟花生。

推杯换盏间，春祥得知两个伪军分别名叫袁光和韩长德。酒过三巡，外面早已黑得伸手不见五指。微醺的袁光朝郑留宇说道："我就顺着你舅来称呼了，外甥，你现在做什么生意啊，这年头生意好做吗？"

"我们俩就倒腾些杂货，能弄到啥就做啥，不管是你们的人还是日本商人，只要有钱挣就都做做呗。和日本人做买卖，虽然挣得少，但稳当。和一些坏熊做，有时不赚钱，一个铜子儿未见，还来个二姑娘倒贴，你不知道，有些人整天油头滑脑的，坏得很！"郑留宇说得眉飞色舞。

袁光一听，很惊讶："日本人也做生意？"

"咋不做？我们这里的货大都是从山东那儿的日本商人那里倒腾来的。"

韩长德点点头："好像是有这么一回事，我在中扬就见过几个不穿军装的日本人。"

"本来呢，我们也想着通过咱门口这个铁路捣鼓点东西，可不知咋回事，最近严得很。我们和日本商人加藤商量好了，他让我们先缓缓。这都快半个月了，一点动静都没有，加藤现在又不在咱这一块，东西要是用车送，半路上还不给人劫喽。"郑留宇端起酒杯敬大家。

听到这话，韩长德接茬说："你们不知道，就咱这北边，枣庄、邳县、徐州东那里，最近闹得人心惶惶，也不知道从哪里冒出来那么多游击队，还有八路的什么运河支队，枣庄那一带竟然还有专门在铁道上吃饭的游击队，一天也闲不着。就咱这儿，前段时间不就是武工队干的吗，皇军和我们天天瞄着，终于逮住了机会，就这次打死了对方十大几个呢，听被我们抓到的人说，他和扒火车的竟然还不是一伙的。"

心头一凛，春祥佯装好奇地问道："这些人跑得那么快，还能让你们逮到？"

韩长德把剥好的花生米麻利地扔进嘴里："啥快？当然是子弹快！我们逮着两个，一个死了，另一个腿伤了，跑不动。哦，对了，这个人好像就是你们郑楼北边胡李那个地方的。"

春祥一听，急忙问道："胡李，那地方我熟得很，基本上我都认识，说说是哪一个？"

"张洪奎你认识？"韩长德看着春祥。

春祥摇摇头："这个名我倒没听说过，这人咋了？"

袁光说："啥也不是，软蛋一个，皇军的狼狗往他面前一牵，他就尿了一裤裆，后来皇军让他干啥他就干啥，这小子把他认识的全都给抖搂出来了。靠这个软蛋，皇军不知抓了多少人。"

春祥叹口气，袁光纳闷地看着他："你叹啥气，这和你有啥关系？"

春祥慢慢悠悠地说道："这人不像咱中国人养的，至少有啥事自己扛，祸害人家干吗？自己做事应自己担，他一点骨气都没有！"

一阵坏笑后，袁光接着道："你别说，这小子也算是有福气，他这么一弄，咱这地方安生多了，皇军对他也不错，天天在临河供他吃供他喝，比咱在这吃的强多了。"

张洪奎是叛徒，且人在临河。

当天晚上，春祥二人便马不停蹄，匆匆赶到临河，敲开了张富林的店门。张富林一看是春祥，赶紧让进了门，紧张地问："春祥，这时候来有啥急事么？"

春祥把来意说了一遍，张富林接着说道："临河街上的情况我基本上都清楚，但鬼子的情况我说不清。鬼子就像走马灯，人总是换个不停，谁是谁我确实不太知道。"

春祥和郑留宇对视了一眼，坐了下来。张富林说："你们别急，我和保安队的一个伙夫比较熟，他每隔几天就会到我这里拿米面，估计这两天也该来了，到时我来旁敲侧击打听一下。"

第三天下午，伙夫来到米店，张富林趁机打听了一番，随后把消息传给了春祥：有个姓张的人十天前就到了临河，现在住在路南保长家里，里面有两个二狗子陪着他。开始时鬼子和他在一块，这两天鬼子在临河进进出出，眼前也没顾得上他。另外，保安队在路北边，这个人最多也就是到保安队串串门，一般不去其他地方。

临河的保长春祥没有见过，听张富林说，这个保长与鬼子走得很近，可能是自愿的，也可能是被逼无奈。经过进一步打探，春祥得知，保长姓金，五十来岁，自己有靠街的门面，由于门面所在位置好，四季生意红火，在门面的旁边开有一扇大门，直通他家大院，一家几口人全生活在大院。

春祥很快就把这个消息告诉了李二毛，并且紧锣密鼓地制定起具体行动方案来。

第二天的傍晚时分，郑留宇随胡李村的胡铁成来到金保长家大门前，咣咣咣地拍响了大门。金保长从里面边往外走边举头吆喝："这时候来，是哪个啊？"

胡铁成大声朝里面喊话："我是胡李的，来找俺张哥，他人在吗？"

里面没有回话，但门"吱呀"一声开了，金保长伸头打量一番门外站立的二人，低声问道："你们来找他干什么？"

"他有很长时间没回家了，我们通过王队长打听到他在这里，就过来给他捎个话。"胡铁成频频弯腰点头。

"哦，那你们进来吧，他在东厢房。"金保长刚拉开大门，躲藏在大门两旁的十几个人就冲了进去。其中两人先堵上金保长家的大门，另外几个迅速制伏了两个二狗子，春祥则带着马玉鸣直奔东厢房。东厢房的门虚掩着，屋内油灯亮着光，床上躺着一个人。此人听见门外有密密匝匝的脚步声，立即坐了起来，正好与闯进房里的春祥四目相撞。下一秒，两人都呆住了，床上坐着的人不是别人，竟是失踪多年的张占舟。张占舟也看清了门口的来人，发现竟然是自己的姨弟春祥。

"春祥，怎么是你？"张占舟目瞪口呆地问道。

春祥脸上的笑容一划而过，马玉鸣眼疾手快，上前抢先从张占舟身边拿走了枪，警惕地站在一边。这时，张占舟才明白二人的来意，缩头往后挪了两下，面露惊恐之色。春祥痛心疾首道："占舟哥，没想到竟然是你，你怎么这么糊涂啊！"

张占舟无话可说，羞愧地低下了头，好半天才抬起头，眼窝里的泪水奔涌而出，泣不成声："春祥，今天见到你，我才知道，前两年咱这里的锄奸队就是你一手组织起来的。我从南边回来后，怕黄家找我麻烦，就改名到沭阳做工去了，后来日本人占领了沭阳，我得知黄家的两个儿子不知道被谁杀了后，才敢回来。我和李二毛是在沭阳做工时认识的，他胆子大，我就跟他在一起混了，想着安安分分做工，混口饭吃。谁料这次被小日本抓住，不是我胆小，只是念及家里还有俩孩子，我不得不向他们服了软，我也是一点办法都没有啊！家里还有你那上了岁数的姨娘，我要是因为一时的硬气撒手人寰了，让他们咋办呀！"

看着面前这个曾与自己一起做工、一起去南方闯荡的姨哥，春祥心里五味杂陈。上上下下打量一番张占舟后，春祥心里充满了痛苦和怨恨，嘴上硬是挤不出一句话，陷入一阵长长的沉默。最后，他强压着自己的情绪，淡淡地说道："占舟哥，说一千道一万，你也不该呀，哪有帮鬼子害自己人的呀！我知道，你性子弱，但现在你自己看看，你做的都是啥事呀？死的那些人都是打鬼子的呀！"

"春祥，我也想过死，做过的事我也害怕，但你占舟哥实在扛不住啊，你能理解我的难处吗？要不是家里还有那么多人需要我养活，我也不想做这上不了台面的事，当这对不起列祖列宗的狗啊！春祥，看在我之前对你的帮衬上，你能饶过你占舟哥这一次吗？"张占舟开始哀求。

"那你跟我走吧！"春祥起身，两眼死死盯着张占舟。

"去哪儿？"张占舟诧异地问。

春祥面色阴沉下来："我送你到李二毛那里，这事情你必须给人家一个交代。"

张占舟"咚"地跪在床板上，哭诉着："春祥，我要是去了，还能活命吗？你放了我吧，春祥。"

春祥头也不回地走出了大门，对身边的战士说："带走！"

按照计划，李二毛在临河西二里路北的杨树林里接应他们。春祥把张占舟带到目的地后，李二毛冲上去，一脚将张占舟踹倒，骂了起来："你这个王八蛋，你这个坏熊，我瞎了眼了找你这么个人。"

待李二毛冷静下来后，春祥把他拉到一边，低声说道："你自己处理吧，不用照顾我的面子。"

随后，春祥带领特务营离开树林，上了大路，身后传来了张占舟凄惨的哭喊声："春祥，你救救我吧……"

捂脸愣了片刻，春祥眼中噙着泪水，带着一行人消失在雾气腾腾的夜色里。

夜　袭

仓集的任务刚结束，春祥率领特务营快马加鞭前往中扬，和二十六团二营一连会合。一连按指示在中扬毛集集结，护送三师从沭河经运河几经周折送来的三名知识分子到延安去。他们人地两生，正在愁眉苦脸地想着对策。看见春祥带领部队赶到，连长王保苏喜出望外。王保苏和春祥是在山子头战斗中结识的，知道春祥善计谋，又是本地人，立刻向上级请示，求助特务营。了解情况后，春祥沉吟片刻说："干脆咱先痛痛快快地打一仗，把附近的敌人都吸引到中扬附近来，后面不就都好办了吗？"

王保苏听完惴惴不安："你把附近的鬼子都叫来了，我们走不掉就麻烦了。"

春祥会心一笑，拍着王保苏的肩膀安慰道："别担心，明天洋河那里会有大动静，我们在中扬再搞点响声出来，声东击西，让敌人顾左顾不了右。"原来，春祥昨晚与李二毛商量过，李二毛按照泗东县委领导的要求，组织地方武装在铁道仓集、洋河段扒枕木、炸铁路，切断敌人泗县至灵璧方向的运输线，减轻萧县独立旅的压力。

王保苏一听，这才把悬在嗓子眼的心放进了肚里。春祥从沭河来的知识分子口中得知，山子头战斗打响之际，在淮阴北五十里的刘老庄，也发生了一场惨烈的战斗。三师七旅十九团二营四连为掩护淮海区党政军领导机关转移，借助交通沟与日伪军一千多人拼死搏杀。敌人发动多次进攻，均被击退。四连打算黄昏临近时再发起突围，不料却遭遇了敌人的炮火攻击。四连苦战至夜幕降临，在连长和指导员的带领下，众战士烧毁文件，掩埋好战友的遗体，背水一战，发动最后冲锋，最终全部壮烈牺牲，八十二人长眠于刘老庄。

春祥和王保苏并排站立，面朝刘老庄方向，庄重地行了一个标准的军礼。

礼毕，王保苏义愤填膺地说："郑营长，听你的，先打它一仗，杀了那帮小日本，为四连的战士们报仇。"

经过侦察，春祥了解到敌人在中扬东南北三面各建有一个碉堡，在西面挖了一道深壕，引入五河水，形成了屏障。三个碉堡之间相距五百米左右，互成掎角之势。由于中扬地处根据地边沿，敌人十分警惕，盘查也相当严格，强攻不易。

白天难以展开行动，春祥决定在夜色掩护下实施突袭。战士们吃过晚饭，做起了战前准备工作。连长王保苏带着一连绕到中扬南边，春祥率领一部向中扬西边摸去。两支队伍正准备发动进攻时，远处突然传来了汽车的轰鸣声。四辆卡车向队伍所在的方向驶来，春祥当机立断，改变了计划。他让一位战士前去追赶一连，自己则带人在小路两边埋伏下来。

汽车前灯不时闪到埋伏在路边的战士们身上，但大意的敌人并没意识到危情近在咫尺。当汽车靠近埋伏点只有二三十米时，战士们突然从路边斜插至汽车两边，遭遇战即刻打响。我方人员比较分散，战士们从不同角度，向汽车射击。跳车的敌人还没站稳脚跟，就悉数中弹毙命，一部分留在车厢里的敌人还在负隅顽抗。为了迅速结束战斗，春祥命令直接炸毁汽车，十几枚手榴弹投出后，两辆车很快就淹没在火海里。

这时，东边的敌人急忙搭桥往外冲，被赶来的一连堵住了去路。

春祥指挥部队迅速向西南转移，一连紧随其后，中扬镇里的敌人集结向西追来。虚张声势一番后，终于放弃追赶。春祥这才带着部队在陈集东的大王村停下来休整。

扎营之地位于大王村的南边。大王村是李二毛区小队活动的中心区域，位置偏远，河道纵横，敌人很少到这个地方。

天刚蒙蒙亮，区小队的人找来了。李二毛一见到春祥，就说："郑营长，我们昨晚发了一点小财，吃的用的搞到不少，鬼子穿的单衣也弄了不少。"

春祥对李二毛说："有一件事，这里有三个人需要往西去，你带着王连长送他们过去，把他们交到灵璧十一旅的辖区就行了。"

李二毛拍着胸脯保证道："没问题，这地方我闭着眼睛也能走个来回，再说，不是还有鬼子的衣服嘛，刚好可以用上了。"

这时，马玉鸣走到李二毛面前，不好意思地说："鬼子的衣服能不能也给我们几件，你帮我挑个大号的。"

李二毛满口答应："小日本个子矮，我给你挑几件大的，但我把话说在前面，裤子穿在你身上，估计只能当裤衩了。"

众人一阵大笑。

王保苏激动地与春祥握手告别，带着三位客人随李二毛向西行进。春祥则继续往南再转向东，返回根据地。

时近5月，麦苗已开始抽穗，淡黄色的麦花摇曳在田间，散发着朴素的芬芳，让人心旷神怡。

春祥回到根据地后，师部要求大家进行理论和时事学习。根据地的战士人人皆知，师长彭雪枫有三件宝——《拂晓报》、拂晓剧团和骑兵团。在半城营地，春祥就严格按照上级要求，给每个班都发了一份《拂晓报》。政委冯林生文化程度高，负责组织大家学习。从这张报纸上，战士们得知，整个反法西斯战争已经发生了根本性的改变。在东欧战场，苏联把德寇赶出了国土；在北非战场，英军打败了德军，美英开始准备大举反攻欧洲大陆；在中国战场，中国抗日力量逐渐取得优势。《拂晓报》还呼吁根据地的每位战士自力更生，开展生产运动，提高生活水平。不久之后，每个新四军战士都领到了可以购买一百斤小麦的淮北边币。

整个根据地到处喜气洋洋，每一位工作人员和战斗人员，走起路来都虎虎生风。

李丽霞最近跑春祥这里的次数也明显多了起来，早上来，下午走。几里地的路程，几乎每天要走一个来回。她不但帮春祥把冬衣拆洗干净，还给他房间的墙壁糊上了一层纸，把窗户纸也换成了新的。每天中午在食堂打饭，两个人不知来回谦让多少回，才把一顿饭吃完。有一次，冯林生闯进屋，发现李丽霞正往春祥碗里拨着饭，便开玩笑地贫嘴起来："哎呀，这小日子都过上了啊！这房间被小李收拾得，啧啧啧，还真像那么一回事！"

伶牙俐齿的李丽霞望着冯林生，大声问道："冯政委，你说话得说明白，像哪一回事啊？"

"像新房呀！"冯政委看着李丽霞笑了起来。一句话说得春祥面色通红地低下了头，李丽霞也着急忙慌赶紧收拾好碗筷，红着脸跑了出去。

半夜里的一声枪响，撕开了根据地宁静的夜。

周部长一个电话直接打到营部，春祥火速奔到司令部，一进门就急忙问："周部长，怎么回事，怎么附近会有枪响？"

周部长表情严肃地说道："彭师长他们几个首长在开会，会开得迟，人还没出门，就听见外面有人开了一枪，值班哨兵中枪受伤了。据受伤的哨兵反映，对方是一个人，打完枪之后便向东跑了，不知道是什么人竟敢如此猖狂！"

春祥沉思片刻，大胆地说出了自己的想法："周部长，我认为这是敌人的一次试探。"

"说说你的依据。"周部长半信半疑。

"对方只开一枪，说明一个问题，要么他们不清楚首长在哪个位置，要么就是一次试探。这一枪的目的，就是为了让我们绷紧神经，让我们一直处于紧张状态。但开枪者不管是国民党方面的还是鬼子，毫无疑问肯定是有意的。我建议，明天一大早，我们就将计就计，大造声势，进行大范围排查。两天后，不再大规模排查，而是外松内紧，暗中观察对方接下来的行动。如果对方继续采取动作，我们也随机而动。"春祥把自己的想法一股脑全说了出来。

周部长思虑再三后说道："行，明天早上就开始造声势，但这个意图只有你我清楚，先不要向首长汇报。过两天我们就立刻松懈下来，照原来的安排该学习学习，该听戏听戏。"

"是，我马上去安排。"

第二天一早，特务营战士个个全副武装，五人一个小队，开始在半城进行撒网式的排查。地方上也派出精干人员，每两人一个小组，手持铁皮喇叭，走街串巷进行轰轰烈烈的"宣传"。很快，司令部枪击事件就传遍了整个根据地。当地群众听闻有人竟敢在新四军首长附近埋伏开枪，个个义愤填膺，自告奋勇，纷纷参与排查，只要遇到生人，就会上前仔细"刨根问底"。仅仅一天，根据地一派祥和的局面就被打破，一时间陷入了恐慌和忧虑中。村口、路口、街中心都安排上了岗哨。当天夜里，更是戒备森严。

到了第二天晚上，岗哨才开始减少，根据地的生活逐渐归于平静。没想到，第三天后半夜，天快亮时，西边又传来了一声枪响，接下来又是两天的排查，可惜仍无结果。

这天临近中午，几名战士冲进城北薛庄项老汉家，把他的两个儿子抓了起来。项大爷也跟着两个儿子，一路穿过东西街进了司令部大院，开始接受

"审讯"。一时间,风言风语一传十、十传百地散播开了,本来项老汉两个儿子一直以打鱼、网野鸭为生,附近的群众都知道他家有一杆鸭枪。

当天夜里,有四个人从薛庄东边的河堤上往半城赶来,其中一人背着一个厚厚的包裹。街上静悄悄的,后半夜,正是大家入梦酣睡之际,几个人不说话,穿过两条街,再转向北,一路疾行,没有丝毫的耽搁。半城是个老集镇,房多、树多、岔路也多,四个人沿着路边快速向前奔跑,拐过左侧的路口,司令部便近在眼前。四个人刚进入巷口,前方十几米远处突然射来了几道电筒的光柱。四个人在原地迟疑了片刻,随即伸手拔枪,准备射击。这时,前方传来了一声吆喝:"不许动,再动就开枪了!"

四人中有人回话:"行,我们投降!"其中一人刚要抬枪,春祥眼疾手快,将其击中。

刹那间,几名战士冲上前去,扑倒剩下的三人,把他们捆得结结实实,押回了驻地大院。

经审讯,几人交代,他们是织田队长派来的。织田在日军春季大扫荡期间毫无建树,上面多次对他表达了不满,已有调他到东南亚去的意向。织田的部下栗山,决定袭扰新四军根据地,把声势搞大,以便糊弄上级。这天夜里,栗山就躲在下船河道口,等着几个人事成后返回。

春祥一听,懊悔地连擂了自己胸口几次:"我当时就应该想到这一点了,他们不可能光有执行任务的人来,肯定还有人在哪儿接应。"

审讯中,几人还交代,天气逐渐转热,日军准备破坏夏收,制定了抢粮计划,但具体在哪里下手、用什么方式,他们这些个无名小卒还不十分清楚。

审完几人后,春祥跟着周部长来到联络室内,一进门就和项老汉握上了手,表达了歉意:"项大叔,委屈你了,让你背负了骂名。"接着,春祥又向项老汉的两个儿子连声道谢:"两位大哥,没有你们,我们也抓不到这几个破坏分子啊,现在事情已经查清楚了,人都抓到了,只是苦了你们了。"

项老汉的小儿子激动万分,眉飞色舞地对大家说道:"是我哥先发现的脚印,起初我是不大相信的,后来我俩又回去看了看。我们对河岸比较熟悉,天天走的路我们清楚得很。打鱼的人既会选水,更会选路,这几个新脚印引起了我们的怀疑,所以就赶紧告诉俺爹了。"

周部长和父子三人一一握手:"谢谢你们哪,若是没有你们,我们的工作很难开展得这么顺啊,只是让你们受委屈了。"

项老汉佯装生气:"嗯!您看看你们这话说的,委屈啥?我们一回家大家不就清楚了吗?"

麦收前夕,洪泽湖四周敌人的活动明显增加了不少。

日军汽艇跑得快,让靠木帆船行动的游击大队十分无奈。游击队几次埋伏,好不容易找准时机,准备动手时,汽艇却一掉头,转眼就不见了踪影。据侦察,敌人的汽艇主要在鲍集、老子山、蒋坝、西顺河和高渡几个点部署,汽艇巡逻没有一定的规律。但汽艇袭扰湖边的村庄,效果却特别明显,来得快,跑得也快,让游击队员们无计可施。

此时,一个消息突然传来,织田要去蒋坝。

原泗阳保安团团长贾秀峰,目前在淮北行署负责治安管控。春祥依稀听说过贾秀峰在鲍集有相熟之人,就前去与他会面。春祥表明来意后,贾秀峰说:"是有过这么个人,是封林帮的一个伙计,叫三星子,在家排行老三。此人自己私吞帮会里的东西,险些被剁掉一只手。当时我找到帮主胡彦风,替他求了个情,才保住了他的手。出帮会后,三星子也不想在我那儿谋差事,就跑了。半年后,他找到了我,说在鲍集治安队当差,就是我们常说的二狗子。听说现在混得还可以,几次让我去做客,说要请我喝酒。但这话一说也有一年多了。"

"那我们最近就去一趟怎么样?"春祥问。

犹豫片刻,贾秀峰回话:"去倒是也没问题,只是我不确定这小子知道不知道我现在的情况。"

"这没问题,你就说自己驻扎在魏营。魏营离我们很近,那里鬼子多,二狗子也多。这两天我就把魏营那里的情况摸一下,到时候咱们再合计合计,眼看地里的庄稼快熟了,耽误不得。"

"行,就按你说的。"

运　药

三天后,春祥和贾秀峰带着两名装扮成渔民的特务营战士,从临淮划船前往对岸。

离岸还有百十米远，春祥就看见湖滩前搭上了木板栈台。两艘日军汽艇一左一右固泊在栈台边，还有几只小木船在附近水面上不停晃动。不远处三个身穿黄色军装的伪军围坐一圈，正在无聊地低着头抽烟聊天。其中一个伪军扔烟头时，发现了春祥他们，立即高喊道："你们是干什么的？"

"我们是你们队长三星子的朋友，今天特地赶过来看看他。"贾秀峰大声回应。

听来人说找自己队长，三个伪军便慢悠悠地朝栈道走来，一路把枪扛在肩头，毫无戒备之心。因为伪军心里十分清楚，大白天敢到这个地方来的，非亲即熟。

贾秀峰和春祥抬腿上了岸。二人边走边观察四周，短短几分钟时间，便对栈台周边情况了然于胸。一番检查后，一个伪军带着二人朝南走去。湖岸几十米外，盖着一溜七八间青砖瓦房。瓦房围墙大门口，站着两个持枪的哨兵。带路的伪军朝哨兵点点头，回身招呼春祥二人继续往里走。

院内右侧的一间屋子里，传来"哗哗啦啦"推牌的声音，其间还不时夹杂着一阵阵嬉笑声和混骂声。伪军推开门，朝里说了句："梁队长，有人找您！"

三星子透过缭绕的烟雾朝门口张望，反复打量几下后，突然扔下手里的牌，对几个牌友说："不打了，赢了算你们的。"说完，就笑嘻嘻地跑了出来，一把抓住贾秀峰的手，"呸"的一声吐掉嘴角的烟屁股，嚷叫道："是贾大哥您哪，哎呀，是啥风把您吹来了？"

"你小子现在混得人模狗样的，就不能来看看你啊？"贾秀峰绷紧了脸，佯装生气。

三星子一把搂住贾秀峰的腰，连连道歉："贾大哥，我哪敢啊，我晚上想你想得觉都睡不着。"

"他奶奶的，你小子现在嘴比以前甜多了。别叽歪了，找个安静地方说说话。"

三星子赶紧对哨兵说："快快，去泡点茶，端到我那屋！"

进了屋门，三星子这才打量起贾秀峰身旁的春祥，问道："贾大哥，这位是……"

"我的一个朋友。姓郑，跑江湖的，做点稀罕货。"贾秀峰介绍道。

三星子眼睛瞪得溜圆，扫了一眼春祥，急忙热情地招呼两人坐下。三人一坐定，三星子就火急火燎地问道："贾大哥，听说你被新四军逮住了，我几次去泗阳找你都没找到，你干啥去了？"

　　"还能干啥啊！泗阳回不去，只能转到魏营。我有个老乡在那，他认识集镇上的保长，后来又通过他结识了那里的队长沈达林，好不容易在那里开了个货行。这不，这几年都靠这位郑老弟帮衬我了。"贾秀峰说完朝春祥笑了笑。春祥附和着点点头。

　　做生意挣钱，是三星子最感兴趣的事情。贾秀峰话音刚落，三星子随即问道："你们做哪方面的生意？都和谁做呀？"

　　春祥看着急不可耐的三星子，慢腾腾地说道："主要做药品和吸的玩意儿。和谁做，这是生意上的规矩，不便说，还望梁队长包涵。"

　　三星子虽然心中不悦，但也不好多问。生意上的规矩，他也略懂一二。

　　贾秀峰认真地看了一眼三星子，又转过头看了一眼春祥，开口对三星子说道："老弟啊，我这个郑老弟做事一向谨慎，就这样前两年还吃过闷头亏呢，这事你得理解啊。我这个老弟吧，来头大，路子野，死鱼烂虾的事入不了他的法眼，你能理解不？"

　　三星子点头如捣蒜："理解，理解。"

　　迟疑片刻，贾秀峰放低声音，和盘托出来意："老弟呀，这次来找你，真是有事。我们有一批东西要弄到徐州去，人家那里的钱都付过了，就等着收货呢。可现在绕路不方便，到处查得严。不绕路吧，就到你这里了。老哥不瞒你，新四军那里，我们也有人，只是这东西人家反感，药人家要，吸的东西不要。但你说，啥赚钱，还不就是吸的东西来钱快吗！告诉你，徐州城里，皇军吸这个东西的多了去了，最主要的还是那里有钱人多。"

　　贾秀峰一番话，说得三星子神魂不定。眼看着三星子都快三十了，最近媒婆给他说了镇上一个长相俊秀的姑娘。姑娘家对于娶走闺女，没有向三星子提过多要求，只开口说了两件事——一是盖好三间房子；二是送两百大洋彩礼。吃吃喝喝的小钱，三星子有。但一下子要拿出来这么多钱，确实让他为难。为这事，三星子着实愁眉苦脸了十来天，本想着通过推牌九捞点快钱，但几天下来，赢的还没有输的多。正在一筹莫展之际，这好事就从天而降了。三星子顿生瞌睡人获得棉枕头的快感。

　　纵使心中早已浪潮翻腾，三星子还是故作气定神闲状，说道："你们啥关系我不管，管他皇军八路，只要能挣钱就行，不怕你们笑话，小弟现在就缺点这个东西，只是不知能挣多少？"说话间，三星子的眼神里透出久违的亮光。

贾秀峰爽朗地笑了起来："既然你我关系不薄，那我就实话实说，这个如何？"贾秀峰伸出右手，把食指和中指弹了出来，在三星子面前晃了晃。

"贾大哥，你这个人就是地道，之前的人情我到现在还没还上，今天你还能再想到我。唉，惭愧呀。"三星子表面上一副愧疚的样子，其实心里早已乐开了花。

"他奶奶个熊的，这事干喽！你就说咋弄吧。"三星子果断表态。

贾秀峰看了春祥一眼，春祥脑袋往前靠了靠，说道："东西是我们从上海进的，然后从扬州那边过来，经过三河入湖后，贴着南边再进溧河洼，最后到瑶沟。现在有三个问题：一是蒋坝那里查得紧；二是湖上最容易出事；第三呢，我们总共有六箱东西，其中四箱药、两箱烟土，进入溧河洼后得分开送。药我们会在石集交给新四军，这个你不用管，我们自己想办法。但烟土必须要送到瑶沟，我们有人在那里接应。上岸后，一切都和你无关。一句话，你只负责处理水面上的事。还要补充说明一点，就是要想降低风险，船就得快。"

三星子清楚春祥口中"船就得快"的含义，埋头不语琢磨了起来。这时，贾秀峰补上了一句："老弟，咱只赚烟土的钱，药是受中间人之托。这次顺当的话，后面不管是药还是土，都少不了咱弟兄们的。"

见三星子仍然低头沉默，春祥站了起来，走到门口朝外望了望，回头对贾秀峰说："老贾，看样子梁队长有为难之处啊，这事说实话，确实也很棘手，对一般人来说很难的，要不……"贾秀峰听后，一下子拉下了脸，埋怨春祥道："你这个老弟呀，急啥！这又不是一般的事，是要冒风险的。这个你得容梁队长想想，如果实在不行，我们也不能勉强。"

春祥又坐回原位，一声不响地看着三星子。

这时，三星子先是点点头，接着又摇摇头，能看出他正在做激烈的思想斗争。春祥和贾秀峰也不着急，两个人有一搭没一搭地聊了起来。贾秀峰说："郑老板，上次的钱你给得多了点，朋友归朋友，亲兄弟还明算账呢！这次本钱是你掏的，东西是你买的，我这份就算了吧。"

"那哪行啊，啥事都是我们弟兄俩合计着来的，你道上熟，能省我很多时间。再说，我们又不是一天两天的交情，咋这么客气呢。"

"每次都沾老弟你的光，心里真是过意不去啊。这样，过段时间我送你个宝贝，明代吴承恩的一块老砚台。听说是嘉庆年间黄河发大水，淮阴水患，这个吴老头卖砚换粮时流落民间的，至于是不是真的，我也不懂。"

"别，别，我这人，蚂蚁尿书上——湿（识）不俩字，要那干吗！石头这东西我要是吃下去，这辈子就不用再吃饭啦。"贾秀峰听后，大笑间拍打了春祥两下："你小子，坏就坏在你这张嘴上，油！"

见三星子半天不言语，贾秀峰起身示意春祥离开，挪腿之前冲着三星子说："好啦，老弟，这事只当我没说，但你千万别给我捅出去，都是天大的事。"眼见到手的金凤凰就要飞走，三星子再也把持不住，"咯嘣咯嘣"咬了两下门牙，使劲朝地上跺了一脚，牙缝里挤出一个字来："干！"

"那说说你的想法？"春祥发话。

"我琢磨了半天，这样会更稳妥一些：我带人先到三河里面接货，织田那里我来应付，只要进了湖就好办了。在老子山，我用汽艇把东西送进溧河洼，负责送到岸。新四军那里你们负责，我只当睁眼瞎。咋样？"三星子说完，眼巴巴地望着春祥。

这时，贾秀峰插话道："这里的日本兵能这样放你走？你们会开那玩意儿吗？"

三星子"嗨"了一声："那东西对别人难，对我来说，看两眼就行。这些日本人最近怕了，除非有大的行动，平时不大出去，再说前天又调了一些人去蒋坝，剩下的已经不多了。到时我把自己人多拉一些过去，以防万一。都是自己弟兄，到时使点小钱喝顿酒就行了。"

"那就这样。"春祥从身上掏出一个布袋随手扔到桌上，指着布袋说，"这是一半，货到岸再给另一半。"说完，春祥又把一张纸放在三星子面前，干净利索地说道："这是位置和时间。"

三星子捏了捏布袋，两眼放光："二位一看就是爽快人，我就喜欢这样。中午我来安排，弄上几杯！"

"还吃啥饭？"贾秀峰把头伸到三星子面前，低声说道，"吃饭重要还是挣钱重要？"

"明白！"三星子屁颠屁颠地把春祥他们送上栈道，看着小船消失在水面上，方才转身。

又过了三天，三星子按照约定，在三河接上货，趁着漫天大雾，闯过蒋坝，把小船摇进湖，在老子山换上汽艇，直奔西边而去。进入溧河洼，因水草和芦苇长势旺盛，汽艇行驶的速度慢了下来。半小时后，大雾渐渐消散，前方的水道变得清晰起来，汽艇朝前方全速前进。三星子和贾秀峰坐在船头，眼睛在船舷右侧寻觅不停。终于，在前方芦苇丛里发现了手摇小黄旗的人。汽艇放慢速度，钻进了芦苇丛。船头贴着岸边停下，三星子的人把四个箱子交给岸上的人后，汽艇继续朝前行驶。

水面越来越窄，三星子紧张起来，低声问道："地方没错吧？"

贾秀峰用嘲讽的口吻说道："你看你那鼠胆，走吧，没错。"

过了几分钟，贾秀峰让汽艇停下来，双手合拢作喇叭状，朝附近"嘎嘎嘎"连叫了几声。很快，附近的芦苇丛里探出密密麻麻的枪口，有人喊道："不许动，举起手来！"

汽艇上的人顿时惊慌失措，三星子一脸怒火，看着贾秀峰说："这是怎么回事？"

贾秀峰佯装委屈，冷脸轻声回答："我也不知道呀，我们还是跑吧。放心，该你的钱少不了，明天我就给你送去。"贾秀峰抬手朝岸上开了一枪，跳入水中，三星子也跟着刺溜一下滑到水里。这时，岸上响起了噼里啪啦的枪声，汽艇上的人死的死逃的逃。枪声停息后，伴随着一声巨响，汽艇燃起了熊熊大火。

三星子带着两个人半夜里回到鲍集，到地方一看，满眼日军尸体，房子里还弥漫着浓浓的火药味儿。栈道旁边的汽艇，也被炸开了一个大洞，船尾沉在水里，船头高高翘起，栈台附近的水面上到处漂着木船被炸毁后散落的木板。三星子一看，没有多想，跑到屋里扒出一百大洋，逃之夭夭了。

在石集，春祥让人给贾秀峰找来一套军装换上："这次多亏老贾，不然命都没了。"马玉鸣看着贾秀峰说："咋可能，郑营长也太小看我的枪法了。要不是你提前安排，梁队长还能活着回去？"

"那批药是二师师长张云逸安排筹集的，已送往泗宿地区，十一旅的同志们急需这批药。至于那两箱"烟土"，就是土坯，拿回来费劲，盖个猪圈都不够，扔了！洪泽湖大队估计也完成了任务，我们出发吧。"

事后，贾秀峰返回魏营，春祥则带人朝瑶沟进发。

天倏然热了起来,苏北大地一片金黄,麦收的季节如期而至。

瑶沟本来驻扎着新四军的骑兵连,由于泗南日军猖獗,骑兵连就被调到了泗南和泗东的交界处,瑶沟从此变得空空荡荡。瑶沟往北边是青阳镇,那里驻扎着伪军的一个连外加三十多个日军。春祥的任务是保障这一带的农户平稳麦收,防止附近敌人过来骚扰与劫掠。

庄稼人把早已磨好的镰刀抓在手里,天蒙蒙亮就在田地里挥汗如雨地忙起来。春祥带着战友们支援乡亲们麦收。郑留宇是割麦子的好手,春祥就不行了,割了一会儿,腰弯得生疼,便走到树荫下,准备休息一下。

这时,从北边来了两个人,肩搭布袋,有说有笑地朝春祥这边走来。离春祥还有段距离时,他们留意到春祥,穿着新四军军裤,打着绑腿,上身套着件对襟的白色汗褡。二人稍作迟疑后,继续前行。

二人走到跟前,其中一人朝春祥打了一声招呼:"忙着呢?"

春祥点点头:"歇会儿,你们这是?"

此人回复:"我们到石集办点事。"

春祥侧身让过二人,觉得自己似乎对其中一人略有印象,顿时警觉起来。

中午,大家在树荫下乘凉、吃东西。下午又是一番劳作,当太阳落山,殷红的霞光逐渐消失时,地里的人开始陆陆续续收工。春祥没有立即回去,而是带着几个人在麦垛里埋伏了下来。

不久,上午出现过的两个人又急匆匆按原路返回。经过春祥藏身的麦垛时,春祥依稀看见其中一个人手里攥着包裹。察觉到异样后,春祥即刻召集战士不动声色地向北跟去,在青阳镇附近埋伏下来。

后半夜,值岗的战士喊了起来:"快起来,城北有大火!"春祥抬眼望去,青阳城北火光冲天,随即传来了激烈的枪声。春祥大呼一声"不好",急忙带着队伍向城北扑去。

漆黑之夜,田地里大火借着风势迅速蔓延开来。附近的庄稼人成群结队冲向田间,快速割倒一片麦子形成隔离带,大火渐渐熄灭,但远处枪声仍此起彼伏。春祥带领特务营战士朝枪响处跑去,摸清交战双方的具体情况后,率领战士们直接从后面发起冲锋,把敌人夹在中间。腹背受压的敌人,开始向西撤退。待南北两处人员会聚一处,春祥才知道一起作战的是县大队。他没有迟疑，对县大队的人说："你们赶紧去救火，敌人有意搞破坏，我们到青阳去打个回马枪。"

此时的青阳城，留守的敌人很少，很快就被春祥他们拿下。外出搞破坏的敌人绕了一圈往回撤，在城西路边与春祥的部队狭路相逢。敌人进不了城，又不敢西逃，只得在原地拼命死守。在特务营的两次攻击下，敌人伤亡大半，硬着头皮向西突围，结果又被赶来的县大队堵住了去路，如瓮中之鳖般被包围在了城门前的河沟里。一阵枪声响过，剩下的敌人纷纷缴械投降。

真是无心插柳柳成荫，这次的战斗竟然助力我方拿下了青阳镇。

城内伪军据点大院里，俘虏乖乖地站成三排。春祥手握电筒，挨个检查。走到第二排第二个人面前时，春祥站住了，看着对方问道："另一个人呢？找出来！"这个人乖乖地在俘虏群里走了一圈，朝春祥摇摇头说道："可能被打死了。"

看着两腿糊满烂泥的俘虏，春祥问："叫啥名字？你们白天干什么去了？"

"萧正亮，我们得到命令查看外面的收割情况，想、想搞点破坏。知道你们新四军在南边后，我们就从北边动了手。没想到北边你们也有人。"

"快说，还有什么计划？"

"和附近几个镇的伪军都协调好了，最近大家都要出来搞破坏，能抢的抢，不能抢的就烧。"

"真歹毒啊，不让老百姓吃粮食，你们也不吃吗？"

"我们也没办法呀，不干我们就没命了。"

"这里的头儿是谁？站出来。"

一个矮个子瑟瑟发抖地从队伍里站了出来。春祥走到他面前，冷笑两声，矮个子后退一步，"扑通"一声跪在了地上："别，别，千万别杀我啊！"

春祥上前两步，一把将他从地上提起，大声呵斥："不杀你可以，但必须按我说的去做！"

矮个子哆哆嗦嗦地回答："好，好，您说！"

"带着你的人继续留在青阳，负责这一带的防火！但我要告诉你，完不成我说的话，下次就送你见阎王！"

"小的明白，明白！"

春祥提高嗓门，面朝三排伪军喊道："我的话，你们队长听清了，你们听清了没有？"

"听清了！"伪军齐声应答。

马玉鸣把所有枪支上的撞针都卸下后，又把枪交还给了他们。

之后，青阳一带再也没发生过火烧麦田的事件。

假　戏

7月底，春祥到根据地参加了师部干部总结大会。四师对上半年的作战情况、物资筹集等战斗工作做了总结，并且对下半年的对敌作战计划等做了部署。会议上，政治部主任吴芝圃再三强调敌后工作的重要性，虽然日军开始进行战略压缩，但仍须提防其集中兵力进行区域扫荡。眼下，我军与敌人在武器装备方面还存在着巨大差距，正面对抗仍面临不小的压力，因此既要加强对日军的正面打击，也要组织优势兵力攻其弱点。这就要求我方必须强化敌占区的地下工作，以智谋取大胜……

总结大会后，春祥回到营部，刚进屋就看见李丽霞在忙着打扫卫生。春祥静悄悄地走到她背后，猛喊了一声："不许动，举起手来！"

李丽霞被吓得叫出声来，回身看见是春祥，嗔怪道："你呀，真坏，进屋就像猫走路一样。"

春祥找了张椅子坐下来，端起茶缸喝水，笑着问李丽霞："你怎么来了？到这里有事吗？"

"陪刘主任来的，他来开会，因为是重要会议，我不能在现场，就跑到你这里来了。噢，刘主任和我说，如果见到你，让你去找他一下。"

"找我有什么事吗？"春祥忍不住问道。

李丽霞摇摇头，脸色绯红地回道："我哪知道首长找你啥事，你去了不就清楚了？"

"你们什么时间回去？"

"不知道，应该是下午吧。"

春祥没有说话，出门便径直朝师部走去。一路上，春祥心头美滋滋的，他清楚刘主任找自己是什么事，而这件事正是自己日思夜盼，却碍于情面难以张口的。如果此时热心的刘瑞龙主任能站出来主动帮衬,那春祥的心头之急可算有了解法。来到师部,春祥问哨兵刘主任在哪个房间,哨兵告诉他,刘主任正在和吴主任谈事,让他等一会儿。

春祥就开始在院子里来来回回兜圈子,眼睛不停地瞟向刘瑞龙的房间,心里更是怦怦直跳。哨兵纳闷,不解地看着他。

过了好长时间,刘瑞龙陪着吴芝圃走出门,看见了在院里踱步的春祥,喊了一声:"郑营长,你来一下!"

春祥小跑进了屋,刘瑞龙递过来一杯水,命令道:"坐下!"

"是!"春祥立马坐了下来,把杯子放回桌面,看着刘瑞龙。没想到刘瑞龙开口的第一句话就是:"郑旭啊郑旭,你小子脑瓜不会有问题吧?我们小李哪一点配不上你,天天吊着人家,你心里到底咋想的?"

"我,我……"春祥的脸一下子红了起来。

刘瑞龙站在春祥面前,板脸说道:"我、我,我什么,把心里话给我抖出来。"

春祥赶紧站了起来,敬个军礼后说:"刘主任,我对小李不是那个意思,我……"

"对小李没有那个意思,你说清楚就行了嘛。干脆直说,有什么好遮遮掩掩的。"刘瑞龙有点不高兴。

"嗨!"春祥有点委屈,"刘主任,你误解我的意思了。我承认我喜欢她,但我不敢开口呀。再说,我在师部待的时间很短,大部分时间都在外面执行任务。一回来就让我开口,没有点思想准备,我真的不敢呀。"

听罢春祥的解释,刘瑞龙指着他的鼻子骂道:"你小子打鬼子的勇猛劲儿到哪去了,人家一个小姑娘就把你吓住了,熊不熊啊?"说完,哈哈大笑起来。这笑声,更让春祥抓耳挠腮。刘瑞龙接着调侃道:"你小子,别跟我在这里装,你是不是就等着我给你做媒呀?你心里咋想的,你当我不知道啊?"

春祥低下了头,不敢再看刘瑞龙。刘瑞龙忍住笑,佯装生气地说道:"走,到你那去,小李肯定在你那里。"

于是,春祥就像个俘虏一样,在刘瑞龙的督促下朝营地走去。一进门,李丽霞赶紧搬张凳子招呼刘瑞龙坐下。刘瑞龙看着二人,笑了一阵后说道:"今天,我跟你们两个说呀,这事就这么办了,找个好日子闹洞房,我天天这么多事，没时间给你们俩当传话筒。"

春祥和李丽霞互看了对方一眼，一言不发。刘瑞龙叹了一口气说："哎，你们俩啊，瞅起来真费劲。我走了啊，你们两个商量一下，也别跟我汇报来汇报去，反正到时我来喝喜酒。"话音刚落，人就跨出了房门。

刘瑞龙一走，屋里的气氛立刻微妙起来，他俩开始只是沉默不语，但随着时间一分一秒过去，二人又开始局促不安。一阵尴尬后，两人才开口说话，谈到了各自的家庭和经历。这个时候，春祥才知道李丽霞竟然是个孤儿。在李丽霞还是孩子的时候，父母带着年幼的她从安徽和县逃难来此地。在沭阳东北边的吴集安稳生活了几年，不久，不幸就降临了，父亲病逝，母亲失踪。此后，李丽霞就跟随一对无儿无女的老人一块生活。当时汤曙红在汤沟组织自卫队，十五岁的李丽霞就偷偷跑到了自卫队，在那里学会了认字和一般的卫生救治技术。汤曙红牺牲后，她又跟随自卫队在盐阜地区待了一段时间。自新四军来到淮北，各个县民主政权相继建立后，她才到泗县。半年后，淮北根据地建立，李丽霞通过县委推荐，到了淮北行署。

李丽霞走后，春祥思考着刘瑞龙的话，回想起燕子和小芩，心绪难平。平心而论，他的确喜欢李丽霞，但自己东征西战，常年四处飘荡，居无定所，负伤更是家常便饭，一个脑袋别在裤腰带上的人，真的能给李丽霞一个温柔安稳的港湾吗？想到这些，春祥晚饭也没心思吃，一直躺在床上。

突然，外面传来一个声音："郑营长，徐部长叫你去一下！"

春祥跑步赶到了敌工部。一进屋，徐严亮就开门见山地说，下午师部作战参谋李子文汇报了一个情况，说有两个人，一个叫周学华、一个叫甘成斌，从芜湖方向来到半城，说是李的同学。据李子文回忆，二人确实是他在安徽铜陵时的同学，只是交往不多。由于李子文对他们在铜陵时的经历印象比较模糊，心里有点不踏实，所以就向敌工部报告了此事。徐严亮最后谈了自己的想法，说春祥在皖南待过一段时间，可以此为由负责接待这两个人，探探二人的虚实。

徐严亮、春祥在和李子文交流后，开始扮演各自的角色"粉墨登场"。

房间内，李子文正和两个老同学聊着上学时的人和事。春祥走了进来，说："子文哥，在呢？"一看屋里还有两人，春祥变得有点不好意思，客气地说道："那我等会儿再来吧，这会儿我没啥事，转到你这里本想聊会儿天。"

"来来来,正好我两个老同学在,我来介绍一下,都是同乡!"李子文介绍完自己的同学后,又把春祥介绍给他们,说春祥是铜陵北钟鸣镇的小郑,是这里的情报科科长。春祥和二人寒暄后,坐在一旁,静静地听着他们聊天。过了一会儿,春祥和李子文打了个招呼:"子文哥,你们聊吧,我也插不上嘴。要么晚上我请你两个同学吃个饭,他们大老远到我们这里,说啥也得尽尽心意呀。"

　　"郑科长,我都安排好了,晚上你直接过来,我们一块过去。"李子文站起来,把春祥送到门口,又叮嘱一句,"别忘了,没啥事就早点过来。"

　　"好的,你留步吧。"

　　晚上,李子文在街口的饭庄找了个雅间,又叫了两个人一同陪酒。围绕一个方桌,众人依次落座。春祥自告奋勇地当起了"酒司令",在春祥的导演之下,两位客人喝了不少"巧酒"和"发财酒"。推杯换盏间,从开始时彼此陌生,到觥筹交错、宾主尽欢,再到最后推心置腹,一切如行云流水,六人吃得酣畅淋漓。等饭庄关门打烊之时,两个老同学已经喝得舌头发硬,两腿打飘。春祥把他们送到附近客栈,立即返回驻地,徐严亮正在屋里等着他。

　　"怎么样?情况摸清楚了吗?"徐严亮问道。

　　春祥喝了一大碗凉水,在徐严亮身边坐下说:"这两个人恐怕不是一般人,应该是在政府里供职的人员。两个人虽然都很谨慎,但喝了酒之后,还是露出来一点破绽。那个叫甘成斌的,总是刻意回避我们的一些问话,说自己只是路过这里,想见见老同学,去哪里、干什么一概不提,但他们对李子文的情况却了解得很清楚。"

　　认真听完春祥的汇报,徐严亮进一步交代道:"我这里还查不到这两个人的情况,只能靠你了。但还是那句话,我们不要刻意去盘问人家,他们也可能就是来看看同学,你要巧妙地甄别处理。"

　　"我知道了,徐部长。"春祥点点头。

　　"那你早点休息吧。"徐严亮拍拍春祥的肩膀,然后走了。

　　第二天临近中午,按照昨晚酒桌上的约定,春祥来到李子文处。看到周学华和甘成斌在,李子文却不在,春祥问道:"子文哥咋不在?他怎么能把老同学晾在这里呀,真是的!"说完话,他就顺手把手里标有"伪情"的卷宗放在桌子上。随后，为二人续上开水，热情地招呼着他们，自己坐在一边，有一搭没一搭地闲聊。

"郑科长，郑科长，"突然，一名战士跑到门口，"王主任叫你赶快过去，说是有急事找你。"

春祥一听，没有迟疑，抬腿就向外跑。

屋内的两个人瞅瞅四周，见没人，其中一人走到门口，另一人迅速从包里掏出微型相机，把卷宗打开，取出文件，连拍几张照片后又把文件放回原处，二人紧接着淡定地回到座位上。但这一切都被事先安排在窗外监视的小战士看得清清楚楚，很快便把这个消息报告给了徐严亮。

几分钟后，春祥跑了回来，一进屋就埋怨上了："这点小事也找我，又不是我的事，还把我训了一顿。"

甘成斌问："有什么麻烦事吗？"

春祥赶紧摇摇手："我们内部的事，不说了。我再给你们添点水，这个李子文也太不像话了，出去这么长时间。"

甘成斌笑着摆摆手，满不在乎地说："他是跟我们打过招呼的，没事，没事，都是老同学嘛。"

此时，门外传来了李子文的说话声："郑科长，又在背后说我的坏话了吧？难怪离老远就觉得自己耳根子发热，你小子呀。"

一阵闲聊后，两位同学向李子文表达了告辞之意，李子文连连摆手道："那不行，明早再走，今晚再聚聚。放心，明早我让郑科长送你们。"

晚上还是老地方，另外又加了两个人，席间春祥触景生情，随口吟起了曹俊的一首诗："乱离同失路，异地忽相逢。执手垂清泪，关心非旧容。话怜今日短，情苦往时浓。况又明朝别，愁难载酒从。"在这离乱的岁月，这首诗引起了大家的情感共鸣，这顿饭甘成斌放得很开，结束时已酩酊大醉。

第二天早饭后，李子文对春祥说："郑科长，你代我送送我的老同学，我得马上到师部，几位首长要研究你送来的资料。"

"好的，没问题。"李子文和两位同学分别握手道别。

春祥把二人送到镇子北头，和二人一一握手，寒暄告别："以后没事常来，路二位也熟了。甘大哥的酒量了得，下次您再来时，我得把我们这里的大老许喊来，也只有他在喝酒上能和甘大哥比比肩膀头啊。"几个人笑了起来。看着二人朝北走了很远，春祥这才回头。

一个小时后，侦察人员回来报告情报，说两个人往北走了几里地，然后向西朝石集方向去了。

三天后的深夜，新四军按照预定的剧本，开始上演一台大戏。

在五河天岗湖附近，新四军十一旅三十二团和地方武装避开日军主力，半夜偷袭了武桥的伪军据点。伪军开始往南撤退，三十二团转而向东，又袭击了一个日军小队，战斗很快结束。从武桥向南撤退的伪军和五河县城的伪军碰到了一起，由于是黑夜，双方在不知对方底细的情况下，摸黑打了大半夜，直到天亮时战斗才结束，等到双方发现打错对象时，彼此伤亡均已过半，气得两支队伍的头头一起到苏北行营主任臧卓那里告状。这次战斗，新四军仅仅只是起到穿针引线的作用，和春祥之前透露的卷宗内容相比，作战对象、作战区域和人员配备都做了调整，而伪军明显是按照周学华和甘成斌提供的情报布阵的，结果溃不成军。

事后，师部了解到，周学华和甘成斌二人是汉口汪伪政权下属日军特工部的汉奸。

广袤的苏北大地，由于河道密集，每年6月至9月雨水增多，道路也变得泥泞，行军极为不便。这种情况对敌我双方来说，都平添了作战难度。因此，这三个多月时间内，除小规模的冲突外，双方都不主动出击，而是暗中积蓄力量。

按照上级要求，春祥要到宿沭淮地区悄悄走一趟，了解该地区的地方抗日武装以及日伪的情况。

小时候，春祥就常到沭阳城走亲戚，经常和小伙伴在虞姬沟、虞姬庙、九龙口、霸王桥等地玩耍，打小就在淮海戏之乡沭阳城里听公鼓锣，听打扬琴，看童子戏，对庙头千张、颜集朝牌等美食更是情有独钟。正因如此，春祥对城内的街道和店铺了如指掌。

这一次去沭阳，他计划去见沭阳县县长徐禹民，而要找到徐禹民，就必须先找到交通员。按照事先的约定，春祥悄悄去了几次淮沭边的邱庄，但都没见到交通员。万般无奈，春祥只得带着马玉鸣化装后直接进城。

沭阳城不大，道路大都是斜向。春祥两人先来到西大街的运来杂货铺，这里原来是个秘密联络点，春祥几年前曾来过一次。

春祥和马玉鸣正在杂货铺和一个四十岁上下的店员讨价还价，这时从里间走出来两个人。春祥和他们对视一眼后,继续与中年店员交谈。随后,从里间又走出来一个十七八岁的小伙子。此人看了一眼正在询价的春祥,愣了一下。春祥瞥了小伙子一眼,一时无法确定对方的身份。

"你,你姓郑吧?"小伙子先说话了。

春祥打量小伙子一阵后,没有立即回答。小伙子开心地笑了起来:"郑大哥,我是小林呀,我们三年前就在这里见过呀。"

"哦!"春祥突然之间想了起来,随即高兴地问道,"你一直在这啊?"

"也没有,这是我舅开的店,开了好几年了。这不是鬼子来了嘛,出去躲了一段时间,等城里平稳一些,我们才又回来,来来来,快到里面坐!"

小林变化比较大,三年前还是个孩子,几年下来,变得成熟稳重了许多,嘴唇上方也有了一层淡淡的胡须。几个人聊了一会儿,小林问:"郑大哥,你现在还在干这个吗?"小林用手比画出短枪的形状。春祥这才放下心来,低声问小林:"我想找一个叫徐禹民的人,你认识吗?"

"嗨,你早说呀,刚才出去的就是他,估计这会儿走远了。"小林拍了一下腿。

春祥笑笑:"真不巧呀,能找到他吗?"

"能,但今天不行。你要是急的话,我带你们去追他。"

"不用,我就在这附近找个旅馆住下,你如果找到他,就告诉我一声。"

"没问题,我知道你找他是啥事。"

"哟,厉害嘛,那你说说我找他是啥事?"

"打鬼子的事呗。"

到了第二天下午,小林跑到旅馆,对春祥说:"老徐回来了,他约你天黑前在沭阳古渡头两棵歪脖子柳树下见面。柳树旁边有个破房子,那里比较偏,很静,适合接头。"

"那我们马上去。"春祥送走小林,瞅了一眼外面的天色,叮嘱马玉鸣准备动身。

春祥和马玉鸣一路快走,一袋烟工夫就到了指定的地点。两人刚在柳树下站定,春祥就吟诵起钱起《沭阳古渡作》中的两句:"日落问津处,云霞残碧空。"

听到约定的暗号,两个人从房子后面走了出来,前面那个穿着加厚的外衣,头戴一顶带帽檐的棉帽,鼻子上架一副黑色边框眼镜。

"是郑先生吗?"前方传来一声问话。

春祥急忙迎了上去,拉着对方的手说:"是的。徐县长,你好!"

徐禹民左手摘掉眼镜,塞进上衣口袋,笑着说:"郑旭,原名郑春祥,原来是锄奸队的队长,现在是新四军特务营营长,我说的没错吧?"

春祥疑惑不解:"你怎么对我的情况知道得这么详细?"

徐禹民呵呵笑了起来,指着身边的人介绍道:"这是谭大臣同志,我们都叫他大臣。他和老徐,也就是徐严同同志,原来在泗阳一起共过事,要不我咋知道你的情况?恐怕就是小林也说不清楚呀。"

春祥握住大臣伸过来的手:"哦,原来如此!"并随口一问,"你和老徐熟悉啊,已经有好几年了吧?"

"老徐在我们沭阳住过一段时间,和汤曙红有联系,后来他到泗阳城去了,我们在泗阳城见过一次。那时候你在这附近干了几件漂亮事,禹民把你的情况给我一说,我就猜到这次来的肯定是你。"谭大臣显得很激动。

春祥对二人说:"老徐现在到洪泽那里去了,还不错。"

几个人在柳树旁坐下。从徐禹民那里,春祥了解到沭阳最近的一些情况:沭阳城现在驻扎着一个百十号人的日军小队、一个保安团外加一个四五十人的侦缉队。侦缉队里有一些人是从原来的水警改编过来的。日军在城中心,保安团分布在城四周,侦缉队和日军小队紧邻而居。上半年,沭阳城还驻扎着三百多日军,最近不知因为什么,日军被调走了大部分。徐禹民还向春祥介绍了一个特殊情况,住在城东的一个伪军营营长叫吴保庆,安徽来安人,这个人不坏,他的上级团长倒是个铁杆汉奸。吴保庆这个人要求自己手下的人不要祸害街上的百姓,上面的命令到他那里也都会打折扣。但这人就是不好接触,他和伪军里其他军官来往也不多。徐禹民认识吴保庆下面的一个连长,通过他知道了城里日军和伪军的大致情况。

春祥不解地问:"那他凭啥能站得住脚?"

"哦,这个我忘了介绍了,他原来在盱眙驻军,前年年底才到我们沭阳。他那个营的人大部分是来安、滁县一带的同乡,这个营抱团抱得很紧,估计上面也拿他没办法吧。我们县委在这里一共才二十人左右,比较分散,一时也找不到好的办法与这个吴营长接触，你来了就好多了。"

"那个连长现在是什么情况？"春祥接着问。

"那个连长叫董世贵，我们交往还比较多，虽然我们没有向他介绍自己的身份，但估计他也能猜到个八九不离十，只是大家都没有说破。"

"那就在这个姓董的连长面前直截了当地亮明我们的身份，这个应该没有什么问题，徐县长，你来约他，我作陪。"

"行，明天我就去找他。"

智　招

第二天一大早，天气转阴，小雨淅淅沥沥一直下到晚上仍没有停歇，街上行人也比平时少了七八成。春祥和马玉鸣早早来到沭河饭店。饭店在城北，离沂南河很近，这是董世贵选的地方，担心城东人多眼杂。徐禹民和谭大臣随后也到了饭店，几个人喝着茶，马玉鸣在包间外边坐着，观察附近情况。过了一会儿，董世贵来了，进门后先是和徐禹民寒暄了两句，接着眼睛就盯上了春祥，低声打探道："老徐，这位是？"

春祥起身伸出了手，笑着自我介绍："我叫郑旭，新四军第四师特务营营长，今后就称呼我为郑老板吧，今天来是想多认识一些朋友。"董世贵神色有些犹豫，伸出的手又缩了回去，不由得回头看着徐禹民。

徐禹民哈哈一笑："都是朋友，现在不管在哪儿做事，来了就认识一下嘛，多个朋友多条路！"

董世贵这才重新伸出手，和春祥握了一下，表情极不自然地坐了下来。

酒菜上桌，马玉鸣也坐了进来。

几杯酒下肚，气氛渐渐融洽起来。

董世贵放下酒杯，谨慎地问春祥："郑老板，找我有什么事吗？"

"很简单，想认识一下你们吴营长，不知可否提供方便？"春祥盯着董世贵。

"这个？"董世贵有点迟疑不决，见身边的徐禹民冲他点点头，这才开口说话，"我和我们营长关系是很近，但是……好吧！既然老徐出面牵这个线，我也不好推辞，那我就试试吧。具体你们谈什么事，这我不关心，我只听我们营长的。"

春祥用手轻轻敲敲桌子，说："有你这句话就行，你看怎么介绍我们？"

董世贵说："这简单，我直接说就行。我们营长就是有其他想法，也不会害人，多少年了，他的为人和品行我心里还是有谱的。"

春祥端起酒杯，与董世贵碰杯："董连长，那我就静待佳音啦。"

"一言为定。"

正喝着酒，突然听到外面传来一阵嘈杂声。马玉鸣推开包间的门朝外张望，外面的人也正好走到门前，为首的朝里一望，立刻喊了起来："哎呀，董连长也在啊？"

董世贵心里一惊，抬头向外看，见是侦缉队长胡为来，只得起身招呼："是胡队长呀，你也来这里吃饭呀？"

胡为来钻进包间，瞥了一眼桌上的饭菜，又看了一眼在座的几个人，问董世贵："不错啊，董连长，我还想着你们营都不食人间烟火哪，原来你在这里猫着呢！这几位是？"

董世贵笑着解释："胡队长，我哪敢随便吃喝啊，我们那里的情况你是知道的。这不是老家来了几位生意人，不敢在我们那一片安排，就到这里来了。在咱沭阳城，哪个地方不是你胡队长的地盘呀，要不，一起坐坐？"

胡为来扫了在座的几个人一眼，挥挥手说："不了，我们有好几个人哪，你们吃吧。"

董世贵对胡为来客气道："胡队长，有时间到我们那儿坐坐去呀。"

"再说吧。"胡为来明显对董世贵这里兴趣不是很大，搪塞一句后，迈着松松垮垮的步子进了另一个包间。

第三天，董世贵捎来口信，说吴保庆愿意见上一面。春祥心中暗喜，与徐禹民沟通一番后，决定单刀赴会。

春祥两手各拎一盒礼品，走到营门前，告知自己身份，哨兵进去通报后，董世贵走了出来，把春祥迎进了客厅。客厅内，一个身穿制服、结实魁梧的壮汉在来回踱步，春祥跨上台阶，开口称呼道："吴营长，幸会呀！"

吴保庆面带笑容迎上前来，春祥把礼品放在桌上，微笑着说道："吴营长，这是你家乡的复兴兰花茶和董糖，估计你也有一阵子没有回去了，今天我特意备了点，还望吴营长不要嫌弃。"

吴保庆浓眉大眼，满脸络腮胡，客气道："郑老板破费了，来，请坐，坐！"春祥随着吴保庆坐下。董世贵支走卫兵，自己也退到了门外。

春祥和吴保庆开始低声交谈。

"吴营长，离家几百里地在此驻守，照顾不到家，也是难为你了。"春祥叹道。

"哎，没办法，当兵嘛，哪能事事随自己，都是为了一口饭，不得已呀。"吴保庆摆摆手说。

"我那里有你们来安的人，听说来安是个好地方，我还听说来安'花红'，也就是'林檎'最为有名。"春祥的话勾起吴保庆对家乡的回忆。

"据老人讲，花红自清朝嘉庆年间便在来安广泛种植，并作为贡品年年向朝廷进贡。我们那里的花红，果皮薄而肉脆，汁多渣少，生食酸甜爽口。花红果子不仅好吃，而且还能开胃解暑，泡酒饮用可止泻、治痢疾，是健身防病的好果子。"吴保庆接过话头自豪地说。

"只是现在来安被日本人搞得不像样子。这样下去，吴营长心里怕也不好过。"春祥慢慢把话引入时局。

"哎，时局并非你我二人所能左右，我现在是当一天和尚撞一天钟，只当眼瞎腿瘸不问事吧。"

"能看出来吴营长心里也有难言之隐，听董连长说，吴营长是位血性汉子，为啥现在身在此处，能说说吗？"

春祥言毕，吴保庆又摆摆手："这个就不说了，过去的事非三言两语能说清，我们还是谈谈别的吧。"

二人又闲聊了一会儿，春祥感觉话已说尽，再谈下去已无多大意义，就起身告辞："吴营长，最近如果不忙的话，我想请你找个地方坐坐。我知道你的习惯，不大参与宴请，但我们今天既已认识，就也算朋友了。"

吴保庆双手抱拳，婉言相拒："郑老板，这个后面再说吧，恕吴某人不能远送。"

回到旅馆，春祥和徐禹民把与吴保庆会面的经过叙述了一番，徐禹民宽慰春祥说，第一次能接触到就已经不错了，吴保庆一直在伪军那里干活，对很多事情还是有顾忌的。这事不能急，再找董连长合计合计，争取下一次见面的机会。

两天后，春祥、吴保庆、董世贵、马玉鸣和徐禹民相约在城东的一家路边小店小酌。这是一家夫妻店，生意还不错，来往顾客都是附近的居民。店铺只有一个单间。能看出吴保庆是这个小店的熟客，店主客气地把几个客人迎进单间，男的负责掌勺，女的跑前跑后添水传菜。

席间，吴保庆小喝了几杯酒，伴着三分醉意说出了自己的实际情况。

吴保庆家住离来安县城三十多里的狮子山下，在家中排行老二。老大六岁时得痨疾夭亡，下面两个弟弟早年参加红军，至今杳无音信。家里没有地，靠老父亲在地主家打长工过活。家里一个叔伯兄弟在县城当差，日本人占领来安后，就介绍他进了治安队。他父母都是规矩本分之人，对日本人相当痛恨。自他进了治安队，父母拒绝他踏进家门。小妹嫁得不远，平时偶尔回家照顾一下老人，他只能把钱转给小妹，请她代为照顾双亲。吴保庆随战局变化一路向北，所幸的是，跟着他从来安出来的人较多，他最终混到了营长的位置。由于内心苦闷，三十七岁的吴保庆至今仍未娶妻成家。

听完吴保庆的话，春祥语重心长地与他谈到了国际和国内形势："国际上，全世界已组成了反法西斯的统一阵线，苏军已转入战略进攻状态，美军从西西里岛登陆欧洲后，意大利9月份旋即投降。亚洲方面，日军在东南亚和太平洋战场已完全处于守势，在中国战场，日军更是疲于应付，由于他们兵力不足，目前主要是据守战略要地及城市。总体而言，世界反法西斯战争已经能看到胜利的曙光了。"

"国内，就以你的老家来安为例，1939年5月，新四军江北指挥部成立，张云逸兼指挥，徐海东、罗炳辉先后任副指挥。一个月后，江北指挥部对江北新四军进行整编，将第四支队扩编为四、五支队。第五支队开辟了以来安县半塔集为中心的津浦路东根据地。新四军积极发动凤阳、定远、合肥、无为、滁县、来安、盱眙、六合等十五县数百万民众，建立民主政权，争取一切进步力量，将反动势力逐个击破，巩固了淮南抗日根据地……"

春祥的话对吴保庆产生了很大的震动。

最后，吴保庆谈到了自己的现状和难处。他手下有两三百号人，每月都要给这些部下发放饷银。而且，沭阳城形势比外面要恶劣许多，他受排挤不说，还要受侦缉队和日军城田队长的监控。他还讲到，实际上，城田及其手下的大多数日本兵，都是当年屠杀沭阳百姓的刽子手。1938年底，日军轰炸宿迁和沭阳等地，韩德勤的部队撤退。次年2月，日军进驻沭阳城，大肆烧杀抢掠。

　　对于今后的打算，吴保庆三缄其口。春祥与吴保庆对视一眼，不徐不疾地说道："吴营长，在一些历史的转折点，做选择尽管很艰难，但却十分重要。时间不等人啊，要相信时局会变得对咱们中国人越来越有利。如果错过良机，到时候就谁也救不了谁了。我相信你会有明智的选择，但剩下的时间已经不多了。"

　　众人散去。春祥和徐禹民能感到，他们的话已经撬开了吴营长心中的一个口子。春祥分析，吴保庆看似面糙，实则心细，他隐约察觉到了时局的走向，虽然暂时把握不清国际与国内大局，但能看出，他对日军已经失去了信心和信任。

　　果然仅仅过了一天，董世贵就传话过来：吴保庆希望一叙。

　　第三次见面，是在沭阳城中的茶楼。春祥、徐禹民、吴保庆和董世贵四个人一见面，吴保庆就爽快地说道："郑老板，考虑了两天，你们心里想什么我也清楚，我吴保庆也不是个不识抬举的人，说吧，我能为你们做些什么？"

　　春祥和徐禹民相视一笑，徐禹民开口说道："吴营长，郑老板就等你这句话啦！那行，我的任务完成了。你们谈，我回避一下。"

　　春祥一把拽住徐禹民，说道："你的组织原则性也太强了，后面还需要你参与，你一走，很多事还不一定能完成呢。"

　　几个人压低声音，对后面的计划做了通盘商量。

　　两天后，汤涧镇的一个伪军据点被游击队和区小队给端了，腿脚还利索的几个伪军逃到沭阳城，向城田汇报。城田大怒，说汤涧据点如果不存在，灌云和涟水之间就没有了支撑点，就有可能让淮海地区与淮北地区的新四军打通交通线。倘若如此，新四军就会在这两个地方迅速安排人马，加强这个衔接地段的武装力量，后面再想夺回对该地区的控制权就比登天还难。城田丝毫不敢懈怠，当机立断，分别向淮阴和宿迁的日军报告，随即又命令吴保庆率队出城，直扑汤涧镇。与此同时，徐禹民找到尚留在汤沟三支队的一个小队，也就是汤曙红当年领导的队伍，迅速向汤涧集结。

　　战斗在汤涧伪军原据点的西边打响，场面十分"激烈"。董世贵冲在第一线，"伤亡"巨大，除了一部分手下被"打死"外，大部分被俘，被俘人员中就有董世贵。吴保庆见机行事，立即命令队伍回撤。一返回城里，吴保庆就立刻跑到城田队长那里汇报战况。城田勃然大怒，立刻召集保安团和侦缉队开会，决定留下侦缉队和一半日军守城，其他全部开往汤涧和游击队决一死战。实际上，此时的城田根本没把地方游击队放在眼里，他相信自己带队前去，必将夺回据点，赶跑那些身扛土枪土炮的"土鳖子"。

一切尽在春祥的掌控之中。和春祥商量一番后，徐禹民立即派人赶到汤涧南边的马厂，那里有一支武装精良的骑兵连，约七八十号人，平常负责守卫兵工厂。

敌我双方兵力迅速向汤涧聚拢。

而此时的沭阳城，城田刚离开，城西就响起了枪声。侦缉队长胡为来赶紧召集队伍向西扑去，可枪声和胡为来一直保持着适当的距离，侦缉队离县城越来越远。

城中的日军变得谨慎起来，两个巡逻兵在院子里来回走动。随着两声枪响，两个日军应声倒地，其他日军则惊慌躲藏，伺机还击。但外面一个人影也没有。正当众日军彷徨之际，突然从外面扔进来十几颗冒着黑烟的手榴弹。惊天撼地的爆炸声过后，从院子外面冲进来一支身着便衣的短枪队。马玉鸣一马当先，两只手枪上下飞舞，所见之敌全部倒于枪下……

在汤涧镇，战斗开始时，双方打得还算有模有样，但不到二十分钟，骑兵部队跑了，游击队撤了，区小队也消失得无影无踪。城田趾高气扬地喊了一声"撤"，便带领队伍洋洋得意地朝县城回撤。

等赶回到沭阳城，眼前的一幕让城田目瞪口呆：驻地的房屋已烧毁大半，地上到处都是日军横七竖八的尸体，大门上还贴有一条标语——欢迎城田队长满载而归！

城田恼羞成怒，拔出手枪，朝天连开了两枪，指挥手下人到处寻找侦缉队。

此时，侦缉队还在城边循着枪声瞎转悠，听见城里又传来枪响，吓得赶紧往回跑。城田看见胡为来，气得拿枪顶在他的额头上，吓得胡为来跪在地上连连求饶。旁边的吴保庆走到城田面前一番苦苦求情，胡为来这才捡回一条命。从此之后，胡为来和侦缉队被赶到了城北，城田则住进了侦缉队的小院。

吴保庆没有按原计划跟着徐禹民撤出沭阳前往汤沟，这是春祥万万没有想到的。思考再三，春祥决定派董世贵重新回到吴保庆身边。弟兄两人再次见面，在房间里争吵起来，虽然很激烈，但二人都有意压低了声音。董世贵责怪吴保庆："大哥，这次安排就是为了让我们都脱离城田，你怎么又回来了？枉人家郑营长和徐禹民忙活了这么长时间，你怎么这么糊涂啊！"

吴保庆指着外面说："你想过没有，跟我们来的来安人占到整个营的一半，你那个连又占了大半，我怎么把剩余的人带走？万一这里面有人反水，咋办？城田一直在旁边盯着呢。"

"那你自己找机会走不就行了吗，你犹豫啥？"

"世贵，我自己当然好跑了，但这里面不是还有几十个来安兄弟吗？你说咋弄？"

董世贵泄气地坐在一边，吴保庆扶着他的肩膀说："世贵，不走也有不走的好处。既然不走了，我们就想想办法，给郑营长再提供些新的机会。"

董世贵低着头，不再言语。

狼　穴

吴保庆不愿离开沭阳，为了保护他手下三十余名来安同乡的人身安全，也为了下一阶段工作的需要。春祥和徐禹民商量后，又重新回到了沭阳城。

不久，徐禹民从董世贵那里获悉，侦缉队现已移防至城北原来水警的驻地。徐禹民赶紧将情报告知春祥，于是，一个计划在春祥心里悄悄成型。

董世贵带着几个人到城北码头取货，路过侦缉队门口，就顺道绕了进去。胡为来刚起床，一看是董世贵来了，连忙相迎，殷勤地斟茶倒水，嘴里还不忘奉承："董连长，这次多亏了你们吴营长呀！要不是吴营长，我这条小命早就交待在城田那里了。哦，你今天来是……"

"我们来拿东西，刚好路过这里就顺便进来看看。那行，我也没啥事，先走了。"说着话，董世贵站起身来抬腿便要走。只见胡为来立马摆手制止："别别别，董连长你这就见外了，说啥也不能走啊，上次你还说要请我喝点小酒。如今作废了，我来请你。"

董世贵浅笑着摇摇头："回去迟了还不挨骂呀。我们这酒哪天喝都可以，不在乎这一顿。"

"那肯定不行，择日不如撞日！就今晚吧，地方随你挑，但你得把你们营长喊来。"

胡为来歪头瞅着董世贵，等待回话。董世贵说："我哪请得动他，他是啥人你还不清楚吗？要么你自己去请，要么就此作罢。你别难为我，这顿饭我看还是算了吧。"

胡为来岂肯让董世贵就这样轻而易举地走掉，继续死缠烂打，劝说不止，但董世贵面对胡为来的软磨硬泡死活没有松口。最后，胡为来见董世贵铁了心拒绝此事，无奈之下只得先退让一步，说："那这样，今晚就请你，也算请你们营长了，谁不知道你和你们营长的关系。我备点礼品，麻烦你晚饭后带给他。"

董世贵问："晚上就我们两人啊？"

"不不不，董连长，你自己看，我请吃还能挑客呀？你随便，想喊谁喊谁，你不是有一个姓郑的做生意的朋友吗？喊他来呗，说不定后面还有机会弄点啥呢。"胡为来边比画边不怀好意地坏笑着。

"行吧，我还不知人家在不在呢。"

"得嘞！董连长慢走！"

夜幕低垂，沭阳有名的"徐海第一鲜"酒楼，胡为来、董世贵、春祥、徐禹民、马玉鸣还有谭大臣一众六人先后入座。这次，胡为来一改以往的傲慢，从点菜、招呼落座到斟酒，事事躬亲，行云流水般全部安排得妥妥当当。按照沈括任沭阳主簿时定下的"好酒喝两杯"的规矩，胡为来先喝了一个满杯，再端起酒杯，郑重其事地敬在座的每位客人。一圈下来，半斤烧酒已经下肚。酒劲上头后，胡为来喋喋不休起来："各位，你们可能不清楚啊，董连长在这儿，这次吴营长损失太大了。平时看保安团那些人，个个牛得很，但一打起仗来，就怂了，吓得屁滚尿流的！还是吴营长敢打敢冲，就他损失最大。城田队长还真是慧眼识英雄啊，关键时候靠谁？他心里跟明镜似的，来，为吴营长的英勇干杯！"

接过胡为来的话，徐禹民也感慨道："现在能挑大梁的人真不多，这次吴营长的队伍损失这么大，我们也帮不上什么忙，惭愧呀！郑老板你路子多，看看有没有办法帮帮吴营长。"

"我能干些啥呀？"春祥扫视了一圈，沉吟片刻后说，"我只能出点小钱，那董连长，你回去给吴营长说，我出两千大洋给吴营长拿去补贴军需可好？现在我做的是小本生意，等后面生意好了，我一定竭尽全力地为吴营长分忧。"

一句话惊得胡为来瞠目结舌，他羡慕地望着春祥："郑老板，你做什么生意能挣这么多呀？我十年也挣不了这么多呀，能不能也带兄弟混混啊？"

"胡队长，我们郑老板做的生意可是刀尖上舔血之事，你就别掺和啦。你每月都有固定的薪水往兜里揣，额外再弄点，不比我们稳妥啊？"

马玉鸣的话像一盆冷水泼到了胡为来脑袋上。胡为来大失所望，董世贵见状急忙打起了圆场："郑老板，没机会就算，如果真有也别瞒着，胡队长在咱这一块方圆几十里内说话还是管用的。有胡队长撑腰，那你挣得还不得……"说话时，董世贵朝春祥挤眉弄眼，两人此刻心领神会，兴高采烈地端起了酒杯。

马玉鸣神秘兮兮地把一个麻绳扎着的木盒放到董世贵面前，说："这是我们郑老板的一点心意，麻烦董连长转交给你们吴营长。"

董世贵受宠若惊，连声致谢，吃力地把木盒放在地上。这一幕，胡为来看在眼里，痒在心里，悄声问身边的春祥："郑老板，你做的是……"

看着怦然心动的胡为来，春祥频频摇头："做什么在这里哪能说啊！我主要做淮阴、宿迁、徐州这些大地方的生意。我来几天了，你们这里消费能力也跟不上，明天我再去泗阳城看看，不行就再回南边去。"

"别呀，泗阳我有熟人哪，说不定能帮到你呢。"胡为来急忙接话，生怕这个钱袋子飞跑了。

"那行，先喝酒，这事我们两个后面再议议。"

这一晚上，胡为来对春祥极度殷勤。在他眼里，除了春祥，其他人都是来混吃混喝的。

出了酒楼大门，胡为来才知道春祥做的是烟土和西药这些违禁品的生意。但这不仅没有让他因惊恐而退缩，反倒是刺激了他的欲望。胡为来心里清楚富贵险中求这个道理，于是决定先跟春祥干上一票，摸摸水深水浅。

征得徐禹民的同意后，谭大臣陪同春祥到泗阳城寻找周边的游击队和县委组织。这次有胡为来的帮衬，春祥很快就在泗阳城打通了两个关系——侦缉队长张金虎和伪军连长刘必成。

过去，谭大臣在泗阳住过一段时间，经过几天的寻找，在靠近淮阴地界的徐园与泗阳县委接上了关系。泗阳县委这两年夹在淮阴和泗阳之间，处境较为艰难，发展也十分滞后。县委书记朱洪翔一直在根据地，负责联系民运工作，泗阳地下党组织的工作实际上是由组织委员谢大民承担的。

见到谢大民，谭大臣欣喜万分，忙向他介绍春祥。听完谭大臣的介绍，谢大民也感到意外，连忙问春祥："你和老徐认识吧？徐严同。"

"认识呀，怎么了？"春祥感到纳闷。

谢大民笑着回答："没什么，我和大臣都跟老徐共过事，前一段时间他到我们这里来办事还提到过你，说你这也厉害那也厉害，但就是神龙见首不见尾。今天我算是万分有幸见到你本人了。"

"哪里的话，老徐在这里住了几天？"春祥追问。

"就一天，他还说自己和新四军师部的领导很熟悉。"

"是的，他去过师部。老徐人不错，他家就在这一带，不过具体住哪我就不大清楚了。"

大家沟通了一番情况后，春祥便回了县城。

刚到旅馆，胡为来就敲门而入，着急忙慌地问道："郑老板，你到哪去了，我找你找了好长时间。晚上刘连长安排了饭局，他明天跟着皇军到胡集，估计没个一两天回不来。所以，他想请我们一起去坐坐，之前他到沭阳都是我招待的，吃了我不少顿呢。"

"没问题。"春祥慷慨地拿出二十块大洋递给胡为来，满不在乎地说道，"这是你的辛苦费，一点小钱还望胡老弟不要嫌弃才好！我还得在这里住上一段时间，摸摸情况，等快出货时，你再来一次吧。"

胡为来走后，春祥赶紧到隔壁房间告诉马玉鸣："你赶快安排安奉民跑一趟，把明天日伪军到胡集的事情告诉谢大民。大臣已去通知附近的武工队，让大家提前做好准备。你直接带上我们的人连夜赶过去，以防万一，你们依具体情况当场定策略吧。"

夜色朦胧，胡为来、张金虎和刘必成三人陪着春祥这个财神爷一顿好吃好喝，直到下半夜才结束。最后，刘必成说："各位，差不多了，今天就到这里吧，明天我还有事呢。"

喝得酩酊大醉的胡为来大着舌头说道："行，行，刘，刘连长明天还要到……"胡为来看见刘必成突然瞪大双眼看着他，急忙把话打住。散伙后，春祥对胡为来说："最近有批货准备从这里走，到时你帮下忙，不会亏待你的。"

"能问问是啥货吗？"

春祥看了胡为来一眼，胡为来赶紧把话硬生生地憋了回去："好，不，问，不问！"

胡集距泗阳二十里路，紧靠铁路，最近一段时间，那里总是有人扒火车卸走日本人的军用物资。从过去搜集的情报来看，丢失的军用物资都会暂时藏在周边农户家中。于是十几个日军和刘必成带着的一个排突袭胡集，在那里进行拉网搜查。

日伪四五十号人朝胡集疾行，刚到村口，就被十几个伪军拦住了。骑在马背上的日军队长对刘必成命令道："去，问问是什么人！"

刘必成上前询问："哪一部分的？"

身穿伪军军装的马玉鸣说："我们是驻淮阴十一团的，你们来干什么？"

刘必成摇了摇手中的短枪，大喝一声道："我们是泗阳保安团的，今天奉上峰命令前来搜查这个村庄。"

马玉鸣摆摆手，同样毫不客气地回话："你们来晚了，这里的防务现由我们来接手，这段时间丢了那么多东西，你们现在才来，该不会是来和我们抢功劳的吧？"

"你他妈的找死，快滚开！"刘必成不依不饶。只见马玉鸣飞速掏出手枪，对准刘必成，一言不发地凝视着他。

日军队长气急败坏地飞身下马，伸拳就朝马玉鸣脸上抡了过来。马玉鸣顺势一把抓住日军队长的胳膊，把日军队长按倒在地，嘴里还骂骂咧咧道："什么玩意儿，我们又不是一个辖区的，任你小鬼子摆布。"

刘必成一听"小鬼子"这词，顿时恍然大悟，拔出短枪大喊不止："八路！你们是八路！"

刹那间，四周冒出黑压压的一片人马，将日伪包围在中间。日伪队伍中有人企图反抗，短枪刚刚从枪套拔出，胸口就中了两枪，猝然倒地。慌乱之际，马玉鸣拖着日军队长滑下小沟，嘴里大喊："给我狠狠地打！"

顿时，日伪军队便身陷枪林弹雨中。刘必成见势不妙，连连求饶，但为时已晚，一声枪响划破云空，刘必成头部中弹栽倒在地……

战斗很快结束，除几个伪军跪地投降侥幸保命外，其余日伪均被当场击毙。

日军队长叫青山八郎，和几个伪军一同被徐禹民的游击队押走了。完成任务的马玉鸣等人也动身赶回泗阳城。

春祥说的有一批货要从泗阳境内走，这批"货"其实是从山东掖县运过来的黄金。这批黄金将分成两部分，一部分通过新四军和八路军苏鲁皖辖区，经河南最后送往陕北；一部分交给二师、五师作为军费。按上级要求，为了规避风险，往南运送的这部分黄金不走水路走陆路，由地方组织武装实施运送。

道路上行进着一支十几人的押货队伍。两个身穿黑色外衣、身挎盒子炮的人走在队伍最前面，两辆板车紧随其后。在沭阳境内的湖东、韩山、七雄以及汤涧等路段，岗哨少，往来通行者很容易就能绕道而过。队伍到达章集，准备在街西悄悄通过时，遇到了这里新设的据点，几个伪军拦住了他们的去路。

一个腰里别着手枪的伪军军官上前两步，伸手拦住众人，大声盘问道："干什么的？"

身着便衣的郑留宇，慢悠悠地向前赶了两步，意欲拍打对方肩膀，不想对方回手挡开郑留宇的胳膊喝问道："别跟我拍拍打打的，滚一边去，回话，干什么的？"

郑留宇见状只能满脸堆着笑应付："我们是胡队长的人，有一批物资需要送到泗阳城去。"

伪军军官上前捏了捏布袋，瞥了一眼郑留宇，疑惑地质问道："里面装的都是什么东西？"

"都是从沂南那里进的山楂、金银花、丹参、黄芩。"郑留宇指着麻袋，笑嘻嘻地回答。

军官眨了眨眼，冷笑两声："奇怪呀，这些东西在附近的灵璧、泗县多得是，舍近求远，有你们这样做生意的吗？"

郑留宇不清楚药材这个行当的情况，一下子被对方问住了。迟疑片刻，郑留宇赶紧挪到军官跟前，装神弄鬼地说道："这位兄弟，给你实话实说吧，这里面确实有私货，不便说！都是被逼的呀，多长时间没有发饷了，还不是想弄点外快嘛。"

军官淡淡一笑："是啥东西？"

郑留宇环顾四周后，低声吐出两个字："大烟。"

军官闻言，即刻命令手下："来人，把车子拖进去，例行检查！"

出现突发情况，郑留宇下意识大声嚷道："怎么？这点面子都不给，一定要我们耽误在你这里？"

军官置若罔闻，抡起胳膊朝手下一挥："都给我快点！"

软的不行，只能来硬的了。郑留宇拔出手枪，高高扬起："看样子你这里是不想通融啦，不知道你们吴营长怎么个想法！"

军官迟疑了一下，问："你认识我们吴营长？"

郑留宇没有直接搭话，而是摆手叫来一个拖板车的人，指着他说："你来给这位老兄说说。"

跑过来的人确实是吴保庆的手下，前些日子刚在汤涧"被俘"。此人面对军官低声解释："就不瞒你了，这是吴营长的东西，具体负责的是董连长。要是不相信，你可以联系一下他。"

伪军军官半信半疑地朝据点走去，开始拨打电话联系。电话那头正好是董世贵，董世贵旁边正站着胡为来。自从吴保庆用几句话救下胡为来后，胡为来就经常来营地拜访，从话筒里伪军军官能听到胡为来一直在骂骂咧咧："他妈的，是哪个王八蛋，敢拦老子的东西。说说他是谁，老子马上带人过去，看老子不给他点颜色瞧瞧。"

伪军军官再回到板车旁时，态度明显柔和了许多，客气地说道："要是其他人肯定不行，既然是吴营长，那便好说多了。"说完，军官扭头对部下低语了一句："没想到吴营长也干这事呀。"

郑留宇望着军官，悄声说道："我只负责护送，其他事不敢多问。怎么样，现在我们可以走了吗？"

伪军军官无奈地摇了摇头，大手一摆："那就请吧！"

黄　金

郑留宇一行离开后，军官想到胡为来的骂声，心里夹着气，立即拨通了城田队长的电话。城田撂下电话，坐着摩托车立即赶到了吴保庆处，与准备出门的胡为来碰了个正着。恼羞成怒的城田二话不说，上前就扇了胡为来一记耳光，然后径直朝屋子里走去，看见董世贵，便厉声呵斥："吴营长呢？"

董世贵回答说吴营长感冒发烧，正在隔壁房间休息。

吴保庆听到门外有摩托车的声音，就下床走了出来。城田质问："吴营长，你们在做什么？为什么私自运送东西？"

吴保庆听后十分纳闷，看向城田后面的董世贵和胡为来。董世贵挤挤眼，吴保庆说："城田队长，您打听到什么消息了？发这么大的火。"

城田回身指着胡为来，冲吴保庆大声吼叫："听说你和胡队长私自运送物资，到底是什么东西？"

董世贵在身后说了一句："搞点买卖，想着替皇军解忧。"城田立刻转过身来，指着董世贵："闭嘴！"董世贵退后一步，不再说话。

被众人注视的吴保庆讪笑道："城田队长，这个确实是我安排的，也是想……"

"那为什么不让检查？不会是其他东西吧？"城田冷笑一声，双眼怒盯吴保庆。吴保庆的脸瞬间拉了下来，不徐不疾地说道："城田队长，这么说就是对我不信任了！我吴某人说不上人品咋样，但对皇军还是忠心耿耿的，我搞点东西怎么啦？您也不替我想想，上次被八路俘虏了那么多人，到现在大家都还心思不定，昨天又跑了两个，再这样下去，您让我怎么带兵打仗？难道您自己不清楚吗，您拨给我这里多少军饷？走，到我们伙房看看，看看里面都是什么东西。您不想办法，我自己想点办法还不行吗？"说完，吴保庆生气地将身子转向一边。

吴保庆为人做事向来厚道稳重，在营团级别的长官中威望甚高，从来没朝日军队长发过火。这一串话，说得城田哑口无言。站在城田身后的胡为来心里乐开了花，忍不住悄悄朝董世贵竖了个大拇指。

还没等城田说话，吴保庆又转过身，对城田说："城田队长，现在这个局势，您难我也难，我们根据您的要求鞍前马后，东奔西跑，但您也不能光让马跑不给马吃草吧？走，我陪您到伙房看一眼！"

城田想发火却找不到理由，只得随吴保庆来到伙房。两人推开门，一股子霉味扑面而来。伙房内，四五麻袋大米摞在一起，后面凌乱地堆放着萝卜、土豆和烂白菜，灶台上的米箩中还有一些没下锅的杂米，黑白相间，其中八成为碎米。城田没有说话，转身出了伙房，站在院子里环视了一下四周，语气缓和了下来："吴营长，这事不说了，我承认是我的失误，现在时局对我们而言很艰难。我知道你受委屈了，最近损失也比较大，我马上回去安排粮食和军饷。"说完，头也不回地走了。

等摩托轰鸣声消失，胡为来跑到吴保庆面前，连连夸赞道："吴营长，今天是第一次见你发火，兄弟佩服。以后只要你一句话，我这个小老弟肯定鞍前马后伺候着。"

在吴保庆眼里，胡为来就像一条癞皮狗。但在这时，吴保庆还是给足了他面子，笑着叮嘱："胡队长，以后做事谨慎点，别老让别人抓住尾巴。"

"是，一定一定。"胡为来连连哈腰点头。

两天后，城田就派人送来了粮食和军饷。

郑留宇一行护送"药材"继续南行。进入泗阳境内后，转向西南行进，在里仁休整了一晚，第二天准备穿过王集。

天还不亮，一行人快到王集时，负责去侦察的战士回来报告：王集驻扎着几十个日伪军，且有一辆摩托和一辆卡车。但此前据地方人员反馈，这里并没有日伪军队驻扎。郑留宇心里顿时紧张了起来，急忙招呼大家商议对策。经过一番讨论，郑留宇最终决定扔掉板车，轻装出发，绕道前行。郑留宇把藏在药材里的黄金取出，分散缠在六名战士腰间。众人沿河道往南悄悄行进，只要远远看到有人，要么就地隐蔽，要么绕道他处。此时的战士们个个小心谨慎，眼观六路，耳听八方，一刻也不闲着。

在即将通过颜圩时，前方河堤外传来阵阵嘈杂声，队伍赶紧就地埋伏。郑留宇悄悄爬上河堤，伸出头一看，不禁倒吸了一口凉气：七八个日伪军正在殴打一对中年夫妻。郑留宇的心立刻悬了起来，到底是走还是不走？走，很容易悄悄通过，但置身险境的中年夫妻怎么办？不走，如何解救二人？万一因此再让队伍陷入困境怎么办？他来到战士们面前，把看到的情况向大伙进行了通报。一阵小声嘀咕后，郑留宇当机立断，决定采取突袭行动，然后迅速撤退。

随着郑留宇手中短枪发出的两声枪响，河堤下站着的一个日军应声倒地，其他日伪军开始仓皇应对。中年夫妻趁乱逃走了。敌人完全暴露在我方的射击范围内，又是突然遭到袭击，起初毫无抵抗之力，随后开始躲到身边的大树后进行还击。趁此间隙，郑留宇让六名身负黄金的战士先行向南撤退，自己则带着几个人断后阻击。看到六名战士及中年夫妻都已跑远，郑留宇才和几名战士匆匆去追赶队伍。

河道泥泞难走，大家开始顺着河堤向南奔跑。突然，前方传来一声枪响，跑在最前面的战士栽倒在地。郑留宇迅速指挥大家跳进河沟，但没想到枪声越来越密集，子弹打在河堤上尘土飞扬。此时，又有一名战士负伤，郑留宇这才发现，西南方向有一队伪军正朝这里赶来。

形势突变，六名身负黄金的战士在大家掩护下继续向南撤退。待敌人赶到河堤附近时，其他战士仍在原地阻击。对面的伪军队长大声喊着："弟兄们，这几个人一个也不能放跑，抓住一个赏大洋五十。"敌人的长短枪呼啸不停，子弹纷飞，压得郑留宇他们抬不起头来。双方的距离越来越近，郑留宇心急如焚，对大家说："现在能走一个是一个，掩护带黄金的同志先走。"

命令下达后，冲在前面的三个人边开火边大声呼喊："杀啊！"敌人一下子蒙了，赶紧匍匐在地。郑留宇一边开枪一边命令六名战士："往南冲，再上河堤往西，朝临河方向跑，我们在后面掩护。"

六名战士迅速猫腰通过，其他人则趴在河堤上阻击。但敌人人多枪多，郑留宇他们几个仅坚持了几分钟就被迫撤退。撤退时，又有一名身负黄金的战士后背中枪，摔倒在了水里。郑留宇见状，只能再次停下来掩护。

身边的战士在一个个减少，敌人仍在拼命猛攻。千钧一发之时，敌人身后传来了激烈的枪声。春祥和马玉鸣带着二三十人赶来增援了，伪军们在前后夹击下开始朝西退散。很快，郑留宇就和春祥会合了。马玉鸣带人又追赶了一段距离，才返回河堤。此时，郑留宇身边只剩下两名战士，其中一人还肩部中弹。

几个人来到河边，看到一名战士面部已沉入水中，但他的一只手还深深地插在河泥里，胳膊下面露出一截短短的布条。郑留宇走过去，顺着战士的胳膊从泥里拉出一个布袋，递到春祥手里，"黄金还在！"手里拎着沾满泥浆和血水的沉甸甸的布袋，春祥等人忍不住流下了眼泪，他坚定地挥了一下手，指挥大家转身上岸，朝西南方向赶去。

在前往临河的路上，小分队明显感觉这个区域敌人增加了不少，只能暂时先找个僻静地方隐蔽下来，等天黑之后再出发。马玉鸣带领几名战士进了临河镇，准备买些吃的。

几个人装扮成农夫，在张富林的米店门口停了下来。张富林一看是马玉鸣，赶紧热情地招呼他们进屋。待马玉鸣说明来意，张富林急忙叫醒老婆和母亲，连夜生火烙饼，一番忙活。米店的响动惊动了隔壁的一户人家。这家男主人悄悄爬上墙头朝米店张望打探，看见屋内多了几个行动利索的年轻人，意识到必有隐情，便立即朝乡公所跑去。

半个钟头后，十几个保安队员朝米店悄悄围拢过来。在门口放哨的战士看到后，立即跑进屋里报告。情况危急，马玉鸣部署一番后，便带人翻越围墙埋伏下来。不幸的是，一名战士因腿部负伤，爬墙时脚下踩空跌落在院子里，被冲进来的保安队逮了个正着。

一个小头目问张富林："大半夜里忙乎啥呀？"

张富林看着受伤的战士回答："明天我外甥出远门，给他准备点干粮。"

小头目鼻子哼哼两下："刚才不是有好几个人吗？怎么现在只剩下一个了？"

"没有其他人，就他一个人啊。"

"那他为什么要爬墙跑？"

"不知道来的是什么人，有点害怕呗。"

冷笑一声后，小头目看着满脸惊恐的一家人说："你们这里就是新四军的一个窝点。带走！"张富林的母亲看有人要带走自己儿子，站在儿子和小头目之间，叉腰问道："你凭什么抓人？"

小头目也不废话，一把推开老人，命令手下把张富林和负伤的战士向外拖，押着二人朝乡公所方向走去。马玉鸣赶回春祥身边，丝毫不敢耽误地把情况进行了汇报。

春祥思考一阵后，说："不行，我得去一下，营救我们的人固然重要，但更重要的是要保护好老张一家。我们可以走，他们却走不了。让留宇他们继续往南，这里的事交给我处理。"马玉鸣坚持留下一部分人以防万一，春祥笑着说不用。春祥离开后，马玉鸣放心不下，还是带着几个人悄悄留了下来。

春祥和安奉民朝街心走去，来到乡公所推门而入，看见两个便衣正在殴打战士，便大喝一声："住手！"

没想到这时候竟然有人敢闯乡公所，屋子里几个伪军瞬间愣住了。很快外面就来了七八个人持枪堵住了大门。

小头目看看春祥，厉声呵斥："你是干什么的？"

春祥看着嘴角淌着血水的战士，回头问小头目："你叫什么名字？"

小头目顺口答道："程四。"

春祥一屁股坐在板凳上，手指程四："你和张金虎联系，我要跟他说话。"

春祥知道，张金虎不管在日本人那里还是在保安团那里，都混得风生水起，况且他亲哥在泗阳伪政府还干着一把手，是县长。

虽然侦缉队和保安队干的事不同，但圈子里的人都清楚，在日本人面前，侦缉队比保安队要吃香得多。程四将信将疑地看着春祥，走到电话机前又停住了，说："这时候，张队长还在睡觉呢，我不敢打呀！"

"你打我说。"春祥大吼一声。

程四战战兢兢地拨通电话，等了好长时间话筒里才传出声音："妈的，谁呀，这么晚还让不让老子睡觉啊？"

"张队长，我是程四啊。"程四半弯着腰回复。

"哪个程四？哪里的？"

"我在临河，抓到一个人，指名要找你。"程四扭头看了一眼春祥。

"就说是郑老板。"春祥说。

程四说完，话筒里传来张金虎的声音："把电话给他。"

春祥接过电话，对着话筒说："张队长，我是郑老板呀。"

话筒里仍是问话："哪个郑老板？说清楚点！"

"沭阳胡队长的朋友。"春祥一字一顿地说道。

片刻之后，话筒里立刻传来客气的问候："哎哟，郑老板你好，你咋跑到那个鬼地方去啦！怎么，有事找我？"张金虎拿过春祥的一百大洋，自然还在想着后面的好事。

"我两个朋友被临河这里的点抓了，非说他们是新四军。前几天我们才见的面，哪有什么新四军啊！我做一点小营生，也不能天天在光天化日下跑啊。"春祥握着话筒，看着程四。此时的程四，主动凑近春祥身边仔细聆听。

"郑老板，把电话递给那个兔崽子。"

春祥把电话递给程四，程四低声下气地说："张队长，我是程四，您吩咐！"

"吩咐个屁，赶紧把人放了。如果郑老板再有啥事，我就找你们刘大麻子。"说完，话筒里就没有了音儿。程四怔怔地看着话筒，把话筒扔到桌子上，对春祥说："郑老板，不好意思，刚才多有得罪。"

春祥微笑着拍了拍程四的肩膀，低声说道："老张那里，以后你多照应着点，别天天跟防贼似的。"

程四一阵点头哈腰，赶紧解释："这事多有误会，是他隔壁姓许的那家伙说的，可能他们之间有什么过节，明天一大早我就去教训教训姓许的。郑老板，您慢走。"

安奉民扶着战士在前面走，春祥和张富林跟在后面。走出院子，张富林张口就骂道："隔壁那个许秃子，真不是东西。"等受伤的战士回到休息地，马玉鸣又来到张富林家，炉火重新烧了起来。在大家伙忙活期间，马玉鸣带着两名战士敲响了隔壁的门。门是许秃子开的，许秃子看见大门外站着三个高大的黑影，吓得两腿发软，支支吾吾道："你们找谁？"

"就找你！"马玉鸣一把将许秃子推到一边，连跨几步走进屋。正屋内没有一个人。许秃子紧随着三人跨过门槛，站在正屋中间的空地上。

"平时是不是特别喜欢翻墙头啊，都看到啥了？看到的是不是我们几个呀？"马玉鸣话里有话，许秃子知晓了来者意图，吓得站在那里纹丝不动，更不敢出声。马玉鸣一拍桌子，"是不是你去程四那里告的密？"

见纸包不住火，许秃子"扑通"一声跪在地上，连连求饶："这位好汉爷，你饶了我吧。我知道错了，今后再也不敢了。"

"下次再让我听到你胡说八道……"马玉鸣掏出手枪，从弹匣里卸下一颗子弹，"啪"的一声立在桌面上，"喏，你自己留着吧。如果我听说你再找碴寻事，这个就是送你上路的炮仗。"

马玉鸣三人摔门而去。许秃子跪在地上半天都没敢站起来，最后还是他老婆从里间跑出来把他扶了起来。

过了陈集，运输小队进入了相对安全的区域。一天后，新四军二师前来接应的人也到了。郑留宇核实完黄金数量，一个不少，护送任务算是圆满完成。

造　炮

春祥得到消息：洋河镇上的赵友谊被抓后，被活活打死，尸首在宿迁东城门上吊了五六天。经过一番调查，人是被一个叫周光文的人抓的。为了弄清具体情况，春祥找到了黄喜标。据黄说，四五天前还在城北街见过他，但不清楚他具体住在哪。

宿迁城北街是条老街，两边所住皆为堆金积玉的殷实户。这些大户人家，平时大门紧闭，买菜购物均是差人前往，主人们极少露面。

乔装打扮后的马玉鸣带着几个人在东西巷口没日没夜地蹲了三天，仍然不见周光文半点影子。另一边，春祥联系到宿迁城的接头人赵贵明，由他联系城内地下党。赵贵明多方打听，同样一无所获。正当春祥焦头烂额之时，黄喜标找到马玉鸣，传给他一句话——人在城西小李庄。马玉鸣立即向春祥汇报，一张大网迅速撒向小李庄。

小李庄不是普通的村庄，周光文姥姥家在那儿。马玉鸣扮作货郎，摇着拨浪鼓在村子里来回走了好几遭。由于挨着城镇，这里的村民大多以种菜为生。时节进入深秋，菜地里很难看到有人忙碌。由于无法打听到更多的消息，马玉鸣只能在周光文姥姥家附近守株待兔。可一连蹲守两天，事情还是没有一点进展。

正在这时，黄喜标又传来了新信息——周光文回洋河了。

当夜，在洋河街南的吴庄，春祥终于发现了周光文的踪迹。

在吴庄村口的油坊里，周光文正与几个人围着柴火炉喝酒，吵闹声能传出半里地远。春祥带人把油坊团团围住后，马玉鸣一脚踹开房门，与周光文四目相对。周光文大吃一惊，转身跳上大床，准备爬后窗逃走。马玉鸣大声喝道："别费那个劲了，后面还有人呢！"说话间，他一个鱼跃扑了上去，将周光文按倒在床上，两名战士随即上前，将周光文的双手反剪捆了起来。其他人丈二和尚摸不着头脑，战战兢兢地站了起来。马玉鸣用枪一指："都给我蹲下，不关你们的事！"几个人急忙蹲了下来。周光文被堵上嘴巴，拖出了房门。

在村外的一堆麦秸垛前，被枪口死死地抵着后脑勺的周光文，颤颤巍巍地把事情的来龙去脉交代了一遍：从洋河镇出去的物资连续几次被半路抢劫，驻守的日军新任队长起了疑心，暗中派人把商会里所有人都查了一遍。陈银华开的陈家酒坊就成了重点怀疑对象。一次，赵友谊见陈银华不在，先把纸条压在院台上的坛子底下，察觉附近有人监视后，又把纸条取出塞进嘴里迅速离去。没多久，周光文就带人把赵友谊、陈银华分别抓走了。陈银华被连续拷打一天后，为了保住酒坊及家人，供出了赵友谊。得知消息后，周光文把赵友谊带到宿迁，交给了日军宪兵队。尽管日军宪兵严刑拷打，逼他交代出上线，可赵友谊坚持只字未吐，三天之后，被折磨至死。

春祥沉思一阵，对张金军说："你带两个人快去把陈银华带到这里，记住，别让他家里人知道。"

半个钟头后，陈银华被带到麦秸垛旁。一看见周光文，陈银华顿时明白了，扑通跪下哭诉不止："春祥，我知道你会查到的。都怪我没有骨气，只想着自己和家人，早知道我就把酒坊关了，现在说啥也没用了。"

春祥上前，想扇陈银华两个耳光，但还是缩回了手。他对陈银华说道："大家都是多少年的朋友，你也帮了我们不少忙，说实在话，我对你从来没有怀疑过。直到前几天我们从你那里走，觉得有些不对头。想不到你为自己的一点蝇头小利竟出卖了他！现在他不在了，我们该怎么办呢？你有妻儿老小，他也有啊，你的良心被狗吃了吗？"

陈银华"啪啪"狂扇了自己几个耳光，蹲在地上痛哭流涕。

此时，周光文哀求道："郑队长，你能饶我一命吗？如果你放过我，赵友谊原来的工作我来做。"

"哼！"马玉鸣鼻子里哼哼两声，轻蔑地说道，"你？我就是相信狗也不会相信你，你就死了这条心吧！"

片刻之后，春祥把马玉鸣拉到一边，低语道："玉鸣，你看这两个人怎么处理吧。"

春祥出门没走多远，身后就传来了两声枪响。春祥痛苦地闭上了眼睛。

其实，春祥离开后，在陈银华留与放的问题上，马玉鸣同样纠结了好一会儿。最终，他选择给陈银华一次机会。枪毙周光文后，马玉鸣对陈银华说："银华哥，我们营长对你感情很深，他提前离开，就是不忍看到结果。按照我们新四军的对敌政策，汉奸叛徒和鬼子是一样的下场。考虑到你不是我们新四军的人，又不是党组织内部的人，我不能按照前面说的，像对待汉奸、叛徒、鬼子那样对待你。不是我手下留情，只是希望你今后不要再犯糊涂，不要再干违背民族大义的事了。你走吧！"

陈银华捂脸哽咽不止，许久才停住抽泣说道："一切都是我的错，是我糊涂，我无颜面对你们，更不配活在世上。"

"你回去吧，我们本不应该让你承担这么多。回去后，安心经营好自己家的酒坊，毕竟那是你们家多少辈才积累下的。但无论如何，同样的事绝不能再发生了，否则，周光文的今天就是你的明天。"

"让我参加你们的队伍吧，即使我回去也很难再面对周围的人，我自己心里也过不去这个坎儿。"

"营长不会同意的。你快走吧！"

陈银华没有走，蹲在地上大哭："你还是打死我吧，我没脸活了！"

马玉鸣不再和他纠缠，带着几个人匆匆离开了。等追上春祥，春祥没有问，马玉鸣也没有说。

几天后，陈银华手拎两桶高度原浆烈酒，半夜只身一人潜入敌人仓库，把酒洒向日军物资，大火冲天而起，陈银华准备跑出仓库时，被一群日军堵在了门口。陈银华佯装举手投降，待一名日军冲上前抓他时，突然放下双手，抱着鬼子回身就冲进了火海……

回到驻地，春祥花了两天时间对这次在泗宿沭淮地区了解到的情况做了一个总结。第三天，春祥见没事，就对冯林生说他要去一次行署。冯林生提议说："那我们结个伴吧，我正好也要去一趟。"

到了行署，冯林生去忙自己的事。春祥进了大院，边找边问，最后才在第二排房子的第一间找到了李丽霞。李丽霞一看是春祥，兴奋地对大家说："这是师部郑营长郑旭。"在李丽霞平时的言谈中，郑旭这个名字频繁出现，头一回见到大英雄的真面目，一群女战士赶紧起身，开始忙前忙后，有的倒水，有的搬凳子。

一个姑娘心直口快地问春祥："郑营长，你的故事我们知道得不少，但都是听说的。今天既然你来了,就给我们讲讲打仗的事呗，我们天天在这里，连鬼子长啥样都还没见过呢。"

春祥正要开讲，冯林生急匆匆地跑了进来，拍着春祥的肩膀说："你在这呢，赶快走，首长找我们。"

李丽霞连一句正儿八经的话都没说上，春祥就跟着冯林生跨上了战马。

望着春祥渐行渐远的背影，李丽霞噘着小嘴，好半天没有说话。

两匹马疾速向司令部飞奔，徐部长在办公室等着他们两人。

见二人进屋，徐部长直截了当地谈起了工作："这么着急叫你们来，是有重要任务。我们刚刚缴获了日军的一门六〇迫击炮，这是个好东西，师部要求我们仿制出来。这几天我们从三师马厂那里的兵工厂请来了几个技师，从南京、上海也会来几个搞车铣刨磨的老师傅，大概明后天能到，简单的机床也到位了。能否仿制出来我不敢说，但保护好这些人很重要，这个重要的任务就交给你们了。"

"技师现在在哪里？"春祥急切地问道。

"在靳东村那里，到时会有人带你们去。师部首长要求，人不能多，挑些精干的就可以了。我们师为建这个兵工厂耗费了大量心血，靳东村四周芦苇多，树也多，方便隐蔽。但这是优势也是局限。你们的任务不仅是要保护好兵工厂，更是要注意和周围的群众搞好关系，绝对不能走漏消息，不能让附近的群众到兵工厂那里去。大家都清楚，洪泽湖边日军的炮楼和据点为啥到现在都没有拿下，就是因为我们手里没有重武器。你们这次去，一定要保证迫击炮的试制顺利完成！"

春祥和冯林生起身敬礼："是，保证完成任务！"

徐部长还特别交代："这次去，时间可能短不了，你们两个要对接好工作，一个去，另一个就要留在家里。敌人的冬季攻势马上就要开始，这也可能是敌人最后的疯狂了。还有，兵工厂那里有我们一个排的人，不行就把这些人撤回来，让你们的人顶上去。同时，要严格管理制度，就是师部的人去，也必须按规矩核实清楚身份后才能进去。"

新四军四师组建的这个小型兵工厂，距靳东村三四里路，位于洪泽湖和成子湖的交界处。兵工厂之所以建在离湖五六里远的地方，主要是考虑到这几个因素：一是物资便于走水路进出；二是这里属于湖滩，汛期湖水上涨，附近不适合种庄稼，居住在此的百姓不多，只有少部分渔民偶尔出没；三是周边芦苇长势茂盛，湖滩上树林密集，便于隐藏，不易被察觉。

春祥一行在师部战士的带领下，进驻了兵工厂。

在兵工厂走过一遭后，春祥对厂房布置有了初步了解。一排简易的草房，作为居住用房。两间大房子里面，大小七八台机床摆成一圈，几位老师傅在车床前忙碌着，完全不顾身边其他人的存在。半天不到，春祥就摸清了兵工厂的人员情况——老技师十一人、熟练工十八人、辅助工九人、值班人员八人，还有保卫人员四十二人。所有人员的年龄、籍贯、工种及级别，春祥都一一记在了笔记本上。掌握基础信息后，春祥马不停蹄地在兵工厂内部走了三个来回，重新安排了保卫人员的巡逻线路，并精心调整了几个暗哨的位置。

接着，春祥带着三个战士到兵工厂附近又转了一圈。转到西边时，他临时决定到附近军烈属周大娘家看看。周大娘原来有一个儿子，儿子牺牲后便孤身一人生活。

看过了周大娘，春祥对周大娘侄子明远说："我最近可能都在这附近，你先别给大娘说。你对这个地方的人头和道路比较熟悉，如果发现有什么生人请及时告诉我。"

明远点头后，好奇地问道："邻村的人都说，咱这地方来了不少人呢，是不是你们的人啊？"

春祥打住了明远的话："我们在这里有重要任务，这个不能对外说。你要帮我们留意一点，如果遇到生人，不要问，告诉我们就行。"

"那我到哪去找你呀？"憨厚的明远问话直来直去。

"你往东走二里多地就能找到我们，不需要问路。"

"我记住了。"明远回答道。

十几天过去了，兵工厂内一派叮叮当当的热闹景象，但周围却静谧如常。为避免暴露，工厂熔铁的炭炉早上天不亮生火，傍晚灭火，外人根本看不到烟气。时近腊月，气温急剧下降。夜晚，四周的芦苇哗哗作响，飒飒北风顺着茅草房的缝隙钻入屋内。战士们只能收割芦苇，在屋子里围成一圈，并将苇叶铺在身下来取暖。夜里执勤的战士把哨位后撤，在靠近兵工厂几百米外地势稍高的地方挖一个深坑，铺满干芦苇。两人一组钻进去，再在上面盖一层苇叶，人从苇叶间探出半个脑袋，监视四周的风吹草动。

仿造迫击炮最难的部分是研制炮管。经过十多天的努力，兵工厂已经完成支架和底盘的制造，但炮管试制却屡次失败，准备的钢管即将全部报废。师部通知，二师从皖南采购的钢管明天就能运到，让春祥做好接货的准备，并要确保万无一失。

第二天一早，春祥就在湖边展开周密部署，每隔一里安排一个哨位，等待前来的小船。临近中午，东南方向才漂过来一艘小船。船上有三人，一个壮汉蹲在船头，手握短枪，紧盯前方。靠近湖边浅滩时，小船加快速度，一头扎进芦苇丛里，附近的哨兵大声问："你们是干什么的？"

对方回答："送货的。"

"什么货？"

"杀好的黑山羊。"

"几只？"

"十二只。"

暗语对上后，附近的战士都赶了过来，用力把船往岸上拽。春祥走过来，看到船底两侧各捆扎着六根钢管，便指挥大家把钢管从船两边抽出。一行人把小船用芦苇小心翼翼地遮住，抬着钢管一路小跑到厂里。一个从上海来的老师傅拿一把小锤在钢管上面轻敲几下，连声称赞："这次的钢管声音听起来不错，之前的一批因为材料含碳多，加热的温度很难把握，又由于硬度不够，膛管容易变形。另外，上次的钢管也不好对膛管进行加工，加工不到位或不均匀，就容易造成卡弹或失准。我们下午先切一段试试，看看硬度如何。"

四天后的下午，有两个生人朝兵工厂走来。一人扛着竹竿，上面缠绕着丝网，另一人手里拎着两只死鸭子。见他们走进警戒区，穿着便衣的战士从芦苇丛里走出来，大声喝问："干什么的？"

两人看着战士，一脸疑惑。其中一人看到战士手里什么东西都没有，就反问道："你怎么在这儿？我们每年冬天都到这里来网鸭子。"

另一人在旁边说："这里好像有人，我能听到附近有什么声音。"

同伴细听一阵后，摇头说道："算了，我们到南边去吧。"

战士没有多话，看着二人走远，立刻跑去向春祥报告情况。春祥随即带人出门，顺着战士指的方向追去，可搜索了半天，都不见两个陌生人的身影。等春祥回来时，哨兵报告抓到一个人。春祥跟着哨兵又跑到外围警戒哨，看见两个战士正用枪押着一个壮汉，离老远就喊上了："明远大哥，怎么是你？"

见明远朝自己招手，春祥急忙走上前去。明远贴近春祥耳边说："我在村口见到两个人，说是逮鸭子的，但是一看就不像，他们手里拿的是抬网，那是堵鱼用的，这个天哪能用啊。再说，他们脚底下还穿着厚布鞋，这个怎能下水嘛。我一看就觉得不对头，所以赶快跑来给你说一下。"

与发现这两人的战士核实情况后，春祥开始对周边加强警戒，一南一北布置上了两挺机枪。

两天过去了，风平浪静。

第三天早晨，南边的湖水里划过来三条木船。木船划得很慢，看样子是在寻找合适的靠岸地点。春祥带着战士们，从几个埋伏地分别朝小船船头方向会聚。等这些人全都上了岸，芦苇丛中顿时枪声大作，正在湖滩泥地里深一脚浅一脚行走的不速之客瞬间被击倒一大片。敌人顿时阵脚大乱，有人卧倒还击，也有人向小船奔去，一心只想逃命。溃逃的几个划起小船迅速驶离了岸边。最为狼狈的是，两个受伤的陷在泥里动弹不得，战士们扔去绳子，将他们拉了上来。

经过一番审讯，原来来人是驻扎在双沟的伪军。他们得到情报后，便前来偷袭。春祥步步紧逼询问细节，可两人再也答不上一句话。依据目前情况，春祥立刻与洪泽湖大队大队长袁志祥取得联系，让他带领队伍到兵工厂附近的两个村庄，悄悄驻扎下来。

第二天朝阳初升，三艘汽艇并排向岸边急速驶来，每艘汽艇后面都拖着三条木船。靠近湖边百十米远时，汽艇停了下来。敌人爬上木船，向岸边齐头并进，木船上的机枪一齐开火，形成了一张杀伤力极强的火力网。春祥带领岸上的战士奋力阻击，仍压不住敌人的火力。小船渐渐逼近岸边，伪军开始接二连三地跳船往前冲。千钧一发之际，洪泽湖大队赶到了，已上岸滩的敌人遭到前后夹击，行动迅速迟缓了下来。汽艇上的日军调转船头，和洪泽湖大队的木船迎面撞上。春祥抓住这个时机，旋即率领战士们发起冲锋。小船上的伪军也顾不上湖滩上被困的同伙，拼命朝汽艇划去。这让湖滩上的敌人斗志全无，个个如无头苍蝇一般四处乱放枪。三艘汽艇还未等小船全部靠近，就掉头跑了，很快便消失得无影无踪。小船只能在慌乱中追着汽艇而去。洪泽湖大队并不追赶，在湖滩上捞起几个陷进泥里的伪军后，就快速上了岸。

一个战士跑过来，二话没说拉着春祥就朝后跑，到几个战士围成的圆圈前面才停了下来。春祥上前定睛一看，张金军正膝盖跪地，怀里抱着躺在地上的安奉民。此时，安奉民嘴里汩汩地往外喷着血，目不转睛地盯着春祥。

春祥扑通一下单膝跪地,嘴里连连喊着他的名字。安奉民在战斗过程中胸口不幸中了一枪,已经奄奄一息。他用手轻轻拉了拉春祥的胳膊,春祥赶紧把耳朵贴了上去,只听见安奉民断断续续地说道:"郑……郑营长,我……我不能再跟着你……打……鬼子了,你……有时间去看……看看我的儿子好吗?我家……在白水,出来时……儿子才出生……八天。"说完,安奉民嘴里又喷出一口鲜血,抓着春祥的手耷拉下去。春祥连连晃动着安奉民的身体,大声呼喊着他的名字。安奉民面带微笑,这笑容永远定格在了他年轻的脸庞上。

成　亲

之后,敌人又前后偷袭了两次兵工厂,均以失败告终。自始至终,敌人都没有搞清兵工厂内的实情,也再没能靠近过。

临近春节时,迫击炮仿制终告成功。

春祥撤回半城,正赶上敌人冬季大扫荡,来自南边五河方向的压力与日俱增。接到上级紧急命令后,春祥回到师部,仅仅休整了半天,便赶忙带着特务营赶往五河县城附近。

此时,从五河出发的敌人已来到靠近双沟镇的四河,计划和双沟的敌人集结一处,向北直扑根据地。

五河县大队和从沙河赶过来的武工队的人马,都找到了春祥这里。春祥心里清楚,县大队主要是配合正规部队作战,武工队是民间自发组织的,与正规部队相比,两支队伍的武器和个人战斗素养都存在明显的不足。春祥从县大队大队长廖毅处得知,五河县城眼下只留有少部分看家护院的伪军。他当即决定,伺机偷袭驻守五河县城的伪军的一个连。

春祥不是鲁莽之人,对这次偷袭,他事先做了精心的筹划。来五河之前,他获悉十一旅已开始南移,准备在武桥和魏营一带阻击前来扫荡的敌人。根据这个情况,春祥计划,一旦突袭遇到不利情况,就立即向北撤退,与十一旅会合。

武工队长邱金声把沙河村的叶林平带到了春祥这里。叶林平是沙河人,和五河伪军连长叶九春同村,两人从小就十分要好。叶林平告诉春祥,叶九春自打到了县城,就很少回沙河,家里只剩下他父母和奶奶三个人。

一番乔装打扮后,春祥、叶林平和邱金声三人来到了五河城北伪军驻地。叶林平上前和站岗的伪军交涉,等哨兵再出来时,一脸笑容的叶九春大老远就冲站在门岗外面的叶林平热情地打起招呼:"哎呀,是林平呀,好好好,有两三年没见了吧?里面请!"看到春祥和邱金声,叶九春警惕地问道:"这二位是?"

叶林平介绍道:"这位姓郑,是个私塾先生,这位是咱那一片的同乡,姓邱,都是我的朋友,今天一块来,是想请你帮个忙。"

"好好,进屋再说。"叶九春在前面带路,三人紧跟其后。进屋之后,叶九春喊人上茶,等大家端起茶杯后,他自己也端着砂壶喝了两口,放下砂壶便嘘寒问暖道:"林平,咱村情况咋样?大叔婶子他们可好?"

"都还不错,咱叔和婶子也不错,就是咱奶身子骨不如从前了,前一段时间腰疼,下不了床。我和三保拖着她去看了郎中,现在好多了。但走路腿脚还是不太利索,我又给她砍了根杨树条子,削了根拐。现在她能拄着到院子里晃晃,你老不着家,咱奶一见我就念叨你。今早上从家里出来时,我还和她打了招呼,她特意让我给你带了腌了好长时间的红心鸭蛋,还一再让我给你捎句话,让你回去看看。咱奶还说,说不定她哪天就走了,再见就难了。"叶林平把事先想好的话一股脑儿说了出来。

叶九春看着桌子上的黑布袋,默不作声。半晌,他才用指头抹了一把眼睛,声音突然变得有点哽咽:"我一看到这布袋,心里就难受。我都这么大年纪了,但每次只要回去,俺奶就能从这布袋里掏出我小时候喜欢吃的东西。"

待情绪稍微平复一下后,叶九春接着说道:"林平,对你我啥话也不说了,咋说呢?干这个熊差事真他妈的磨人。"说完,他看着脚前的地面,低下了头。春祥趁机和叶林平、邱金声对视了一眼。

看着叶九春垂头丧气的样子,叶林平顺势伸手按着他的胳膊,说道:"九春,别这样,咱奶那里不是还有我吗,你就放心吧!俗话说,螃蟹横行——各有各的走法,虽然我不知道你现在干啥事,但你也别太累,咱一个庄子的,家里的事,走几步路我就过去了。"

沉默了好一会儿,叶九春倏地站了起来,大手一挥对春祥三个人说:"不说了,咱哥儿几个喝酒去!"

叶林平笑了起来："这才啥时候啊，喝啥酒？"

"没事，现在就是喝点酒心里才痛快些。走吧，哦，忘了问了，你们这次来咋计算的？"

"我今天就得赶回去，他们两个留下来，不是还有事找你帮忙吗？"

"都别走，帮忙好说，咱先喝酒！林平，你也架点势，今天到了我这里就得听我的。"叶九春拽着叶林平就往外走，春祥和邱金声也只得默默跟在后面。

出了岗哨没多远，三人就到了一个小饭庄。一进门，叶九春就对老板招呼道："弄几个像样的菜，再把十年的双沟大曲拎四瓶出来，快点啊！"

春祥见状瞬间明白，老板和叶九春很熟。老板放下手里的菜刀，连忙张罗着："叶连长，这个时候还没到饭点呢，咋，这次来的是稀客？"

叶九春说："赶快忙你的，这时候来，人少，说会儿话。"

"好好好，几位稀客里面请。"话毕，饭庄老板小跑着忙活去了。

四人坐定不大一会儿，两荤两素四盘子菜很快就摆上了桌，碗筷和酒壶也都摆放齐整。叶九春把老板叫住："再来两个热的，配个汤来。"

"好咧。"

叶九春给每人面前的小碗斟满酒后，端起酒碗，对春祥三个人郑重其事地说："林平是我兄弟，虽然和二位是第一次见，但大家都不要见外，这第一碗酒我们都干了，算是见面酒。"酒碗见底后，叶九春又给大家全部斟满，叶林平赶紧劝阻道："九春，你是小时候酒量就可以，但我们不能和你比啊！少点，少点，我们主要坐一块说说话。"

"林平，咱兄弟喝酒就是为了好说话，没事，我心里有底的。"叶九春边斟酒边说。倒好酒后，叶九春对春祥说："郑先生，在我眼里，您不像教书的。"

"哟，叶连长，那你说说看，我怎么不像教书的？"春祥笑着反问道。

叶九春又上下打量了春祥一眼，优哉游哉地说出自己的判断："首先，教书先生没您这个眼神。您看人眼睛放光，眼珠子转得比一般人快。教书先生看人都松松垮垮的，眼珠子转得也晃悠悠的。"

春祥朗笑了一声，接着问道："那第二呢？"

"第二，再看看您这手，教书先生一般都手指细长，指跟粗，指尖细，但您这手，前后一般粗。虽然看不清您的掌心，但光从掌根看，皮肤发黄，可以推断您的掌心老茧一定少不了。还有就是，从您走路的姿势来看，身体动作紧凑，步子不散，是常走路和走长路的人。而教书先生喜欢晃身体，只有坐在那儿时，上下身才算连到一块儿。您看我说得对不对？"叶九春嘴角泛起狡黠的笑意。

一番推断令春祥一行感到不可思议。春祥端起酒碗，对叶九春说："叶连长，看得出来你是个有心人。来，为你这番话我敬你！"

两碗酒几乎同时见底。

两人放下酒碗，叶九春仍带着淡淡的笑容瞅着春祥。春祥低头展颜一笑，然后抬起头，不疾不徐地说道："叶连长，你这话分析得还真有道理，不愧是见过世面之人，我愿意交你这样的朋友。明人不说暗话，我不是教书先生，我是北边新四军方面的人，长期扛枪打仗，专打鬼子和汉奸。"

此时的叶九春，面色平淡，丝毫没有异样，只是笑着点点头。正当叶林平和邱金声心里犯嘀咕时，叶九春接着说道："我不是甩熊一个，我看人不会走眼，就连我们五河城里看相的，也不一定有我看得准！说吧，找我帮什么忙？"

"现在五河城内空虚，我们要进城。"春祥单刀直入。

听到春祥的话，叶九春并没有惊慌，反问春祥："城里面有一个日军参谋，因为生病没有出去，你们要不要？"

话谈到这个份上，事情发展顺利得出乎春祥三人意料。

春祥笑着点点头："叶连长，谢谢你！不知你自己有什么想法？"

独自喝干一碗酒，叶九春把空碗扔到了桌面上。待空碗晃荡一阵立稳后，他大声说道："这个时候拿下五河城是最好时机，但还有两个问题：一是城内的侦缉队就住在我旁边，我这里的一举一动很难逃过他们的眼睛；二是我们这个连比较散，人员组成复杂，我担心他们到时不一定都能听我指挥，特别是我手下的一个排长，总是特立独行，很难把控。如果中间出现任何差错，将很难想象最后结果会怎样。至于那个日军参谋，你们今晚就可以把他带走。替他站岗的是我的两个铁杆兄弟，这个完全没有问题。你们可以从东北角自由出入，那里没人把守。"

春祥、叶林平和邱金声三人起身，一起端起酒碗和叶九春碰了一下，四人心领神会地将酒一饮而尽。

"叶连长，能说说为什么这么爽快就同意帮助我们吗？"春祥笑问道。

又是一碗酒下肚，叶九春谈到了自己的过去。1936年，汤恩伯的部队在滁州、蚌埠一带驻扎，他选择了当兵。日军占领南京后，汤恩伯跑去了北边，一些不愿意跟他一起走的就私自留了下来。其中一部分人加入了当地的警察，还有一部分人选择回家种地。日军占领五河后，警察又被打散。部分人留在伪警察局，部分人加入了保安团。凭着自己的智慧，叶九春干到了营长一职。因前后两次不愿参与屠杀抗日分子的行动，被降职到连长。实际上他自己也早有"反正"之心，只是苦于找不到合适的队伍和机会。他也曾想过回乡种地，但仍是心有不甘，万般不愿屈服于鬼子的统治。特别是鬼子少尉酒井曾让他当众下跪，并对他百般羞辱，这令他心中怒火实在难平。之后，他用刺刀在自己手枪把子上刻下了"酒井"二字，暗地里立下毒誓——人死枪丢。

散席后，春祥三人悄悄出了城。

夜里，马玉鸣带着几名战士悄悄进城，用板车神不知鬼不觉地把日军参谋拖走了。两个哨兵佯装开了几枪，跑到叶九春那里汇报。叶九春带人赶往日军军营，搜查一通后，便回到营房睡起了大觉。天不亮，侦缉队长童二就带人找到叶九春，大声指责："叶九春，我们的人才离开几天，这里就出现了这个情况，你该怎么交代？"

叶九春冷笑一声："我交代啥？人是谁绑走的我哪知道，你们侦缉队竟然让敌人明目张胆地进城出城，干什么吃的！姓童的，我和你，一直是各人做各人的事，酒井出发前怎么交代的？我们负责守城，你们侦缉队负责巡逻，你还有脸来责问我？"

气势汹汹的童二破口大骂道："你不要东拉葫芦西扯瓢的，你他妈的想栽赃我是吧？行，你等着，等青木回来我看你怎么交代！我倒要看看你是咋死在你这张破嘴上的。"

二人不欢而散。

童二的侦缉队驻扎在五河城中十字街。日军一走，整个侦缉队都手忙脚乱、毫无章法起来，加上昨晚日军参谋又不知不觉地被人绑走，更加人心惶惶。四条街上的机动人员也不敢再外出巡逻，全都畏缩在一个院子里，成了一堆缩头乌龟。

半夜时分，院外传来一个声音，声如洪钟："侦缉队的弟兄们，都出来吧,我们是新四军,只要缴枪投降,都会给一条生路,现在给你们几分钟时间,全部出来!"

童二在里面听得真真切切,但仍然抱有一丝希望,命令大家死守大门,都不要轻举妄动。过了一会儿,见外面没有动静,屋内有人开始伸头朝外张望。万万没想到,几颗冒烟的手榴弹就在这时滚了进来,几个人瞬间被掀翻。

此时,外面又传来一个声音:"童队长,现在只有出来才能保命,如不愿意出来,那就休怪我们了。"

童二一听,不敢怠慢,命令手下举起白旗,打开大门。童二第一个从里面走了出来,来到堵在门口的几人面前。童二看了一眼,顿时愣住了,站在面前的竟然是叶九春。童二故作淡定,指着叶九春骂道:"叶九春,你竟敢谋反,不想活了?"

站在叶九春旁边的马玉鸣指着童二说:"过来说话,我听不清楚!"

童二退后两步,正要举枪,马玉鸣一枪打在他的腿上。童二应声跪倒,哀号不止。马玉鸣说:"让你过来你不过来,还想玩阴招,现在给老子爬过来!"童二抱着腿死活不敢动弹。随即,院里燃起了熊熊大火。

自知性命难保的童二,躺在地上伸手去捡枪,企图做最后抵抗。马玉鸣一声令下,所有枪支全部开火,童二顷刻间毙命。

令大家伙儿没想到的是,意外终究还是发生了。

一向冷静的叶九春犯了一个错误:在前期还没有做通主要人员思想工作的前提下,就要求属下跟随他一起投奔新四军。他带领手下"谋反"的意图被二排排长周雨欣察觉了。周雨欣坚决不同意,甚至和叶九春杠上了:"你走我们不反对,但你什么也没有给弟兄们交代,后面我们怎么办?"

此时的叶九春清楚地知道,城东和城南的日伪军一旦抵达,再想走就很难了。他还不知春祥他们此时已进了城,万分危急之下,只能说:"愿意留下的留下,不愿意留的跟我走。"一部分伪军开始动摇,但谁料周雨欣当即朝天开了一枪,大吼:"我看谁他妈敢动,兄弟们,他叶九春把你们带哪里,谁也说不清。新四军那里如果不要你们,那你们再回来就是杀头,千万不能去啊!"

僵持不下时,春祥正好带人赶到。周雨欣开始指挥手下向院子里撤退,叶九春也急了,挥舞着枪大声说道:"弟兄们,再不走就来不及了。"周雨欣举枪射击，子弹击中了叶九春。战斗立刻展开，春祥带领特务营的战士一股脑儿地冲了进来，院子里一些伪军放弃了抵抗，周雨欣被击毙在了门前。

在据守其他地方的日伪军到来之前，春祥带着叶九春撤到了城外张台子，在一农户家安顿下来。叶九春看着已包扎好的大腿，愧疚不已："郑营长，这次是我大意了，本来想着弟兄们都会听我的，有个把人反对也无所谓，现在搞成这样，我心里像塞了块砖头，难受啊。"

春祥见状和叶九春开起了玩笑："你这么能掐会算，这个没算准吧？看来后面还是要多练练手啊，到时候我再给你弄本《周易》，你抽空好好学学。"叶九春尴尬地笑了一下，春祥又说："你家里父母和你奶已经被武工队转移走了，叶林平会好好照顾他们的，那里还有老邱接应。老邱是那里的武工队长，你先安心养伤，等伤好了我们来接你到根据地去。"

"太谢谢你了郑营长，你想得还是比我周到啊，但我不想在这里养伤，你能带上我吗？我拄根棍就能走！只要我还能跑，就可以跟着你打鬼子。以前在那边，真把我憋坏了。"

春祥看了一眼叶九春，让战士找来几根木棍捆扎成一个担架，抬着他出了村。

离开张台子，春祥指挥队伍准备从双忠庙、上塘绕回根据地。快到上塘时，接到五河县城传来的消息，日军队长酒井正带着一百多人回撤，结果正好和春祥迎面相遇。

狭路相逢，双方激战一个多小时，胜负仍然难分。春祥无心恋战，派二十几名战士和叶九春的手下绕开阵地，准备从西边偷袭。但人还没到偷袭地点，从日军阵地东侧就冲过来一队骑兵，几十匹骏马风驰电掣般冲入敌人阵地。春祥见状，当机立断指挥战士们发起冲锋……

清扫战场时，一个意图自杀的日军军官被战士们及时发现，捆了起来。被俘伪军交代，此人正是酒井。

酒井被带到春祥和叶九春面前。叶九春一看，单腿跳着就扑了上去，骑在酒井身上，接连扇了他几个耳光，大骂不止："你个王八蛋，没想到你也有今天，感谢苍天大老爷，把你这么个玩意儿交给我，这是我叶九春的造化啊。"春祥没有说话，冷静地看着叶九春。稍后，春祥转身离开，开始检查部队伤亡情况。突然，耳后传来一声枪响，春祥连忙回头查看，正好看见叶九春将以往寸步不离身的手枪一把扔进了旁边的水塘里。

五河被袭，酒井又杳无音讯，日军察觉到形势不妙开始撤退。

春祥带领特务营回到了根据地。

转眼，到了1944年冬月。这天晚上，下了入冬以来的第一场大雪，窗外银装素裹，纷飞的雪片似梨花般飘落。根据司令部要求，三天后将要召开全师表彰大会。

春祥组织官兵开始扫雪，这时一名战士报告："郑营长，师部要求你马上过去。"春祥赶忙扔下扫帚，跟着这名战士来到师部。一到师部，春祥见周部长、徐部长和王处长都在，但每个人都面色凝重，心中便一紧，急忙问道："几位首长，出什么事了？"

王处长指着桌上的一块带穗子的小木块说："郑营长，你看一下是否认识这个物件？"

春祥上前拿起木块，只见木块上血迹斑斑，穗子却是新的，但木块磨损厉害，上面的字迹已模糊不清，便摇摇头。

王处长走到春祥身边，说："这木块是袁利剑同志的，他在三师担任团政委，五天前的反清乡扫荡中，他在涟水高马庄战斗中壮烈牺牲。牺牲前他拿出这个木块说要交给你，说是你送给他的。"

春祥猛然回忆起了这个木块，这是他在闽南干部学校学习期间送给袁利剑的。没想到他保存至今，并且随身携带。此时再看到这个木块，春祥心绪难平，眼泪夺眶而出。

王处长把袁利剑牺牲的经过和春祥讲了一遍，"敌人侵占高马庄时，袁利剑正在掩护群众撤退。由于身边战士数量少，又要分出一部分兵力去护送群众，他自己就带着其余几十名战士前去阻击敌人。待所有群众都安全转移后，身边的战士已所剩不多。增援部队赶到时，袁利剑已身负重伤。牺牲前，他将这个木块从胸口袋子中掏了出来，嘱咐战士把它转交给你。"

春祥默默地抹了一把眼泪，把木块装进口袋后，朝几位首长敬了个军礼，轻轻出了房门。

在纯白的世界里，春祥漫无目的地走着，边走边哭……

师部表彰大会在师部北边的广场如期召开。这一天，广场上人山人海，主席台前干部和战士们整整齐齐地坐着，主席台上端坐着师部领导及行署干部。

彭雪枫、刘瑞龙几位首长发言完毕后,开始对获奖人员一一进行表彰。等念到春祥的名字时,春祥整一整军装,小跑着上了主席台。彭雪枫亲自为他戴上大红花。和他握手时,彭雪枫开口道:"你干得不错,很好,我们这里的形势今后可能还会有很大转变,不管日后遇到什么困难,都要保持一名军人应有的胆识和气魄。"

"是!"春祥郑重地朝师长敬了个军礼。

在徐部长和冯政委的再三催促下,春祥和李丽霞的婚礼终被提上日程,佳期定在腊月二十六。徐部长找司令部申请了一间房子作为婚房,彭雪枫代表师部送来了一些简单的日常用品,刘瑞龙还请群众帮忙赶制了两床新棉被,冯政委又派人把婚房重新刷了一下,贴上大红"囍"字后,房间里焕然一新,一片喜气。

婚礼在晚上举行。因为没有酒席,所以大家都是吃过晚饭过来的。周部长、徐部长也来了。两人不好意思闹洞房,就讨得一包喜烟,站在门外抽烟聊天。按照苏北的规矩,闹洞房要把箱子里的烟、糖、花生、大枣还有糕点拿出来分给前来贺喜的人。战士们一拥而上,纷纷抢着喜烟、喜糖,春祥和李丽霞被夹在中间,给大家推搡得来回晃。最后,由马玉鸣和张金军提议,战士们出了几个小节目助兴。在载歌载舞的气氛中,两人算是办完了婚礼。

失　利

时间飞逝,三天后就是除夕。

春祥打听到,师部和行署主要领导要到部队和基层拜年。在他的印象中,这可是三年来的第一次。大年三十早上,每个连队都把彭雪枫亲笔写的对联贴到了门框上。彭雪枫为特务营撰写的一副对联尤其隽永,上联:政府卫队,保卫政府,乃是义务。下联:人民护兵,爱护人民,原为本分。

正月初一,一大早,彭雪枫带着几位领导来到部队慰问。每到一处,基层官兵都夹道欢迎,掌声不断。几位首长来到春祥营地时,彭雪枫对春祥说:"郑营长,恭喜你呀!没能参加你的婚礼可是个不小的遗憾啊!小李同志呢？"

刘瑞龙在旁边说："小李一天也没歇，结婚的第二天就去工作了。"

"这样就不好了嘛，才结婚，应该多休息几天嘛。"彭雪枫的一句话，让春祥不知如何回答才好。

刘瑞龙点了点头，笑着说道："回去我就让她多休息几天。小李到现在还没见过郑营长的父母呢。"

彭雪枫指着春祥，故意绷紧脸批评道："我得批评你，娶了新媳妇，怎么说也得带回家给父母看看啊。俗话说丑媳妇总得见公婆，何况还是长得这么俊俏的媳妇呢？在我们河南南阳那里，新媳妇没带给父母看过是不允许进家门的。"

众人都笑了起来。

初二清早，春祥和李丽霞就骑马往瓦庙方向赶去，同行的还有马玉鸣和两名战士。不到一个小时，五匹战马打着嘶儿就到了瓦庙。战马的踢踏声惊动了大姐一家，春雪出门一看，激动地喊了起来："俺爸，俺爸，快出来，小祥回来了。"

春祥领着有些紧张的李丽霞走进屋里，挨个介绍家里人。李丽霞羞红着脸，依次称呼："爸、大姐、姐夫、小满。"这下更把大家惊得目瞪口呆。还是大姐春雪反应快，赶紧搬凳子招呼大家坐下。两名战士把礼品放进了屋里。

事发突然，父亲一时间竟没有反应过来，一言不发直勾勾地看着李丽霞。春雪欢喜地问东问西："小祥，啥时候办的事？至少也得提前告诉我们一声啊，人家姑娘嫁到咱家里，说啥咱也得给人家准备准备呀。你这不声不响地就把事办了，说不过去呀。你看看你都这么大了，这办的是啥事！"

李丽霞拉着春雪的手，笑嘻嘻地为春祥解围："大姐，我俩是在部队里办的，才办了没几天。部队里有要求，一切从简，请大家吃点喜糖就行了。"

春雪还是不满地说道："那也得给我们说一下呀，你看，家里什么都没准备，对不住你呀。"

"没事，大姐，还有俺爸。你们不要怪春祥，他一年大部分时间都在外面，很少回营地，我都没见上几次。我们自己感觉挺好的，家里就别不放心啦。"李丽霞边宽慰着大家，边转身拿起包裹，抓给小满一把糖，又拿出几件衣服，笑着对大家说，"春祥让我买了几件衣服，我也不知道合不合身。你们试试看，这是咱爸的，这是大姐的，这是姐夫的，还有小满的。"李丽霞将衣服一件件拿出来，又重新叠好，整齐地摆放在一边。

"哎呀，只顾说话了，我来弄饭。年前准备了不少东西呢。"说完话，春雪笑呵呵地走出房门，李丽霞也跟着去了。发奎喊住小满，安排他也到厨房帮忙。

屋里就剩春祥、父亲和马玉鸣三人。春祥正要张口，父亲蹬了他一脚，轻声骂道："你个兔崽子，一点规矩都不懂，说啥也得提前给爹看看，一点关都不让我把，你知道什么深浅？"

马玉鸣赶紧解释："大叔，您家儿子哪会看错人，丽霞嫂子还是我们首长介绍的呢，错不了。"

春祥知道，父亲并不是真的埋怨他，而是自己没有按照农村规矩来，父亲有点小情绪。但通过父亲脸上的表情，他能猜出父亲很满意这个儿媳妇。春祥拿起妻子送给父亲的衣服，说："爸，你试试，这可是丽霞特意为你挑的，来，穿上。"

父亲接过衣服，放到一边，看着春祥问："姑娘是哪里的？家里还有啥人？多大了？趁她不在，快说说！"

春祥忍不住哈哈笑了起来，回答道："我就知道您最关心这个，丽霞是安徽和县的，逃难到咱北边的沭阳吴集，是个孤儿。被人收养后，没过几年就参加了当地的自卫队。现在淮北行署工作，过了这个年二十二。"

"淮北行署是干啥的？"

"噢，按老话讲，那就是咱老百姓自己的衙门，专门为咱老百姓说话办事的。"

父亲连连点头："那就好，那就好。"

父子俩聊着天，马玉鸣在旁边来回帮衬着说话，屋里气氛十分融洽。春雪手脚麻利，很快两大盆、四大碗菜就上了桌，春雪一边忙活，一边念叨："都是现成的，烧一下就行了。丽霞干活比我还麻利呢。"春雪看着弟弟，用筷子敲了弟弟两下，"你小子真会挑人，就等着享福吧。快点让咱爸抱上孙子啊。"看见丽霞进屋，春雪立马把话打住，找出一瓶白酒，说道："咱爸早就让我把酒买好了，他自己平时就喝点赖的，说把好的留着，等着你们回来喝呢。"

春祥把外面的两名战士喊进屋，九个人围坐一圈。春祥先说道："丽霞，今天是大年初二，也是回娘家的日子，今天算是我带你回'娘'家了。来，我们敬大家一杯，祝大家节日快乐。"父亲刚要站起来，就被春祥按住，"爸，你别站，大家都不站，今天只能是我和丽霞站着敬酒。"

新人新年新气象，屋内充满了欢声笑语，大家回忆着过去，展望着未来。突然，春雪沉默不语，低头呜咽了起来。这一下把大家都搞蒙了，小满也不解地看着自己妈妈。李丽霞扶着春雪的肩膀，轻声问道："大姐，怎么啦？"

过了一会儿，春雪情绪渐渐稳定了下来，用围裙擦着眼角的泪水，泪中带着笑："没事，没事，我就是想起了俺妈。要是俺妈今天还在，该有多好啊！"

春祥接着姐姐的话说："是啊，咱这个家还是不圆满呀。像咱家这样的家庭，整个苏北不知道还有多少！不过我相信，咱百姓今后的日子一定会好起来。从去年的情况来看，形势已比前一年好多了。今年更关键，大局也开得很好。只要大家继续齐心协力，一定能把日本鬼子赶跑的。好了，不说这个了，吃饭吧。"

饭后，等春雪把碗筷收拾好，春祥和李丽霞就和父亲还有大姐一家告别。父亲拿出一个红布包裹的物件，对丽霞说："丽霞啊，这是你婆婆留下的翡翠镯子，按照咱们这一带的习俗，现在你俩成家了，你进了老郑家的门，这个也要传给你了，以后小两口要好好过日子，春祥你要照应好丽霞。"李丽霞接过"传家宝"，爱惜地塞进贴身的口袋里。

春祥跨上战马时，春雪大声说道："今年一定再带一个回来呀！"说完，咯咯咯地笑了起来。懵懂的小满一脸困惑地问妈妈："还带一个，带谁呀？"

春雪笑得前仰后合。

世界反法西斯战争进入战略反攻阶段后，国外，德、意同盟面临着崩溃，苏联把纳粹德国军队赶出国境，并向德国本土展开反攻；而日本也在太平洋战场上屡屡失利，显现出一种无法逆转的颓势。国际反法西斯战争胜利在望。在中国战场，日军为挽回败局，从华北、华中抽调兵力，向平汉路南段及湘桂、粤汉铁路沿线的国民党军发动战略性进攻，企图打通中国内陆与东南亚之间的交通线，摧毁中国西南部的中美空军基地，进而迫使蒋介石政府投降；同时继续大力扩充伪军，对解放区和根据地实施"清乡""屯垦"和"治安肃正"计划。

经过艰苦斗争，我方由战略僵持逐渐转入战略反攻。中央要求八路军和新四军在保留原来游击战、运动战的基础上，逐步加强歼灭战，力求扩大解放区范围，增强根据地的领导力。新四军进一步要求全体部队和各个军分区及下辖师协调一致，加强对敌进攻，拔据点，占城镇。

春祥的工作也由原来的敌后干扰，转为发挥尖刀作用，为大部队攻城拔寨做好前期准备。宏观作战态势一旦形成，部队对物资的要求就会更高。运输线的通畅十分重要，因此上级命令特务营，几个扼守在交通要道上的日军据点，务必想方设法尽快拔掉。

为策应二十六团从龙集、桥口敌后发动进攻，春祥带部队先行赶到青阳城西的刘庄，以防敌人西逃后与青阳之敌会合。

马玉鸣带人到达青阳城西时，夜已深了。他大摇大摆走到西门据点前，高声喊道："萧正亮！萧正亮在吗？"

据点里的萧正亮听到叫喊声，一路小跑，来到城墙外面，手里的电筒在马玉鸣脸上晃了几下，顿时又惊又喜："哎哟，听着声音很熟悉就跑出来了，没想到是你们，有什么吩咐？"

"我们大部队就在这附近，你们开门，我们要进去。"马玉鸣说。

"不行啊，上次你们来之后，把我们的撞针下了。我们营长来检查时，命令我们试试手里的枪，结果大家都露馅了。营长把我们狠狠修理了一顿，原来的排长被调到了南边，从那里调来了一个新排长。这家伙不好对付，很难说话。"萧正亮解释后，两手一摊，表示十分为难。

"早知道这样，上次就应该直接把你们都毙了！怎么，腰板硬啦？那我回去，等我再来，可就不会这么客气了！"马玉鸣一点情面都不给对方留。

"别别别，我确实没有办法啊！新来的排长号称'马屁精'，眼睛向上不向下，我们也没辙。其实大家心里都有数，现在都啥时候了，给日本人卖命哪能全当真啊！"

"这个排长姓什么？现在人在吗？"

"姓杨，叫杨新，就在里面。"

"你带路，我进去会会他。"

"啊？"萧正亮惊呼起来，引来身后不远处哨兵的问话："怎么回事？你小子再不回来就关门了。"

"好好，马上。"萧正亮嘴里应付着同伴，又对马玉鸣说，"如果你非要去，我也没有办法，但我不敢保证你的安全啊，你自己当心点。"

"前面带路吧！"

萧正亮心里震惊不已，这人胆子也忒大了，四个人就敢闯据点。但知道自己现在也阻止不了这四个血性汉子，就只能随他们去。萧正亮在前面带路，几个人跟在他后面。到据点门口，站岗的哨兵走上前来，看到萧正亮后面还跟着四个清一色穿着新四军军装的，立刻把枪从肩上取下攥在手里。马玉鸣还没等哨兵拉开枪栓，就一个伸手把枪夺了过来。后面的战士用手枪顶着哨兵后背，一拨人呼啦啦进了据点。

据点内的几间屋子里，有聊天的，有抽烟的，还有几个玩纸牌的，无人抬头留意此时到访的人。马玉鸣朝萧正亮点点头，径直朝最里面走。靠近院子东边的一间房间灯火通明，人声鼎沸，萧正亮推开房门，报告道："排长，有人找！"

正在赌钱的杨新头都没抬，随口吼了一句："天都黑透了，还有什么人来？"

"杨排长，是我。"马玉鸣说道。

杨新抬眼一看，吓得身体晃了一下，瞪圆了眼睛："你，你是……"

"新四军马玉鸣。"

屋里人纷纷着急忙慌地起身站到一边，杨新稍微平复了一下情绪，瞬间变了副嘴脸，笑着问："欢迎，欢迎，不知马兄此时来有何贵干？需要在下帮什么忙，尽管张口！"

马玉鸣双手一拱，朗声说道："杨排长，你还别说，我们还真是找你帮忙的。我们路过贵地，想在你们这里借宿一晚。"

杨新一听，答应得很爽快："行啊，没问题，别说是你马兄弟，就是政府人员，还有你们地方上的游击队，也都没问题。"

马玉鸣问："怎么？你们这里还来过游击队？"

"我到这里之前，你们就有人来过，听说是从南边什么地方来的。这样，我去给你们张罗点吃的。"说着，杨新就要向外走。马玉鸣一把拦住："别急，你一走，我们就不好找说话算话的人啦。"

杨新哈哈一笑："我就到外面喊几个人帮忙烧火做饭呀。"说着，前脚就跨出了大门。结果刚进院子，杨新撒开脚丫子就跑，边跑边喊："弟兄们，新，新四军来啦！"

伪军们听到动静顿时乱作一团，有人跑出门查看情况，有人慌忙去找枪。跑出院子的杨新根本没想到，外面还站着一名战士，早就候着他了。战士听到叫喊，举枪就朝杨新开了一枪，杨新"吧唧"一下摔倒在地。随后出来的马玉鸣上前一脚踩在他胸口上，怒不可遏："你再喊喊看！"

院子里的两名战士分别堵在另外两间屋子门口，大喊："都在屋里待着，谁也不准出来，谁出来就打死谁！"伪军们上次领教过特务营的厉害，此话一出，屋内立刻安静了下来。

但这一枪还是引起了城里日军的怀疑，很快一小队日军就朝城西奔了过去。春祥此时离城西据点要远一些，听到枪声，也率领部队飞奔过去。

日军赶到后，见据点无人值守，气得哇哇直叫。进了院子，日军小队长看见杨新半躺在院子中间，两腿不停抽动，旁边血迹斑斑，更是怒火上升。小队长上前一把扯掉杨新嘴里的布块，高声责问："你的，什么的干活？"

杨新转动头，不停地朝屋内眨眼，示意日军里面有情况。

日军得到信号后，立刻在院子里散开，枪口瞄向几扇房门，一步步朝前移动。但几间屋子里都没有一点声音，鬼子也不敢轻易进攻，只能朝里喊话："出来，统统地出来！"

突然，几颗手榴弹从里面扔了出来，几声剧烈的爆炸声后，鬼子开始朝屋子里开火。马玉鸣对伪军大声喊道："你们再不开枪就是死路一条，要想活命，必须和鬼子拼了。我们的大部队马上就到。"

伪军们也知道眼下形势，鬼子动了狠手，不拼就是死路一条，拼了兴许还有机会活命，于是纷纷举枪射击。双方交火僵持了十几分钟，突然远处传来一阵密集的枪声，鬼子开始纷纷后退。马玉鸣见状对伪军高喊："我们的部队来了！"话毕带头冲出屋子。前后夹击中，日军除少数侥幸逃脱外，大部被歼。院子里的杨新，早已一命呜呼。

春祥待战士们打扫战场收缴好鬼子的枪支，对众伪军说："大家也都看到了，鬼子拿你们当人吗？现在我就问你们一句，是跟着我们打鬼子，还是跟着鬼子去找死？随你们选，现在情况紧急，我决定继续向城内进攻，既然来了，就干他个天翻地覆。"

"我们跟着你们干！"随着萧正亮的一声呼喊，伪军们纷纷要求加入特务营。

部队随即朝城内前进，青阳城里几个点的日伪军也都迅速行动了起来。老百姓睡得早，听到外面有枪声，也不敢点灯。整个城里漆黑一片。春祥命令部队摸黑前进，在大街小巷里穿行，只要有电筒灯光出现，就立即开火。霎时，整个青阳城就像热锅炒豆子般沸腾起来，到处都是枪声，既有敌我双方的交战，也有敌人之间的误击。

青阳城里的枪声、喊声、爆炸声，声声震耳，在漆黑寂静的夜晚传得很远。附近的游击队、军分区支队还有武工队听到动静，都开始朝青阳城集结。一时间，城内城外，枪声夹杂着喊杀声。直到天空变得蒙蒙亮，青阳城才重归宁静。

东逃的一小股日伪军没跑多远，就遇上了新四军骑兵团十一大队。西窜的日伪军，被附近十一旅的一个营以及行署下面的县大队阻击，顷刻间溃败，纷纷缴枪投降。春祥在城东门附近和骑在马上的韦旅长碰了个正着，韦旅长手拿马鞭指着春祥喊道："我就猜到是你小子搅和的，没想到你会把动静搞得这么大。"

春祥赶快敬礼，大笑道："韦旅长，我也没想到会是这个局面，昨晚我还担心出不来呢。"

韦旅长拖了一下缰绳，军马扬起前蹄，嗒嗒地飞奔而去，身后留下一句："等老子再搞些军马，送你们二十匹。"

天大亮后，青阳城被收复。

为保证半城的绝对安全，新四军率先控制住了周边的城头、孙园、陈圩等地，逐步压缩残存日伪军的活动空间。随后，新四军大部分兵力开始聚往泗县和灵璧方向。

新四军主力换防后，高集、河口、吴庄几个区域的重要性就凸显出来。这些地方临湖，敌人来去比较快，较之其他地方，歼敌难度更大。据当地群众反映，最近有两股敌人在龙集四周转悠，据守的日军严防死守，只要哪个地方有动静，就前往支援。龙集是个稍大点的镇子，靠近湖边还有一个龙集村，村里也驻扎着一个小队的日军，他们是为日军大部队撤退做掩护的。

春祥花了五六天时间，与金大牙、洪泽湖大队、区小队、当地游击队取得了联系，决定分兵突袭各个据点的日伪军。郑留宇率领一个排，再加上洪泽湖大队，负责突击龙集北的高集，切断敌人后路；张金军率领一个排，和金大牙一道围堵河口的敌人；春祥自己则率领两个排对付龙集南吴庄的敌人。春祥的意图很明显，在龙集镇南北两点打击敌人，会引出镇里的日军，让其抽不出人手驰援龙集村。

在河口，金大牙的手下很快就摸清了敌人的动向。一股日伪军正在河口北徐洪河南岸休息。此时太阳还没出来，敌人被追得人困马乏，竟然连站岗的哨兵都靠在树下睡着了。金大牙小声对张金军说："我从东边，你从西边，同时开火。"

张金军摇摇头："不，早晨的觉最好睡，我们派几个人过去，先把他们的枪摸走，这样更好，省力省子弹。"

几名手持短枪的战士，趁着薄雾悄悄上前，穿梭在熟睡的人群中收拾枪支。突然，一名战士脚下一软，一个趔趄跪倒在地，膝盖正好压在一个伪军腿上。伪军"哎哟"一声惊醒，一看是新四军，大声叫了起来："新四军！新四军！"附近的敌人被喊声惊醒，慌忙抓枪，战士们见状趁乱跑了出来。由于大部分枪支已被收去，敌人大乱，见几个有枪的意欲还击，张金军一声大喊："开火！"

刹那间，轻重武器一齐射向敌人。敌人那边，一片混乱，手里没枪的想跑，有枪的慌乱射击。在我方占绝对优势的情况下，战斗很快就结束了。

龙集镇里的日军队长听到北边传来爆炸声，立刻派了二三十人前往支援。

南边的吴庄附近，一长排伪军正在沟沿上向西行进。领头的队长被埋伏在此的春祥一枪击毙后，其余的伪军转身就往回跑。春祥带人在后面紧追不舍，伪军接二连三地倒下。跑了二三里地后，剩下的伪军实在跑不动了，纷纷举枪投降。但龙集镇里的敌人听到南边的枪声后，没敢增援，而是一边撤退一边通过电台呼喊援兵。

此时，郑留宇刚和洪泽湖大队会合，还没来得及赶到龙集镇东边三四里外的龙集村。但龙集村的日军已得到命令，开始做防守准备。郑留宇带领部队赶到村口时，敌人先行开枪，并击中了两名战士。郑留宇反应迅速，立马指挥战士们就地隐蔽起来。战斗打响后，敌人占据有利地势，拼命射击，郑留宇几次进攻都被逼退。郑留宇心急如焚，正准备再次发起强攻，从龙集镇出来的敌人抵达了战场。郑留宇腹背受敌，损失惨重。随着队伍伤亡人数逐渐增多，洪泽湖大队队员也越来越焦躁不安。

见一时难以歼灭敌人，郑留宇命令部队向南撤退。而从龙集镇赶来的日军很快就和村里的日军会合，对我方发起了冲锋。郑留宇部队抵挡不住敌人的猛攻，一再南撤。

生死攸关之际，春祥带领部队赶到，加入了战斗。敌人开始边射击边朝东撤。等张金军赶到时，敌人的四艘汽艇已靠近岸边，敌人一窝蜂地向着汽艇奔去。岸滩上留下几十具尸体后，敌人乘汽艇仓皇逃离了龙集。

此役，虽然龙集被拿了下来，但造成了我方三十多人伤亡。金大牙和洪泽湖大队的士气也严重受挫。为此，春祥受到了师部的严厉批评。

师部作战参谋李子文找到春祥，详细分析了这次战斗的得失。他指出春祥在指挥上判断失误、处置不当，如穿插不及时；没有预料到敌人的后续变化；更不应该先放着龙集镇不打而去进攻外围。事实上，龙集镇虽然敌人兵力不强，但距离龙集村很近，把握时机截住敌人退路的难度很大，这才是造成此次损失的最主要原因。而对春祥取得的成绩，李子文只是轻描淡写地提了两句。

为此，春祥闷闷不乐。

徐部长看到后，在旁边安慰春祥："胜败乃兵家常事，回去好好总结一下教训，不要灰心，要做好战士们的思想工作，顺风仗好打，但不可能次次都打顺风仗！洪泽湖大队那里的工作我来做，你忙去吧。"

春祥抬起头，望着二人说道："这次战斗，是我没有通盘考虑，组织上给我什么处分，我都会接受。这次教训我会总结的，战士们的思想工作我也会去做，这一点请组织放心。另外，我还有个想法，这次到龙集支援的汽艇这么快就赶到，应该是从龙集对岸高渡那里出来的，那个据点不拔除，支援的汽艇还会随时到湖西岸。"

已起身准备出门的李子文又坐了下来，摇头告诉春祥："按照军部计划，那里由三师接管，我们四师主要打击西边的敌人。再说，高渡居于要害位置，敌人兵力一定不弱，我们四师这时候已派不出更多的部队对付它。你们特务营大部分人也不在那儿，能组织的兵力很有限，怎么拿下高渡？"

"那个地方我熟悉，可以通过内部的人摸清情况，从里面动脑筋。当然,也需要三师给予积极配合,我相信特务营有这个能力完成任务。这是我一时的想法,可能还不成熟,回去后我做一个详细的计划再报给你们。"春祥认真地盯着二人。李参谋和徐部长相互对视了一眼,都点了头。

李参谋走到门口说:"行,我等着你的计划,收到后会报给师部的。"

李参谋离开后,徐部长指着春祥说:"你小子不是一向考虑得很细吗?这次怎么会出现这个情况?"

春祥沉思片刻,摇摇头说道:"原来我计划在外围打击敌人,就是为了吸引龙集镇的敌人出来。等我们两边结束战斗,切断敌人后路后,再从两侧迂回到龙集村。龙集村那里我也安排了人,本来认为这是最保险的,没想到日本人竟然不出来。"

徐部长嘿嘿笑了起来:"你的计划,别说师部,我也认可,但要记住,打仗的事瞬息万变,想不到的事情随时都可能发生。这就要求指挥员要把所有问题都考虑到,同时还要站在敌人的角度来看待问题。这次失误过去了,以后多注意点。"

徐部长拍拍春祥的肩膀,又叮嘱道,"做事还是要冷静,去吧。"

双　簧

两天后,贾秀峰来到了春祥这里,一见面就问:"找我什么事?"

春祥向他透露了打击高渡敌人的打算,询问他有什么好办法。春祥还说,自己已和泗阳县委委员谢大民取得联系,他应该这两天就会赶到。

贾秀峰停顿了一会儿,回答:"我们保安团驻守县城时,一般没有任务不到下面去。不过后来我有一个排被抽到高渡,一直没有回来。排长是当年我从山东带过来的,叫洪学鞠。这说起来有三四年了,不知他现在情况怎么样了。如果他还在那里,我倒是可以去找他,就是效果如何,我不敢说。"

"行不行我们都得去试试!再说了,我们还会有其他途径联系那里的人。"

"没问题!什么时间去?"

"今晚上。"

"啊,说走就走啊?"

春祥点点头。

晚上，一条木船把春祥、贾秀峰和罗俊送到了高渡附近的周庄。罗俊是裴圩人，对当地熟悉。上岸后，周俊带二人进了镇子，找了一家小旅馆住了下来。

第二天天一亮，罗俊就出了门。半晌午，罗俊匆匆赶回旅馆，对春祥二人说："我托了个熟人，正好这个人就在洪学鞠下面当差。洪现在是副营长，他答应晚上见一面，地点就在湖边的成子酒家。"

傍晚时分，春祥和贾秀峰、罗俊如约来到成子酒家。罗俊留在外面，贾秀峰敲了两下包间门，里面传来一个声音："进来！"

贾秀峰推开房门，看到里面坐着三个人，中间的一个正是洪学鞠。洪学鞠看见贾秀峰，立刻起身敬了个军礼，又上前握住贾秀峰的手，说："老团长来了，欢迎欢迎啊！"贾秀峰向洪学鞠介绍春祥："这位是国民革命军暂编第十军的郑团长。"

"幸会幸会！"洪学鞠坐下后，顺便介绍了自己旁边的两位——时连长和金连长。

洪学鞠让时连长赶快安排上菜。菜上来后，金连长起身为大家倒酒。

贾秀峰客气地说："老弟现在混得不错嘛，都当上营副啦。"

"贾团长，你看你这话说的，没你带我出来，说不定我还在码头搬鱼呢！现在我们这里缺人，日本人不管啥烂鱼烂虾都往筐子里装。这不，前一段时间不知又从哪里招了一批人，我这职务也就跟着水涨船高了。来的这些人，我看哪，他妈的训死也没有屁用。不说这个了，贾团长，你现在是……"洪学鞠对其他事情一笔带过，急切探问贾秀峰的身份和来意。

"嗨，我啊，现在混得不行了，在镇公所谋一差事，顺便做点买卖。"

"那你好好的保安团团长为啥不干啊？"洪学鞠表示疑惑不解。

"今晚的话可不准外传啊！我啊，年龄大了，不愿意再在日本人手底下干活了，又累又受气。现在自己干的是公差，没压力，自在。"贾秀峰说完，对方三个人附和着笑了笑。

春祥碰了碰贾秀峰的胳膊说："人家洪营长这么热情，多说点高兴的事。"

"噢，对对对，几年没见，来，喝酒！"

放下酒杯，洪学鞠扭头问春祥："郑团长，现在形势这么紧张，你怎么还有时间出来溜达啊？"

笑过两声，春祥回答："我们驻守在五河，本来上面要提我当副师长，也不知中间出了什么幺蛾子，这事突然就没音了。更奇怪的是，后面提上来的居然是我原来的副手。我本就和他不对付，想着再干下去也没有多大意思，反正现在他们也拿我不当回事，那老子就撂挑子，先出来转转，看看外面都是啥情况。我这不是和老贾关系不错嘛，就跑到他那里坐坐，他提到你，又顺便一道来你这里看看啥情况。多个朋友多条路嘛。"

酒越喝越多，话也越谈越深。洪学鞠和两个连长话语中流露出诸多的担忧和顾虑——在部队里继续干下去，眼前这个局势实在不容乐观，万一日本人战败，他们将无立身之地；不干吧，他们也不知该往哪里去。去地方政府，南京和重庆不和，到哪一边都得罪人。和共产党那边又搭不上话。最关键的是如果洗手不干，这张嘴吃饭立马就成问题。特别是最近一阵子，日本人连三并四地被调走，他们头上的压力是减轻了不少，但新四军和游击队又开始动作频繁。

三人诉苦唠叨了一阵子，洪学鞠再次问春祥："郑团长，你级别比我们高，接触的人也不一样，你说说现在到底是啥情况？也顺便给咱弟兄们指条明路，下面该咋走？"

春祥佯装沉思，最后抬头说道："那我就随便说说，大家也只当听听！"

"说！在我这没事！"洪学鞠大大咧咧地说。

"我出来的时候，听说我们军一个副旅长带着一个团投奔到新四军二师那儿去了，就在滁州跑的。现在国外是啥情况，大家可能不知道，意大利败啦，苏联和美国都快打到德国了。日本为啥从咱这调兵走啊？还不是因为其他地方兵不够用了。现在美国人又在太平洋上横冲直撞，日本人吃不消啦。蒋委员长看着不对头，早就和美国、苏联搞在一起了，再看咱们的汪主席，现在怎么样？你们想想，等美国、苏联把德国收拾停当了，腾出手来会干啥？还不是对付日本？再说了，汪主席去年和美苏正式宣战了，人家能放得过他？这一点别说汪主席，咱这些下面的，哪个心里不是门清？"

一席话，说得洪学鞠和旁边的两个连长哑口无言。

"我这次出来，就是想多到几个地方看看，打听一下其他地方的情况。现在，其他地方都慌了！你们还别说，今晚我在这里真不是夸人家新四军，人家现在就是在抓住这个机会。今后谁坐江山咱不妄加评论，但至少我感觉咱们的南京政府希望是不大的。你们可能还不知道吧，我们那里都传得沸沸扬扬了，汪主席病了，病得还不轻呢，现在都很少问事了，整日都在琢磨着怎么去日本看病呢。"

春祥一番话惊得洪学鞠三人目瞪口呆，摇头的摇头，叹气的叹气，半天没人说话。

贾秀峰故意瞪了春祥一眼："郑团长，你身为团长，可不能乱说啊！这可不是小事！你看把几位兄弟搞得情绪这么低落，不说这个了，再说我这个大哥可要发火了。"

春祥赶紧抱拳，赔着不是："对不住啊，我刚才就随口说说。只是我个人的所见所闻，大家听听就罢，不作数啊。来来，不提这个事情了，喝酒！"

气氛一下子变得沉闷，屋内再也没有先前的豪言壮语和意气风发。没过多久，酒席结束后，几个人在酒家门口相互握手告别。洪学鞠拉着春祥的手，悄悄说了一句："郑团长如果不走，我们再找个时间叙叙。"

"行，没问题。但老贾还急着回去，我们俩最多在这里再住个一两天。"春祥晃动着手告诉洪学鞠。

第二天上午，三师七旅的一个团就在渔沟镇韩圩发动了一次进攻，一直把日伪军打到靠近李口的蒋集，歼敌三百余人。

当天下午，洪学鞠就找上门来，一进屋就叨叨个不停："郑团长，你还别说，我回去向几个人都打听了，和你说的都差不多。我在这个前不挨村后不着店的鬼地方，啥消息都没有，唉……上午在淮阴的新四军又开打了，这次都快打到李口了，这咋弄啊？"

"又打不到你这里，你怕啥！"贾秀峰说。

春祥朝贾秀峰摆摆手说："贾大哥，你不带兵好长时间了，你不清楚，有些事得早做准备呀！现在这个局面，你今天敢说明天的事吗？那万一滑秃噜了，来不及的。我，不就是个例子吗？哪知道我不但上不去还要往下出溜，要是早知道，就早把那小子毙了。"

唱红脸的贾秀峰瞅瞅春祥，帮腔道："你看我这个老弟都急成这个样子了，你就说说自己的打算，让他借鉴一下不就行了吗？啰里啰唆一大堆东西干啥。"

洪学鞠又问回了老话题："郑团长，你见识广，识人多，假设你站在我这个角度，你认为该怎么办？今天就我们仨人，你尽管说。我是特意一个人来的，你不要有啥顾虑。"

"一句话：要么自己走，要么自己干。"

"此话怎讲？"

"如果担心自己以后不知该怎么办，一走了之是最好的办法。但现在这个局势，你能走哪里去？归隐山林？说到底这只是胆小怕事、逃避现实的办法。洪营长，你能干到今天这样的确不容易，你也肯定有自己的想法，既不甘于现状，又担心将来，那就只有自己干！不行，就推倒重新来呗。"春祥话说到一半，又戛然而止。

洪学鞠点着头，飞速盘算着春祥的话。见春祥停下不语，他瞪大眼睛着急地催促着："郑团长，你接着说呀。"

春祥顿了顿，继续说道："先不谈你，我这次出来兜这么大一圈子，收获还是有的。通过这么一转悠，我就在思考，如果不能再跟着汪主席干了，那我们该跟着谁呢？是重庆还是延安？这几天和你交流，我的感触又增加了一些，我打算这次回去就不干了，重新考虑下面该何去何从。虽然我不能替你做决定跟着谁干，但不管跟着谁，这个投名状还是需要的……"

"什么是投名状？"洪学鞠疑惑不解地问。

"投名状就是自己想上山，上哪个山头，总得交给别人一些让人家信服的东西吧。水泊梁山里的林冲、武松、鲁智深，哪个不交投名状？没有投名状，谁让他进梁山啊。"春祥解释道。

洪学鞠恍然大悟地拍了几下脑袋，又问道："那我这个投名状投给谁更合适呢？"

"现在对抗日本人的无非两方面：重庆和延安。无论投谁，至少在日本人离开后都能生存。但从长远来看，可能共产党更牢靠一些。为啥这么说呢？日军入侵中国之前，老百姓过的是什么日子？鬼子来了之后，老百姓过的是什么日子？其实前后变化并不是很大，平民百姓一直受苦。你应该听说过吧，前年的黄桥和去年的山子头两场战役，都是共产党取得了胜利。我们十军的一个旅长都带人投靠了新四军，这还不能说明问题吗？"春祥说完，缓缓地喝了一口水，静静地看着洪学鞠。

洪学鞠双手托腮，一言不发，内心反复揣摩着春祥的话意。许久，洪学鞠突然站起，道出了自己的困境："我一个人走很麻利，但就像你说的，没有投名状谁相信我？可让我带走一部分人，我又能怎么带？我们这个地方就像一个插在湖里的草甸子，大半圈是水，一小半是旱路，又驻扎着这么多的日本人，走旱路无论如何也是走不通的啊。"

春祥用胳膊肘捅了捅贾秀峰："老贾，你当兵这么多年了，说说你的想法。"

贾秀峰接过话头说："其实决定权就在洪营长手里。照当下的战局发展来看，还是尽快抉择吧！眼下的有利条件是，我和郑团长转了这么一大圈下来，和两边都有所接触，代你传个话，问题应该是不大的。"

方才还算活跃的气氛立即沉闷下来，沉默在彼此间蔓延。此时，春祥故意用轻松的语气说："洪营长可能一时还拿不定主意，这我能理解。没事，你再多考虑考虑，我们俩明天就先回去了，这事日后再说吧。"

洪学鞠慌忙拦住二人，一脸愁容地说道："别！别！先不管投谁，说了半天，我都不知道自己能干什么，能拿出什么东西来让人家信服。你们一走，我找谁商量去呀！"

磨推三圈，洪学鞠终于说出了心里话，这才是春祥最想要的结果。看时机已成熟，春祥朝贾秀峰点点头说："老贾，既然洪营长都说到这个份上了，你就把上次那个事说一下呗，看看能不能对他有所启发。"

贾秀峰这才托出自己的底盘："说简单点，就是弄点东西，带走点人，或者用烧火棍搅和一下。说复杂点，你弄出来的动静和带出来的东西要人家看了满意才行。"

"就凭我一个人，在这个草甸子上，还要干个大事？我感觉，难！"洪学鞠连连摇头。

贾秀峰指着洪学鞠："你这个人真是灯下黑啊，你面前坐着的是谁？给你磨了半天嘴皮子，你倒好，光想着自己的困难了。"

一语点醒梦中人。洪学鞠醍醐灌顶般地拍着大腿，连声"哎呀哎呀"个不停，急忙把椅子搬到春祥旁边："郑团长，还是看你的啦。"

春祥低声细语与洪学鞠讨论了起来……

第二天，春祥和贾秀峰早早离开了高渡。

回到师部后，春祥立即把情况向李参谋和徐部长作了汇报。方案上报师部得到批准后，春祥便紧锣密鼓地着手战斗准备。

按照既定的计划，驻扎在李口附近的三师，首先向卢集的敌人发起攻击。卢集敌人负隅顽抗，新袁和裴圩等地的日伪军纷纷赶来支援。战斗持续了两天，三师仍没有"拿下"卢集。高渡的鬼子见势也开始慌乱起来，只得抽调大部分兵力向北增援。高渡镇原驻扎有六百多敌人，现在只剩下不到两个连。

傍晚，春祥带着两个连划船来到高渡，上岸后，朝码头方向突击。码头上的鬼子很快就发现了他们，但还没等新四军开枪，鬼子就被身后时连长带来的伪军全部击毙。张金军留下几个人把几艘汽艇全部炸毁，湖面被火焰映得通红。罗俊在前面带路，领着马玉鸣赶到敌营。这时，洪学鞠正带着一部分伪军和鬼子打得热火朝天。马玉鸣一看，就势从南边插到鬼子后方，直捅鬼子的屁股，双方合击把鬼子全数歼灭。春祥带着一个小队，攻下北边的据点后南撤，与洪学鞠会合到了一起。洪学鞠上前，看到是一个穿新四军军装的春祥，兴高采烈地说："原来你让我递投名状，就是递给你们的啊。"春祥笑着说："老贾就是你的榜样啊，只是他没给你说明白罢了，他早就是我们新四军的人啦。现在好了，你们都加入了人民的队伍，再也不要有任何顾忌了，就跟着共产党打江山吧。"

根据作战计划，春祥继续带队向北进攻。队伍赶到卢集时，三师已结束战斗。残余之敌向东南溃逃而去。战士们此时也已十分疲惫，在卢集就地休整。

高渡随后由谢大民领导的游击队驻守。

诛谍

1939年9月，山东分局和山东纵队根据党中央要求，决定加强苏皖地区工作，南下成立苏皖纵队，开辟敌后游击战场。直到次年7月，苏皖纵队建立苏皖根据地的任务才初步完成。其后，上级要求撤销该纵队，部分人员返回山东，部分人员加入新四军，还有一小部分干部留下来加强地方武装建设。这个时间和春祥从浙南回到宿迁建立除恶队的时间几乎相同。

几年来，骆马湖附近一直活跃着一支游击队，队长何丰曾是江华苏皖纵队的一个排长。在何丰的带领下，游击队一度发展到百十号人。但由于地处日伪军和国民党军队共同占据的区域，生存环境恶劣，到1943年底，队伍只剩下三四十号人了。何丰曾率领队伍几次三番向东寻找新四军，都被堵回来了。现在队伍只能在骆马湖东一带活动，实力大不如前，还发生了队员脱离组织的情况。

两天前，这支游击队在大兴和新庄之间的林河遭到不明人员袭击，牺牲三十三人，何丰身首异处，壮烈牺牲。惨状震惊了泗宿地区的军民，三师师长黄克诚震怒不已，当即与四师取得联系，淮北行署也和师部进行了沟通。

此时，春祥正在淮阴三树，准备往北行进。接到师部命令，他立刻率领特务营赶往西北方向的大兴。到达林河时，就见当地村民正在挖一个大坑，准备掩埋游击队员的尸体。春祥强忍泪水仔细查看了每具尸体，几乎所有队员都是正面被击中两枪以上，而且大家的衣服相当干净。基本上可以判断是遭到突然袭击，大家还没有来得及做多少抵抗。春祥又从附近村民那里了解到，前天下午晚饭前，突然响起一阵急促的枪声，不大一会儿就没有了声音。晚上，几个胆子大的村民跑出来一看，就见一排尸体靠在沟沿上，其中一个人还被砍断了脖子。

春祥和马玉鸣在河堤上堵住了黄喜标。黄喜标明白春祥的来意，因此还没等春祥开口，就紧忙上前搭话："郑营长，这次我就帮不上你了。我驻在县城，对外面的情况不是很了解，一般也不大下去，不是兄弟我推诿，是真没有办法。"

春祥也上前说："黄队长，你应该清楚当前的形势发展到啥地步了，今天你多做一件好事，不但是给自己积一份德，也是为日后多留条路，你可要好好想想！"

"郑营长，我已经帮过你一次了。哎，你这不是逼我吗？"黄喜标面露难色，接着说道，"现在外面不太平，我真不好出去呀！皇军每天都来查岗，万一发现我不在就麻烦了。前几天有一个人只是因为回了一趟家，就被认为是去给新四军送信，让人一枪给崩了。"

见黄喜标有意推脱，马玉鸣拍了拍腰间的盒子炮，忍不住骂道："都啥时候了，你还推三阻四的，我们营长给你指的这条后路，看来你是不想要了！"

黄喜标被马玉鸣唬得脸上发白，想了想，最后说："那，那我到哪儿去找你们呀？"

马玉鸣说："不用你找，我们每天都能找到你。"

春祥心里一片茫然，不知该如何开展下一步工作，只能寄希望于黄喜标处传来消息。

幸好黄喜标很快就带来情报。他们在县城北边的马楼抓到一个人，说是何丰游击队的队员，正准备押往县城。春祥让马玉鸣赶紧召集队伍连夜赶往马楼方向，在马楼至县城之间的公路上拦截这个人，自己随后就到。

马玉鸣在城北井头附近截获了一辆摩托车，车上正有此人。春祥赶到后，很快就从他嘴里知道了事情的大概。被俘的游击队员叫王定河，当天，游击队在新庄遇到一股日军，躲开后继续往南转移，到林河时实在走不动了，就停下来原地休息。队员们因为没东西可吃，饿极生乏，都躺在地上睡着了，放松了警惕，没想到敌人摸了上来，接着就是一阵扫射。王定河与几个队员在何丰南边的草丛里休息，没有被敌人发现，躲过了一劫。他知道何丰和大部分战友都已惨遭毒手，便和几个幸存的队员分道而行，准备回山东老家躲一阵，万万没想到最后还是被伪军逮住了。

王定河说完就埋头哭了起来。

春祥安慰一番，接着问王定河："你好好想想，何队长之前有没有什么异常，比如情绪上有没有什么变化？"

王定河低头想了一阵，缓缓开口，说何队长人不错，就是脾气不好，遇到事情动不动就骂人，有几个队员跑了，就是因为受不了他的脾气。何队长牺牲的前两天，罗子善还和他大吵了一架。罗子善这个人脾气也不好，听其他人私下议论，罗子善比何队长有心机，早就试图撺掇和他亲近的几个人一起离开队伍。有一次，何队长发现了，拿枪指着罗子善，严厉警告。两天后，罗子善就不见了，随他一起走的还有两个人。

春祥详细询问罗子善和另外两个人的情况后，心下已有了成算，对王定河说："我们是新四军第四师的，如果你想加入我们的队伍，我们热烈欢迎。如果不愿意，你现在就可以回去，你自己选择。"

王定河摇摇头说："几年了，我一趟家也没回过，也担心再出现这样的情况。我想回去，你们同意吗？"

"同意！但我们也随时欢迎你再回来。"春祥掏出几块银圆交给王定河，"这是一点路费，回家后孝敬孝敬父母。"

连连鞠躬后，王定河低头抹了一把泪，与春祥他们道别。

王定河走后，春祥让小分队顺着城墙向南行进，自己则和罗俊、马玉鸣进了城。三个人再次来到赵贵明的小吃店，把情况与他进行了交流，要求尽快发动城内我方人员，拉开大网查找罗子善的下落。

家境殷实的罗子善是新安镇人，读过几年私塾。日军侵占新安镇后，他难忍日军残暴统治，偷偷加入了南进支队。后来队伍解散重组，他先在新安镇待了半年，接着又加入运河支队。何丰组建队伍后，他又成为其中一员。由于何丰脾气耿直，外加几次指挥失误，罗子善逐渐萌生了脱离之心。一次进宿迁城采买物资时，他被日军特务鹤田抓到，很快被鹤田收买。之后，何丰的一举一动鹤田都了如指掌。

这些都是宿迁城内地下党传来的消息。但问题是没有人见过鹤田和罗子善，更不知这两个人在哪里。春祥决定再见一见黄喜标，进一步摸摸情况。

当晚，春祥乔装来到一家剧场。黄喜标一看到春祥，就偷偷跟着他出了剧场大门。在小河边站定，春祥先交给他一个布袋，说："这是对你的奖励。"黄喜标掂了掂，笑眯眯地回话："一看就知道你们成了。"

"还没有全部完成。我们初步判断是游击队里一个叫罗子善的叛徒告的密。他和一个叫鹤田的特务勾结在了一起，这两个人我们都要找到。找不到这两个人就算任务没有完成，这事还得麻烦你。"

没想到这次黄喜标倒是十分爽快："我知道有鹤田这么一个人，只是没打过照面。罗子善我倒不清楚，没事，我和胖翻译认识，看看能不能套出一点话，这事就交给我吧，你只管等着听信就行了。"

没几天，黄喜标约胖翻译小聚，一见面就扔给他十块银圆。胖翻译抓起银圆放进口袋，笑呵呵地说道："黄队长最近发的什么横财啊？比过去大方多啦。"

"发个屁财！前段时间，兄弟我弄了一批好东西，没想到被游击队截跑了。今天来呢，是想让老兄帮衬帮衬，透露一下现在我们周边都有谁专门和皇军作对。我这后面还有东西要走，事成后，好处自然忘不了老兄你。"

胖翻译一听，顿时来了兴致，但转念一想，又皱起眉头："现在，皇军自己掌握的情况能跟我说吗？！前段时间，一支游击队被皇军吃掉了，这事我都是后来才知道的。哎呀，那个惨啊！不敢说，一想起来我晚上就做噩梦。"

黄喜标皱了皱眉，故作不解地低声问道："游击队神出鬼没，皇军怎么知道的？真是奇了怪啦。"

胖翻译环视一圈，见四下没人，凑近黄喜标耳边说："这事可不能外传啊，你以为游击队那里就是铁板一块呀？里面也有反水的，听说这个叛徒就住在我附近。你猜怎么着，这家伙带来投靠皇军的一共有三个人，他让鹤田把另外两个人杀了，自己才肯吐出游击队的消息。你看看这人心眼得有多少，手腕得有多辣。事后，这家伙要吃要喝不说，还要小娘儿们。"

"鹤田是谁？"

"皇军特务啊，别看长得像麻秆，心思沉得很，从来不和人多来往，就住在巷子里。他不但中国话说得麻溜，还擅长和附近老百姓处关系。不知道底细的，根本看不出来他是个日本人。"胖翻译说完，一脸神秘。

黄喜标故作惊恐，摇着头道："老兄啊，幸亏你告诉我这事，不然我这要是撞上去了，死都不知咋死的，太吓人了。"

胖翻译看着酒菜上桌，就吃喝着喝酒。黄喜标也不敢再多问，生怕引得对方起疑心，装模作样地陪着胖翻译喝了起来。

经过两天的明察暗访，春祥终于摸清了鹤田和罗子善的行踪。他担心在城里停留时间过长会出现意外，决定尽早动手。

这天，两个身穿警察制服的人，在窄窄的富贵街挨家挨户敲门查户口。当两人敲到一扇黑漆小门时，一个五十岁上下的瘦小男人伸出半个脑袋，嘴里冒出一口流利的苏北话："你好，你好，二位老总这是？"

站在前面的春祥说："我们是警察局户籍警，按照上面要求来查一下户口，你家几个人？"

"就我一个，姓陈，老婆孩子不在这里。"对方回答。

春祥手拿册子，问："我们能进去看看吗？这也是上面的要求。"

"欢迎，欢迎，随便看！"陈姓男人拉开院门，热情地在前面引路，春祥和罗俊紧随其后。

春祥瞄了一眼院子，面积不大，两边没有侧房，院里只有两棵枣树，树上已绿叶点点，还没开花。进屋后，春祥扫了一眼客厅，客厅宽敞明亮，家具擦得干干净净，清一色的苏北风格家具。墙上端端正正挂着年画，是花鸟虫鱼四条竖幅。春祥不经意地问道："请问陈先生，您平时做什么事？靠什么维持生计啊？"

陈姓男人回答："我在南街有个门面，做一些咱老百姓过年过节用的东西，像坛子啊被子啊什么的，日子还算过得去。"

"那老婆孩子怎么不跟着你啊？"春祥接着问。

"他们不愿意来，在睢宁乡下，怕这里乱。"对方对答如流。

春祥直指里面的房间问："能进去看看吗？"

"可以，随便看！"

进屋后，春祥边看边说："哎，我们这里不太平，陈先生在这里要注意安全啊。"春祥在一个书架前停下脚步，随手抽出两本书翻看，见都是古装书，便随嘴一问："陈先生也是读书人哪，这些书我都看不懂。"把书放回原处后，春祥又注意到一本日文书籍，拿下来在手里翻了几下，问道："陈先生，这日本字你也认识啊？"

陈姓男人赶紧解释："这书是我几年前买这个房子时，原房主留下的，没看也没扔，都搁这儿了。"

接着春祥又来到另一个房间。这间是卧室，被子叠得整整齐齐，横放在床头，枕头压在被子上面。春祥笑着问道："陈先生，刚才你没给我说实话吧？"

陈姓男人十分惊讶，轻声问道："我没明白，你的意思是？"

春祥指着床头的被子，笑着说道："在我们这一带，都是把被子竖着放的，晚上睡觉往身上一拉就行。你这横着放，我倒还是第一次见。"

陈姓男人顿时紧张起来，隐隐觉得面前这两个人不是来查户口的，而是另有企图。但事已至此，他也只能接着应付下去，便放慢语速来掩饰内心的紧张："我原来也是竖着放的，记不清上次是去谁家啊，看人家这样摆放，显得床比较宽敞，就学来了。"

春祥笑笑，随即问道："是哪一家啊，能不能带我们去看看？"

此话一出，对方慌乱不止，支支吾吾："朋，朋友，朋友。"

"鹤田君，找你确实不容易啊。"春祥的脸黑了下来。

"我不知道你们说的是什么意思。"

春祥一阵冷笑。

"不知道？你杀了我们三十多人，还说不知道？你把人头都割了下来，还说不知道吗?"春祥紧盯鹤田,连珠炮般地问了两句。鹤田脸上渗出了细密的汗珠,眼睛开始躲闪。突然,他一个后仰,把身后的罗俊顶向一边,企图挣扎逃跑。早有防备的春祥迅速出手抓住其衣襟,猛地一把将人拽到自己面前。与此同时,罗俊配合着从后面反剪其双手。春祥额头上青筋鼓胀,布满血丝的眼睛盯着鹤田:"你看清楚喽,我就是新四军!你想跑,门都没有!老子今天要让你血债血还!"

鹤田身体软了下来,惨叫了一声:"一定是那个死胖子,就他会日语。"

春祥一把揪住鹤田的头发,猛然上提,双眼瞪着他哼了一声:"出卖你的不是汉奸,是你的恶行!"

春祥一个眼神后,罗俊手里的尖刀直直插进鹤田的背部,刺入心脏。尖刀拔出后,瘦小的鹤田哆嗦了几下,倒在地上,渐渐没了动静。

河清街上,四个穿着保安队制服的人挨家挨户敲着门,引得鸡飞狗跳。在几类汉奸当中,街上百姓最恨的就是他们这种。在百姓眼里,伪军一般不和地方上的人接触,只有战事出现时才开拔出动;侦缉队就像看门狗,日军不喊,也不动;唯独保安队,有事没事就三五成群地出来转悠。没别的原因,就因为他们在这几种人中地位最低,饷银最少,只能借着各种名头搂点好处。

河清街尽头是一个不起眼的小院,平日里难得有人出入。四个保安队员的到来,打破了往日的宁静。

小院门被擂得山响,过了好长一阵,一个小妇人慌里慌张开了门。保安队头目嘴里不停地骂骂咧咧:"他妈的,怎么才开门?"

小妇人语气哆嗦着答:"刚才在睡觉,没听见。"

"头目"张金军问:"和谁睡觉?"

小妇人不说话,低着头站在一边。张金军一步三晃地进了屋,客厅没人,直接钻进西屋,也没人,接着又进了东屋,见床上躺着一个人。小妇人也跟着进了屋,问:"几位大哥,你们这是干啥呀?我这里可没啥人。"

"哟,小嘴挺利索呀!你这里没啥人,这床上是具尸体啊?"

小妇人不敢再多话。

张金军扭头朝床上大声喊道:"怎么,这么大的声音听不见啊?起来,问话！"

　　床上的人这才坐了起来，一看就没有睡着，精神头十足。此人看了一眼张金军，问："你们来干什么？"

　　张金军晃动着大拇指，道："听说最近游击队闹得挺厉害，上面要求我们严查。说，叫什么名字？"

　　床上的人显得极不耐烦："天天查，游击队早死光了。"

　　后面的两个保安队员拎起枪就朝床边走去，小妇人赶紧护在床边："几位大哥，我家这位是良民，不懂人情世故，包涵包涵，他叫陈世龙，你们有什么事吗？"

　　张金军冷笑一声，对小妇人说："你家这位说话蛮呛的嘛，跟我们走一趟吧，到我们那里问问话。"

　　"大哥大哥，行行好，这个就不必了吧！再说，我们这位和皇……"小妇人的话立即被床上人的咳嗽声制止住了。这位"陈世龙"说："不都跟你说了吗？咋还没完没了啦，老子要继续睡觉了。"

　　一句话把张金军激怒了，他手一挥，身后两个人就冲了上去。没想到"陈世龙"转身就从床头隐蔽处拿出手枪，冲在前面的队员见机一个枪托就砸了过去。张金军随即飞扑上去，几个人扭打在一起。小妇人急得在一旁又哭又叫。等众人从床上下来时，"陈世龙"已经没了动静。这时，小妇人看见一把匕首直直地插在他的脖子上，顿时昏厥了过去。

　　张金军拔出匕首，在被子上擦了擦，又塞回腰间，骂道："还横得很，老子让你睡个够！"

　　说完，四个人扬长而去。走开几十米远时，突然听到后面传来女人的喊叫声："杀人！杀人啦！"

　　春祥等人出城门时，随手把一张标语糊在墙上，上书一行大字：鹤田、罗子善被杀，是我游击队干的。鬼子汉奸，下场如此！落款是"游击队长郑旭"。

　　日军开始在城内大肆搜捕。一连三天，全城被掀了个底朝天。

反　水

傍晚时分，春祥带队南行至靳桥。此时，他还不知道，一场大战即将在附近展开。

原来，四师九旅先后攻下屏山、水牛刘家、河漼许、新关、老韩圩，已挺进到埠子圩附近。根据情报，驻扎在归仁集的日军每月中旬换防一次，附近的日伪军准备借换防之机重新布置兵力，集中驻扎在埠子圩四周，以接应从归仁集北撤下来的同伙。埠子圩所在的卓海子是日伪军"扫荡"蚕食淮北抗日根据地中心半城一带的前沿阵地。虽然这里敌人兵力不多，但据点工事坚固，构筑有鹿砦、圩壕、铁丝网、地堡群、外圩墙、内圩墙等七道工事，且周围地形开阔。在春季反击攻势中，新四军第四师九旅决定由第二十六团全歼这股日伪军。韦旅长召开二十六团军事会议，做了战前动员，又调来二十五团一个营，并准备亲率骑兵连参加战斗。

夜里，部队到达侍卫圩子。第二十六团决定采取交通壕攻击战术，夜间进行作业，白天发起攻击。作战方案甫一下达，战士们就开始挖交通沟和散兵坑，构筑火力掩体，并在一些破旧的黄土墙上掏了不少枪眼，对新工事进行伪装。韦旅长命令一个排的战士在村外布置岗哨，严防村民外出，严密封锁消息。准备工作一直延续到后半夜，战士们在各自的位置上稍作休息。天刚放亮，便又陆续进入战斗状态。

正值谷雨季节，田野里一派郁郁葱葱的景象。路边的柳树吐出新芽，地里的麦苗已长出一尺多高，绿油油的叶子预示着今年又是一个好年景。空旷的田野杳无人烟，远处的景象一览无余。

一场伏击战近在咫尺。

韦旅长带领骑兵连隐蔽在伏击圈外二里地处。他在村口走来走去，不时地看着手表。

十点整，敌人出现了。观察哨报告，正南方出现两个黑点。警卫队也传来消息，来了两辆汽车。韦旅长一听，兴奋至极，连跨数步来到阵地前，透过望远镜看到远处正驶来两辆日军卡车，卡车上站满士兵，卡车后面没有步兵。韦旅长随即命令，所有人员进入战斗准备。

两辆卡车由远及近，渐渐驶入伏击圈。二十六团团长严光一声令下，我方轻重武器一齐开火。卡车戛然停下，敌人迅速从车上跳下，开始组织防守。战斗持续不久，敌人凭借火力优势转入攻势，在几挺重机枪的掩护下，很快就要冲到交通壕附近。警卫队也不甘示弱，推倒土墙，火力全开，把敌人牢牢压制在阵地前。

双方进入僵持状态。

战斗持续了一个多小时，仍是胜负难分。此时，一个四十人的小分队悄悄从侧面摸过去，对着敌人的软肋狠狠捅了上去，敌人顿时乱了方寸。主阵地前的战士们抓住这个机会，发起冲锋。一袋烟的工夫，敌人被击退，开始四处逃散。骑兵连趁势出击，追赶四处溃逃之敌。敌人边撤退边放枪，骑兵排一名排长不幸中弹，摔落马下。几名日军迅速掉头，意欲上前实施抓捕，冲在前面的几位战士奋力上前营救，双方人员混战在了一起。随着聚集的人越来越多，众人只得拿起手中武器展开近距离搏杀，有搂抱在一起厮打的，有端着长枪拼刺刀的，也有用枪托砸人的……鬼子渐渐落入颓势。部分鬼子开始往村里逃窜，但没想到每户人家都紧闭房门。无处可躲的鬼子，最终在赶到近前的战士们面前，一个个倒了下去。

战斗结束，清扫战场时，大伙才知道，这次共消灭鬼子的一个小队和十几个伪军，缴获汽车两辆、机枪三挺、三八大盖二十多支、掷弹筒一支，另外还有子弹、刺刀、钢盔和军大衣等。

一辆卡车当场被战士们用手榴弹炸毁，另一辆被他们用三头黄牛拉回了根据地。

敌人誓不罢休，四处调兵增援。从靳桥据点出发的增援力量正好与春祥的队伍迎面相遇。敌人只顾低头向南开拔，没想到在靳桥南还有一支新四军队伍。春祥此时并不知敌人的目的和计划，只是立即命令特务营全力投入战斗。有任务在身，敌人无心恋战，一路朝南疾驰。春祥岂肯轻易放过，带人跟在后面穷追不舍。快到归仁时，敌人突然向东急奔，春祥这才命令部队停止追击。等春祥赶到埠子圩，看到一辆日军卡车仍在燃烧，方知这里刚发生过一场激战。没想到自己的这次意外"扰敌"，竟打乱了敌人的增援计划。

徐严亮部长在春祥回到营地的第二天就找上门来，告诉了他一个好消息：迫击炮仿制取得了成功。最近做了几次试验，次次都取得了不错的成绩。现在试着生产了几门，很快就能分发到各个部队。随后徐部长话锋一转，告诉春祥，有了重武器的支持，战斗部署的重点就要改变，各个作战分队将由过去的袭击、堵截、迂回等方式转向正面进攻。

从徐部长口中，春祥还得知，四师从3月中旬开始，经过五十天的持续战斗，收复了东至运河、西至津浦线的广大地区，散布在泗阳、睢宁、灵璧、宿迁之间的根据地也得到了巩固，现在只剩下几个县城及周边据点尚在敌人手中。接下来，四师将进行短暂休整，然后调动兵力加强泗县北、睢宁南的对敌斗争。在这波春季攻势即将结束之时，日军对淮北根据地南侧的最后威胁，仅仅集中在双沟、鲍集、老子山等洪泽湖南岸的几个点。

春祥回到家，看到妻子李丽霞已做好的晚饭，枪都没有取下，就着急忙慌地扒起饭来，一边吃一边说："这段时间你还是住到行署那里吧，我可能要有一段时间不能回来，新的任务已经下来。咱们根据地南边还不是很稳定，四师主要的出击方向在西边，首长要求我们营和南边的游击队、民兵会合，堵住敌人北犯的道路。"

李丽霞听完，赶紧为春祥收拾生活用品，春祥见状笑着说："不要准备了，战士们不都和我一样吗，天马上就暖和了，好对付。"

李丽霞一脸关切地说："你可千万要注意安全，听你讲打仗的事情，我就很担心。还有一个好消息要告诉你，我肚子里可能有了。"

"真的？！"春祥大喜。

"你可得把自己这条命留好，今后儿子还要靠你呢。"李丽霞说。

"没事，我命大着呢。"说完，春祥没作停留，转身离去了。

一天后，双沟北溧河附近一队伪军遇袭，除十几人逃脱外，大部分被歼或被俘。很快，双沟镇里的气氛变得紧张起来，镇子外围明显加强了岗哨和巡逻。春祥留下一部分兵力驻扎在双沟南边，带领余部继续往双沟西南方向赶。联系到当地民兵游击队后，春祥在双沟附近的宋庄安营扎寨，随即和游击队长商量如何攻打双沟。

"据我们了解的情况，双沟镇里现在有日军五十来人，伪军一百多人。他们原来的兵力主要集中在南边，你们在北边搞了他们一下子，他们便把主要兵力推到了北边。现在南边比较空，我们从南边进去比较有利。"游击队长潘冰说。

春祥想了一下，说："打仗要做到知己知彼，我们还是先派人进去侦察一下。双沟镇不大，很快就能摸清情况。"

第三天下午，春祥、罗俊和马玉鸣、潘冰分头进入双沟镇。

双沟镇东、南、西三面都有河道，形成了天然屏障。河道里小船如梭，有打鱼的，有运酒的，还有进粮的，来来回回，川流不息。四个人化装后分两组在东西向的几条街上转悠。街两旁，酒坊饭馆比肩而立，空气中弥漫着白酒的醇香。一如往常，街面上来来回回地穿梭着懒洋洋的行人。店主也懒得招呼客人，少数几个干脆就在门口的躺椅上迷迷糊糊打着瞌睡。

春祥和罗俊前后相距七八米远，佯装买客在街上溜达。距一家卤肉店不远处，春祥看见了一个熟悉的身影，竟是三星子。三星子穿着一件侦缉队的黑色对襟布褂，一步三摇进了店，买完东西，出店门向前走去。走在他前面的春祥转身闪进了一家酒坊。三星子并未察觉到任何异样，径直走过了酒坊。罗俊随后赶到，也进了酒坊。春祥把他拽到一边，在他耳边嘀咕了几句。罗俊快速出门，不远不近跟上了三星子。

春祥在酒坊稍坐片刻后，与马玉鸣和潘冰会合。三个人在桥头坐着等待。过了一会儿，罗俊也过来了，说："三星子进了一个院子，我在门口观察了一下，那个院子就是侦缉队的地方，里面没有几个人，就几辆洋车子。"

春祥对潘冰、罗俊说："你们两个赶快回去，安排两支队伍，一支留在镇边，一支到这附近，然后再派一个人去镇北找到张金军他们。我和玉鸣先在附近找个酒馆，晚上会会三星子。"

夜幕渐渐低垂，街上的生意一下子好了起来，食客陆续登场，踏进不同的酒馆饭庄。很快，鱼肉的香味混合着酒香在小镇上空飘散开来。等一切准备就绪，春祥和马玉鸣走进了侦缉队的院子。右面一间屋子亮着灯，门虚掩着，听到屋内不断传来猜拳的声音，"三星姑啊，七巧妹啊，九大运啊……"春祥抬脚跨进门，看到屋内一共坐着五个人。正当面的一个人瞟了他一眼，问："你找谁？"

坐在右侧的三星子也闻声瞅了过来。不看不打紧，一看吓得他整个人一下子僵在了原地，瞪大眼睛张着嘴巴呆住了。坐在当面的人打了他一下，问道："怎么？是来找你要账的？"

三星子反应过来后，急忙去找身边的枪支。春祥哈哈一笑，说："梁队长，我们都是老朋友了，这才多久没见就生疏了，也不欢迎一下！"

一句话，令三星子收住了手。

其他几个人不知道二人是什么关系，看看春祥，又瞅瞅三星子，不明就里。其中一个人指着春祥说："你到底是干什么的？我们这地方是你能随便来的吗？"春祥并不理他，往前走了两步，站在几个人旁边，扫视了一眼房间，"这间屋子要是给我就好了，靠着小街，外面的酒味这么重，不用喝酒都能醉。"

春祥不着边际的话激怒了坐在当面的人，只见此人腾的一下站起来，骂了一句："你小子也太狂了吧，老子……"说完，伸出胳膊就要上前，人还没走到春祥面前，就被一把手枪顶住了脑门。马玉鸣咬牙说道："再敢动一下，老子让你这个破瓢开花！"

春祥转过身对三星子说道："梁队长，上次多亏你帮忙，你放心，该给你的一分不会少！你也无须紧张，这次我们来，没别的，只想请你再帮点儿小忙。"

三星子紧张地问："郑老板，你到底是什么身份？是土匪，是商人，还是游击队？我现在对你有点吃不准，也不知道该怎么帮你啊！"

春祥看了一眼马玉鸣。马玉鸣心领神会，朝外面喊了一声，"来人！"几名战士端着枪跑了进来。马玉鸣说："把那四个押到旁边房间！"战士们把四人挨个押了出去，关进了隔壁屋。

三星子看到战士们身上的衣服方才明白，原来春祥真的是新四军。弄清眼前人身份后，他反而放松了许多。马玉鸣介绍说："这是我们郑营长。"三星子内心惴惴，望着春祥点点头，脸上慢慢挤出了笑容。

"梁队长，你不是在鲍集吗，现在怎么到这里来了？"春祥问道。

三星子尬笑一阵，说："上次被你们那么耍了一次，我还能回去啊？回去，那个织田还不得把我活剥了啊。"春祥笑着说："刚才我对你表示感谢，是真的要感谢你。你帮我们把药送到了，解决了我们一个很大的难题。目前这个形势应该不需要我再多说了，梁队长是明白人，后面的路怎么走你应该比我清楚。就拿双沟来说吧，往西已经没有路了，往东日军也就剩几个点，现在县城和县城附近的日本人都已经寸步难行了。"

"郑营长，这些不说了，我心里清楚，知道你无事不登三宝殿，有事你就吩咐吧。"三星子直言道。

"你现在打电话让你们的人回到这里。我的目的就是想把你们和日本人分开，我们的目标是鬼子不是你们，再怎么说我们都是中国人。"

"我现在不是队长了，像我这样的还能当队长？我们队长就在隔壁。"三星子指指隔壁，表情有点狼狈。

"那没事，你打就行，我们配合你一下。"春祥转头安排马玉鸣说，"你到院外面开上几枪。"

三星子开始拨电话。

电话那头传来问话声："哪个？"

三星子说："马连长，我是三星子啊，这里我们都快顶不住了，再不回来老窝都没了。"这时，外面响起一阵长短枪的枪声。

三星子慌张地说道："听到了吧？游击队打进来了。"

"胡扯，游击队在我们北边，怎么会跑到南边？"对方不信，但很快院外又传来一阵枪声。

这次马连长信了，大声向三星子喊道："我，我马上向太君报告。"

"连长哪，要快啊，再不来就真的来不及了。"三星子最后又装模作样喊了两句，随即放下电话，对春祥说，"估计他们很快就能过来。"

春祥拍了一下三星子的肩膀，诚恳地说道："你就别在这里等了，跟我们走吧！如果不走，等他们回来会有你好果子吃。"三星子心一横，弯腰拿起手枪，"他奶奶的，跟谁干都是干。"马玉鸣给隔壁的房间上了两把大锁，随春祥跑出院子，带领一个连的队伍一路向北。

黑夜里，三星子在前面带路，与往南去的伪军擦肩而过。到了镇北，按照春祥的命令，马玉鸣带领队伍先发动进攻，打响了第一枪。镇北外围的张金军听到枪声，也立刻组织起进攻。日军由于兵力少，阻击了一会儿就准备撤退。三星子对春祥说："郑营长，你赶快派几个人跟我到东边，我知道鬼子会往哪儿跑。"

春祥点头同意。

罗俊立刻带上十几个人，跟着三星子悄悄离开镇北。南北兵力渐渐汇聚到一起，鬼子边打边后退，退到双沟集东边苗庄时，被罗俊等人堵在路上。他们没想到后面还会有人堵截，被打了个措手不及。二十人又死伤大半，剩下的几个无路可逃，只能跳进河里，随慢慢上涨的淮河水漂向洪泽湖。

马玉鸣和张金军带领队伍和春祥会合后，回到侦缉队的大院，还没走进去，就听见院子里闹哄哄的。马连长的嗓门最大："三星子，王八蛋！如果让我逮到，看我不活剥你的皮。"旁边的人还在添油加醋，马连长的火气越烧越旺。伪军队伍里开始有人起哄，嚷嚷着要出去找三星子。

此时，大步迈进院门的春祥大喝一声："别找了，三星子回来了。"

伪军们一看，三星子果真回来了，但后面跟着一群人。两个伪军上前就朝三星子扑去，马玉鸣用枪指着他们："我看你们谁敢再往前走一步！"两个放肆的伪军戛然止步。

马连长瞥了一眼春祥，大声喝问："你们是哪一部分的？"由于天黑，对方看不清楚春祥身上的衣服。春祥厉声说道："我们是新四军，今天就是来消灭双沟镇上的日本鬼子的。三星子打电话给你们，目的是为了保护你们，免得给你们造成伤亡。现在鬼子已被全部歼灭，希望你们接下来重新选择自己的路。"

人群沉寂一阵后，一个大胆的伪军问道："你们把这里的日本人搞掉了，但你们能保证其他地方的日本人不会再来吗？"

春祥哼哼两声，说道："这附近就五河城里有鬼子，也离这儿最近，你们可以在这里等上一天，看看鬼子明天会不会来。你们五河的同行中就有我们的人，你们居然还在幻想鬼子来，真是笑话！"

马连长想了想，又回身指着院子里的人，问春祥："那我们这些人怎么办？就傻愣愣地待在这里？"

"今天我们不是来俘虏你们的，是作为同胞来给你们指一条道的。你们也不想想，为啥你们不断增加人，鬼子反而越来越少，不就是因为鬼子没有兵源了吗？如果你们不想再给鬼子当炮灰，那我们就共同接管这个镇子，让老百姓过上太平日子。"春祥高声道。话音刚落，院子里便陷入了沉寂。

见对方没有回音，春祥接着说："我们不能在这里停留过长时间，我们会留下几名战士，共同参与这里的防务。很快我们的大部队就会从五河北边过来，到时你们听他们指挥就行。"

马连长这时才说话："行，就按你说的做，但我们这些人的生活怎么办？都是当兵的，吃穿用度还有军饷你们要解决吧？"

"这个你们放心，有我们一碗饭，保证不会只给你们半碗。我会尽快和上级取得联系，确认此事。"

马连长点头表示赞同。

春祥率领部队继续乘船东进，天亮前赶到鲍集附近，悄悄埋伏了下来。

三星子和马玉鸣两个人到鲍集周边转了一圈后回来报告：目前鲍集已无日军驻守，临时码头上也没有一条船，仅有一个排的伪军驻守。这些伪军是最近才换防过来的，三星子不熟悉。

队伍很快就从三面把鲍集的伪军围了起来，准备以围逼降。战斗早上七点打响，四周都是密集的枪声，伪军穷于应付，坚持不到半个小时，就已阵脚大乱，逃无退路，攻无实力。见此情状，张金军开始喊话："伪军弟兄们，我们是新四军，都是中国人，只要你们放下手中的枪，我们保证优待俘虏。给你们十分钟时间，再不投降，我们就要发动进攻了。"

十分钟过后，西边的枪声率先响起。这时，伪军阵地上有人探出半个头来，急忙喊道："你们不要开枪，我们投降。"

张金军大声说："都放下枪，慢慢走过来。"随后，伪军一个个将枪放下，双手举过头顶从阵地前走了过来，战士们随即端着枪冲了上去。

就在春祥准备带队继续向东前往下一个目标——老子山时，接到上级让他们即刻返回双沟镇的命令，老子山交由二师负责。春祥一听，大为震惊，料定双沟镇上已经发生了险情，当机立断弃船朝双沟镇急行军。

赶到双沟镇，春祥见到廖毅，询问后获悉了一个突发情况——按计划，五河县县大队派一部分人进驻双沟镇，但遭到伪军拒绝，前去交涉的一名队员也被伪军扣了下来。春祥感到事态不妙，那个马连长可能反水了，几名留下的战士怕是凶多吉少。

事不宜迟，春祥意识到，必须尽快解决这股伪军。

伪军早已利用有利地形组织好防御，战士们两次强攻都无进展，伤亡不小。此时，三星子跑到春祥身边，主动请缨带几个人游水进镇子。三星子说，那个院子后面有一条小路，平时院子后门不开，可以从那里进去，在背后打对方个措手不及。春祥赞同，罗俊带着十几个人跟着三星子去了。

正面的交战变得更加激烈。

罗俊跟着三星子绕过街道，潜入巷子。罗俊先翻墙入院，打开后门后，战士们贴着墙根悄悄摸进院子里，看到伪军们正撅着屁股朝外射击。罗俊大喊一声："狠狠打！"一左一右两挺机枪同时开火，伪军们呼啦啦倒下一片。待醒悟过来，部分伪军开始转身回击。院子南边，游击队见敌人火力减弱，便发动猛烈冲锋。一阵枪声和爆炸声后，受到两面夹击的伪军，有的举手投降，有的准备向外突围。马连长带着十几个人朝着罗俊的方向火力全开，口中大声叫喊道："都给我往死里打，只要出去就能活命。"面对伪军疯狂的火力，伏击的战士们只能后撤到房子拐角继续射击，拼死堵住敌人的后路。很快，前面的战士就冲进了院子。马连长见无处可逃，便把手枪扔在一边，认命地抱头蹲在地上。此刻，罗俊已受伤倒在血泊里。

经过确认，我方七名战士和一名游击队员不幸牺牲。一名战士跑上前去，一脚狠狠地踹倒了马连长，并拉开枪栓对准了他。

"住手！"春祥喊了一声走上前来，站到马连长面前。马连长哭丧着脸解释："他们不听我的，我也没办法呀。"

春祥叫来一个被俘伪军，大声喝道："你把情况交代清楚！"伪军哆嗦着把事情一五一十地和盘托出。新四军走后，几个排长和马连长商量后面的事情，几个排长都不同意投靠新四军，有的想带队伍走，认为只要自己有枪，到哪都能生存，有的不愿跟新四军过苦日子。争执不下时，留下来的新四军战士上前做马连长的工作，没想到其中一个排长掏枪就把战士打死了。情况突变，马连长知道自己两头都无法交代，决定带队伍离开镇子往西走，但又被其他的新四军战士拦住。马连长急红了眼，命令手下缴了战士们的枪。战士们和伪军厮打在一起，最后，马连长下了狠手，把几个战士全都杀了。

杀人的排长已被击毙，坐在地上的马连长惊恐万分，不知自己的命运将会如何。过了一刻钟，春祥才说道："我给你指了一条阳关道，你却偏偏要进阎王府！我们新四军对罪大恶极之人绝不手软，马连长，你随意枪杀我方人员，死有余辜！"

砰！砰！砰！马连长和两个手下被击毙在淮洪河边。

策　反

一进入7月份，气温便急剧攀升，夏收早已完成，战事也随着炎热的天气变得越发激烈。

新四军九旅和十一旅各派一部，合围泗县县城东北的后张楼。一番强攻后，突破了敌人的防御阵地，敌人仍在拼死抵抗，附近前张楼的两百多伪军前来支援，被九旅的警戒部队尽数击退。后张楼那里，二十六团全歼驻守在那里的伪军。前张楼的伪军听闻此消息，向泗县县城逃窜。没想到在抱头鼠窜之际，半路又被十一旅堵截，伤亡大半。

三天后，一千多日伪军从泗县县城、睢宁邱集出动，分几路增援前张楼。四师集结主力，全力投入战斗。日伪军发动几次进攻均被击退，两日胶着激战后，日伪军见拿下前张楼无望，只得夹着尾巴撤兵而去。此次战斗，新四军共击毙日伪军两百人左右，俘虏伪军五百多人，掌控了睢宁到泗县的公路，解放了泗县北部广大地区。

为了防止睢宁和宿迁的敌人再次出动，在刚刚结束战斗的九旅二十六团休整之际，春祥带领特务营的一个连来到沙集和高作附近，与地方武装取得联系，密切监视着睢宿敌人的一举一动。

早在三个月前，日军在河南调集四个师团、五个旅团，由河南北部、山西南部，向郑州及其以南的平汉铁路沿线发动大举进攻。与此同时，洛阳的国民党军也遭到日军攻击。至5月初，日军占领了河南境内平汉铁路沿线。半个月后，日军又攻陷了洛阳。河南境内汤恩伯率领的四十万国民党部队连连败退，三十七天内，三十八座城镇失守。随后，日军开始东撤，意欲诱使胡宗南部队东出潼关，伺机歼之。

日军占领中原，准备以此为中心，实施三面堵截，切断华中、华北、陕西三大区中国军队之间的联系。这一意图被中共中央及时察觉，5月，中央便要求各地迅速派出干部深入敌后，组织和领导当地武装积极开展抗日游击战争。6月底，身在延安的刘少奇、陈毅致电新四军军部和第五师，指示第五师今后应向河南方向发展，完成绾毂中原的战略任务。7月25日，中共中央做出发动河南抗战、控制中原的战略部署：以陕西八路军一部，南下开辟豫西抗日根据地；以冀鲁豫军区一部，加强睢（县）、杞（县）、太（康）阵地，扩大豫东根据地；以新四军五师一部，沿平汉铁路两侧向北发展，开辟豫南抗日根据地；第四师主力西进豫、皖、苏边，首先恢复萧（县）、永（城）、夏（邑）、宿（县）抗日根据地，然后沟通和水东地区的联系，并相机控制新黄河以东地区。

8月10日，春祥收到返回师部的通知，便连夜带着两名战士赶回半城。一下马就急匆匆地赶往师部，这才得知四师主力将根据中央军委要求西进河南。

四师西进誓师大会在师部前的小广场召开，彭雪枫朗声讲话：根据中央军委要求，四师将大部向西，前往河南，新四军其他各师和山东、河北、陕西的八路军也都会抽调一部分兵力增援。中央这样做，主要是因为河南全境已被日军占领，汤恩伯的部队根本无力抗击日军，这样，华中、华北、陕西的抗战就将完全被日军隔断，造成我们新四军、八路军和几个区域的抗日武装互相照应不到，这对全国的抗战局势极为不利。因此，我们必须要设法粉碎敌人的这个企图，各支主力部队前往河南，就是要编织一张协同一致的抗日大网，组建当地民主政权，扩大抗日队伍。留下来的直属部门及部分作战部队，还要在原地继续坚持对敌斗争。大家在这里作出的贡献越大，对我们西进部队的支持也就越大……

春祥闻言，心里"咯噔"一下，没想到师部主力西进的时间会来得如此之快。之前虽有一些风声，但当时自己半信半疑。会后，春祥回到住处，见李丽霞不在，由于时间紧迫，他只好留下一张纸条，便骑马连夜赶回了沙集。

四师主力部队三个步兵团及骑兵团同时西进，一下子削弱了我军在淮北根据地的战斗力。附近几个县城及周边的日伪军明显察觉到了这一点，开始蠢蠢欲动，试探我方虚实。

宿迁城内地下党的同志提供重要情报，一小队伪军已出南门，正向徐圩方向进发，具体目的地是哪里尚不清楚。春祥敏锐地意识到，敌人这次可能是在有意试探。因此，他当机立断，必须严厉打击这股敌人，给对方造成新四军和游击队主力仍在敌占区的错觉。

就在此时，又一个情报递到了春祥手里。看过字迹，春祥知道是黄喜标送来的。按照情报上提供的信息，春祥事先做好准备，又派出了几个暗哨。

宿迁保安三连出城向西到高作，走了半天时间，人困马乏。保安三连这次出来，计划和驻睢宁的伪军会合，围剿在徐沙河一带活动的泗北县下属区中队。新四军几个主力团离开后，我方在泗县、灵璧、睢宁南及宿迁南广大区域的武装力量立刻受到削弱。淮北两个行政区要求辖区内县委领导下的县大队分散兵力，以小队或中队为单位顶在外围一线，防止敌人袭扰，保障根据地的安全。根据地内的军分区和师直属部队也化整为零，根据具体情况随时支援地方武装。这支泗北县下属的中队，就补上了县大队南移留下的空缺。

就在保安三连休息之时,突然从西边传来几声枪响。伪军们顿时手忙脚乱,连长李智赶紧带着队伍向西追去。到了枪声传来的地方,只见到了几个庄稼人,打听后也没有得到任何有价值的消息。李智开始犹豫起来,不知是往前行进还是返回县城。就在他犹豫不决时,南边又传来一阵机枪声。李智这才决定先停止前进,待联系上峰后再作决定。

当夜,李智得到了指令,原地待命,第二天再按既定计划向西挺进。伪军在沿街的几个商铺暂住下来,李智则在一商户家过夜。半夜三更之时,春祥带部队在当地一个叫武亮的小伙子的引领下悄悄潜进了镇子。

武亮敲开了商户的房门。

商户紧张地问:"小亮,你这个时候来有事吗?"

武亮回答:"刘叔,我们来是想见见李连长的,他在吗?"

春祥闪现在商户前。

"在,在,还没睡呢。"

屋里传来李智的声音:"谁呀?"

叫刘叔的人回了一声:"李连长,有人找你。"

"他妈的,这个破地方还有人找我啊,我在这里啥屁亲戚都没有。"

春祥大声说道:"是我啊,李连长。"

李智挑开门帘走了出来,定睛瞅了一下站在自己面前的春祥:"你是谁?我们从未见过面,认识吗?"

"一回生,二回不就熟了吗!"春祥笑着打趣说。这让李智感到了恐慌,他颤颤巍巍退后一步,惊诧地问:"你到底是谁?"

春祥指指椅子,双唇轻启:"李连长,坐下聊!"

等李智坐定,春祥简单地作了自我介绍:"李连长,我叫郑旭,新四军那边的!我知道你这次出来的目的,今天找到你绝非偶然,我是通过朋友知道你会到这里,所以已经恭候多时了。"

"你是不是杀鹤田的那个人?"李智惊慌失措,猛地站了起来。

春祥一声大笑后,坦言道:"正是!"

在李智不知所措之际,春祥大喝一声:"坐下!"

李智立马像被下了蛊似的,鬼使神差地坐了下来。

"李连长,我们新四军的政策你应该是知道的。你是明白人,希望你想清楚，什么事该干，什么事千万不能做！要不是看你过去没做过多少侵害老百姓的事，手榴弹早就扔到你床上去了。"

李智局促不安地坐在板凳上，双腿颤抖不止。

"李连长，我要和你说清楚，对你是这样，但对和你会合的那帮子人就不一样了。那些人是铁杆汉奸，我们新四军就是想借这个机会把他们除掉。"说着话，春祥紧盯李智，犀利的眼神形成极大的压力。李智没有接茬，只是怔怔地看向屋外。

"李连长有什么想法，都可以说出来。"春祥说道。

李智好半响才说："你说的我明白，但怎么帮你，我不清楚。我和他们不是上下级的关系，不能命令他们怎么做，我们事后都是各回各家。再说，我还不知道，他们这次来了多少人，你们是否有实力。听说你们大部队都走了。当然我也只是说说，不管你们能否干得过他们，希望你我今后互不干涉。"

"哈哈，听李连长的话味儿，我们还成了蚂蚁搬磨盘，不自量力啦！告诉你，我们的大部队白天走，半夜又回来了，目的就是迷惑小日本。配合不配合，你给句硬气话！"

"配，配合！"

"只要积极配合好就行，具体怎么配合你心里清楚。事成之后，我亲自到城里拜访你。你是中国人，我也是中国人，给你说句敞亮话，日本人在我们这里的时间长不了，往短的不敢说，长的绝不会超过一年。你现在醒悟还不算晚，如果你一直糊涂下去，等到小日本蹬腿翘辫子那一天，一切都难说了！"

李智最后决定积极配合，春祥把细节和他交代一番后，便离开了镇子。

在海郑公路南侧的红土庙，李智和从睢宁来的伪军发现了"目标"，便一东一西摆开夹击之势，朝红土庙的一条河沟摸了过去。快到沟边时，埋伏在树林里的一个特务营哨兵鸣枪报警，沟子里立刻冲出来十几名战士。一阵阻击后，战士们没有恋战，顺着沟沿迅速向南撤。两支伪军队伍从两侧夹击，穷追不舍。撤退了一多里后，十几名战士又停下来阻击。伪军们随即散开队形，继续攻击前进。在双方人马相距不到一百米时，突然从两边膝盖高的玉米地里冲出众多的新四军战士和游击队员，喊杀声惊天动地，东边的李智立即组织手下后退，西边的伪军被团团围在了一块空地上。

经过半个小时的枪战，敌人死伤大半，剩余的残兵四散溃逃。一袋烟工夫不到，西边的敌人就被全部歼灭。新四军回头又开始追击从宿迁来的伪军，一直追到靠近海郑公路的胡庄方才罢休。"慌里慌张"的李智带着队伍朝宿迁城赶，到后半夜才进了城门。

睢宁至宿迁一带的日伪军自此安静了好大一阵子。

过了两天，李智的驻地，春祥亲自登门拜访。李智一见到春祥，错愕不已，赶紧把他拉进屋子："你怎么还敢来这里呀？你来要是让别人发现了就麻烦啦。"

"都是朋友，我来有啥啊？今天来不是有事，是向你表示感谢，想请你吃个饭，晚上我把城北的黄喜标也叫上，怎么样？"

"黄喜标你也和他有来往啊？那个人我认识，滑头得很。"

"都是朋友嘛，这有啥，说不定你和他接触接触，会改变看法呢。"

"那行吧。"

晚上，几帮人陆续来到兴旺酒楼，黄喜标最后一个到，前脚刚进门，就赶紧朝春祥连连致歉："郑老板，实在不好意思啊，属下几个人因为打牌输赢打起来了，耽搁了一下，本来我该早来安排好的。哟，还有李连长，抱歉啊！"

"李连长、喜标兄弟，你们也都是老朋友了，不要见外……"春祥还没说完，李智就来了一句："我们能不熟吗，你问问他，我啊，和黄队长相比，也就是马槽边上的苍蝇，只想闻闻骚味，就这样，人家还要掀马槽子。"

黄喜标一听，赶紧起身，一手扶着李智的胳膊，诚惶诚恐地说："李哥，都是误会，误会啊！都是那胖翻译在中间鼓捣的。你放心，今天当着郑老板的面儿，你那损失我来补，明天我就去找胖翻译，让他到皇军那里哼哼去，差你们的津贴都给你补上。上次怪老弟我办事急了点，没考虑周全，今天给李哥道歉啊。"黄喜标朝李智弯腰鞠躬一番道歉后，方才落座。

春祥虽听不明白两人间的对话，但猜测是二人之间曾有误会，按关系远近，他只能批评黄喜标："喜标兄弟，以后做事得敞开来，李连长话不多，却是忠厚之人，以后千万不能再让人家受委屈了啊。"

"放心，一定一定。"黄喜标连连点头。

黄喜标问："郑老板，今天这酒是啥意思？"

"前两天李连长不是帮了我一个忙吗，今天是特地前来感谢李连长的。日后还要仰仗两位兄弟鼎力相助，玉鸣，给大家倒酒！"马玉鸣把酒一一斟满，春祥接着说话，"有一件事，不知当讲不当讲？"

黄喜标说："这有啥，尽管说。"

"大家都是朋友，请说！"李智也附和道。

"那我就直说了啊！"春祥看看二人，"你们现在不是在招人吗？我想推荐一些人过去，你们看看能否安排。"

李智顿时一脸迷惑，急忙问道："郑老板，你能否详细说一说，我不懂你的意思。"春祥之前已和黄喜标打过招呼，所以黄喜标并未接话，只是坐在一边沉默不语。

春祥不紧不慢地说道，照眼下这个形势发展，日本人估计在宿迁一带待不长了。今年3月份，汪精卫已到日本治病，听说病情很严重，去年年底他就瘫痪在床，这次到日本不一定能够回得来。现在汪伪政府主持空缺，日本人再一走，有重庆的蒋介石在，汪精卫的政府估计难以支撑。希望二位早做打算，现在时局变化，波谲云诡，稍稍迟缓一点就赶不上好形势了。之所以给二人推荐一些人，就是为了以防万一。

黄喜标说："郑营长，就按你说的办，我来着手解决。"

李智低头沉思片刻，抬头说道："郑老板不愧是大才，高瞻远瞩，着实让人佩服！你的意思我明白，说实话，今年年后的情况是有了很大的变化，我这一段时间心里也不踏实，总担心后面的时局。不单单是我一人这样，现在我们队伍里的人或多或少都有这种顾虑，只是大家都不明说罢了。包括前几天晚上，按过去我也不会照你的意思去做，但现在我们清楚自己的处境。不瞒几位，现在我连家都不敢回。我家是邳县的，家里几个叔伯都是前几年被日本人的飞机炸死的，我要是让家里人知道自己现在正在干这个事，那还得了，一圈子人还不把我撕碎了。眼下也只是应付差事，自从见到郑老板，我这心里才有了盼头，只是先前不好意思说，今天心里总算是踏实了。安排人的事好说，这个我可以向我们营长推荐。"

李智说话的语气轻松了许多。

像是忽然想到了什么似的，李智突然问道："郑老板是营长？"

349

众人顿时哄堂大笑，黄喜标说："到现在你还不知道啊？郑老板是新四军四师特务营营长。"

"啊！"李智赶紧起身，朝春祥敬了个军礼，"只知道你是新四军那边的，过去也曾听说过你的大名，没想到竟然是新四军的营长，太冒犯了！过去啊，我总以为当了营长就啥活也不用干，光指挥就行。可如今，连你都还要只身犯险，真是叫人敬佩啊！"

一句话把春祥逗笑了："你们都误解新四军了，就连我们彭师长都还身先士卒，和战士们一起参加战斗呢！"

疑 窦

第二天，春祥和马玉鸣快马加鞭赶往沭阳县城，先来到小林的杂货铺，通过小林找到了谭大臣。

春祥将此行的目的向谭大臣进行了说明。谭大臣坦言："郑营长，现在吴营长处境艰难，那个日本军官城田虽然对他没起疑心，但是他顶撞城田之后，城田便对他有了看法，能否往里面塞进我们的人，这个还真不好说。不过，话说回来，你准备让谁进去呢？"

"我们只能从沭阳县大队抽人，秦相诚应该比较合适，但我还没找他谈。大臣，你看呢？"

"那我负责联系他，吴营长那里最好还是你亲自去一次，当面和他谈，看看他的态度。他这个人，还是有点中国人的骨气的。"

"行，我去一次。"

吃过午饭，春祥和马玉鸣一身便装来到了吴营长的驻地。董世贵看到春祥二人，远远地就迎了上来："郑老板好啊，有段时间没见了，欢迎欢迎！你们先坐，我去叫我们营长。"

吴营长来到会客厅，朝春祥一抱拳："郑老板，你好，请坐！"说罢，朝门口一挥手，门外的哨兵随即撤去。

"郑老板既然找到鄙人，应该是有事，请说！"

春祥看了吴营长和董世贵一眼，淡然一笑："大家都不是闲人，那我就开门见山了！"

"日军已日薄西山，恐再难掀起大的波澜。我们判断，中日之战结果一年左右就会见分晓。新四军针对处于颓势的日本人，更明确了自己的思路和想法。我们不但要得到老百姓的支持，还要得到像吴营长、董连长这样有民族大义者的支持。这个国家毕竟是我们中国人自己的，日军是我们共同的敌人，联合起来，同仇敌忾，一起对付他们，把他们赶出我们的国家才是正道。你们现在刚好都在招兵，我想趁这个机会，将一部分地方武装的人员安排到你们这里。"

　　吴营长用四个手指头挠挠头顶，然后说："郑老板，有一个现实问题，董连长也清楚，虽说现在要招兵，但城里的日本人对我这里防范着呢，每个月提供给我这里的粮饷只怕今后会跟不上。"董世贵接过吴营长的话说："我们营长说的是实在话，上次要不是因为还有部分弟兄留了下来，我们早就走他个狗日的了。我和营长经常在一块商量这个事，在这呢，委屈，日本人也不信任你，但既然留下了，一时又没法走。这个时候如果进入，可能有点难度，当兵的总要吃饭呀。郑老板，你看还有没有更好的法子？"

　　"这个事情好解决。这里就像一个马蜂窝，我们捅他几下不就乱了吗？鬼子一慌，心里没底，办法不就有了吗。"马玉鸣顺势说道。

　　董世贵一听，对吴营长说："对呀，这位小兄弟说的不失为一个办法。"

　　春祥笑着冲马玉鸣点点头："可以采取这个办法，吴营长，你说呢？"

　　吴营长也朝几个人点头示意，双方达成一致，握手告别。

　　待一切敲定，春祥借用过吴营长处的电话后，就带着马玉鸣离开了。两人回到小林的杂货铺时，谭大臣还没回来，但徐禹民在。

　　春祥问徐禹民："老徐，你现在能联系到地方上的队伍吗？"

　　稍加思考，徐禹民回答："现在县大队离这里比较近，可以随时调来，下面的几个区小队联系起来可能比较慢，他们人都不固定，一时半会不一定能找到。"

　　"那行，大臣已经去了，估计下午才能回来。我们先计划一下，怎么去袭扰城东的伪军，给那个叫城田的日本人一点压力。"

　　徐禹民说："地方上的情况我比较熟悉，敌人在哪里有人、有多少人，我都有所了解，当然大臣比我更清楚。"徐禹民拿出一张纸，在纸上画了几个点并标注上距离，递给了春祥。

半夜，城北哗啦啦响起一阵枪声，两个守城的伪军被打死，侦缉队长胡为来带人出去，到城外转了一圈后，不见有什么人影，便无功而返。相隔不到半个小时，城东又响起了一阵密集的枪声，董世贵赶快带人冲出城门，双方激战了好一会儿，对方才向东撤退。董世贵带人追了一阵，担心对方有诈便赶紧率队返回，但刚进城没多久，城门外又传来枪声。董世贵再次率队出城，没想到对方这次火力比上次增强了很多，并且丝毫没有要撤退的迹象。吴营长正准备打电话通知城田，没想到城田已经急匆匆地赶来了。见到城田，吴营长汇报说："这次敌人火力很猛，现在还不知道是新四军正规部队，还是当地游击队，但人数一定不少。"

城田带着一队日军兴师动众就朝城外冲去，吴营长紧随其后。出城后，日军布置上两挺重机枪，突突地狂射不止。对方招架不住，趁着黑夜迅疾撤退。董世贵准备前去追赶，被城田制止。城田命令他们加强防守，自己则率部返回日军兵营。

后半夜，城西再度被袭扰，等驻守伪军赶过去时，对方又不见了踪影。一直到天蒙蒙亮，东城门外传来几声手榴弹的爆炸声后，城四周才终于安静下来。

上午，在日军军营内，城田紧急召集驻守城四周的几个营长和保安团团长开会。各个伪军头目把情况都作了大致汇报，轮到吴营长时，他说，他们驻官田、官西和道口的几个据点都遭到了袭击，伤亡了几个弟兄。从昨晚城东的战斗可以看出，对方人数不少，经奋力阻击，才守住城门。依他判断，后面可能还会遭到这样的夜袭。但他很纳闷，从几位同僚反映的情况来看，感觉对方就是在针对他们营所在的东城，昨晚要不是董连长拼死抵挡，恐怕城门早就保不住了。对方很可能察觉到城东力量薄弱，才拣软柿子捏。

城田不发一言，默默地听着。等吴营长讲完，胡为来接了话茬："吴营长，你那里人手太少，才一百来人能干啥？要不，我把我的侦缉队派一部分人到城东算了，现在不管哪里出现问题，大家都会很麻烦。"

城田敲敲桌子，望着吴营长不耐烦地说："吴桑，辛苦了，现在我们这里确实不太平。昨晚，吴营长的部下很勇敢，值得表彰。但是从其他地方调兵不现实，敌人狡猾狡猾的，城内一定有他们的人。胡队长需要加强城内的搜查，吴营长这里也要加强兵力。吴桑，你看有没有好的办法？"

吴营长报告:"我看不需要,现在新四军在我们这里兵力明显减少,力量也大不如从前,就算真有新四军的小股部队来,我认为我这儿也能顶得住。再说,城里不是还有城田队长在统一指挥吗。"

城田很满意吴营长的答复,但心里仍不踏实,这时他不是担心吴营长会有二心,而是担忧如果城东失守,其他地方也将难以安生。思考一阵后,城田最后决定:"吴桑,你可以自由决定是否增加人手,你旧部和老家的人多,我相信你的能力,可以招一些过来,训练我来负责。"

"城田队长,这个不太现实啊。"吴营长这句话一出口,城田愣住了,紧盯着吴营长问:"什么的意思?"

"这里距离我老家太远,而且我现在很少和那里接触,听说老家那里也在招兵,即使我去,估计也招不到啥人。再说,当兵也得有一定的底子,如果招来的都是脑子不精细的,还不如不招。"吴营长解释道。

吴营长的话堵得城田队长伸了伸脖子,城田含糊其词道:"吴桑,这个你自己决定吧。"

"谢谢城田队长的支持,我能招就招,招不来我就加强队伍平时的训练,这样同样可以增强战斗力。"

接下来连续几个晚上,城外依然传来零星的枪声。

在泗阳,春祥没有见到胡克明县长,找到谢大民后,谢大民谈到了一个情况。他在泗阳城东光街见到了徐严同,还交谈了一会儿。但他从谈话的语气里感觉,徐严同不是很希望其他人知道他到了泗阳,特别是现在还在泗阳工作的老同志们。

春祥心里"咯噔"了一下。

其实,春祥对徐严同并不是特别了解,之前虽在泗阳见过两次,但后来两人主要是通过别人传话进行沟通的。四师到了半城后,有了徐部长这层关系,他俩又接触过两次。但他总觉得徐严同给人一种很神秘的感觉。春祥之前就听说徐严同到了泗阳,但当时也没当回事,心想他的调动可能是因为地方组织上的工作需要。现在为了以防万一,春祥决定还是多了解一些徐严同的情况。他问谢大民:"在咱这儿早期的老同志还有谁?能不能带我去见见,我想了解一下咱们县城的党组织,方便后面开展党组织重建的工作。"

谢大民想了想说,1936年那阵子,他只是为党小组跑跑腿,传达一些信息。泗阳当时还没有正规的组织机构，只有一个七八人的点，受淮阴党组织领导。当时徐严同是组织委员，为人做事都比较严谨。1939年日军到了泗阳，国民党县府很快就垮了台，点上的几个人在城里朝不保夕，当时有一个叫方明的负责人不知什么原因被杀了，大家就都散了。谢大民说，自己是前年才重新被召回来的，现在的领导是胡克明同志。胡克明对以前的情况也不了解，估计现在能找到的老同志，也就是顾集的顾清庭和城南小圩的居新两个人，但这两个人现在都已不在组织内。

  三个人马不停蹄赶到顾集，一路走一路问才获知顾清庭家的地址。等找到地方，大家发现大门紧锁，从门口的迹象判断，这里已经很长时间没有人居住了。询问隔壁邻居后得知，顾清庭已经有一年多没有回来了，至于去哪里，没有人能说得清楚。没办法，春祥三人又绕道赶往城南，来到小圩。再次打听一番后，得知居新的两个儿子早年当兵后再没返乡，居新本人带着老婆到邻村五堆女儿家去了。

  在五堆，三个人终于见到了居新。五十多岁的居新面容苍老，拄着拐杖接待了他们。经过详细交谈，春祥了解到当时的一些细节——日军占领泗阳后，国民党县政府除几个人逃往南方外，大部分都进了新成立的伪政府。当时的党小组一共不超过十人，徐严同是组织委员，负责发展地方党员。徐严同不善言谈，但做事很有条理，头脑清晰，后来不知为什么和方明闹矛盾，就很少参加组织活动了，一年只露过三四次面。大概前年入秋，方明不明不白地在城西刘桥被杀了，当时还是居新去抬的尸体。再后来，淮阴那里的上级党组织遭到破坏，居新他们那里也难以维系下去，一直到现在居新和其他人也再没见过面。去年，为了恢复泗阳党组织，谢大臣找到过居新，但他现在的样子已没法参加组织活动了。

  春祥虽然表面上不露声色，但心里有点七上八下。居新话中藏有很多疑点，顿时让他倍感压力。正当春祥低头沉思时，居新回忆起一个新细节——徐严同和一个叫马大脑袋的人认识。

  春祥听闻此线索，立马起身告辞，前往马大脑袋那里。9月初的黑夜来得似乎比往日早了一点。从五堆到运南三四里地，春祥、马玉鸣和谢大民来到马大脑袋在运河边的店铺时，马大脑袋正准备吃晚饭，看到春祥三人赶来，就对伙计们说："你们先吃吧，我这里来客人了。"

  马大脑袋到附近河边的渔家小馆找了一个僻静处，招呼大家落座。点上几道好菜，开了一坛好酒，就把店小二支出去了。

"郑营长，这次来肯定是有事，啥事你说吧。"马大脑袋边倒酒边说。

"打听一个人，老徐徐严同你认识吗？"

"认识呀，老徐这个人不错的，我们认识好几年了，怎么啦？"马大脑袋放下酒壶。

春祥笑笑，朝马大脑袋摆摆手说："不是不是，他是原来泗阳我们组织上的人，现在泗阳要扩大党组织队伍，想了解一些过去的情况。"

"噢，是这样啊，那我把我所知道的和你们说道说道。"

马大脑袋说自己和老徐认识有五六年时间了。说来也是一个巧合，老徐的一个亲戚开诊所，他家里人去看病时两人认识的。后来，他会通过老徐弄点药品，赚点喝酒钱，这样一来二去的就熟悉了。当时他不知道老徐具体做什么事情，猜不到也不想猜。后来听说老徐被警察抓了起来，没几天又放了出来。出来之后不久，他听一个朋友私下说，老徐竟然和警察局局长热乎上了。"再后来，老徐就到你们那里去了。去了有一年多，后面就没再见过面。"

"那个警察局局长叫什么名字？"春祥追问。

"就是现在的县长，张金阳，他弟弟是侦缉队长，叫张金虎。整个泗阳城的人不一定叫得出县长的名字，但张金虎哪个都知道，那小子狂着呢，反正和我不大对付。不过，我和他之间也没啥交往。"

马大脑袋所说的话，在春祥脑子里一遍一遍地回转，其中的奥秘不需要深究就已能解开六七成，但下一步该如何探究，他还没有一个完整的方案。张金虎那里还不能去打听，现在徐严同和张金阳之间是否真的认识，有没有继续联系也无法确证。但有一点可以肯定，徐严同身上应该藏着不少不被外人所知的秘密。

"郑营长，喝酒喝酒，事情我都说清楚了。我马大脑袋在别人面前不敢说，但在你面前，我没有半点假话。来，喝一杯，多吃点东西，估计有大半天没吃东西了吧？"听到马大脑袋劝酒，春祥收回思路，开始吃饭。

第二天和谢大民分别时，春祥叮嘱道："大谢，这事对任何人都不要提及，老徐的情况我们还没有完全了解清楚，不能过早下结论，更不能随意去冤枉一个好人。这事以后再说，眼下我们也没有更好的办法去梳理过去的事情，但这个疑点得放在心里，千万不能外露。"

"好的，我明白。"

春祥、马玉鸣和谢大民握手告别，匆匆返回半城的营地。

在半城医院，春祥看望了正在那里养伤的罗俊。见罗俊的伤势已有明显好转，春祥甚是高兴，拉着他的手劝慰道："好好养伤，伤完全好了才能回部队。"

"营长，躺床上这么长时间，我都快闷死了。我现在就能下地，不相信，我走几步给你看看！"罗俊眼巴巴地望着春祥。

罗俊说话间就要下地，春祥眼疾手快，上前一把按住了他："这样不行，我说了不算，得要医生同意让你出院才行。不要担心，一旦身体恢复了，你可以立马归队。"

"营长，你说我们师长都走这么长时间了，到现在还没有消息，他不会不回来了吧？"

"瞎猜些啥，好好养伤！再说师长的情况我也不知道啊，师部还在，他会回来的。"

春祥从医院出来后，直接到了周部长那里，把自己在几个地方的所见所闻以及遇到的新问题，逐一进行了详细汇报。周部长听后，沉思许久，才接过春祥的话茬："关于徐严同的事情，现在还没有完全搞清楚，先不要向徐部长汇报。以我的了解，徐部长个人完全没有问题，我们是共事多年的老战友，他的情况我非常清楚，彭师长对他也很信任。至于徐严同的事，在没有完全弄清楚之前，还是不要扩散。下一步的工作还要从长计议，切不可急躁。"

"我明白，但为了保护我们根据地，也为了保护徐部长，我们得采取一些措施，以防意外发生。当然，徐严同那里没有问题最好，只是我心里还是有些担忧，我也希望担心是多余的。"

"那就私下里调查嘛。正好我刚刚得知一个情况，在南边香套湖那里，发现七八个人，白天睡觉，晚上就不见了踪影，每天天亮才回来。你可以利用这个机会和徐严同取得联系，共同摸一摸情况。"

"那行，周部长，我还要到徐部长那里去汇报工作。"

"好的。"

春祥敬礼离开，又来到徐严亮办公室。徐严亮一看是春祥，热情地为他倒了杯开水，关切地问道："这次成绩怎么样？"

春祥接过茶杯，回答说："我正是来向您汇报的呢。"两人坐下后，春祥把这次的工作向徐严亮详细地作了汇报。徐严亮大加赞赏："好啊，你小子很有水平，你说的在日伪内部安插我们的力量，这个办法我马上向师部汇报。周部长那里去过了吗？"

"刚从他那里过来，他说到一个情况，就是香套湖那里有陌生人出入，让我先去那边摸摸情况。"春祥回答道。

"我们两个已经碰过头了，这次还得你去，尽量不要打草惊蛇，搞清楚这些人从哪里来的，干什么的，然后再做决定。"

"我想和老徐联系上，他对那里的情况比我清楚。"

"这很好啊，没问题，我来联系他，先不说什么事，到地方你们再谈具体事情。"

"好的。徐部长，彭师长现在情况怎么样啦？他都走了快一个月了。"春祥顺便问及自己牵肠挂肚的彭雪枫师长的近况。

徐部长向春祥介绍道，彭师长、张震参谋长、吴芝圃主任率领新四军四师主力，由泗南、泗宿地区西进，在萧县、永城地区遇到了国民党汤恩伯部的阻拦。彭师长早期就是被汤恩伯挤出河南的，现在又碰到这个人闹事。我师主力忍无可忍，被迫与其部队展开激战，一举歼灭敌人一千五百人，同时争取了国民党军一千七百人起义，打开了西进的通道。日伪军得知我们四师西进，跟踪"扫荡"。目前，我师已击溃敌人多次进攻，迅速恢复了萧县、永城和宿县等大片地区的地方政权，还组织了一千多人的地方武装。同时，三师第七旅也开始进入泗南、灵璧一带，西进的形势总体不错。

"哎呀，太好了，既然这样，那我就放心了，谢谢徐部长。"话毕，春祥起身激动地朝徐部长行了个军礼。

徐严同见到春祥，一脸惊喜，拉着他赶快坐下来，嘘寒问暖。寒暄过后，春祥问道："老徐，我们也有一年没见面了吧，怎么样？"

"现在蛮好的，前段时间四师走了那么多人，心里还真有点接受不了。但那是中央的要求，为了扩大对敌斗争的区域嘛！昨天我还在和徐严亮联系呢，得知我们彭师长西进打得很顺，非常开心。他还说你今天要来，本来我准备今天到魏集那里的，既然你要来，我就在这儿等你啦。"徐严同为春祥倒好开水，放在他面前的桌子上，问："郑营长这次来应该是有事情的，你放心，我们地方上的同志一定会尽全力配合的。"

春祥点头微笑，说："你看，我这个人是个劳碌命，一来就要谈工作，希望老徐不要介意呀。"

"这有啥，说吧。"徐严同热情地回应。

"徐部长给我说，咱这里香套湖一带有可疑人员，这也是地方上的人员反映上去的。徐部长让我来摸摸情况，主要还是担心敌人前来搞破坏。徐部长还说，我们四师主力西进之后，许多地方的情况不容乐观，就连宿迁、泗阳等地的日伪军也开始蠢蠢欲动，我们不得不谨慎啊。尤其是在我们根据地，这个特殊时期，更要严防死守，不能给敌人任何机会。"

"那肯定的，郑营长，这样，你先歇歇脚，我安排区小队先去侦查一下情况，回来再和你商量。"

"我也一同去吧，遇到问题好及时应对。"

"不用，不用，你先歇歇。"徐严同言毕出发了，春祥不好勉强，只能留下来。

到了傍晚，徐严同带着一个年轻人回来了，一进门就兴奋地对春祥说："郑营长，是几个小毛贼，准备到附近几个村弄点东西，被我们打死了两个，其他的都跑了。小钱，你和郑营长说说情况。"

"是的，徐委员带我们去了之后，对方发现了我们，就想往湖里跑。我们一路追一路喊，没有用，没办法我们只能开枪，打死了两个，其他的跳水里跑了。"叫小钱的年轻人一本正经地汇报道。

"一个也没抓回来吗？"春祥问。

"那些人一看就是对地形比较熟悉的，跑得比我们还快。你知道，能干些偷鸡摸狗之事的人都精明得很，水性也好。"小钱解释道。

"好的，辛苦你了。"春祥看着小钱离开房间，又继续和徐严同聊了许久。最后春祥说道："老徐啊，我之前到泗阳去了一次，见到了大谢，就是谢大民，和马大脑袋，他们都说认识你，而且两个人对你的印象都相当不错。"

徐严同手里的茶杯微微晃动了一下，然后他看着春祥不动声色地说："是的，我们都认识，说起来有好几年了。哎，往事难回首啊，那时候条件不比现在，也没有一个牢靠的地方，天天东奔西跑的，但能为组织做点事，心里还是很踏实的。"

"是啊，我们俩认识快有四年了吧，想想过去，是那么困难，吃饭都没有个准点，饥一顿饱一顿的。这几年根据地建立起来后，日子才稍微好转起来，看这趋势，战争也快结束了。小日本一走，咱们的日子才能真正安稳下来啊。"

徐严同点了点头，凝视着春祥说道："郑营长，你还别说，虽然我们打交道不多，但你这个人我是真心佩服，干了那么多的大事。我在泗阳时就听到不少你的英雄事迹，很厉害呀，我和你就不能比，只能干一些杂事。"

春祥站起来，伸出了手："老徐，谢谢你的帮助，我这就回去了，回去后我会把这里的情况向徐部长汇报，再见。"

徐严同一直把春祥送到镇口。

听完春祥的汇报，周部长只说了一句话："后面你要把握好尺度，慢慢来！"

在徐部长办公室，春祥把这次去的情况也说了一遍。徐部长笑着说："我这个堂哥还是有一定工作能力的，今后你们多多配合。"

回到营地，春祥和教导员冯林生、副营长韦富林商量后续工作，直至第二天鸡鸣三遍，最终，决定特务营主力回到高作继续驻守。

殉　国

秋天到了，天气渐渐凉爽起来。北雁南飞，秋阳呆呆，树叶金黄，大地洋溢着丰硕温暖之气。春祥得到一个喜讯，妻子生下了一个大胖小子。他随即带着罗俊骑马赶回驻地，一进家门就吆喝上了："大喜啊，我有儿子啦。"

李丽霞瞪了他一眼："你这么大声干吗？孩子正在睡觉呢。"

春祥蹑手蹑脚走到床边，拉着妻子的手说："丽霞，辛苦啦，你为我们郑家，不，是为我们根据地又添了一个新兵啊！这一下我就不愁家里没有当兵的了。"

"你就知道打仗，就不想点别的。"李丽霞嗔怪道。

春祥尴尬地挠了挠头，弯下腰摸了摸襁褓中孩子的脸蛋，凝视着孩子，目光不舍得移开。

"春祥，你给孩子起个名字吧。"

春祥在屋里踱了几个来回，突然停下："就叫郑军吧，下一个就叫郑国。先有人当兵保卫国家，再有人建设国家，好不好？"

李丽霞"扑哧"一下笑了："你还让我生？你都不知道生孩子多艰难啊。"

"咋不生？这第一次没经验，后面就好了，再生个儿子后，就再添两个丫头，儿子我带，丫头跟你，不蛮好的吗！还有，我让我姐来伺候你一段时间吧，这活我也干不了。"

"爹年纪大了，身边需要人照顾，再说小满那么小，怎么弄？没事，你一个大男人哪伺候得了月子，粗手粗脚的，忙你的去吧。我几个小姐妹会来轮流照顾我的，周部长昨天还带来不少鸡蛋和红糖，你得去感谢一下人家。"

和妻子说了一阵话后，春祥就朝周部长那里跑去。警卫员看见是春祥，告诉他周部长到徐部长那里去了。春祥又赶到徐部长那里，一进屋，就看见屋内还有师参谋部和政治部留守的几位同志。春祥正准备退出，却被徐部长叫住了。春祥看看大家，满屋子的人都面色凝重，房间里静悄悄的。春祥满脸疑惑，又不敢多问，杵在原地一动不动。周部长把他拽到一边，低声告诉他一个惊天消息——彭雪枫师长牺牲了。

听闻消息，春祥整个人如同掉进了冰窟窿里，浑身发冷，眼眶中滚动着泪珠，怔怔地看着周部长，半天才吐出一句话："什，什么时候的事？"

"有二十多天了。9月11日，在河南夏邑八里庄，彭师长被流弹击中胸部，没有抢救过来。现在还不能对外说，主要考虑到师主力还在和敌人作战。"周部长交代说。

春祥是怎么离开徐部长办公室的，他自己也记不清了，他只知道，自己在河边静静伫立了一整天……

为了避免妻子察觉到自己情绪上的波动，春祥派人给妻子打了招呼，自己即刻返回了战斗岗位。

三师七旅从沭阳、淮阴及涟水加入西进队伍后，空出的区域由第八旅二十二团接管。敌人开始琢磨对该地区发起进攻，几次出师不利后，决定从沭阳、淮阴两地合击驻扎在此的二十二团。这一十万火急的情报很快就被新四军掌握，军部下达命令，要给敌人的这次扫荡以强硬回击，支持西进部队，牵制该地区的日伪军队。四师随即动员泗东、泗北及活动在宿迁和泗阳等地区的留守部队、军分区部队和游击队，协助三师完成这次阻击任务。

徐禹民在沭阳城东的任巷和春祥碰头，把掌握到的情况向春祥作了报告。春祥反复斟酌思考后，告诉徐禹民："你马上找到大臣，再联系上董世贵，我们要利用这次机会把吴营长的队伍拉过来，找准时机，出其不意地给敌人一次痛击。"

"干脆我们去找吴营长，当面说不是更好吗？"徐禹民说。

"估计现在敌人把县城封锁得很紧，如果我们贸然前去，万一出个差错，一定会对吴营长那里造成不利影响。董连长可以出来，而且他主管城东的防务。"

"行，我们晚上还在这个地方见。"

夜幕降临，路上行人稀少。董世贵最后一个来到任巷，几个人坐定，春祥发话："董连长，你把你们那里的情况介绍一下！"

"吴营长已经得到通知，后天带领队伍出发。沭阳的驻军人数大概有六百人左右，其中日军百十人，这次计划出动四百多人，从城南抽一百多人，日军一个小队六七十人，我们营出动将近两百人，再加上胡队长的四五十人，目标是高沟，听说那里有新四军的两个连。"

"董连长，这次对我们来说是一个很好的机会！上次你们没有走成，这次一定要把握好机会啊！到时候，估计是你们冲在最前面，我会和高沟我方人员沟通好，到时沭阳县大队在老徐的带领下会在你们左侧，我带领一支队伍在你们右侧。等到我方人员在高沟发动攻击后，你们佯装撤退，但注意一定要往两边撤，把中间位置空出来，让日军顶到前面，我们来合击他们。胡为来那里不必多考虑，他那个侦缉队没什么战斗力，我们顺手就能解决掉，就算一时解决不了，后面也成不了什么气候。"

董世贵点了点头。

春祥交代完，突然又想起了什么，接着说道："到时根据情况，再决定是走是留，走就跟我们到根据地，留就留在高沟，就地增加八旅二十二团兵力。你回去和吴营长沟通好，中间有什么问题，及时和我们联系。"

董世贵离开后，春祥又和徐禹民反复推敲了几个环节，才各自离开任巷。

两天后，日伪军以两辆坦克打头阵，在高沟西米河北岸进入阵地，与米河南岸的新四军隔河相望。即将进入秋冬枯水期，河水在瑟瑟秋风中闪着寒光。城田趴在河沿，用望远镜观察一番后，命令两辆坦克和几门迫击炮轮番进行轰击，轰隆隆一阵地动山摇后，对岸始终没有丝毫动静。城田立刻抽出指挥刀，朝前一挥，嚎叫一声，疯狂的进攻开始了。

冲在最前面的伪军刚蹚过河，对岸的新四军便迅疾开了火。随着一声冲锋号响彻天际，战士们跳出掩体，冲下河滩，排山倒海般呼啸而来。伪军们惊慌失措，瞬间溃散。城田见状，只得吼叫着命令日军继续往前冲锋。整个河道内，铺天盖地全是两方交战的士兵。由于近在咫尺，敌人不敢炮击。中日部队血战之时，城田看到向两边后撤的伪军，急忙鸣枪阻止，但他的短枪声完全被排枪声淹没。

吴营长的部队撤到两边后，冲下河堤的日军暴露在阵地最前方。新四军战士立刻抓住了时机，冲在前面的几挺机枪一刻不停地喷射着子弹，日军倒地一片，开始组织后退。这时，从日军后方两侧又传来密集的枪声。日军战斗队形顷刻瓦解，城田气急败坏地乱舞着指挥刀哇哇狂叫，但已无力回天。河堤上的日军被后面追来的新四军队伍冲得七零八落，完全丧失了战斗力。这时，吴营长一声令下，部分伪军开始调转枪口，一齐射向城田。两辆坦克见状准备后退，被新四军队伍围住。一捆捆手榴弹塞进履带发出巨响，两辆坦克旋即报废。从坦克顶上爬出来的日军，刚一露头就被战士打爆了脑袋。胡为来紧紧跟在城田屁股后面，脸色煞白如纸。

从河滩上进攻的战士们越逼越近，城田开始指挥剩余部队向西撤退，但守在北边的县大队和特务营已死死堵住了他们的退路。二十二团的战士们此时也赶至北面的河堤上，将敌人包围在一个狭小区域内。吴营长这时跑到春祥面前，说："郑营长，这次一定不能再让城田那龟孙子跑了，你看能不能抓活的，给老子耍耍。"

春祥说："那就看你吴营长的了。"

包围圈越来越小，见大势已去，残余的伪军陆陆续续缴械投降，最后只剩下城田和十几个日军仍在负隅顽抗。春祥对吴营长说:"看来抓活的难啦。"

"那就打死他。"吴营长说。

城田被子弹击中腿部倒地后,试图爬起,但几次都没能站起来。眼望着春祥等人从四面慢慢逼近,城田长嚎一声,闭上双眼,掉转指挥刀猛然捅进了自己的腹部……

胡为来跪在地头,瑟瑟发抖地看着走过来的春祥和吴营长,大惊失色,嘴唇抖动半天也没吐出一个字。春祥上前一把将他提溜起来:"胡队长,我们又见面了,感到很意外吧?"

胡为来哭丧着脸,双腿如筛糠,一句话不敢说。春祥一阵大笑后,说:"不要害怕嘛,我们只针对日本鬼子和罪大恶极的人,没事,你可以回去也可以留下来。"

胡为来这才开口说话:"我,回去,回去!"

"回去也行,回去后就要老老实实的,沭阳城还需要你嘛,等下一步我们攻打县城时,就看你的了。枪和人我都还给你,希望你能多为咱中国人做点事,下次再见时你我之间就好说话了。"

"是是是,一定一定!"胡为来生怕春祥改变主意,跪地磕过三个响头,带着手下一路小跑溜走了。

和二十二团告别后,春祥和吴营长带着队伍一起朝泗阳方向行进。

在春祥取得这次胜利的同时,整个新四军对敌作战形势也发生了翻天覆地的变化。四师经过四个多月的艰苦作战,西进部队对涡阳以北的顽军和伪军进行了清剿,到11月下旬,又开辟了商丘、亳县和永城之间的多个地区。12月初,萧县、宿西、永城、夏邑地区的反动武装大部被肃清,建立了淮北第二专署,恢复了永城、夏邑、萧县等八个县的抗日民主政权,圆满完成了西进收复豫苏皖边区根据地的任务,为随之而来的战略反攻开创了良好局面。

新四军所辖的其他区域同样成绩斐然:一师向南拓展苏浙根据地。五师进入豫南,开辟了信阳、确山、汝南、泌阳、桐柏、遂平、上蔡、西平、舞阳等根据地。六师、七师继续在皖南和浙西向外扩展,建立根据地。四师、三师完成主要任务后,部分兵力开始回撤至各自在淮北、淮海的根据地。

日伪军的生存与作战空间被大大压缩。

1945年姗姗到来。

大江东去，滚滚潮流涤荡着历史陈迹。世界反法西斯战争在各大洲及各个地区迎来了战略转折，德军已完全退缩至德国本土，苏联红军及盟军将士们如潮水般从西欧、东欧及苏德边境涌入德国境内。日军在失去太平洋战场上几个重要战略位置后，节节败退，在东南亚及南亚的战略优势也丧失殆尽，大部分兵力回撤日本岛及周边岛屿。美军一路追击，距日本本土也仅一步之遥。

因新四军西进作战需要，直至元月24日，彭雪枫将军为国捐躯的消息才正式传达到淮北根据地。根据师部安排，2月2日，彭雪枫的遗体由洪泽湖边启运，淮北抗日军民七千余人前往湖边，目送师长灵柩回四师师部驻地大王庄。当天，灵柩所到之处，老百姓臂挂黑纱，设立祭案，沉痛祭奠这位年轻有为的抗日将领。祭案上的一炉清香、一碗清水、一面明镜，寓意不言自明。中共中央发来了挽词：为民族，为群众，二十年奋斗出生入死，功垂祖国；打日寇，打汉奸，千百万同胞自由平等，泽被长淮。

2月4日，中共淮北区党委、四师党委、淮北苏皖边区行政公署决定，为彭雪枫公祭三天。三天里，整个淮北根据地悲天恸地，唢呐声声，如诉如泣。三十把横笛奏起哀乐，悲切之音催人泪下。新四军将士代表、苏皖边区各界代表，以及日本反战同盟、朝鲜独立同盟淮北支部的国际友人，相继来到彭雪枫遗像前，或敬礼，或叩首，或鞠躬，表达沉痛的哀悼和敬仰之情。老太太们手持香烛，姑娘们手执纸花，儿童团员们手捧美酒，先后敬献在彭雪枫灵前，个个泪如雨下，失声呼唤。彭雪枫亲手组建起来的"四师三件宝"之一的骑兵团，一匹匹战马都佩戴黑纱，一声声哀鸣令人肝肠寸断。

春祥和特务营的战士们，个个双眼红肿，凄入肝脾。

2月7日，彭雪枫将军追悼大会在淮北大王庄举行，中共中央华中局组织部部长曾山主持，近两万名抗日军民参加了追悼会。新四军四师副师长张爱萍发表演说，参谋长张震宣读祭文，新四军副军长张云逸代表中共中央华中局和新四军军部，向彭雪枫夫人林颖和儿子彭小枫表示深切慰问。张爱萍副师长最后动情地为彭雪枫送上了一句肺腑之言："恨敌寇夺去我战友，率全师誓为你复仇。"

追悼会会场正中悬挂着彭雪枫将军的遗像，两边挂着毛泽东、朱德、刘少奇、彭德怀、陈毅等人共同送来的挽联：二十年艰难事业即将彻底完成，忍看功绩辉煌，英名永在，一世忠贞，是共产党人好榜样；千万里破碎山河正待从头收拾，孰料血花飞溅，为国牺牲，满腔悲愤，为中华民族悼英雄。

出殡的那天，洪泽湖畔落了一场罕见的大霜。白皑皑的冰霜覆盖了淮北原野，天地白装素裹，像披上了肃穆的衣裳，山河为之黯淡，为之悲恸。

送葬的场面更是悲壮。四师骑兵团精心挑选出四匹高大雄壮的白色战马作为前导，马尾上系着孝麻，马头上顶着黑纱，骑在马背上的四名骑兵团战士，联手高擎着"为彭故师长复仇"的横幅，并排前行。紧跟其后的是手执党旗与彩旗的一队年轻战士，两边紧紧列着手持马刀、手枪的护旗队。在鲜红党旗与五色彩旗的掩映下，彭雪枫将军的灵柩缓缓向前移动。灵柩后面步行着邓子恢、张爱萍、张震、韦国清、吴芝圃、刘瑞龙等淮北抗日根据地党政军领导人及各界代表。从四师师部驻地大王庄到半城镇西郊墓地，近十里路程，送葬队伍绵延四千米，抗日军民的热泪洒落在洪泽湖边的土地上。道路两旁，成千上万的老百姓，扶老携幼，纷纷来为彭雪枫送行。沿途设祭共一百二十八处，祭案上摆放的，都是一炉清香、一碗清水、一面明镜。

在安葬仪式上，中共淮北区党委书记、新四军政治部主任兼四师政治委员邓子恢怀着沉痛的心情，号召淮北军民化悲痛为对日伪的仇恨，把眼泪变成杀敌的勇气，去完成彭雪枫师长未竟的事业。

彭雪枫的遗体刚刚安葬，便值春节来临。淮北各县区老百姓在年节习俗上又加了一条，将彭雪枫将军的遗像挂在堂屋正墙上，遗像下放着供桌，一日三餐，均先摆上家里最好的饭菜，全家人弯腰叩拜三次后方才进食。

直到元宵节，整个淮北抗日根据地都沉浸在悲痛之中，家家户户没有了过年的喜庆气氛，不拜年，不放炮，孩子不换新衣、不嬉闹，甚至连新人回娘家也是素衣匆匆来回。

春祥和妻子两人望着家中悬挂的彭雪枫遗像，肝肠寸断……

世界反法西斯战争取得节节胜利，极大地影响了国内局势。特别是淮北和淮海地区，由于三师、四师兵力陆续返回，在宿县以东、盱眙以北、沭灌以南以及两淮之间的广大区域，日伪军鬼缩在仅存的几个据点，如同惊弓之鸟。

倾巢之下，安有完卵。大兴和陆集的敌人开始往县城撤退，早在1944年底，大兴的百十号伪军就闹着要回宿迁城，见到沭阳城日伪军覆灭大半后，大兴集镇上军心更加不稳，伪军个个惶惶不可终日。

春祥决定攻打大兴。

大兴位于宿迁、泗阳间的交通要道上。春祥让赵贵明联系地方上的武装，做好袭击大兴伪军的准备，自己则带一支队伍赶往集镇周边。2月12日大年初一夜，两支队伍从东西两头向目标慢慢靠近。

在大兴集靠西的一个大院外，两名哨兵被悄悄摸掉后，特务营战士潜入院内。两间大房子里烟雾缭绕，吆喝声、笑骂声、猜拳声混杂在一起，几个女人端着托盘进进出出。春祥命令战士们占据有利位置，几名战士贴墙迅速找到了伪军摆放武器的地方。春祥和韦富林、张金军、马玉鸣径直朝一个房门走去，正好一个女人看到了他们，随口问了一句："你们也是来吃饭的？"

春祥朝她摆摆手："你忙你的吧。"

几个人站在门口，打量了一下房间，屋子里的伪军个个都喝成了猪肝脸。马玉鸣大吼一声："都停下来，停下来！"

伪军们齐刷刷地望向门口，瞧见几个身穿新四军军服的人堵在那里，吓得都站了起来。马玉鸣指着众人问："你们哪个是头？过来！"

一个黑脸汉子趔趄着走到春祥面前，轻声问道："你们是哪部分的？"

"我们是新四军，怎么，大过年的不欢迎啊？"春祥一脸笑意。

这个人"啪"的一声立正，醉意全无，朗声回答："我是这儿的连长，我姓石叫石红山。"

春祥高声对众人说："我是新四军四师营长，今天路过咱这地方，看见这儿非常热闹，就进来捧个场子。毕竟是过大年嘛，沾点喜庆。"说完便坐下，朝石红山摆了摆手。石红山挨着春祥坐了下来，脸上不停渗出豆大的汗珠，望着春祥一言不发。

春祥端起桌上的酒杯，又站了起来："我们也不打扰大家，我敬三杯酒，这第一杯祝你们新年快乐，身体健康，万事如意。"

喝完一杯，春祥又续上了一杯："这第二杯酒，预祝今年的抗战取得最后的胜利。"

干完，他又倒上第三杯，说："这第三杯呢，也是为大家送行，算是饯行酒吧,听说你们马上要回宿迁城了,为你们高兴,这个地方毕竟条件不是很好,回到县城会好一点。"

三句话三杯酒,干净利落。伪军们面面相觑,心惊胆战地望着眼前的新四军营长,屋内寂静无声。

春祥率先打破了沉默,面朝石红山说道:"石连长,这支队伍要好好带,既是中国人,就要为中国人做事,我相信不远的将来我们还会见面的。"

说完话,春祥几个人迈出大门,朝院外走去。伪军仍一个个呆若木鸡地愣在原地。

胜　利

泗阳城的交通员找到春祥,汇报了一个紧急情况——马大脑袋死了。

跟着交通员,春祥见到了谢大民。谢大民说,他是前天听到的信儿,后来他还去看了看。马大脑袋是在运河边上的小酒馆里被人毒死的,据酒馆伙计说,当时是四个人一起吃的饭,除了马大脑袋,其他三人他都不认识。伙计还说,那天晚上几个人喝了不少,三个人走时把账也结了,还对自己说,马大脑袋喝多了,让他歇一会儿,等醒醒酒再叫他。到酒馆关门时,伙计进去想叫醒马大脑袋,发现他七窍流血,人已经死了。

春祥赶紧问:"居新那里去了吗?"

"我和赵贵明两个人去的,当时看到马大脑袋被人毒死,就想到了居新。我俩赶紧赶往城南,据居新的姑娘说,几天前,有三个人找到她爹,说找他有事。居新跟着三个人出去后,就再也没有回来。我们问了一些细节,基本能判断出,这三个人就是和马大脑袋在一起的那三个。"谢大民说道。

春祥想了想,对谢大民说:"上次我去找徐严同,是为了查几个可疑人员,只是没想到在我着手调查之前,其中两个人就被杀了,其他人也跑了。这次马大脑袋的死和居新的失踪应该和他有关系,但这只是我的猜想,还没有确切的证据,尚不能做最后断定。这件事大家先埋在心里,我们再寻找新的机会。"

谢大民建议道:"关于徐严同的所有事,我认为可以从张金虎那里找找线索。要不然，我们逮住张金虎，一问就知道了。即使他不知道，他哥也应该清楚，我们可以用张金虎来和他哥做交换。"

春祥摇了摇头，"找到张金虎不难，但如果他不知道，就会打草惊蛇，后面再查就更难了。大家都别着急，等我先向上级汇报一下。"

谢大民点点头，春祥接着说道："你再把那三个联系马大脑袋的中间人描述一下。"

谢大民说："中等个，平头，眼睛不大，身材偏瘦，说话口音是咱本地的，皮肤比一般人黑点。对了，这个人脸上，好像是下巴右边有个痦子，痦子上还长着几根毛，大概情况就是这样。"

听着谢大民的描述，春祥在心里把可疑的人挨个过了几遍，其中有一个人的样子在他脑海里慢慢变得清晰起来。

"我想起来了，这个人是罗圩的赖疯子，几年前我逮过他，人不傻却也不算精明，当时他是保安队长，和日伪勾结，想打百姓麦子的主意，我和罗圩的朱保长一起保住了麦收。对，应该是他。"春祥兴奋地说道。

"那我们现在就去找这个人。"谢大民激动地站了起来。

"别急，先等我汇报后再说。因为这个事牵涉的面太大，一定要谨慎。"

春祥和周部长取得联系后，把事情详细地汇报了一番。周部长交代说："我支持你的工作，但此事一定要严谨、慎重，宁愿往后拖一点时间，也不要急于下结论。先按你说的，找到那个赖疯子，要旁敲侧击，讲究技巧和方法。"

第二天上午，春祥和谢大民、罗俊三人赶到朱保长家。朱保长一见到春祥，甚是惊奇："郑干事，这几年你到哪去了？怎么一点消息都没有？"

春祥笑呵呵地说："朱保长，这鬼子一来，我们国民政府的人就不吃香了，换到别的地方混日子去了。你现在咋样？日子过得还顺当吧？"

"嗨，糊糊吧。咋办呢，走又走不掉，我这个人你也知道的，怕得罪人。日本人那里我得赔着笑脸，咱这乡里乡亲的，我也得护着，虽然有点难，不过也还行。今年和去年相比好一点，日本人和穿黄衣服的老实一点了，不像过去那样折腾人了。"朱保长一脸憨厚，一直眯眼睛看着春祥几个，最后不忘问上一句，"郑干事，你这次来是有事吗？"

"朱保长，我想找赖疯子，他现在在哪儿？上次我和他接触感觉还不错，眼下的情况你也清楚，日本人在咱这里待不长了，我总是要回来的，今后到咱这里做事，还不得有个办事牢靠的人？找他是想先合计一下。再说，他下面也有些人，到时我就省得四处招人啦。"

朱保长一听，十分开心，乐呵呵地对春祥说："你要是来管事，你可不能忘了我啊。"

"你不是早就不想干了吗？怎么，还有想法？"春祥逗了朱保长一句。

朱保长挠挠脑门："不愿意干那得看跟谁，跟小日本，我是不愿意，跟你，那我还有啥说的！"

"这个好说，现在怎么能找到赖疯子？"

"我这腿脚是没办法找到他。咋找呢？反正这家伙没跑远，就在咱这一片。你只要问到谁家的媳妇长得好看就行，反正他天天也没啥熊事，只要见到好看的媳妇，就会黏到人家里啦。"朱保长说完不好意思地嘿嘿笑了起来。

按照朱保长所说的办法，赖疯子还真的不难找。在罗圩北边的平楼，春祥轻而易举地找到了赖疯子。当时赖疯子正在和几个小媳妇聊着什么，几个小媳妇笑得花枝乱颤。赖疯子顺着一个小媳妇突然静止的眼神向后张望，看见春祥正带着两个人朝自己走来。赖疯子起身就要跑，春祥大喝一声制止道："你跑个啥啊，找你有好事！"

赖疯子停下脚步，将信将疑地看着春祥。春祥走近赖疯子，笑着说道："我们找个方便的地方说说话。"

赖疯子跟着三人绕到村西头，紧张地问："郑干事，你找我真有好事呀？"

"那当然，要不然我会从淮阴那里跑来找你？"

瞅一眼赖疯子后，春祥说："我们国民政府马上就要回来执政了，我可能被派回咱宿迁城，职务上也会提高。这不是日本人马上就得滚蛋了吗，现在上面要求我们尽快下到地方，做好接管政府的工作。接管缺的就是人手，特别是熟人，我就想到了你。"

"好事啊，郑干事，你不会当县长吧？几年前我就估摸小日本在咱这儿干不长，这不，我的话应验了吧！你说说，能让我干个啥差事？"赖疯子一脸媚态，眼巴巴地瞅着春祥。

"身体怎么样？麻利不麻利？"春祥问。

赖疯子原地转了两圈，"嘭嘭嘭"连拍三下胸脯："你自己看，咋样？肯定不会耽误你事。"

春祥笑了笑，接着问道："进我们政府部门，要审查的，给日本人干过什么事，杀没杀过人，放没放过火都要交代清楚，要是隐瞒，一旦查出那可是不得了的事！"

赖疯子一听，笑出声来："郑干事，我都不好意思说出口，我这个人胆子小得很，也就敢在那些保长面前耍耍威风，其他的，我啥也没胆干。我原来手底下还有一二十人，现在就剩五六个了，还不就是因为在我这里没啥油水，所以都跑了呗！像你说的杀人放火，你再借我俩胆我也不敢呀。"

看样子没戏，春祥忖度着随便应付几句就往回赶。离开时，赖疯子还在后面屁颠颠地问："郑干事，我是在这儿等你信儿，还是直接到县里找你啊？"

春祥头也不回甩出一句话："在这儿等着吧！"

几番试探后，春祥知道，赖疯子不是自己要找的人。

在皖东北、苏北、苏中地区，新四军发动了新一轮对敌攻势。

三师在盐阜地区，集中第八旅全部、第十旅主力，师属特务团及阜宁、阜东、射阳、建阳、盐东等五个县独立团共十一个团的兵力，采取分割包围、各个击破的战法，先攻取阜宁周边村镇，最后占领了阜宁。随后，新四军击溃前来增援的日伪军，借势拿下了盐阜公路沿线的多个据点，随后又控制了（南）通（赣）榆公路中段，逐渐扩大了解放区的范围。

二师的粟裕和叶飞率领苏中军区六个团，挺进苏浙皖之后，全面推进扩军运动，派出的主力赶赴宝应，击退了敌人一个师，在兴化南，又歼灭日军两个中队和伪军近千人。外围的民兵严防死守，致使高邮、兴化的敌人不敢前来增援。紧接着，二师主力又乘胜追击，接连攻下十几个日伪据点，把苏中地区连成一片，形成了一个整体。

四师西进部队取得胜利后，开始清扫宿县至徐州的日伪军。萧县总队和萧县独立团阻击前来进犯的日伪军，二十五团、二十六团借机歼灭敌人四个营，俘虏伪军九百多人。在宿县南，十一旅和九旅连续出击，歼灭敌人近两千人，巩固了涡河以北地区，开辟了宿南新区，使淮北津浦路西和路东连成了一片。接着，四师和淮北军区部队对边缘地区发动攻势，历经二十五次战斗，歼敌三千余人，切断了敌人盘踞的睢宁、宿迁、徐州等地间的联系，淮北第一军分区和第三军分区所在地区即将连成一片。

新四军节节胜利，淮北几个县的伪军成了惊弓之鸟，有的准备变换身份寻找退路，有的携带金银细软准备外逃。根据师部和淮北行署敌工部要求，严厉打击日伪旧政府主要成员，成了新四军新的工作重点。

一直在暗中监视张金阳的小林察觉到了他有潜逃之意，随即报告给了谭大臣。谭大臣很快找到春祥，把情况如实作了汇报。春祥立刻向周部长报告。随即，周部长在电话中命令——活捉张金阳。

第二天中午，张金阳携一家人在六塘河口上了一艘机器船，张金虎带着几个手下把皮箱搬上船后迅速驾船驶离了码头。小船朝西进入运河，然后向东南方向驶去。

机器船行至李口东边的洪庙，被几条木船拦住了去路。身穿警察制服的人挥着手示意靠岸检查，几个警察陪同一名身穿政府制服的人上了机器船。

这位身穿政府制服的人就是春祥。

春祥走进船舱，看到一个人长相和张金虎极为相像，命令身边的警察说："过来搜一下！"警察上前，从此人身上搜出一把手枪。

"张县长，这是去哪里呀？"春祥不冷不热地问道。

见对方点出了自己的身份，张金阳只得如实回答："到扬州走个亲戚，孩子姥爷病了，去看看。"

春祥扫视一眼旁边大大小小的箱子，问道："去看老丈人要拿这么多东西啊？再说走水路也太慢了，完全可以坐汽车嘛。"

"路，路上土匪多，不大安全。"张金阳答。

春祥哈哈一笑："那我们就是那土匪喽！"

后退半步后，张金阳瞪大眼睛盯着春祥："你们这是？"

"走吧，我们送你过去，下船！"春祥厉声喝道。张金阳没有办法，只能带着老婆孩子一同下了船。

一群人走过一段小路，在故黄河上了另一条船，船向南划行几千米转入淮泗河，然后进入洪泽湖，然后到了龙集。那里，周部长带着两名工作人员已在民兵连部等着了。

看到附近都是穿新四军军装的人，张金阳明白，自己落入了新四军之手。

临时审讯室里，周部长和春祥坐在前面，旁边还有一个书记员。张金阳坐在空地中间。春祥看了一眼周部长，周部长点点头说："开始吧！"

春祥说："我叫郑旭，和你弟弟张金虎是朋友，听说过吧？"

"听说了，他跟我说过，和你是生意上的朋友"

"现在知道我是干啥了吧？"

张金阳垂下脑袋，点了点头。

"问你一个人，你应该认识，徐严同。"春祥大声说道。

张金亮点了点头。

"那你说说这个人吧。"

"我可以拿一样东西吗？"

春祥点头同意。

张金阳从自己的皮箱里拿出一张纸，递到春祥面前。春祥一看，这是一张自白书，下面是徐严同的签名和指印。春祥扫了一眼，递到周部长面前。周部长细细地看了一遍，然后将纸放到桌上。

"把事情的原委交代清楚！"

张金阳一五一十地讲了起来。

徐严同是早期中共地下党员，一直活动在宿迁和泗阳两地。1938年，宿迁地下组织遭到破坏后，他就在泗阳城及周边活动。1939年7月，由于当时中共组织内的一个叛徒告密，时任警察局局长的张金阳派人抓到了正在开党内会议的三个负责人，其中一人便是徐严同。三个人中，一人拒不配合，被杀害于县城监狱；一人在监狱内被打成失智，遭驱赶出狱后下落不明；徐严同经不住拷打，开始招供。根据徐严同提供的线索，泗阳城的党组织被一举端掉。之后，徐严同被要求继续以中共党员身份活动于泗阳县内，为保安队提供情报。日伪占领泗阳城后，原来的县长逃走，张金阳被县府推举为县长。因有一张自白书在张手中，徐严同对张金阳俯首帖耳。由于徐严同的密告，保安队先后袭击了在白水的锄奸队营地、裴圩新四军小分队、大兴林河的游击队。此外，徐严同和洋河的侯九十分熟悉，林河那桩子事就是侯九带人干的。具体徐严同和侯九怎么认识的，张金阳也不是很了解。张金阳这次出来，徐严同也是知道的。张金阳担心路上会被新四军查到，所以就把这张纸带在身上，希望关键时能当护身符用。

回到半城，春祥陪周部长来到了徐严亮部长的房间。

春祥把徐严同的自白书和张金阳的招供材料，轻轻放在了徐严亮的桌子上。徐严亮拿起材料，看着看着，表情渐渐冷峻起来，那只拿材料的大手开始抖动不停。周部长悄悄把椅子放在他身后，徐严亮缓缓坐下来，一言不发，眼睛定定地看着正前方。

"徐部长，我们知道这件事对你来说很突然。但其实很早以前我们就开始对徐严同的问题进行秘密调查，材料都在这里。之前我没让郑营长向你汇报，是因为事情还没查清楚，考虑到你和徐严同的特殊关系，这件事情的调查处理要特别慎重。现在事情已经一清二楚了，所以才和你谈这件事，希望你能理解。"

待情绪慢慢平复后，徐严亮点了点头："我理解。"

春祥走到徐严亮面前，敬了个军礼，说："徐部长，敌工部是您负责的，请您做决定并指示！"

徐严亮缓缓起身，看着周部长和春祥，伸出双手分别和二人握了一下，说："你们辛苦了！这件事我也有不可推卸的责任，我愿意承担因我工作失误给组织和部队造成的一切后果。按照新四军纪律，我应该回避此事，不便再过问此事，还是麻烦周部长代行职权吧！"

"老徐啊，对别人我不敢保证，但对你我可是知根知底的。这件事我和郑营长已经详细沟通过，交换了意见，你做事一向谨慎，这件事上你没有失职。你放心，郑营长会处理好的。"周部长拍着徐严亮的肩膀，宽慰道。

房间里变得异常沉静。最后徐严亮沉痛地作出决定："麻烦二位啦，该关关，该毙毙！"

周部长和春祥退出房间，走在院子里时，听到徐部长房间里传出摔碎茶杯的声响……

春祥带着几名战士，骑着军马赶到徐严同所在的地方。徐严同正在和几个同事商量着什么，看见春祥，笑呵呵地迎上前来："郑营长，你好啊，到这里来，怎么不打声招呼？"

春祥几个人进入房间，对屋子里其他人说："你们几个回避一下。"待几人离开房间，徐严同留意到春祥脸色凝重，顿时明白了几分。

"徐严同，你被捕了！"

两名战士迅速上前，反剪了徐严同的双手。徐严同没做丝毫的反抗和辩驳，垂下头顺从地跟着春祥回到了半城。

经过一夜审讯，徐严同对自己的罪行供认不讳。根据徐严同的招供，侯九参与了几次对游击队的袭击，特别是何丰在大兴林河被杀，就是其指使的。原来，徐严同在1939年初，通过"安清帮"结识了侯九。侯九当时还只是"安清帮"里的一个小喽啰。徐严同叛变后，侯九也来到了洋河，成了保安队的小队长。徐严同需要帮手，侯九需要情报，二人一拍即合。马大脑袋的死和居新的失踪也都是侯九所为，为了替徐严同铲除后患。审讯中，徐严同交代，侯九刚刚被任命为宿迁县党部军统队长，准备组建军统队伍，进一步谋划日本战败后国民党抢占县城事宜。

自从"安清帮"老帮主离开泗阳，"安清帮"基本上树倒猢狲散，不少帮会会员陆续转入其他行当，但仍有一部分人留在本地。春祥和周部长经过分析，认为侯九现在很难从伪军中招兵买马，因为此时的伪军都已散乱不堪，都在坐等时局变化，所以他只能从"安清帮"中寻觅人员。侯九一定非常清楚，"安清帮"里哪些人要钱不要命，哪些人要命不要钱。

这些天，春祥一直在设法寻找侯九。在几次通过宿迁城地下党寻找无果后，春祥决定通过"安清帮"里的老会员，去查寻侯九的蛛丝马迹。

7月底的天气异常炎热，枝头上的知了从早叫到晚，一刻也不休息。春祥身穿便服来往于运河两岸，最后通过马大脑袋原来的一个手下，打听到了侯九的行踪。

宿迁县城东大街，商铺云集。中间有一家杨记商铺，穿过货柜有一条小道，一直通到后面的院子，那里就是侯九的藏身之处。院子内，不仅潜伏着侯九，还藏匿着他新招的十几个手下。侯九和伪军连长关系甚密，因此为了保证侯九的安全，东大街布设的伪军巡逻哨特别多。春祥在此已埋伏了四五天，伺机而动。

此时，从杨记商铺出来一人，朝西走去。马玉鸣带着两名化装的战士跟了上去。待那人拐进一个小巷口后，马玉鸣快走几步，把胳膊搭在了他的肩头:"朋友,这是到哪儿去啊?"

那人扭头一看,一个高大的身影几乎罩住了自己,不由得紧张起来,谨小慎微地回复说:"去买点东西。"

马玉鸣搂着那人继续朝巷子里走,那人哆哆嗦嗦地问道:"你们是谁?找我干什么?"马玉鸣晃动了几下对方的肩膀,笑着说:"没事,就找你问个事而已。"

在巷子尽头一个僻静处,马玉鸣三人把那人围在了墙边。马玉鸣用手枪顶在他腰间,厉声问道:"我们是侯队长的仇人,他杀了我们很多人,今天我们是来寻仇的。你说侯九那里有几个人?他平时都干些什么?"

那人摇头不肯说话。

马玉鸣抬枪顶住他的脑门:"我喊一二三,你再不说,这儿就是你脑袋开花的地方!"

"一!"

那人仍是低头不说话。

"二!"

那人骇然抬头,但没有说话。

马玉鸣打开枪机,刚要喊"三",那人"扑通"一声跪倒在地。

"我,我说,我说!后院一共十一个人。最近侯九不知从哪里弄来一批手枪,要求我们尽快训练枪法,还说日本人一走,我们就能光明正大地到县府上班,每个人都能拿一份薪水。"

"你出来干什么?"

"他在下街翠凤楼有一个相好,让我出来买一个金手镯,他准备今晚上送给那个相好的。"

马玉鸣把枪口顶在了那人的后脑勺上:"你想死还是想活?"

"想,想活!"

"那就按我说的办,你接着去买东西,买完之后交给他。如果你胆敢在他面前吱半声,明天就是你的死期。我劝你,擦亮眼睛别跟着他啦,短命鬼一个。"马玉鸣瞪大眼睛呵斥道。

"是是是",那人连连答应,跟跟跄跄地离开了巷子。

晚上,翠凤楼里热闹非凡,酒肉香、脂粉味儿飘散于各个房间。在东厢房里，一个妖艳女人坐在侯九大腿上浪笑着，一会儿端酒一会儿夹菜，把侯九伺候得红光满面。浑身燥热的侯九在女人身上又亲又摸，最后把女人手里的酒杯扔到桌子上："不喝了，该干好事了！"说完，侯九一把搂过女人的脖子，起身便朝床边走去。

忽然，从后窗翻进来的四个人，哗啦啦站在了侯九面前。侯九大吃一惊，迅速推开女人，伸手就去抢桌上的手枪。春祥飞起一脚，将侯九踹倒在地，女人也被马玉鸣从地上拽起，用手绢塞住嘴巴拖到了一边。

另两名战士死死按住侯九，使其在地上动弹不得。

侯九借着烛光仔细瞅着春祥和马玉鸣，顿时惊呼道："你，你们是新四军！"

春祥冷笑一声后，用手托起侯九的下巴："你为日本人做事，还伙同徐严同杀害我抗日人员。听说你最近又在军统谋了一职？！"

侯九这才清楚自己的老底已经全部被对方掌握，急忙说道："你们今天杀了我，你们还能走出这个地方吗？"

春祥使劲掐了一下侯九的下巴，痛得他嗷嗷直叫："你还指望谁呀？你也不想想为什么我们今天能在这个地方找到你，你还相信你那些连枪都没开过的手下能顶什么用？"

侯九绝望地垂下了脑袋。

春祥松开手，朝站在侯九身后的马玉鸣示意了一下。马玉鸣从腰间拔出匕首，插进了侯九的后心窝。旁边被吓傻了的女人被捆得结结实实地扔到了床上。

春祥带领三人跃身跳窗离开，消失在茫茫夜色里……

尾　声

1945年8月15日，日本天皇宣布无条件投降。

宿迁城内，已是一片慌乱。日伪军开始焚烧文件，归纳物资，统计人员和武器，为投降和撤退做着准备。坂冢少佐接到国民政府告示，只能向国民党部队投降，于是他命令部下加强防卫，小心新四军来袭。

师部察觉到日军动向后，命令春祥进城侦察。春祥找到黄喜标，直接说明来意："黄连长，现在大局已定，还需要你再做一次贡献。"

"郑营长，我也不玩什么左右不定了，你说让我做什么吧，我今后死心塌地跟着你干。"黄喜标回答。

"那好，我们眼下还不清楚日军的动向，需要你帮我们了解一下情况！"

黄喜标拍了拍脑袋，说自己已经知道坂冢那小子的想法了，他命令城内所有日军严加防范，不允许任何人出入。近一段时间，坂冢一直在为撤退做准备，估计向徐州方向退逃的可能性最大，现在就等徐州那边下命令了。坂冢知道国民党部队一时过不来，又不能向你们投降，所以决定再等两天，如果等不到国民党部队，他一定会西撤。

没想到两天后，坂冢竟然使出了新招数，他命令宪兵队长八木，把关押在宪兵队监狱里的抗日群众三十多人，全部拉到运河洋桥头，挨个用刺刀挑死，其中最小的死者年仅十六岁。随后，坂冢又下令一把大火烧了桥，断了新四军入城的路。

四师首长大为震怒，命令部队向宿迁县城开拔。

此时，日军已乘坐十二辆卡车，从西门偷偷出城，朝徐州方向一路疾驰。

在蔡集和王官集之间的皂河旁，春祥早已率领特务营及军分区支队赶到，挖好战壕和交通沟，等着这批豺狼的到来。

下午两点钟左右，十二辆卡车浩浩荡荡地从东边驶来。轰隆一声巨响，领头的一辆卡车伴随着地雷的爆炸声，被掀翻到了沟里。日军只得弃车组织防守。战斗持续近一个小时后，新四军增援部队赶到。四师兵工厂研制的迫击炮此刻派上了大用场，炮弹在日军阵地接连开花，鬼哭狼嚎之声不绝于耳。日军已如强弩之末，龟缩在阵地上，一动不动。随着一阵冲锋号声的响起，特务营战士们大喊着冲向敌阵。八木坐在最后一辆车上，被冲在最前面的郑留宇一枪击中大腿，他的手枪也在慌乱中被甩到了一边。八木挣扎着爬向武器，被郑留宇用枪对准脑袋，击中前额，当场毙命。这时，坂冢慌乱地挥舞着刺刀，边打边向沟里撤退，准备涉水南逃，新四军战士们穷追不舍，正当坂冢一只脚刚踏进水里时，屁股就被一颗子弹击中，整个人重心不稳向前扑倒在水里。春祥立即上前，一脚踢开坂冢手里的指挥刀，抓起领子把他拎了起来。

春祥手指坂冢厉声喝道:"你这个刽子手,终于走到头了!"

春祥押着坂冢上岸时,张金军在最后冲锋中被敌人的机枪子弹击中,壮烈牺牲。

日本投降三天后,宿迁全境解放。

1945年10月下旬,为了加强对华中地区的领导和组织,中共中央决定成立华中分局和华中军区。次月10日,成立华中野战军,隶属于华中军区,邓子恢为华中分局书记,张鼎丞为华中军区司令员,粟裕为华中军区副司令员兼华中野战军司令员。华中野战军由苏浙军区、第四师、苏中军区部分主力整编而成,下辖第六、第七、第八、第九纵队及特务团、炮兵团、警卫团等,共计四万余人,政治委员为谭震林,参谋长为刘先胜,政治部主任为钟期光。

春祥的特务营划归到六纵,他到六纵报到时,正赶上粟裕司令员在纵队做报告。粟裕见到春祥,立刻认出了这个七年前自己教过的学生。他握着春祥的手说:"想不到你小子转了一圈又到我这里来了啊。怎么样,愿意跟着我干吗?"

春祥摇着老首长的手说:"司令员,我这是回家了呀,咋能不愿意?"

额头皱纹已现的粟裕笑了起来,看着春祥:"离开时间不短了,你没怎么见老哦!"

"只要有仗打,我就不会老!"春祥挠头傻笑完,然后"啪"地立正,朝粟裕庄重地敬了个军礼。

归队后,春祥跟着粟裕,开始了三年轰轰烈烈的解放战争……

如春祥所愿,妻子李丽霞为他生了两个儿子,分别取名郑军、郑国。

春祥加入华中野战军后,1947年初,华中野战军又整编为华东野战军。他跟随六纵,先后参加了莱芜战役、孟良崮战役、苏中战役、豫东战役、淮海战役及渡江战役。在豫东战役中,春祥头部中弹,其中一小块弹片难以取出,留下了经常性头痛的毛病,有时他甚至会突发性昏迷。淮海战役后,春祥出任团长。1955年8月,在中国人民解放军全军授衔中,春祥被授予中校军衔。

马玉鸣于1948年11月,在淮海战役双堆集血战国民党王牌第十八军时,壮烈牺牲。

郑留宇于1949年5月，在闽北参加剿匪时，被俘后遭敌特枪杀……

波光粼粼的太湖，远山如墨，近水若镜。

湖面上，翻腾着白色的浪花，三五只黑色的鸬鹚穿梭其间，倏忽直插入水，倏忽跃出水面。

毗邻太湖的军人疗养院外，妻子推着坐在轮椅上的春祥，在湖滨林荫道上散步。山色空蒙，春风骀荡，两人的心情也和天气一样，好了许多。

"你看看那只鱼鹰，动作真灵敏，真像你年轻的时候！"妻子说道。

"你还别说，还真有点像嘞！但现在老了，连路都不管走喽。"春祥说完，将目光从湖面上收起，望向自己的双腿。刹那间，他深陷的眼窝里噙满泪水，身体猛然抽搐起来。

妻子的心也跟着颤动。

"孩他妈，我想回苏北老家看看，不然再也回不去了！"春祥哽咽着说道。

在此之前，春祥已经多次闹着要回苏北老家看看，也硬撑着出发过两次，却都在半途中因昏厥而返。夕阳下，看着哽咽和抽搐不止的丈夫，妻子心中隐隐升起某种不祥的预感。

"好，好，我这就给小国打电话，让他陪咱们回去。"

在江苏省军区工作的小儿子郑国，连夜赶到了太湖疗养院。

病床前，郑国看着形销骨立的父亲，轻声道："爸，我是郑国。"

春祥睁开眼，侧脸望向儿子，微微一笑，向后挪动上身，尝试着坐起来。郑国赶紧起身把床头摇起，坐到床前问："爸，您有什么事吗？"

"我想回去看看，自己的身体咱自个儿清楚。"

"爸，您有什么事或者想见什么人，我来代您办还不成吗？"郑国担心这次回苏北再和前两次一样，便耐心劝慰着。

春祥摇摇头，长长叹了一口气，心里满怀期待："宿迁都升为地级市了！我一走几十年，再不回去看看，会会还能走能动的老朋友，我就是走了心里也不踏实。"

母亲一只手扶着儿子的肩头，几个手指头轻轻敲了敲。郑国回头看看母亲，心里已经明白了。母亲说："国儿，我们想想办法吧，还是依了你爸的这个心愿吧，这两天他一直在念叨着这事，看来不回去一趟他是放不下的，路上咱们注意点就行了。"

郑国想了想，最终答应了父亲。

军用三菱越野车载着郑春祥一家三口向苏北疾驰，当天下午就到了宿迁市。经过一夜的休息，春祥的精神头儿好了许多。第二天一大早，大姐春雪和外甥王银满就来到市委宾馆。一阵寒暄过后，两辆汽车直奔距泗洪县城约二十五公里，距宿迁市区约七十公里的泗洪半城彭雪枫墓园。

宽阔的马路上，两辆汽车一前一后平稳行驶着。看着车窗外灵动的风景，仿佛重回过去的战斗岁月，郑春祥的心情变得异常激动，无数鲜活的往事在脑中一闪而过……

春祥一行前往的雪枫墓园，由时任淮北行署主任的刘瑞龙亲自主持建设，有彭雪枫将军墓、抗日阵亡将士纪念塔及芳草亭，记载四千余位烈士的英名。堆集假山一座，形成一方月牙池，还建有纪念馆、碑廊等。碑廊里有毛泽东、朱德等老一辈革命家和新四军老战士等题写的挽联挽词。

一个多小时后，车辆抵达彭雪枫墓园。银满推着舅舅，郑国和母亲走在轮椅两边。银满把轮椅推到彭将军墓碑前，转身站在春祥身后。墓园庄严肃穆，建筑古朴典雅，树木郁葱，芳草依依……春祥伸手抚摸着墓碑，眼泪扑簌簌地掉了下来，他挣扎着几次要站起来，都被郑国安抚下来。

春祥神情庄重，面朝墓碑，嘴里嗫嚅了好长一阵，才轻声说道："彭师长，我是郑旭啊，您的老部下，我来看您了。这都五十多年啦！想当年，您领着我们打日本鬼子、斗顽匪、除汉奸，飒爽威武，历历在目啊。现在，国家变得强大了，宿迁变得富裕了，这些您都看不到了呀……"

说完，他回过头来对郑国和银满说："你俩过来，扶我起来，我要向老师长敬一个军礼。"

郑国和银满赶紧上前，一人一边搀扶着，春祥颤巍巍地站了起来，退后几步，等站稳后，庄严地朝老师长的塑像敬了一个军礼。

第三天下午，宾馆会议室，宿迁市委宣传部、党史办举办了新四军老同志联谊会，当年在宿迁参加抗战的新四军老战士和他们的后代应邀出席。马一鸣和马玉鸣的外甥，张金军的弟弟，郑留宇的大姐，韩长万的叔伯兄弟，胡炳荣的妹妹，罗俊的儿子，黄喜标，杜美芩的弟弟杜美林，清风、清林弟兄俩，沭阳的交通员小林，马大脑袋的儿子马四留都来了。

当郑国推着父亲缓缓走进会议室，屋内掌声雷动，久久不息。春祥和每个人都握了手，上上下下不停地打量着他们。走到黄喜标面前时，黄喜标已经泪流满面，声音颤抖着说："郑营长，我是黄喜标啊！"

拄着拐杖的黄喜标，腰已弯成九十度，白须微颤的脸庞沟壑纵横。春祥拉着黄喜标的手说："是喜标兄弟啊，哎呀，老啦！老啦！家里都还好吧？"

用袖子抹了一把老泪纵横的双眼，黄喜标说："还行，五保户了，政府每月按时给我钱给我粮。早年要不是您帮我说几句话，我早就去见战友们了。"

回到主席台，春祥对着话筒大声说："各位老战友，各位亲朋，今天回到家乡，我特别激动，早就盼望着和大家见上一面啦！之前有人让我讲讲当年的革命故事，年纪大啦，脑昏眼花，讲不了啦。你们都说我郑春祥是个英雄，其实，那些牺牲的人才是真正的英雄。没有他们，就没有咱们今天的好日子，就没有今天的大好江山……"话还没说完，春祥上身猛地往后一仰。

郑国和银满赶紧冲上前去，推着春祥下了主席台。

当天深夜，在自己魂牵梦萦的故乡，春祥溘然长逝……

2020.10—2022.05创作于
徐州、南京、宿豫、沭阳、泗洪、泗阳、上蔡、上海、北京